时代记忆
文　丛

文学和生活的路

孙犁散文随笔书信选（上）

孙犁　著　刘宗武　选编

青海人民出版社

图书在版编目（CIP）数据

文学和生活的路：孙犁散文随笔书信选：上、下册 / 孙犁著；刘宗武选编 . -- 西宁：青海人民出版社，2020.10
（时代记忆文丛）
ISBN 978-7-225-06027-9

Ⅰ . ①文… Ⅱ . ①孙… ②刘… Ⅲ . ①散文集—中国—当代②书信集—中国—当代 Ⅳ . ① I217.2

中国版本图书馆 CIP 数据核字 (2020) 第 174099 号

时代记忆文丛

文学和生活的路
——孙犁散文随笔书信选（上、下册）

孙　犁　著

刘宗武　选编

出 版 人　樊原成

出版发行　青海人民出版社有限责任公司
　　　　　西宁市五四西路 71 号　邮政编码：810023　电话：（0971）6143426（总编室）

发行热线　（0971）6143516 / 6137730

网　　址　http://www.qhrmcbs.com

印　　刷　陕西龙山海天艺术印务有限公司

经　　销　新华书店

开　　本　890 mm×1240 mm　1/32

印　　张　24.875

字　　数　600 千

版　　次　2021 年 1 月第 1 版　2021 年 1 月第 1 次印刷

书　　号　ISBN 978-7-225-06027-9

定　　价　152.00 元（上、下册）

总　序

"人民文学"的传统在当代

李云雷

20 世纪中国最重要的事件是中国革命和改革开放，中国革命的胜利使中国彻底摆脱了半殖民地半封建社会，获得了民族独立，"中国人民从此站起来了"；改革开放的成功则让中国走出了一穷二白的状态，奠定了民族复兴的基础。在 21 世纪的今天，我们正走在中华民族伟大复兴的征程上，当回望 20 世纪的时候，我们应该感激与铭记中国革命与改革开放，或许我们身在其中并不觉得有什么特别，但是放眼世界我们就会发现，并不是所有国家的革命都能够获得胜利，在 20 世纪末仍大体保持着 19 世纪末古老帝国版图的，只有中国；也并不是所有国家都能够进行改革开放，都能够取得改革开放的成功，或者说能够顺利推进改革开放并使国势国运日趋向上的，也只有中国。中国革命和改革开放是 20 世纪中国最重要的遗产，也是我们在 21 世纪不断开拓进取、实现民族复兴最重要的根基。

"人民文学"是在中国革命的进程中产生，并对中国革命、建设、改革产生重要影响的文学。在这里，我们所说的"人民文学"是一种泛指，在不同的历史时期曾被称为"革命文学""解放区文学""十七年文学"等，又在不同的理论视域中被命名为"左翼文学""社会主义文学""红色文学"等，"人民文学"的概念既是对上述各种称谓的通约性表达，也是在新的历史语境中的一种通俗性表达。"人民文学"与20世纪中国革命紧紧联系在一起，既是20世纪中国革命组织、动员的一种方式，也是其在文化上的一种表达。"人民文学"的重要性体现在它在转变观念、凝聚情感、社会动员与组织，以及寓教于乐等方面所发挥的作用。在1940—1970年代，中国内忧外患不断，生产力低下，群众的识字率较低、知识文化水平贫乏、娱乐方式简单，"人民文学"在那时起到了独特而重要的作用。作为一种文化政治传统，"人民文学"伴随20世纪中国革命以及建国后的社会主义建设实践而逐渐生成，并以不同方式在改革开放的历史语境中延续和变迁，它直接参与和内在于现代中国的进程，发挥着独特的革命文化能量，进而建构了新的社会主义文化经验和价值传统。

"人民文学"在1940—1970年代的中国文学界曾占据主流，但在改革开放的历史新时期，对"人民文学"的评价却发生了分歧与分裂，其中既有20世纪80年代、90年代和21世纪初等不同时期的差异，也有国家、文学界、知识界等不同层面的差异，以下我们对这些分歧简单做一下勾勒，并对"人民文学"在新时代的状况做出分析。

在20世纪80年代，伴随着对"文革文学"的批判与反思，中国文学进入了一个繁荣发展的新时期，文学思潮层出不穷，从"伤痕文学""反思文学"到"改革文学""知青文学"，再到"寻根文学""先锋文学"，获得解放的文学释放出无穷的活力。在政治层面，中国进入了一个思想解放的时期，文艺政策也从"为政治服务"调整为"为人民服务，为社会主义服务"。在知识界，则发生了一场声势浩大的新启蒙运动。文学上的种种变化，被后来的文学史家概括为从"一体化到多元化"的转变，所谓"一体化"是指"人民文学"从1940年代到1970年代逐渐占据主流、成为主体，并趋于激进化的过程，而"多元化"则是指"一体化"因"文革文艺"的泡沫化而终止，逐渐走向开放、多元的过程。在这一历史时期，曾被激进的"文革文艺"压抑的其他文艺派别获得了重新评价，这些文艺派别既包括左翼文学内部的周扬、冯雪峰、胡风等人的文艺理论，丁玲、赵树理、孙犁、路翎等人的小说，也包括左翼文学之外的其他派别，比如自由主义文学、新月派、京派文学，等等，但在80年代，所谓"多元化"仍有其边界，大致限于"新文学"的范围之内，但这要到时代的进一步发展之后才能为我们知悉。1980年代的文学大致以1985年为界，呈现出迥然不同的样貌，在1985年之前，左翼文学与现实主义仍然占据主流，而在1985年之后，先锋文学与现代主义蔚然成风，逐渐占据了文学界的主流，而这则伴随着文学评价标准的重大变化，那就是从革命化到现代化、从人民文学到精英文学的转变。在这一过程中，以"重写文学史"的兴起为标志，对"人民文学"的评价逐渐走低，以"写什么和怎么写"的讨论为中心，对现实主义作品的评价也逐渐走低，或许在一个渴望转变与新异的时代，这样的变化也是难免的，要等到一个新的时代，我们才能对之进行客观冷静的评价。

在1990年代，市场化大潮席卷而来，文学界与知识界也产生了分化与争论。1993年、1994年发生的"人文精神大讨论"突显了作家与知识分子面对市场大潮的分歧，一些作家与知识分子热烈拥抱市场化与世俗化大潮，而另一些作家与知识分子则在市场大潮中坚守道德理想，或者坚守个人的岗位意识。与此同时，大众文化迅速崛起，影视与流行音乐逐渐占据了文化领域的中心位置，文学的位置开始边缘化。在文学界内部，伴随着金庸、琼瑶等通俗小说的流行，以前备受"新文学"压抑的通俗文学获得了重新评价的机会，从鸳鸯蝴蝶派到张恨水，从还珠楼主到港台新武侠，都获得了前所未有的关注。"多元化"的发展突破了"新文学"的界限，而逐渐开始向通俗文学、流行文学开放，文学评价的标准也逐渐向是否能够畅销，是否能够获得市场与读者的认可转移。在这样的潮流中，"新文学"的传统趋于边缘化，"人民文学"则处于边缘的边缘。但是在知识界，也出现了重新评价左翼文学的"再解读"思潮，他们从现代化、现代性的视角重新审视左翼文学的经典作品，对之做出了与革命史视野不同的阐释，不过这种解读更多借助于西方的"市民社会""公共空间"等理论资源，其中不乏深刻的洞见，但也有凿枘不合之处。发生在1997年、1998年的"新左派与自由主义论争"，显示了80年代新启蒙知识分子的分裂，他们在如何认识中国、如何评价中国革命、如何看待中国与世界等诸多问题上产生了深刻分歧，自由主义者更认可西方的普世价值与世界体系，但是新左派借助于新的理论资源，更认可中国道路的主体性与独特性。这一论争是20世纪最后一场思想论争，也是迄今为止影响最大的思想争鸣，这一论争主要发生于人文领域，其中很少看到文学知识分子的身影。但这一论争涉及对中国革命与红色经典的评价问题，也为人们重新认识红色文学打开了新的视野。

在21世纪最初10年，市场化大潮与大众文化的深刻影响仍在持续，但是在文学界内部，又出现了新的因素，那就是网络文学的迅速崛起，网络文学借助新的媒体形式，形成了一种新的文学生产、传播与接受方式，也形成了一种新的文学观念与文学模式。在观念上，网络文学打破了"新文学"以来的文学内涵，"新文学"将文学视为一种严肃的精神或艺术上的事业，无论是左翼文学、自由主义文学、"为艺术而艺术"，还是"改革文学""先锋文学""寻根文学"，中国现当代文学史上彼此相异与争论的诸多文学思潮，其实都分享着这样共同的文学观念，但是网络文学的出现却改变了这一共识，网络文学重视的是文学的消遣、娱乐、游戏功能，并将之推向了极致，而不再注重文学的教化、启迪、审美等功能，这极大地改变了文学的定位与整体格局。网络文学的盛行催生了穿越、玄幻、盗墓等不同的类型文学，并逐渐形成了一整套成熟的商业模式。与此同时，在更加市场化的环境中，通俗文学占据了越来越多的市场份额，"新文学"与"人民文学"的传统被进一步边缘化，主流文学界只有依靠体制的力量——作协、期刊、出版社——才能够生存下来。在这种情形之下，"底层文学"作为一种新的文艺思潮兴起，对80年代以来日趋僵化的"纯文学"及其体制进行了批判与超越，在文学界与社会各界引起了广泛关注。有论者将"底层文学"与"人民文学"的传统联系起来，但围绕这一议题也发生了分歧与争论，纯文学论者竭力贬低底层文学与"人民文学"的传统，但更年轻的一代研究者对之则持更为积极的态度。在文学研究界同样如此，新世纪以来，"左翼文学""延安文艺""十七年文学"逐渐成为文学界关注与阐释的热点问题，更年轻的学者倾向于从肯定的视角重新阐释"人民文学"及其经典作家作品，但他们的努力常被主流文学界视为异端与另类。

在21世纪第二个10年之初，市场化与大众文化进一步发展，网络文学及其商业模式则更趋于成熟，逐渐形成了"三分天下"的整体文学格局，即纯文学（严肃文学）、畅销书、网络文学三者各据一隅，纯文学（严肃文学）以期刊、作协、评奖为中心，畅销书以出版社与经济效益为中心，网络文学以点击率与 IP 改编为中心，各自形成了一套相对独立的文学运转与评价体系。但在 2014 年，这一整体格局开始发生转变。2014 年及其之后，习近平总书记发表《在文艺座谈会上的讲话》等一系列关于文艺问题的重要论述，这是继毛泽东《在延安文艺座谈会上的讲话》之后，我党最高领导人首次系统阐释对文艺问题的观点，讲话所提出的"坚持以人民为中心的创作导向""文艺不要做市场的奴隶""创作是自己的中心任务，作品是自己的立身之本"等观点，继承了我党"文艺为人民服务，为社会主义服务"的优秀传统，又对文艺界出现的新问题、新现象、新经验做出了分析与判断，为新时代文艺的发展指明了方向，已经改变了并将继续改变文学界的整体格局。

改变之一，是"人民文学"的传统得到弘扬。自 20 世纪 80 年代中期以来，"人民文学"传统先后遭遇"先锋文学"、通俗文学、网络文学等巨大变革的挑战，日渐趋于边缘化，虽曾以"底层文学"的名义短暂复兴，而并没有得到主流文学界的认可，但"以人民为中心的创作导向"提出之后，极大地扭转了文学界的整体状况，"人民文学"传统受到重视，红色文学的经典作品也得到重新阐释与更大范围的认可。

改变之二，是"新文学"的观念得以传承。中国的"新文学"虽然有内部不同派别的论争以及不同历史时期的巨大断裂，但却都将文学视为一种精神或艺术上的事业，这一点与通俗文学、类型文学注重消遣娱乐有着本质的不同，习近平总书记系列讲话中将作家艺术家视为"灵魂的工程师"，将文艺视为中华民族伟大复兴进程中的重要力量，指出"文艺是时代前进的号角，最能代表一个时代的风貌，最能引领一个时代的风气"，在这一基点上鼓励探索与创新，这是对新文学观念与传统的认可、尊重与倡导。

改变之三，是"三分天下"的格局得以改观。"三分天下"是各自形成了一套相对独立的文学运转与评价系统，但习近平总书记系列讲话是对文艺界整体讲的，也是对文学界整体讲的，不仅包括纯文学（严肃文学）界，也包括通俗文学、网络文学等领域，目前通俗文学、网络文学领域已经发生了巨大的变化，比如官场小说的转型、科幻小说的兴起，以及网络小说更加关注现实题材，更加注重现实主义等，"三分天下"的格局有望在相互竞争与争鸣中形成一种新的、开放而又统一的评价体系。

但是从另一个角度来说，现在的改变仍然只是初步的，一个突出的表现是《创业史》等人民文学的经典作品虽然得到了国家与政治层面的推崇，也得到了知识界愈发深入的研究，但是在主流文学界并没有内化为重要的写作资源与参照，很多作家心目中的理想作品仍然是中国古典、俄苏19世纪批判现实主义以及欧美20世纪现代派作品，并未真正将"人民文学"作为自己可资借鉴的重要传统；另一个突出表现是习近平总书记《在文艺座谈会上的讲话》发表已经5年，但并没有真正出现"以人民为中心的创作导向"的经典作品，现有的艺术性较高的优秀作品并没有坚持以人民为中心的创作导向，而有些试图坚持以人民为中心的创作导向的作品则在思想性、艺术性上存在不少缺憾，并没有达到更高层次上的融合与统一。这似乎也很难归咎于作家努力得不够，一个人思想观念的转变是艰难的，而新时期以来"人民文学"及其传统的不断边缘化，红色文学被贬低几乎成为文学界的集体无意识，要转变这样的观念，需要我们做出更加艰苦的努力。

在今天，我们需要在新的时代背景下重新认识"人民文学"的合理性与历史经验，重新梳理新中国前三十年与后四十年文学的关系，重新理解文学与人民、时代、生活的关系，面对 21 世纪正在渐次展开的历史，我们应该从"人民文学"中汲取理想主义等稀缺性精神资源，从而创造中国文学新的未来。

在这种情况下，青海人民出版社编辑出版的《时代记忆文丛》显示了历史性与前瞻性的眼光，将对重新认识和发掘"人民文学"的精神资源，传承"人民文学"的优秀传统产生重要影响。此套丛书邀请前沿学者或熟谙作品的作者子女选编人民文学代表作家的代表作品，选编丁玲、贺敬之、郭小川、李季、艾青、臧克家、赵树理、孙犁、田间、李若冰等经典作家。每种选编作品前置有一篇序言，系统介绍作家生平、创作，梳理关于他们的研究史与评价史，既有历史与文学价值，也具有新时代的眼光与视野，可以让我们看到这些文学前辈是如何在与时代、人民、生活的融合中进行艺术创作的，他们的经验值得我们借鉴，他们的作品值得我们学习。新时代的中国作家只有自觉地继承"人民文学"的传统，才能在"坚持以人民为中心的创作导向"中大有作为，我们期待这套丛书能够为新时代作家的艺术创作提供可资借鉴的资源，也期待这套丛书能受到广大读者的喜爱与欢迎。

2019 年 10 月 28 日

序

杰出的现实主义文学家孙犁

刘宗武

孙犁，1913年旧历四月初六日（公历5月11日），生于河北省安平县东辽城村（今改名为孙遥城村），学名孙树勋，保定育德中学高中毕业；家道匮乏，无力支持他上大学深造（他说，那时供一个大学生，需要经营地主的经济实力）。嗣后，在北平两年，当过小公务员、小职员。1936年暑假后，去白洋淀边的同口小学教书，1937年，学校被日本侵略者所毁。1938年春，参加党领导的抗日队伍，嗣后开始革命文学创作，并以笔名孙犁行世。

他是在抗日战争时期成长起来的作家。《孙犁文集·自序》中明确地说："我的创作，从抗日战争开始，是我个人对这一伟大时代、神圣战争，所作的真实记录。其中也反映了我的思想，我的感情，我的前进脚步，我的悲欢离合。反映这一时代人民精神风貌的作品，在我的创作中，占绝大部分。其次是反映解放战争和土地改革的作品，还有根据地生产运动的作品。"（《孙犁文集》补订版 1 卷）这是真诚的自白。

孙犁自幼喜爱读书，十岁时就读了《封神演义》《红楼梦》等古典文学名著。中学的初中阶段，年仅十六七岁，就创作了小说发表于育德中学的校刊《育德月刊》上。但他正式地从事革命文学活动，却是在抗日战争之初。1937 年七七事变之后，他就参加了抗日宣传的各种活动，如编诗歌集、撰写论文和编演话剧等等；1938 年春，正式参加党领导的抗日队伍；1939 年春，从家乡冀中调到晋察冀边区（主要的活动地区在阜平、平山等地），如他自己说的："在这一地区，随着征战的路，开始了我的文学的路。""它们都是时代的仓促的记录，有些近于原始材料。有所闻见，有所感触，立刻就表现出来，是璞不是玉。生活就像那时走在崎岖的山路上，随手可以拾到的碎小石块，随便向哪里一碰，都可以迸射出火花来。"（《在阜平》）又说："它们是：有所见于山头，遂构思于涧底；笔录于行军休息之时，成稿于路旁大石之上；文思伴泉水而淙淙，主题拟高岩而挺立。"（《关于散文》）而且，他参加抗日的队伍，"则是带着一支笔去抗日。没有朱砂，红土为贵。穷乡僻壤，没有知名的作家，我们就不自量力地在烽火遍地的平原上驰骋起来。""那时的写作，真正是一种尽情纵意，得心应手，既没有干涉，也没有限制，更没有私心杂念的，非常愉快的工作。这是初生之犊，又遇到了好的时候：大敌当前，事业方兴，人尽其才，物尽其用。"（《文字生涯》）孙犁是以一种极为愉快、极为兴奋的心情描绘了他开始文学生涯的过程和心境。那时，虽然物质条件极其困难，忍饥挨饿，受苦受冻，还要躲避敌寇"扫荡"，颠沛流离，担惊受怕；但是，不论身体，还是精神，都是他一生中最美好的时期。

这一年，孙犁在新建立的晋察冀通讯社做通讯指导工作，并编辑油印《文艺通讯》，每天给各地的工农通讯员写信，多则一天写几十封信,除此之外,还为他们专门编著了一本《论通讯员及通讯写作诸问题》,指导写作。这本书也是他在高中阶段攻读、钻研文艺理论著作的一次总结,一大宝贵的结晶。1941年回冀中,协助编辑《冀中一日》,并根据群众的来稿和写作中存在的问题,专门撰写了《区村和连队的文学写作课本》,以提高群众的写作水平;1950年,改名《文艺学习》出版,此后多次再版再印,很多文学青年受到了影响,茁壮成长起来。

后来,孙犁又到《晋察冀日报》和华北联大高中部,做编辑和教学工作。在工作之余,他发自内心的激情,情不自禁地拿起笔写作。最早写的是小叙事诗《儿童团长》《梨花湾的故事》《白洋淀之曲》等,之后,就比较多地写了小说、散文等作品。1945年5月15日、8月31日在延安《解放日报》先后发表了小说《荷花淀》《芦花荡》(《白洋淀纪事之一、之二》)。由此,蜚声文坛,驰名远近,有了他的成名作、代表作。孙犁不是白洋淀人,可是白洋淀之于孙犁,与赵树理之于沁水县尉迟村、柳青之于黄甫村蛤蟆滩以及陈忠实之于白鹿原,其意义是一样的。他一生写下了有关白洋淀地区的抗日斗争和生产劳动的诗歌、小说、散文和戏剧共十多篇,曾以《琴和箫》为名结集出版。这些作品以鲜明的荷花淀艺术风格风靡全国,百读不厌。这些成就,不仅取决于作者高超精湛的文学艺术驾驭能力,也取决于作者与时代的深度融合和对人民的深沉热爱,也即孙犁坚守一生的现实主义文学取道。正如车尔尼雪夫斯基所说的:"艺术也应该用于主要的用途,而不是用于无益的娱乐。"

日本投降后,孙犁回到了家乡冀中,一边做群众工作,参加土改运动;一边做编辑工作和坚持文学创作。作品有小说《碑》《钟》《"藏"》《嘱咐》《光荣》《种谷的人》《浇园》《蒿儿梁》等,以及后来出了单行本的散文集《农村速写》等。1949年1月,他随军进入解放了的天津市，参与创办《天津日报》，任副刊科副科长。20世纪50年代初，环境相对比较安定和顺利，他特别努力地集中业余时间，从容地一边编辑报纸副刊，一边完成了他唯一的长篇小说《风云初记》和中篇小说《村歌》《铁木前传》，以及多篇短篇小说如《采蒲台》《吴召儿》《山地回忆》《秋千》《水胜儿》《正月》《看护》，还写出了解放后天津工人家属和城郊农民新生活的散文《津门小集》，以及许多评论文章。这些作品，大都是反映了抗战时期敌后的军民生活。但是，到了1956年，他却在写作中病倒了，开始了他的"十年荒于疾病，十年废于遭逢"的日子，前十年是疗养疾病，后十年即是"文革"时期。在这二十年的时间里，他不能正常的全力以赴地写作。从此基本上结束了他有关抗日战争题材的写作。"文革"期间，孙犁被指名参加市京剧团创作样板戏。他独自完成了京剧剧本《莲花淀》后，"金蝉脱壳"离开剧组，从此完全终止了他的荷花淀风格的文学创作。这也就是我们所说的"老孙犁"。

综观抗日战争、解放战争时期，孙犁没有亲临激烈的前线，他的全部经历都是在敌后，做宣传教育工作，做编辑和教学。因为没有前线的经历，他也没能写出《李勇大摆地雷阵》（邵子南作）和《小兵张嘎》（徐光耀作）那样激烈战斗的篇章。但是他的作品却非常真实地反映了敌后晋察冀边区广大军民丰富多彩的现实生活和他们斗志昂扬的精神风貌。最主要的，通过精确的细节描写和内心活动的刻画，富有个性鲜明的人物行动，表现了中国人民在强敌面前，英勇奋战的爱国热情，同仇敌忾的坚强意志，壮怀激烈、誓死战斗的英雄气概，以及他们无比热爱乡土、热爱生活的乐观心态。

这一时期的作品，突出地表现了以下主题：

一、大敌当前，广大农民执干戈以卫社稷。

孙犁在散文《平原的觉醒》中说："一九三七年冬季，冀中平原是大风起兮，人民是揭竿而起。农民的爱国家、爱民族的观念，是非常强烈的。在敌人铁蹄压境的时候，他们迫切要求执干戈以卫社稷。他们苦于没有领导，他们终于找到了共产党的领导。"（《孙犁文集》补订版第3卷）这些话也是孙犁自己的心声。又在《文字生涯》一文中说："抗日战争，在中国共产党领导之下，是有枪出枪，有力出力。我的家乡有些子弟就是拿着枪出来抗日的。"（《孙犁文集》补订版第3卷）

他最喜欢的短篇小说《光荣》所描写的人物故事，就是最真实、最生动，具体而微地写出了人民抗敌的愿望和行动。卢沟桥事变发生后，首当其冲的冀中人民就自发地奋起抗日。在滹沱河畔有两个十几岁的少男少女，男的叫原生，女的叫秀梅，她告诉他，河东面的芦苇中有一个逃兵，带着一支崭新的大枪。于是，少年原生在秀梅的协助下，卡下了逃兵的枪，拿着这支枪参加八路军，上了前线；而秀梅则在后方做群众工作，优抚抗属，积极生产，支援前线。在抗战之初，河北一带广大农村，像原生这样十几岁的小青年，为了保卫祖国、保卫家乡，无所畏惧、义无反顾地投入了战斗的行列，是不计其数的。

长篇小说《风云初记》，虽写于解放后移居天津时期，但仍是这一主题的延续和深化。小说从1950年7月开始在《天津日报》连载，直到1963年才出版了第一、二、三部的完整本。这是较早地全面反映河北农村、农民们在党的领导下英勇抗日的壮丽诗篇。

小说是完全按历史的发展顺序写下来的，忠于现实、忠于历史，许多故事情节，都是作者亲身经历的，毫无夸张不实之词，他多次说过，他的作品个人经历的成分多。但是，透过一个人的切身经历，也完全可以看出历史的侧面。抗战时期，冀中人民踊跃参军参战，父送子，妻送夫，兄弟携手入伍，前仆后继、一往无前的斗争精神，气壮山河，感人至深。

在《风云初记》，我们看到了抗战初期的河北农村，一度出现了混乱的局面，一些地主恶霸蠢蠢欲动，趁机购买枪支弹药，组织民团，拉起队伍，到处横行；而曾经领导过农民暴动、抗捐抗税的孟庆山和高翔回到了家乡，给冀中人民带来了希望和曙光。他们是共产党领导的队伍，把蕴藏在广大人民群众心中炽热的抗日情绪，激发起来了。小说中坚持抗日的军民和卖国求荣的汉奸们的斗争，是一条贯穿始终的红线。一方面对杂牌军要加以整编，一方面又要与"中央军"周旋，与敌伪战斗，从而反映出在曲折复杂的斗争中人民的抗日队伍日益壮大起来，成熟起来。同时，在广大农村稳固地建立了工农妇青抗日救国会的群众组织，组织、引导群众做军衣、军鞋供应部队，拆城、破路、挖沟，阻止敌人的行动；抢收、储存粮食保证前线的战士和人民群众的生活需求……

这里顺便一提，近日听人说，孙犁在《风云初记》中对历史人物张荫梧的描写不够准确，说他是"曲线救国"。他到底是怎样的历史人物，另作别论，对所谓"曲线救国"我们是否定的。实际上许多投敌卖国分子，成为伪军向抗日队伍进攻，不能是什么救国，所以从未有"曲线救国"是真正抗日的。在《风云初记》中对他们的揭露和批判，是毫无疑义的。

二、"当兵是为了国家的事，是光荣的。"

小说《光荣》里，女青年秀梅在做群众工作时，遇到了一个麻烦。当年秀梅告诉原生去卡了逃兵的枪，而当了八路军，可他的妻子小五，思想落后，不求上进。因为丈夫当了兵，她就找茬和婆婆吵架，后来竟明目张胆地不在家干活，跑到街上看人家纺线，在一旁闲磕牙（说闲话），在群众中造成很坏的影响。她认为丈夫去当兵是被秀梅挑唆着去的，秀梅对她说"当兵是为了国家的事，是光荣的"。于是两人就"光荣"

的事争辩起来。在小五看来，"光荣几个钱一两，不能当衣穿，也不能当饭吃"；而秀梅则回答："有的人窝窝囊囊吃上顿饱饭，穿上件衣服就混得下去，有的人还想到比吃饭穿衣更光荣的事。"有觉悟的群众都支持秀梅，他们也都懂得打仗是为了大伙，现在的青年人，谁还愿意当炕头上的汉子呀！由此可知，抗日战争迅速提升了群众的思想觉悟，当兵打仗是保卫国家、保卫人民的大事，光荣的意识就这样自然而然地融入了群众的心灵之中。人民群众对当兵有了正确的认识，就解决了抗战的兵源；有了源源不断的新兵上前线，才能保证抗日战争的最后胜利。这也是党的宣传教育工作的巨大收获。

不仅在冀中、在冀西，可以说在整个敌后解放区，当兵光荣，是群众的共识。小说《山里的春天》也是描写了一个年轻的妇女不理解她的丈夫去当兵，恨当兵的丈夫撇下家里的大人小孩不管，没法种自己家的地，不由得骂他。可是，对抗属家的事，村干部早就有了安排。当她在地头上看见"当兵的"帮助自己家种地，又听"当兵的"说，"她（指自己的妻子——引者）不骂我，今天才从我们家乡来了个人，她还捎口信给我，说好好抗日，不要想家，你抗日有了成绩，我和孩子在家里也光荣，出门进门，人家都尊敬。"于是，这个年轻的妇女深受感动和教育，也懂得了当兵是光荣的，她也为丈夫去当兵感到光荣。

光荣意识，在解放区的群众中真正是深入人心，这是一个了不起的进步。孙犁曾经说过，他们在解放区做的工作，仍然是五四新文化运动启蒙工作的继续，从当兵光荣意识的确立和传播，可以印证，他所说的确是如此。

三、"对于那些青年妇女……使我衷心敬佩到五体投地的程度。"

孙犁的作品，有一个人所共知的特点，即所写的青年女性较多，而且个个美好可爱，天真活泼，富有朝气，充满乐观情绪。

抗战时期，在后方支援前线的广大妇女群众，表现得"识大体、乐观主义以及献身精神"，的确令人敬佩之至。因为她们知道："农民抗日完全出于自愿，他们热爱自己的家，自己的父母妻子。他们当兵打仗，正是为了保卫她。暂时的分别，正是为了将来的团聚。父母妻子也是这样想的。""当时一个老太太喂着一只心爱的母鸡，她就会想到：如果儿子不去打仗，不只自己活不成，她手里的这只母鸡也活不成。一个小男孩放牧着一只小山羊，他也会想到：如果父亲不去打仗，不只他自己不能活，他牵着的这只小山羊也不能活。"（《关于〈荷花淀〉的写作》）这些话鲜明、生动、细致入微地描写了广大农民尤其是妇女们高尚的爱国情怀。

　　在抗战的日日夜夜里，孙犁时时刻刻亲身感受到了北方妇女的机智、勇敢、宽厚和心地善良的美好品德。

　　小说《吴召儿》，写晋察冀通讯社刚搬到阜平以北的三将台所发生的事。在一次反"扫荡"时，派给他们一个女自卫队员当向导，她叫吴召儿，也是正在识字班上课的女学员。她活泼、开朗、热情，又认真负责，机智灵活，勇于承担。起初，她把大家带到一个叫大黑山的山顶上，到她的姑姑家里躲藏起来。夜里下了暴雨，问她害怕吗，她说："我一点儿也不害怕，我常在山上遇见这样的暴雨，今天更不会害怕。""领来你们这一群人，身上负着很大的责任呀，我也顾不得怕了。"（《孙犁文集》补订版第1卷）一个年轻的小姑娘正是嬉戏游玩的年龄，却已经懂得了担负着重大责任。她说的是大人一样的话，成熟、沉稳、坚定，像一个老练的指挥员。这就是残酷的战争，造就她早早地成为出色的人才。后来，敌人的目标果然是奔着这个山头来了。于是，女孩子果断地让她姑姑带着大家转移，而她自己则把身上的手榴弹全拉开弦，跳上跳下奔着敌人来的路跑去。如此独身孤胆敢于迎敌，不愧为女中豪杰。她将红色的棉袄翻穿在身，露出里面的白色，活像一只奔跑的小白山羊。"她蹬在乱石尖上跳跃着前进。那翻在里面的红棉袄，还不断被风吹卷，像从她身上撒出的一朵朵的火花，落在她的身后。"作者用诗一样的语言描绘她的美丽形象，赞赏她的英勇行动。

小说《"藏"》，所写的则是另一种女性。她叫浅花，模样好，能说会干，会过日子。她"好说好笑，说起话来，像小车轴上新抹了油，转得快叫得又好听。这个女人，嘴快脚快手快，织织纺纺全能行，地里活赛过一个长工。她纺线，纺车像疯了似的转，她织布，挺拍乱响，梭飞得像流星；她做饭，切菜刀案板一起响。走起路来，两只手甩起，像扫过平原的一股小旋风"。可是，对她的丈夫天天夜里出去，快天亮才回来，大惑不解，心存疑虑。问问丈夫做什么去了，他又不告诉，还发火地说："你不知道我有工作。"于是有一天夜里，她尾随着去看看究竟，终于发现了他做的事。浅花认识到自己错怪了丈夫，他是为了革命工作，才不回家吃饭、不回家睡觉的。由此，"她觉得丈夫有这么一个别人赶不上，自己也赶不上的大优点。她好像上到了摩天的高山，走进了庄严的佛殿，听见了煽动的讲演，忽然觉得自己的心胸也一下宽阔了，忘记了自己，身上好像来了一股力量，也想做那么一些工作，像丈夫一样。"这就是在民族危机空前高涨的时代，农村女性所表现出的伟大觉醒。

1976 年，粉碎了"四人帮"，"文革"止息。在此之前，孙犁写于"文革"前期的《书衣文录》（他的"日记片断"）早在 1973 年就分别发表于几种期刊上。在这一年的 12 月 7 日，他终于重新拿起了被疾病和遭逢所迫而放下二十年的笔，写出了第一篇文章，怀念被迫害致死的战友远千里，即《远的怀念》。从此，一发不可收，长久压抑于心胸的愤潓迸发而出，把经过历练而淬砺得更加深邃的思想和情怀，凝聚成一篇篇精短的作品，喷涌而出，展示了他雄厚的文学功力，形成他文学创作的又一个高峰。

起初，孙犁原计划一年写出一本书，结果却是，从 1979 年出版第一本《晚华集》，到 1996 年出版第十本《曲终集》，他自己说是用了十三年的时间。1995 年 5 月，老年病复发就完全封笔不写了。

孙犁最后的十本书，主题鲜明、内容丰赡、形式多样、题材广泛、语言精炼，一言以蔽之，凡可称作散文的文学样式无不涉及，尤其他首创的《书衣文录》，挥洒自如、酣畅淋漓、独辟蹊径。他的散文，讲真话，不语乱力怪神。这是一个作家良知的底线。他深情怀念“文革”期间或“文革”后先他而去的战友，情真意切，无不发自肺腑。他的杂文，针砭弊端，语言犀利，又与人为善，款语温言。他的读书记，借古喻今，见解独到，见人之所未见，议人之所未议。“孙犁读历史的鲜明特点是，他始终具有清醒的现实主义精神，他读史不是为了掉书袋以炫耀学问，而是为了一个崇高的目的。他恰像一位高举火炬的探险者，引导我们穿过一片阴森茂密的古籍之林，然后将他以敏锐眼光发现的历史真谛揭示给我们看，始而使我们触目惊心，继而使我们进入沉思。”（林谷：《一个思索着的读书人——孙犁》）

这里，粗略地谈谈孙犁晚年的小说。

孙犁是以卓越的中短篇小说享誉文坛的。他在对《文艺报》记者的谈话中说：“我经历了美好的极致，那就是抗日战争。我看到农民，他们的爱国热情，参战的英勇，深深地感动了我。我的文学创作，就是从这个时候开始的。我的作品，表现了这种善良的东西和美好的东西。”又说：“我也遇到邪恶的极致，这就是最近的动乱的十年。”“看到邪恶的极致，我不愿意写。这些东西，我体验很深，可以说镂心刻骨的。可是我不愿意去写这些东西，我也不愿意回忆它。"（《孙犁文集》补订版第5卷）他还说："我没有了当年写那些小说时的感情，我不愿用虚假的感情，去欺骗读者。"（《戏的梦》）可是，最终他还是写了。在给韩映山的信中，他说："我近来写了三篇小说，是我在'文化大革命'遭遇的，本来是不想写这些东西了，但有时想，我如不写，别人是不会知道这些细节。为后世计，我还是写一点吧。"（《孙犁文集》补订版第9卷）他的"为后世计"，与他的"文学事业的特性决定"论是一致的。他说"是现实主义促使他们这样干，是浪漫主义感召他们这样干。说得冠冕一些，他们是为正义斗争，是为人生斗争。文学是最忌讳说诳话的。文学要反映的是社会现实。文学是要有理想的，表现这种理想需要一种近于狂放的热情。"（《文字生涯》）正是在这样的思想指导和支撑下，他写了35篇自称《芸斋小说》的作品，这也是他晚年的所有小说，为他人生的文学创作画上了一个圆圆的句号。这就是我们说的"新孙犁"。

在《读小说札记》一文中，孙犁更明确地说："我晚年所写小说，多用真人真事，真见闻，真感情。平铺直叙，从无意编故事，造情节。但我这种小说，却是纪事，不是小说。"

这也正如茅盾说的，"这一'人物'说他是实在有的一位'我们的熟人'呢，倒又不是，然而'面熟'得很，'我们的熟人'们中间都有'他'的影子，都有一点像'他'，但并不就是'他'。各人都有点像'他'，然而又不全像'他'，到处可以碰见'他'，然而不能指认'他'就是谁某：这才是'人物'创造的最上乘。"（《创作的准备》，见《茅盾论创作》）我认为《芸斋小说》中所有人物都当作如是观。

孙犁写《芸斋小说》，是说他若不写，别人是不知道这些细节的。他对细节的重视，也说得一清二楚："艺术所重，为真实。真实所存，在细节。无细节之真实，即无整体之真实。"（《朋友的彩笔》）真正的作家都知道，故事好编，细节难觅。

在《芸斋小说》里，作家采撷了人们习以为常、司空见惯的细节，取材虽小，喻事却大。

《言戒》取材生活末事，却给人惊骇的结局。因写作取得报酬的"我"遭人羡，"我"以"你也写吧"反唇相讥，却被对方怀恨在心。在动乱时期对方当上造反派头头，对"我""百般凌辱"几致殒命。至于高跷能手，国破家亡之日，为敌人献艺，临死之时，仍不以为耻，糊涂至极。女相士巧舌如簧，乘国难之机，以相术大发其财。她与"我"在菜窖里谈些闲话，也被革命群众视作"反动"阶级的新动向。所以作者认为，"十年动乱，较之八年抗战，人心之浮动不安，彷徨无主，为更甚矣。"

在《冯前》里，有这样一个细节，"他发言时，却别出心裁：事先坐在最后一排，主席一唱名，他一边走，一边举手高呼口号，造成全场轰动，极其激昂的场面，使批判会达到出乎意外的高潮"。只要是亲身经历过"文革"的一代人，对这个场景都会有难以磨灭的记忆。

在《芸斋小说》中，最令人痛心、最令人悲伤的是三马之死。三马是一个很善良、很懂事、很有同情心的青年，只是由于父亲问题两个哥哥到了结婚的年龄而找不到对象，患上精神病。他不愿和他们俩住一起，偷偷住进了"我"留下的一小间空房，竟被管房的逼迫自杀身亡。"痛定思痛，乃悼亡者，终以彼等死于暗无天日，未得共享政治清明之福为恨事。此所以于昏眊之年，仍有芸斋小说之作也。"（《三马·芸斋主人曰》）这段文字，深刻地阐述了作者写作的主旨。

总结孙犁的《芸斋小说》，可用他在《书衣文录》中的一段话概括："当变革之期，群众揭竿而起，选士用人，不可拘泥细节。大局已定，则应教养生息，以道德法制教化天下。未闻有当天下太平之时，在上者忽然想入非非，迫使人民退入愚昧疯狂状态。号称革命，自革已成之业，使道德沦丧，法制解体，人欲横流，祸患无穷，如‘文化大革命’所为者。"（《孙犁文集》补订版第7卷）

最后，综观孙犁一生的文学创作，我想最好用他的老战友，作家、文艺理论家、资深文学编辑秦兆阳的话表述之："孙犁的正气和清纯的风范，唯清纯始能持正，因正气更显清纯。所有这些我都有事实根据，可惜不能详述。其实，所有这些都在他的作品和文章中有鲜明的反映——形成了孙犁特有的个性和韵味——几十年一以贯之。这就是孙犁同志的难能之处，可贵之处。"（《孙犁研究论文集》）

2020年4月，庚子新冠猖獗之时

八十又五，于津门佳闻宅第

上　册

目录

第一辑　善闇室纪年

《善闇室纪年》摘抄（一） 3

父亲的记忆 15

母亲的记忆 18

亡人逸事 20

东宁姨母 25

童年漫忆 27

昆虫的故事 33

保定旧事 35

我中学时课外阅读的情况 42

报纸的故事 44

同口旧事 44

　　——《琴和箫》代序

乡里旧闻 48

第二辑　平原的觉醒 57

平原的觉醒 105

『古城会』 109

某村旧事 113

新年悬旧照 119

白洋淀边一次小斗争 121

1

目录

三烈士事略 并后记 125

王凤岗坑杀抗属 128

在阜平 ....

——《白洋淀纪事》重印散记 130

第一次当记者 134

服装的故事 139

游击区生活一星期 143

张秋阁 160

曹蜜田和李素忍 164

王香菊 167

香菊的母亲 170

织席记 174

采蒲台的苇 177

一别十年同口镇 179

第三辑 移家天津

移家天津 185

我和《文艺周刊》 188

一九五六年的旅行 191

病期经历 197

黄鹂 ....

——病期琐事 210

2

目录

石 子
　　——病期琐事　　　　　　　　　　　　214

访 旧　　　　　　　　　　　　　　　　218

婚 俗　　　　　　　　　　　　　　　　221

家 庭　　　　　　　　　　　　　　　　225

齐满花　　　　　　　　　　　　　　　　229

刘桂兰　　　　　　　　　　　　　　　　233

津沽路上有感　　　　　　　　　　　　　236

删去的文字　　　　　　　　　　　　　　240

幼稚园　　　　　　　　　　　　　　　　244

第四辑　书衣文录

序　　　　　　　　　　　　　　　　　　249

明清藏书家尺牍　　　　　　　　　　　　250

中国小说史略　一九三二年八版　　　　　251

鲁迅书简　许广平　编　　　　　　　　　252

西游记　　　　　　　　　　　　　　　　253

风云初记　　　　　　　　　　　　　　　255

战争与和平　　　　　　　　　　　　　　256

鲁迅小说里的人物　　　　　　　　　　　257

越缦堂詹詹录　　　　　　　　　　　　　258

3

目录

海上述林 （上卷） 259

毛诗注疏 国学基本丛书 261

蒲松龄集 上 262

『今日文化』 263

铁木前传 264

国语 国学基本丛书本 265

曲海总目提要 266

棠阴比事 267

搜神后记 明刊抄配本 268

戚序石头记 269

卷十二 七十四回至八十回 269

广群芳谱 270

茶香室丛钞 二 271

唐拓十七帖 272

陈老莲水浒叶子 273

全唐诗乐府 274

司马温公尺牍 275

释迦如来应化事迹 276

诗品注 277

缶庐近墨第一集 278

4

目录

近思录 ……………………………………………………………… 279

鲁迅全集 …………………………………………………………… 280

五种遗规　商务印书馆排印本 …………………………………… 282

新文学史料　第十一期 …………………………………………… 283

章太炎年谱长编 …………………………………………………… 284

题李燕生所作篆刻 ………………………………………………… 285

达夫书简 …………………………………………………………… 286

唐玄序集王羲之书《金刚经》 …………………………………… 287

菜根谭 ……………………………………………………………… 289

知堂书话　上 ……………………………………………………… 290

聊斋佚文辑注　蒲松龄纪念馆 …………………………………… 291

太平广记　第十册 ………………………………………………… 292

　　盛伟　辑注　齐鲁书社

文徵明行书《离骚》 ……………………………………………… 293

知堂谈吃　卫建民赠 ……………………………………………… 294

石涛山水册页 ……………………………………………………… 295

宋贤遗翰 …………………………………………………………… 296

中国书法全集　78　康梁罗郑卷 ………………………………… 297

第五辑　远的怀念

回忆沙可夫同志 …………………………………………………… 301

5

目录

清明随笔
　——忆邵子南同志　　　　　　306

远的怀念　　　　　　　　　　　312

伙伴的回忆　　　　　　　　　　316

悼画家马达　　　　　　　　　　323

谈赵树理　　　　　　　　　　　329

夜　思　　　　　　　　　　　　335

悼念李季同志　　　　　　　　　340

大星陨落
　——悼念茅盾同志　　　　　　345

悼念田间　　　　　　　　　　　348

关于丁玲　　　　　　　　　　　351

黄　叶　　　　　　　　　　　　355

悼曼晴　　　　　　　　　　　　358

记邹明　　　　　　　　　　　　361

第一辑　善闇室纪年

《善闇室纪年》摘抄（一）

我的童年

一九一三年（旧历癸丑），阴历四月初六日，生于河北省安平县东辽城村。村一百余户，东至县城十八里，西南至子文镇三里。子文有集，三、十月有药王庙会。

我上有兄姊五人，都殇。听母亲说，当时家境很不好，产后，外祖母拆破鸡笼，为她煮饭。我生时，家已稍裕。父亲幼年，由一个招赘在本村的山西人，介绍到安国县一家油粮店学徒，此店兼营钱业。父亲后来吃上劳力股份，买了一些田。又买了牲口车辆，叫叔父和二舅父拉脚。

生我后，母亲无奶。母亲说，被一怀孕堂婶沾了去。喂我些糊，即把馒头弄碎，然后再煮成粥状。因此，我幼年体弱，且有惊风疾。母亲为我终年烧香还愿，并时常请一邻居老奶奶，为我按摩腹部以助消化。惊风病至十来岁，由叔父骑驴带到伍仁桥，请人针刺手腕（清明日，连三年），乃愈。

一九一九年，七岁（虚岁，下同）。入本村小学。时已非私塾，系洋学堂，不念四书，读课本。功课以习字、作文为重。父亲请人为祖父撰写碑文，交老师教我背诵。教师多为简易师范毕业，系附近村庄人，假日可回家务农。无正式校舍，借人家闲院闲房，稍事修整为课堂，复式教学。大学生为老师买菜做饭，以为荣耀。我家每年请先生两次酒饭，席间，叔父嘱以不要打，因我有病。冬季上夜校，提小玻璃煤油灯，放学路上甚乐。

一九二四年，十二岁。随父亲至安国县，考入高级小学。按照我的家庭情况，上完初级小学，本应务农，或到外处学习商业。但父亲听信安国县邮政局长之言，发愿叫我升学，习英语，以便考入邮政，说这是铁饭碗。高级小学在县城内东北角，原文庙内。设备完好，图书亦多。在此，课外阅读了文学研究会的一些小说，商务印书馆出版的杂志和儿童读物。

安国县原名祁州，为药材聚散之地，传说，各路药材，不到祁州即不灵。每年春冬庙会（药王庙），商贾云集，有川广云贵各帮。药商为了广招徕，演大戏，施舍重金，修饰药王庙，殿宇深邃，庙前有一对铁狮子，竖立两棵高大铁旗杆，数十里外就可以看到。

南关商业繁盛，多药材庄和作坊，各地药商，都有常驻这里的人员店铺。

不久母亲和表姐亦来此，我们寄居在父亲一个朋友的闲院里，地处西门里。一直到我读完高小。

在安国时，父亲并为我请一课外教师，系一潦倒秀才，专教古文，记得他曾在集市上代我买《诗韵合璧》一部，我未能攻习。

一九二六年，十四岁。考入保定育德中学，保定距安国一百二十里，乘骡车。父亲送考，考第二师范，未被录取，不得已改考中学，中学费大。

一九二七年，十五岁。休学一年，实系年幼想家，不愿远出。这一年大革命北伐，影响保定，学校有学潮，我均未见，是大损失。父亲寄《三民主义》一本至家，是咸与维新之意。是年订婚。同县黄城王姓。

一九二八年，十六岁。寒假后复学。大饭厅也是大会堂，写上了总理遗嘱、建国方略。每星期一做纪念周，校长在台上带领静默，总不到规定时间，即宣告默毕。不然，学生们即忍不住要笑。作文课，得老师称许，并屡次在校刊发表，多为小说。记得有一篇写一家盲人，一篇写一女演员。

初中四年期间，除一般课程外，在图书馆借读文学作品。图书馆主任，先为安志诚先生，后为王斐然先生，对我均有鼓励帮助。

一九二九年，十七岁。结婚。

一九三一年，十九岁。初中毕业，"九一八"事变。

1980 年 4 月

在安国县

我十二岁，跟随父亲到安国县上学。我村距安国县六十里路。第一次是同父亲骑一匹驴去的，父亲把我放在前面。路过河流、村庄，父亲就下去牵着牲口走，我仍旧坐在上面。

等到下午三四点钟，才到了县城，一进南关，就是很热闹的了，先过药王庙，有铁旗杆、铁狮子。再过大药市、小药市，到处是黄芪味道，那时还都是人工切制药材。大街两旁都是店铺，真有些熙熙攘攘的意思。然后进南城门洞，有两道城门，都用铁皮铁钉包裹。

父亲所在的店铺，在城里石牌坊南边路东，门前有一棵古槐，进了黑漆大门，有一座影壁，下面有鱼缸，还种着玉簪花。

在院里种着别的花草和荷花。前院是柜房，后院是油作坊。

这家店铺是城北张姓东家，父亲从十几岁在这里学徒，现在算是掌柜了。

店铺对门的大院，是县教育局，父亲和几位督学都相识。我经过考试，有一位督学告诉父亲，说我的作文中，"父亲在安国为商"，"为商"应该写作"经商"，父亲叫我谨记在心，我被录取。

店铺吃两顿饭，这和我上学的时间，很有矛盾。父亲在十字街一家面铺，给我立了一个折子，中午在那里吃。早晨父亲起来给我做些早点。下午放学早，晚饭在店铺吃。终究不方便，半年以后，父亲把母亲和表姐从家里接来，在西门里路南胡家的闲院借住。

父亲告诉我，胡家的女主人是我的干娘，干爹是南关一家药店的东家，去世了。干娘对我很好，她有两个儿子，两个姑娘，大儿子在家，二儿子和我一同上高级小学，对我有些歧视。

这是一家地主，那时，城市和附近的地主，都兼营商业。她家雇一名长工，养一匹骡子，有一辆大车，还有一辆轿车。地里的事，都靠长工去管理，家里用一个老年女用人，洗衣做饭，人们叫他"老傅家"。

我那位干哥哥，虽说当家，却是个懒散子弟，整天和婶母大娘们在家里斗牌。他同干嫂，对我也很好。

那位干姐，在女子高级小学读书，长得洁白秀丽，好说笑。对我很热情、爱护。她做的刺绣手工和画的桃花，给我留下深刻的印象。她好看《红楼梦》，有时坐在院子里，讲给我的表姐听。表姐幼年丧母，由我母亲抚养成人，帮母亲做活做饭，并不认识字。但记忆力很好。

我那时，功课很紧，在学校又爱上了新的读物，所以并不常看这些旧小说。父亲为了使我的国文进步，请了街上一位潦倒秀才，教我古文。老秀才还企图叫我作诗，给我买了一部《诗韵合璧》，究竟他怎么讲授的，一点印象也没有了。

胡家对门，据说是一位古文家，名叫刁包的故居。父亲借来他的文集叫我看，我对那种木板刻的大本书，实在没有兴趣，结果一无所得。

这座高小，设在城内东北角原是文庙的地方。学校的教学质量，我不好评议，只记得那些老师，都是循规蹈矩，借以糊口，并没有什么先进突出之处。学校的设备，还算完善，有一间阅览室，里面放着东方杂志、教育杂志、学生杂志、妇女杂志、儿童世界等等，都是商务印书馆的出版物。还有从历史改编的故事，如岳飞抗金兵、泥马渡康王等等。还有文学研究会的小说集，叶绍钧的《隔膜》、刘大杰的《渺茫的西南风》等等，使我眼界大开。

因为校长姓刘，学校里有好几位老师也姓刘，为了便于区分，学生们都给他们起个外号。教我国文的老师叫大鼻子刘。有一天，他在课堂上，叫我们提问，我请他解释什么叫"天真烂漫"，他笑而不答，使我一直莫名其妙。等到我后来也教小学了，才悟出这是教员滑头的诀窍之一，就是他当时也想不出怎样讲解这个词。

父亲和县邮局的局长认识，愿意叫我以后考邮政。那一年，有一位青年邮务员新分配到这个局里，父亲叫我和他交好，在他公休的时候，我们常一同到城墙上去散步，并不记得他教我什么，只记得他常常感叹这一职业的寂寞、枯燥、远离家乡、举目无亲之苦。

干姐结婚后，不久就患肺病死去了，我也到保定读书去了。母亲和表姐，又都回到原籍去。

解放以后，我到安国县去过一次，这一家人，作为地主，生活变化很大。房屋拆除了不少，有被分的，有自卖的。干哥夫妇，在我们居住过的地方，开了一座磨面作坊。

1980年10月11日晨

在北平

从北平市政府出来以后，失业一段时间，后来到象鼻子中坑小学当事务员。

这座小学校，在东城观音寺街内路北，当时是北平不多几个实验小学之一。

这也是父亲代为谋取的，每月十八元薪金。校长姓刘，是我在安国上小学时那个校长的弟弟，北平师范毕业。当时北平的小学，都由北平师范的学生把持着。北伐战争时期，这个校长参加了国民党，在接收这个小学时，据说由几个同乡同学，从围墙外攻入，登上六年级教室那个制高点，抛掷砖瓦，把据守在校内的非北师毕业的校长驱逐出去。帮他攻克的同乡、同事，理所当然地都是本校教员了。

校长每月六十元薪金，此外修缮费、文具费虚报，找军衣庄给学生做制服，代书店卖课本，都还有些好处。所以他能带家眷，每天早上冲两个鸡蛋，冬天还能穿一件当时在北平很体面的厚呢大外氅。

此人深目鹰鼻，看来不如他的哥哥良善。学校有两名事务员，一个管会计，一个管庶务。原来的会计，也是安国人，大概觉得这个职业，还不如在家种地，就辞职不干了。父亲在安国听到这个消息，就托我原来的校长和他弟弟说，看人情答应的。

但是，我的办事能力实在不行，会计尤其不及格。每月向社会局（那时不叫教育局）填几份表报，贴在上面的单据，大都是文具店等开来的假单据，要弄得支付相当，也需要几天时间。好在除了这个，也实在没有多少事。校长看我是个学生，又刚来乍到，连那个保险柜的钥匙，也不肯交给我。当然我也没兴趣去争那个。

只是我的办公地点太蹩脚。校长室在学校的前院，外边一大间，安有书桌电话，还算高敞；里边一间，非常低小阴暗，好像是后来加盖的一个"尾巴"，但不是"老虎尾巴"，而是像一个肥绵羊的尾巴。尾巴间向西开了一个低矮的小窗户，下面放着我的办公桌。靠南墙是另一位办事员的床铺，北墙是我的床铺。

庶务办事员名叫赵松，字干久，比我大几岁。他在此地干得很久了，知道学校很多掌故，对每位教员，都有所评论，并都告诉我。

每天午饭前，因为办公室靠近厨房，教员们下课以后，都拥到办公室来，赵松最厌烦的是四年级的级任，这个人，从走路的姿势，就可以看出他的自高自大。他有一个坏习惯，一到办公室，就奔痰盂，大声清理他的鼻喉。赵松给他起了一个绰号，叫作"管乐"。这位管乐西服革履，趾高气扬。后来忽然低头丧气起来，赵松告诉我，此人与一女生发生关系，女生怀孕，正在找人谋求打胎。并说校长知而不问，是因同乡关系。

六年级级任，也是校长的同乡，他年岁较大，长袍马褂，每到下课，就一边擦着鼻涕，一边急步奔到我们的小屋里，两手把长袍架起，眯着眼睛，弓着腰，嘴里喃喃着"小妹妹，小妹妹"，直奔赵松的床铺，其神态酷似贾琏。赵松告诉我，这位老师，每星期天都去逛暗娼，对女生，师道也很差。

学校的教室，都在里院，和我们隔着一道墙，我不好走动，很少进去观望。上课的时候，教员讲课的声音，以及小学生念笔顺的声音，是听得很清楚的。那时这座小学正在实验"引起动机"教学法，就是先不讲课文的内容，而由教员从另外一种事物引起学生学习课文的动机。不久，小学生就了解老师的做法，不管你怎样引起，他就是不往那上面说。比如课文讲的是公鸡，老师问：

"早晨你们常听见什么叫唤呀！"

"鸟叫。"学生们回答。

老师一听有门，很高兴，又问：

"什么鸟叫啊？"

"乌鸦。"

"没有听到别的叫声吗？"

"听到了，麻雀。"

这也是赵松告诉我的故事。

每月十八元，要交六元伙食费，剩下的钱再买些书，我的生活，可以算是很清苦了。床铺上连枕头也没有，冬天枕衣包，夏天枕棉裤。赵松曾送我两句诗，其中一句是"可怜年年枕棉裤"。

可是正在青年，志气很高，对人从不假借，也不低三下四。现在想起来，这一方面，固然是刚出校门，受社会感染还不深，也并没有实受饥寒交迫之苦；另一方面也因为家有一点恒产，有退身之路，可以不依附他人，所以能把腰直立起来。

这些教员自视，当然比我们高一等，他们每月有四十元薪金，但没有一个人读书，也不备课，因为都已教书多年，课本又不改变。每天吃过晚饭，就争先恐后地到外边玩去了。三年级级任，是定兴县人，他家在东单牌楼开一座澡堂，有时就请同事到那里洗澡，当然请不到我们的名下。

我和赵松，有时寂寞极了，也在星期六晚上，到前门外娱乐场所玩一趟，每人要花一元多钱，这在我们，已经是所费不赀了。回来后，赵松总是倒在床上咳叹不已，表示忏悔。后来，他的一位同乡，在市政府当了科长，约他去当一名办事员，每月所得，可与教员媲美。他把遗缺留给他的妹夫，这人姓杨，也是个中学生，和我也很要好。

我还是买些文艺书籍来读。一年级的级任老师，是个女的，有时向我借书看，她住在校内，晚上有时也到我们屋里谈谈，总是站在桌子旁边，不苟言动。

每逢晚饭之后，我到我的房后面的操场上去。那里没有一个人，我坐在双杠上，眼望着周围灰色的墙，和一尘不染的天空，感到绝望。我想离开这里，到什么地方去呢？我想起在中学时，一位国文老师，讲述济南泉柳之美，还有一种好吃的东西，叫小豆腐，我幻想我能到济南去。不久，我就以此为理由，向校长提出辞职，校长当然也不会挽留。

但到济南又投奔何处？连路费也没有。我只好又回到老家去，那里有粥喝。

1980 年 10 月 11 日晨

去延安

一九四四年（三十二岁）返至华北联大教育学院，立即得到通知，明日去延安。

次日，领服装上路，每人土靛染浅蓝色粗布单衣裤两身。我去迟，所得上衣为女式。每人背小土布三匹，路上卖钱买菜。

行军。最初数日，越走离家乡越远，颇念家人。

路经盂县，田间候我于大道。我从机关坚壁衣物处携走田的日本皮大衣一件。

我们行军，无敌情时，日六七十里，悠悠荡荡，走几天就休息一天，由打前站的卖去一些土布，买肉改善伙食。

至陕西界，风光很好。

在绥德休息五天。晋绥军区司令部，设在附近。吕正操同志听说我在这里路过，捎信叫我去。我穿着那样的服装，到他那庄严的司令部做客，并见到了贺龙同志，自己甚觉不雅。我把自己带着的一本线装《孟子》，送给了吕。现在想起来，也觉举动奇怪。

绥德是大山城，好像我们还在那里洗了澡。

清涧县城给我留下了很深的印象。那里的山，是一种青色的、湿润的、平滑的板石构成的。那里的房顶、墙壁、街道，甚至门窗、灶台、炕台、地下，都是用这种青石建筑或铺平的。县城在峭立的高山顶上，清晨黄昏，大西北的太阳照耀着这个山城，确实绮丽壮观。雨后新晴，全城如洗过，那种青色就像国画家用的石青一般沉着。

米脂，在陕北是富庶的地方。县城在黄土高原上，建筑得非常漂亮。城里有四座红漆牌坊，就像北京的四牌楼一样。

我们从敌后来。敌后的县城、城墙，我们拆除了，房屋街道，都遭战争破坏；而此地的环境，还这样完整安静。我躺在米脂的牌坊下，睡了一觉，不知梦到何方。

到了延安，分配到鲁迅艺术文学院，先安置在桥儿沟街上一家骡马店内。一天傍晚，大雨。我们几个教员，坐在临街房子里的地铺上闲话。我说：这里下雨，不会发水。意思是：这里是高原。说话之间，听流水声甚猛，探身外视，则洪水已齐窗台。急携包裹外出，刚刚出户，房已倒塌。仓皇间，听对面山上有人喊：到这边来。遂向山坡奔去。经过骡马店大院时，洪水从大门涌入，正是主流，水位迅猛增高。我被洪水冲倒，弃去衣物，触及一拴马高桩，遂攀登如猿猴焉。大水冲击马桩，并时有梁木、车辕冲过。我怕冲倒木桩，用脚、腿拨开，多处受伤。好在几十分钟，水即过去。不然距延河不到百米，身恐已随大江东去矣。

后听人说，延河边有一石筑戏楼，暑天中午，有二十多人，在戏楼上乘凉歇晌。洪水陡至，整个戏楼连同这些人，漂入延河。到生地方，不先调查地理水文，甚危险也。

水灾后，除一身外，一无所有。颇怨事先没人告诉我们，此街正是山沟的泄水道。次日，到店院寻觅，在一车脚下找到衣包，内有单衣两套。拿到延河边，洗去污泥，尚可穿用。而千里迢迢抱来田间的皮大衣，则已不知被别人捡去，还是冲到延河去了。那根拿了几年的六道木棍，就更没踪影了。

在文学系，名义是研究生。先分在北山阴土窑洞，与公木为邻。后迁居东山一小窑，与鲁藜、邵子南为邻。

一些著名作家，戏剧、音乐、美术专家，在这里见到了。

先在墙报上发表小说《五柳庄纪事》，后在《解放日报》副刊，发表《荷花淀》《芦花荡》《麦收》等。提升教员，改吃小灶，讲《红楼梦》。

生活：窑洞内立四木桩，搭板为床。冬季木炭一大捆，很温暖，敌后未有此福也。

家具：青釉瓷罐一个，可打开水。大砂锅一，可热饭，也有用它洗脸的。水房、食堂，均在山下。经常吃到牛羊肉，主食为糜子。

刚去时，正值大整风以后，学院表面，似很沉寂。原有人员，多照料小孩儿，或在窑洞前晒太阳。黄昏，常在广场跳舞，鲁艺乐队甚佳。

敌后来了很多人，艺术活动多了。排练《白毛女》，似根据邵子南的故事。

我参加的生产活动：开荒，糊洋火盒。修飞机场时，一顿吃小馒头十四枚。

延安的土布，深蓝色，布质粗而疏，下垂。冬季以羊毛代棉絮，毛滑下坠，肩背皆空。有棉衣，甚少。邓德滋随军南下，相约：在桥儿沟大道上，把他领到的一件棉上衣换给我。敌后同来的女同志，为我织毛袜一双，又用棉褥改小袄一件，得以过冬。

讲课时，与系代主任舒群同志争论。我说《红楼梦》表现的是贾宝玉的人生观。他说是批判贾宝玉的人生观，引书中《西江月》为证。

沙可夫同志亦从前方回来，到学院看我，并把我在前方情况，介绍给学院负责人宋侃夫同志。沙见别人都有家眷，而我独处，关怀地问：是否把家眷接来？彼不知无论关山阻隔，小儿女拖累，父母年老，即家庭亦离她不开。

1979 年

父亲的记忆

父亲十六岁到安国县（原先叫祁州）学徒，是招赘在本村的一位姓吴的山西人介绍去的。这家店铺的字号叫永吉昌，东家是安国县北段村张姓。

店铺在城里石牌坊南。门前有一棵空心的老槐树。前院是柜房，后院是作坊——榨油和轧棉花。

我从十二岁到安国上学，就常常吃住在这里。每天掌灯以后，父亲坐在柜房的太师椅上，看着学徒们打算盘。管账的先生念着账本，人们跟着打，十来个算盘同时响，那声音是很整齐很清脆的。打了一通，学徒们报了结数，先生把数字记下来，说：去了。人们扫清算盘，又聚精会神地听着。

在这个时候，父亲总是坐在远离灯光的角落里，默默地抽着旱烟。

我后来听说，父亲也是先熬到先生这一席位，念了十几年账本，然后才当上了掌柜的。

夜晚，父亲睡在库房。那是放钱的地方，我很少进去，偶尔从撩起的门帘缝望进去，里面是很暗的。父亲就在这个地方，睡了二十几年，我是跟学徒们睡在一起的。

父亲是一九三七年，"七七"事变以后离开这家店铺的，那时兵荒马乱，东家也换了年轻一代人，不愿再经营这种传统的老式的买卖，要改营百货。父亲守旧，意见不合，等于是被辞退了。

父亲在那里，整整工作了四十年。每年回一次家，过一个正月十五。先是步行，后来骑驴，再后来是由叔父用牛车接送。我小的时候，常同父亲坐这个牛车。父亲很礼貌，总是在出城以后才上车，路过每个村庄，总是先下来，和街上的人打招呼，人们都称他为孙掌柜。

父亲好写字。那时学生意，一是练字，一是练算盘。学徒三年，一般的字就写得很可以了。人家都说父亲的字写得好，连母亲也这样说。他到天津做买卖时，买了一些旧字帖和破对联，拿回家来叫我临摹，父亲也很爱字画，也有一些收藏，都是很平常的作品。

抗战胜利后，我回到家里，看到父亲的身体很衰弱。这些年闹日本，父亲带着一家人，东逃西奔，饭食也跟不上。父亲在店铺中吃惯了，在家过日子，舍不得吃些好的，进入老年，身体就不行了。见我回来了，父亲很高兴。有一天晚上，一家人坐在炕上闲话，我絮絮叨叨地说我在外面受了多少苦，担了多少惊。父亲忽然不高兴起来，说："在家里，也不容易！"回到自己屋里，妻抱怨说："你应该先说爹这些年不容易！"

那时农村实行合理负担，富裕人家要买公债，又遇上荒年，父亲不愿卖地，地是他的性命所在，不能从他手里卖去分毫。他先是动员家里人卖去首饰、衣服、家具，然后又步行到安国县老东家那里，求讨来一批钱，支持过去。他以为这样做很合理，对我详细地描述了他那时的心情和境遇，我只能默默地听着。

父亲是一九四七年五月去世的。春播时，他去耧耧，出了汗，回来就发烧，一病不起。立增叔到河间，把我叫回来。我到地委机关，请来一位医生，医术和药物都不好，没有什么效果。

父亲去世以后，我才感到有了家庭负担。我旧的观念很重，想给父亲立个碑，至少安个墓志。我和一位搞美术的同志，到店子头去看了一次石料，还求陈肇同志给撰写了一篇很简短的碑文。不久就土地改革了，一切无从谈起。

父亲对我很慈爱，从来没有打骂过我。到保定上学，是父亲送去的。他很希望我能成才，后来虽然有些失望，也只是存在心里，没有当面斥责过我。在我教书时，父亲对我说："你能每年交我一个长工钱，我就满足了。"我连这一点也没有做到。

父亲对给他介绍工作的姓吴的老头儿，一直很尊敬。那老头儿后来过得很不如人，每逢我们家做些像样的饭食，父亲总是把他请来，让在正座。老头儿总是一边吃，一边用山西口音说："我吃太多呀，我吃太多呀！"

1984 年 4 月 27 日

上午寒流到来，夜雨泥浆。

母亲的记忆

母亲生了七个孩子，只养活了我一个。一年，农村闹瘟疫，一个月里，她死了三个孩子。爷爷对母亲说：

"心里想不开，人就会疯了。你出去和人们斗斗纸牌吧！"

后来，母亲就养成了春冬两闲和妇女们斗牌的习惯，并且常对家里人说：

"这是你爷爷吩咐下来的，你们不要管我。"

麦秋两季，母亲为地里的庄稼，像疯了似的劳动。她每天一听见鸡叫就到地里去，帮着收割、打场。每天很晚才回到家里来。她的身上都是土，头发上是柴草。蓝布衣裤汗湿得泛起一层白碱，她总是撩起裥子的大襟，抹去脸上的汗水。她的口号是："争秋夺麦！""养兵千日，用兵一时！"一家人谁也别想偷懒。

我生下来，就没有奶吃。母亲把馍馍晾干了，再粉碎煮成糊喂我。我多病，每逢病了，夜间，母亲总是放一碗清水在窗台上，祷告过往的神灵。母亲对人说："我这个孩子，是不会孝顺的，因为他是我烧香还愿，从庙里求来的。"

家境小康以后，母亲对于村中的孤苦饥寒，尽力周济，对于过往的人，凡有求于她，无不热心相帮。有两个远村的尼姑，每年麦秋收成后，总到我们家化缘。母亲除给她们很多粮食外，还常留她们食宿。我记得有一个年轻的尼姑，长得眉清目秀。冬天住在我家，她怀揣一个蝈蝈葫芦，夜里叫得很好听，我很想要。第二天清早，母亲告诉她，小尼姑就把蝈蝈送给我了。

抗日战争时，村庄附近，敌人安上了炮楼。一年春天，我从远处回来，不敢到家里去，绕到村边的场院小屋里。母亲听说了，高兴得不知给孩子什么好。家里有一棵月季，父亲养了一春天，刚开了一朵大花，她折下就给我送去了。父亲很心痛，母亲笑着说："我说为什么这朵花，早也不开，晚也不开，今天忽然开了呢，因为我的儿子回来，它要先给我报个信儿！"

一九五六年，我在天津，得了大病，要到外地去疗养。那时母亲已经八十多岁，当我走出屋来，她站在廊子里，对我说：
"别人病了往家里走，你怎么病了往外走呢！"
这是我同母亲的永诀。我在外养病期间，母亲去世了，享年八十四岁。

1982 年 12 月

亡人逸事

一

旧式婚姻，过去叫作"天作之合"，是非常偶然的。据亡妻言，她十九岁那年，夏季一个下雨天，她父亲在临街的梢门洞里闲坐，从东面来了两个妇女，是说媒为业的，被雨淋湿了衣服。她父亲认识其中的一个，就让她们到梢门下避避雨再走，随便问道：

"给谁家说亲去来？"

"东头崔家。"

"给哪村说的？"

"东辽城。崔家的姑娘不大般配，恐怕成不了。"

"男方是怎么个人家？"

媒人简单介绍了一下，就笑着问。

"你家二姑娘怎样？不愿意寻吧？"

"怎么不愿意。你们就去给说说吧，我也打听打听。"她父亲回答得很爽快。

就这样，经过媒人来回跑了几趟，亲事竟然说成了。结婚以后，她跟我学认字，我们的洞房喜联横批，就是"天作之合"四个字。她

文学和生活的路
——孙犁散文随笔书信选（上）

点头笑着说：

"真不假，什么事都是天定的。假如不是下雨，我就到不了你家里来！"

二

虽然是封建婚姻，第一次见面却是在结婚之前。订婚后，她们村里唱大戏，我正好放假在家里。她们村有我的一个远房姑姑，特意来叫我去看戏，说是可以相相媳妇。开戏的那天，我去了，姑姑在戏台下等我。她拉着我的手，走到一条长板凳跟前。板凳上，并排站着三个大姑娘，都穿得花枝招展，留着大辫子。姑姑叫着我的名字，说：

"你就在这里看吧，散了戏，我来叫你家去吃饭。"

姑姑的话还没有说完，我看见站在板凳中间的那个姑娘，用力盯了我一眼，从板凳上跳下来，走到照棚外面，钻进了一辆轿车。那时姑娘们出来看戏，虽在本村，也是套车送到台下，然后再搬着带来的板凳，到照棚下面看戏的。

结婚以后，姑姑总是拿这件事和她开玩笑，她也总是说姑姑会出坏道儿。

她礼教观念很重。结婚已经好多年，有一次我路过她家，想叫她跟我一同回家去。她严肃地说：

"你明天叫车来接我吧，我不能这样跟着你走。"我只好一个人走了。

三

她在娘家，因为是小闺女，娇惯一些。从小只会做些针线活；没有下场下地劳动过。到了我们家，我母亲好下地劳动，尤其好打早起，麦秋两季，听见鸡叫，就叫起她来做饭。又没个钟表，有时饭做熟了，天还不亮。她颇以为苦。回到娘家，曾向她父亲哭诉。她父亲问：

"婆婆叫你早起，她也起来吗？"

"她比我起得更早。还说心疼我，让我多睡了会儿哩！"

"那你还哭什么呢？"

我母亲知道她没有力气，常对她说：

"人的力气是使出来的，要伸懒筋。"

有一天，母亲带她到场院去摘北瓜，摘了满满一大筐。母亲问她："试试，看你背得动吗？"

她弯下腰，挎好筐系猛一立，因为北瓜太重，把她弄了个后仰，沾了满身土，北瓜也滚了满地。她站起来哭了。母亲倒笑了，自己把北瓜一个个捡起来，背到家里去了。

我们那村庄，自古以来兴织布，她不会。后来孩子多了，穿衣困难，她就下决心学。从纺线到织布，都学会了。我从外面回来，看到她两个大拇指，都因为推机杼，顶得变了形，又粗又短，指甲也短了。

后来，因为闹日本，家境越来越不好，我又不在家，她带着孩子们下场下地。到了集日，自己去卖线卖布。有时和大女儿轮换着背上二斗高粱，走三里路，到集上去粜卖。从来没有对我叫过苦。

几个孩子，也都是她在战争的年月里，一手拉扯成人长大的。农村少医药，我们十二岁的长子，竟以盲肠炎不治死亡。每逢孩子发烧，她总是整夜抱着，来回在炕上走。在她生前，我曾对孩子们说：

"我对你们，没负什么责任。母亲把你们弄大，可不容易，你们应该记着。"

四

一位老朋友、老邻居，近几年来，屡次建议我写写"大嫂"。因为他觉得她待我太好，帮助太大了。老朋友说：

"她在生活上，对你的照顾，自不待言。在文字工作上的帮助，我看也不小。可以看出，你曾多次借用她的形象，写进你的小说。至于语言，你自己承认，她是你的第二源泉。当然，她瞑目之时，冰连地结，人事皆非，言念必不及此，别人也不会作此要求。但目前情况不同，文章一事，除重大题材外，也允许记些私事。你年事已高，如果仓促有所不讳，你不觉得是个遗憾吗？"

我唯唯，但一直拖延着没有写。这是因为，虽然我们结婚很早，但正像古人常说的：相聚之日少，分离之日多；欢乐之时少，相对愁叹之时多耳。我们的青春，在战争年代中抛掷了。以后，家庭及我，又多遭变故，直至最后她的死亡。我衰年多病，实在不愿再去回顾这些。但目前也出现一些异象：过去，青春两地，一别数年，求一梦而不可得。今老年孤处，四壁生寒，却几乎每晚梦见她，想摆脱也做不到。按照迷信的说法，这可能是地下相会之期，已经不远了。因此，选择一些不太使人感伤的片断，记述如上。已散见于其他文字中者，不再重复。就是这样的文字，我也写不下去了。

我们结婚四十年，我有许多事情，对不起她，可以说她没有一件事情是对不起我的。在夫妻的情分上，我做得很差。正因为如此，她对我们之间的恩爱，记忆很深。我在北平当小职员时，曾经买过两丈花布，直接寄至她家。临终之前，她还向我提起这一件小事，问道：

"你那时为什么把布寄到我娘家去啊？"

我说：

"为的是叫你做衣服方便呀！"

她闭上眼睛，久病的脸上，展现了一丝幸福的笑容。

1982 年 2 月 12 日晚

东宁姨母

昨晚看电视,"神州风采"节目,介绍东北边陲小城东宁县。这个地名,我从小就知道。但究竟在哪里?离我的家乡到底有多远?是个什么地方,什么样子?我全都茫然。我细心地观看了电视上的介绍,感到在那熙熙攘攘的人流中,一定有我二姨母家的后代子孙。

外祖父家很贫苦,二姨母嫁给北黄城杜姓。姨父结婚不久,就下了关东。姨母生下一个男孩,叫书田。婆家不好住,姨母就带着孩子,住在娘家,有时住在我家,寄人篱下,生活很苦。这样直到书田表哥十来岁上,姨父才来信,叫她到东北去,就是东宁县。

姨母在我家住时,常给我讲故事。她博通戏文,记忆力也很好。另外,她曾送给我二十四个铜钱,说上面的字,连起来是一首诗。我也忘记是些什么铜钱,当姨母起程时,母亲对我说,这些铜钱可以镇邪,乘车车不翻,乘舟舟不漏,叫我还给姨母了。

姨母到了东北以后,母亲常叫我给姨母写信。有一次我把省份弄错了,镇上的邮政代办所叫另写,母亲知道后,狠狠骂了我一顿,说我白念了书。一个小镇的代办人员,能对东宁这个边远小县,记得如此清楚,可见当年我们那一带,有多少人流浪在那里,有多少信件往来了。

姨母到了那里，又生了一个男孩，取名东转。听母亲说，姨父原来不务正业，下关东后，原先在赌场，给人家"跑合"。姨母去了以后，才回心转意，往正道上奔。加上姨母很能干，这样每年可以积攒一些钱，寄到我家，代买了几亩地。先由我家代种，后改由三姨母家代种。

书田表哥也大了，在东宁县开了一个小杂货店，我常常见到他写给我父亲的信，每次都通报那里粮食的价格。

东转表弟，不大安分。日军侵占东北以后，他当了伪军。"五一大扫荡"时，家乡传说他曾到冀中，但谁也没有亲眼见过他。

全国解放以后，书田表哥不知怎么弄到一本我写的小说，他给我写信说，已告知姨母，并说："这是一段佳话。"

"文革"时，我在报社大院劳动，书田哥的一个儿子来看我，在院里说了几句话，知道姨母，早已去世，书田哥的老伴，也故去了。小杂货铺已关闭，书田哥现在一家饭馆当会计。

后来，我的工资恢复，我的老伴也死去，很是苦闷孤独，思念远亲，我给书田哥寄去三十元钱，想换回些同情和安慰。没想到，他来了封回信，问起他家那几亩地，有些和我算账的意思。我真有些不愉快了。他老糊涂了，连老区的土改都不知道。后来，我没有再给他写过信。他也早已去世了。

从电视上，我知道东宁与俄罗斯、朝鲜相邻，是多民族聚居的地方，看起来，是很繁华热闹的。我幼年时，除去东宁，还知道一个地名叫黑河，是我大舅父去过的地方，前些日子，"神州风采"节目中，也介绍过。

那时人们想赚钱，都往东北跑，现在是奔东南。都是在春节后，告别故乡。过去是背着简单的行李，徒步赶路。现在是携家带口，挤上火车。

1992 年 2 月 23 日

童年漫忆

听说书

我的故乡的原始住户，据说是山西的移民，我幼小的时候，曾在去过山西的人家，见过那个移民旧址的照片，上面有一株老槐树，这就是我们祖先最早的住处。

我的家乡离山西省是很远的，但在我们那一条街上，就有好几户人家，以长年去山西做小生意，维持一家人的生活，而且一直传下好几辈。他们多是挑货郎担，春节也不回家，因为那正是生意兴隆的季节。他们回到家来，我记得常常是在夏秋忙季。他们到家以后，就到地里干活，总是叫他们的女人，挨户送一些小玩意儿或是蚕豆给孩子们，所以我的印象很深。

其中有一个人，我叫他德胜大伯，那时他有四十岁上下。每年回来，如果是夏秋之间农活稍闲的时候，我们一条街上的人，吃过晚饭，坐在碾盘旁边去乘凉。一家大梢门两旁，有两个柳木门墩，德胜大伯常常被人们推请坐在一个门墩上面，给人们讲说评书，另一个门墩上，照例是坐一位年纪大辈数高的人，和他对称。我记得他在这里讲过《七侠五义》等故事，他讲得真好，就像一个专业艺人一样。

他并不识字，这我是记得很清楚的。他长年在外，他家的大娘，因为身材高，我们都叫她"大个儿大妈"。她每天挎着一个大柳条篮子，敲着小铜锣卖烧饼馃子。德胜大伯回来，有时帮她记账，他把高粱的茎秆，截成笔帽那么长，用绳穿结起来，横挂在炕头的墙壁上，这就叫"账码"，谁赊多少谁还多少，他就站在炕上，用手推拨那些茎秆儿，很有些结绳而治的味道。

他对评书记得很清楚，讲得也很熟练，我想他也不是花钱到娱乐场所听来的。他在山西做生意，长年住在小旅店里，同住的人，干什么的人也有，夜晚没事，也许就请会说评书的人，免费说两段，为长年旅行在外的人们消愁解闷，日子长了，他就记住了全部。

他可能也说过一些山西人的风俗习惯，因为我年岁小，对这些没兴趣，都忘记了。

德胜大伯在做小买卖途中，遇到瘟疫，死在外地的荒村小店里。他留下一个独生子叫铁锤。前几年，我回家乡，见到铁锤，一家人住在高爽的新房里，屋里陈设，在全村也是最讲究的。他心灵手巧，能做木工，并且能在玻璃片上画花鸟和山水，大受远近要结婚的青年农民的欢迎。他在公社担任会计，算法精通。

德胜大伯说的是评书，也叫平话，就是只凭演说，不加伴奏。在乡村，麦秋过后，还常有职业性的说书人，来到街头。其实，他们也多半是业余的，或是半职业性的。他们说唱完了以后，有的由经管人给他们敛些新打下的粮食；有的是自己兼做小买卖，比如卖针，在他说唱中间，由一个管事人，在妇女群中，给他卖完那一部分针就是了。这一种人，多是说快书，即不用弦子，只用鼓板。骑着一辆自行车，车后座做鼓架。他们不说整本，只说小段。卖完针，就又到别的村庄去了。

一年秋后，村里来了弟兄三个人，推着一车羊毛，说是会说书，兼有擀毡条的手艺。第一天晚上，就在街头说了起来，老大弹弦，老二说《呼家将》，真正的西河大鼓，韵调很好。村里一些老年的书迷，大为赞赏。第二天就去给他们张罗生意，挨家挨户去动员：擀毡条。

他们在村里住了三四个月，每天夜晚说《呼家将》。冬天天冷，就把书场移到一家茶馆的大房子里。有时老二回老家运羊毛，就由老三代说，但人们对他的评价不高，另外，他也不会说《呼家将》。

眼看就要过年了，呼延庆的擂还没打成。每天晚上预告，明天就可以打擂了，第二天晚上，书中又出了岔子，还是打不成。人们盼呀，盼呀，大人孩子都在盼。村里娶儿聘妇要擀毡条的主，也差不多都擀了，几个老书迷，还在四处动员：

"擀一条吧，冬天铺在炕上多暖和呀！再说，你不擀毡条，呼延庆也打不了擂呀！"

直到腊月二十老几，弟兄三个看着这村里实在也没有生意可做了，才结束了《呼家将》。他们这部长篇，如果整理出版，我想一定也有两块大砖头那么厚吧。

第一个借给我《红楼梦》的人

我第一次读《红楼梦》，是十岁左右还在村里上小学的时候。我先在西头刘家，借到一部《封神演义》，读完了，又到东头刘家借了这部书。东西头刘家都是以屠宰为业，是一姓一家。刘姓在我们村里是仅次于我们姓的大户，其实也不过七八家，因为这是一个很小的村庄。

从我能记忆起，我们村里有书的人家，几乎没有。刘家能有一些书，是因为他们所经营的近似一种商业。农民读书的很少，更不愿花钱去买这些"闲书"。那时，我只能在庙会上看到书，书摊小贩支架上几块木板，摆上一些石印的，花纸或花布套的，字体非常细小，纸张非常粗黑的《三字经》《玉匣记》，唱本、小说。这些书可以说是最普及的廉价本子，但要买一部小说，恐怕也要花费一两天的食用之需。因此，我的家境虽然富裕一些，也不能随便购买。我那时上学念的课本，有的还是母亲求人抄写的。

东头刘家有兄弟四人，三个在少年时期就被生活所迫，下了关东。其中老二一直没有回过家，生死存亡不知。老三回过一次家，还是不能生活，只在家过了一个年，就又走了，听说他在关东，从事的是一种非常危险的勾当。

家里只留下老大，他娶了一房童养媳妇，算是成了家。他的女人，个儿不高，但长得颇为端正俊俏，又喜欢说笑，人缘很好，家里长年设着一个小牌局，抽些油头，补助家用。男的还是从事屠宰，但已经买不起大牲口，只能剥个山羊什么的。

老四在将近中年时，从关东回来了，但什么也没有带回来。这人长得高高的个子，穿着黑布长衫，走起路来，"蛇摇担晃"。他这种走路的姿势，常常引起家长们对孩子的告诫，说这种走法没有根柢，所以他会吃不上饭。

他叫四喜，论乡亲辈，我叫他四喜叔。我对他的印象很好。他从东头到西头，扬长地走在大街上，说句笑话儿，惹得他那些嫂子辈的人，骂他"贼兔子"，他就越发高兴起来。他对孩子们尤其和气。有时，坐在他家那旷荡的院子里，拉着板胡，唱一段清扬悦耳的梆子，我们听起来很是入迷。他知道我好看书，就把他的一部《金玉缘》借给了我。

哥哥嫂子，当然对他并不欢迎，在家里，他已经无事可为，每逢集市，他就挟上他那把锋利明亮的切肉刀，去帮人家卖肉。他站在肉车子旁边，那把刀，在他手中熟练而敏捷地摇动着，那煮熟的牛肉、马肉或是驴肉，切出来是那样薄，就像木匠手下的刨花一样，飞起来并且有规律地落在那圆形的厚而又大的肉案边缘，这样，他在给顾客装进烧饼的时候，既出色又非常方便。他是远近知名的"飞刀刘四"。现在是英雄落魄，暂时又有用武之地。在他从事这种工作的时候，你可以看到，他高大的身材，在一层层顾客的包围下，顾盼神飞，谈笑自若。可以想到，如果一个人，能永远在这样一种状态中存在，岂不是很有意义，也很光荣？

等到集市散了，天也渐渐晚了，主人请他到饭铺吃一顿饱饭，还喝了一些酒。他就又挟着他那把刀回家去。集市离我们村只有三里路。在路上，他有些醉了，走起来，摇晃得更厉害了。

对面来了一辆自行车。他忽然对着人家喊：

"下来！"

"下来干什么？"骑自行车的人，认得他。

"把车子给我！"

"给你干什么？"

"不给，我砍了你！"他把刀一扬。

骑车子的人回头就走，绕了一个圈子，到集市上的派出所报了案。

他若无其事地回到家里，也许把路上的事忘记了。当晚睡得很香甜。第二天早晨，就被捉到县城里去。

那时正是冬季，农村很动乱，每天夜里，绑票的枪声，就像大年五更的鞭炮。专员正责成县长加强治安，县长不分青红皂白，就把他枪毙，作为成绩向上级报告了。他家里的人没有去营救，也不去收尸。一个人就这样完结了。

他那部《金玉缘》，当然也就没有了下落。看起来，是生活决定着他的命运，而不是书。而在我的童年时代，是和小小的书本同时，痛苦地看到了严酷的生活本身。

1978 年春天

昆虫的故事

人的一生，真正的欢乐，在于童年。成年以后的欢乐，则常带有种种限制。例如说：寻欢取乐；强作欢笑；甚至以苦为乐等等。

而童年的欢乐，又在于黄昏。这是因为：一天劳作之后，晚饭未熟之前，孩子们是可以偷一些空闲，尽情玩一会儿的。时间虽短，其欢乐的程度，是大大超过青年人的人约黄昏后的情景的。

黄昏的欢乐，又多在春天和夏天，又常常和昆虫有关。

一是捉黑老婆虫。

这种昆虫，黑色，有硬壳，但下面又有软翅。当村边的柳树初发芽时，它们不知从何处飞来，群集在柳枝上。儿童们用脚一踢树干，它们就纷纷落地装死。儿童们争先恐后地把它们装入瓶子，拿回家去喂鸡。我们的童年，即使是游戏，也常常和衣食紧密相连。

二是摸爬爬儿。

爬爬儿是蝉的幼虫，黄昏时从地里钻出来，爬到附近的树上，或是篱笆上。第二天清晨，脱去一层黄色的皮，就变成了蝉。

摸蝉的幼虫，有两种方式。一是摸洞，每到黄昏，到场边树下去转悠，看到有新挖开的小洞，用手指往里一探，幼虫的前爪，就会钩住你的手指，随即带了出来。这种洞是有特点的，口很小，呈不规则圆形，边缘很薄，我幼年时，是察看这种洞的能手，几乎百无一失。另一种方式是摸树。这时天渐渐黑了，幼虫已经爬到树上，但还停留在树的下部，用手从树的周围去摸。这种方式，有点碰运气，弄不好，还会碰到别的虫子，例如蝎子，那就很倒霉了。而且这时母亲也就要喊我们回家吃饭了。

捉了蝉的幼虫，回家用盐水泡起来，可以煎着吃。

三是抄老道儿。

我们那里，沙地很多，都是白沙，一望无垠，洁白如雪，人们就种上柳子。柳子地，是我童年的一大乐园。玩累了，坐在沙地上，就会看见有很多小酒盅似的坑儿。里面光滑整洁，无声无息，偶尔有一个蚂蚁或是小飞虫，滑落到里面，很快就没有踪迹了。我们一边嘴里念念有词："老道儿，老道儿，我给你送肉吃来了。"一边用手往沙地深处猛一抄，小酒盅就到了手掌，沙土从指缝里流落，最后剩一条灰色软体的，形似书鱼而略大的小爬虫在掌心。这种虫子就叫老道儿。它总是倒着走，把它放在沙地上，它迅速地倒退着，不久就又形成一个窝，它也不见了。

它的头部，有两只很硬的钳子。别的小昆虫一掉进它的陷阱，被它拉进土里吃掉，这就叫无声的死亡，或者叫莫名其妙的死亡。

现在想来：道家以清静无为、玄虚冲淡为教旨。导引吐纳、餐风饮露以延年。虫之所为，甚不类矣。何以千古相传，赐此嘉名？岂农民对诡秘之行，有所讽喻乎？

1984 年 3 月 28 日上午

保定旧事

我的家乡，距离保定，有一百八十里路。我跟随父亲在安国县，这样就缩短了六十里路。去保定上学，总是雇单套骡车，三个或两个同学，合雇一辆。车是前一天定好，刚过半夜，车夫就来打门了。他们一般是很守信用，绝不会误了客人行程的。于是抱行李上车。在路上，如果你高兴，车夫可以给你讲故事；如果你困了，要睡觉，他便停止，也坐在车前沿，抱着鞭子睡起来。这种旅行，虽在深夜，也不会迷失路途。因为学生们开学，路上的车，连成了一条长龙。牲口也是熟路，前边停下，它也停下；前边走了，它也跟着走起来，这样一直走到唐河渡口，天也就大亮了。如果是春冬天，在渡口也不会耽搁多久。车从草桥上过去，桥头上站着一个人，一边和车夫们开着玩笑，一边敲讹着学生们的过路钱。

中午，在温仁或是南大冉打尖。一进街口，便有望不到头的各式各样的笊篱，挂在大街两旁的店门口。店伙们站在门口，喊叫着，招呼着，甚至拦截着，请车辆到他的店中去。但是，这不会酿成很大的混乱，也不会因为争夺生意，互相吵闹起来。因为店伙们和车夫们都心中有数，谁是哪家的主顾，这是一生一世，也不会轻易忘情和发生变异的。

一进要停车打尖的村口，车夫们便都神气起来。那种神气是没法形容的，只有用他们的行话，才能说明万一。这就是那句社会上公认的成语："车喝儿进店，给个知县也不干！"

确实如此，车夫把车喝住，把鞭子往车卒上一插，便什么也不管，径到柜房，洗脸，喝茶，吃饭去了。一切由店伙代劳。酒饭钱，牲口草料钱，自然是从乘客的饭钱中代付了。

牲口、人吃饱了，喝足了，连知县都不想干的车夫们，一个个喝得醉醺醺的，蜂拥着从柜房出来，催客人上路。其实，客人们早就等急了，天也不早了。这时，人欢马腾，一辆辆车赶得要飞起来，车夫坐在车上，笑嘻嘻地回头对客人说：

"先生，着什么急？这是去上学，又不是回家，有媳妇等着你！"

"你该着急呀，"一些年岁大的客人说，"保定府，你有相好的吧！"

"那误不了，上灯以前赶到就行！"车夫笑着说。

一进校门，便是黄卷青灯的生活。

这是一所私立中学，设在西关外一条南北街上。这是一条很荒凉的小街道，但庄严地坐落着一所大学和两所中等学校。此外就只有几家小饭铺，三两处糖摊。

整个保定的街道，都是坑坑洼洼，尘土飞扬的。那时谁也没想过，这个府城为什么这样荒凉，这样破旧，这样萧条。也没有谁想到去建设它，或是把它修整修整。谁也没有去注意这个城市的市政机关设在哪里，也看不到一个清扫街道的工人。

从学校进城去，还有一条斜着通到西门的坎坷的土马路，走过一座卖包子和罩火烧的小楼，便是护城河的石桥。秋冬风沙大，接近城门时，从门洞刮出的风又冷又烈，就得侧着身子或背着身子走。在转身的一刹那，常常会看到，在城门一边的墙上，挂着一个小水笼，这就是在那个年代，视为平常的，被灰尘蒙盖了的，血肉模糊的示众的首级。

经常有些杂牌军队，在西关火车站驻防。星期天，在石桥旁边那家澡堂里，可以看到好多军人洗澡。在马路上，三两成群的外出士兵，一般都不携带枪支，而是把宽厚的皮带握在手里。黄昏的时候，常常有全副武装的一小队人，匆匆忙忙在街上冲过，最前边的一个人，抱着灵牌一样的纸糊大令。城门上悬挂的物件，就全是他们的作品。

如果遇到什么特别重要的人物来了，比如当时的张学良，则临时戒严，街上行人，一律面向墙壁，背后排列着也是面向墙壁的持枪士兵。

这个城市，就靠几所学校维持着，成为中国北方除北平以外著名的文化古城。

如果不是星期天，城里那条最主要的街道——西大街上，是很少行人的。两旁店铺的门，有的虚掩着，有的干脆就关闭。有名的市场"马号"里，游人也是寥寥无几。这个市场，高高低低，非常阴暗。各个小铺子里的店员们，呆呆地站在柜台旁边，有的就靠着柜台睡着了。

只有南门外大街上，几家小铁器铺里，传出叮叮当当的响声；另外，从西关水磨那里，传来哗哗的流水声。此外，这就是一座灰色的，没有声音的，城南那座曹锟花园，也没有几个游人的，窒息了的城市。

那时候，只是一家单纯的富农，还不能供给一个中学生；一家普通地主，不能供给一个大学生。必须都兼有商业资本或其他收入。这样，在很长时间里，文化和剥削，发生着不可分割的关联。

这所私立的中学，一个学生一年要交三十六元的学费（买书在外）。那时，农民出售三十斤一斗的小麦，也不过收入一元多钱。

这所中学，不只在保定，在整个华北也是有名的。它不惜重金，礼聘有名望的教员，它的毕业生，成为天津北洋大学录取新生的一个主要来源。同时，不惜工本，培养运动员。北平师范大学体育系，每期差不多由它包办了。它是在篮球场上，一度成为舞台上的梅兰芳那样的明星，王玉增的母校。

它也是那些从它这里培养，去法国勤工俭学，归来后成为一代著名人物的人们的母校。

当我进校的时候，它还附设着一个铁工厂，又和化学教员合办了一个制革厂，都没有什么生意，学生也不到那里去劳动，勤工俭学，已经名存实亡了。

学校从操场的西南角，划出一片地方，临着街盖了一排教室，办了一所平民学校。

在我上高二的时候，我有一个要好的同班生，被学校任命为平民学校的校长。他见我经常在校刊上发表小说，就约我去教女高小二年级的国文。

被教育了这么些年，一旦要去教育别人，确是很新鲜的事。听到上课的铃声，抱着书本和教具，从教员预备室里出来，严肃认真地走进教室。教室很小，学生也不多，只有五六个人。她们肃静地站立起来，认真地行着礼。

平民学校的对门，就是保定第二师范。在那灰色的大围墙里面，它的学生们，正在进行实验苏维埃的红色革命。国家民族处在生死存亡危急的关头，"九一八""一·二八"事变，在学生平静的读书生活里，像投下两颗炸弹，许多重大迫切的问题，涌到青年们的眼前，要求每个人作出解答。

我写了韩国志士谋求独立的剧本，给学生们讲了法国和波兰的爱国小说，后来又讲了十月革命的短篇作品。

班长王淑，坐在最前排中间位置上。每当我进来，她喊着口令，声音沉稳而略带沙哑。她身材矮小，面孔很白，眼睛在她那小而有些下尖的脸盘上，显得特别的黑和特别的大。黝黑的短头发，分下来紧紧贴在两鬓上。嘴很小，下唇丰厚，说话的时候，总带着轻微的笑。

她非常聪明，各门功课都是出类拔萃的，大楷和绘画，我是望尘莫及的。她的作文，紧紧吻合着时代，以及我教课的思想和感情。有说不完的意思，她就写很长的信，寄到我的学校，和我讨论，要我解答。

我们的校长，曾经跟随过孙中山先生，后来，有人说他成了国家主义派，专门办教育了。他住在学校第二层院的正房里。学校原是由一座旧庙改建的，他所住的，就是庙宇的正殿。他是道貌岸然的，长年袍褂不离身。很少看见他和人谈笑，却常常看到他在那小小的庭院里散步，也只是限于他门前那一点点地方。一九二七年以后，每次周会，能在大饭堂听到他的清楚简短的讲话。

训育主任的办公室，设在学生出入必须经过的走廊里。他坐在办公桌上，就可以对出入学校大门的人，一览无余。他觉得这还不够，几乎无时不在那一丈多长的走廊中间，来回踱步。师道尊严，尤其是训育主任，左规右矩，走路都要给学生做出楷模。他高个子，西服革履，一脸杀气——据说曾当过连长，眼睛平直前望，一步迈出去，那种慢劲儿和造作劲儿，和仙鹤完全一样。

他的办公室的对面，是学生信架，每天下午课后，学生们到这里来，看有没有自己的信件。有一天，训育主任把我叫到他的办公室，用简短客气的话语，免去了我在平校的教职。显然是王淑的信出了毛病。

我的讲室，在面对操场的那座二层楼上。每次课间休息，我们都到走廊上，看操场上的学生们玩球。平校的小小院落，看得很清楚。

随着下课铃响，我看见王淑站在她的课堂门前的台阶上，用忧郁的、大胆的、厚意深情的目光，投向我们的大楼之上。如果是下午，阳光直射在她的身上。她不顾同学们从她身边跑进跑出，直到上课的铃声响完，她才最后一个转身进入教室。

我从农村来，当时不太了解王淑的家庭生活。后来我才知道，这叫做城市贫民。她的祖先，不知在一种什么境遇下，在这个城市住了下来，目前生活是很穷困的了。她的母亲，只能把她押在那变化无常的、难以捉摸的生活或者叫做命运的棋盘上。

城市贫民和农村的贫农不一样。城市贫民，如果他的祖先阔气过，那就要照顾生活的体面。特别是一个女孩子，她在家里可以吃不饱，但出门之时，就要有一件像样的衣服穿在身上。如果在冬天，就还要有一条宽大漂亮的毛线围巾，披在肩头。

当她因为眼病，住了西关思罗医院的时候，我又知道她家是教民，这当然也是为了得到生活上的救济。我到医院去看望了她，她用纱布包裹着双眼，像捉迷藏一样。她母亲看见我，就到外边买东西去了。在那间小房子里，王淑对我说了情意深长的话。医院的人来叫她去换药，我也告辞，她走到医院大楼的门口，回过身来，背靠着墙，向我的方位站了一会儿。

这座医院，是一座外国人办的医院，它有一带大围墙，围墙以内就成了殖民地。我顺着围墙往外走，经过一片杨树林。有一个小教民，背着柴筐从对面走来，向我举起拳头示威。是怕我和他争夺秋天的败枝落叶呢？还是意识到主子是外国人，自己也高人一等？

王淑和我年岁相差不多，她竟把我当作师长，在茫茫的人生原野上，希望我能指引给她一条正确的路。我很惭愧，我不是先知先觉，我很平庸，不能引导别人，自己也正在苦恼地从书本和实践中探索。训育主任，想叫学生循着他所规定的，像操场上田径比赛时，用白粉划定的跑道前进，这也是不可能的。时代和生活的波涛，不断起伏。在抗日大浪潮的推动下，我离开了保定，到了距离她很远的地方。

我不知道，生活把王淑推到了什么地方，我想她现在一定生活得很幸福。

那种苦雨愁城，枯柳败路的印象，很自然地一扫而光。

1977 年 3 月

我中学时课外阅读的情况

从一九二六年起，我在保定育德中学读书六年（初中四年，高中二年）。回忆在那一时期的课外阅读，印象较深的，有以下几个方面：

一、读报纸：每天下午课毕，我到阅览室读报。所读报纸，主要为天津的《大公报》和上海的《申报》，也读天津《益世报》和北平的《世界日报》，主要是看副刊。《大公报》副刊有《文艺》，《申报》有《自由谈》，前者多登创作，沈从文主编。后者多登杂文，黎烈文主编。当时以鲁迅作品为主。

二、读杂志：当时所读杂志有《小说月报》《现代》《北斗》《文学月报》等，为文艺刊物，多左翼作家作品。《东方杂志》《新中华》杂志、《读书杂志》《中学生》杂志等，为综合杂志。当时《读书杂志》正讨论中国社会史问题，我很有兴趣。也读《申报月刊》和《国闻周报》(《大公报》出版）。

三、读社会科学：读了《政治经济学批判》《费尔巴赫论》《唯物论与经验批判论》等经典著作，以及当时翻译过来的苏联及日本学者所著经济学教程。如布哈林和河上肇等人的著作。

四、读自然科学：读《科学概论》《生物学精义》，还读了一本通俗的人类发展史，书名叫《两条腿》，北新书局出版。

五、读旧书：读《四书集注》，庄子、孟子选本，楚辞、宋词选本。以及近代人著文言小说如《浮生六记》《断鸿零雁记》等。

六、读文化史：先读赵景深《中国文学小史》、王冶秋《新文学小史》（载于《育德月刊》）、杨东莼《中国文化史》、胡适《白话文学史》、冯友兰《中国哲学史》。《欧洲文艺思潮》《欧洲文学史》，日人盐谷温、青木正儿等人的有关中国文学著作。

七、读小说散文：《独秀文存》，《胡适文存》，鲁迅、周作人等译作，冰心、朱自清、老舍、废名作品，英法小说，泰戈尔作品。后来即专读左翼作家及苏联作家小说。

八、读文艺理论：读《文学概论》及当时文坛论战的文章，如鲁迅与创造社一些人的论战，后来的《文艺自由论辩》，及中外人写的唯物史观艺术论著。日本厨川白村、藏原惟人、秋田雨雀的著作，柯根《伟大的十年间文学》等。

九、读文字语言学：陈望道《修辞学发凡》，杨树达《词诠》，穆勒《名学纲要》，即逻辑学。

十、读人生观、宇宙观方面的书：记有吴稚晖、梁漱溟著作，忘记书名。

以上所记，主要是课外读物，多由教师介绍指导。中学生既无力多买书，也不大知道应该买哪些书，所以应该利用学校中的图书馆，并请教师指导。向同学师长借阅书籍，要按期归还，保持清洁。

1983 年 10 月 4 日

报纸的故事

一九三五年的春季，我失业家居。在外面读书看报惯了，忽然想订一份报纸看看。这在当时确实近于一种幻想，因为我的村庄，非常小又非常偏僻，文化教育也很落后。例如村里虽然有一所小学校，历来就没有想到订一份报纸。村公所就更谈不上了。而且，我想要订的还不是一种小报，是想要订一份大报，当时有名的《大公报》。这种报纸，我们的县城，是否有人订阅，我不敢断言，但我敢说，我们这个区，即子文镇上是没人订阅过的。

我在北京住过，在保定学习过，都是看的《大公报》。现在我失业了，住在一个小村庄，我还想看这份报纸。我认为这是一份严肃的报纸，是一些有学问的，有事业心的，有责任感的人，编辑的报纸。至于当时也是北方出版的报纸，例如《益世报》《庸报》，都是不学无术的失意政客们办的，我是不屑一顾的。

我认为《大公报》上的文章好。它的社论是有名的，我在中学时，老师经常选来给我们当课文讲。通讯也好，有长江等人写的地方通讯，还有赵望云的风俗画。最吸引我的还是它的副刊，它有一个文艺副刊，是沈从文编辑的，经常登载青年作家的小说和散文。还有小公园，还有艺术副刊。

说实在的，我是想在失业之时，给《大公报》投投稿，而投了稿子去，又看不到报纸，这是使人苦恼的。因此，我异想天开地想订一份《大公报》。

我首先，把这个意图和我结婚不久的妻子说了说。以下是我们的对话实录：

"我想订份报纸。"

"订那个干什么？"

"我在家里闲着很闷，想看看报。"

"你去订吧。"

"我没有钱。"

"要多少钱？"

"订一月，要三块钱。"

"啊！"

"你能不能借给我三块钱？"

"你花钱应该向咱爹去要，我哪里来的钱？"

谈话就这样中断了。这很难说是愉快，还是不愉快，但是我不能再往下说了。因为我的自尊心，确实受了一点儿损伤。是啊，我失业在家里待着，这证明书就是已经白念了。白念了，就安心在家里种地过日子吧，还要订报。特别是最后这一句："我哪里来的钱？"这对于作为男子汉大丈夫的我，确实是千钧之重的责难之词！

其实，我知道她还是有些钱的，作个最保守的估计，她可能有十五元钱。当然她这十五元钱，也是来之不易的。是在我们结婚的大喜之日，她的"拜钱"。每个长辈，赏给她一元钱，或者几毛钱，她都要拜三拜，叩三叩。你计算一下，十五元钱，她一共要起来跪下，跪下起来多少次啊。

她把这些钱，包在一个红布小包里，放在立柜顶上的陪嫁大箱里，箱子落了锁。每年春节闲暇的时候，她就取出来，在手里数一数，然后再包好放进去。

在妻子面前碰了钉子，我只好硬着头皮去向父亲要，父亲沉吟了一下说：

"订一份《小实报》不行吗？"

我对书籍、报章，欣赏的起点很高，向来是取法乎上的。《小实报》是北平出版的一种低级市民小报，属于我不屑一顾之类。我没有说话，就退出来了。

父亲还是爱子心切，晚上看见我，就说：

"愿意订就订一个月看看吧，集晌多粜一斗麦子也就是了。长了可订不起。"

在镇上集日那天，父亲给了我三块钱，我转手交给邮政代办所，汇到天津去。同时还寄去两篇稿子。我原以为报纸也像取信一样，要走三里路来自取的，过了不久，居然有一个专人，骑着自行车来给我送报了，这三块钱花得真是气派。他每隔三天，就骑着车子，从县城来到这个小村，然后又通过弯弯曲曲的，两旁都是黄土围墙的小胡同，送到我家那个堆满柴草农具的小院，把报纸交到我的手里。上下打量我两眼，就转身骑上车走了。

我坐在柴草上，读着报纸。先读社论，然后是通讯、地方版、国际版、副刊，甚至广告、行情，都一字不漏地读过以后，才珍重地把报纸叠好，放到屋里去。

我的妻子，好像是因为没有借给我钱，有些过意不去，对于报纸一事，从来也不闻不问。只有一次，带着略有嘲弄的神情，问道：

"有了吗？"

"有了什么？"

"你写的那个。"

"还没有。"我说。其实我知道，她从心里是断定不会有的。

直到一个月的报纸看完，我的稿子也没有登出来，证实了她的想法。

这一年夏天雨水大，我们住的屋子，结婚时裱糊过的顶棚、壁纸，都脱落了。别人家，都是到集上去买旧报纸，重新糊一下。那时日本侵略中国，无微不至，他们的旧报，如《朝日新闻》《读卖新闻》，都倾销到这偏僻的乡村来了。妻子和我商议，我们是不是也把屋子糊一下，就用我那些报纸，她说：

"你已经看过好多遍了，老看还有什么意思？这样我们就可以省下块数来钱，你订报的钱，也算没有白花。"

我听她讲得很有道理，我们就开始裱糊房屋了，因为这是我们的幸福的窝巢呀。妻刷糨糊我糊墙。我把报纸按日期排列起来，把有社论和副刊的一面，糊在外面，把广告部分糊在顶棚上。

这样，在天气晴朗，或是下雨刮风不能出门的日子里，我就可以脱去鞋子，上到炕上，或仰或卧，或立或坐，重新阅读我所喜爱的文章了。

1982 年 2 月 9 日

同口旧事

——《琴和箫》代序

一

我是一九三六年暑假后，到同口小学教书的。去以前，我在老家失业闲住。有一天，县邮政局，送来一封挂号信，是中学同学黄振宗和侯士珍写的。信中说，已经给我找到一个教书的位子，开学在即，希望刻日赴保定。并说上次来信，寄我父亲店铺，因地址不确被退回，现从同学录查到我的籍贯。我于见信之次日，先到安国，告知父亲，又次日雇骡车赴保定，住在南关一小店内。当晚见到黄侯二同学。黄即拉我到娱乐场所一游，要我请客。

在保定住了两日，即同侯和他的妻子，还有新聘请的两位女教员，雇了一辆大车到同口。侯的职务是这个小学的教务主任，他的妻子和那两位女性，在同村女子小学教书。

二

黄振宗是我初中时同班，保定旧家子弟，长得白皙漂亮，人亦聪明。

在学校时，常演话剧饰女角，文章写得也不错，有时在校刊发表。并能演说，有一次，张继到我校讲演，讲毕，黄即上台，大加驳斥，声色俱厉。他那时，好像已经参加共产党。有一天晚上，他约我到操场散步，谈了很久，意思是要我也参加。我那时觉悟不高，一心要读书，又记着父亲嘱咐的话：不要参加任何党派，所以没有答应，他也没有表示什么不满。又对我说，读书要读名著，不要只读杂志报刊，书本上的知识是完整的、系统的，而报张杂志上的文章，是零碎的、纷杂的。他的这一劝告，我一直记在心中，受到益处。当时我正埋头在报纸文学副刊和社会科学的杂志里。有一种叫《读书杂志》，每期都很厚，占去不少时间。

他毕业后，考入北平中国大学，住在西安门外一家公寓里面，我在东城象鼻子中坑小学当事务员，时常见面。他那时好喝酒，讲名士风流，有时喝醉了，居然躺在大街上，我们只好把他拉起来。大学没有毕业，他回到保定培德中学教国文，风流如故，除经常去妓院，还交接着天华商场说大鼓书的一位女艺人。

一九三九年，我在晋察冀通讯社工作。冬季，李公朴到边区参观，黄是他的秘书，骑着瞎了一只眼的日本大洋马，走在李公朴的前面。在通讯社我和他见了面。那时不知李公朴来意，机关颇有戒心，他也没有和我多谈。我见他口袋里插的钢笔不错，很想要了他的，以为他回到大后方，钢笔有的是。他却不肯给。下午，我到他的驻地看望他，他却自动把钢笔给了我。以后就没有见过面。

解放以后，我只是在一个京剧的演出广告上，见到他的笔名，好像是编剧。不知为什么，我现在总感觉他已经不在人世了。他体质不好，又很放纵，交游也杂乱。至于他当初不肯给我钢笔，那不能算吝啬，正如太平年月，千金之子，肥马轻裘之赠，不能算作慷慨一样。那时物质条件困难，为一支蘸水钢笔尖，或一个不漏水的空墨水瓶，也发生过争吵、争夺。

三

侯士珍，定县人，育德中学师范专修班毕业。在校时，任平民学校校长，与一女生恋爱结婚。毕业后，由育德中学校方介绍到保定第二女子师范当职员。后又到南方从军，不久回保定，失业，募捐办一小报。记得一年暑假，我们同住在育德中学的小招待楼里，他时常给我们唱《国际歌》和《少年先锋歌》。

到同口小学后，他兼音乐课和体操课。他在校外租了一间房，闲时就和同事们打小牌。他精于牌术，赢一些钱，补助家用。我是一次也没有参加过的。我住在校内，有一天中午，我从课堂上下来，在我的宿舍里，他正和一位常到学校卖书的小贩谈话。小贩态度庄严，侯肃然站立在他的面前聆听着。抗日以后，这位书贩，当了区党委的组织部长。使我想起，当时在我的屋子里，他大概是在向侯传达党的任务吧。侯在同口有了一个女孩，要我给起个名儿，我查了查字典，取了"茜茜"二字。

侯为人聪明外露，善于交际，读书不求甚解，好弄一些小权术，颇得校长信任。一天夜里，有人在院中贴了一张大传单，说侯是共产党。侯说是姓陈的训育主任陷害他，要求校长召集会议，声称有姓陈的就没有姓侯的。我忘记校长是怎样处置这个事件的，好像是谁也没有离开吧。不知为什么，我当时颇有些不相信是那位姓陈的干的，倒觉得是侯的一种先发制人的权谋。不久，学校也就放暑假，卢沟桥事变也发生了。

暑假以后，因为天下大乱，家乡又发了大水，我就没有到学校去。侯在同口、冯村一带，同孟庆山，组织抗日游击队，成立河北游击军，侯当了政治部主任。听说他扣押了同口二班的一个地主，随军带着，勒索军饷。

冬季，由我县抗日政府转来侯的一封信，叫我去肃宁看看。家里不放心，叫堂弟同我去。我在安平县城，见到县政指导员李子寿，他说司令部电话，让我随新收编的杨团长的队伍去。杨系土匪出身，队伍更不堪言，长袍、袖手、无枪者甚众。杨团长给了我一匹马。一路上队伍散漫无章，至晚才到了肃宁，其实只有七十里路。司令部有令：杨团暂住城外。我只好只身进城，被城门岗兵用刺刀格住。经联系，先见到政治部宣传科刘科长。很晚才见到侯。那时的肃宁城内大街，灯火明亮，人来人往，抗日队伍歌声雄壮，饭铺酒馆，家家客满，锅勺相击，人声喧腾。

侯同他的爱人带着茜茜，住在一家地主很深的宅子里，他把盒子枪上好子弹，放在身边。

第二天，他对我说，"这里太乱，你不习惯。"正好有人民自卫军司令部的一辆卡车，要回安国，他托吕正操的阎参谋长，把我带去。上车时风很大，他又去取了一件旧羊皮军大衣，叫我路上御寒。到了安国，我见到阎素、陈乔、李之琏等过去的同学同事，他们都在吕的政治部工作。

一九三八年春天，人民自卫军司令部，驻扎安平一带，我参加了抗日工作。一天，侯同家属、警卫，骑着肥壮高大的马匹来到安平，说是要调到山里学习，我尽地主之谊，请他们到家里吃了一顿饭。侯没有谈什么，他的妻子精神有些不佳。

一九三九年，我调到山里，不久就听说，侯因政治问题，已经不在人间。详细情形，谁也说不清楚。

今年，有另一位中学同学的女儿从保定来，是为她的父亲谋求平反的。说侯的妻子女儿，也都不在了。他的内弟刘韵波，是在晋东南抗日战场上牺牲的。这人我曾在保定见过，在同口，侯还为他举行过音乐会，美术方面也有才能。

当时代变革之期，青年人走在前面，充当搏击风云的前锋。时代赖青年推动而前，青年亦乘时代风云冲天高举。从事政治、军事活动者，最得风气之先。但是，我们的国家，封建历史的黑暗影响，积压很重。患难相处时，大家一片天真，尚能共济，一旦有了名利权势之争，很多人就要暴露其缺点，有时就死非其命或死非其所了。热心于学术者，表现虽稍落后，但就保全身命来说，所处境地，危险还小些。当然遇到"文化大革命"，虽是不问政治的书呆子，也就难以逃脱其不幸了。

四

一九四七年，我又到白洋淀一行。我虽然在《冀中导报》吃饭，并不是这家报纸的正式记者。到了安新县，就没有按照采访惯例，到县委宣传部报到，而是住在端村冀中隆昌商店。商店的经理是刘纪，原是新世纪剧社的指导员，为人忠诚热情，是个典型的农村知识分子。在他那里，我写了几篇关于席民生活的文章，因为是商店，吃得也比较好。

刘纪在"三反""五反"运动中，受到批评，也受到一些委屈，精神有很长时间失常。现在完全好了，家在天津，还是不忘旧交，常来看我。他好写诗，有新有旧，订成许多大本子，也常登台朗诵。

他的记忆力，自从那次运动以来，显然是很不好，常常丢失东西。"文化大革命"后期，我在佟楼谪所，他从王林处来看我，坐了一会儿走了，随即有于雁军追来，说是刘纪错骑了她的车子。我说他已经走了老半天，你快去追吧。于雁军刚走，刘纪的儿子又来了，说他爸爸的眼镜丢了，是不是在我这里。我说："你爸爸在我这里，他携带什么东西，走时我都提醒他，眼镜确实没丢在这里，你到王林那里去找吧！"他儿子说："你提醒他也不解决问题，他前些日子去北京，住在刘光人叔叔那里，都知道他丢三落四，临走叔叔阿姨都替他打点什物，送他出门，在路上还不断问他落下东西没有，他说，这次可带全了，什么也没落下。到了车站，才发现他忘了带车票！"

我一直感念刘纪，对我那段生活和工作，热情的帮助和鼓励。那次在佟楼见面，我送了他三部书：一、石印《授时通考》，二、石印《南巡大典》，三、影印《云笈七签》。其实都不是什么贵重之物。那时发还了抄家物品，我正为书多房子小发愁，也担心火警。每逢去了抽烟的朋友，我总是手托着烟盘，侍立在旁边，以免火星飞到破烂的旧书上。送给他一些书，是减去一些负担，也减去一些担惊受怕。但他并不嫌弃这些东西，表示很高兴要。在那时，我的命运尚未最后定论，书也还被认为是"四旧"之一，我上赶送别人几本，有时也会遭到拒绝。所以我觉得刘确是个忠厚的人。

这就使我联想到另一个忠厚的人，刘纪的高小老师，名叫刘通庸。抗日时我认识了他，教了一辈子书，读了一辈子进步的书，教出了许多革命有为的学生，本身朴实得像个农民，对人非常热情、坦率。

我在蠡县的时候，常常路过他的家，他那时已经患了神经方面的病症，我每次去看他，他总不在家，不是砍草拾粪，就是放羊去了。他的书很多，堆放在东间炕头上，我每次去了，总要上炕去翻看一阵子，合适的就带走。他的老伴，在西间纺线，知道是我，从来也不闻不问，只管干她的活。

五

既然到了安新，我就想到同口去看看，说实在话，我想去那里，并不是基于什么怀旧之情。到了那里，也没有找过去的同事熟人，我知道很多人到外面工作去了。我投宿在老朋友陈乔的家里，这也是抗日战争期间养成的习惯，住在有些关系的户，在生活上可以得到一些特殊照顾。抗日期间，是统一战线政策，找房子住，也不注意阶级成分，住在地主、富农家里，房间、被褥、饮食，也方便些。

但这一次却因为我在《一别十年同口镇》这篇文章的结尾，说了几句朋友交情的话，其实也是那时党的政策，连同《安新游记》等篇，在同年冬季土地会议上，受到了批判。这两篇文章，前者的结尾，后者的开头，后来结集出版时，都作过修改。此次淮舟从报纸复制编入，一字未动，算是复其旧观。也看不出有什么问题，这是因为时过境迁，人的观点就随着改变了。当时弄得那么严重，主要是因为我的家庭成分，赶上了时候，并非文字之过。同时，山东师范学院，也发现了《冀中导报》上的批判文章，也函请他们复制寄来，以存历史实际。

我是老冀中，认识人也不少，那里的同志们，大体对我还算是客气的。有时受批，那是因为我不知趣。土改以后，我在深县工作半年，初去时还背着一点儿黑锅，但那时同志间，毕竟是宽容的，在我离开那里的时候，县委组织部长穆涛，给我的鉴定是：知识分子与工农干部相结合的模范！这绝不是我造谣，穆涛还健在。

当然，我不能承担这么高的评语。但我在战争年代，和群众相处，也确实还合得来。在那种环境，如果像目前这样生活，我就会吃不上饭，穿不上鞋袜，也保全不住性命。这么说，也有些可以总结的经验吗？有的。对工农干部的团结接近，我的经验有两条：一、无所不谈；二、烟酒不分。在深县时，县长、公安局长、妇联主任都和我谈得来。对于群众，到了一处，我是先从接近老太太们开始，一旦使她们对我有了好感，全村的男女老少，也就对我有了好感。直到现在，还有人说我善于拍老太太们的马屁。此外，因为我一向不是官儿，不担任具体职务，群众就会对我无所要求，也无所顾忌。对他们来说，我就像山水花鸟画一样，无益也无害。这样说个家长里短的，就很方便。此外，为人处世，就没有什么好的经验可以总结了。对于领导我的人，我都是很尊重的，但又不愿多去接近；对于和文艺工作有些关系的人，虽不一定是领导，文化修养也不一定高，却有些实权，好摆点官架，并能承上启下，汇报情况的人，我却常常应付不得其当。

六

话已经扯得很远，还是回到同口来吧。听说，我教书的那所小学校，楼房拆去了上层，下层现在是公社的仓库。当年同事，有死亡的，也有健在的。在天津，近几年，发现两个当年的学生，一个是六年级的刘学海，现任水利局局长，前几天给我送来一条很大的鱼。一个是五年级的陈继乐，在军队任通讯处长，前些时给我送来一瓶香油。刘学海还说，我那时教国文，不根据课本，是讲一些革命的文艺作品。对于这些，我听起来很新鲜，但都忘记了。查《善闇室纪年》，关于同口，还有这样的记载："'五四'纪念，作讲演。学生演出之话剧，系我所作，深夜突击，吃冷馒头、熬小鱼，甚香。"

淮舟在编我的作品目录时，忽然想编一本书，包括我写的关于白洋淀的全部作品。最初，我是一点儿兴趣也没有的，也不好打他的兴头。又要我写序，因此联想起很多旧事，写起来很吃力，有时也并不是很愉快的。因为对于这一带人民的贡献和牺牲来说，在文艺作品中的反映，是太薄弱了。

1981 年 6 月 17 日雨后写讫

乡里旧闻

梦中每迷还乡路，
愈知晚途念桑梓。

——书衣文录

度春荒

我的家乡，邻近一条大河，树木很少，经常旱涝不收。在我幼年时，每年春季，粮食很缺，普通人家都要吃野菜树叶。春天，最早出土的，是一种名叫老鸹锦的野菜，孩子们带着一把小刀，提着小篮，成群结队到野外去，寻觅剜取像铜钱大小的这种野菜的幼苗。

这种野菜，回家用开水一泼，掺上糠面蒸食，很有韧性。

与此同时出土的是苣苣菜，就是那种有很白嫩的根，带一点儿苦味的野菜。但是这种菜，不能当粮食吃。

以后，田野里的生机多了，野菜的品种，也就多了。有黄须菜，有扫帚苗，都可以吃。春天的麦苗，也可以救急，这是要到人家地里去偷来。

到树叶发芽，孩子们就脱光了脚，在手心吐些唾沫，上到树上去。

榆叶和榆钱，是最好的菜。柳芽也很好。在大荒之年，我吃过杨花。就是大叶杨春天抽出的那种穗子一样的花。这种东西，是不得已而吃之，并且很费事，要用水浸好几遍，再上锅蒸，味道是很难闻的。

在春天，田野里跑着无数的孩子们，是为饥饿驱使，也为新的生机驱使，他们漫天漫野地跑着，巡视着，欢笑并打闹，追赶和竞争。

春风吹来，大地苏醒，河水解冻，万物滋生，土地是松软的，把孩子们的脚埋进去，他们仍然欢乐地跑着，并不感到跋涉。

清晨，还有露水，还有霜雪，小手冻得通红，但不久，太阳出来，就感到很暖和，男孩子们都脱去了上衣。

为衣食奔波，而不大感到愁苦，只有童年。

我的童年，虽然也常有兵荒马乱，究竟还没有遇见大灾荒，像我后来从历史书上知道的那样。这一带地方，在历史上，特别是新旧五代史上记载，人民的遭遇是异常悲惨的。因为战争，因为异族的侵略，因为灾荒，一连很多年，在书本上写着：人相食；析骨而爨；易子而食。

战争是大灾荒、大瘟疫的根源。饥饿可以使人疯狂，可以使人死亡，可以使人恢复兽性。曾国藩的日记里，有一页记的是太平天国战争时，安徽一带的人肉价目表。我们的民族，经历了比噩梦还可怕的年月！

日本帝国主义的侵略，以战养战，三光政策，是很野蛮很残酷的。但是因为共产党记取历史经验，重视农业生产，村里虽然有那么多青年人出去抗日，每年粮食的收成，还是能得到保证。党在这一时期，在农村实行合理负担的政策。地主富农，占有大部分土地，虽然对这种政策，心里有些不满，他们还是积极经营的。抗日期间，我曾住在一家地主家里，他家的大儿子对我说："你们在前方努力抗日，我们在后方努力碾米。"

在八年抗日战争中，我们成功地避免了"大兵之后，必有凶年"

的可怕遭遇，保证了抗日战争的胜利。

1979 年 12 月

村 长

这个村庄本来很小，交通也不方便，离保定一百二十里，离县城十八里。它有一个村长，是一家富农。我不记得这村长是民选的，还是委派的。但他家的正房里，悬挂着本县县长一个奖状，说他对维持地方治安有成绩，用镜框装饰着。平日也看不见他有什么职务，他照样管理农事家务，赶集卖粮食。村里小学他是校董，县里督学来了，中午在他家吃饭。他手下另有一个"地方"，这个职务倒很明显，每逢征收钱粮，由他在街上敲锣呼喊。

这个村长个子很小，脸也很黑，还有些麻子。他的穿着，比较讲究，在冬天，他有一件羊皮袄，在街上走路的时候，他的右手总是提起皮袄右面的开襟地方，步子也迈得细碎些，这样，他以为势派。

他原来和"地方"的老婆妍靠着。"地方"出外很多年，回到家后，村长就给他一面铜锣，派他当了"地方"。

在村子的最东头，有一家人卖油炸馃子，有好几代历史了。这种行业，好像并不成全人，每天天不亮，就站在油锅旁。男人们都得了痨病，很早就死去了。但女人就没事，因此，这一家有好几个寡妇。村长又爱上了其中一个高个子的寡妇，就不大到"地方"家去了。

可是，这个寡妇，在村里还有别的相好，因为村长有钱有势，其他人就不能再登上她家的门边。

一九三七年，"七七"事变，国民党政权南逃。这年秋季，地方大乱。

一到夜晚，远近枪声如度岁。有绑票的，有自卫的。

一天晚上，村长又到东头寡妇家去，夜深了才出来，寡妇不放心，叫她的儿子送村长回家。走到东街土地庙那里，从庙里出来几个人，用撅枪把村长打死在地，把寡妇的儿子也打死了。寡妇就这一个儿子，还是她丈夫的遗腹子。把他打死，显然是怕他走漏风声。

村长头部中了数弹，但他并没有死，因为撅枪和土造的子弹，都没有准头和力量。第二天早上苏醒了过来。儿子把他送到县城医治枪伤，并指名告了村里和他家有宿怨的几个农民。当时的政权是维持会，土豪劣绅管事，当即把几个农民抓到县里，并戴了镣。八路军到了，才释放出来。

村长回到村里，五官破坏，面目全非。深居简出，常常把一柄大铡刀放在门边，以防不测。一九三九年，日本人占据县城，地方又大乱。一个夜晚，村长终于被绑架到村南坟地，割去生殖器，大卸八块。村长之死，从政治上说，是打击封建恶霸势力。这是村庄开展阶级斗争的序幕。

那个寡妇，脸上虽有几点浅白麻子，长得却有几分人才，高高的个儿，可以说是亭亭玉立。后来，村妇救会成立，她是第一任的主任，现在还活着。死去的儿子，也有一个遗腹子，现在也长大成人了。

村长的孙子孙女，也先后参加了八路军，后来都是干部。

1979 年 12 月

凤池叔

凤池叔就住我家的前邻。在我幼年时，他盖了三间新的砖房。他有一个叔父，名叫老亭。在本地有名的联庄会和英法联军交战时，他伤了一只眼，从前线退了下来，小队英国兵追了下来，使全村遇了一场浩劫，有一名没有来得及逃走的妇女，被鬼子轮奸致死。这位妇女，死后留下了不太好的名声，村中的妇女们说：她本来可以跑出去，可是她想发洋人的财，结果送了命。其实，并不一定是如此的。

老亭受了伤，也没有留下什么英雄的称号，只是从此名字上加了一个字，人们都叫他瞎老亭。

瞎老亭有一处宅院，和凤池叔紧挨着，还有三间土坯北房。他为人很是孤独，从来也不和人们来往。我们住得这样近，我也不记得在幼年时，到他院里玩耍过，更不用说到他的屋子里去了。我对他那三间住房，没有丝毫的印象。

但是，每逢从他那低矮颓破的土院墙旁边走过时，总能看到，他那不小的院子里，原是很吸引儿童们的注意的。他的院里，有几棵红枣树，种着几畦瓜菜，有几只鸡跑着，其中那只大红公鸡，特别雄壮而美丽，不住声趾高气扬地啼叫。

瞎老亭总是一个人坐在他的北屋门口。他呆呆地直直地坐着，坏了的一只眼睛紧紧闭着，面容愁惨，好像总在回忆着什么不愉快的事。这种形态，儿童们一见，总是有点害怕的，不敢去接近他。

我特别记得，他的身旁，有一盆夹竹桃，据说这是他最爱惜的东西。这是稀有植物，整个村庄，就他这院里有一棵，也正因为有这一棵，使我很早就认识了这种花树。

村里的人，也很少有人到他那里去。只有他前邻的一个寡妇，常到他那里，并且半公开的，在夜间和他做伴。

这位老年寡妇，毫不隐讳地对妇女们说：

"神仙还救苦救难哩，我就是这样，才和他好的。"

瞎老亭死了以后，凤池叔以亲侄子的资格，继承了他的财产。拆了那三间土坯北房，又添上些钱，在自己的房基上，盖了三间新的砖房。那时，他的母亲还活着。

凤池叔是独生子，他的父亲是怎样一个人，我完全不记得，可能死得很早。凤池叔长得身材高大，仪表非凡，他总是穿着整整齐齐的长袍，步履庄严地走着。我时常想，如果他的运气好，在军队上混事，一定可以带一旅人或一师人。如果是个演员，扮相一定不亚于武生泰斗杨小楼那样威武。

可是他的命运不济。他一直在外村当长工。行行出状元，他是远近知名的长工：不只力气大，农活精，赶车尤其拿手。他赶几套的骡马，总是有条不紊，他从来也不像那些粗劣的驭手，随便鸣鞭、吆喝，以至虐待折磨牲畜。他总是若无其事地把鞭子抱在袖筒里，慢条斯理地抽着烟，不动声色，就完成了驾驭的任务。这一点，是很得地主们的赏识的。

但是，他在哪一家也待不长久，最多二年。这并不是说他犯有那种毛病：一年勤，二年懒，三年就把当家的管。主要是他太傲慢，从不低声下气。另外，车马不讲究他不干，哪一个牲口不出色，不依他换掉，他也不干。另外，活当然干得出色，但也只是大秋大麦之时，其余时间，他好参与赌博，交结妇女。

因此，他常常失业家居。有一年冬天，他在家里闲着，年景又不好，村里的人都知道他没有吃的了，有些本院的长辈，出于怜悯，问他：

"凤池，你吃过饭了吗？"

"吃了！"他大声地回答。

"吃的什么？"

"吃的饺子！"

他从来也不向别人乞求一口饭，并绝对不露出挨饥受饿的样子，也从不偷盗，穿着也从不减退。

到过他的房间的人，知道他是家徒四壁，什么东西也卖光了的。

不知从哪里来了一个女的，藏在他的屋里，最初谁也不知道。一天夜间，这个妇女的本夫带领一些乡人，找到这里，破门而入。凤池叔从炕上跃起，用顶门大棍，把那个本夫，打了个头破血流，一群人慑于威势，大败而归，沿途留下不少血迹。那个妇女也待不住，从此不知下落。

凤池叔不久就卖掉了他那三间北房。土改时，贫民团又把这房分给了他。在他死以前，他又把它卖掉了，才为自己出了一个体面的、虽属光棍但谁都乐于帮忙的殡，了此一生。

1979 年 12 月

干 巴

在这个小小的村庄里，干巴要算是最穷最苦的人了。他的老婆，前几年，因为产后没吃的死去了，留下了一个小孩。最初，人们都说是个女孩，并说她命硬，一下生就把母亲克死了。过了两三年，干巴对人们说，他的孩子不是女孩，是个男孩，并给他起了个名字，叫小变儿。

干巴好不容易按照男孩子把他养大，这孩子也渐渐能帮助父亲做些事情了。他长得矮弱瘦小，可也能背上一个小筐，到野地里去拾些柴禾和庄稼了。其实，他应该和女孩子们一块去玩耍、工作。他在各方面，都更像一个女孩子。但是，干巴一定叫他到男孩子群里去。男孩子是很淘气的，他们常常跟小变儿起哄，欺侮他：

"来，小变儿，叫我们看看，又变了没有？"

有时就把这孩子逗哭了。这样，他的性情、脾气，在很小的时候，就发生了变态：孤僻，易怒。他总是一个人去玩，到其他孩子不乐意去的地方拾柴、捡庄稼。

这个村庄，每年夏天，好发大水，水撤了，村边一些沟里、坑里，水还满满的。每天中午，孩子们好聚到那里凫水，那是非常高兴和热闹的场面。

每逢小变儿走近那些沟坑，在其中游泳的孩子们，就喊：

"小变儿，脱了裤子下水吧！来，你不敢脱裤子！"

小变儿就默默地离开了那里。但天气实在热，他也实在愿意到水里去洗洗玩玩。有一天，人们都回家吃午饭了，他走到很少有人去的村东窑坑那里，看看四处没有人，脱了衣服跳进去。这个坑的水很深，一下就灭了顶，他喊叫了两声，没有人听见，这个孩子就淹死了。

这样，干巴就剩下孤身一人，没有了儿子。

他现在什么也没有了，他没有田地，也可以说没有房屋，他那间小屋，是很难叫做房屋的。他怎样生活？他有什么职业呢？

冬天，他就卖豆腐，在农村，这几乎可以不要什么本钱。秋天，他到地里拾些黑豆、黄豆，即使他在地头地脑偷一些，人们都知道他寒苦，也都睁一个眼，闭一个眼，不忍去说他。

他把这些豆子，做成豆腐，每天早晨挑到街上，敲着梆子，顾客都是拿豆子来换，很快就卖光了。自己吃些豆腐渣，这个冬天，也就过去了。

在村里，他还从事一种副业，也可以说是业余的工作。那时代，农村的小孩子，死亡率很高。有的人家，连生五六个，一个也养不活。不用说那些大病症，比如说天花、麻疹、伤寒，可以死人；就是这些病症，比如抽风、盲肠炎、痢疾、百日咳，小孩子得上了，也难逃个活命。

母亲们看着孩子死去了，掉下两点眼泪，就去找干巴，叫他帮忙把孩子埋了去。干巴赶紧放下活计，背上铁铲，来到这家，用一片破炕席或一个破席锅盖，把孩子裹好，挟在腋下，安慰母亲一句：

"他婶子，不要难过。我把他埋得深深的，你放心吧！"

就走到村外去了。

其实，在那些年月，母亲们对死去一个不成年的孩子，也不很伤心，视若平常。因为她们在生活上遇到的苦难太多，孩子们累得她们也够受了。

事情完毕，她们就给干巴送些粮食或破烂衣服去，酬谢他的帮忙。

这种工作，一直到干巴离开人间，成了他的专利。

1979 年 12 月

木匠的女儿

这个小村庄的主要街道，应该说是那条东西街，其实也不到半里长。街的两头，房舍比较整齐，人家过得比较富裕，接连几户都是大梢门。

进善家的梢门里，分为东西两户，原是兄弟分家，看来过去的日子，是相当势派的，现在却都有些没落了。进善的哥哥，幼年时念了几年书，学得文不成武不就，种庄稼不行，只是练就一笔好字，村里有什么文书上的事，都是求他。也没有多少用武之地，不过红事喜帖，白事丧榜之类。进善幼年就赶上日子走下坡路，因此学了木匠，在农村，这一行业也算是高等的，仅次于读书经商。

他是在束鹿旧城学的徒。那里的木匠铺，是远近几个县都知名的，专做嫁妆活。凡是地主家聘姑娘，都先派人丈量男家居室，陪送木器家具。只有内间的叫做半套；里外两间都有的，叫做全套。原料都是杨木，外加大漆。

学成以后，进善结了婚，就回家过日子来了。附近村庄人家有些零星木活，比如修整梁木，打做门窗，成全棺材，就请他去做，除去工钱，饭食都是好的，每顿有两盘菜，中午一顿还有酒喝。闲时还种几亩田地，不误农活。

可是，当他有了一儿一女以后，他的老婆因为过于劳累，得肺病死去了。当时两个孩子还小，请他家的大娘带着，过不了几年，这位大娘也得了肺病，死去了。进善就得自己带着两个孩子，这样一来，原来很是精神利索的进善，就一下变得愁眉不展，外出做活也不方便，日子也就越来越困难了。

女儿是头大的，名叫小杏。当她还不到十岁，就帮着父亲做事了，十四五岁的时候，已经出息得像个大人。长得很俊俏，眉眼特别秀丽，有时在梢门口大街上一站，身边不管有多少和她年岁相仿的女孩儿们，她的身条容色，都是特别引人注目的。

贫苦无依的生活，在旧社会，只能给女孩子带来不幸。越长得好，其不幸的可能就越多。她们那幼小的心灵，先是向命运之神应战，但多数终归屈服于它。在绝望之余，她从一面小破镜中，看到了自己的容色，她现在能够仰仗的只有自己的青春。

她希望能找到一门好些的婆家，但等她十七岁结了婚，不只丈夫不能叫她满意，那位刁钻古怪的婆婆，也实在不能令人忍受。她上过一次吊，被人救了下来，就长年住在父亲家里。

虽然这是一个不到一百户的小村庄，但它也是一个社会。它有贫穷富贵，有尊荣耻辱，有士农工商，有兴亡成败。

进善常去给富裕人家做活，因此结识了那些人家的游手好闲的子弟。其中有一家在村北头开油坊的少掌柜，他常到进善家来，有时在夜晚带一瓶子酒和一只烧鸡，两个人喝着酒，他撕一些鸡肉叫小杏吃。不久，就和小杏好起来。赶集上庙，两个人约好在背静地方相会，少掌柜给她买个烧饼裹肉，或是买两双袜子送给她。虽说是少女的纯洁，虽说是廉价的爱情，这里面也有倾心相与，也有引诱抗拒，也有风花雪月，也有海誓山盟。

女人一旦得到依靠男人的体验，胆子就越来越大，羞耻就越来越少。就越想去依靠那钱多的，势力大的，这叫做一步步往上依靠，灵魂一步步往下堕落。

她家对门有一位在县里当教育局长的，她和他靠上了，局长回家，就住在她家里。

一九三七年，这一带的国民党政府逃往南方，局长也跟着走了。成立了抗日县政府，组织了抗日游击队。抗日县长常到这村里来，有时就在进善家吃饭住宿。日子长了，和这一家人都熟识了，小杏又和这位县长靠上，她的弟弟给县长当了通讯员，背上了盒子枪。

一九三八年冬天，日本人占据了县城。屯集在河南省的国民党军队张荫梧部，正在实行曲线救国，配合日军，企图消灭八路军。那位局长，跟随张荫梧多年了，有一天，又突然回到了村里。他回到村庄不多几天，县城的日军和伪军，"扫荡"了这个村庄，把全村的男女老少集合到大街上，在街头一棵槐树上，烧死了抗日村长。日本人在各家搜索时，在进善的女儿房中，搜出一件农村少有的雨衣，就吊打小杏，小杏说出是那位局长穿的，日本人就不再追究，回县城去了。日本人走时，是在黄昏，人们惶惶不安地刚吃过晚饭，就听见街上又响起枪来。随后，在村东野外的高沙岗上，传来了局长呼救的声音。好像他被绑了票，要乡亲们快凑钱搭救他。深夜，那声音非常凄厉。这时，街上有几个人影，打着灯笼，挨家挨户借钱，家家都早已插门闭户了。交了钱，并没得买下局长的命，他被枪毙在高岗之上。

有人说，日本这次"扫荡"，是他勾引来的，他的死刑是"老八"执行的。他一回村，游击组就向上级报告了。可是，如果他不是迷恋小杏，早走一天，可能就没事……

日本人四处安插据点，在离这个村庄三里地的子文镇，盖了一个炮楼，形势一天比一天紧张，我们的主力西撤了。汉奸活跃起来，抗日政权转入地下，抗日县长，只能在夜间转移。抗日干部被捕的很多，有的叛变了。有人在夜里到小杏家，找县长，并向他劝降。这位不到二十岁的县长，本来是个纨绔子弟，经不起考验，但他不愿明目张胆地投降日本，通过亲戚朋友，到敌占区北平躲身子去了。

小杏的弟弟，经过一些坏人的引诱恐吓，带着县长的两支枪，投降了附近的炮楼，当了一名伪军。他是个小孩子，每天在炮楼下站岗，附近三乡五里，都认识他，他却坏下去得很快，敲诈勒索，以至奸污妇女。他那好吃懒做的大伯，也仗着侄儿的势力，在村中不安分起来。在一九四三年以后，根据地形势稍有转机时，八路军夜晚把他掏了出来，枪毙示众。

小杏在二十几岁上，经历了这些生活感情上的走马灯似的动乱、打击，得了她母亲那样致命的疾病，不久就死了。她是这个小小村庄的一代风流人物。在烽烟炮火的激荡中，她几乎还没有来得及觉醒，她的花容月貌，就悄然消失，不会有人再想到她。

进善也很快就老了。但他是个乐天派，并没有倒下去。一九四五年，抗日战争胜利，县里要为死难的抗日军民，兴建一座纪念塔，在四乡搜罗能工巧匠。虽然他是汉奸家属，但本人并无罪行。村里推荐了他，他很高兴地接受了雕刻塔上飞檐门窗的任务。这些都是木工细活，附近各县，能有这种手艺的人，已经很稀少了。塔建成以后，前来游览的人，无不对他的工艺啧啧称赞。

工作之暇，他也去看了看石匠们，他们正在叮叮当当，在大石碑上，镌刻那些抗日烈士的不朽芳名。

回到家来，他孤独一人，不久就得了病，但人们还常见他挂着一根木棍出来，和人们说话。不久，村里进行土地改革，他过去相好那些人，都被划成地主或富农，他也不好再去找他们。又过了两年，才死去了。

1980 年 9 月 21 日晨

老 刁

老刁，河北深县人，他从小在外祖父家长大，外祖父家是安平县。他在保定育德中学读书时，就把安平人引为同乡，我比他低两年级，他对幼小同乡，尤其热情。他有一条腿不大得劲，长得又苍老，那时人们就都叫他老刁。

他在育德中学的师范班毕业以后，曾到安新冯村，教过一年书，后来到北平西郊的黑龙潭小学教书。那时我正在北平失业，曾抱着一本新出版的《死魂灵》，到他那里住了两天。

有一年暑假，我们为了找职业都住在保定母校的招待楼里，那是一座碉堡式的小楼。有一天，他同另一位同学出去，回来时，非常张皇，说是看见某某同学被人捕去了。那时捕去的学生，都是共产党。

过了几年，爆发了抗日战争。一九三九年春天，我同陈肇同志，要过路西去，在安平县西南地区，遇到了他。当听说他是安平县的"特委"时，我很惊异。我以为他还在北平西郊教书，他怎么一下子弄到这么显赫的头衔。那时我还不是党员，当然不便细问。因为过路就是山地，我同老陈把我们骑来的自行车交给他，他给了我们一人五元钱，可见他当时经济上的困难。

那一次，我只记得他说了一句：

"游击队正在审人打人，我在那里坐不住。"

敌人占了县城，我想可能审讯的是汉奸嫌疑犯吧。

一九四一年，我从山地回到冀中。第二年春季，我又要过路西去，在七地委的招待所，见到了他。当时他好像很不得意，在我的住处坐了一会儿就走了。这也使我很惊异，怎么他一下又变得这么消沉？

一九四六年夏天，抗日战争早已结束，我住在河间临街的一间大梢门洞里。有一天下午，我正在街上闲立着，从西面来了一辆大车，后面跟着一个人，脚一拐一拐的，一看正是老刁。我把他拦请到我的床位上，请他休息一下。记得他对我说，要找一个人，给他写个历史证明材料。他问我知道不知道安志诚先生的地址，安先生原是我们在中学时的图书馆管理员。我说，我也不知道他的住处，他就又赶路去了，我好像也忘记问他，是要到哪里去？看样子，他在一直受审查吗？

又一次我回家，他也从深县老家来看我，我正想要和他谈谈，正赶上我母亲那天叫磨扇压了手，一家不安，他匆匆吃过午饭就告辞了。我往南送他二三里路，他的情绪似乎比上两次好了一些。他说县里可能分配他工作。后来听说，他在县公安局三股工作，我不知道公安局的分工细则，后来也一直没有见过他。没过两年，就听说他去世了。也不过四十来岁吧。

我的老伴对我说过，抗日战争时期，我不在家，有一天老刁到村里来了，到我家看了看，并对村干部们说，应该对我的家庭，有些照顾。他带着一个年轻女秘书，老刁在炕上休息，头枕在女秘书的大腿上。老伴说完笑了笑。一九四八年，我到深县县委宣传部工作。县里开会时，我曾托区干部，对老刁的家庭，照看一下。我还曾路过他的村庄，到他家里去过一趟。院子里空荡荡的，好像并没有找到什么人。

事隔多年，我也行将就木，觉得老刁是个同学又是朋友，常常想起他来，但对他参加革命的前前后后，总是不大清楚，像一个谜一样。

1980 年 9 月 21 日晚

菜　虎

东头有一个老汉，个儿不高，膀乍腰圆，卖菜为生。人们都叫他菜虎，真名字倒被人忘记了。这个虎字，并没有什么恶意，不过是说他以菜为衣食之道罢了。他从小就干这一行，头一天推车到滹沱河北种菜园的村庄趸菜，第二天一早，又推上车子到南边的集市上去卖。因为南边都是旱地种大田，青菜很缺。

那时用的都是独木轮高脊手推车，车两旁捆上菜，青枝绿叶，远远望去，就像一个活的菜畦。

一车水菜分量很重，天暖季节他总是脱掉上衣，露着黝黑的身子，把绊带套在肩上。遇见沙土道路或是上坡，他两条腿叉开，躬着身子，用全力往前推，立时就是一身汗水。但如果前面是硬整的平路，他推得就很轻松愉快了，空行的人没法赶过他去。也不知道他怎么弄的，那车子发出连续的有节奏的悠扬悦耳的声音，——吱扭——吱扭——吱扭扭——吱扭扭。他的臀部也左右有节奏地摆动着。这种手推车的歌，在我幼年的记忆中，留下了深刻的印象。这是田野里的音乐，是道路上的歌，是充满希望的歌。有时这种声音，从几里地以外就能听到。他的老伴，坐在家里，这种声音从离村很远的路上传来。有人说，菜虎一过河，离家还有八里路，他的老伴就能听见他推车的声音，下炕给他做饭，等他到家，饭也就熟了。在黄昏炊烟四起的时候，人们一听到这声音，就说："菜虎回来了。"

有一年七月，滹沱河决口，这一带发了一场空前的洪水，庄稼全都完了，就是半生半熟的高粱，也都冲倒在地里，被泥水浸泡着。直到九十月间，已经下过霜，地里的水还没有撤完，什么晚庄稼也种不上，种冬麦都有困难。这一年的秋天，颗粒不收，人们开始吃村边树上的残叶，剥下榆树的皮，到泥里水里捞泥高粱穗来充饥，有很多小孩到撒过水的地方去挖地梨，还挖一种泥块，叫做"胶泥沉儿"，是比胶泥硬，颜色较白的小东西，放在嘴里吃。这原是营养植物的，现在用来营养人。

人们很快就干黄干瘦了，年老有病的不断死亡，也买不到棺木，都用席子裹起来，找干地方暂时埋葬。

那年我七岁，刚上小学，小学也因为水灾放假了，我也整天和孩子们到野地里去捞小鱼小虾，捕捉蚂蚱、蝉和它的原虫，寻找野菜，寻找所有绿色的、可以吃的东西。常在一起的，就有菜虎家的一个小闺女，叫做盼儿的。因为她母亲有痨病，长年喘嗽，这个小姑娘长得很瘦小，可是她很能干活，手脚利索，眼快；在这种生活竞争的场所，她常常大显身手，得到较多较大的收获，这样就会有争夺，比如一个蚂蚱、一棵野菜，是谁先看见的。

孩子们不懂事，有时问她：

"你参叫菜虎，你们家还没有菜吃？还挖野菜？"

她手脚不停地挖着土地，回答：

"你看这道儿，能走人吗？更不用说推车了，到哪里去趸菜呀？一家人都快饿死了！"

孩子们听了，一下子就感到确实饿极了，都一屁股坐在泥地上，不说话了。

忽然在远处高坡上，出现了几个外国人，有男有女，男的穿着中国式的长袍马褂，留着大胡子，女的穿着裙子，披着金黄色的长发。

"鬼子来了。"孩子们站起来。

作为庚子年这一带义和团抗击洋人失败的报偿，外国人在往南八里地的义里村，建立了一座教堂，但这个村庄没有一家在教。现在这些洋人是来视察水灾的。他们走了以后，不久在义里村就设立了一座粥厂。村里就有不少人到那里去喝粥了。

又过了不久，传说菜虎一家在了教。又有一天，母亲回到家来对我说：

"菜虎家把闺女送给了教堂，立时换上了洋布衣裳，也不愁饿死了。"

我当时听了很难过，问母亲：

"还能回来吗？"

"人家说，就要带到天津去呢，长大了也可以回家。"母亲回答。

可是直到我离开家乡，也没见这个小姑娘回来过。我也不知道外国人一共收了多少小姑娘，但我们这个村庄确实就只有她一个人。

菜虎和他多病的老伴早死了。

现在农村已经看不到菜虎用的那种小车，当然也就听不到它那种特有的悠扬悦耳的声音了。现在的手推车都换成了胶皮轱辘，推动起来，是没有多少声音的。

1980 年 9 月 29 日晨

光　棍

　　幼年时，就听说大城市多产青皮、混混儿，斗狠不怕死，在茫茫人海中成为谋取生活的一种道路。但进城后，因为革命声势，此辈已销声敛迹，不能见其在大庭广众之中，行施其伎俩。"十年动乱"之期，流氓行为普及里巷，然已经"发迹变态"，似乎与前所谓混混儿者，性质已有悬殊。

　　其实，就是在乡下，也有这种人物的。十里之乡，必有仁义，也必有歹徒。乡下的混混儿，名叫光棍。一般的，这类人幼小失去父母，家境贫寒，但长大了，有些聪明，不甘心受苦。他们先从赌博开始，从本村赌到外村，再赌到集市庙会。他们能在大戏台下，万人围聚之中，吆三喝四，从容不迫，旁若无人，有多大的输赢，也面不改色。当在赌场略略站住脚步，就能与官面上勾结，也可能当上一名巡警或是衙役。从此就可以包办赌局，或窝藏娼妓。这是顺利的一途。其在赌场失败者，则可以下关东，走上海，甚至报名当兵，在外乡流落若干年，再回到乡下来。

　　我的一个远房堂兄，幼年随人到了上海，做织布徒工。失业后，没有饭吃，他趸了几个西瓜到街上去卖，和人争执起来，他手起刀落，把人家头皮砍破，被关押了一个月。出来后，在上海青洪帮内，也就有了小小的名气。但他究竟是一个农民，家里还有一点点恒产，不到中年就回家种地，也娶妻生子，在村里很是安分。这是偶一尝试，又返回正道的一例，自然和他的祖祖辈辈的"门风"有关。

　　在大街当中，有一个光棍名叫老索，他中年时官至县城的巡警，不久废职家居，养了一笼画眉。这种鸟儿，在乡下常常和光棍做伴，可能它那种霸气劲儿，正是主人行动的陪衬。

老索并不鱼肉乡里，也没人去招惹他。光棍一般的并不在本村为非作歹，因为欺压乡邻，将被人瞧不起，已经够不上光棍的称号。但是，到外村去闯光棍，也不是那么容易。相隔一里地的小村庄，有一个姓曹的光棍，老索和他有些输赢账。有一天，老索喝醉了，拿了一把捅猪的长刀，找到姓曹的门上。声言："你不还账，我就捅了你。"姓曹的听说，立时把上衣一脱，拍着肚脐说："来，照这个地方。"老索往后退了一步，说："要不然，你就捅了我。"姓曹的二话不说，夺过他的刀来就要下手。老索转身往自己村里跑，姓曹的一直追到他家门口。乡亲拦住，才算完事。从这一次，老索的光棍，就算"栽了"。

他雄心不死，他把希望寄托在下一代，他生了三个儿子，起名虎、豹、熊。姓曹的光棍穷得娶不上妻子，老索希望他的儿子能重新建立他失去的威名。

三儿子很早就得天花死去了，少了一个熊。大儿子到了二十岁，娶了一门童养媳，二儿子长大了，和嫂子不清不楚。有一天，弟兄两个打起架来，哥哥拿着一根粗大杠，弟弟用一把小鱼刀，把哥哥刺死在街上。在乡下，一时传言，豹吃了虎。村里怕事，仓促出了殡，民不告，官不究，弟弟到关东去躲了二年，赶上抗日战争，才回到村来。他真正成了一条光棍。那时村里正在成立农会，声势很大，村两头闹派性，他站在西头一派，有一天，在大街之上，把新任的农会主任，撞倒在地。在当时，这一举动，完全可以说成是长地富的威风，但一查他的三代，都是贫农，就对他无可奈何。我们有很长时期，是以阶级斗争代替法律的。他和嫂嫂同居，一直到得病死去。他嫂子现在还活着，有一年我回家，清晨路过她家的小院，看见她开门出来，风姿虽不及当年，并不见有什么愁苦。

这也是一种门风，老索有一个堂房兄弟名叫五湖。我幼年时，他在街上开小面铺，兼卖开水。他用竹簪把头发盘在头顶上，就像道士

一样。他养着一匹小毛驴，就像大个山羊那么高，但鞍镫铃铛齐全，打扮得很是漂亮。我到外地求学，曾多次向他借驴骑用。

面铺的后边屋子里，住着他的寡嫂。那是一位从来也不到屋子外面的女人，她的房间里，一点儿光线也没有。她信佛，挂着红布围裙的迎门桌上，长年香火不断。这可能是避人耳目，也可能是忏悔吧。

据老年人说，当年五湖也是因为这个女人把哥哥打死的，也是到关东躲了几年，小毛驴就是从那里骑回来的。五湖并不像是光棍，他一本正经，神态岸然，倒像经过修真养性的人。乡人尝谓：如果当时有人告状，五湖受到法律制裁，就不会再有虎豹间的悲剧。

1980 年 10 月 5 日

外祖母家

外祖母家是彪冢村，在滹沱河北岸，离我们家有十四五里路。当我初上小学，夜晚温书时，母亲给我讲过这样一个故事：母亲姐妹四人，还有两个弟弟，母亲是最大的。外祖父和外祖母，只种着三亩当来的地，一家八口人，全仗着织卖土布生活。外祖母、母亲、二姨，能上机子的，轮流上机子织布。三姨、四姨，能帮着经、纺的，就帮着经、纺。人歇马不歇，那架停放在外屋的木机子，昼夜不闲着，这个人下来吃饭，那个人就上去织。外祖父除种地外，每个集日（郎仁镇）背上布去卖，然后换回线子或是棉花，赚的钱就买粮食。

母亲说，她是老大，她常在夜间织，机子上挂一盏小油灯，每每织到鸡叫。她家东邻有个念书的，准备考秀才，每天夜里，大声念书，声闻四邻。母亲说，也不知道他念的是什么书，只听着隔几句，就"也"

一声，拉的尾巴很长，也是一念就念到鸡叫。可是这个人念了多少年，也没有考中。正像外祖父一家，织了多少年布，还是穷一样。

母亲给我讲这个故事，当时我虽然不明白，其目的是为了什么，但给我留下很深的印象，一生也没有忘记。是鼓励我用功吗？好像也没有再往下说；是回忆她出嫁前的艰难辛苦的生活经历吧。

这架老织布机，我幼年还见过，烟熏火燎，通身变成黑色的了。

外祖父的去世，我不记得。外祖母去世的时候，我记得大舅父已经下了关东。二舅父十几岁上就和我叔父赶车拉脚。后来遇上一年水灾，叔父又对父亲说了一些闲话，我父亲把牲口卖了，二舅父回到家里，没法生活。他原在村里和一个妇女相好，女的见从他手里拿不到零用钱，就又和别人好去了。二舅父想不开，正当年轻，竟悬梁自尽。

大舅父在关东混了二十多年，快五十岁才回到家来。他还算是本分的，省吃俭用，带回一点儿钱，买了几亩地，娶了一个后婚，生了一个儿子。

大舅父在关外学会打猎，回到老家，他打了一条鸟枪，春冬两闲，好到野地里打兔子。他枪法很准，有时串游到我们村庄附近，常常从他那用破布口袋缝成的挂包里，掏出一只兔子，交给姐姐。母亲赶紧给他去做些吃食，他就又走了。

他后来得了抽风病。有一天出外打猎，病发了，倒在大道上，路过的人，偷走了他的枪支。他醒过来，又急又气，从此竟一病不起。

我记得二姨母最会讲故事，有一年她住在我家，母亲去看外祖母，夜里我哭闹，她给我讲故事，一直讲到母亲回来。她的丈夫，也下了关东，十几年后，才叫她带着表兄找上去。后来一家人，在那里落了户。现在已经是人口繁衍了。

1982 年 5 月 30 日

瞎周

我幼小的时候，我家住在这个村庄的北头。门前一条南北大车道，从我家北墙角转个弯，再往前去就是野外了。斜对门的一家，就是瞎周家。

那时，瞎周的父亲还活着，我们叫他和尚爷。虽叫和尚，他的头上却留着一个"毛刷"，这是表示，虽说剪去了发辫，但对前清，还是不能忘怀的。他每天拿一个小板凳，坐在门口，默默地抽着烟，显得很寂寞。

他家的房舍，还算整齐，有三间砖北房，两间砖东房，一间砖过道，黑漆大门。西边是用土墙围起来的一块菜园，地方很不小。园子旁边，树木很多。其中有一棵臭椿树，这种树木虽说并不名贵，但对孩子们吸引力很大。每年春天，它先挂牌子，摘下来像花朵一样，树身上还长一种黑白斑点的小甲虫，名叫"椿象"，捉到手里，很好玩。

听母亲讲，和尚爷，原有两个儿子，长子早年去世了。次子就是瞎周。他原先并不瞎，娶了媳妇以后，因为婆媳不和，和他父亲分了家，一气之下，走了关东。临行之前，在庭院中，大喊声言：

"那里到处是金子，我去发财回来，天天吃一个肉丸的、顺嘴流油的饺子，叫你们看看。"

谁知出师不利，到关东不上半年，学打猎，叫火枪伤了右眼，结果两只眼睛都瞎了。同乡们凑了些路费，又找了一个人把他送回来。这样来回一折腾，不只没有发了财，还欠了不少债，把仅有的三亩地，卖出去二亩。村里人都当做笑话来说，并且添油加醋，说哪里是打猎，打猎还会伤了自己的眼？是当了红胡子，叫人家对面打瞎的。这是他在家不行孝的报应，是生分畜类孩子们的样子！

为了生活，他每天坐在只铺着一张席子的炕上，在裸露的大腿膝盖上，搓麻绳。这种麻绳很短很细，是穿铜钱用的，就叫钱串儿。每到集日，瞎周拄上一根棍子，拿了搓好的麻绳，到集市上去卖了，再买回原麻和粮食。

他不像原先那样活泼了。他的两条眉毛，紧紧锁在一起，脑门上有一条直直立起的粗筋暴露着。他的嘴唇，有时咧开，有时紧紧闭着。有时脸上的表情像是在笑，更多的时候像是要哭。

他很少和人谈话，别人遇到他，也很少和他打招呼。

他的老婆，每天守着他，在炕的另一头纺线。他们生了一个男孩。岁数和我相仿。

我小时到他们屋里去过，那屋子里因为不常撩门帘，总有那么一种近于狐臭的难闻的味道。有个大些的孩子告诉我，说是如果在歇晌的时候，到他家窗前去偷听，可以听到他两口子"办事"。但谁也不敢去偷听，怕遇到和尚爷。

瞎周的女人，给我留下的印象，有些像鲁迅小说里所写的豆腐西施。她在那里站着和人说话，总是不安定，前走两步，又后退两步。所说的话，就是小孩子也听得出来，没有丝毫的诚意。她对人没有同情，只会幸灾乐祸。

和尚爷去世以前，瞎周忽然紧张了起来，他为这一桩大事，心神不安。父亲的产业，由他继承，是没有异议或纷争的。只是有一个细节，议论不定。在我们那里，出殡之时，孝子从家里哭着出来，要一手打幡，一手提着一块瓦，这块瓦要在灵前摔碎，摔得越碎越好。不然就会有许多说讲。管事的人们，担心他眼瞎，怕瓦摔不到灵前放的那块石头上，那会大煞风景，不吉利，甚至会引起哄笑。有人建议，这打幡摔瓦的事，就叫他的儿子去做。

瞎周断然拒绝了，他说有他在，这不是孩子办的事。这是他的职责，他的孝心，一定会感动上天，他一定能把瓦摔得粉碎。至于孩子，等他死了，再摔瓦也不晚。

他大概默默地做了很多次练习和准备工作，到出殡那天，果然，他一摔中的，瓦片摔得粉碎。看热闹的人们，几几乎忍不住要拍手叫好。瞎周心里的洋洋得意，也按捺不住，形之于外了。

他什么时候死去的，我因为离开家乡，就不记得了。他的女人现在也老了，也糊涂了。她好贪图小利，又常常利令智昏。有一次，她从地里拾庄稼回来，走到家门口，遇见一个人，抱着一只鸡，对她说：

"大娘，你买鸡吗？"

"俺不买。"

"便宜呀，随便你给点钱。"

她买了下来，把鸡抱到家，放到鸡群里面，又撒了一把米。

等到儿子回来，她高兴地说：

"你看，我买了一只便宜鸡。真不错，它和咱们的鸡，还这样合群儿。"

儿子过来一看说：

"为什么不合群？这原来就是咱家的鸡么！你遇见的是一个小偷。"

她的儿子，抗日刚开始，也干了几天游击队，后来一改编成八路军，就跑回来了。他在集市上偷了人家的钱，被送到外地去劳改了好几年。她的孙子，是个安分的青年农民，现在日子过得很好。

1982 年 5 月 31 日上午续写毕

愣起叔

愣起叔小时，因没人看管，从大车上头朝下栽下来，又不及时医治——那时乡下也没法医治，成了驼背。

他是我二爷的长子。听母亲说，二爷是个不务正业的人，好喝酒，喝醉了就搬个板凳，坐在院里拉板胡，自拉自唱。

他家的宅院，和我家只隔着一道墙。从我记事时，楞起叔就给我一个好印象——他的脾气好，从不训斥我们。不只不训斥，还想方设法哄着我们玩儿。他会捕鸟，会编鸟笼子，会编蝈蝈葫芦，会结网，会摸鱼。他包管割坟草的差事，每年秋末冬初，坟地里的草衰白了，田地里的庄稼早就收割完了，蝈蝈都逃到那混杂着荆棘的坟草里，平常捉也没法捉，只有等到割草清坟之日，才能暴露出来。这时的蝈蝈很名贵，养好了，能养到明年正月间。

他还会弹三弦。我幼小的时候，好听大鼓书，有时也自编自唱，敲击着破升子底，当做鼓，两块破犁铧片当做板。楞起叔给我伴奏，就在他家院子里演唱起来。这是家庭娱乐，热心的听众只有三祖父一个人。

因为身体有缺陷，他从小就不能掏大力气，但田地里的锄耪收割，他还是做得很出色。他也好喝酒，二爷留下几亩地，慢慢他都卖了。春冬两闲，他就给赶庙会卖豆腐脑的人家，帮忙烙饼。

这种饭馆，多是联合营业。在庙会上搭一个长洞形的席棚。棚口，右边一辆肉车，左边一个烧饼炉。稍进就是豆腐脑大铜锅。棚子中间，并排放着一些方桌、板凳，这是客座。

楞起叔工作的地方，是在棚底。他在那里安排一个锅灶，烙大饼。因为身残，他在灶旁边挖好一个二尺多深的圆坑，像军事掩体，他站在里面工作，这样可以免得老是弯腰。

帮人家做饭，他并挣不了什么钱，除去吃喝，就是看戏方便。这也只是看夜戏，夜间就没人吃饭来了。他懂得各种戏文，也爱唱。

因为长年赶庙会，他交往了各式各样的人。后来，他又"在了理"，听说是一个会道门。有一年，这一带遭了大水，水撤了以后，地变碱了，道旁墙根，都泛起一层白霜。他联合几个外地人，在他家院子里安锅烧小盐。那时烧小盐是犯私的，他在村里人缘好，村里人又都朴实，没人给他报告。就在这年冬季，河北一个村庄的地主家，在儿子新婚之夜，叫人砸了明火。报到县里，盗贼竟是住在楞起叔家烧盐的人们。他们逃走了，县里来人把楞起叔两口子捉进牢狱。

在牢狱一年，他受尽了苦刑，冬天，还差点没有把脚冻掉。其实，他什么也没有得到，事前事后也不知情。县里把他放了出来，养了很久，才能劳动。他的妻子，不久就去世了。

他还是好喝酒，好赶集。一喝喝到日平西，人们才散场。然后，他拿着他那条铁棍，踉踉跄跄地往家走。如果是热天，在路上遇到一棵树，或是大麻子棵，他就倒在下面睡到天黑。逢年过节，要账的盈门，他只好躲出去。

他脾气好，又乐观，村里有人叫他老软儿，也有人叫他孙不愁。他有一个儿子，抗日时期参了军。全国解放以后，楞起叔的生活是很好的。他死在邢台地震那一年，也享了长寿。

1982 年 5 月 31 日下午

根雨叔

根雨叔和我们，算是近枝。他家住在村西北角一条小胡同里，这条胡同的一头，可以通到村外。他的父亲弟兄两个，分别住在几间土墼北房里，院子用黄土墙围着，院里有几棵枣树，几棵榆树。根雨叔的伯父，秋麦常给人家帮工，是个老老实实的庄稼人，好像一辈子也没有结过婚。他浑身黝黑，又干瘦，好像古庙里的木雕神像，被烟火熏透了似的。根雨叔的父亲，村里人都说他脾气不好，我们也很少和他接近。听说他的心狠，因为穷，在根雨还很小的时候，就把他的妻子，弄到河北边，卖掉了。

民国六年，我们那一带，遭了大水灾，附近的天主教堂，开办了粥厂，还想出一种以工代赈的家庭副业，叫人们维持生活。清朝灭亡以后，男人们都把辫子剪掉了，把这种头发接结起来，织成网子，卖给外国妇女作发罩，很能赚钱。教会把持了这个买卖，一时附近的农村，几乎家家都织起网罩来。所用工具很简单，操作也很方便，用一块小竹片作"制板"，再削一枝竹梭，上好头发，街头巷尾，年轻妇女们，都在从事这一特殊的生产。

男人们管头发和交货。根雨叔有十几岁了，却和姑娘们坐在一起织网罩，给人一种男不男女不女的感觉。

人家都把辫子剪下来卖钱了，他却逆潮流而动，留起辫子来。他的头发又黑又密，很快就长长了。他每天精心梳理，顾影自怜，真的可以和那些大辫子姑娘们媲美了。

每天清早，他担着两只水筲，到村北很远的地方去挑水。一路上，他"咦——咦"地唱着，那是昆曲《藏舟》里的女角唱段。

不知为什么，织网罩很快又不时兴了。热热闹闹的场面，忽然收了场，人们又得寻找新的生活出路了。

村里开了一家面坊，根雨叔就又去给人家磨面了。磨坊里安着一座脚打罗，在那时，比起手打罗，这算是先进的工具。根雨叔从早到晚在磨坊里工作，非常勤奋和欢快。他是对劳动充满热情的人，他在这充满秽气，挂满蛛网，几乎经不起风吹雨打，摇摇欲坠的破棚子里，一会儿给拉磨的小毛驴扫屎填尿，一会儿拨磨扫磨，然后身靠南墙，站在罗床踏板上：

踢踢跶，踢踢跶，踢跶踢跶踢踢跶……筛起面来。

他的大辫子摇动着，他的整个身子摇动着，他的浑身上下都落满了面粉。他踏出的这种节奏，有时变化着，有时重复着，伴着飞扬撒落的面粉，伴着拉磨小毛驴的打嚏喷、撒尿声，伴着根雨叔自得其乐的歌唱，飘到街上来，飘到野外去。

面坊不久又停业了，他又给本村人家去打短工，当长工。三十岁的时候，他娶了一房媳妇，接连生了两个儿子。他的父亲嫌儿子不孝顺，忽然上吊死了。媳妇不久也因为吃不饱，得了疯病，整天蜷缩在炕角落里。根雨叔把大孩子送给了亲戚，媳妇也忽然不见了。人们传说，根雨叔把她领到远地方扔掉了。

从此，就再也看不见他笑，更听不到他唱了。土地改革时，他得到五亩田地，精神好了一阵子，二儿子也长大成人，娶了媳妇。但他不久就又沉默了。常和儿子吵架。冬天下雪的早晨，他也会和衣睡倒在村北禾场里。终于有一天夜里，也学了他父亲的样子，死去了，薄棺浅葬。一年发大水，他的棺木冲到下水八里外一个村庄，有人来报信，他的儿子好像也没有去收拾。

村民们说：一辈跟一辈，辈辈不错制儿。延续了两代人的悲剧，现在可以结束了吧？

1982 年 6 月 2 日

吊挂及其他

吊　挂

每逢新年，从初一到十五，大街之上，悬吊挂。

吊挂是一种连环画。画幅一尺多宽，二尺多长，下面作牙旗状。每四幅一组，串以长绳，横挂于街。每隔十几步，再挂一组。一条街上，共有十几组。

吊挂的画法，是用白布涂一层粉，再用色彩绘制人物山水车马等等。故事多取材于《封神演义》《三国演义》《五代残唐》或《杨家将》。其画法与庙宇中的壁画相似，形式与年画中的连环画一样。在我的记忆中，新年时，吊挂只是一种装饰，站立在下面的观赏者不多。因为妇女儿童，看不懂这些故事，而大人长者，已经看了很多年，都已经看厌了。吊挂经过多年风雪吹打，颜色已经剥蚀，过了春节，就又由管事人收起来，放到家庙里去了。吊挂与灯笼并称。年节时街上也挂出不少有绘画的纸灯笼，供人欣赏。杂货铺掌柜叫变吉的，每年在门前挂一个走马灯，小孩们聚下围观。

锣　鼓

村里人，从地亩摊派，置买了一套锣鼓铙钹，平日也放在家庙里，春节才取出来，放在十字大街动用。每天晚上吃过饭，乡亲们集在街头，各执一器，敲打一通，说是娱乐，也是联络感情。

其鼓甚大，有架。鼓手执大棒二，或击其中心，或敲其边缘，缓急轻重，以成节奏。每村总有几个出名的鼓手。遇有求雨或出村赛会，鼓载于车，鼓手立于旁，鼓棒飞舞，有各种花点，是最动人的。

小　戏

小康之家，遇有丧事，则请小戏一台，也有亲友送的。所谓小戏，就是街上摆一张方桌，四条板凳，有八个吹鼓手，坐在那里吹唱。并不化装，一人可演几个角色，并且手中不离乐器。桌上放着酒菜，边演边吃喝。有人来吊孝，则停戏奏哀乐。男女围观，灵前有戚戚之容，戏前有欢乐之意。中国的风俗，最通人情，达世故，有辩证法。

富人家办丧事，则有老道念经。念经是其次，主要是吹奏音乐。这些道士，并不都是职业性质，很多是临时装扮成的，是农民中的音乐爱好者。他们所奏为细乐，笙管云锣，笛子唢呐都有。

最热闹的场面，是跑五方。道士们排成长队，吹奏乐器，绕过或跳过很多板凳，成为一种集体舞蹈。出殡时，他们在灵前吹奏着，走不远农民们就放一条板凳，并设茶水，拦路请他们演奏一番，以致灵车不能前进，延误埋葬。经管事人多方劝说，才得作罢。在农村，一家遇丧事，众人得欢心，总是因为平日文化娱乐太贫乏的缘故。

大　戏

农村唱大戏，多为谢雨。农民务实，连得几场透雨，丰收有望，才定期演戏，时间多在秋前秋后。

我的村庄小，记忆中，只唱过一次大戏。虽然只唱了一次，却是高价请来的有名的戏班，得到远近称赞。并一直传说：我们村不唱是不唱，一唱就惊人。事前，先由头面人物去"写戏"，就是订合同。到时搭好照棚戏台,连夜派车去"接戏"。我们村庄小,没有大牲口（骡马）,去的都是牛车,使演员们大为惊异,说这种车坐着稳当,好睡觉。

唱戏一般是三天三夜。天气正在炎热,戏台下万头攒动,尘土飞扬,挤进去就是一身透汗。而有些年轻力壮的小伙子,在此时刻,好表现一下力气,去"扒台板"看戏。所谓扒台板,就是把小褂一脱,缠在腰里,从台下侧身而入,硬拱进去。然后扒住台板,用背往后一靠。身后万人,为之披靡,一片人浪,向后拥去。戏台照棚,为之动摇。管台人员只好大声喊叫,要求他稳定下来。他却得意洋洋,旁若无人地看起戏来。出来时,还是从台下钻出,并夸口说,他看见坤角的小脚了。在农村,看戏扒台板,出殡扛棺材头,都是小伙子们表现力气的好机会。

唱大戏是村中的大典,家家要招待亲朋;也是孩子们最欢乐的节日。直到现在,我还记得一个歌谣,名叫《四大高兴》。其词曰：

新年到,搭戏台,先生（学校老师）走,媳妇来。

反之,为《四大不高兴》。其词为：

新年过,戏台拆,媳妇走,先生来。

可见,在农村,唱大戏和过新年,是同样受到重视的。

1982 年 7 月

疤增叔

因为他生过天花，我们叫他疤增叔。堂叔一辈，还有一个名叫增的，这样也好区别。

过去，我们村的贫苦农民，青年时，心气很高，不甘于穷乡僻壤这种饥一顿饱一顿的生活，想远走高飞。老一辈的是下关东，去上半辈子回来，还是受苦，壮心也没有了。后来，是跑上海，学织布。学徒三年，回来时，总是穿一件花丝格棉袍，村里人称他们为上海老客。

疤增叔是我们村去上海的第一个人。最初，他也真的挣了一点儿钱，汇到家里，盖了三间新北屋，娶了一房很标致的媳妇。人人羡慕，后来经他引进，去上海的人，就有好几个。

疤增叔其貌不扬，幼小时又非常淘气，据老一辈说，他每天拉屎，都要到树杈上去。为人甚为精明，口才也好，见识又广。有一年寒假完了，我要回保定上学，他和我结伴，先到保定，再到天津，然后坐船到上海，这样花路费少一些。第一天，我们宿在安国县我父亲的店铺里。商店习惯，来了客人，总有一个二掌柜陪着说话。我在地下听着，疤增叔谈上海商业行情，头头是道，真像一个买卖人，不禁为之吃惊。

到了保定，我陪他去买到天津的汽车票，不坐火车坐汽车，也是为的省钱。买了明天的汽车票，疤增叔一定叫汽车行给写个字据：如果不按时间开车，要加倍赔偿损失。那时的汽车行，最好坑人骗钱，这又是他出门多的经验，使我非常佩服。

究竟他在上海干什么，村里也传说不一。有的说他给一家纺织厂当跑外，有的说他自己有几架机子，是个小老板。后来，经他引进到上海去的一个本家侄子回来，才透露了一点儿实情，说他有时贩卖白面（毒品），装在牙粉袋里，过关口时，就叫这个侄子带上。

不久，他从上海带回一个小老婆，河南人，大概是跑到上海去觅生活的，没有办法跟了他。也有人说，疤增叔的二哥，还在打光棍，托他给找个人，他给找了，又自己霸占了，二哥并因此生闷气而死亡。

又有一年，他从河南赶回几头瘦牛来，有人说他把白面藏在牛的身上，牛是白搭。究竟怎样藏法，谁也不知道。

后来，他就没挣回过什么，一年比一年潦倒，就不常出门，在家里做些小买卖。有时还卖虾酱，掺上很多高粱糁子。

家里娶的老伴，已经亡故。在上海弄回的女人，给他生了一个儿子，中间一度离异，母子回了河南，后来又找回来，现在已长大成人，出去工作了。

原来的房子，被大水冲塌，用旧砖垒了一间屋子，老两口就住在里面，谁也不收拾，又脏又乱。

一年春节，人们夜里在他家赌钱。局散了以后，老两口吵了起来，老伴把他往门外一推，他倒在地下就死了。

1983 年 9 月 3 日

秋喜叔

秋喜叔的父亲，是个棚匠。家里有一捆一捆的苇席，一团一团的麻绳，一根大弯针，每逢庙会唱戏，他就被约去搭棚。

这老人好喝酒，有了生意，他就大喝。而每喝必醉，醉了以后，他从工作的地方，摇摇晃晃地走回来，进村就大骂，一直骂进家里。有时不进家，就倒在街上骂，等到老伴把他扶到家里，躺在炕上，才算完事。人们说，他是装的，借酒骂人，但从来没有人去拾这个碴儿，和他打架。

他很晚的时候，才生下秋喜叔。秋喜叔并无兄弟姐妹，从小还算是娇生惯养的，也上了几年小学。

十几岁的时候，秋喜叔跟着一个本家哥哥去了上海，学织布。不愿意干了，又没钱回不了家，就当了兵，从南方转到北方。那时我在保定上中学，有一天，他送来一条棉被，叫我放假时给他带回家里。棉被里里外外都是虱子，这可能是他在上海学徒三年的唯一剩项。第二天，又来了两个军人找我，手里拿着皮带，气势汹汹，听他们的口气，好像是秋喜叔要逃跑，所以先把被子拿出来。他们要我到火车站他们的连部去对证。那时这种穿二尺半的丘八大爷们，是不好对付的，我没有跟他们走。好在这是学校，他们也无奈我何。

后来，秋喜叔终于跑回家去，结了婚，生了儿子。抗日战争时，家里困难，他参加了八路军，不久又跑回来。

秋喜叔的个性很强，在农村，他并不愿意一锄一镰去种地，也不愿推车担担去做小买卖。但他也不赌博，也不偷盗。在村里，他年纪不大，辈分很高，整天道貌岸然，和谁也说不来，对什么事也看不惯。躲在家里，练习国画。土改时，他从我家拿去一个大砚台，我回家时，他送了一幅他画的"四破"，叫我赏鉴。

他的父亲早已去世，他这样坐吃山空，日子一天不如一天。家里地里的活儿，全靠他的老伴。那是一位任劳任怨，讲究三从四德的农村劳动妇女，整天蓬头垢面，钻在地里砍草拾庄稼。

秋喜叔也好喝酒，但是从来不醉。也好骂街，但比起他的父亲来，就有节制多了。

秋天，村北有些积水，他自制一根钓竿，从早到晚，坐在那里垂钓。其实谁也知道，那里面并没有鱼。

他的儿子长大了，地里的活儿也干得不错，娶了个媳妇，也很能劳动，眼看日子会慢慢好起来。谁知这儿子也好喝酒，脾气很劣，为了一点儿小事，砍了媳妇一刀，被法院判了十五年徒刑，押到外地去了。

从此，秋喜叔就一病不起，整天躺在炕上，望着挂满蛛网的屋顶，一句话也不说。谁也说不上他得的是什么病，三年以后才死去了。

1983 年 9 月 2 日下午

大嘴哥

幼小时，听母亲说，"过去，人们都愿意去店子头你老姑家拜年，那里吃得好。平常日子都不做饭，一家人买烧鸡吃。十年河东，十年河西，现在，谁也不去店子头拜年了，那里已经吃不上饭，就不用说招待亲戚了。"

我没有赶上老姑家的繁盛时期，也没有去拜过年。但因为店子头离我们村只有三里地，我有一个表姐，又嫁到那里，我还是去玩过几次的。印象中，老姑家还有几间高大旧砖房，人口却很少，只记得一个疤眼的表哥，在上海织了几年布，也没有挣下多少钱，结不了婚。其次就是大嘴哥。

大嘴哥比我大不了多少，也没有赶上他家的鼎盛时期。他发育不良，还有些喘病，因此农活儿上也不大行，只能干一些零碎活儿。

在我外出读书的时候，我们家已经渐渐上升为富农。自己没有主要劳力，除去雇一名长工外，还请一两个亲戚帮忙，大嘴哥就是这样来我们家的。

他为人老实厚道，干活尽心尽力，从不和人争争吵吵。平日也没有花言巧语，问他一句，他才说一句。所以，我们虽然年岁相当，却很少在一块玩玩谈谈。我年轻时，也是世俗观念，认为能说会道，才是有本事的人；老实人就是窝囊人。在大嘴哥那一面，他或者想，自己的家道中衰，寄人篱下，和我之间，也有些隔阂。

他在我们家，待的时间很长，一直到土改，我家的田地分了出去，他才回到店子头去了。按当时的情况，他是一个贫农，可以分到一些田地。不过他为人孱弱，斗争也不会积极，上辈的成分又不太好，我估计他也得不到多少实惠。

这以后，我携家外出，忙于衣食。父亲、母亲和我的老伴，又相继去世，没有人再和我念道过去的老事。十年动乱，身心交瘁，自顾不暇，老家亲戚，不通音问，说实在的，我把大嘴哥差不多忘记了。

去年秋天，一个叔伯侄子从老家来，临走时，忽然谈到了大嘴哥。他现在是个孤老户。村里把我表姐的两个孩子找去，说："如果你们照顾他的晚年，他死了以后，他那间屋子，就归你们。"两个外甥答应了。

我听了，托侄子带了十元钱，作为对他的问候。那天，我手下就只有这十元钱。

今年春天，在石家庄工作的大女儿退休了，想写点她幼年时的回忆，在她寄来的材料中，有这样一段：

在抗战期间，我们村南有一座敌人的炮楼。日本鬼子经常来我们村"扫荡"，找事，查户口，每家门上都有户口册。有一天，日本鬼子和伪军，到我们家查问父亲的情况。当时我和母亲，还有给我家帮忙的大嘴大伯在家。母亲正给弟弟喂奶，忽听大门给踢开了，把我和弟弟抱在怀里，吓得浑身哆嗦。一个很凶的伪军问母亲，孙振海（我的小名——犁注）到哪里去了？随手就把弟弟的被褥，用刺刀挑了一地。

母亲壮了壮胆说，到祁州做买卖去了。日本鬼子又到西屋搜查。当时大嘴大伯正在西屋给牲口喂草，他们以为是我家的人。伪军问：孙振海到哪里去了？大伯说不知道。他们把大伯吊在房梁上，用棍子打，打得昏过去了，又用水泼，大伯什么也没有说，日本鬼子走了以后，我们全家人把大伯解下来，母亲难过地说：叫你跟着受苦了。

大女儿幼年失学，稍大进厂做工，写封信都费劲。她写的回忆，我想是没有虚假的。那么，大嘴哥还是我们一家的救命恩人。抗战胜利，我回到家里，他从来没有提起过这件事。初进城那几年，我的生活还算不错，他从来没有找过我，也没有来过一次信。他见到和听到了，我和我的家庭，经过的急剧变化。他可能对自幼娇生惯养，不能从事生产的我，抱有同情和谅解之心。我自己是惭愧的。这些年，我的心，我的感情，变得麻痹，也有些冷漠了。

1985 年 6 月 27 日下午

大　根

岳父只有两个女儿，和我结婚的，是他的次女。到了五十岁，他与妻子商议，从本县河北一贫家，购置一妾，用洋三百元。当领取时，由长工用粪筐背着银元，上覆柴草，岳父在后面跟着。到了女家，其父当场点数银元，并一一当当敲击，以视有无假洋。数毕，将女儿领出，毫无悲痛之意。岳父恨其无情，从此不许此妾归省。有人传言，当初相看时，所见者为其姐，身高漂亮，此女则瘦小干枯，貌亦不扬。村人都说：岳父失去眼窝，上了媒人的当。

婚后，人很能干，不久即得一子，取名大根，大做满月，全家欢庆。第二胎，为一女孩，产时值夜晚，仓促间，岳父被墙角一斧伤了手掌，染破伤风，遂致不起。不久妾亦猝死，祸起突然，家亦中落。只留岳母带领两个孩子，我妻回忆：每当寒冬夜晚，岳母一手持灯，两个小孩拉着她的衣襟，像扑灯蛾似的，在那空荡荡的大屋子出出进进，实在悲惨。

大根稍大以后，就常在我家。那时，正是抗日时期，他们家离据点近，每天黎明，这个七八岁的孩子，牵着他喂养的一只山羊，就从他们村里出来到我们村，黄昏时再回去。

那时我在外面抗日。每逢逃难，我的老父带着一家老小，再加上大根和他那只山羊，慌慌张张，往河北一带逃去。在路上遇到本村一个卖烧饼馃子的，父亲总是说："把你那柜子给我，我都要了！"这样既可保证一家人不致挨饿，又可以作为掩护。

平时，大根跟着我家长工，学些农活。十几岁上，他就努筋拔力，耕种他家剩下的那几亩土地了。岳母早早给他娶了一个比他大几岁，很漂亮又很能干的媳妇，来帮他过日子。不久，岳母也就去世了。小小年纪，十几年间，经历了三次大丧事。

大根很像他父亲，虽然没念什么书，却聪明有计算，能说，乐于给人帮忙和排解纠纷，在村里人缘很好。土改时，有人想算他家的旧账，但事实上已经很穷，也就过去了。

他在村里，先参加了村剧团，演《小女婿》中的田喜，他本人倒是个地地道道的小女婿。

二十岁时，他已经有两个儿子，加上他妹妹，五口之家，实在够他巴结的。他先和人家合伙，在集市上卖饺子，得利有限。那些年，赌风很盛，他自己倒不赌，因为他精明，手头利索，有人请他代替推牌九，叫做枪手。有一次在我们村里推，他弄鬼，被人家看出来，几乎下不来台，念他是这村的亲戚，放他走了。随之，在这一行，他也就吃不开了。

他好像还贩卖过私货，因为有一年，他到我家，问他二姐有没有过去留下的珍珠，他二姐说没有。

后来又当了牲口经纪。他自己也养骡驹子，他说从小就喜欢这玩意儿。

"文革"前，他二姐有病，他常到我家帮忙照顾，他二姐去世，这些年就很少来了。

去年秋后，他来了一趟，也是六十来岁的人了，精神不减当年，相见之下，感慨万端。

他有四个儿子，都已成家，每家五间新砖房，他和老伴，也是五间。有八个孙子孙女，都已经上学。大儿子是大乡的书记，其余三个，也都在乡里参加了工作。家里除养一头大骡子，还有一台拖拉机。责任田，是他带着儿媳孙子们去种，经他传艺，地比谁家种得都好。一出动就是一大帮，过往行人，还以为是个没有解散的生产队。

多年不来，我请他吃饭。

"你还赶集吗？还给人家说合牲口吗？"席间，我这样问。

"还去。"他说，"现在这一行要考试登记，我都合格。"

"说好一头牲口，能有多大好处？"

"有规定。"他笑了笑，终于语焉不详。

"你还赌钱吗？"

"早就不干了。"他严肃地说，"人老了，得给孩子们留个名誉，儿子当书记，万一出了事，不好看。"

我说："好好干吧！现在提倡发家致富，你是有本事的人，遇到这样的社会，可以大展宏图。"

他叫我给他写一幅字，裱好了给他捎去。他说："我也不贴灶王爷了，屋里挂一张字画吧。"

过去，他来我家，走时我没有送过他。这次，我把他送到大门外，郑重告别。因为我老了，以后见面的机会，不会再多了。

1986 年 8 月 14 日

刁 叔

刁叔，是写过的疤增叔的二哥。大哥叫瑞，多年跑山西，做小买卖，为人有些流氓气，也没有挣下什么，还把梅毒传染给妻子，妻女失明，儿子塌鼻破嗓，他自己不久也死了。

和我交往最多的，是刁叔。他比我大二十岁，但不把我当做孩子，好像我是他的一个知己朋友。其实，我那时对他，什么也不了解。

他家离我家很近，住在南北街路西。砖门洞里，挂着两块贞节匾，大概是他祖母的事迹吧。那时他家里，只有他和疤增婶子，他一个人住在西屋。

他没有正式上过学，但"习"过字。过去，村中无力上学，又有志读书的农民，冬闲时凑在一起，请一位能写会算的人，来教他们，就叫习字。

他为人沉静刚毅，身材高大强健。家里土地很少，没有多少活儿，闲着的时候多。但很少见到他，像别的贫苦农民一样，背着柴筐粪筐下地，也没有见过他，给别人家打短工。他也很少和别人闲坐说笑，就喜欢看一些书报。

那时乡下，没有多少书，只有我是个书呆子。他就和我交上了朋友。

他向我借书，总是亲自登门，讷讷启口，好像是向我借取金钱。

我并不知道他喜欢看什么书，我正看什么，就常常借给他什么。有一次，我记得借给他的是《浮生六记》。他很快就看完了，送回时，还是亲自登门，双手捧着交给我。书，完好无损。把书借给这种人，比现在借书出去，放心多了。

我不知道他能看懂这种书不能，也没问过他读后有什么感想。我只是尽乡亲之谊，邻里之间，互通有无。

他是一个光棍。旧日农村，如果家境不太好，老大结婚还有可能，老二就很难了。他家老三，所以能娶上媳妇，是因为跑了上海，发了点小财。这在另一篇文章中，已经提过了。

我现在想：他看书，恐怕是为了解闷，也就是消遣吧。目前有人主张，文学的最大功能，最高价值，就是供人消遣。这种主张，很是时髦。其实，在几十年前，刁叔的读书，就证实了这一点，我也很早就明白这层道理了。看来并算不得什么新理论，新学说。

刁叔家的对门，是秃小叔。秃小叔一只眼，是个富农，又是一家之主，好赌。他的赌，不是逢年过节，农村里那种小赌。是到设在戏台下面，或是外村的大宝局去赌。他为人，有些胆小，那时地面也确实不大太平，路劫、绑票的很多。每当他去赴宝局之时，他总是约上刁叔，给他助威仗胆。

那种大宝局的场合、气氛，如果没有亲临过，是难以想象的。开局总是在夜间，做宝的人，隐居帐后；看宝的人，端坐帐前。一片白布，作为宝案，设于破炕席之上，么、二、三、四四个方位，都压满了银元。赌徒们炕上炕下，或站或立，屋里屋外，都挤满了人。人人面红耳赤，心惊肉跳；烟雾迷蒙，汗臭难闻。胜败既分，有的甚至屁滚尿流，捶胸顿足。

"免三！"一局出来了，看宝的人把宝案放在白布上，大声喊叫。免三，就是看到人们压三的最多，宝盒里不要出三。一个赌徒，抓过宝盒，屏气定心，慢慢开动着。当看准那个刻有红月牙的宝心指向何方时，把宝盒一亮，此局已定，场上有哭有笑。

秃小叔虽然一只眼，但正好用来看宝盒，看宝盒，好人有时也要眯起一只眼。他身后，站着刁叔。刁叔是他的赌场参谋，常常因他的运筹得当，而得到胜利。天明了，两个人才懒洋洋地走回村来。

这对刁叔来说，也是一种消遣。他有一个"木猫"，冬天放在院子里，有时会逮住一只黄鼬。有一回，有一只猫钻进去了，他也没有放过。一天下午，他在街上看见我，低声说：

"晚上到我那里去，我们吃猫肉。"

晚上，我真的去了，共尝了猫肉。我一生只吃过这一次猫肉。也不知道是家猫，还是野猫。那天晚上，他和我谈了些什么，完全忘记了。

听叔辈们说，他的水式还很好，会摸鱼，可惜我都没有亲眼见过。

刁叔年纪不大，就逝世了。那时我不在家，不知道他得的是什么病。在前一篇文章里，谈到他的死因，也不过是传言，不一定可信。我现在推测，他一定死于感情郁结。他好胜心强，长期打光棍，又不甘于偷鸡摸狗，钻洞跳墙。性格孤独，从不向人诉说苦闷。当时的农民，要改善自己的处境，也实在没有出路。这样就积成不治之症。

1986 年 8 月 15 日

老焕叔

前几年，细读了沙汀同志所写，一九三八年秋季随一二〇师到冀中的回忆录。内记：一天夜晚，师部住进一个名叫辽城的小村庄（我的故乡）。何其芳同志去参加了和村干部的会见，回来告诉他，村里出面讲话的，是一个迷迷怔怔的人。我立刻想到，这个人一定是老焕叔。

但老焕叔并不是村干部。当时的支部书记、农会主任、村长，都是年轻农民，也没有一个人迷迷怔怔。我想是因为，当时敌人已经占据安平县城，国民党的部队，也在冀南一带活动，冀中局面复杂。当一二○师以正规部队的军容，进入村庄，服装、口音，和村民们日常见惯的土八路，又不一样。仓皇间，村干部不愿露面，又把老焕叔请了出来，支应一番。

老焕叔小名旦子，幼年随父亲（我们叫他胖胖爷），到山西做小买卖。后来在太原当了几年巡警和衙役。回到村里，游手好闲，和一个卖豆腐人家的女儿靠着，整天和村里的一些地主子弟浪当人喝酒赌博。他是第一个把麻将牌带进这个小村庄，并传播这种技艺的人。

读过了沙汀的回忆文章，我本来就想写写他，但总是想不起那个卖豆腐的人的名字。老家的年轻人来了，问他们，都说不知道。直到日前来了两位老年人，才弄清楚。

这个人叫新珠，号老体，是个邋邋遢遢的庄稼人。他的老婆，因为服装不整，人称"大裤腰"，说话很和气。他们只生一个女孩，名叫俊女儿。其实长得并不俊，很黑，身体很健壮。不知怎样，很早就和老焕叔靠上了，结婚以后，也不到婆家去，好像还生了一个男孩。老焕叔就长年住在她家，白天聚赌，抽些油头，补助她的家用。这种事，村民不以为怪，老焕婶是个顺从妇女，也不管他，靠着在上海学织布的孩子生活。

老焕叔的罗曼史，也就是这一些。

近读求恕斋丛书，唐晏所作庚子西行记事：乡野之民，不只怕贼，也怕官。听说官要来了，也会逃跑。我的村庄，地处偏僻，每逢兵荒马乱之时，总需要一个见过世面，能说会道的人，出来应付，老焕叔就是这种人选。

他长得高大魁梧，仪表堂堂。也并非真的迷迷怔怔，只是说话时，常常眯缝着眼睛，或是看着地下，有点大智若愚的样儿。

我长期在外，童年过后，就很少见到他了。进城以后，我回过一次老家，是在大病初愈之后，想去舒散一下身心。我坐在一辆旧吉普车上，途经保定，这是我上中学的地方；安国，是父亲经商，我上高级小学的地方。都算是旧地重游，但没有多走多看，也就没有引起什么感想。

下午到家。按照乡下规矩，我在村头下车，从村边小道，绕回叔父家去。吉普车从大街开进去。

村边有几个农民在打场，我和他们打招呼。其中一位年长的，问一同干活的年轻人：

"你们认识他吗？"

年轻人不答话。他就说：

"我认识他。"

当我走进村里，街上已经站满了人。大人孩子，熙熙攘攘，其盛况，虽说不上万人空巷，场面确是令人感动的。无怪古人对胜利后还乡，那么重视，虽贤者也不能免了。但我明白，自己并没有做官，穿的也不是锦绣。可能是村庄小，人们第一次看见吉普车，感到新鲜。过去回家时，并没有遇到过这样的场面。

走进叔父家，院里也满是人。老焕叔在叔父的陪同下，从屋里走了出来。他拄着一根棍子，满脸病容，大声喊叫我的小名，紧紧攥着我的手。人们都仰望着他，听他和我说话。

然后，我又把他扶进屋里，坐在那把唯一的木椅上。

我因为想到，自身有病，亲人亡逝，故园荒凉，心情并不好。他见我说话不多，坐了一会儿就走了。

他扶病来看我，一是长辈对幼辈的亲情，二是又遇到一次出头露面的机会。不久，他就故去了。他的一生，虽说有些不务正业，却也没做过什么对不起乡亲们的坏事。所以还是受到人们的尊重，是村里的一个人物。

1987 年 10 月 5 日

附记：

如写村史，老焕叔自当有传。其主要事迹，为从城市引进麻将牌一事。然此不足构成大过失，即使农村无麻将，仍有宝盒及骨牌、纸牌也。本村南头，有名曹老万者，幼年不耐农村贫苦，去安国药店学徒。学徒不成，乃流为当地混混儿。安国每年春冬，有药市庙会，商贾云集。老万初在南关后街聚赌，以其悍鸷，被无赖辈奉为头目。后又窝娼，并霸一河南女子回家，得一子。相传妓女不孕，此女盖新从农村，被拐骗出来者。为人勤劳敏快，颇安于室。附近有钱人家，生子恐不育者，争相认为干娘。传说，小儿如认在此等人名下，神鬼即不来追索。此女亦有求必应，不以为忤。然老万中年以后，精神失常，四处狂走，不能言语，只呵呵作声，向人乞讨。余读医书，得知此病，乃因梅毒菌进入人脑所致。则曹氏从城市引进梅毒，其于农村之污染，后果更不堪言矣。

古人云：不耕之民，易与为非，难与为善。这句话，还是可以思考的。

次日又记

第二辑　平原的觉醒

平原的觉醒

一九三七年冬季，冀中平原是动荡不安的。秋季，滹沱河发了一场洪水，接着，就传来日本人已攻到保定的消息。每天，有很多逃难的人，扶老携幼，从北面涉水而来，和站在堤上的人们，简单交谈几句，就又慌慌张张往南走了。

"就要亡国了吗？"农民们站在堤上，望着茫茫大水，唉声叹气地说。

国民党的军队放下河南岸的防御工事，往南逃，县政府也雇了许多辆大车往南逃。有一天，郎仁渡口，有一个国民党官员过河，在船上打着一柄洋伞，敌机当成军事目标，滥加轰炸扫射。敌机走后，人们拾到很多像蔓菁粗的子弹头和更粗一些的空弹壳。日本人真的把战争强加在我们的头上来了。

我原来在外地的小学校教书，"七七"事变，我就没有去。这一年的冬季，我穿着灰色棉袍，经常往返于我的村庄和安平县城之间。由吕正操同志领导的人民自卫军司令部，就驻在县城里，我有几个过去的同事，在政治部工作。抗日人人有份，当时我虽然还没有穿上军衣，他们也分配我一些抗日宣传方面的工作。

我记得第一次是在家里编写了一本名叫《民族革命战争与戏剧》的小册子，政治部作为一个文件油印发行了。经过这些年的大动荡，居然保存下来一个复制本子。内容为：前奏。上篇：一、民族解放战争与艺术武器；二、戏剧的特殊性；三、中国劳动民众接近的戏剧；四、我们的口号。下篇：一、怎样组织剧团；二、怎样产生剧本；三、怎样演出。

接着，我还编了一本中外革命诗人的诗集，名叫《海燕之歌》，在县城铅印出版。厚厚的一本，紫红色的封面。因为印刷技术，留下一个螺丝钉头的花纹，意外地给阎素同志的封面设计，增加了一种有力的质感。

阎素同志是宣传部的干事，他从一个县城内的印字店找到一架小型简单的铅印机，还有一些零零散散大大小小的铅字。又找来几个从事过印刷行业的工人，就先印了这本，其实并非当务之急的书。经过"五一大扫荡"，我再没有发现过这本书。

与此同时，路一同志主编了《红星》杂志，在第一期上，发表了我的一篇论文，题为《现实主义文学论》。这谈不上是我的著作，可以说是我那些年，学习社会科学和革命文学理论的读书笔记。其中引文太多了，王林同志当时看了，客气地讽刺说："你怎么把我读过的一些重要文章，都摘进去了。"好大喜功、不拘小节的路一同志，却对这洋洋万言的"论文"，在他主编的刊物上出现，非常满意，一再向朋友们推荐，并说："我们冀中真有人才呀！"

这篇论文，现在也不容易找到了。抗战刚刚胜利时，我在一家房东的窗台上翻了一次。虽然没有什么个人的独特见解，但行文叙事之间，有一股现在想来是难得再有的热情和泼辣之力。

《红星》是一种政治性刊物，这篇文章提出"现实主义"，有幸与"抗日民族统一战线""抗日游击战争"等等当前革命口号，同时提示到广大的抗日军民面前。

不久，我在区党委的机关报《冀中导报》，发表了《鲁迅论》，占了小报整整一版的篇幅。

青年时写文章，好立大题目，摆大架子，气宇轩昂，自有他好的一方面，但也有名不副实的一方面。后来逐渐知道扎实、委婉，但热力也有所消失。

一九三八年的春天，我算正式参加了抗日工作。那时冀中区成立一个统一战线的组织，叫人民武装自卫会。吕正操同志主持了成立大会，由史立德任主任，我当了宣传部长。会后，我和几个同志到北线蠡县、高阳、河间去组织分会，和新被提拔的在那些县里担任县政指导员的同志们打交道。这个会，我记得不久就为抗联所代替，七八月间，我就到设在深县的抗战学院去教书了。

这个学院由杨秀峰同志当院长，分民运、军事两院，共办了两期。第一期，我在民运院教抗战文艺。第二期，在军事院教中国近代革命史。

民运院差不多网罗了冀中平原上大大小小的知识分子，从高小生到大学教授。它设在深县中学里，以军事训练为主，教员都称为"教官"。在操场，搭了一个大席棚，可容五百人。横排一条条杉木，就是学生的座位。中间竖立一面小黑板，我就站在那里讲课。这样大的场面，我要大声喊叫，而一堂课是三个小时。

我没有讲义，每次上课前，写一个简单的提纲。每周讲两次。三个月的时间，我主要讲了：抗战文艺的理论与实际，文学概论和文艺思潮；革命文艺作品介绍，着重讲了现实主义的创作方法。

不管我怎样想把文艺和抗战联系起来，这些文艺理论上的东西，无论如何，还是和操场上的实弹射击，冲锋刺杀，投手榴弹，很不相称。

和我同住一屋的王晓楼，讲授哲学，他也感到这个问题。我们共同教了三个月的书以后，学员们给他的代号是"矛盾"，而赋予我的是"典型"，因为我们口头上经常挂着这两个名词。

杨院长叫我给学院写一个校歌歌词，我应命了，由一位音乐教官谱曲。现在是连歌词也忘记了，经过时间的考验，词和曲都生命力。

去文习武，成绩也不佳。深县驻军首长，赠给王晓楼一匹又矮又小的青马，他没有马夫，每天自己喂饮它。

有一天，他约我去秋郊试马。在学院附近的庄稼大道上，他先跑了一趟。然后，他牵马坠镫，叫我上去。马固然跑的不是样子，我这个骑士，也实在不行，总是坐不稳，惹得围观的男女学生拍手大笑，高呼"典型"。

在八年抗日战争和以后的解放战争期间，因为职务和级别，我始终也没有机会得到一匹马。我也不羡慕骑马的人，在不能称为千山万水，也有千水百山的征途上，我练出了两条腿走路的功夫，多么黑的天，多么崎岖的路，我也很少跌跤。

晓楼已经作古，我是很怀念他的，他是深泽人。阴历腊月，敌人从四面蚕食冀中，不久就占领了深县城。学院分散，我带领了一个剧团，到乡下演出，就叫流动剧团。我们现编现演，常常挂上幕布，就发现敌情，把幕拆下，又到别村去演。演员穿着服装，带着化装转移，是常有的事。这个剧团，活动时间虽不长，但它的基本演员，建国后，很多人成为名演员。

一九三九年春天，我就调到阜平山地去了。这个学院的学员，从那时起，转战南北，在部队，在地方，都建树了不朽的功勋。

一九三七年冬季，冀中平原是大风起兮，人民是揭竿而起。农民的爱国家、爱民族的观念，是非常强烈的。在敌人铁蹄压境的时候，他们迫切要求执干戈以卫社稷。他们苦于没有领导，他们终于找到共产党的领导。

1978 年 10 月 6 日

"古城会"

　　一九三八年初冬，敌人相继占领了冀中大部县城。我所在的抗战学院，决定分散。在这个时候，学院的总务科刘科长，忽然分配给我一辆新从敌占区买来的自行车。我一直没有一辆自行车，前二年借亲戚间的破车子骑，也被人家讨还了。得到一辆新车，心里自然很高兴，但在戎马倥偬，又多半是夜间活动的当儿，这玩意儿确实也是个累赘。再说质量也太次，骑上去，大梁像藤子棍做的，一颤一颤的。我还是收下了，虽然心里明白，这是刘科长在紧急关头，采取的人分散物资也分散的措施。

　　我带着一个剧团，各处活动了一阵子，就到了正在河间一带活动的冀中区总部。冀中抗联史立德主任接收了我们，跟着一百二十师行军。当天黄昏站队的时候，史主任指定我当自行车队的队长。当然，他的委任，并非因为我的德才资都高人一筹，而是因为我站在这一队人的前头，他临时看见了我。我虽然也算是受命于危难之时，但夜晚骑车的技术，实在不够格，经常栽跤，以致不断引起后面部属们的非议。说实在的，这个抗联属下的自行车中队，是一群乌合之众。他们都是些新参加的青年学生，他们顺应潮流，从娇生惯养的家里出来，原想以后有个比较好的出路。出来不多两天，就遇到了敌人的大进攻，大扫荡，他们思家心切，方寸已乱。这是我当时对我所率领的这支部队的基本估计，并非因为他们不服从或不尊重我的领导。

一百二十师，是来冀中和敌人周旋打仗的，当然不能长期拖着这个掉动不灵的尾巴，两天以后，冀中区党委，就下令疏散。我同老陈同志被指令南下，去一分区深县南部一带工作。

一天清早，我同老陈离开队伍往南走，初冬，田野里已经很荒凉，只有一堆堆的柴草垛。天晴得很好，远处的村庄上面，有一层薄薄的冬雾笼盖着，树林和草堆上，也都挂着一层薄薄的霜雪。路上没有一个行人，也遇不到一只野兔。四野像死去了一样沉寂，充满了无声的恐怖。我们一边走着，一边注视着前面的风吹草动，看有没有敌情。路过村庄，也很少见到人。狗吠叫着，有人从门缝中望望，就又转身走了。一路上都有惊魂动魄之感。

我和老陈，都是安平县人，路过安平境，谁也没想到回家去看看。天快黑的时候，我们到了深县境内。

"我们在哪里吃饭住宿呢？"一路上我同老陈计议着。

"我二兄弟国栋，听说在大陈村教武术，这里离大陈村不远了，要不我们去找找他吧！"老陈说。

老陈兄弟三人，他居长，自幼读书，毕业于天津第一师范，后在昌黎、庆云等处执教多年，今年回到家乡参加抗日，在抗战学院任音乐教官。

他的三弟，听说在南方国民党军队做事。他的二弟在家过日子，我曾见过，是个有些不幺不六的愣小伙子，常跟人打架斗殴，和老陈的温文尔雅的作风，完全不一样。

天很黑了，我们才到了这个村庄。这是个大村庄，我们顺南北大街往前走，没遇到一个人。我们也不敢高声喊问。走到路西一家大梢门前面，老陈张望了一下，说：

"我记得他就在这个院里，敲门问问吧！"

刚敲了两下门，就听得有几个人上了房，梢门上有像城墙垛口一样的建筑。

"什么人！"有人伸出头来问，同时听到拉枪栓的声音。

"我们找陈国栋，"老陈说，"我是他的大哥！"

听到房上的人嘀咕了几句，然后说：

"没有！"

紧接着就望天打了一枪。

我同老陈跟跄登上车子，弯腰往南逃跑，听到房上说：

"送送他们！"

接着就是一阵排枪，枪子从我们头上飞过去，不过打得比较高。我们骑到村南野外大道上，两旁都是荆子地，我倒在里面了。

我们只好连夜往深南赶，天明的时候，在一个村庄前面，见到了八路军的哨兵，才算找到了一分区。

在一家很好的宅院里，很暖和的炕头上，会见了一分区司令员和政委。并见到了深县县长张孟旭同志，张和老陈是同学，和我也熟。他交给我们一台收音机，叫我们每天收一些新闻，油印出来。

从此，我和老陈，就驮着这台收音机打游击，夜晚，就在老乡的土炕上，工作起来。

我好听京剧，有时抄新闻完了，老陈睡下，我还要关低声音，听唱一段京戏。老陈像是告诫我：

"不要听了，浪费电池。"

其实，那时还没有我们自己的电台，收到的不过是国民党电台广播的消息，参考价值并不大。我还想，上级给我们这台收音机，不过是叫我们负责保管携带，并不一定是为了听新闻。

老陈是最认真负责，奉公守法的人。

抗战胜利，我又回到冀中，有一次我在家里，陈国栋来找我，带着满脸伤痕，说是村里有人打了他。我细看他的伤，都是爪痕，我问：

"你和妇女打架了吗？"

"不是。有仇人打了我。"他吞吞吐吐地说。

我判定他是自己造的伤，想借此和人家闹事。我劝他要和睦邻里，好好过日子，不要给他哥哥找麻烦。最后，我问他：

"那次在大陈村，你在房上吗？"

"在！"他斩钉截铁地说。

"在，你为什么不让我们进去？"

"黑灯瞎火，我知道你们是什么人？"

"你哥哥的声音，你也听不出来吗？"

"兵荒马乱，听不出来。"

"唉！"我苦笑了一下说，"你和我们演了一出'古城会'！"

1981 年 11 月 4 日上午

某村旧事

一九四五年八月，日寇投降，我从延安出发，十月到浑源，休息一些日子，到了张家口。那时已经是冬季，我穿着一身很不合体的毛蓝粗布棉衣，见到在张家口工作的一些老战友，他们竟是有些"城市化"了。做财贸工作的老邓，原是我们在晋察冀工作时的一位诗人和歌手，他见到我，当天夜晚把我带到他的住处，烧了一池热水，叫我洗了一个澡，又送我一些钱，叫我明天到早市买件衬衣。当年同志们那种同甘共苦的热情，真是值得怀念。

第二天清晨，我按照老邓的嘱咐到了摊贩市场。那里热闹得很，我买了一件和我的棉衣很不相称的"绸料"衬衣，还买了一条日本的丝巾围在脖子上，另外又买了一顶口外的狸皮冬帽戴在头上。路经宣化，又从老王的床铺上扯了一条粗毛毯，一件日本军用黄呢斗篷，就回到冀中平原上来了。

这真是胜利归来，洋洋洒洒，连续步行十四日，到了家乡。在家里住了四天，然后，在一个大雾弥漫的早晨，到蠡县县城去。

冬天，走在茫茫大雾里，像潜在又深又冷的浑水里一样。但等到太阳出来，就看见村庄、树木上，满是霜雪，那也真是一种奇景。那些年，我是多么喜欢走路行军！走在农村的、安静的、平坦的道路上，人的思想就会像清晨的阳光，猛然投射到披满银花的万物上，那样闪耀和清澈。

傍晚，我到了县城。县委机关设在城里原是一家钱庄的大宅里，老梁住在东屋。

梁同志朴实而厚重。我们最初认识是一九三八年春季，我到这县组织人民武装自卫会，那时老梁在县里领导着一个剧社。但熟起来是在一九四二年，我从山地回到平原，帮忙编辑《冀中一日》的时候。

一九四三年，敌人在晋察冀持续了三个月的大"扫荡"。在繁峙境，我曾在战争空隙，翻越几个山头，去看望他一次。那时他正跟随西北战地服务团行军，有任务要到太原去。

我们分别很久了。当天晚上，他就给我安排好了下乡的地点，他叫我到一个村庄去。我在他那里，见到一个身材不高管理文件的女同志，老梁告诉我，她叫银花，就是那个村庄的人。她有一个妹妹叫锡花，在村里工作。

到了村里，我先到锡花家去。这是一家中农。锡花是一个非常热情、爽快、很懂事理的姑娘。她高高的个儿，颜面和头发上，都还带着明显的稚气，看来也不过十七八岁。中午，她给我预备了一顿非常可口的家乡饭：煮红薯、炒花生、玉茭饼子、杂面汤。

她没有母亲，父亲有四十来岁，服饰不像一个农民，很像一个从城市回家的商人，脸上带着酒气，不好说话，在人面前，好像做了什么错事似的。在县城，我听说他不务正业，当时我想，也许是中年鳏居的缘故吧。她的祖父却很活跃，不像一个七十来岁的老人，黑干而健康的脸上，笑容不断，给我的印象，很像是一个牲口经纪或赌场过来人。他好唱昆曲，在我们吃罢饭休息的时候，他拍着桌沿，给我唱了一段《藏舟》。这里的老一辈人，差不多都会唱几口昆曲。

我住在这一村庄的几个月里，锡花常到我住的地方看我，有时给我带些吃食去。她担任村里党支部的委员，有时也征求我一些对村里工作的意见。有时，我到她家去坐坐，见她总是那样勤快活泼。后来，我到了河间，还给她写过几回信，她每次回信，都谈到她的学习。我进了城市，音问就断绝了。

这几年，我有时会想起她来，曾向梁同志打听过她的消息。老梁说，在一九四八年农村整风的时候，好像她家有些问题，被当做"石头"搬了一下。农民称她家为"官铺"，并编有歌谣。锡花仓促之间，和一个极普通的农民结了婚，好像也很不如意。详细情形，不得而知。乍听之下，为之默然。

我在那里居住的时候，接近的群众并不多，对于干部，也只是从表面获得印象，很少追问他们的底细。现在想起来，虽然当时已经从村里一些主要干部身上，感觉到一种专横独断的作风，也只认为是农村工作不易避免的缺点。在锡花身上，连这一点也没有感到。所以，我还是想：这些民愤，也许是她的家庭别的成员引起的，不一定是她的过错。至于结婚如意不如意，也恐怕只是局外人一时的看法。感情的变化，是复杂曲折的，当初不如意，今天也许如意。很多人当时如意，后来不是竟不如了吗？但是，这一切都太主观，近于打板摇卦了。我在这个村庄，写了《钟》《"藏"》《碑》三篇小说。在《"藏"》里，女主人公借用了锡花这个名字。

我住在村北头姓郑的一家三合房大宅院里，这原是一家地主，房东是干部，不在家，房东太太也出去看望她的女儿了。陪我做伴的，是他家一个老用人。这是一个在农村被认为缺个魂儿、少个心眼儿，其实是非常质朴的贫苦农民。他的一只眼睛不好，眼泪不停止地流下来，他不断用一块破布去擦抹。他是给房东看家的，因而也帮我做饭。没事的时候，也坐在椅子上陪我说说话儿。

有时，我在宽广的庭院里散步，老人静静地坐在台阶上；夜晚，我在屋里地下点一些秫秸取暖，他也蹲在一边取火抽烟。他的形象，在我心里，总是引起一种极其沉重的感觉。他孤身一人，年近衰老，尚无一瓦之栖，一垄之地。无论在生活和思想上，在他那里，还没有在其他农民身上早已看到的新的标志。一九四八年平分土地以后，不知他的生活变得怎样了，祝他晚境安适。

在我的对门，是妇救会主任家。我忘记她家姓什么，只记得主任叫志扬，这很像是一个男人的名字。丈夫在外面做生意，家里只有她和婆母。婆母外表黑胖，颇有心计，这是我一眼就看出来的。我初到郑家，因为村干部很是照顾，她以为来了什么重要的上级，亲自来看过我一次，显得很亲近，一定约我到她家去坐坐。第二天我去了，是在平常人家吃罢早饭的时候。她正在院里打扫，这个庭院显得整齐富裕，门窗油饰还很新鲜，她叫我到儿媳屋里去，儿媳也在屋里招呼了。我走进西间里，看见妇救会主任还没有起床，盖着耀眼的红绫大被，两只白皙丰满的膀子露在被头外面，就像陈列在红绫衬布上的象牙雕刻一般。我被封建意识所拘束，急忙却步转身。她的婆母却在外间吃吃笑了起来，这给我的印象颇为不佳，以后也就再没到她家去过。

有时在街上遇到她婆母，她对我好像也非常冷淡下来了。我想，主要因为，她看透我是一个穷光蛋，既不是骑马的干部，也不是骑车子的干部，而是一个穿着粗布棉衣、挟着小包东游西晃遛遛达达的干部。进村以来，既没有主持会议，也没有登台讲演，这种干部，叫她看来，当然没有什么作为，也主不了村中的大计，得罪了也没关系，更何必巴结钻营？

后来听老梁说，这家人家在一九四八年冬季被斗争了。这一消息，没有引起我任何惊异之感，她们当时之所以工作，明显地带有投机性质。

在这村，我遇到了一位老战友。他的名字，我起先忘记了，我的爱人是"给事中"，她告诉我这个人叫松年。那时他只有二十五六岁，瘦小个儿，聪明外露，很会说话，我爱人只见过他一两次，竟能在十五六年以后，把他的名字冲口说出，足见他给人印象之深。

松年也是郑家支派。他十几岁就参加了抗日工作，原在冀中区的印刷厂，后调阜平《晋察冀日报》印刷厂工作。我两人工作经历相仿，过去虽未见面，谈起来非常亲切。他已经脱离工作四五年了。他父亲多病，娶了一房年轻的继母。这位继母足智多谋，一定要儿子回家，这也许是为了儿子的安全着想，也许是为家庭的生产生活着想。最初，松年不答应，声言以抗日为重。继母遂即给他说好一门亲事，娶了过来，枕边私语，重于诏书。新媳妇的说服动员工作很见功效，松年在新婚之后，就没有回山地去，这在当时被叫做"脱鞋"——"妥协"或开小差。

时过境迁，松年和我谈起这些来，已经没有惭怍不安之情，同时，他也许有了什么人生观的依据和现实生活的体会吧，他对我的抗日战士的贫苦奔波的生活，竟时露嘲笑的神色。那时候，我既然服装不整，夜晚睡在炕上，铺的盖的也只是破毡败絮（因为房东不在家，把被面都搁藏起来，只是炕上扔着一些破被套，我就利用它们取暖）。而我还要自己去要米，自己烧饭，在他看来，岂不近于游僧的敛化，饥民的就食！在这种情况下面，我的好言相劝，他自然就听不进去，每当谈到"归队"，他就借故推托，扬长而去。

有一天，他带我到他家里去。那也是一处地主规模的大宅院，但有些破落的景象。他把我带到他的洞房，我也看到了他那按年岁来说显得过于肥胖了一些的新妇。新妇看见我，从炕上溜下来出去了。因为曾经是老战友，我也不客气，就靠在那折叠得很整齐的新被垒上休息了一会儿。

房间裱糊得如同雪洞一般，阳光照在新糊的洒过桐油的窗纸上，明亮如同玻璃。一张张用红纸剪贴的各色花朵，都给人一种温柔之感。房间的陈设，没有一样不带新婚美满的气氛，更有一种脂粉的气味，在屋里弥漫……

柳宗元有言，流徙之人，不可在过于冷清之处久居，现在是，革命战士不可在温柔之乡久处。我忽然不安起来了。当然，这里没有冰天雪地，没有烈日当空，没有跋涉，没有饥饿，没有枪林弹雨，更没有入死出生。但是，它在消磨且已经消磨尽了一位青年人的斗志。我告辞出来，一个人又回到那冷屋子冷炕上去。

生活啊，你在朝着什么方向前进？你进行得坚定而又有充分的信心吗？

"有的。"好像有什么声音在回答我，我睡熟了。

在这个村庄里，我另外认识了一位文建会的负责人，他有些地方，很像我在《风云初记》里写到的变吉哥。

以上所记，都是十五六年前的旧事。一别此村，从未再去。有些老年人，恐怕已经安息在土壤里了吧，他们一生的得失，欢乐和痛苦，只能留在乡里的口碑上。一些青年人，恐怕早已生儿育女，生活大有变化，愿他们都很幸福。

1962 年 8 月 13 日夜记

新年悬旧照

我在年轻的时候，也是很爱照相的。中学读书时，同学同乡，每年送往迎来，总是要摄影留念。都是到照相馆去照，郑重其事，题字保存。

抗日战争时期，日本人一到村庄，对于学生，特别注意。凡是留有学生头，穿西式裤的人，见到就杀。于是保留了学生形象的相片，也就成了危险品。我参加了抗日，保存在家里的照片，我的妻，就都放进灶火膛里把它烧了。

我岳父家有一张我的照片，因为岳父去世，家里都是妇孺，没人知道外面的事，没有从墙上摘下来。叫日本鬼子看到，非要找相片上的人不可；家里找不到，在街上遇到一个和我容貌相仿的青年，不问青红皂白，打了个半死，经村里人左说右说，才算保住了一条性命。

这是抗战胜利以后，我刚刚到家，妻对我讲的一段使人惊心动魄的故事。她说："你在外头，我们想你。自从出了这件事，我就不敢想了，反正在家里不能待，不管到哪里去飞吧！"

一九八一年编辑文集，苦于没有早期的照片，李湘洲同志提供了他在一九四六年给我照的一张。当时，我从延安回到冀中，在蠡县下乡体验生活，是在蠡县县委机关院里照的。我戴的毡帽系延安发给。棉袄则是到家以后，妻为我赶制的。当时经过八年战争，家中又无劳力，家用已经很是匮乏，这件棉袄，是她用我当小学教员时所穿的一件大夹袄改制而成。里面的衬衣，则是我路过张家口时，邓康同志从小市上给我买的。时值严冬，我穿上这件新做的棉衣，觉得很暖和，和家人也算是团聚一起了。

晚年见此照相，心里有很多感触，就像在冬季见到了春草春花一样。这并非草木可贵，而是时不再来。妻亡故已有十年，今观此照，还隐约可以看见她的针线，她在深夜小油灯下，为我缝制冬装的辛劳情景。这不能不使我回忆起入侵敌寇的残暴，以及我们这一代人所度过的艰难岁月。

1981 年 12 月

文学和生活的路
——孙犁散文随笔书信选（上）

白洋淀边一次小斗争

有一天，我送一封信到同口镇去。把信揣在怀里，脱了鞋，卷起裤腿，在那漫天漫地的芦苇里穿过。芦苇正好一人多高，还没有秀穗，我用两手拨开一条小道，脚下的水也有半尺深。

走了半天，才到了淀边，拨开芦苇向水淀里一望，太阳照在水面上，白茫茫一片，一个船影儿也没有。我吹起暗号，吹过之后，西边芦苇里就哗啦啦响着，钻出一只游击小艇来，撑船的还是那个爱说爱笑的老头儿。他一见是我，忙把船靠拢了岸。我跳上去，他说：

"今天早啊。"

我说："道远。"

他使竹篙用力一顶，小艇箭出弦一般，蹿到淀里。四外没有一只船，只有我们这只小艇，像大海上漂着一片竹叶，目标很小。就又拉起闲话来。

老头儿爱交朋友，干抗日的活儿很有瘾，充满胜利情绪，他好打比方，证明我们一定胜利，他常说：

"别看那些大事，就只是看这些小事，前几年是怎样，这二年又是怎么样啊！"

过去，他是放鱼鹰捉鱼的，他只养了两只鹰，和他那个干瘦得像柴禾棍一样的儿子，每天从早到晚在淀里捉鱼。刚一听这个职业，好像很有趣味，叫他一说却是很苦的事。那风吹雨洒不用说了，每天从早到晚在那船上号叫，敲打鱼鹰下船就是一种苦事。而且父子两个是全凭那两只鹰来养活的，那是心爱的东西，可是为了多打鱼多卖钱，就得用一种东西紧紧地卡住鱼鹰的嗓子，使它吞不下它费劲捉到的鱼去，这更是使人心酸可又没有办法的事。老头儿是最心疼那两只鹰的，他说，别人就是拿二十只也换不了去。他又说：

"那一对鹰才合作哩，只要一个在水里一露头，叫一声，在船上的一个，立刻就跳进水里，帮它一手，两个抬出一条大鱼来。"

老头儿说，这两只鹰，每年要给他抬上一千斤。鬼子第一次进攻水淀，在淀里抢走了他那两只鱼鹰，带到端村，放在火堆上烧吃了。于是，儿子去参加了水上游击队，老头儿把小艇修理好，做交通员。

老头儿乐观，好说话，可是总好扯到他那两只鹰上，这在老年人，也难怪他。这一天，又扯到这上面，他说：

"要是这二年就好了，要在这个时候，我那两只水鹰一定钻到水里逃走了，不会叫他们捉活的去。"

可是这一回他一扯就又扯到鸡上去，他说：

"你知道前几年，鬼子进村，常常在半夜里，人也不知道起床，鸡也不知道撒窠，叫鬼子捉了去杀了吃了。这二年就不同了，人不在家里睡觉，鸡也不在窠里宿。有一天，在我们镇上，鬼子一清早就进村了，一个人也不见，一只鸡也不见，鬼子和伪军们在街上，东走走西走走，一点儿食也找不到。后来有一个鬼子在一株槐树上发现一只大红公鸡，他高兴极了，就举枪瞄准。公鸡见他一举枪，就哇的一声飞起来，跳墙过院，一直飞到那村外。那鬼子不死心，一直跟着追，一直追到苇垛场里，那只鸡就钻进了一个大苇垛里。"

没到过水淀的人，不知道那苇垛有多么大，有多么高。一到秋后霜降，几百顷的芦苇收割了，捆成捆，用船运到码头旁边的大场上，垛起来，就像有多少高大的楼房一样，白茫茫一片。这些芦苇在以前运到南方北方，全国的凉棚上的，炕上的，包裹货物的席子，都是这里出产的。

老头儿说："那公鸡一跳进苇垛里，那鬼子也跟上去，攀登上去。他忽然跳下来，大声叫着，笑着，往村里跑。一时他的伙伴们从街上跑过来，问他什么事，他叫着，笑着，说他追鸡，追到一个苇垛里，上去一看，里面藏着一个女的，长得很美丽，衣服是红色的。——这样鬼子们就高兴了，他们想这个好欺侮，一下就到手了。五六个鬼子饿了半夜找不到个人，找不到东西吃，早就气坏了，他们正要撒撒气，现在又找到了这样一个好欺侮的对象，他们向前跃进，又嚷又笑，跑到那个苇垛跟前。追鸡的那个鬼子先爬了上去，刚爬到苇垛顶上，刚要直起身来喊叫，那姑娘一伸手就把他推下来。鬼子仰面朝天从三丈高的苇垛上摔下来，别的鬼子还以为他失了脚，上前去救护他。这个时候，那姑娘从苇垛里钻出来，咬紧牙向下面投了一个头号手榴弹，火光起处，炸死了三个鬼子。人们看见那姑娘直直地立在苇垛上，她才十六七岁，穿一件褪色的红布褂，长头发上挂着很多芦花。"

我问：

"那个追鸡的鬼子炸死了没有？"

老头儿说：

"手榴弹就摔在他的头顶上，他还不死？剩下来没有死的两三个鬼子爬起来就往回跑，街上的鬼子全开来了，他们冲着苇垛架起了机关枪，扫射，扫射，苇垛着了火，一个连一个，漫天的浓烟，漫天的大火，烧起来了。火从早晨一直烧到天黑，照得远近十几里地方都像白天一

第二辑　平原的觉醒

般。"

从水面上远远望过去，同口镇的码头就在前面，广场上已经看不见一堆苇垛，风在那里吹起来，卷着柴灰，凄凉得很。我想，这样大火，那姑娘一定牺牲了。

老头儿又扯到那只鸡上，他说：

"你看怪不怪，那样大火，那只大公鸡一看势头不好，它从苇子里钻出来，三飞两飞就飞到远处的苇地里去了。"

我追问：

"那么那个姑娘呢，她死了吗？"

老人说：

"她更没事。她们有三个女人躲在苇垛里，三个鬼子往回跑的时候，她们就从上面跳下来，穿过苇垛向淀里去了。到同口，你愿意认识认识她，我可以给你介绍，她会说得更仔细，我老了，舌头不灵了。"

最后老头儿说：

"同志，咱这里的人不能叫人欺侮，尤其是女人家，那是情愿死了也不让人的。可是以前没有经验，前几年有多少年轻女人忍着痛投井上吊？这二年就不同了啊！要不我说，假如是在这二年，我那两只水鹰也不会叫兔崽子们捉了活的去！"

1945 年

三烈士事略 并后记

李福来（安平二区政委，又名刘英）、何光耀（安平县民教科长）、张建华（安平二区抗联青会主任）三烈士事略：

三烈士，皆为青年优秀共产党员。在"五一"后残酷环境中，对敌斗争，坚决勇敢；工作上，有许多建树；深入底层，不避艰险。以是群众拥戴，敌伪震慑，奸徒嫉忌。一九四四年十二月，敌人在二区抢粮清剿，三同志即深入该区一小区工作。往返各村，与敌斗争。十八日晚，三同志进入苏村，宿于一堡垒户，为奸伪侦悉。拂晓时，敌突将苏村包围，并将主力布置于三同志所在地。当敌人进入院中时，李政委掩护何张二同志先下堡垒，并发枪阻击进入室内之伪军。李政委入洞后，洞被敌人发觉。三同志乃做最后牺牲之准备：将所带文件焚毁，相继向外突围，并对敌伪喊话。至二门，张同志重伤倒地，被敌挑杀。李政委与敌搏击，连毙二敌后，壮烈牺牲。何同志被敌人围困室内，坚决不屈。汉奸马文献等，三次劝降，均遭斩钉截铁之拒绝。何同志一面拒抗，一面教育伪军，血热词刚，唇锋舌利。汉奸等心死技穷，乃唆使伪军向房内射击。何同志沉着抗击，敌不得近，乃登房向内纵火。烟火扑及身发，何同志射出最后一粒子弹，抱枪投身火内，高呼共产党万岁而死。呜呼！当其在室内，以只身抗敌伪，坚贞不屈。

向敌伪汉奸叫骂时，声闻数里，风惨云变。附近人民，奔走呼号，求引救助，有如父兄之遇危难。当我部队收葬三烈士尸体时，所有干部战士，无不如狂如病，歃血指发，有如手足之永诀别。每一言及三烈士殉难事，则远近村庄，啼泣相闻，指骂奸伪，誓为复仇。盖三烈士生前，与群众、战友结合为一，而其临难不屈，为共产党员之光荣称号，奋斗至死，感人动人之深所致也。至于万分危急之时，能事先将文件焚毁；利用战场生死空隙，向敌人进行宣传；最后身体与武器俱碎，使敌人无所收获，尤可垂教后来，诵赞百代。古来碑塔纪念之迹多矣，而燕赵萧萧英烈故事，载于典册者亦繁矣，然如此八年间，共产党、八路军领导我冀中人民解放国土，拒抗敌顽，其环境之复杂、残酷，其斗争之热烈、悲壮，风云兴会，我冀中英雄儿女之丰功伟绩，则必光掩前史而辉耀未来者矣。今搜集三烈士事迹大略，刻于石上，意在使烈士之光荣永续，后进同志有所追寻，家属有所凭吊。固不止壮观形式，亦今后革命事业之一种动力也。可感叹哉，可永念矣。

1945 年 12 月

后　记

一九四五年冬季，我回到家乡，有时也到县里去。那时县里正在建造纪念抗战烈士的碑塔。县委书记张根生同志很爱好写作，对从事文艺工作的同志非常热情。他告诉我一些烈士事迹，要我撰写一篇碑文，这是不能推脱的。我回到家里，就写了这一篇。

后来，县里又要我为烈士亭的主碑写几个字。他们大概以为既是写文章的人，一定会写字，其实我的字写不好，但也在一种热情冲激下，写了"英风永续"四个大字。当时负责刻碑的老工人，我幼小时，常到我家打磨，对于我的书法，虽不大满意，在刻造时，可能给我加了些工。

今年，有的同志，请安平县委把碑文抄录一下，第一次他们费神抄来四个碑，没有它，第二次抄来了。我想是那年大水，县城里的地势和建筑，也有了很大的改变吧。淮舟誊录后，雨中把它送来，我看了一遍，为了存实，只是加了标点，改动一两个字。

1962 年 9 月 22 日上午记

王凤岗坑杀抗属

汉奸变蒋军，王凤岗的部队，在大清河的边岸，开辟了一块小小的"根据地"，这与其说是"开辟"，不如说是篡夺。因为八路军追赶敌人去了，他却乘机"巩固"了后方。

他并且坑杀，不断地坑杀抗日战士的家属，一次竟用机枪扫射死三十个老弱。这是三十个光辉的生命，因为他们的子弟，在敌后苦战八年，一直到战败日本帝国主义者。

王凤岗杀死他们的父母妻子姐妹，不会再有心软而糊涂的人要问"他为什么要杀这么多抗属呢"了吧！

子弟兵的父母妻子姐妹流血了，血流在他们解放了的土地上，血流在大清河的边岸。那里水清人秀，是冀中区人民心爱的地方。他们被活埋了，就在这河的边岸！

这些死去的人，白发的或者是红颜的，在八年战争里，交出自己的儿子，送去自己的丈夫，送在门口，送在村外告诉他：

"不打走敌人，不要回来！"

青年战士们记着这些话语，战斗不息。

而王凤岗在他们的背后，坑杀了他们的父母妻子姐妹。

王凤岗杀死了这些抗属，那些盼望抗日胜利到来的人们，那些等待儿子丈夫归来的人！

就是他们的子弟回来了，也已看不见自己的亲人，连坟墓也没有！如果，大清河两岸长大的青年战士们，听到了这个消息，我想他们不会啼哭。枪要永远背在肩上，枪要永远拿在手里，更残酷的敌人来了，新的仇恨已经用亲人的血液写在大地上！

而他们有弟弟吗？有拿起枪来的侄儿们吗？

当大清河永远地用平静深厚的面貌和声音，在明媚的田野里静静地流过去，它两岸的人民会想念起一切的。那些光荣的日子，母亲和妻子送走自己的亲人的时候，没流眼泪，而是在河岸上唱过歌的。

在这样可亲可爱、浮载着这光荣的歌声的河流两岸，谁能记得清，曾进行过多少次英勇的战斗？

王凤岗用奸计蹂躏了它，用机枪、铡刀、泥土杀死了这里的最光荣的人民——抗属！

死者的子弟们！能想象父母妻子姐妹临死时对你们的无声的嘱告吗？

1946 年 7 月

在阜平

——《白洋淀纪事》重印散记

中国青年出版社要重印《白洋淀纪事》。这本书是由过去几本小书合成的，而小书根据的原件，又多是战争年月的油印、石印或抄写本，不清晰，错字多。合印时，我在病中，未能亲自校对，上次重印，虽说"自校一过"，也只是着重校了书的上半部。

这本集子最初是由一位老战友协同出版社编辑的，采用了倒编年的办法，即把后写的排在前，而先写的列在后；这当然有他们的不可非议的想法，是一种好意。

这次重校，是从书的最后一篇，倒溯上去。实际上就是顺着写作年月看下去，好像又从原来的出发点开始，把过去走过的路，重新旅行了一次。不只对路上的一山一水，一石一树，都感到亲切，在行走中间，也时时有所感触。

一九三九年春天，我从冀中平原调到阜平一带山地，分配在晋察冀通讯社工作，这是新成立的一个机关，其中的干部，多半是刚刚从抗大毕业的学生。

通讯社在城南庄，这是阜平县的大镇。周围除去山，就是河滩沙石，我们住在一家店铺的大宅院里。我的日常工作是作"通讯指导"，每天给各地新发展的通讯员写信，最多可写到七八十封，现在已经记不起写的是什么内容。此外，我编写了一本供通讯员学习的材料，堂皇的题目叫做：《论通讯员及通讯写作诸问题》，可能是东抄西凑吧。不久铅印出版，是当时晋察冀少有的铅印书之一，可惜现在找不到了。

在这一期间，我认识了当代一些英才彦俊，抗日风暴中的众多歌手。伟大的抗日战争，把祖国各地各个角落的有志有为的青年，召唤到民族革命战争的前线。每天有成千上万的青年奔向前方，他们是国家一代的精华，蕴藏多年的火种，他们为抗日献出了青春的才力，无数人献出了生命。

这个通讯社成立时有十几个人，不到几年，就牺牲了包括陈辉、仓夷、叶烨在内的，好几位才华洋溢的青年诗人。在暴风雨中，他们的歌声，他们跃进的步伐，永不磨灭地存在一个时代和我个人的记忆之中。

机关不久就转移到平阳附近的三将台。这是一个建筑在高山坡上，面临一条河滩的，只有十几户人家的小村子。到这个村子不久，我被派到雁北地区作了一次随军采访，回来就过春节了。这还是我第一次离开家乡过春节，东望硝烟弥漫的冀中平原，心情十分沉重。

大年三十晚上，我的房东，端了一个黑粗瓷饭碗，拿了一双荆树条做的筷子，到我住的屋里，恭恭敬敬地放在炕沿上，说：

"尝尝吧。"

那碗里是一方白豆腐，上面是一撮烂酸菜，再上面是一个窝窝头，还在冒热气。我以极其感动的心情，接受了他的馈送。

房东是一个五十来岁的单身汉，他那干黑的脸，迟滞的眼神，带些愁苦的笑容以及暴露粗筋的大手，这在冀中我是见惯了的，一些穷苦的中年人，大都如此。这里的生活，比起冀中来就更苦，他们成年累月地吃糠咽菜，每家院子里放着几只高与人齐的大缸，里面泡满了几乎所有可以摘到手的树叶。在我们家乡，荒年时只吃榆树、柳树的嫩叶，他们这里是连杏树、杨树甚至蓖麻的大叶子，都拿回来泡在缸里。上面压上几块大石头，风吹日晒雨淋，夏天，蛆虫顺着缸沿到处爬。吃的时候，切成碎块，拿到河里去淘洗，回来放上一点儿盐。

今天的酸菜是白萝卜的缨子，这是只有过年过节才肯吃的。

我们在这村里，编辑一种油印的刊物《文艺通讯》。一位梁同志管刻写。印刷、折叠、装订、发行，我们俩共同做。他是一个中年人，曲阳口音，好像是从区里调来的。那时，虽说是五湖四海，却很少互问郡望。他很少说话，没事就拿起烟斗，坐在炕上抽烟。他的铺盖很整齐，离家近的缘故吧，除去被子，还有褥子枕头之类。后来，他要调到别处去，为了纪念我们这一段共事，他把一块铺在身下的油布送给了我，这对我当然是很需要的，因为我只有一条被，一直睡在没有席子的炕上。但也享受了不久，一次行军，中午躺在路边大石头上休息，把油布铺在下面，一觉醒来，爬起来就赶路，把油布丢了。

晚上，我还帮助一位姓李的女同志办识字班。她是一位热情、美丽、善良的青年，经过她的努力，把新的革命的文化，带给了这个偏僻落后的小村庄，并且因为我们的机关驻在这里，它不久就成为边区文化的一个中心。

阜平一带，号称穷山恶水。在这片炮火连天的大地上，随时可以看到：一家农民，住在高高的向阳山坡上，他把房前房后，房左房右，高高低低的，大大小小的，凡是有泥土的地方，都因地制宜，栽上庄稼。到秋天，各处有各处的收获。于是，在他的房顶上面，屋檐下面，门框和窗棂上，挂满了红的、黄的粮穗和瓜果。当时，党领导我们在这片土地上工作的情形，就是如此。

山下的河滩不广,周围的芦苇不高。泉水不深,但很清澈,冬夏不竭,鱼儿们欢畅地游着,追逐着。山顶上,秃光光的,树枯草白,但也有秋虫繁响,很多石鸡、鹧鸪飞动着,孕育着,自得其乐地唱和着,山兔麋獐,忽然出现又忽然消失。

当时,我们在这里工作,天地虽小,但团结一致,情绪高涨;生活虽说艰苦,但工作效率很高。

我非常怀念经历过的那一个时代,生活过的那些村庄,作为伙伴的那些战士和人民。我非常怀念那时走过的路,踏过的石块,越过的小溪。记得那些风雪、泥泞、饥寒、惊扰和胜利的欢乐,同志们兄弟一般的感情。

在这一地区,随着征战的路,开始了我的文学的路。我写了一些短小的文章,发表在那时在艰难条件下出版的报纸期刊上。它们都是时代的仓促的记录,有些近于原始材料。有所闻见,有所感触,立刻就表现出来,是璞不是玉。生活就像那时走在崎岖的山路上,随手可以拾到的碎小石块,随便向哪里一碰,都可以迸射出火花来。

"四人帮"当路的年代,我的书的遭遇如同我的本身。有人也曾劝我把《白洋淀纪事》改一改,我几乎没加思考地拒绝了。如果按照"四人帮"的立场、观点、方法,还有他们那一套语言,去篡改抗日战争,那不只有悖于历史,也有昧于天良。我宁可沉默。

真正的历史,是血写的书,抗日战争也是如此。真诚的回忆,将是明月的照临,清风的吹拂,它不容有迷雾和尘沙的干扰。面对祖国的伟大河山,循迹我们漫长的征途:我们无愧于党的原则和党的教导吗? 无愧于这一带的土地和人民对我们的支援吗? 无愧于同志、朋友和伙伴们在战斗中形成的情谊吗?

1977 年 9 月 18 日

第一次当记者

一九三八年冬季，我和老陈，又在深县马庄隐蔽了一段时间，冀中区的形势越来越不佳。次年初，就奉命过平汉路西去工作了。

这是王林同志来传达的黄敬同志的命令。在驻定县境内七地委那里，开了简单的组织介绍信。同行的有《冀中导报》的董逸峰，还有安平县的一个到边区受训的区干部。我那时并非党员，除了这封信外，王林又用当时七地委书记张雪峰的名义，给我写了一封私函，详细说明我在冀中区的工作情况，其中不乏赞扬器重之词。这本来是老王的一番朋友之情。但是我这个人很迂挚，我当时认为既是抗日工作，人人有份，何必作私人介绍？又没有盖章，是否合适？在路上，我把信扔了。不知道我在冀中工作，遇到的都是熟人，一切都有个看顾，自可不必介绍，而去阜平则是人地两生之处。果然，到了阜平，负责组织工作的刘仁同志，骑马来到我们的驻地，分别和我们谈了一次话。老陈很快就分配了。而我住在招待所，迟迟不得分配。每天饭后爬到山头上，东迎朝霞，西送落日，颇有些惆怅之感。后来还是冀中区过去了人，刘仁同志打听清楚，才把我分配到刚刚成立的晋察冀通讯社工作。

这还算万幸，后来才知道，当时有一批所谓"来路不明"的人，也被陆续送往边区。和我同来的那个区干部，姓安，在没分配之前，有一天就找到我说："我和你们在路上说的话，可不能谈，我是个党员，你不是党员。"弄得我很纳闷，想了半天，也想不起在路上，他曾和我们说过什么不是党员应该说的话。我才后悔：千不该万不该把老王那封信撕掉。并从此，知道介绍信的重要性。还明白了，参加革命工作，并非像小说上说的，一进来，就大碗酒、大块肉，论套穿衣服，论秤分金银，还有组织审查这一道手续。

晋察冀通讯社设在阜平城南庄，主任是刘平同志。此人身材不高，仪表文雅，好抽烟斗，能写当时胡风体的文艺论文，据说刚从北平监狱放出不久。我分在通讯指导科，科长姓罗，是抗大毕业生，宁波人，青年学生。此人带有很大的洋场恶少成分，为人专横跋扈，记得一些革命和文艺的时髦名词，好给人戴大帽子。记得在边区记者协会成立时，我忘记说了一句什么话，他就说是周作人的理论。这种形左实右的人，在那时还真遇到不少，因为都是青年人。我置之不理。留下了非常不良的印象。他平时对我还算客气，这一是因为我年事较长，不与人争；二是因为我到社不久，就写了一本小册子，得到铅印，自己作品，封面上却写上集体创作，他以为我还算虚心，有可取之处。那时，因为伙食油水少，这位科长尤其嘴馋，我们在业余之暇，常到村外小河芦苇深处，掏些小沙鱼，回来用茶缸煮煮吃。（那里的老乡，不叫用他们的锅煮这些东西，甚至鸡也不让煮。他们还不许在他们的洗脸盆里用肥皂。他们说，闻不惯这些味道。这是事实。）每次掏鱼，他都是站在干岸上，很少下水，而且不断指手画脚，嘴里不三不四，使人生厌，兴趣索然。

我和他睡在老乡家一条乌黑发亮，没有炕席、枕头和褥子的土炕上。我好失眠，有时半夜里，在月光之下，看见他睁大两只眼睛，也没有安睡。

后来我才知道，他正在和社里一位胖胖的女同志，偷着谈恋爱。那时候，虽然没有明文规定，但恋爱好像是很不体面的事。罗后来终于和这位女同志结了婚，并一同调到平北游击区去工作。那里很残酷，礼拜六，罗骑马去接妻子，在路途遇见敌人，中弹牺牲。才华未展，深为可惜。

就在到通讯社的这年冬季，我有雁北之行。边区每年冬季，都遭敌人"扫荡"。因此派一些同志，到各分区采访，一是工作，二是疏散。罗科长在我们早晨出操的农民场院里，传达了主任的指示。

同行者三人：我，还有董逸峰，是从冀中和我一同过路来的。此人好像被列入"来路不明"的那一类，后来竟不知下落。另一人姓夏。此人广东籍，小有才气，写过一些通讯，常常占去当时《晋察冀日报》的整个四版。我现在想，通讯文章之长，在开天辟地之时，就发生了。那时报纸虽不大，但因消息来源小，下面来稿也少，所以就纵容这些记者们，去写长篇通讯。随后，就形成了一种风气，一直持续抗战八年，衍及现代。这是题外的话。夏好像已是党员，社长虽未公布他是我们的负责人，但我忖度形势，他是比我们更被信任的。

出发时，已发棉装，系中式土布土染袄裤，短小而不可体。另有一山西毡帽，形似未打气的球皮，剪开一半，翻过即可护耳，为山地防寒佳品。腰间结一布带（很少有人能结皮带）。当时如摄影留念，今日观之，自是寒碜，在当时和农民比较，却又优越得多了。

从阜平去雁北，路很难走，我们走的又多是僻路，登山涉水，自是平常，有时还要从两山挟持的罅缝中，相互推举牵拉，才能过去。详细沿途情形，现已记忆不清，走了几天，才到了雁北行署所在地。

当时的雁北地区，主要指应县、繁峙一带，我们活动的范围并不大，而敌人对此处，却很重视，屡次扫荡。行署主任是王斐然同志，王本是我在育德中学时的图书管理员，是接任安志诚先生的。我在学校时的印象，他好像是一九二七年大革命失败后，到学校任职的，整天穿一件不太干净的深蓝布大衫，走路有些蹒跚，给人一种有些潦倒的印象。他对校方有些不满，曾经和我谈过当时的一名被校长信任的会计，是"恨无媚骨，幸有长舌"的人物。在学校，他还曾送我一本不很流行的李守章的小说，名叫《跋涉》，使我长期记住这位昙花一现的作家的名字。

到了行署，王震的部队正在这一带活动，我同董逸峰跟随部队活动了一程子。在一次集合时，在山脚下遇到了两个小同乡，一个是东邻崔立国，他父亲是个商人；一个是同街道的孙建章，他父亲是个木匠。异地相逢，非常亲热，他们都是王震旅的战士。在山下，朔风呼啸，董逸峰把他穿的一件日本黄呢军大衣，脱下来叫我穿上，也使我一直感念不忘。此人南方人，白皙，戴眼镜，说话时紧闭嘴唇，像轻蔑什么东西一样。能写些作品。

我跟随一个团活动。团政治主任，我忘记了他的姓名，每餐都把他饭盒里的菜，分一些给我吃。以后我到部队采访，经常遇到这种年轻好客的指挥人员。

敌人又进行"扫荡"，我回到行署，有些依赖思想，就跟随王斐然转移。有一天走到一个村庄，正安排着吃顿羊肉，羊肉没有熟，就从窗口望见进村的山头上，有了日本兵。我们放下碗筷，赶紧往后山上跑，下山后就是一条河，表面已经结了冰，王斐然穿着羊皮袍子，我穿着棉裤，蹚了过去。过了河，半截身子都是水，随即结成了冰，哗哗地响着，行走很不便。我发起高烧，王斐然给找了担架。夜晚到了一处高山，把我放在一家没有人住的农舍外屋，王与地委书记等人开会，地委书记说要高度疏散，问他还带着什么人，他说有一名记者。地委书记说，记者为什么不到前方去？他说，他病了。

在反"扫荡"时，王有时虽也因为有这样一个学生拖累，给他增添不少麻烦，曾有烦言。但在紧急关头，还是照顾了我。不然，战争年代，在那样人地两生的荒凉之地，加上饥寒疾病，我一个人活动，很可能遇到危险的，甚至可能叫野狼吃掉。所以也一直对他感念不尽。

接近旧历年关时，我们这个被称做记者团的三个人，回到了通讯社。我只交了一篇文艺通讯稿，即《一天的工作》。夏一个人向领导作了汇报。刘平同志在开会时，委婉而严厉地，对我们的这次出差，表示了不满。

后来，我知道夏这个人，本身散漫，不守纪律，对别人却好造作谎言，取悦领导。全国解放以后，他曾以经济问题，受到制裁。

我有这样的经验，有的人在战争打响时，先叫别人到前方去；打了胜仗慰问时，他再到前方去。对于这样的记者或作家，虽是领导，我是不信服，也不想听从的。

我虽在幼年就梦想当一名记者，此次出师失败，证明我不适宜当记者，一是口讷，二是孤僻。所以后来就退而当编辑了。

1981 年 11 月 6 日改讫

服装的故事

我远不是什么纨绔子弟，但靠着勤劳的母亲纺线织布，粗布棉衣，到时总有的。深感到布匹的艰难，是在抗战时参加革命以后。

一九三九年春天，我从冀中平原到阜平一带山区，那里因为不能种植棉花，布匹很缺。过了夏季，渐渐秋凉，我们什么装备也还没有。我从冀中背来一件夹袍，同来的一位同志多才多艺，他从老乡那里借来一把剪刀，把它裁开，缝成两条夹裤，铺在没有席子的土炕上。这使我第一次感到布匹的难得和可贵。

那时我在新成立的晋察冀通讯社工作。冬季，我被派往雁北地区采访。雁北地区，就是雁门关以北的地区，是冰天雪地，大雁也不往那儿飞的地方。我穿的是一身粗布棉袄裤，我身材高，脚腕和手腕，都有很大部位暴露在外面。每天清早在大山脚下集合，寒风凛冽。有一天在部队出发时，一同采访的一位同志把他从冀中带来的一件日本军队的黄呢大衣，在风地里脱下来，给我穿在身上。我第一次感到了战斗伙伴的关怀和温暖。

一九四一年冬天，我回到冀中，有同志送给我一件狗皮大衣筒子。军队夜间转移，远近狗叫，就会暴露自己。冀中区的群众，几天之内，就把所有的狗都打死了。我把皮子拿回家去，我的爱人，用她织染的黑粗布，给我做了一件短皮袄。因为狗皮太厚，做起来很吃力，有几次把她的手扎伤。我回路西的时候，就珍重地带它过了铁路。

一九四三年冬季，敌人在晋察冀边区"扫荡"了整整三个月，第二年开春，我刚刚从山西的繁峙一带回到阜平，就奉命整装待发去延安。当时，要领单衣，把棉衣换下。因为我去晚了，所有的男衣，已发完，只剩下带大襟的女衣，没有办法，领下来。这种单衣的颜色，是用土靛染的，非常鲜艳，在山地名叫"月白"。因是女衣，在宿舍换衣服时，我犹豫了，这穿在身上像话吗？

忽然有两个女学生进来——我那时在华北联大高中班教书。她们带着剪刀针线，立即把这件女衣的大襟撕下，缝成一个翻领，然后把对襟部位缝好，变成了一件非常时髦的大翻领钻头衬衫。她们看着我穿在身上，然后拍手笑笑走了，也不知道是赞美她们的手艺，还是嘲笑我的形象。

然后，我们就在枣树林里站队出发。

这一队人马，走在去往革命圣地延安的漫长而崎岖的路上，朝霞晚霞映在我们鲜艳的服装上。如果叫现在城市的人看到，一定要认为是奇装异服了。或者只看我的描写，以为我在有意歪曲、丑化八路军的形象。但那时山地群众并不以为怪，因为他们在村里村外常常看到穿这种便衣的工作人员。

路经盂县，正在那里下乡工作的一位同志，在一个要道口上迎接我，给我送行。初春，山地的清晨，草木之上，还有霜雪。显然他已经在那里等了很久，浓黑的鬓发上，也挂有一些白霜。他在我们行进的队伍旁边，和我握手告别，说了很简短的话。

应该补充，在我携带的行李中间，还有他的一件日本军用皮大衣，是他过去随军工作时，获得的战利品。在当时，这是很难得的东西，大衣做得坚实讲究：皮领，雨布面，上身是丝绵，下身是羊皮，袖子是长毛绒。羊皮之上，还带着敌人的血迹。原来坚壁在房东家里，这次出发前，我考虑到延安天气冷，去找我那件皮衣，找不到，就把他的拿起来。

初夏，我们到绥德，休整了五天。我到山沟里洗了个澡。这是条向阳的山沟，小河的流水很温暖，水冲激着沙石，发出清越的声音。我躺在河中间一块平滑的大石板上，温柔的水，从我的头部胸部腿部流过去，细小的沙石常常冲到我的口中。我把女同学们给我做的衬衣，洗好晾在石头上，干了再穿。

我们队长到晋绥军区去联络，回来对我说：吕正操司令员要我到他那里去。一天上午，我就穿着这样一身服装，到了他那庄严的司令部。那件艰难携带了几千里路的大衣，到延安不久，就因为一次山洪暴发，同我所有的衣物，卷到延河里去了。

这次水灾以后，领导上给我发了新的装备，包括一套羊毛棉衣。这种棉衣当然不错，不过有个缺点，穿几天，里面的羊毛就往下坠，上半身成了夹的，下半身则非常臃肿。和我一同到延安去的一位同志，要随王震将军南下，他们发的是絮棉花的棉衣，他告诉我路过桥儿沟的时间，叫我披着我那件羊毛棉衣，在街口等他，当他在那里走过的时候，我们俩"走马换衣"，他把那件难得的真正棉衣换给了我。因为既是南下，越走天气越暖和的。

这年冬季，女同学们又把我的一条棉裤里的棉花取出来，把我的棉裤里的羊毛换进去，于是我又有了一条名副其实的棉裤。她们又给我打了一双羊毛线袜和一条很窄小的围巾，使我温暖愉快地过了这一个冬天。

这时，一位同志新从敌后到了延安，他身上穿的竟是我那件狗皮袄，说是另一位同志先穿了一阵，然后转送给他的。

一九四五年八月，日本投降，我们又从延安出发，我被派作前站，给女同志们赶了很长一段时间的毛驴。那些婴儿们，装在两个荆条筐里，挂在母亲们的两边。小毛驴一走一颠，母亲们的身体一摇一摆，孩子们像燕雏一样，从筐里探出头来，呼喊着，玩闹着，和母亲们爱抚的声音混在一起，震荡着漫长的欢乐的旅途。

冬季我们到了张家口，晋察冀的老同志们开会欢迎我们，穿戴都很整齐。一位同志看我还是只有一身粗布棉袄裤，就给我一些钱，叫我到小市去添补一些衣物。后来我回冀中，到了宣化，又从一位同志的床上，扯走一件日本军官的黄呢斗篷，走了整整十四天，到了老家，披着这件奇形怪状的衣服，与久别的家人见了面。这仅仅是记得起来的一些，至于战争年代里房东老大娘、大嫂、姐妹们为我做鞋做袜，缝缝补补，那就更是一时说不完了。

我们在和日本帝国主义、蒋帮作战的时候，穿的就是这样。但比起上一代的老红军战士，我们的物质条件就算好得多了。

穿着这些单薄的衣服，我们奋勇向前。现在，那些刺骨的寒风，不再吹在我的身上，但仍然吹过我的心头。其中有雁门关外挟着冰雪的风，有冀中平原卷着黄沙的风，有延河两岸虽是严冬也有些温暖的风。我们穿着这些单薄的衣服，在冰冻石滑的山路上攀登，在深雪中滚爬，在激流中强渡。有时夜雾四塞，晨霜压身，但我们方向明确，太阳一出，歌声又起。

1977 年 11 月 26 日改完

游击区生活一星期

平原景色

一九四四年三月里，我有机会到曲阳游击区走了一趟。在这以前，我对游击区的生活，虽然离得那么近，听见得也不少，但是许多想法还是主观的。例如对于"洞"，我的家乡冀中区是洞的发源地，我也写过关于洞的报告，但是到了曲阳，在入洞之前，我还打算把从繁峙带回来的六道木棍子也带进去，就是一个大笑话。经一事，长一智，这真是不会错的。

县委同志先给我大概介绍了一下游击区的情形，我觉得重要的是一些风俗人情方面的事，例如那时地里麦子很高了，他告诉我到那里去，不要这样说："啊，老乡，你的麦子长得很好啊！"因为"麦子"在那里是骂人的话。

他介绍给我六区农会的老李，这人有三十五岁以上，白净脸皮，像一个稳重的店铺掌柜，很热情，思想很周密，他把敞开的黑粗布破长袍揽在后面，和我谈话。我渐渐觉得他是一个区委负责同志，我们这几年是培养出许多这样优秀的人物来了。

我们走了一天一夜，第二天清晨到了六区边境，老李就说："你看看平原游击根据地的风景吧！"

好风景。

太阳照着前面一片盛开的鲜红的桃树林，四周围是没有边际的轻轻波动着就要挺出穗头的麦苗地。

从小麦的波浪上飘过桃花的香气，每个街口走出牛拖着的犁车，四处是鞭哨。

这是几年不见的风光，它能够引起年幼时候强烈的感觉。爬上一个低低的土坡，老李说："看看炮楼吧！"

我心里一跳。对面有一个像火车站上的水塔，土黄色，圆圆的，上面有一个伞顶的东西。它建筑在一个大的树木森阴的村庄边沿，在它下面就是出入村庄的大道。

老李又随手指给我，村庄的南面和东面不到二里地的地方，各有一个小一些的炮楼。老李笑着说：

"对面这一个在咱们六区是顶漂亮的炮楼，你仔细看看吧。这是敌人最早修的一个，那时咱们的工作还没搞好，叫他捞到一些砖瓦。假如是现在，他只能自己打坯来盖。"

面前这一个炮楼，确是比远处那两个高大些，但那个怪样子，就像一个阔气的和尚坟，再看看周围的景色，心里想这算是个什么点缀哩！这是和自己心爱的美丽的孩子，突然在三岁的时候，生了一次天花一样，叫人一看见就难过的事。

但老李慢慢和我讲起炮楼里伪军和鬼子们的生活的事，我也就想到，虽然有这一块疮疤，人们抗毒的血液却是加多了。

我们从一条绕村的堤埝上走过，离那炮楼越来越近，渐渐看得见在那伞顶下面有一个荷枪的穿黑衣服的伪军，望着我们。老李还是在前面扬长地走着，当离开远了的时候，他慢慢走，等我跟上说：

"他不敢打我们，他也不敢下来，咱们不准许他下来走动。"

接着他给我讲了一个笑话。

他说："住在这个炮楼上的伪军，一天喝醉了酒，大家打赌，谁敢下去到村里走一趟。一个司务长就说，他敢去，并且约下，要到'维持会'拿一件东西回来作证明。这个司务长就下来了，别的伪军在炮楼上望着他。司务长仗着酒胆，走到村边。这村的维持会以前为了怕他们下来捣乱，还是迁就了他们一下，设在这个街头的。他进了维持会，办公的人们看见他就说：'司务长，少见，少见，里面坐吧。'司务长一句话也不说，迈步走到屋里，在桌子上拿起一支毛笔就往外走。办公的人们在后面说：'坐一坐吧，忙什么哩？'司务长加快脚步就来到街上，办公的人们嬉笑着嚷道：'哪里跑！哪里跑！'

"这时从一个门洞里跳出一个游击组员，把手枪一扬，大喝一声：'站住！'照着他虚瞄一枪，砰的一声。

"可怜这位司务长没命地往回跑，把裤子也掉下来了，回到炮楼上就得了一场大病，现在还没起床。"

我们又走了一段路，在村庄南面那个炮楼下面走过，那里面已经没有敌人，老李说，这是叫我们打走了的。在这个炮楼里面，去年还出过闹鬼的事。

老李说：

"你看前面，那里原来是一条沟，到底叫我们给它平了。那时候敌人要掘围村沟，气焰可凶哩！全村的男女老少都抓去，昼夜不停地掘。有一天黄昏的时候，一个鬼子在沟里拉着一个年轻媳妇要强奸，把衣服全扯烂了。那年轻女人劈了那个鬼子一铁铲就往野地里跑，别的鬼子追她，把她逼得跳下一个大水车井。

"就在那天夜里，敌人上了炮楼，半夜，听见一种嗷嗷的声音，先是在炮楼下面叫，后来绕着炮楼叫。鬼子们看见在炮楼下面，有一个白色帐篷的东西，越长越高，眼看就长到炮楼顶一般高了，鬼子是非常迷信的，也是做贼心虚，以为鬼来索命了。

"不久，那个逼着人强奸的鬼子就疯了，他哭着叫着，不敢在炮楼上住。他们的小队长在附近村庄请来一个捉妖的，在炮楼上摆香坛行法事，念咒捉妖，法师说：'你们造孽太大，受冤的人气焰太高，我也没办法。'再加上游击组每天夜里去袭击，他们就全搬到村头上的大炮楼上去住了。"

抗日村长

在路上有些耽误，那天深夜我们才到了目的地。

进了村子，到一个深胡同底叫开一家大门，开门的人说：

"啊！老李来了。今天消息不好，燕赵增加了三百个治安军。"

老李带我进了正房，屋里有很多人。老李就问情况。

情况是真的，还有"清剿"这个村子的风声，老李就叫人把我送到别的一个村子去，写了一封信给那村的村长。

深夜，我到了那个村子，在公事台（村里支应敌人的地方，人们不愿叫维持会，现在流行叫公事台）的灯光下，见到了那个抗日村长。他正在同一些干部商量事情，见我到了，几个没关系的人就走了。村长看过了我的介绍信，打发送我的人回去说：

"告诉老李，——我负一切责任，让他放心好了。"

村长是三十多岁的人，脸尖瘦，眼皮有些肿，穿着一件白洋布大衫，白鞋白腿带。那天夜里，我们谈了一些村里的事，我问他为什么叫抗日村长，是不是还有一个伪村长。他说没有了。关于村长这个工作，抗战以后，是我们新翻身上来的农民干部做的，可是当环境一变，敌伪成天来来往往，一些老实的农民就应付不了这局面。所以有一个时期，就由一些在外面跑过的或是年老的办公的旧人来担任，那一个时期，有时是出过一些毛病的。渐渐地，才培养出这样的既能站稳立场，也能支应敌伪的新干部。但大家为了热诚的表示，虽然和敌人周旋，也是为抗日，习惯地就叫他们"抗日村长"。

抗日村长说，因为有这两个字加在头上，自己也就时时刻刻提醒自己的责任了。

不久我就从他的言谈上、表情上看出他的任务的繁重和复杂。他告诉我，他穿孝的原因是半月前敌人在这里驻剿，杀死了他年老的父亲，他要把孝穿到抗日胜利。

从口袋里他掏出香烟叫我吸，说这是随时支应敌人的。在游击区，敌人勒索破坏，人们的负担已经很重，我们不忍再吃他们的喝他们的，但他们总是这样说：

"吃吧，同志，有他们吃的，还没有你们吃的！你们可吃了多少，给人家一口猪，你们连一个肘子也吃不了。"

我和抗日村长谈这种心理，他说这里面没有一丝虚伪，却有无限苦痛。他说，你见到过因为遭横祸而倾家败产的人家吗！对他的亲爱的孩子的吃穿，就是这样的，就是这个心理。敌占区人民对敌伪的负担，想象不到的大，敌伪吃的、穿的、花的都是村里供给；并且伪军还有家眷，就住在炮楼下，这些女人孩子的花费，也是村里供给，连孩子们的尿布，女人的粉油都在内，我们就是他们的供给部。

抗日村长苦笑了，他说："前天敌人叫报告员来要猪肉、白菜、萝卜，我们给他们准备了，一到炮楼下面，游击小组就打了伏击，报告员只好倒提着空口袋到炮楼上去报告，他们又不敢下来，我们送不到有什么办法？"

抗日村长高声地笑了起来，他说："回去叫咱们的队伍来活动活动吧，那时候就够他们兔崽子们受，我们是连水也不给他们担了。有一回他们连炮楼上的泔水（洗锅水）都喝干了的。"

这时已快半夜，他说："你去睡觉吧，老李有话，今天你得钻洞。"

洞

可以明明告诉敌人，我们是有洞的。从一九四二年五月一日冀中大"扫荡"以后，冀中区的人们常常在洞里生活。在起初，敌人嘲笑我们说，冀中人也钻洞了，认为是他们的战绩。但不久他们就收起笑容，因为冀中平原的人民并没有把钻洞当成退却，却是当作新的壕堑战斗起来，而且不到一年又从洞里战斗出来了。

平原上有过三次惊天动地的工程，一次是拆城，二次是破路，三次是地道。局外人以为这只是本能的求生存的活动，是错误的。这里面有政治的精心积虑的设计、动员和创造。这创造由共产党的号召发动，由人民完成。人民兴奋地从事这样巨大精细的工程，日新月异，使工程能充分发挥作战的效能。

这工程是八路军领导人民共同来制造，因为八路军是以这地方为战争的基地，以人民为战争的助手，生活和愿望是结为一体的，八路军不离开人民。

回忆在抗战开始，国民党军队也叫人民在大雨滂沱的夏天，掘过蜿蜒几百里的防御工事，人民不惜斩削已经发红的高粱来构筑作战的堡垒；但他们在打骂奴役人民之后，不放一枪退过黄河去了。气得人们只好在新的壕沟两旁撒撒晚熟的秋菜种子。

一经比较，人民的觉悟是深刻明亮的。因此在拆毁的城边，纵横的道沟里，地道的进口，就流了敌人的血，使它污秽的肝脑涂在为复仇的努力创造的土地上。

言归正传吧，村长叫中队长派三个游击组员送我去睡觉，村长和中队长的联合命令是一个站高哨，一个守洞口，一个陪我下洞。

于是我就携带自己的一切行囊到洞口去了。

这一次体验，才使我知道"地下工作的具体情形"，这是当我问到一个从家乡来的干部，他告诉我的话，我以前是把地下工作浪漫化了的。

他们叫我把棍子留在外间，在灯影里立刻有一个小方井的洞口出现在我的眼前。陪我下洞的同志手里端着一个大灯碗跳进去不见了。我也跟着跳进去，他在前面招呼我。但是满眼漆黑，什么也看不见，也迷失了方向。我再也找不到往里面去的路，洞上面的人告诉我蹲下向北进横洞。我用脚探着了那横洞口，我蹲下去，我吃亏个子大，用死力也折不到洞里去，急得浑身大汗，里面引路的人又不断催我，他说："同志，快点吧，这要有情况还了得。"我像一个病猪一样"吭吭"地想把头塞进洞口，也是枉然。最后才自己创造了一下，重新翻上洞口来，先使头着地，栽进去，用蛇行的姿势入了横洞。

这时洞上面的人全笑起来，但他们安慰我说，这是不熟练，没练习的缘故，钻十几次身子软活了就好了。

钻进了横洞，就看见带路人托引着灯，焦急地等我。我向他抱歉，他说这样一个横洞你就进不来，里面的几个翻口你更没希望了，就在这里打铺睡吧！

这时我才想起我的被物，全留在立洞的底上横洞的口上，他叫我照原姿势退回去，用脚尖把被子和包袱勾进来。

当我试探了半天，才完成了任务的时候，他笑了，说："同志，你看敌人要下来，我拿一支短枪在这里等他（他说着从腰里掏出手枪顶着我的头）有跑吗？"

我也滑稽地说："那就像胖老鼠进了细腰蛇的洞一样，只有跑到蛇肚子里。"

这一夜，我就是这样过去了。第二天上面叫我们吃饭，出来一看，已经红日三竿了。

村　外

过了几天，因为每天钻，有时钻三次四次，我也到底能够进到洞的腹地；虽然还是那样潮湿气闷，比较起在横洞过夜的情景来，真可以说是别有洞天了。

和那个陪我下洞的游击组员也熟识了，那才是一个可亲爱的好青年，好农民，好同志。他叫三槐，才十九岁。

我就长期住在他家里，他有一个寡母，父亲也是敌人前年"扫荡"时被杀了的，游击区的人们，不知道有多少人负担着这种仇恨生活度日。他弟兄三个。大哥种地，有一个老婆；二哥干合作社，跑敌区做买卖，也有一个老婆；他看来已经是一个职业的游击组员，别的事干不了多少了，正在年轻，战争的事占了他全部的心思，也不想成亲。

我们俩就住在一条炕上，炕上一半地方堆着大的肥美的白菜。情况紧了，我们俩就入洞睡，甚至白天也不出来，情况缓和，就"守着洞口睡"。他不叫我出门，吃饭他端进来一同吃，他总是选择最甜的有锅巴的红山药叫我吃，他说："别出门，也别叫生人和小孩子们进来。实在闷的时候我带你出去遛遛去。"

有一天，我实在闷了，他说等天黑吧，天黑咱们玩去。等到天黑了，他叫我穿上他大哥的一件破棉袍，带我到村外去，那是大平原的村外，我们走在到菜园去的小道上，在水车旁边谈笑，他割了些韭菜，说带回去吃饺子。

在洞里闷了几天，我看见旷野像看见了亲人似的，我愿意在松软的土地上多来回跑几趟，我愿意对着油绿的禾苗多呼吸几下，我愿意多看几眼正在飘飘飞落的雪白的李花。

他看见我这样，就说："我们唱个歌吧，不怕。冲着燕赵的炮楼唱，不怕。"

但我望着那不到三里远的燕赵的炮楼在烟雾里的影子，我没有唱。

守翻口

那天我们正吃早饭，听见外面一声乱，中队长就跑进来说，敌人到了村外。三槐把饭碗一抛，就抓起我的小包裹，他说："还能跑出去吗？"这时村长跑进来说："来不及了，快下洞！"

我先下，三槐殿后，当我爬进横洞，已经听见抛土填洞的声音，知道情形是很紧的了。

爬到洞的腹地的时候，已经有三个妇女和两个孩子坐在那里，她们是从别的路来的，过了一会儿，三槐进来了，三个妇女同时欢喜地说：

"可好了，三槐来了。"

从这时，我才知道三槐是个守洞作战的英雄。三槐告诉女人们不要怕，不要叫孩子们哭，叫我和他把枪和手榴弹带到第一个翻口去把守。

爬到那里，三槐叫我闪进一个偏洞，把手榴弹和子弹放在手边，他就按着一把雪亮的板斧和手枪伏在地下，他说：

"这时候，短枪和斧子最顶事。"

不久，不知道从什么方向传过来一种细细的嘤嘤的声音，说道：

"敌人已经过村东去了，游击组在后面开了枪，看样子不来了，可是你们不要出来。"

这声音不知道是从地下发出来，还是从地上面发出来，像小说里描写的神仙的指引一样，好像是从云端上来的，又像是一种无线电广播，但我又看不见收音机。

三槐告诉我："抽支烟吧，不要紧了，上回你没来，那可危险哩。

"那是半月前，敌人来'清剿'，这村住了一个营的治安军，这些家伙，成分很坏，全是汉奸汪精卫的人，和我们有仇，可凶狠哩。一清早就来了，里面还有内线哩，是我们村的一个坏家伙。敌人来了，人们正钻洞，他装着叫敌人追赶的样子，在这个洞口去钻钻，在那个洞口去钻钻，结果叫敌人发现了三个洞口。

"最后也发现了我们这个洞口，还是那个家伙带路，他又装着蒜，一边嚷道：'哎呀，敌人追我！'就往里面钻，我一枪就把他打回去了。他妈的，这是什么时候，就是我亲爹亲娘来破坏，我也得把他打回去。

"他跑出去，就报告敌人说，里面有八路军，开枪了。不久，院子里就开来很多治安军，一个自称是连长的在洞口大声叫八路军同志答话。

"我就答话了：'有话你说吧，听着哩。'

"治安军连长说：'同志，请你们出来吧。'

"我说：'你进来吧，炮楼是你们的，洞是我们的。'

"治安军连长说：'我们已经发现洞口，等到像倒老鼠一样，把你们掘出来，那可不好看。'

"我说：'谁要不怕死，谁就掘吧。我们的手榴弹全拉出弦来等着哩。'

"治安军连长说：'喂，同志，你们是哪部分？'

"我说：'十七团。'"

这时候三槐就要和我说关于十七团的威望的事，我说我全知道，那是我们冀中的子弟兵，使敌人闻名丧胆的好兵团，是我们家乡的光荣子弟。三槐就又接着说：

"当时治安军连长说：'同志，我们是奉命令来的，没有结果也不好回去交代。这样好不好，你们交出几支枪来吧。'

"我说：'八路军不交枪，你们交给我们几支吧，回去就说叫我们打回去了，你们的长官就不怪罪你们。'

"治安军连长说：'交几支破枪也行，两个手榴弹也行。'

"我说：'你胡说八道，死也不交枪，这是八路军的传统，我们不能破坏传统。'

"治安军连长说：'你不要出口伤人，你是什么干部？'

"我说：'我是指导员。'

"治安军连长说：'看你的政治，不信。'

"我说：'你爱他妈的信不信。'

"这一骂，那小子恼了，他命令人掘洞口，有十几把铁铲掘起来。我退了一个翻口，在第一个翻口上留了一个小西瓜大小的地雷，炸了兔崽子们一下，他们才不敢往里掘了。那个连长又回来说：'我看你们能跑到哪里去？我们不走。'

"我说：'咱们往南在行唐境里见，往北在定县境里见吧。'

"大概他们听了没有希望，天也黑了，就撤走了。

"那天，就像今天一样，有我一个堂哥给我帮手，整整支持了一天工夫哩。敌人还这样引诱我，你们八路军是爱护老百姓的，你们不出来，我们就要杀老百姓，烧老百姓的房子，你们忍心吗？

"我能上这一个洋当？我说：'你们不是治安军吗，治安军就这样对待老百姓吗？你们忍心吗？'"

最后三槐说："我们什么当也不能上，一上当就不知道要死多少人。那天钻在洞里的女人孩子有一百多个，听见敌人掘洞口，就全聚到这个地方来了，里面有我的母亲，婶子大娘们，有嫂子侄儿们，她们抖颤着对我讲：三槐，好好把着洞口，不要叫鬼子进来，你嫂子大娘和你的小侄儿们的命全交给你了。

"我听到这话，眼里出了汗，我说：'你们回去坐着吧，他们进不来。'那时候在我心里，只要有我在，他狗日的们就进不来，就是我死了，他狗日的们还是进不来。我一点儿也不害怕。我说话的声音一点儿也不抖，那天嘴也灵活好使了。"

人民的生活情绪

有一天早晨，我醒来，天已不早了，对间三槐的母亲已经嗡嗡地纺起线来。这时进来一个少妇在洞口喊："彩绫，彩绫，出来吧，要去推碾子哩。"

她叫了半天，里面才答应了一声，通过那弯弯长长的洞，还是那样娇嫩的声音："来了。"接着从洞口露出一顶白毡帽，但下面是一张俊秀的少女的脸，花格条布的上衣，跳出来时，脚下却是一双男人的破棉鞋。她坐下，把破棉鞋拉下来，扔在一边，就露出浅蓝色的式样的鞋来，随手又把破毡帽也摘下来，抖一抖墨黑柔软的长头发，站起来，和她嫂子争辩着出去了。

她嫂子说："人家喊了这么半天，你聋了吗？"

她说："人家睡着了么。"

嫂子说："天早亮了，你在里面没听见晨鸡叫吗？"

她说："你叫还听不见，晨鸡叫就听见了？"姑嫂两个说笑着走远了。

我想，这就是游击区人民生活的情绪，这个少女是在生死交关的时候也还顾到在头上罩上一个男人的毡帽，在脚上套上一双男人的棉鞋，来保持身体服装的整洁。

我见过当敌人来了，女人们惊惶的样子，她们像受惊的鸟儿一样向天空突飞。一天，三槐的二嫂子说："敌人来了能下洞就下洞，来不及就得飞跑出去，把吃奶的力量拿出来跑到地里去。"

我见过女人这样奔跑，那和任何的赛跑不同，在她们的心里可以叫前面的、后面的、四面八方的敌人的枪弹射死，但她们一定要一直跑出去，在敌人的包围以外，去找生存的天地。

当她们逃到远远的一个沙滩后面，或小丛林里，看着敌人过去了，于是倚在树上，用衣襟擦去脸上的汗，头发上的尘土，定定心，整理整理衣服，就又成群结队欢天喜地地说笑着回来了。

一到家里，大家像没有刚才那一场出生入死的奔跑一样，大家又生活得那样活泼愉快，充满希望，该拿针线的拿起针线来，织布的重新踏上机板，纺线的摇动起纺车。

而跑到地里去的男人们就顺便耕作，到中午才回家吃饭。

在他们，没有人谈论今天生活的得失，或是庆幸没死，他们是：死就是死了，没死就是活着，活着就是要欢乐的。

假如要研究这种心理，就是他们看得很单纯，而且胜利的信心最坚定。因为接近敌人，他们更把胜利想得最近，知道我们不久就要反攻了，而反攻就是胜利，最好是在今天，在这一个月里，或者就在今年，扫除地面上的一切悲惨痛苦的痕迹，立刻就改变成一个欢乐的新天地。所以胜利在他们眼里距离最近，而那果实也最鲜明最大。也因为离敌人最近，眼看到有些地方被敌人剥夺埋葬了，但六七年来共产党和人民又从敌人手中夺回来，努力创造了新的生活，因而就更珍爱这个新的生活，对它的长成也就寄托更大的希望。对于共产党的每个号召，领导者的每张文告，也就坚信不移，兴奋地去工作着。

由胜利心理所鼓舞，他们的生活情绪，就是这样。每个人都是这样。村里有一个老泥水匠，每天研究掘洞的办法，他用罗盘、水平器，和他的技术、天才和热情来帮助各村改造洞。一个盲目的从前是算卦的老人，编了许多"劝人方"，劝告大家坚持抗战，他有一首四字歌叫《十大件》，是说在游击区的做人道德的。有一首《地道歌》确像一篇"住洞须知"，真是家传户晓。

最后那一天，我要告别走了，村长和中队长领了全村的男女干部到三槐家里给我送行。游击区老百姓对于抗日干部的热情是无法描写的，他们希望最好和你交成朋友，结为兄弟才满意。

仅仅一个星期，而我坦白地说，并没有能接触广大的实际，我有好几天住在洞里，很少出大门，谈话的也大半是干部。

但是我感触了上面记的那些，虽然很少，很简单，想来，仅仅是平原游击区人民生活的一次脉搏的跳动而已。

我感觉到了这脉搏，因此，当我钻在洞里的时间也好，坐在破炕上的时间也好，在菜园里夜晚散步的时间也好，我觉到在洞口外面，院外的街上，平铺的翠绿的田野里，有着伟大、尖锐、光耀、战争的震动和声音，昼夜不息。生活在这里是这样充实和有意义，生活的经线和纬线，是那样复杂、坚韧。生活由战争和大生产运动结合，生活由民主建设和战斗热情结合，生活像一匹由坚强意志和明朗的智慧织造着的布，光彩照人，而且已有七个整年的历史了。

并且在前进的时候，周围有不少内奸特务，受敌人、汉奸、独裁者的指挥，破坏人民创造出来的事业，乱放冷箭，使像给我们带路的村长，感到所负责任的沉重和艰难了。这些事情更激发了人民的智慧和胆量。有人愿意充实生活，到他们那里去吧。

回来的路上

回来的路上我们人多了，男男女女有十几个人，老李派大车送我们，女同志坐在车上，我们跟在后面。我们没有从原路回去，路过九区。

夜里我们到了一个村庄，这个村庄今天早晨被五个据点的敌人包围，还抓走了两个干部，村里是非常惊慌不定的。

带路的人领我们到一所空敞的宅院去，他说这是村长的家，打门叫村长，要换一个带路的。

他低声柔和地叫唤着。原来里面有些动静，现在却变得鸦雀无声了，原来有灯光现在也熄灭了。我们叫女同志去叫：

"村长，开门来吧！我们是八路军，是自己的人，不要害怕。"过了很久才有一个女人开门出来，她望了望我们说："我们不是村长，我们去年是村长，我家里的男人也逃在外面去了，不信你们进去看看。"

我猜想：看也是白看，男的一定躲藏了，而且在这样深更半夜，也没法对这些惊弓之鸟解释。但是我们的女同志还是向她说。她也很能说，那些话叫人听来是：这些人是八路军就能谅解她，是敌人伪装，也无懈可击。

结果还是我们女同志拿出各种证明给她看，讲给她听，她才相信，而且热情地将我们的女同志拉到她家里去了。

不久她的丈夫陪着我们的女同志出来，亲自给我们带路。在路上他给我说，这两天村里出了这样一件事：

连着两天夜里，都有穿着八路军绿色新军装的人到年轻女人家去乱摸，他们脸上包着布，闹得全村不安，女人看见一个黑影也怪叫起来，大家都惊疑不定，说着对八路军不满的话。但是附近村庄又没有驻着八路军，也没有过路军队住在村里，这些不规矩的八路军是哪儿来的呢？

前天晚上就闹出这样的事来了。村妇救会缝洗组长的丈夫半夜回到家里，看见一个男人正压在他的女人身上。他呐喊一声，那个男人赤身逃走。他下死手打他的女人，女人也哭叫起来：

"你个贼啊！你杀人的贼啊，你行的好事，你穿着那绿皮出去了，这村里就你一个人有这样装裹啊。我睡得迷迷糊糊，我认定是你回来了，这你能怨我呀，你能怨我呀！我可是站得正走得稳的好人呀，天啊，这是你行的好事啊！……"

带路的人接着说："这样四邻八家全听得清清楚楚，人们才明白了。前几天区里交来的几套军装，说是上级等着用，叫缝一下扣子，我就交给缝洗组长了。她的丈夫是个坏家伙，不知道和什么人勾结，尽想法破坏我们的工作，这次想出这样的办法来破坏我们的名誉，谁知道竟学了三国孙权，赔了夫人又折兵，他自己也不敢声张了。

"他不声张我可不放松。我照实报告了区里，我说他每天夜里穿着八路军的军服去摸女人，破坏我们子弟兵的威信。区里把他传去了。至于另外那一个，是他的同伙，倒了戈回来搞了朋友的女人，不过我不管他们的臭事，也把他送到区里了。

"同志你看村里的事多么复杂，多么难办？坏人心术多么毒？

"他们和敌人也有勾结，我们头一天把他们送到区里，第二天五个据点的敌人就包围了我们的村庄，还捉去了两个干部。

"同志，要不是你们到了，连门也不敢开啊。这要请你们原谅，好在大家都了解我的困难……"

　　送过了封锁沟墙，这路我们已经熟悉，就请他回去了。第二天我们到了县里，屈指一算，这次去游击区连来带去，整整一个星期。

1944 年于延安

张秋阁

一九四七年春天，冀中区的党组织号召发动大生产运动，各村都成立了生产委员会。

一过了正月十五，街上的锣鼓声音就渐渐稀少，地里的牛马多起来，人们忙着往地里送粪。

十九这天晚上，代耕队长曹蜜田，拿着一封信，到妇女生产组组长张秋阁家里去。秋阁的爹娘全死了，自从哥哥参军，她一个人带着小妹妹二格过日子。现在，她住在年前分得的地主曹老太的场院里。

曹蜜田到了门口，看见她还点着灯在屋里纺线，在窗口低头站了一会儿，才说：

"秋阁，开开门。"

"蜜田哥吗？"秋阁停了纺车，从炕上跳下来开开门，"开会呀？"

曹蜜田低头进去，坐在炕沿上，问：

"二格睡了？"

"睡了。"秋阁望着蜜田的脸色，"蜜田哥，你手里拿的是谁的信？"

"你哥哥的，"蜜田的眼湿了，"他作战牺牲了。"

"在哪里？"秋阁叫了一声把信拿过来，走到油灯前面去。她没有看信，她呆呆地站在小橱前面，望着那小小的跳动的灯火，流下泪来。

她趴在桌子上，痛哭一场，说：

"哥哥从小受苦，他的身子很单薄。"

"信上写着他作战很勇敢。"曹蜜田说，"我们从小好了一场，我想把他的尸首起回来，我是来和你商量。"

"那敢情好，可是谁能去呀？"秋阁说。

"去就是我去。"曹蜜田说，"叫村里出辆车，我去，我想五天也就回来了。"

"五天？村里眼下这样忙，"秋阁低着头，"你离得开？我看过一些时候再说吧，人已经没有了，也不忙在这一时。"她用袖子擦擦眼泪，把灯剔亮一些，接着说，"爹娘苦了一辈子，没看见自己的房子地就死了，哥哥照看着我们实在不容易。眼看地也有得种，房也有得住，生活好些了，我们也长大了，他又去了。"

"他是为革命死的，我们不要难过，我们活着，该工作的还是工作，这才对得住他。"蜜田说。

"我明白。"秋阁说，"哥哥参军的那天，也是这么晚了，才从家里出发，临走的时候，我记得他也这么说过。"

"你们姐俩是困难的。"曹蜜田说，"信上说可以到县里领恤金粮。"

"什么恤金粮？"秋阁流着泪说，"我不去领，哥哥是自己报名参军的，他流血是为了咱们革命，不是为了换小米粮食。我能够生产。"

曹蜜田又劝说了几句，就走了。秋阁坐在纺车怀里，再也纺不成线，她望着灯火，一直到眼睛发花，什么也看不见，才睡下来。

第二天，她起得很早，把二格叫醒，姐俩到碾子上去推棒子，推好叫二格端回去，先点火添水，她顺路到郭忠的小店里去。

郭忠的老婆是个歪材。她原是街上一个赌棍的女儿，在旧年月，她父亲在街上开设一座大宝局，宝局一开，如同戏台，不光是赌钱的人来人往，就是那些供给赌徒们消耗的小买卖，也不知有多少。这个女孩子起了个名儿叫大器。她从小在那个场合里长大，应酬人是第一，守家过日子顶差。等到大了，不知有多少人想算着她，父亲却把她嫁给了郭忠。

谁都说，这个女人要坏了郭家小店的门风，甚至会要了郭忠的性命。娶过门来，她倒安分守己和郭忠过起日子来，并且因为她人缘很好，会应酬人，小店添了这员女将，更兴旺了。

可是小店也就成了村里游手好闲的人们的聚处，整天价人满座满，说东道西，拉拉唱唱。

郭忠有个大女儿名叫大妮，今年十七岁了。这姑娘长得很像她母亲，弯眉大眼，对眼看人，眼里有一种迷人的光芒，身子发育得丰满，脸像十五的月亮。

大妮以前也和那些杂乱人说说笑笑，打打闹闹，近来却正眼也不看他们；她心里想，这些人要不得，你给他点好颜色看，他就得了意，顺杆爬上来，顶好像蝎子一样蜇他们一下。

大妮心里有一种苦痛，也有一个希望。在村里，她是叫同年的姐妹们下眼看的，人们背地说她出身不好，不愿意叫她参加生产组，只有秋阁姐知道她的心，把她叫到自己组里去。她现在很恨她的母亲，更恨那些游手好闲的整天躺在她家炕上的那些人，她一心一意要学正派，要跟着秋阁学。

秋阁来到她家，在院里叫了一声，大妮跑出来，说：

"秋阁姐，到屋里坐吧，家里没别人。"

"我不坐了，"秋阁说，"吃过饭，我们去给抗属送粪，你有空吧？"

"有空。"大妮说。

大妮的娘还没有起来，她在屋里喊：

"秋阁呀，屋里坐坐嘛。你这孩子，多咱也不到我这屋里来，我怎么得罪了你？"

"我不坐了，还要回去做饭哩。"秋阁走出来，大妮跟着送出来，送到过道里小声问：

"秋阁姐，怎么你眼那么红呀，为什么啼哭来着？"

"我哥哥牺牲了。"秋阁说。

"什么，秋来哥呀？"大妮吃了一惊站住了，眼睛立时红了，"那你今儿个就别到地里去了，我们一样做。"

"不，"秋阁说，"我们还是一块去，你回去做饭吃吧。"

1947 年春

第二辑　平原的觉醒

曹蜜田和李素忍

读者看题目，以为我要讲说一对青年男女的浪漫故事。事实上，他两个已经结了婚，在一座小房里过着日子。

我们是说他两口子怎样生产的故事。这或者比恋爱故事更有意义。

在张敖，提起劳动互助，应该首先提到李三同志。他是张敖村互助组的发起人和组织家，曹蜜田的小组就是他帮助组织起来，这已经是三年前的事。

曹蜜田的爹是个赌徒，他糟了家业，至少是没有给孩子们留下家业。曹蜜田从小就给人家做活，扛长工，在旧社会里受尽苦养不了家。直到八路军来，实行了实物工资制，改善了工人待遇，才赎回了几亩地。

一九四三年，他接受了李三的劝告，六个人组织了一个互助组。刚组织起来，没有经验也没有制度，为了刨山药，小组就几乎垮了台。

先是老问刨山药刨了一半，第二天大家就议合开始集体。本来应该先帮老问刨完山药，可是老昌愿意先刨自己的。老问说：我刨了一半，不能给他刨；老昌就老实不客气地说：那么咱们就各人刨各人的吧。

这一年，老问、老友、老永就退出了互助组。曹蜜田还是要组织，他吸收了老尊和二虎，并且说明要接受去年的经验教训。

经验并不容易接受，建立了批评制度，还是不能根绝纠纷。

老关是个木匠，以他做师傅，曹蜜田他们开了个木货厂。一天晌午，二虎他娘要打场，碌碡圆子坏了一根乘子。老关在那里路过，二虎他娘说："你来，给我安上这根乘子。"因为是二虎的娘，老关就忘了和人家互助着哩，他说："没空。"就走了。老婆子自己安上了乘子，并且告诉了二虎。

又一天老关从地里背回一筐草，放在梢门下面。

看见二虎走过，他就说："二虎，来和我铡了这筐草。"二虎扬长不理地走过去，说："没空！"老关说："你干什么哩？"二虎说："晌午了，又饥，又渴，吃饭去！"

晚上，老关对曹蜜田说："这是什么互助组，我叫他和我铡一筐草，他就不干！"曹蜜田对二虎说："就是三筐青草也该帮他铡了，再去吃饭。"二虎说："这是我的缺点，可是你知道我为什么不帮他铡草？"一说原委，老关也承认了错误。

锄地的时候，二虎虽然年轻，可是抢不下班来。他从小跑天津，干的是拉洋车，锄起地来，爱饥，爱腰痛，又怕热，懒的帮助别人，也羞于请别人帮自己，不愿意集体。曹蜜田又耐心劝说他。

曹蜜田坚持着互助的方针。有一个人因为短见退出了，他就演说互助组的远景，激励同组的人。

好像我们还没提到他的老婆。我到她家里，她正在吃中午饭，然后匆匆忙忙地对丈夫说："我到组里去了！"

夫妇两个全不过二十多岁。屋里虽是破东烂西，但是可以看出有吃有穿。别人家墙上贴画片，他家柜面挂着好几张供销合作社的股金单。这小小的家庭，正奔着一个新鲜的方向滚动。

曹蜜田参加了战勤队，在驻在地推广了加速轮，引起了当地居民的爱戴，已经登了报。丈夫出外当了模范。李家忍在街头接了担架队，服侍伤员。她们有组织地、鸦雀无声地、热心关注地给伤员们洗脸、喂饭、拆洗衣被。

夫妻们好像暗暗地在那里挑战立功。但当我向曹蜜田打听他老婆的模范事迹时，他说这几天生产很忙，还没顾着问她，他指给我他老婆的小组。

1947 年春

王香菊

那天晚上，小高同志带我去访问郭兰瑞。这个十八岁的姑娘，组织起几十个贫农妇女，当选了贫农代表。郭兰瑞不在家，我和小高坐在院里床上说话。过来一个十六七的姑娘，抱着孩子，坐在小高身边静静地听着。小高说：

"你问香菊，她和郭兰瑞是好姐妹，她知道得顶详细。"

香菊只是笑了笑，就轻轻扭过了头。小高又说：

"你看，还是不敢说话！怎么着到大会上去诉苦呢？"

香菊才说她和兰瑞从小就在一块，热天，两个人去拾麦子，分着吃一块糠饼子，用一个小铁罐喝水，躺在一棵树下面歇凉。等到大些了，就对着脸浇园，合伙拉耙子……种种的情形，说话的声音很动听。

第二天晚上，小高领导她们开小组会，我又去参加了。香菊浇了一天园，喝冷水吃剩饭病了，趴在床上直想吐，但她还是一直督促引导着她那一个小组开会，不肯休息。她笑着说：

"什么叫休息？有病是小事，趴一会儿就好了，翻身才是大事。"

我在这边说了几句话，她就喊："说大点声，叫我也听听啊！"

小高同志介绍我到香菊家吃饭，我才第一次在白天看见香菊。她壮实、天真，对人亲热，好脸红。香菊家是贫农，每天很早一家子就到地里浇园去了。香菊回来时，抱着一捆菜，头发和上衣总是精湿。她蹲在桌子旁边，望着饭不吃，她说浇起园来，就光想喝水，不想吃饭。一顿饭过后，母亲催促，她就又背起那又大又黑的铁水斗走了。

晚上，她蹲在黑影里吃了那白天剩下来、怕放坏了的硬饼子，把新饭让给小弟妹们吃。

村里酝酿着斗争。田地里是那么酷旱，庄稼正待秀穗，老百姓说这叫"卡脖子旱"。黄昏，西边天一抹红，香菊还在那里浇园，这种劳动是那么吃力和没有止境，庄稼缺水永远不会满足。刚刚十七岁的女孩子运动全身的气力，才能从事这种劳作。可是从她劳动的精神上看，那充实的精力就像这永无止境的水泉，永无止境的热汗，永无止境的希望。她从十三岁上就浇园了。为什么我们不能有一架水车，把这女孩子代替？

知道要斗争了，地主的水车都放在家里，叫大井闲着，叫庄稼旱着。香菊她们想到水车，应该比我迫切。最盼望下雨，最焦急地等待那天边的风云雷闪的，自然是这些流着汗浇园的姑娘们。她们提出来：先斗水车！

每天香菊浇园回来，连说话和笑的力气都没有了。可是一吃过晚饭，她就抖着精神去集合她的小组。大街上，她走在组员的前面，好像一个军官。

小组诉苦的时候，她第一个诉说：她，夏天，被夺去了拾的麦穗；秋天，被夺去了拾的棉花。她不敢在地主的地头地边走过，她不敢走过地主的大门，害怕那些闺阁小姐们耻笑她的褴褛和寒碜。

这姑娘甚至没有诉说，在这十七年，她那年幼的身体，怎样被太阳曝晒，怎样被热汗蒸腾，被风雨吹打，被饥饿消耗；她没诉说劳动的苦处，她只是诉说一个女孩子心灵上受过的委屈。

翻心的过程，特别值得珍贵，它打下了这姑娘翻身的真实基础。这些日子，在香菊身上，表现了一连串急风暴雨的进步。她从不敢说话到敢说、敢喊，从好脸红到能说服别人和推动组织。在诉苦大会、斗争大会上，香菊小组总是坐在全村妇女的前面，香菊就坐在小组的前面。她在全村妇女中，并不是最突出的一个，但她是一个实际的领袖。

斗争以后，香菊挺着胸脯，走回家来。她又走过了地主家的现在已经被民兵看守的大梢门。怀着胜利的心情，她第一次到那些闺阁小姐们的住处去看了看，到底和自己家的土坯小屋有哪些不同。小姐们正坐在门外啼哭，可是在今天以前，她们是命定上车要老婆搀扶，生了孩子要老妈子抱养的；她们没到过田野一步，就是在庭院里，太阳也晒不到她们脸上。她们耻笑过劳动的妇女，现在劳动的妇女要把她们驱逐到田野里去。

香菊说：明天早上，就用斗争出来的水车去浇地。香菊值得尊敬，斗争以后，她更加重视劳动了。分配果实，别的姑娘们喜爱那些花红柳绿的布匹，去充实自己的嫁奁；香菊特别喜爱的是那些能帮助她劳动的农具，来充实自己的远大的希望。

1947 年 9 月

香菊的母亲

　　香菊的母亲，今年三十七岁，在贫农里，她却和老婆们组织在一起。每当夜晚开会，在那白发苍苍的一群里，她那充满青壮年精力的说话的声音，她那把褂子的袖口，像年轻人一样高高地卷起来，大脚板平整自然地站立着的说话的姿势，就越使她显得有力和突出。

　　她同香菊，都是本村贫农的斗争骨干，她表现得却更冷静、顽强和有见解。在大会上，她领导的那白发的一组，总和香菊那青年姑娘的一组并排坐着。她们喊口号比不上青年组，但诉苦说理和坚持意见，却非那年轻好笑的一群可比。在大会上，香菊的母亲常常提出最尖锐的意见。这些意见刚一提出，有时不能为全体接受，她坚持着这个意见，沉着地向大家说服。有一次，甚至主席也来限制她说话了，她不服，她严厉地说："不让我说话那可不行！"

　　她的脸孔很黑，她的眼睛更黑，每当她生气的时候，眼皮微微下垂，人们就知道，在她心里鼓动着暴风雨。她并不刁泼，非常认真。贫农代表中，有她的一个邻舍，有一次传言说这个代表吃了地主的送情粮食，贫农要求把她罢免。香菊的母亲不信会有这种事，她说："那是东头人们对西头人们的成见。"工作团的同志批评了她，叫她去看事实，她就花费了几个晚上和几个早上的时间，去观察那个代表的行动。

从工作团到了村里，一共两个来月，中午一个会，晚上一个会，再加上一些别的会，这会就不知开了有多少。香菊的母亲没有一次迟到，没有一次早退，她总是聚精会神地听着，她说："一句话也不能漏了。"

她开会开得瘦了好些。直到分完了果实，选举了干部，她才慌忙到地里去收割早已熟了的庄稼。她分的二亩两头临道的地，种的黍稷，她同香菊忙了一天，用包袱背了回来，一进门就对我说："今年过年有粘饼子吃了。"分浮财，她家分了一个红漆小凳；村里正在庆祝斗争胜利演大戏，工作团一个同志病了没力气，她三番两次叫香菊背了去，让那同志坐。

香菊的母亲和香菊得到这些东西，表现了衷心的喜悦。她们欢喜的是：斗争胜利了，我们说了话。她们没有只从这些东西的价格上去估计斗争，是从这些东西的意义上去估计斗争。一条红漆小凳代表什么呢？为什么香菊把它擦了又擦？这条小凳代表的东西很多，它又只简单说明：穷人过去就没有这样一条小凳。它很小、很简单，但它是一个点一条线，通到胜利的终点。就好比，每个人都想进京城，他现在已经走在路上，经过了一个村庄。这胜利的起点，就包括着胜利的全部。

因此，在多么农忙的时候，香菊的母亲也没有限制过香菊去开会，过去十几年，这女孩子是没有这么随便过的。无论是在家里，是在会场上，每逢香菊发言和喊口号，我们常看见母亲对女儿赞美的微笑。母亲欢笑的原因是：自己的女儿可以不再经受自己经历的苦难，自己也庆幸能赶上参加这解放的斗争，彻底解放了自己的儿女。

在斗争大会上，她总是同女儿坐在最前面。在群众愤怒的时候，她是站起来的第一个人。同时，她顽强地坚持斗争。工作团一走，正是大秋，地主向人民反攻，他们用耍赖皮脸的外形，包藏祸心，到农民分得的土地上去劫收。他们说："这地是我家种的！"香菊的母亲无情地反抗了这种抢劫，并且号召组织了对地主无耻行为的审判。

在公审大会上，她第一个站起来发言。这对自己的阵营是一种教育，对敌人是一种奇袭。我们的农民最大的弱点是怜悯心，他们见不得地主的眼泪，和那一套乞怜相；他们只看见地主伸过来的乞讨的手，忘记人家掩藏在背后的企图复仇的刀！

这样，香菊的母亲的见识和行为，在我们斗争的前路上，就更值得宝贵。它是一个信号，也是一个标志。她亲自动手，再剥掉地主伪装的一层画皮！

香菊的母亲的半生里，既辛劳又充满内心的痛苦。她六七岁上，父亲就把她卖给比她大二十岁的一个人，作为妻室。丈夫并不是一个有钱的人，做了一辈子长工，饥寒劳碌，现在有了病，已经不能再在自己土地上工作。在地主家扛长工，他简直变成了一个傻子，对谁也不说一句话，也不知道花费一个钱。香菊的母亲小小年纪娶过来，就得当男变女，买东办西，什么事也得她出头露面去做。在旧社会里，她也是一员闯将。

我曾在香菊家吃过十几天饭，每天围在一起吃饭的，是香菊的弟妹，香菊的母亲，香菊的叔父。香菊的叔父今年四十一岁了，没有娶过妻室。香菊的父亲已经六十岁了，每逢吃饭，他总是端着一个大碗，夹上些菜，一个人到大门外边蹲着去吃，好像这里的妻儿老小不是他的一样。

香菊有个小弟弟，今年才三岁，整天抱在叔叔的怀里，我从没见过那年老的父亲引逗爱抚这孩子一次。吃完饭，他一个人就到园里去了。他不能做重活，他蹲在烟畦里捉拿那些虫子，半天半天的，隐在那肥大的烟叶下面，一声不响。

农村的贫苦人家是充满悲剧的，有妻室常常更加深了这悲痛。外人没法体验，也不能判定：香菊母亲内心的悲痛深些，还是父亲的悲痛深些。

但这悲痛的来源就是贫穷，这在封建社会里是贫穷人家流行的一种痛苦。它是一种制度的结果，这种制度现在被打破了。

有些人还好在赤贫的妇女身上，去检查"道德"的分量。追究她们是否偷过人家的东西，是否和丈夫以外的人发生过爱情，是否粗鲁和不服从。他们很重视这点，惋惜这是穷人本身的一个大缺点。在"道德"上，他们可能欣赏那些地主的女儿，大家的闺秀。

香菊的母亲在她的孩子中间，最爱香菊，斗争以后，她更爱她的女儿了。有一天，她凄然地指着香菊对我说：她们这以后就好了。她比谁也明白：一切不幸，都是贫穷所致，一切幸福，都会随翻身到来！

人们追求着理想。在解放的道路上，这理想逐步解除每个人切身的痛苦，寄托他那衷心的希望。因为这样，理想才在每个人的心里生根，越来越充实，越来越大。

1947 年 9 月

织席记

真是一方水土养一方人。我从南几县走过来，在蠡县、高阳，到处是纺线、织布。每逢集日，寒冷的早晨，大街上还冷冷清清的时候，那线子市里已经挤满了妇女。她们怀抱着一集纺好的线子，从家里赶来，霜雪粘在她们的头发上。她们挤在那里，急急卖出自己的线子，买回棉花；赚下的钱，再买些吃食零用，就又匆匆忙忙家去了。回家路上的太阳才融化了她们头上的霜雪。

到端村，集日那天，我先到了席市上。这和高、蠡一带的线子市，真是异曲同工。妇女们从家里把席一捆捆背来，并排放下。她们对于卖出成品，也是那么急迫，甚至有很多老太太，在乞求似的招唤着席贩子："看我这个来呀，你过来呀！"

她们是急于卖出席，再到苇市去买苇。这样，今天她们就可解好苇，甚至轧出眉子，好赶织下集的席。时间就是衣食，劳动是紧张的，她们的热情的希望永远在劳动里旋转着。

在集市里充满热情的叫喊、争论。而解苇、轧眉子，则多在清晨和月夜进行。在这里，几乎每个妇女都参加了劳动。那些女孩子们，相貌端庄地坐在门前，从事劳作。

这里的房子这样低、挤、残破。但从里面走出来的妇女、孩子们却生得那么俊，穿得也很干净。普遍的终日的劳作，是这里妇女可亲爱的特点。她们穿得那么讲究，在门前推送着沉重的石碾子。她们的花鞋残破，因为她们要经常在苇子上来回践踏，要在泥水里走路。

她们，本质上是贫苦的人。也许她们劳动是希望着一件花布褂，但她们是这样辛勤的劳动人民的后代。

在一片烧毁了的典当铺的广场上，围坐着十几个女孩子，她们坐在席上，垫着一小块棉褥。她们晒着太阳，编着歌儿唱着。她们只十二三岁，每人每天可以织一领丈席。劳动原来就是集体的，集体劳动才有乐趣，才有效率，女孩子们纺线愿意在一起，织席也愿意在一起。问到她们的生活，她们说现在是享福的日子。

生活史上的大创伤是敌人在炮楼"戳"着的时候，提起来，她们就黯然失色，连说不能提了，不能提了。那个时候，是"掘地梨"的时候，是端村街上一天就要饿死十几条人命的时候。

敌人决堤放了水，两年没收成，抓夫杀人，男人也求生不得。敌人统制了苇席，低价强收，站在家里等着，织成就抢去，不管你死活。

一个女孩子说："织成一个席，还不能点火做饭！"还要在冰凌里，用两只手去挖地梨。

她们说："敌人如果再待一年，端村街上就没有人了！"那天，一个放鸭子的也对我说："敌人如果再待一年，白洋淀就没有鸭子了！"

她们是绝处逢生，对敌人的仇恨长在。对民主政府扶植苇席业，也分外感激。公家商店高价收买席子，并代她们开辟销路，她们的收获很大。

生活上的最大变化，还是去年分得了苇田。过去，端村街上，只有几家地主有苇。他们可以高价卖苇，贱价收席，践踏着人民的劳动。每逢春天，穷人流血流汗帮地主去上泥，因此他家的苇子才长得那么高。

可是到了年关，穷人过不去，二百户人，到地主家哀告，过了好半天，才看见在钱板上端出短短的两戳铜子来。她们常常提说这件事！她们对地主的剥削的仇恨长在。这样，对于今天的光景，就特别珍重。

1947 年 3 月

采蒲台的苇

我到了白洋淀，第一个印象，是水养活了苇草，人们依靠苇生活。这里到处是苇，人和苇结合得是那么紧。人好像寄生在苇里的鸟儿，整天不停地在苇里穿来穿去。

我渐渐知道，苇也因为性质的软硬、坚固和脆弱，各有各的用途。其中，大白皮和大头栽因为色白、高大，多用来织小花边的炕席；正草因为有骨性，则多用来铺房、填房碱；白毛子只有漂亮的外形，却只能当柴烧；假皮织篮捉鱼用。

我来得早，淀里的凌还没有完全融化。苇子的根还埋在冰冷的泥里，看不见大苇形成的海。我走在淀边上，想象假如是五月，那会是苇的世界。

在村里是一垛垛打下来的苇，它们柔顺地在妇女们的手里翻动。远处的炮声还不断传来，人民的创伤并没有完全平复。关于苇塘，就不只是一种风景，它充满火药的气息，和无数英雄的血液的记忆。如果单纯是苇，如果单纯是好看，那就不成为冀中的名胜。

这里的英雄事迹很多，不能一一记述。每一片苇塘，都有英雄的传说。敌人的炮火，曾经摧残它们，它们无数次被火烧光，人民的血液保持了它们的清白。

最好的苇出在采蒲台。一次，在采蒲台，十几个干部和全村男女被敌人包围。那是冬天，人们被围在冰上，面对着等待收割的大苇塘。

敌人要搜。干部们有的带着枪，认为是最后战斗流血的时候到来了。妇女们却偷偷地把怀里的孩子递过去，告诉他们把枪支插在孩子的裤裆里。搜查的时候，干部又顺手把孩子递给女人……十二个女人不约而同地这样做了。仇恨是一个，爱是一个，智慧是一个。

枪掩护过去了，闯过了一关。这时，一个四十多岁的人，从苇塘打苇回来，被敌人捉住。敌人问他："你是八路？""不是！""你村里有干部？""没有！"敌人砍断他半边脖子，又问："你的八路？"他歪着头，血流在胸膛上，说："不是！""你村的八路大大的！""没有！"

妇女们忍不住，她们一齐沙着嗓子喊："没有！没有！"

敌人杀死他，他倒在冰上。血冻结了，血是坚定的，死是刚强！

"没有！没有！"

这声音将永远响在苇塘附近，永远响在白洋淀人民的耳朵旁边，甚至应该一代代传给我们的子孙。永远记住这两句简短有力的话吧！

1947 年 3 月

一别十年同口镇

　　十年前，我曾在安新同口当了一年小学教员，就是那年，伟大的人民抗日战争开始了，同口是组织抗日力量的烽火台之一，在抗日历史上永远不会湮没。

　　这次到白洋淀，一别十年的旧游之地，给我很多兴奋，很多感触。想到十年战争时间不算不长，可是一个村镇这样的兑蜕变化，却是千百年所不遇。

　　我清晨从高阳出发，越过一条堤，便觉到天地和风云都起了变化，堤东地势低下，是大洼的边沿，云雾很低，风声很急，和堤西的高爽，正成一个对照。

　　顺堤走到同口村边，已经是水乡本色，凌皮已经有些地方解冻，水色清澈得发黑。有很多拖床正在绕道行走。村边村里房上地下，都是大大小小的苇垛，真是山堆海积。

　　水的边沿正有很多农民和儿童，掏掘残存的苇子和地边的硬埂，准备播种；船工正在替船家修理船只，斧凿叮咚。

　　街里，还到处是苇皮、芦花、鸭子、泥泞，低矮紧挤的房屋，狭窄的夹道，和家家迎风摆动的破门帘。

　　这些景象，在我的印象里淡淡冲过，一个强烈的声音，在我心里叩问：人民哩，他们的生活怎样了？

我利用过去的关系，访问了几个家庭。我在这里教书时，那些穷苦的孩子们，那些衣衫破烂羞于见老师的孩子们，很多还在火线上。他们的父母，很久才认出是我，热情真挚地和我诉说了这十年的同口镇的经历，并说明他们的孩子，都是二十几岁的人了，当着营长或教导员。他们忠厚地感激我是他们的先生，曾经教育了他们。我说：我能教给他们什么呢，是他们教育了自己。是贫苦教育了他们。他们的父兄，代替了那些绅士地主，负责了村里的工作，虽然因为复杂，工作上有很多难题，可是具备无限的勇气和热心，这也是贫苦的一生教育了他们。

那些过去的军阀、地主、豪绅，则有的困死平津，有的仍纵欲南京上海，有的已被清算。他们那些深宅大院，则多半为敌人在时拆毁，敌人在有名的"二班"家的游息花园修筑了炮楼，利用了宅内可用的一切，甚至那里埋藏着的七副柏树棺木。村民没有动用他们的一砖一瓦，许多贫民还住在那低矮的小屋。

过去，我虽然是本村高级小学的教员，但也没有身份去到陈调元大军阀的公馆观光，只在黄昏野外散步的时候，看着那青砖红墙，使我想起了北平的景山前街。那是一座皇宫，至少是一座王爷府。他竟从远远的地方，引来电流，使全宅院通宵火亮，对于那在低暗的小屋子里生活的人民是一种威胁，一种镇压。

谁能知道一个村庄出产这样一个人物在同村的男女中间引起什么心理上的影响？但知道，在那个时候虽然是这样的势派气焰，农民却很少提起陈调元，农民知道把自己同这些人划分开。

土地改革后，没有房住的贫苦军属，进住了陈调元的住宅，我觉得这时可以进去看看了。我进了大门，那些穷人们都一家家的住在陈宅的厢房里、下房里，宽敞的五截正房都空着。我问那些农民，为什么不住正房，他们说住不惯那么大的房子，那住起来太空也太冷。这些房子原来设备的电灯、木器、床帐，都被日本毁坏了。穷人们把自家带来的破布门帘挂在那样华贵的门框上，用柴草堵上窗子。院里堆着苇子，在方砖和洋灰铺成的院子里，晒着太阳织席。他们按着他们多年的劳动生活的习惯，安置了他们的房间，利用了这个院子。

他们都分得了地种，从这村一家地主，就清算出几十顷苇田。我也到了几家过去的地主家里，他们接待我，显然还是习惯的冷漠，但他们也向我抱怨了村干部，哭了穷。但据我实际了解，他们这被清算了的，比那些分得果实的人，生活还好得多。从这一切的地方可以看出，从房舍内，他们的墙上，还有那些鲜艳的美女画片，炕上的被褥还是红红绿绿，那些青年妇女，脸上还擦着脂粉，在人面前走过，不以为羞。我从南几县走过来，我很少看见擦脂抹粉的人了。

这些脂粉，可以说是残余的东西，如同她们脚下那些缀"花鞋"。但证明，农民并没有清算得她们过分。土地改革了，但在风雪的淀里咚咚打冰的，在泥泞的街上，坐着织席的，还是那些原来就贫穷的人，和他们的孩子们。而这些地主们的儿子，则还有好些长袍大褂，游游荡荡在大街之上和那些声气相投的妇女勾勾搭搭。我觉得这和过去我所习见的地主子弟，并没有分别，应该转变学习劳动，又向谁诉的什么苦！

进步了的富农，则在尽力转变着生活方式，陈乔同志的父亲母亲妹妹在昼夜不息地卷着纸烟，还自己成立了一个烟社，有了牌号，我吸了几支，的确不错。他家没有劳动力，卖出了一些地，干起这个营生，生活很是富裕。我想这种家庭生活的进步，很可告慰我那在远方工作的友人。

1947 年 5 月于端村

第三辑　移家天津

移家天津

一九四九年一月，我随《冀中导报》的人马，进入天津，在新办的《天津日报》工作。很多同志，都有眷属。过了春节，我也想回家去看看。还想像来时一样，骑那辆破自行车。可是没走出南市，我就退回来了。一是我骑车技术不行，街上人太多，一时出不了城。二是我方向也弄不清，怕走错了路。我到长途汽车站买了一张去河间的票，第二天清晨上车，天黑了才到河间。河间是熟地方，我投宿在新华书店，先去雇了一辆大车。第二天车夫又变了卦，不愿去了。我只好步行到肃宁，那里有一个熟识的纸厂，住了一宿，再坐纸厂去安国的大车，半路下车，走回老家。

这次回家，为了减轻家里的负担，把二女儿带出。先由她舅父用牛车把我们送到安国县，再买长途汽车票。那时的长途汽车，都是破旧的大卡车，卖票又没限制，路上不断抛锚。二女儿因为从小没有跟过我，一路上很规矩，她坐在车边，碰掉一个牙齿，也不敢哭。

到了天津，孩子住在我那间小屋里，我白天上班，她一个人在屋里，闷了就睡觉，有一天真哭了。我带她去投考附近的一所小学，老师随便考试了一下，就录取了。

以后，母亲随一位要去上海的亲戚，来天津一次；大女儿也随她堂叔父从河道坐船来天津一次，都住在我那间小屋里，都是住上十天半月，就又回老家了。

第二年春天，才轮到我的妻子来。我先写了一封信，说是要坐火车，不要坐汽车。结果她还是跟一个来天津的亲戚，到安国上的长途汽车，也是由小孩的舅父套牛车去送。她带着两个孩子，一个会跑，一个还抱着。车上人很挤，她怕把孩子挤坏，车到任丘，她就下车了，也不知道，任丘离天津还有多远。

那个带她们的亲戚，到了天津，也不到我的住处，只是往办公室打了一个电话说：

"你的家眷来了。"

我问在哪里，他才说在任丘什么店里。

我一听就急了，一边听电话，一边请身边的同志，把店名记下来。当即找报社的杨经理去商议。老杨先给了我一沓钞票，然后又派了一辆双套马车，由车夫老张和我去任丘。

我焦急不安。我知道，她从来没出过远门。只是娘家到婆家，婆家到娘家，像拐线子一样，在那只有八里路程的道上，来回走过。身边还有两个小孩子。最使我担心的，是她身上没有多少钱。那时家里已经不名一文，因此，一位邻居，托我给他的孩子在天津买一本小字典，我都要把发票寄给人家，叫人家把钱还给家里用。她这次来得仓促，我也没有寄钱给她们，实在说，我手里也没有多少钱。

不管我多么着急，大车也只能明天出发，不能当晚出发。第二天，车夫老张又要按部就班地准备，等到开车，已经是上午九点了。在路上打尖时，我迎住了一辆往南开的汽车，请司机带一个纸条，到任丘交给店里。后来知道，人家也没照办。

第二天下午三点左右，才到了任丘，找到了那家店房。妻和两个孩子，住在店掌柜的家里。早有人送了信去，都过来了。我要了几碗烩饼，叫她们饱吃一顿。

妻一见我，就埋怨：为什么昨天还不来。我没有说话。她说已经有两顿不敢吃饭了，在街上买了一点儿棒子面，到野地去捡些树枝，给男孩子煮点粥。

她去和店家的女主人说了说，当晚我也和她们住在一起。那时老区人和人的关系，还是很朴实的。

第二天一早，告别店主，一家人上车赶路，天晚宿在唐官屯店中，睡在只有一张破席的炕上。荒村野店，也有爱情。

她来时，家里只有一件她自己织的粗布小褂，也穿得半旧了。向邻家借了一件旧阴丹士林褂子，穿在身上。到了天津，我去买了两丈蓝布，她在我屋里缝制了一身新衣。

我每天上班，小屋里住了一家四五口人，不得安静。几口人吃公家的饭，也不合适，住了大约有半月时间，我就叫她回去。先是说跟报社一位同志坐火车走，我把她们送到车站，上车的人太多，太拥挤，怕她带不好孩子，又退票回来了。过了几天，有《河北日报》的汽车回去，她们跟人家的车，先到保定，在那里工作的熟人，照顾她们，给雇了一辆大车，回到家里，正是麦收时候。

又过了半年，报社实行薪金制，我的稿费收入也多些了，才又把她们接出。稍后又把母亲和大女儿接出，托报社老崔同志，买了米面炉灶，算是在天津安了家。

我对故乡的感情很深。虽然从十二岁起，就经常外出，但每次回家，一望见自己家里屋顶上的炊烟，心里就升起一种难以表达难以抑制的幸福感情。我想：我一定老死故乡，不会流寓外地的。但终于离开了，并且终于携家带口地离开了。

1984 年 4 月 23 日

我和《文艺周刊》

记得一九四九年进城不久，《天津日报》就创办了《文艺周刊》。那时我在副刊科工作，方纪同志是科长，《文艺周刊》主要是由他管，我当然也帮着看些稿件。后来方纪走了，我也不再在副刊科担任行政职务，但我是报社的一名编委，领导叫我继续看《文艺周刊》的稿件。当时邹明同志是文艺组的负责人，周刊主要是由他编辑。

报纸的副刊，是报纸的组成部分，大政方针，都由总编室定。我虽然负责看稿选稿，但最后还要送给一名副总编审定。我记得当时担任过副总编的林间同志、李克简同志，都审阅过《文艺周刊》的稿件。我是报社的一员，对领导是尊重的，很少因为对稿件的不同看法，取舍改动，闹过什么意见。当然，领导也是尊重我的意见的。后来我病了，稿子也就看不成了，文艺组的负责人，也屡经变动。"文化大革命"以后，《文艺周刊》复刊，我就再也没有管过。

现在有的同志，在文字中常常提到，《文艺周刊》是我主编的，是我主持的，有的人甚至说直到现在还是由我把持的，这都是因为不了解实际情况的缘故。至于说我在《文艺周刊》，培养了多少青年作家，那也是夸张的说法，我过去曾写过一篇小文：《成活的树苗》，对此点加以澄清，现在就不重复了。人不能贪天之功。现在想来，《文艺周刊》

一开始，就办得生气勃勃，作者人才济济，并不是哪一个人有多大本领，而是因为赶上了解放初期那段好时候。

但我看过一段时间的稿子，这是事实。看稿的时间也不算太短，看稿期间，有机会结识了不少有才华的青年作者，直到现在还维系着感情，这也是无须讳言的。对这个刊物，我是有感情的，也花费过一些时间，付出过一些心力。现在可以提起一点：凡是当时我选用的稿子，不只发表以前仔细看，见报以后，我还要仔细看一遍，看看有无排错，别人有无改动。

我也在《文艺周刊》，发表了不少创作，特别是《风云初记》，前前后后，占了周刊不少版面。按照当时的情况，本来也可以拿到别处去发表，但因为我是随写随发，《文艺周刊》就成了近水楼台。我觉得这样校阅方便。当时有人提出意见，领导上也曾考虑，把这部小说移到拟议中的"月刊"发表，但月刊未能出版，就勉强登完了小说的大部。

我做工作，向来萍踪不定，但不知为了什么，在《天津日报》竟一待就是三十多年，迄于老死。虽然待了这么多年，对于自己参加编辑的刊物，也只是视为浮生的际会，过眼的云烟，并未曾把精力和感情，胶滞在上面，恋恋不舍。更没有想过在这片园地上，插上一面什么旗帜，培养一帮什么势力，形成一个什么流派，结成一个什么集团，为自己或为自己的嫡系，图谋点什么私利，得到点什么光荣。

现在，《文艺周刊》快出到一千期了，李牧歌同志要我写点什么，谈点希望。作为一家地方报纸的文艺副刊，出版到了一千期，中间虽经过十来年的停顿，也算是很不容易的事了。首先应该向它祝贺！其次：

一、《文艺周刊》应该永远是一处苗圃。就是说，应该着重发表新作者的作品，应该有一个新作者的队伍。一旦这些新作者，成为名家，可以向全国发表作品了，就可以从这里移植出去，再栽培新的树苗，再增添新的力量。这个刊物，不要企图和那些大型刊物争夺明星，争登名作。因为它是个小刊物，没有那么大的竞争力，不可能办名花展览。当然，有些作家，原来在这里发表习作，后来成为名人，还愿意为它继续写稿，以隆旧谊，当然很欢迎。否则，就不必勉强。

二、物以类聚，文以品聚。虽然是个地方报纸副刊，但要努力办出一种风格来，用这种风格去影响作者，影响文坛，招徕作品。不仅创作如此，评论也应如此。如果所登创作，杂乱无章，所登评论，论点矛盾，那刊物就永远办不出自己的风格来。

三、这是一个强调现实主义的文艺刊物。它欢迎有生活、有感受，手法通俗，主题明朗，切切实实的文艺作品。张而皇之的，不中不西的，胡编臆造的作品，在这里向来是不受欢迎的。

四、对作者，要热情扶植，又要严肃，不能迁就。不能用着时靠前，用不着靠后；约稿时，急如星火，稿到手，冷若冰霜。像"运动夫人"一样。对稿件，一视同仁，不以名头势力作衡文砝码。

五、编辑要提高文学修养，提高编辑水平，要经常出去跑跑，联系作者，不要只是坐在桌前，守株待兔。

1983 年 4 月 7 日中午

一九五六年的旅行

一九五六年的三月间，一天中午，我午睡起来晕倒了，跌在书橱的把手上，左面颊碰破了半寸多长，流血不止。报社同人送我到医院，缝了五针就回来了。

我身体素质不好，上中学时，就害过严重的失眠症，面黄肌瘦，同学们为我担心。后来在山里，因为长期吃不饱饭，又犯了一次，中午一个人常常跑到村外大树下去静静地躺着。

但我对于这种病，一点儿知识也没有，也没有认真医治过。

这次跌了跤，同志们都劝我外出旅行。那时进城不久，我还不像现在这样害怕出门，又好一人孤行，请报社和文联给我打算去的地方，开了介绍信，五月初就动身了。

对于旅行，虽说我还有些余勇可贾，但究竟不似当年了。去年秋天，北京来信，要我为一家报纸，写一篇介绍中国农村妇女的文章。我坐公共汽车到了北郊区。采访完毕，下了大雨，汽车不通了。我一打听，那里距离市区，不过三十里，背上书包就走了。过去，每天走上八九十里，对我是平常的事。谁知走了不到二十里，腿就不好使起来，像要跳舞。我以为是饿了，坐在路旁，吃了两口郊区老乡送给我的新玉米面饼子，还是不顶事。勉强走到市区，雇了一辆三轮，才回到了家。

这次旅行，当然不是徒步，而是坐火车，舒服多了，这应该说是革命所赐，生活条件，大为改善了。

济　南

第一个目标是济南。说也奇怪，从二十岁左右起，我对济南这个地方，就非常向往。在中学的国文课堂上，老师讲了一段《老残游记》，随后又说他幼小时跟着父亲在济南度过，那里的风景确实很好。还有一种好吃的东西，叫做小豆腐。这一段话，竟在我心里生了根。后来在北平当小学职员，不愿意干了，就对校长说：我要到济南去了，辞了职。当然没有去成。

在济南下车时，也就是下午一二点钟。雇了一辆三轮，投奔山东文联。那时王希坚同志在文联负责，我们是在北京认识的。

济南街上，还是旧日省城的样子，古老的砖瓦房，古老的石铺街道。文联附近，是游览区，更热闹一些，有不少小商小贩，摆摊叫卖。文联大院，就是名胜所在，有泉水，种植着荷花，每天清晨，人们就在清流旁盥洗。

王希坚同志给了我一间清静的房。他知道我的脾气，说："吃饭，愿意在食堂吃也可，愿意出去吃小馆，也方便。"

因为距离很近，当天我就观看了珍珠泉、趵突泉、黑虎泉。那时水系没遭到破坏，趵突泉的水，还能涌起三尺来高。

第二天，文联的同志，陪我去游了大明湖和千佛山，乘坐了彩船，观赏了文物。那时游人很少，在千佛山，我们几乎没遇到什么游人，像游荒山野寺一样。我最喜欢这样的游览，如果像赶庙会一样，摩肩接踵，就没有意思了。

我也到附近小馆去吃过饭，但没有吃到老师说的那种小豆腐。

另外，没有找到古旧书店，也是一大遗憾。我知道，济南的古书不少，而且比北京、天津，便宜得多。

南　京

第二站是南京。到南京已经是下午五六点钟了。我先赶到江苏省文联。那时的文联，多与文化局合署办公，文联与文化局电话联系，说来了一位客人，想找个住处。文化局好像推托了一阵子，最后说是可以去住什么酒家。

对于这种遭遇，我并不以为怪。我在南京没有熟人，还算是顺利地解决了食住问题。应该感谢那时同志们之间的正常的热情的关照。如果是目前，即使有熟人，恐怕也还要费劲一些。

此次旅行，我也先有一些精神准备。书上说：在家不知好宾客，出门方觉少知音，正好是对我下的评语。

在酒家住了一夜。第二天吃过早饭，我先去逛了明孝陵，陵很高很陡，在上面看到了朱元璋的一幅画像，躯体很高大，前额特别突出，像扣上一个小瓢似的。脸上有一连串黑痣。这种异相，史书上好像也描写过。

从孝陵下来，我去游览了中山陵，顺便又游了附近一处名胜灵谷寺。一路梧桐林荫路，枝叶交接如连理，真使人叫绝。

下午游了雨花台、玄武湖、鸡鸣寺、夫子庙。没有游莫愁湖，没有看到秦淮河。这样奔袭突击式的游山玩水，已经使我非常疲乏。为了休息一下，就去逛了逛南京古旧书店。书店内外，都很安静，好书也多，排列得很规则。惜天色已晚，未及细看，就回旅舍了。此后，我通过函购，从这里买了不少旧书，其中并有珍本。

第三天清晨，我离开南京去上海。

现在想来，像我这样的旅行，可以说是消耗战，还谈得上是怡情养病？到了一处，也只是走马观花，连凭吊一下的心情也没有。别处犹可，像南京这个地方，且不说这是龙盘虎踞的形胜之地，就是六朝烟粉，王谢风流，潮打空城，天国悲剧，种种动人的历史传说，就没有引起我的丝毫感慨吗？

确实没有。我太累了。我觉得，有些事，读读历史就可以了，不必想得太多。例如关于朱元璋，现在有些人正在探讨他的杀戮功臣，是为公还是为私？各有道理，都有论据。但可信只有一面，又不能起朱元璋而问之，只有相信正史。至于文人墨客，酒足饭饱，对历史事件的各种感慨，那是另一码事。我此次出游，其表现有些像凡夫俗子的所到一处，刻名留念。中心思想，也不过是为了安慰一下自己：我一生一世，毕竟到过这些有名的地方了。

上　海

很快就到了上海，作家协会介绍我住在国际饭店十楼。这是最繁华的地区，对我实在不利。即使平安无事，也能加重神经衰弱。尤其是一上一下的电梯，灵活得像孩子们手中的玩具，我还没有定下心来，十楼已经到了。

第二天上午，一个人去逛书店，雇了一辆三轮，其实一转弯就到了。还好，正赶上古籍书店开张，琳琅满目，随即买了几种旧书，其中有仰慕已久的戚蓼生序小字本《红楼梦》。

想很快离开上海，第二天就到了杭州。

杭　州

中午到了杭州，浙江省文联，也没有熟人。在那里吃了一碗面条，自己就到湖边去了。天气很好，又是春季，湖边的游人还算是多的。面对湖光山色，第一个感觉是：这就是西湖。因为旅途劳顿，接连几夜睡不好觉，我忽然觉得精神不能支持，脚下也没有准头，随便转了转，买了些甜食吃，就回来了。

第二天，文联通知我，到灵隐寺去住。在那里，他们新买到一处资本家的别墅，作为创作之家，还没有人去住过，我来了正好去试试。用三轮车带上一些用具，把我送了过去。

这是一幢不小的楼房，只楼下就有不少房间。楼房四周空旷无人，而飞来峰离它不过一箭之地。寺里僧人很少，住的地方离这里也很远。天黑了，我一度量形势，忽然恐怖起来。这样大的一个灵隐寺，周围是百里湖山，寺内是密林荒野，不用说别的，就是进来一条狼，我也受不了。我得先把门窗关好，而门窗又是那么多。关好了门窗，我躺在临时搭好的简易木板床上，头顶有一盏光亮微弱的灯，翻看新买的一本杭州旅行指南。

我想，什么事说是说，做是做。有时说起来很有兴味的事，实际一做，就会适得其反。比如说，我最怕嘈杂，喜欢安静，现在置身山林，且系名刹，全无干扰，万籁无声，就觉得舒服了吗？没有，没有。青年时，我也想过出世，当和尚。现在想，即使有人封我为这里的住持，我也坚决不干。我现在需要的是一个伴侣。

一夜也没有睡好，第二天清晨起来，在溪流中洗了洗脸，提上从文联带来的热水瓶，到门口饭店去吃饭。吃完饭，又到茶馆打一瓶开水提回来。

据说，西湖是全国风景之首，而灵隐又是西湖名胜之冠。真是名不虚传。自然风景，且不去说，单是寺内的庙宇建筑，宏美丰丽，我在北方，是没有见过的。殿内的楹联牌匾，佳作尤多。

在这里住了三天，西湖的有名处所，也都去过了，在小市自己买了一只象牙烟嘴，在岳坟给孩子们买了两对竹节制的小水桶，我就离开了杭州，又取道上海，回到天津。

此行，往返不到半月，对我的身体非常不利，不久就大病了。

跋

余之晚年，蛰居都市，厌见扰攘，畏闻恶声，足不出户，自喻为画地为牢。然当青壮之年，亦曾于燕南塞北，太行两侧，有所涉足。亦时见山河壮观，阡陌佳丽。然身在队列，或遇战斗，或值风雨，或感饥寒，无心观赏，无暇记述。但印象甚深至老不忘。

古人云，欲学子长之文，先学子长之游，此理固有在焉。然柳柳州《永州八记》，所记并非罕遇之奇景异观也，所作文字乃为罕见独特之作品耳。范仲淹作《岳阳楼记》，本人实未至洞庭湖，想当然之，以抒发抱负。苏东坡《前赤壁赋》，所见并非周郎破曹之地，后人不以为失实。所述思绪，实通于古今上下也。

以此观之，游记之作，固不在其游，而在其思。有所思，文章能为山河增色，无所思，山河不能救助文字。作者之修养抱负，于山河于文字，皆为第一义，既重且要。余之作，不堪言此矣。

1983 年 8 月 17 日追记

病期经历

红十字医院

　　一九五六年秋天，我的病显得很重，就像一个突然撒了气的皮球一样，人一点儿精神也没有了，天地的颜色，在我的眼里也变暗了，感到自己就要死亡，悲观得很。其实这是长期失眠，神经衰弱到了极点的表现。家里人和同事们，都为我的身体担心，也都觉得我活不长了。康濯同志来天津看我，就很伤感地说："我给你编个集子，还要写一篇长一些的后记。唉，恐怕你是看不到了。"

　　在天津的医院，胡乱看了几个月，中药西药吃得也不少，并不见效。那时王亢之同志管文教，介绍的都是天津的名医。

　　为了静养，又从家里搬到睦南道招待所，住了几个月，也不见效。

　　到了第二年春天，我被送进了北京红十字医院。这是一家新建的医院，设备很好，还有宽敞的庭院。经郭春原同志介绍，在该院任总务处长的董廷璧同志给我办了住院手续。董同志是蠡县人，为人慷慨热情，他的很多同乡，包括郭春原同志，都是我的朋友，所以对我照顾得很周到。

　　我住在楼上靠边的一间单人病房里，有洗澡间。室内的陈设很讲究，光线很充足，周围很安静。吃饭时，有护士端来，饭菜很好。护士坐在一边，看着我吃，一边不断地称赞铜蒸锅里的菜，做得如何好，叫我多吃些。

可惜我那时什么也吃不下。护士长还指着那些护士对我说："喜欢谁，就叫谁陪你玩玩。"可惜我什么也不想玩。

每天晚上，叫我做松节油浴，白天有时还带我到大理疗室做水疗。

医院的护士，都是新从苏杭一带招来的南方姑娘。都穿着丝绸白衣，戴着有披肩的护士帽，走起路来，轻盈敏捷，真像天使一般。每天晚上我睡下后，床头柜上有一盏蓝色灯光的小灯，灯光照在白色的墙壁上和下垂的窗帘上，像是一种梦境。然而，我只能在吃过烈性的安眠药以后才得入睡。护士照顾我服药以后，还站在床边，给我做按摩，听着我呼吸匀称了，才轻轻地离去。其实，我常常并没有入睡。

医院为我想尽了办法，又叫我去做体疗。每个病人拿一根金箍棒似的棍子，在手里摆动着，大家环成一个圈，走一阵就完事。我觉得有些好笑，如果我早些时候知道要棍儿，我可能就不会得这种病了。现在要得晚了些。

应该补叙，在这一时期，北京所有的朋友，也都为我帮忙。中央宣传部的秘书长李之琏同志，北京市委的张青季同志，是我中学时的同学，抗日时期的战友，也都是蠡县人。他们为我请来北京市的名医会诊。丁玲同志那时处境已经不大好，叫葛文同志带信来看我，说是不是请湖南医学院的一位李大夫来给我看病。后来，这位大夫终于到了我的病房。他主要是给我讲解，例如神经系统怎样容易得病呀，应该如何医治呀，第一信号、第二信号呀。他讲话声音很高，有时脸涨得通红。他是哲学家、经济学家李达教授的儿子。

他给我讲了两三次，然后叫我吃一种药。据说是一种兴奋药，外国学生考试时常吃的。我吃过以后，觉得精神好了一些。后来医院认为这种病不宜长期住在医院，我就到小汤山疗养院去了。

我从来没住过医院，没有住过这样好的房间，没有吃过这样好的饭食。这次住进了这样高级的医院，还有这么多的人关心和服侍。在我病好以后，我常常想，这也是我跟着革命队伍跑了几年的结果，同志们给了我优惠的待遇；那时人和人的关系，也深深刻印在我的记忆中了。

1984 年 5 月 7 日

小汤山

我从北京红十字医院出来，就到北京附近的小汤山疗养院去。报社派了一位原来在传达室工作的老同志来照顾我。

他去租了一辆车，在后座放上了他那一捆比牛腰还要粗得多的行李，余下的地方让我坐。老同志是个光棍汉，我想他把全部家当都随身带来了。出了城，车在两旁都是高粱地的狭窄不平的公路上行驶。现在是七月份，天气干燥闷热，路上也很少行人车辆。不久却遇上一辆迎面而来的拉着一具棺材的马车，有一群苍蝇追逐着前进，使我一路心情不佳，我的神经衰弱还没完全好。

小汤山属昌平县，是京畿的名胜之一，有一处温泉，泉水形成了一个不小的湖泊，周围还有小河石桥等等景致。在湖的西边有一块像一座小平房的黑色巨石，人们可以上到顶上眺望。

湖旁有一些残碣断石，可以认出这里原是晚清民初什么阔人的别墅。解放以后，盖成一座规模很不小的疗养院。

我能来这里疗养，也是那位小时的同学李之琏同志给办的。他认识一位卫生部的负责人，正在这里休养和管事。疗养院是一排两层的楼房，头起有两处高级房间，带有会客室和温泉浴室。我竟然住进了楼上的一间。这也是我一生中难得的幸遇，所以特别在这里记一笔。

在小汤山，我学会了钓鱼和划船。每天从早到晚，呼吸从西北高山上吹来的，掠过湖面，就变成一种潮湿的、带有硫黄气味的新鲜空气。钓鱼的技术虽然不高，也偶然能从水面上钓起一条大鲢鱼，或从水底钓起一条大鲫鱼。

划船的技术也不高，姿态更不好，但在这个湖里划船，不会有什么风浪的危险，可以随心所欲，而且有穿过桥洞、绕过山脚的种种乐趣。温泉湖里的草，长得特别翠绿柔嫩，它们在水边水底摇曳，多情和妩媚，诱惑人的力量，在我现在的心目中，甚于西施贵妃。

我的病渐渐好起来了。证明之一，是我开始又有了对人的怀念、追思和恋慕之情。我托城里的葛文同志，给在医院细心照顾过我的一位护士，送一份礼物，她就要结婚了。证明之二，是我又想看书了。我在疗养院附近的小书店，买了新出版的《拍案惊奇》和《唐才子传》，又郑重地保存起来，甚至因为不愿意那位老同志拿去乱翻，惹得他不高兴。

这位老同志原来是赶大车的，我们傍晚坐在小山上，他给我讲过不少车夫进店的故事。我们还到疗养院附近的野地里去玩，那里有不少称之为公主坟的地方。

从公主坟地里游玩回来，我有时看看《聊斋志异》。这件事叫疗养院的医生知道了，对那位老同志说：

"你告他不要看那种书，也不要带他到荒坟野寺里去转悠！"

其实，神经衰弱是人间世界的疾病，不是狐鬼世界的疾病。

我的房间里，有引来的温泉水。有时朋友们来看我，我都请他们洗个澡。慷国家之慨，算是对他们的热情招待。女同志当然是不很方便的。但也有一位女同志，主动提出要洗个澡，使我这习惯男女授受不亲的人，大为惊异。

已经是十一月份了，天气渐渐冷了，湖里的水草，也不再像过去那样翠绿。清晨黄昏，一层蒸汽样的浓雾，罩在湖面上，我们也很少上到小山顶上去闲谈了。在医院时，我不看报，也不听广播，这里的广播喇叭，声音很大，走到湖边就可以听到，正在大张旗鼓地批判右派。有一天，我听到了丁玲同志的名字。

过了阳历年，我决定从小汤山转到青岛去。在北京住了一晚，李之琏同志来看望了我。他虽然还是坐了一辆小车来，也没有和我谈论什么时事，但我看出他的心情很沉重。不久，就听说他也牵连在所谓右派的案件中了。

1984 年 9 月 28 日晨 4 时记

青 岛

关于青岛，关于它的美丽，它的历史，它的现状，已经有很多文章写过了。关于海、海滨、贝壳，那写过的就更多，可以说是每天都可以从报刊见到。

我生在河北省中部的平原上，是一个长年干旱的地方，见到的是河水、井水、雨后积水，很少见到大面积的水，除非是滹沱河洪水暴发，但那是灾难，不是风景。后来到白洋淀地区教书，对这样浩渺的水泊，已经叹为观止。我从来也没有想过到青岛这类名胜之地，去避暑观海。

认为这种地方，不是我这样的人可以去得的，去了也无法生存。

从小汤山，到青岛，是报社派小何送我去的。时间好像是一九五八年一月。

青岛的疗养院，地处名胜，真是名不虚传。在这里，我遇到了各界的一些知名人士，有哲学教授，历史学家，早期的政治活动家，文化局长，市委书记，都是老干部，当然有男有女。

这些人来住疗养院，多数并没有什么大病，有的却多少带有一点儿政治上的不如意。反右斗争已经进入高潮，有些新来的人，还带着这方面的苦恼。

一个市的文化局长，我们原来见过一面，我到那个市去游览时，他为我介绍过宿地，是个精明能干的人。现在得了病，竟不认识我了。他精神沉郁，烦躁不安。他结婚不久的爱人，是个漂亮的东北姑娘，每天穿着耀眼的红毛衣，陪着他，并肩坐在临海向阳的大岩石上。从背后望去，这位身穿高干服装的人，该是多么幸福，多么愉快。但他终日一句话也不说，谁去看他，他就瞪着眼睛问：

"你说，我是右派吗？"

别人不好回答，只好应酬两句离去。只有医生，是离不开的，是回避不了的。这是一位质朴而诚实的大夫，有一天，他抱着甘冒天下之大不韪的决心，对病人说：

"你不是右派，你是左派。"

病人当时脸上露出了一丝笑容，但这一保证，并没有能把他的病治好。右派问题越来越提得严重，他的病情也越来越严重。不久，在海边上就再也见不到他和他那穿红毛衣的夫人了。

我邻居的哲学教授，带来一台大型留声机，每天在病房里放贝多芬的唱片。他热情地把全楼的病友约来，一同欣赏。但谁也不能去摸他那台留声机。留声机的盖子上，贴有他撰写的一张注意事项，每句话的后面，都用了一个大惊叹号，他写文章，也是以多用惊叹号著称的。

我对西洋音乐，一窍不通，每天应约听贝多芬，简直是一种苦恼。不久，教授回北京去，才免除了这个负担。

在疗养院，遇到我的一个女学生。她已进入中年，穿一件黑大衣，围一条黑色大围巾，像外国的贵妇人一样。她好到公园去看猴子，有一次拉我去，带了水果食物，站在草丛里，一看就是一上午。她对我说，她十七岁出来抗日，她的父亲，在土地改革时死亡。她没有思想准备，她想不通，她得了病。但这些话，只能向老师说，不能向别人说。

到了夏季，是疗养地的热闹时期，家属们来探望病人的也多了。我的老伴也带着小儿女来看我，见我确是比以前好多了，她很高兴。

每天上午，我跟着人们下海游泳，也学会了几招，但不敢到深处去。有一天，一位少年倜傥的"九级工程师"，和我一起游。他慢慢把我引到深水，我却差一点儿没喝了水，赶紧退了回来。这位工程师，在病人中间，资历最浅最年轻，每逢舞会，总是先下场，个人独舞，招徕女伴大众围观，洋洋自得。

这是病区，这是不健康的地方。有各种各样的人，各种各样的病。在这里，会养的人，可以把病养好，不会养的人，也可能把病养坏。这只是大天地里的一处小天地，却反映着大天地脉搏的一些波动。

疗养院的干部、医生、护理人员，都是山东人，很朴实，对病人热情，照顾得也很周到。我初来时，病情比较明显，老伴来了，都是住招待所。后来看我好多了，疗养院的人员都很高兴。冬天，我的老伴来看我，他们就搬来一张床，让我们夫妻同处，还叫老伴跟我一同吃饭。于是我的老伴，大开洋荤，并学会了一些烹饪技艺。她对我说：我算知道高汤是怎么个做法了，就是清汤上面再放几片菜叶。

护士和护理员，也都是从农村来的，农村姑娘一到大城市，特别是进了疗养院这种地方，接触到的，吃到的，看到的，都是新鲜东西。

疗养人员，没有重病，都是能出出进进，走走跳跳，说说笑笑的。疗养生活，说起来虽然好听，实际上很单调，也很无聊。他们每天除去打针散步，就是和这些女孩子打交道。日子久了，也就有了感情。在这种情况下，两方面的感情都是容易付出的，也容易接受的。

我在这个地方，住了一年多。因为住的时间长了，在住房和其他生活方面，疗养院都给我一些方便。春夏两季，我差不多是自己住着一所小别墅。

小院里花草齐全，因为人烟稀少，有一只受伤的小鸟，落到院里。它每天在草丛里用一只腿跳着走，找食物，直到恢复了健康，才飞走了。

其实草丛里也不是太平的。秋天，一个病号搬来和我同住，他在小院散步时，发现一条花蛇正在吞食一只癞蛤蟆。他站在那里观赏两个小时，那条蛇才完全吞下了它的猎物。他对我说：有趣极了！并招呼我去看看，我没有去。

我正在怀疑，我那只小鸟，究竟是把伤养好，安全飞走了呢；还是遇到了蛇一类的东西，把它吞掉了？

我不会下棋、打扑克，也不像别人手巧，能把捡来的小贝壳，编织成什么工艺品，或是去照相。又不好和人闲谈，房间里也没有多少书。最初，就去海边捡些石头，后来石头也不愿捡了，只是在海边散步。晴天也去，雨天也去，甚至夜晚也去。夜晚，走在海岸上听海涛声，很雄壮也很恐怖。身与海浪咫尺之隔，稍一失足，就会掉下去。等到别人知道了，早已不知漂到何处。想到这里，夜晚也就很少出来了。

在这一年冬季，来了一位护理员，她有二十来岁，个子不高，梳两条小辫。长得也不俊，面孔却白皙，眼神和说话，都给人以妩媚，叫人喜欢。她正在烧锅炉，夜里又要去炼钢铁，还没有穿棉衣。慢慢熟识了，她送给我一副鞋垫。说是她母亲绣的，给她捎了几副来，叫她送给要好的"首长们"。鞋垫用蓝色线绣成一株牡丹花，很精致，我收下了。我觉得这是一份情意，农村姑娘的情意，像过去在家乡时一样的情意。我把这份情意看得很重。我见她还没穿棉袄，就给她一些钱，叫她去买些布和棉花做一件棉袄，她也收下了。

这位姑娘，平日看来腼腼腆腆，总是低着头，遇到一定场合，真是嘴也来得，手也来得。后来调到人民大会堂去做服务员，在北京我见到她。她出入大会堂，还参加国宴的招待工作，她给我表演过给贵宾斟酒的姿势。还到中南海参加过舞会，真是见过大世面了。女孩子的青春，无价之宝，遇到机会，真是可以飞上天的。

这是云烟往事，是病期故事。是萍水相逢。萍水相逢，就是当水停滞的时候，萍也需要水，水也离不开萍。水一流动，一切就成为过去了。

我很寂寞。我有时去逛青岛的中山公园。公园很大，很幽静，几乎看不到什么游人。因为本地人，到处可以看到自然景物，用不着花钱来逛公园；外地人到青岛，主要是看海，不会来逛各地都有的公园的。但是，青岛的公园，对我来说，实在可爱。主要是人少，就像走入幽林静谷一样，不像别处的公园，像赶集上庙一样。公园里有很大的花房，桂花、茶花、枇杷果，在青岛都能长得很好，在天津就很难养活。公园还有一个鹿苑，我常常坐在长椅上看小鹿。

我有机会去逛了一次崂山。那时还没有通崂山的公共汽车，去一趟很不容易。夏天，刘仙洲教授来休养，想逛崂山，疗养院派了一辆吉普车，把我也捎上。刘先生是我上过的保定育德中学的董事，当时他的大幅照片，悬挂在校长室的墙壁上，看起来非常庄严，学生们都肃然起敬。现在看来，并不显老，走路比我还快。

车在崂山顶上行驶时，真使人提心吊胆。从左边车窗可以看到，万丈峭壁，下临大海，空中弥漫着大雾，更使人不测其深危。我想，司机稍一失手，车就会翻下去。还有几处险道，车子慢慢移动，车上的人，就越发害怕。

好在司机是有经验的。平安无事。我们游了崂山。

我年轻时爬山爬得太多了，后来对爬山没有兴趣，崂山却不同。印象最深的，是那两棵大白果树，真是壮观。看了蒲松龄描写过的地方，牡丹是重新种过的，耐冬也是。这篇小说，原是我最爱读的，现在身临其境，他所写的环境，变化并不太大。

中午，我们在面对南海的那座有名的寺里，吃午饭。饭是疗养院带来的面包、茶鸡蛋、酱肝之类，喝的也是带来的开水。把食物放在大石头上，大家围着，一边吃，一边闲话。刘仙洲先生和我谈了关于育德中学老校长郝仲青先生的晚年。

一九五九年，过了春节，我离开青岛转到太湖去。报社派张翔同志来给我办转院手续。他给我买来一包点心，说是在路上吃。我想路上还愁没饭吃，要点心干什么，我把点心送给了那位护理员。她正在感冒，自己住在一座空楼里。临别的那天晚上，她还陪我到海边去转了转，并上到冷冷清清的观海小亭上。她对我说：

"人家都是在夏天晚上来这里玩，我们却在冬天。"

亭子上风很大，我催她赶紧下来了。

我把带着不方便的东西，赠给疗养院的崔医生。其中有两只龙凤洞箫，一块石砚，据说是什么美人的画眉砚。

半夜，疗养院的同志们，把我送上开往济南的火车。

1984 年 9 月 30 日晨 3 时写讫

太　湖

从青岛到无锡，要在济南换车，张翔同志送我。在济南下车后，我们到《大众日报》的招待所去休息。在街头，我看见凡是饭铺门前，都排着很长的队，人们无声无息地站在那里，表情都是冷漠的，无可奈何的。我问张翔：

"那是买什么？"

"买菜团子。"张翔笑着，并抱怨说，"你既然看见了，我也就不再瞒你。我事先给你买了一盒点心,你却拿去送了人。"中午,张翔到报社,弄来一把挂面，给我煮了煮，他自己到街上，吃了点什么。

疗养院是世外桃源，有些事，因为我是病人，也没人对我细说，在青岛，我只是看到了一点点。比如说，打麻雀是听见看见了，落到大海里或是落到海滩上的，都是美丽嫩小的黄雀。这种鸟，在天津，要花一元钱才能买到一只，放在笼里养着，现在一片一片地摔死了。大炼钢铁，看到医生们把我住的楼顶上的大水箱，拆卸了下来，去交任务。可是，度荒年，疗养院也还能吃到猪杂碎。

半夜里，我们上了开往无锡的火车，我买的软卧。

当服务员把我带进车室的时候，对面一边的上下铺，已经有人睡下了，我在这一边的下铺，安排我的行李。

对面下铺，睡的是个外国男人，上面是个中国女人。

外国人有五十来岁，女人也有四十来岁了，脸上擦着粉，并戴着金耳环。

我向来动作很慢，很久，我才关灯睡下了。

对面的灯开了。女人要下来，她先把脚垂下，轻轻点着男人的肚子。我闭上了眼睛。

女人好像是去厕所，回来又是把男人作为阶梯，上去了。我很奇怪，这个男人的肚子，为什么有这么大的负荷力和弹性。

男人用英语说：

"他没有睡着！"

天亮了，那位女人和我谈了几句话，从话中我知道男的是记者，要到上海工作。她是机关派来做翻译的。

男人又在给倚在铺上的女人上眼药。不知为什么，我对这两位同车的人很厌恶，我发现列车上的服务员，对他们也很厌恶。

离无锡还很远，我就到车廊里坐着去了。后来张翔告诉我，那女人曾问他，我会不会英语，我虽然用了八年寒窗，学习英语，到现在差不多已经忘光了。

张翔把我安排在太湖疗养院，又去上海办了一些事，回来和我告别。我们坐在太湖边上。不知为什么，我忽然感到特别的空虚和难以忍受的孤独。

最初，我在附近的山头转，在松树林里捡些蘑菇，有时也到湖边钓鱼。太湖可以说是移到内地的大海。水面虽然大，鱼却不好钓。有时我就坐在湖边一块大平石上，把腿盘起来，闭着眼睛听太湖的波浪声。

我的心安静不下来，烦乱得很。我总是思念青岛，我在那里，住的时间太长了，熟人也多。在那里我虽然也感到过寂寞，但还没有像现在这样可怕。

我非常思念那位女孩子。虽然我知道，这并谈不上什么爱情。对我来说，人在青春，才能有爱情，中年以后，有的只是情欲。对那位女孩子来说，也不会是什么爱情。在我们分别的时候，她只是说：

"到了南方，给我买一件丝绸衬衫寄来吧。"

这当然也是一种情意，但可以从好的方面去解释，也可以从不大好的方面去解释。

蛛网淡如烟，蚊蚋赴之；灯光小如豆，飞蛾投之。这可以说是不知或不察。对于我来说，这样的年纪，陷入这样的情欲之网，应该及时觉悟和解脱。我把她送我的一张半身照片，还有她给我的一幅手帕，从口袋里掏出来，捡了一块石头，包裹在一起，站在岩石上，用力向太湖的深处抛去。以为这样一来，就可以把所有的烦恼，所有的苦闷，所有的思念纠缠和忏悔的痛苦，统统扔了出去。情意的线，却不是那么好一刀两断的。夜里决定了的事，白天可能又起变化。断了的蛛丝，遇到什么风，可能又吹在一起，衔接上了。

在太湖遇到一位同乡，他也是从青岛转来的，在铁路上做政治工作多年。我和他说了在火车上的见闻。他只是笑了笑，没有回答。他可能笑我又是书呆子，少见多怪。这位同乡，看过我写的小说，他有五个字的评语："不会写恋爱。"这和另一位同志的评语"不会写战争"正好成为一副对联。

在太湖，几乎没有什么可记的事。院方组织我们去游过蠡园、善卷洞。我自己去过三次梅园，无数次鼋头渚。有时花几毛钱雇一只小船，在湖里胡乱转。撑船的都是中年妇女。

1984 年 10 月 6 日下午

黄 鹂

——病期琐事

这种鸟儿，在我的家乡好像很少见。童年时，我很迷恋过一阵捕捉鸟儿的勾当。但是，无论春末夏初在麦苗地或油菜地里追逐红靛儿，或是天高气爽的秋季，奔跑在柳树下面网罗虎不拉儿的时候，都好像没有见过这种鸟儿。它既不在我那小小的村庄后边高大的白杨树上同鹁鸽儿一同鸣叫，也不在村南边那片神秘的大苇塘里和苇咋儿一块筑窠。

初次见到它，是在阜平县的山村。那是抗日战争期间，在不断的炮火洗礼中，有时清晨起来，在茅屋后面或是山脚下的丛林里，我听到了黄鹂的尖利的富有召唤性和启发性的啼叫。可是，它们飞起来，迅若流星，在密密的树枝树叶里忽隐忽现，常常是在我仰视的眼前一闪而过，金黄的羽毛上映照着阳光，美丽极了，想多看一眼都很困难。

因为职业的关系，对于美的事物的追求，真是有些奇怪，有时简直近于一种狂热。在战争不暇的日子里，这种观察飞禽走兽的闲情逸致，不知对我的身心情感，起着什么性质的影响。

前几年，终于病了。为了疗养，来到了多年向往的青岛。春天，我移居到离海边很近，只隔着一片杨树林洼地的一幢小楼房里。有很长的一段时间，我一个人住在这里，清晨黄昏，我常常到那杨树林里散步。有一天，我发现有两只黄鹂飞来了。

这一次，它们好像喜爱这里的林木深密幽静，也好像是要在这里产卵孵雏，并不匆匆离开，大有在这里安家落户的意思。

每天，天一发亮，我听到它们的叫声，就轻轻打开窗帘，从楼上可以看见它们互相追逐，互相逗闹，有时候看得淋漓尽致，对我来说，这真是饱享眼福了。

观赏黄鹂，竟成了我的一种日课。一听到它们叫唤，心里就很高兴，视线也就转到杨树上，我很担心它们一旦要离此他去。这里是很安静的，甚至有些近于荒凉，它们也许会安心居住下去的。我在树林里徘徊着，仰望着，有时坐在小石凳上谛听着，但总找不到它们的窠巢所在，它们是怎样安排自己的住室和产房的呢？

一天清晨，我又到树林里散步，和我患同一种病症的史同志手里拿着一支猎枪，正在瞄准树上。

"打什么鸟儿？"我赶紧过去问。

"打黄鹂！"老史兴致勃勃地说，"你看看我的枪法。"

这时候，我不想欣赏他的枪技，我但愿他的枪法不准。他瞄了一会儿，黄鹂发觉飞走了。乘此机会，我以老病友的资格，请他不要射击黄鹂，因为我很喜欢这种鸟儿。

我很感激老史同志对友谊的尊重。他立刻答应了我的要求，没有丝毫不平之气，并且说：

"养病么，喜欢什么就多看看，多听听。"

这是真诚的同病相怜。他玩猎枪，也是为了养病，能在兴头儿上照顾旁人，这种品质不是很难得吗？

有一次，在东海岸的长堤上，一位穿皮大衣戴皮帽的中年人，只是为了讨取身边女朋友的一笑，就开枪射死了一只回翔在天空的海鸥。一群海鸥受惊远飏，被射死的海鸥落在海面上，被怒涛拍击漂卷。胜利品无法取到，那位女人请在海面上操作的海带培养工人帮助打捞，工人们愤怒地掉头划船而去。这给我留下了深刻的印象。回到房子里，无可奈何地写了几句诗，也终于没有完成，因为契诃夫在好几种作品里写到了这种人。我的笔墨又怎能更多地为他们的业绩生色？在他们的房间里，只挂着契诃夫为他们写的褒词就够了。

惋惜的是，我的朋友的高尚情谊，不能得到这两只惊弓之鸟的理解，它们竟一去不返。从此，清晨起来，白杨萧萧，再也听不到那种清脆的叫声。夏天来了，我忙着到浴场去游泳，渐渐把它们忘掉了。

有一天我去逛鸟市。那地方卖鸟儿的很少了，现在生产第一，游闲事物，相应减少，是很自然的。在一处转角地方，有一个卖鸟笼的老头儿，坐在一条板凳上，手里玩弄着一只黄鹂。黄鹂系在一根木棍上，一会儿悬空吊着，一会儿被拉上来。我站住了，我望着黄鹂，忽然觉得它的焦黄的羽毛，它的嘴眼和爪子，都带有一种凄惨的神气。

"你要吗？多好玩儿！"老头儿望望我问了。

"我不要。"我转身走开了。

我想，这种鸟儿是不能饲养的，它不久会被折磨得死去。这种鸟儿，即使在动物园里，也不能从容地生活下去吧，它需要的天地太宽阔了。

从此，有很长一段时间，我不再想起黄鹂。第二年春季，我到了太湖，在江南，我才理解了"杂花生树，群莺乱飞"这两句文章的好处。

是的，这里的湖光山色，密柳长堤；这里的茂林修竹，桑田苇泊，这里的乍雨乍晴的天气，使我看到了黄鹂的全部美丽，这是一种极致。

是的，它们的啼叫，是要伴着春雨、宿露；它们的飞翔，是要伴着朝霞和彩虹的。这里才是它们真正的家乡，安居乐业的所在。

各种事物都有它的极致。虎啸深山，鱼游潭底，驼走大漠，雁排长空，这就是它们的极致。

在一定的环境里，才能发挥这种极致。这就是形色神态和环境的自然结合和相互发挥，这就是景物一体。典型环境中的典型性格，也可以从这个角度来理解吧。这正是在艺术上不容易遇到的一种境界。

1962 年 4 月

石 子

——病期琐事

我幼小的时候，就喜欢石子。有时从耕过的田野里，捡到一块椭圆形的小石子，以为是乌鸦从山里衔回跌落到地下的，因此美其名为"老鸹枕头儿"。

那一年在南京，到雨花台买了几块小石子，是赭红色的。

那一年到大连，又在海滨装了一袋白色的回来。

这两次都匆匆忙忙，对于选择石子，可以说是不得要领。

在青岛住了一年有余，因为不喜欢下棋打扑克，不会弹琴跳舞，不能读书作文，唯一的消遣和爱好就是捡石子。时间长了，收藏丰富，有一段时间，居然被病友们目为专家。就连我低头走路，竟也被认为是长期从事搜罗工作养成的习惯，这简直是近于开玩笑了。

然而，人在寂寞无聊之时，爱上或是迷上了什么，那种劲头，也是难以常情理喻的。不但天气晴朗的时候，好在海边溅泥踏水地徘徊寻找。有时刮风下雨，不到海边转转，也好像会有什么损失，就像逛惯了古书店古董铺的人，一天不去，总觉得会交臂失掉了什么宝物一样。钓鱼者的心情，也是如此的。

初到青岛，也只是捡些小巧圆滑杂色的小石子。这些小石子养在水里，五颜六色还有些看头，如果一干，则质地粗糙，颜色也消失，算不得什么稀罕之物了。

后来在第二浴场发现一种质地细腻，色泽如同美玉的小石子。就加意寻找。这种石子，好像有一定的矿层。在春夏季，海滩积沙厚，没有这种石子。只有在秋冬之季，海水下落，沙积减少，轻涛击岸，才会露出这种蕴藏来。但也很少遇到。当潮水落到一定的地方，沿着水边来回走，看到一点点亮晶晶的苗头，跑过去捡起来，大小不等，有时还残留着一些杂质，像玉之有瑕一样。这种石子一定是包藏在一种岩石之中，经过多年的潮激汐荡，乱石撞击，细沙研磨，才形成现在这种可爱的样式。

有时，如果不注意，如果不把眼光放远一点儿，它略一显露，潮水再一荡，就又会被细沙所掩盖。当潮水猛涨的时候，站在岸边，抢捡石子，这不只拼着衣服溅上很多海水，甚至还有被海水卷入的危险。

有时，不避风雨，不避寒暑，到距离很远的海滩，去寻找这种石子。但也要潮水和季节适当，才有收获。

我的声誉只是鹊起一时，不久就被一位新来的病友的成绩所掩盖。这位同志，采集石子，是不声不响，不约同伴，近于埋头创作地进行，而且走得远，探得深。很快，他的收藏，就以质地形色兼好著称。石子欣赏家都到他那里去了，我的门庭，顿时冷落下来。在评判时，还要我屈居第二，这当然是无可推辞的。我的兴趣还是很高，每天从海滩回来，口袋里总是沉甸甸的，房间里到处是分门别类的石子。

那时我居住在正阳关路一幢绿色的楼房里。为了安静，我选择了三楼那间孤零零的，虽然矮小一些，但光线很好的房子。在正面窗台上，我摆了一个鱼缸，放满了水，养着我最得意的石子。

在二楼住着一位二十年前我教书时的女学生。她很关心我的养病生活，看见我的房子里堆着很多石子，就劝我养海葵花。她很喜欢这种东西，在她的房间里，饲养着两缸。

一天下午，她借了铁钩水桶，带我到海边退潮后的岩石上，去掏取这种动物。她的手还被附着在石面上的小蛤蜊擦破了。回来，她替我倒出了石子，换上海水，养上海葵花。

"你喜爱这种东西吗？"她坐下来得意地问。

"唔。"

"你的生活太单调了，这对养病是很不好的。我对你讲课印象很深，我总是坐在第一排。你不记得了吧？那时我十七岁。"

晚上，我一个人坐在灯光下，面对着我的学生为我新陈设的景物，我实在不喜欢这种东西，从捉到养，整个过程，都不能使我发生兴味。它的生活史和生活方式，在我的头脑里，体现了过去和现在的强盗和女妖的全部伎俩和全部形象。我写了一首《海葵赋》。

青岛，这是世界上少有的风光绮丽的地方。在过去很长一段时间，祖国美丽富饶的地区，有很多都曾经处在帝国主义的铁蹄蹂躏之下。每逢我站在太平角高大的岩石上，四下眺望，脚下澎湃飞溅的海潮，就会自然地使我联想起这里的悲惨的历史。我的心里总有一种沉痛之感，一种激愤之情。

终于，我把海葵花送给了女弟子，在缸里又养上了石子。这样做的结果，是大大辜负女学生的一番盛情，一番好意了。

离开青岛的时候，我把一些自认为名贵的石子带回家里，尘封日久，不但失去了原有的光彩，就是拿在手里，也不像过去那样滑腻，这是因为上面泛出一种盐质，用水都不容易洗去了。时过境迁，色衰爱弛，我对它们也失去了兴趣，任凭孩子们抛来掷去，想不到当时全心全力瘃痪以求的东西，现在却落到了这般光景。

但它们究竟是和我度过了那一段难言的日子，给过我不少的安慰，帮助我把病养得好了一些。古人把药石针砭并称，这说明石子确是养病期中难得的淳朴有益的伴侣。

1962 年 4 月

访　旧

十几年的军事性质的生活，四海为家。现在，每当安静下来，许多房东大娘的影子，就像走马灯一样，在我的记忆里转动起来。我很想念她们，可是再见面的机会，是很难得的。

去年，我下乡到安国县，所住的村子是在城北，我想起离这里不远的大西章村来。这个村庄属博野县，五年以前我在那里做土地复查工作，有一位房东大娘，是很应该去探望一下的。

我顺着安国通往保定的公路走，过了罗家营，就是大西章，一共十五里路。昨天夜里下了雪，今天天晴了，公路上是胶泥，又黏又滑。我走得很慢，回忆很多。

那年到大西章做复查的是一个工作团，我们一个小组四个人，住在这位大娘的家里。大娘守寡，大儿子去参军了，现在她守着一个女儿和一个小儿子过日子，女儿叫小红，小儿子叫小金。她的日子过得是艰难的，房子和地都很少，她把一条堆积杂乱东西的炕给我们扫出来。

大儿子自从参军以后，已经有六七年了，从没有来过一封信。大娘整个的心情都悬在这一件事上，我们住下以后，她知道我在报社工作，叫我在报纸上登个打听儿子的启事，我立时答应下来，并且办理了。

大娘待我就如同一家人，甚至比待她的女儿和小儿子还要好。每逢我开完会，她就悄悄把我叫到她那间屋里，打开一个手巾包，里面是热腾腾的白面饼，裹着一堆炒鸡蛋。

我们从麦收一直住到秋收，天热的时候，我们就到房顶上去睡。大娘铺一领席子，和孩子们在院里睡。在房顶上睡的时候，天空都是很晴朗的，小组的同志们从区上来，好说些笑话，猜些谜语，我仰面听着，满天星星像要落在我的身上。我一翻身，可以看见，院里的两个孩子都香甜地睡着了，大娘还在席上坐着。

"你看看明天有雨没有？"大娘对我说。

"一点点云彩也没有。"我说。

"往正南看看，是大瓶灌小瓶，还是小瓶灌大瓶？"她说。

那是远处的两个并排的星星，一大一小。因为离得很远，又为别的星星闪耀，我简直分辨不出，究竟是哪一个在灌哪一个。

"地里很旱了。"大娘说。

那时根据地周围不断作战，炮声在夜晚听得很真，大娘一听到炮声，就要爬到房上来，一直坐在房檐上，静静地听着。

"你听听，是咱们的炮，还是敌人的炮？"大娘问我。

"两边的炮都有。"我说。

"仔细听听，哪边的厉害。"大娘又说。

"我们的厉害。"我说。

还有别的人，能像一个子弟兵的母亲，那样关心我们战争的胜败吗？

工作完了，我要离开的时候，大娘没见到我。她煮好十个鸡蛋，叫小金抱着追到村边上，硬给我装到车子兜里。同年冬天，她叫小红给我做了一双棉鞋，她亲自送到报社里，可惜我已经调到别处去了。

不知大娘现在怎样，她的儿子到底有了音讯没有？

我走到大西章村边，人们正在修理那座大石桥，我道路很熟，穿过菜园的畦径，沿着那个大水坑的边缘，到了大娘的家里。

院里很安静，还像五年前一样，阳光照满这小小的庭院。靠近北窗，还是栽着一架细腰葫芦，在架下面，一个十八九岁的女孩子在纳鞋底儿。院里的鸡一叫唤，她抬头看见了我，惊喜地站起来了。

这是小红，她已经长大成人，发育出脱得很好，她的脸上安静又幸福。只有刚刚订了婚并决定了娶的日子，女孩子们的脸上，才流露这种感情。她把鞋底儿一扔，就跑着叫大娘去了。

大娘把我当做天上掉下来的人，不知道抓什么好。

大娘还很健康。

她说大儿子早就来信了，现在新疆。不管多远吧，有信她就放心了。儿子在外边已经娶了媳妇，她摘下墙上的相片给我看。

她打开柜，抱出几个大包袱，解开说：

"这是我给小红制的陪送，一进腊月，就该娶了。你看看行不行。"

"行了，这衣服多好啊！"我说。

大娘又找出小红的未婚夫的相片，问我长得怎样。这时小红已经上了机子，这架用手扽的织布机，是那年复查的时候分到的。小红上到机子上，那只手扽得可有力量。大娘说：

"我叫她在出聘前，赶出十个布来，虽说洋布好买了，可是挂个门帘，做个被褥什么的，还是自己织的布结实。你知道，小红又会织花布。"

吃晌午饭的时候，小金从地里回来，小金也长大了，参加了互助组。现在，大娘是省心多了。

1953 年 8 月 27 日记

婚　俗

　　赵金铭同志，今年五十八岁了。抗战以前，他在南关桥头一家饭馆里写账，抗战起参加工作，并且在那些残酷的环境里坚持过来了。我们初次见面，我问他在哪里住，他说：

　　"村西北角，三层楼就是我的家。"

　　我找到那里，原来他的三间北屋老朽不堪，并不翻盖，在后山墙外面培上了两层厚厚的土墙，土墙上的小树已经长得很高大了。

　　现在，他好在村里做些头面工作，他常常被人家请去做婚礼的陪客，送嫁或是伴娶。

　　一天，他当陪客回来，到我那里找水喝，我问他：

　　"金铭同志，现在当陪客有什么新内容啊？"

　　"有的，"他说，"按旧礼，陪客不过是防备在路上遇见什么事故，下车说上两句，人家一看是脸面上的人，就过去了。现在，天下农民是一家，这种路上的阻碍是很少了。至于说到新内容，首先当然要结合生产。比如给女方当送客，大席撤了，我到新房里去，对她婆家的人们讲：我们这姑娘，年岁还小，一切要担待些。这是旧话。她在我们村里，是个生产模范，到了这里，还希望婆婆和公公领导她积极生产，上场下地，都不要限制她的自动性。这就是新内容。"

"金铭同志：现在娶亲，为什么都骑马？坐轿当然不好，坐车不更好些吗？"

"骑马是从抗战兴起来的，"金铭同志说，"是一种战斗作风。常言说：骑马坐轿。不坐轿了，最上色的当然就是骑马。如果新媳妇坐车，那就和送女客分别不开了。不过骑马也要日常练习，姑娘们凭空骑上去，遇见牲口性质不好，有时要掉下来。所以，都是亲兄弟牵马，就像过去把轿杆一样。

"你今天送的这门亲事是男女双方自主自愿的吗？

"是。"金铭同志说，"不过，在乡村里，完全自主自愿的还很少，多一半是爹娘征求孩子们的同意。乡下和你们机关里不一样，机关里，男的女的守着一张桌子，脸对脸地工作，容易自主自愿。在乡下，女孩子们，除去家里就是地里，你叫她到哪里自主？总得经过介绍。"

"这对新夫妇，是你介绍的吗？"

"参加了些意见。"金铭同志说。

过了不多几天，这件婚事就起了纠纷。腊月，县里贯彻婚姻法，新媳妇的娘家是城里，提出离婚。

金铭同志很不同意，他对我说：

"穷人家，娶个媳妇实在不易，这样娶了三天半就散，等于倾人家的产业。"

"男方花了多少钱？"我问。

"一件缎子大袄，一件卫生衣，一双毛口棉鞋。"金铭同志计算着，"杀了一口肥猪，吃了多半个，十桌酒席，加上小零碎，要二百多万。"

婆婆啼哭着来找赵金铭，说是新媳妇的哥哥套着车拉陪送来了。

这件事，招了一街筒子人。金铭同志出来，那些妇女们都说：

"金铭，去，不能让她拉着走。"

并没用金铭开口。新媳妇的哥哥一见街上这种阵势，加上心里的封建观念，只是和婆婆交代了几句，就垂头丧气地赶着空车走了。

又过了几天，有工作组到附近的村庄做贯彻婚姻法的示范了，婆婆又找了金铭来，说是新媳妇自己赶着车来拉东西了。

人们都赶到屋里院里去看，新媳妇站在车旁边，坚决要离婚。扒着墙头的小孩子们拿土坷垃投她，有的妇女还嚷嚷着叫人去打井水来冲洗院子。在这个环境里，新媳妇看见赵金铭走来，希望他能根据政策讲话。

金铭同志冲着她喊：

"你这叫什么？你想想吧，缀上绊带就是估衣呀！"

新媳妇啼哭着，又赶着空车走了。

工作组到这村里来了，召开了一系列的会议。新媳妇又来拉东西，同来的还有娘家村里的宣传委员。

街上的议论，已经改变：

"叫人家拉走吧，现在是这个政策。"

婆婆还是找赵金铭。村里有的人也来撺掇。因为同着女方来的这个宣传委员，也是个很能讲话的人，而赵金铭是这一带有名的"大哨儿"，如果叫他拉走了东西，村里不光彩。人们愿意看看这次舌战。但是赵金铭悄悄告诉婆婆，不要当"典型"，让人家把东西拉走了。

他到园里去种菜。我正在野外散步，他把我喊过去，讲了一些从贯彻婚姻法以来，发生的离婚故事。他说有一个姑娘，已经骑马走在大路上了，一回头看见新郎不顺眼，拨马而回。另有一个姑娘，赴了大席，一抹嘴就回娘家来了。

他先种麻山药，一截一截地摆好，上过草粪，然后埋平，种得还仔细。后来天黑了，他把几个纸包里的菜籽抖在一个畦里。我说：

"那净是什么菜？"

"菠菜，茴香，小葱，什么也有。"

"你怎么种在一起？"

"没关系。什么先出来，就先吃什么。"

金铭同志，是多么需要学习呀！

1953 年 9 月 4 日记

文学和生活的路
——孙犁散文随笔书信选（上）

家　庭

　　我在于村黎家，和一匹老马住在一间屋里，每当做饭，它一弹腿，就把粪尿踢到锅里，总是不敢揭锅盖，感到很不方便。到了这个村庄的时候，我就向支部书记要求，住得比较清净些。农村房屋是很缺的，终于他把我领到一间因为特殊原因空闲了三年的北房里。这时是腊月天气，虽然那位也是住闲房的收买旧货的老人，用他存下的破烂棉套，替我堵了堵窗户，一夜也就把我冻跑了。我找了赵金铭去，他想了想，把我领到妇联会主任的家里。

　　主任傅秋鸢，正和小姑玉彩坐在炕上缝棉衣服。

　　赵金铭既然是有名的"大哨儿"，他总把事情说得骇人听闻，他说我得了感冒，当村干部的，实在过意不去。他征求主任的意见，能不能和兄弟媳妇合并一下，让给我一间屋子。主任说：

　　"我们这里长年不断地住干部，还用着你动员我！不过，眼下就过年了，我们当家的要回来。这个同志要是住三天五天的，我就让给他，听说是住三月两月，那顶好住到我娘她们那小东屋里去。我爹到西院和大伯就伴，叫我娘搬过来和我们就伴。就是那屋里喂着一匹小驴儿。"

　　"就是这个不大卫生。"赵金铭作难地说。

　　我已经冻怕，不管它驴不驴，说没有关系。赵金铭领我到小东屋里看了看，小驴儿迎着门口摇着脖上的铜铃。

"小牲口拉尿不多，"赵金铭说，"我告诉老头儿勤打扫着点。"

我就搬到这家来了，一直住到第二年三月里，一家人待我很好，又成了我的一处难以忘记的地方。

这一家姓赵，大伯大娘都是党员。大儿妇是党员，大儿子在定县工作也是党员，二儿子在朝鲜作战是党员，二儿妇和姑娘都是团员。这真是革命家庭，又是志愿军家属，我从心里尊敬他们。

大伯是个老实庄稼人，整天不闲着，现在正操业着"打沙披"的事。这一带的土质很奇怪，用泥土拍墙头垒房山，可以多年不坏，越经雨冲越坚固，称作立土。铺房顶就不行，见雨就漏，稍为富裕的人家，总是在房顶上打上一层"沙披"。办法是：从砖窑上拉回煤焦子，砸碎掺石灰，用水浆好，铺在房顶，用木棒捶击，打出来就像洋灰抹的一样。但颇费工时。

大伯整天坐在院里，拣砸那些焦子。他工作得很起劲，土地改革以来，家里的生活，年年向上，使他很满足。儿子参军，每年政府发下工票，劳动力也不成问题。他有十五亩园子，两架水车，每年只是菜蔬瓜果，变卖的钱就花费不清。他说今年"打沙披"，明年灰抹墙山，后年翻盖磨棚。

虽在冬闲，他家并不光吃山药和萝卜，像普通人家那样。总是包些干菜饺子呀，擀些山药面把子呀，熬些干粉菜呀，蒸些小米干饭呀，变化着样儿吃。一家人的穿着，也很整齐，姑娘媳妇们都有两身洋布衣服。还有一点是在农村里不常见的，就是她们经常换洗衣服，用肥皂。

一家人，就是大伯的穿着不大讲究。好天气姑娘媳妇们在院里洗衣服，他对我说：

"就是我们家费水！"

我说：

"谁家用水多，就证明谁家卫生工作做得好。"

大媳妇说：

"用水多，又不用你给我们挑去，井里的水你也管着！快别砸了，荡我们一衣裳灰！"

大伯就笑着停工，抽起烟来了。

生活好了，一家人就处得很和气。这个大伯，小人们经常斥打他两句，他反倒很高兴。

大娘虽然已经六十岁了，按说有两房儿媳妇，是可以歇息歇息了。可是，也很少看见她闲着，我常常看见，媳妇们闲着，她却在做饭，喂猪，拣烂棉花桃儿，织布。她对我说：

"老二不在家，我就得疼他媳妇些，我疼她些，也就得疼老大家些。我不支使她们，留下她们的工夫，好去开会。"

别人家的婆婆是不愿意儿媳妇们开会，大娘却把开会看得比什么也要紧，她常督促着孩子们赶快做饭，吃完了好去开会。每逢开会，这家人是全体出席的，锁上门就走，有时区里来测验，一家人回来，还总是站在院里对对答案，看谁的分数多。

对证结果，总是小姑玉彩的成绩最好，因为她小学就要毕业了，又是学校团支部的委员。其次是大伯，他虽然不识字，可是记忆力很好，能够用日常生活里的情形解释那题目里包含的道理。而成绩最不好的是二儿妇齐满花。大娘对我说：

"什么都好，人才性质，场里地里，手工针线，村里没有不夸奖的。就是一样，孩子气，贪玩儿，不好学习。"

结婚以来，二儿子总是半月来一封信，回信总是小姑玉彩写，姑嫂之间，满花认为是什么话也可以叫她替自己写上的。最近，竟有一个多月不来信了，大娘焦急起来。我是每隔几天，就到县城里取报，这些日子，我拿报回来，一家人就跟到我屋里，叫我把朝鲜的战争和谈判的情形念给她们听，这成为一定的功课了。

齐满花头上包着一块花毛巾，坐在对面板凳上，一字一句地听着。她年岁还很小，就是额前的刘海，也还给人一些胎发的感觉，但是，她目前表露的神情是多么庄重，伸延的是多么辽远了啊。

好像现在她才感觉到，小姑代写的信，也已经是词不达意。她要求自己学习了。大娘每年分给每个媳妇二十斤棉花，叫她们织成布，卖了零用。现在正是织布的时候，大娘每天晚上到机子上去替老二媳妇织布。齐满花和小姑对面坐在炕上，守着一盏煤油灯，有时是嫂嫂教小姑针线，更多的时间，是小姑教嫂嫂识字。玉彩很聪明，她能拣那些最能表达嫂嫂情意的字眼儿，先教，所以满花进步得很快。大儿妇对我说：

"我婆婆多帮老二家些，我不嫌怨，二兄弟在朝鲜，是我们一家人的光荣。"

1953 年 9 月 12 日记

齐满花

还是赵家的事。

赵家的二儿妇叫齐满花，结婚的那年是十八岁。她娘家是东关，有一个姐姐嫁在这村，看见赵家的日子过得不错，就叫媒人来说，赵家也喜欢满花长得出众，这门亲事就定准了。

那时赵家二儿子在部队上，驻防山海关，大伯给他去了一封信，征求意见，他来信说可以，腊月初八就能到家。大伯为了办事从容，把喜日子定在了腊月二十。家里什么都预备好了，单等着娶。腊月初八，儿子没有回来，家里还不大着急，十五来了一封信，说是不回来了，这才把大伯急坏，闹了一场大病。大娘到满花娘家去说，提出两个办法，一个是退婚，一个是由小姑玉彩代娶，娘家和满花商量，结果是同意了第二个办法。

过门以后，一蹭过年，大娘就带着满花，来到秦皇岛。大娘是带着一肚子气来的，一下火车，才知道光带了信瓤，没带信封，儿子的详细住址是写在信封上的。婆媳两人很着急，好在路上遇到两个买菜的部队上的炊事员，一提儿子所在部队的番号，他们说：

"打听着了，跟我们来吧。"

到了部队上，同志们招待得很好，有的来探问满花是什么人，知道是送新媳妇来了，大家就争着去找老二。

老二从外面回来，看见母亲身边站着满花，第一句话是：

"你们想拖我的后腿吗？"

第二句就笑了：

"娘，你们累不累呀？"

部队上帮助结了婚。夫妻感情很好，星期天，儿子带着满花到山海关照了一个合影，两个人紧紧坐在一起。满花没有这么坐惯，她照的相很不自然，当把这个相片带回家来，挂在屋里的时候，她用丈夫另外一张小相片，挡住了自己。

我第一次到赵家的时候，大娘领我看了看她二儿子的照片，大娘当时叫满花摘下来，小镜的玻璃擦得很明亮。

大娘经常教导儿媳妇的是勤俭，满花也很能干，家里地里的活儿全不辞辛苦。她帮着大伯改畦上粪，瓜菜熟了，大伯身体不好，她替大伯挑到集上去。做饭前，我看到过她从井里打水，那真是利索着哩！

大伯家村边这块园子里，有一架水车。村西原有大沙岗，大伯圈起围墙，使流沙进不到园里。这菜园子收拾得整齐干净漂亮，周围种着桃树，每年春天，她家桃花总是开得特别繁密，紫一块，红一块，在太阳光下，园子里是团团的彩霞。水车在园子中间，小驴儿拉得很起劲。

园子里从栽蒜起就不能断人儿，菜熟了每天晚上整菜，桃熟了，要每天早起摘桃。从四月起，大伯大娘就在园里搭个窝棚睡觉，在旁边放上一架纺车。满花在园里干活，汗湿了的褂子脱下来，大娘就在井台上替她洗洗，晒在小驴拉的水车杠上，一会儿就干。

园里的收成很好，菜豆角儿，她家园里的能长到二尺来长，一挑到南关大集上，立时就被那些中学和荣军院的伙食团采买员抢光了，大伯和满花在集上吃碗面条儿，很早就回来了。只是豆角儿变卖的钱，就可以余下一年吃不清的麦子。五月鲜的桃儿，她家园里也挂得特别密，累累的大桃把枝子坠到地面上来，如果不用一根木叉早些支上，那就准得折断。用大伯摘桃时的话来讲，这桃树是没羞没臊地长呢！

这都因为是一家人，早起晚睡，手勤肥大。

谁也羡慕这块园子，如果再看见满花在园里工作，那就谁也羡慕这年老的公婆能娶到这样勤快美丽的媳妇，真比一个儿子还顶用！

每年正月，大娘带满花到部队上去一趟。一年，满花带回丈夫送给她的一只小枕头，一年带回来一条花布棉被。

满花的姐姐，和满花只隔一家人家，可是，要去串门，绕两个胡同才能走到。拿这姐妹两个相比，那实在并没有任何相似之点。姐姐长得丑陋，行为不端。她的丈夫，好说诳言大话，为乡里所不齿。夫妻两个都好吃懒做。去年冬天，嚷嚷着要卖花生仁，摘借了本来，一家人就不吃白粥饭，光吃花生仁。丈夫能干吃一斤半，老婆和他比赛，不喝水能吃二斤。几天的工夫就把老本吃光了。今年又要开面馆，也是光吃不卖。自己还吹嘘有个吃的命，原因是过去每逢吃光的时候，曾赶上过反黑地和平分，现在把分得的东西变卖完了，又等着"入大伙"，两口子把这个叫做吃"政策"。自然，他们将来一定要受到教训的。但是，这夫妇两个确也有些骗吃骗穿的手段。去年过年的时候，她家没有喂猪，一进腊月，男的就传出大话说：

"别看俺们不喂猪，吃肉比谁家也不能少。"

腊月二十九那天晚上，满花到姐姐家去串门，果然看见她家煮了一大锅肉，头蹄杂碎，什么也有。满花是个孩子，回来就对婆婆说：

"看人家俺姐姐家，平日不趴猪圈，捣猪食，到年下一样的吃肉。"

大娘正在灶火坑里烧火，一听就很不高兴地说：

"那你就跟着她们去学吧！"

平日婆媳两个，真和娘和闺女一样，说话都是低言悄语的，这天大娘忽然发脾气，满花走到自己房里哭了。

不多一会儿，西邻家那个嫂子喊起来，说是满花的姐夫骗走了她家的肉，吵了一街的人。满花为姐姐害羞，一晚上没出来。但事情过了以后，满花还是常到姐姐家去，大娘对这一点，很有意见，她说她们会把满花教唆坏了。

满花家园里，什么树也有，就是缺棵香椿树。去年，在集上卖了蒜种，满花买了两棵小香椿，栽到园里墙边上。她浇灌得很勤，两棵小树，一年的工夫，都长得有她那样高。冬天，她怕把树冻坏，用自己两只旧鞋挂在树尖上，因为小香椿就是一根光杆。今年开春，有一天，我在南关集上买回一小把香椿芽儿，吃鲜儿。满花看见了，说：

"我那香椿也该发芽儿了，我去看看。"

不看还好，一看把她气得守着树哭了起来。不知道是谁，把树尖上的香椿芽儿全给掰了去，只有一棵上，还留着一枝叶子，可怜的像小孩们头上的歪毛。她忍不下，顺着脚印找了去，她姐姐正在切香椿拌豆腐呢。大吵一顿。从此，姐妹两个才断了来往，就是说，根绝了一个恶劣环境对一个劳动女孩子的不良影响。

现在，满花更明白，勤劳俭朴就是道德的向上。她给远在前方的丈夫写了一封信。

1953 年 9 月 14 日记

刘桂兰

我第一次见到刘桂兰同志，是在白塘口乡总支委员会讨论妇女工作的时候，市委工作组的同志们也参加了这次讨论。刘桂兰同志是乡妇联主任，她迟到了一些工夫，她一进会场，主席就批评了她几句，她微笑着，坐在工作组一位女同志让给她的座位上。

她穿一身朴素洁净的黑色棉衣，风吹日晒的脸色显得很健康，眼睛和整个的神情都很沉静。今天会议上，她没有发言，有些问题，工作组那位女同志代她说明和解答了。会后，工作组的杨同志告诉我：刘桂兰的工作是积极的，她在家庭的处境也有些困难，现在又临近产期。在这次扩社时，她动员了全家入社。

一天晌午的时候，我到她的家里去。她住在一间小西屋里，屋里很简净，北墙上挂两架装满大小相片的镜框，她的丈夫和侄子的照片，穿的都是解放军的军服。

她站在地下，纳着鞋底子和我谈动员家里人入社的情形。

她家二十口人，弟兄七个，妯娌五人。在入社的问题上，最难动员的是她公公，老人家今年七十三岁了。

老人顾虑入社要吃亏，不自由。他说："你们要入社呀，就把我这几亩园子给挑了！我整治这点园子可不容易，当年我和你奶下地，腰里只掖着点豆腐渣吃！我这一辈子，才从一亩三分经营成现时的十多亩，我不入社！"

媳妇说："爹，人家都入社，我们也入了吧。我们劳动力多，入社不吃亏。"

老人说："你入吧，你是干部，我不入。"

媳妇又请老人的知心朋友来帮助动员，吃饭的时候也念叨，都不成功。老人或者一时答应了，登时就又变卦；或者睡一觉就变卦。当在部队上的儿子和孙儿来了信，媳妇知道是动员家里入社的，高高兴兴拿到老人面前说："快念给爷爷听听！"老人一转身说："别念，我不爱听那个。"

最后，反复动员，老人说："你们全愿意入就入，我不管了。"递了申请，他就到天津卫里散心去了，后来竟病了一个多月。

什么时候，老人才真正把心放下？是到了麦场分钱分麦的时候。老人看到合作社打得多分得多，秋后又分了稻谷，全年全家三千多工，每工三元二角，老人高兴了，常说："不吃亏。入社上算。"还分了棒子秸、稻草，老两口子坐在炕上计算着："入社就是优越！"老人也常到地边去转了，夸赞社里白菜长得好。这一年，老人虽然病了一场，还做了五十多个工。

刚入社的时候，老人曾对媳妇说："以后，我找你们要吃的！"现在，再也不提这些话了。现在常说的是："把园子里的桃杏树也交给社里，我把技术教给青年们，叫社里结大桃！"

妯娌们也高兴，三嫂子原说要多留些地，孩子们吃个胡萝卜、青葱青菜的方便，现在看到入了社，什么也不缺，并且什么也比过去方便了，她在社里做活很好。

入社以前，妯娌们"分家"的话，在嘴边上挂着，现在谁也不提分家了，都计划着明年怎样在社里多做活。

　　这就是刘桂兰一家，在入社前后的简略的变化。这种变化，也影响了刘桂兰自己。在入社以前，因为自己在家里是第七房儿媳妇，丈夫也脱产在外，所以每逢出去开会，心里就不安，开会回来晚了，看见公婆妯娌们，自己就像做了什么有过错的事，不知道抓什么好。现在，大家明白了，自己的心也就安定了。

1955 年 12 月 12 日

津沽路上有感

从去年入冬以来，当我每次在灰堆下了公共汽车，走向白塘口乡，在那有十五华里的公路上，是常常想到一些事情的。

天津郊区的农村，和我多年曾经居住过的家乡的农村，以及后来参加革命所走过的一些农村，在风俗景象上有很多不同。在这里的农村，邻近这样大的一个城市，无疑的，农民的生活是和都市紧紧联系着。

都市曾经给过它哪些东西，或是它曾经以及将要给都市些什么？有一天，我想起了这个问题。这是一个历史问题。

这时正是清晨，树木和芦苇上飘落着霜冻，傍临公路的一条小河，还没有结冰，有一个穿破长防水皮靴的打鱼人，沿着河岸拉着长长的网绳。冬季，田野里空旷无人。

我回忆了一下天津这个城市，和它这一带滨海的郊区，从晚清以来经历的很长的一段苦难疮痍的历史。

据邓之诚《骨董琐记全编》所引无名氏《津门见闻录》，有这些关于津沽的记载：

咸丰十年，英兵自京师退出，在天津勾留逾年，至同治元年四月始撤兵，仍留大沽炮台英兵千人。

英夷将天津街道民房庄村庙宇，全行写画而去。

英人在津逢子午时，放冲天炮一枚。

天津道孙治，奉上宪文出示津民，言捻匪扰乱东省。

二十六日，法兵千名往北塘。

四月初旬，夷人将东南城角拆开一孔，言出入方便，阖城官员不能禁止。

十七日，英兵因大雨连绵，从海光寺移营城内，城内城隍庙天后宫等处神像皆撤，又拆城砖垫治道路，本地官无敢言者。

英国商人在天津开设怡和洋行，由津派伙计赴湖州买丝，船载洋银六万余元。

二十四日，学院杨由津起程，夷人将轿拦住，用玻璃将脸照画而去。

八月间，捻子分十三股窜至山东沿海，有至烟台者，花旗夷目三人往见之……言语龃龉，立杀夷目二，其一割耳放回。

同治元年正月初一日夜间，兴隆街火烧数十家，二十五日洋货街大火烧百余家，二月二十一日，火烧锅店街三十余丈，三月十七日，锅店街复火烧至估衣街、北阁、竹竿巷、针市街、茶店街口，连绵数里之广，无一得免者。

二十六日未刻，自天津北望，尘土蔽天，大风忽至，昼晦，城外尤甚，行人死者甚多，船只伤毁，不计其数。历一昼夜，至天明，风始稍杀。次午，风又大作，接连三日不息，唯不如第一日之烈耳。一人携银自卫回家，为风所仆，死于道旁沟中，土掩其身，仅露辫梢而已。又有五七人，在咸水沽洼中牧羊百余头，生者二人，其余人羊俱杳。宜兴埠洼中温姓，雇工于麦地除碱土，二十余人尽死。军粮城死十人。此皆耳闻目见，其余更不可知。

五月之初，疫自奉天至大沽于家堡流行，天津以二十五日至六月初六日，二十日间，为最甚，至六月三四日稍息，后闻此疫遍于天下。

以上是一个市民的记载，是他在一时一地的见闻。这当然是零星的历史材料，我又只是摘录了其中一小部分，文字也并未作修正，我想这都是没有妨碍的。因为在今天，每一个读者，从这一段简单的记述里，至少可以看到这样一些情况：在帝国主义势力侵入以后，我们的民族国家，曾经陷入怎样深的灾难之中，而当时的统治者在帝国主义势力面前，又表现了怎样卑辱屈膝的状态！在这里，我们也可以看到，当时的农民群众，如文中所提到的捻军，曾经怎样自发地起来英勇反抗。就是大火烧街，大风死人，疫疠流行，难道只是说明几种天灾，而不是说明当时的人民，特别是劳动人民，处在水深火热之中，连起码的生活保障也没有了吗！我们不再引述此后蒋介石反动统治时期，以及日本帝国主义侵入时期，津郊一带人民所经历的苦难，那苦难是更为深重了的，然而人民的反抗斗争，也是更为坚强更为有组织了的。

只是想到这些，我就深切地感到我所凭以前进的津沽公路本质的变化，彻底理解今天城市和乡村——互助相关的意义了。

在公路上，从南郊和东郊来的大车，有的整齐地装载着嫩绿的白菜，那是供给市民食用的；有的装载像山头一样高的金黄的稻草，那是供给造纸工厂的。这些大车连绵不断，那些驾车的骡马，多么肥壮！从城市开往乡村，有运化学肥料的载重汽车，有运新式农具的载重汽车，有赶赴乡下为农民演戏的演员、电影放映队，有送书报的骑自行车的人，有送儿童玩具的担贩。

公路的表面，新近又铺上一层炉灰，我们的公路是要越修越远的，我们的桥梁是要越修越宽的。自行车、马车、汽车在公路上连接地竞赛地奔驰而过，我的关于历史的回忆，也就被种种伟大的现实景象所代替了。

我走进了乡村，乡村正在进行紧张的、愉快的、千家万户的社会主义改造，强烈的、火热的社会主义激情，崇高的建设祖国的积极性，在乡村的胸怀里燃烧起来了。这些日子，无论在城市，无论在乡村，都是门贴大喜字，爆竹响连天。无论是青年壮年，男人女人，都用一种舞蹈的姿势，在街头走过。在田野里，那些地界、桑墩，那些看场的小屋，粗浅的土井，一切小农经济的象征，都好像在那里自甘没落地后退着，因为它们知道，就要有更平坦连绵的耕地，更大的水利兴修，更有组织、规模更大的劳动场面在天津的郊区出现了。

但是，当我黄昏走回城市，在路上还是想：在街道上、家庭中，我们还有很多经历丰富的父老，在这些无比欢乐的日子里，我们还是应该多请那些年老的祖父、祖母、老姑母、老外婆，给我们讲些过去的故事，应该以他们为中心，召开一些小型的谈心会。

他们会用更生动的记忆，来提醒我们：在伟大的毛主席和共产党领导之下，我们得以过现在这样幸福的生活，国家得以在国际上这样坚强有力地站立起来，是走过了多么长远崎岖的路，经历了多少前仆后继，奋不顾身的斗争。使我们的年轻一代想想过去帝国主义侵略时期的锅店街、估衣街、天后宫，再看看今天社会主义时期的这些街道呈现的繁荣，以此类推，更知道爱护我们的国家，更爱护我们的党，更坚强有力地、更积极奋勇地在社会主义的大道上前进吧！

1956 年 1 月 17 日

删去的文字

我在一九七七年一月间所写的回忆侯、郭的文章，现在看起来简直是空空如也，什么尖锐突出的内容也没有的。在有些人看来，是和他们的高大形象不相称的。这当然归罪于我的见薄识小。

就是这样的文章，在我刚刚写出以后，我也没有决定就拿去发表的。先是给自己的孩子看了看，以为新生一代是会有先进的见解的，孩子说，没写出人家的政治方面的大事情。基于同样原因，又请几位青年同事看了，意见和我的孩子差不多，只是有一位赞叹了一下纪郭文章中提到的名菜，这也很使我不能"神旺"。春节到了，老朋友们或拄拐，或相扶，哼唉不停地来看我了，我又拿出这些稿子给他们看，他们看过不加可否，大概深知我的敝帚自珍的习惯心理。

不甘寂寞。过了一些日子，终于大着胆子把稿子寄到北京一家杂志社去了。过了很久，退了回来，信中说：关于他们，决定只发遗作，不发纪念文章。

我以为一定有"精神"，就把稿子放进抽屉里去了。

有一天，本地一个大学的学报来要稿，我就拿出稿子请他们看看，他们说用。我说北京退回来的，不好发吧，没有给他们。

等到我遇见了退稿杂志的编辑，他说就是个纪念规格问题，我才通知那个学报拿去。

你看，这时已经是一九七七年的春天了，揪出"四人帮"已经很久，我的精神枷锁还这样沉重。

尚不止此。稿子每经人看过一次，表现不满，我就把稿子再删一下，这样像砍树一样，谁知道我砍掉的是枝叶还是树干！

这样就发生了一点儿误会。学报的一位女编辑把稿子拿回去研究了一下，又拿回来了。领导上说，最好把纪侯文章中，提到的那位女的，少写几笔。她在传达这个意见的时候，嘴角上不期而然地带出了嘲笑。

她的意思是说：这是纪念死者的文章，是严肃的事。虽然你好写女人，已成公论，也得看看场合呀！

她没有这样明说，自然是怕我脸红。但我没有脸红，我惨然一笑。把她送走以后，我把那一段文字删除净尽，寄给《上海文艺》发表了。

在结集近作散文的时候，我把删去的文字恢复了一些。但这一段没有补进去。现在把有关全文抄录，另成一章。

在我养病期间，侯关照机关里的一位女同志，到车站接我，并送我到休养所。她看天气凉，还多带了一条干净的棉被。下车后，她抱着被子走了很远的路。休息下来，我只是用书包里的两个小苹果慰劳了她。在那几年里，我这样麻烦她，大概有好几次，对她非常感激。我对她说：我恳切地希望你能到天津玩玩，我要很好地招待你。她一直也没有来。

她爽朗而热情。她那沉稳的走路姿势，她在沉思中，偶尔把头一扬，浓密整齐的黑发向旁边一摆，秀丽的面孔，突然显得严肃的神情，给人留下特殊深刻的印象。

是一九六六年秋季吧。形势一天比一天紧张，我同中层以上干部，已经被集中到一处大院里去了。

这是一处很有名的大院，旧名张园，为清末张之洞部下张彪所建。宣统就是从这里逃去东北，就位"满洲国""皇帝"的。孙中山先生从南方到北方来和北洋军阀谈判，也在这里住过。大楼堂皇富丽，有一间房子，全用团龙黄缎裱过，是皇帝的卧室。

一天下午，管带我们的那个小个子，通知我有"外调"。这是我第一次接待外调。我向传达室走去，很远就望见，有一位女同志靠在大门旁的墙壁上，也在观望着我。我很快就认出是北京那位女同志。

我在她眼里变成了什么样子，我没有去想。她很消瘦，风尘仆仆，看见我走近，就转身往传达室走，那脚步已经很不像我们在公园的甬路上漫步时的样子了。同她来的还有一位男同志。

传达室里间，放着很多车子，有一张破桌，我们对面坐下来。

她低着头，打开笔记本，用一只手托着脸，好像还怕我认出来。

他们调查的是侯。问我在和侯谈话的时候，侯说过哪些反党的话。我说，他没有说过反党的话，他为什么要反党呢？

不知是为什么情绪所激动，我回答问题的时候，竟然慷慨激昂起来。在以后，我才体会到：如果不是她对我客气，人家会立刻叫我站起来，甚至会进行武斗。几个月以后，我在郊区干校，就遇到两个穿军服的非军人，调查田的材料，因为我抄着手站着，不回答他们提出的问题，就把我的手抓破了，不得不到医务室进行包扎。

现在，她只是默默地听着，然后把本子一合，望望那个男的，轻声对我说：

"那么，你回去吧。"

当天下午，在楼房走道上，又遇到她一次，她大概是到专案组去，谁也没有说话。

在天津，我和她就这样见了一面，不能尽地主之谊。这可以说是近年来一件大憾事。她同别人一起来，能这样宽恕地对待我，是使我难忘的，她大概还记得我的不健康吧。

在我处境非常困难的时候，每天那种非人的待遇，我常常想用死来逃避它。一天，我又接待一位外调的，是歌舞团的女演员。她只有十七八岁，不只面貌秀丽，而且声音动听。在一间小屋子里，就只我们两人，她对我很是和气。她调查的是方。我和她谈了很久，在她要走的时候，我竟恋恋不舍，禁不住问：

"你下午还来吗？"

回答虽然使我失望，但我想，像这位女演员，她以后在艺术上，一定能有很高的造诣。因为在这种非常时期，她竟然能够保持正常表情的面孔和一颗正常跳动的心，就证明她是一个非常不平凡的人物。

我也很怀念她。

或有人问：方彼数年间，林彪、"四人帮"倒行逆施，使夫妇生离，亲子死别者，以千万计。其所遭荼毒，与德高望重成正比例。你不从大处落笔，却喋喋于男女邂逅，朋友私情之间，所见不太渺小了吗？是的，林彪、"四人帮"伤天害理，事实今天自然已经大明。但在那些年月，我失去自由，处于荆天棘地之中，转身防有鬼伺，投足常遇蛇伤。昼夜苦思冥想：这是为了什么？为什么要这样做呢？这合乎马克思、恩格斯的阶级斗争学说吗？这是通向共产主义的正确途径吗？惶惑迷惘不得其解。深深有感于人与人关系的恶劣变化，所以，即使遇到一个歌舞演员的宽厚，也就像在沙漠跋涉中，遇到一处清泉，在噩梦缠绕时，听到一声鸡唱。感激之情，就非同一般了。

1978 年除夕

幼稚园

在莫斯科我们参观了煤矿工业部的一个幼稚园。我们进去的时候，有一班儿童在早操，一班在洗澡，儿童们用冷水洗上半身，用不同的花朵做各人手巾的记号，每个人就有了一个花名的代号。教室、游戏室的墙壁上装饰着儿童喜爱又容易记忆的图案：牵牛花、蝴蝶、捕捉蝴蝶、放风筝等等。

每天，孩子们在幼稚园的时间是十二点钟，中午，他们要在这里睡觉。他们的卧房洁净漂亮有秩序，房间的陈设，家具的式样，都是经过专家研究设计，由专门工厂制造的。它们要适合儿童的心理和情感，能启发儿童的想象和兴致，能增进儿童身体的健康和教育。

各式各样的玩具，按照儿童们的习惯，在地毯上或是桌子上摆起来，教师们利用这些玩具对儿童进行教育。为了培养儿童们辨别声音的能力，一个女教师在椅子后面先后响动：喇叭、手风琴、三角琴、转琴、摇铃、鹦鹉、小鼓、打琴八种乐器，叫儿童们答出响动的是哪一种。儿童们大部分答对了，女教师把乐器分发给他们，组织成一个乐队，高兴地演奏起来。

五六岁的儿童，就知道喜爱普希金和涅克拉索夫了。我们走进一个房间，一个小孩用朗诵诗的声调对我们说：

你们为什么看我?

你们为什么那样快活?

儿童们有自己的书橱,吃过饭就围着桌子去翻图画了。列宁、斯大林、普希金、高尔基的幼年时代,引起儿童们的研究兴趣,墙壁上,用鲜亮的色彩,画着普希金、高尔基的童话,有些儿童作家常到幼稚园来,在这个房间里,给儿童们讲解这些故事,是一种很好的文学教育。

可惜我们不能和儿童们直接谈话,儿童们也不习惯通过翻译来表达他们的思想。有几个儿童在那里绘画,有的画汽车,有的画克里姆林宫,我走过去,他们并不把我当做外人,对我说着笑着,我也指点比画着,玩得很投契。但当我一张嘴,他们就吃了一惊,不再说话了。

那几天,儿童们正准备庆祝十月革命节的节目,我们坐在那些小椅子上,观赏了他们的表演。儿童们穿上为了节日新做的服装,男孩子举着旗,女孩子捧着花,歌唱着:感谢斯大林。

儿童们还做了几种游戏,两个人一排,因为有一个女孩子请假了,一个男孩子没有伴侣,女教师就参加行列,拉着男孩子的手跳起来。玩的中间,一个女孩子跌倒了,她只是笑了笑就又很自然地玩起来了,教师和别的孩子们也并不责备她。

幼稚园的教师,都受过高等教育,每天工作六小时。她们经常召开家长座谈会,根据每个儿童的性格,和家长商量统一培养教育的办法,墙报上的家长版,经常公布她们的工作计划和最近儿童们的饭菜表,请求家长们提意见批评。

儿童们三岁到七岁在幼稚园,以后就到少年儿童宫去活动了。在列宁格勒,我们参观了以日丹诺夫命名的少年宫。那是一个理想的,儿童们可以从事广泛活动的场所。除去跳舞厅和音乐堂,少年宫有一座漂亮的剧场，有一座儿童天文台，有各种增进儿童智力的玩具室。少年宫最大的特点，是儿童们的科学研究活动，各科都有专门的研究室，指导员和图书仪器的设备。儿童们从各处探险采取来的地质标本，就陈列了两个房间，他们猎取的动物，种植的植物，也很丰富。少年宫里的几十种小工厂，都有完备的小车床和动力，儿童们按照自己的兴趣，认真地工作着，制造出各种新式的飞机、汽艇、汽车、起重机的活动模型。

儿童们不愿离开他们研究和劳作的房间。凡是苏联伟大的共产主义建设里的新的计划，新的操作法，新的发明，都反映到这些儿童工厂里来了，儿童们不只了解和关怀祖国正在进行中的建设工程，并且用他们的劳动和智慧丰富了建设的内容，丰富了伟大的理想。

莫斯科有一座儿童书物馆，专门研究和介绍儿童的书物，里面有儿童实验室，科学图书馆和讲演堂。讲堂里有一座少年男女正在共同阅读的塑像，非常优秀。这个书物馆搜罗了苏联出版的全部儿童用书，还有各个民族语言的儿童书籍，一共有八万册。它给小学教员，儿童作家，图书馆做了很多很好的工作，把这三种教育力量密切结合起来。它征求儿童们的需要，对书籍的意见，供给作家。

书物馆里悬挂着很多优秀的儿童作家的照片，纪念盖达尔，展览了这位伟大作家的生平。盖达尔死在反抗德寇的战场上。他的父亲是教授，母亲是医生。他十四岁上和父亲一起参加了国内革命战争，十六岁就当了队长。他很喜欢军队生活，长期地深刻地体验了在战争年代，儿童们的生活和心理，看到很多动人的事例，愿意给儿童讲说，他给国家留下了许多真实和纯洁的作品。他的作品最受苏联儿童欢迎。

1952 年 2 月 8 日

第四辑　书衣文录

序

　　七十年代初，余身虽"解放"，意识仍被禁锢。不能为文章，亦无意为之也。曾于很长时间，利用所得废纸，包装发还旧书，消磨时日，排遣积郁。然后，题书名、作者、卷数于书衣之上。偶有感触，虑其不伤大雅者，亦附记之。此盖文字积习，初无深意存焉。

　　今值思想解放之期，文路广开，大江之外，不弃涓细。遂略加整理，以书为目，汇集发表，借作谈助。蝉鸣寒树，虫吟秋草，足音为空谷之响，蚯蚓作泥土之歌。当日身处非时，凋残未已，一息尚存，而内心有不得不抒发者乎？路之闻者，当哀其遭际，原其用心，不以其短促零乱，散漫无章而废之，则幸甚矣。

1979 年 5 月 2 日灯下记

明清藏书家尺牍

一九六五年二月，时妻病入医院，心情颇痛。京中寄此残书来，每晚修整数页，十余日方毕。年过五旬，入此情景，以前梦中，无此遭际。

雨水

时有所感：青春远离，曾无怨言，携幼奉老，时值乱年。亲友无憾，邻间无间。晚年相随，我性不柔，操持家务，一如初娶。知足乐命，安于淡素。

1965 年 2 月 19 日晚

中国小说史略 一九三二年八版

　　此书系我在保定上中学时于天华市场（也叫马号）小书铺购买，为我购书之始。时负笈求学，节衣缩食，以增知识，对书籍爱护备至，不忍其有一点污损，此书历数十年生涯之动荡，今余老矣，仍在手下，感慨系之，因珍视之。凡书物与人生等，聚散实无常，屡收屡散，亦是平常，收之艰亦不免散之易；收之易更无怪散之易也。然是童年旧物，可助回忆，且为寒斋群书之长。故特标而出之，聊以自遣云尔。

时 1973 年 12 月 21 日

瓶书斋手炉边题，室内十度，外传零下十四度云。

鲁迅书简 许广平 编

　　余性憨直,不习伪诈,此次书劫,凡书目及工具书,皆为执事者攫取,偶有幸存,则为我因爱惜用纸包过者。因此得悟,处事为人,将如兵家所云,不厌伪装乎。

　　此书厚重,并未包装,安然无恙,殆为彼类所不喜。当人文全集 [①] 出,书信选编寥寥,令人失望,记得天祥 [②] 有此本,即跑去买来,视为珍秘。今日得团聚,乃为裹新装。

1974 年 1 月 2 日晚间无事记

文学和生活的路
——孙犁散文随笔书信选(上)

[①] 指人民文学出版社 1956 年至 1958 年出版的《鲁迅全集》。

[②] 天津市天祥市场内有新华书店古籍门市部。

西游记

有友人言，青年人之不知爱书，是因为住处狭小，余颇以为非此。书籍虽非尽神圣，然阅后总应放置于高洁之处，不能因无台柜，即随意扔在床下，使之与鞋袜为伍也。总因不知读书之难。

青年无爱护书籍习惯，书经彼等借阅归来，即如遭大劫，破损污胀，不可形容。青年无购书习惯，更少以自己劳力所获，购置书籍者。其所阅书，多公家发给，以为日用品，阅后即随便抛掷。即使借自他人，亦认为无足轻重也。

1974 年 4 月

此皆小说也，而未失去，图章之力乎？此所谓自我失之，自我得之矣。

所感甚多，因作书箴：

淡泊晚年，无竞无争。抱残守阙，以安以宁。唯对于书，不能忘情。我之于书，爱护备至：污者净之，折者平之，阅前沐手，阅后安置。温公 ① 惜书，不过如斯。

---

① 温公，宋朝司马光，死后追封温国公。

勿作书蠹，勿为书痴。勿拘泥之，勿尽信之。天道多变，有阴有晴。登山涉水，遇雨遇风。物有聚散，时损时增。不以为累，是高水平。

风云初记

一九七四年七月二日下午，淮州持此书来。展读如下：如于隔世，再见故人。此情此景，甚难言矣。著作飘散，如失手足，余曾请淮舟代觅一册，彼竟以自存者回赠，书页题字，宛如晨星。余于所为小说，向不甚重视珍惜。然念进入晚境，亦拟稍作收拾，借慰暮年。所有底本，今全不知去向，出版社再版，亦苦无依据，文字之劫，可谓浩矣。尚不如古旧书籍，能如春燕返回桂梁也。

当时批判者持去，并不检阅内容，只于大会发言时，宣布书名，即告有罪。且重字数，字数多者罪愈重。以其字多则钱多，钱多则为资产阶级。以此激起群众之"义愤"，作为"阶级斗争"之手段。尚何言哉。随后即不知抛掷于何所。今落实政策，亦无明确规定，盖将石沉大海矣。

呜呼！人琴两亡，今之习见，余斤斤于斯，亦迂愚之甚者矣。收之箱底，愿人我均遗忘之。

4 日上午记

战争与和平

　　余进城后，少买外国小说，如此大著，尚备数种，此书且曾认真看完，然以年老，不复记其详节。书物归来，先为魏小姐借去，近家人又看，因借机洁修焉。

　　余幼年，从文学见人生，青年从人生见文学。今老矣，文学人生，两相茫然，无动于衷，甚可哀也。

　　此系残存之籍，修整如此，亦不易矣。

1974 年 7 月 4 日灯下记

鲁迅小说里的人物

今日下午偶检出此书。其他关于鲁迅的回忆书籍，都已不知下落。值病中无事，黏（粘）废纸为之包装。并想到先生一世，惟热惟光，光明照人，作烛自焚。而因缘日妇，投靠敌人之汗（汉）奸文士，无聊作家，竟得高龄，自署遐寿。毋乃恬不知耻，敢欺天道之不公乎！

1974 年 11 月 23 日瓶记

越缦堂詹詹录

今日星期，下午无事而不能静坐阅书，适此书在手下，为觅得此种纸包装。《越缦堂日记》，久负盛誉，余曾于北京文学研究所借来翻阅，以其部头大，影印字体不清，未积极购求之。后以廉价购得《日记补》十余册，藉见一斑。后又从南方书店函购此部，虽系抄录，然以铅印，颇便阅览。鲁迅先生对此日记有微言。然观其文字，叙述简洁，描写清丽，所记事端，均寓情感。较之翁文恭、王湘绮之日记，读来颇饶兴味，可谓日记体中之洋洋者矣。

此公在清末，号为大名士，读书精细，文字生动，好自夸张，颇喜记述他人对他的称赞。这种称赞，多是有求于他，他却即当真收受，满心高兴，看来很是天真。其实，在当时，所谓名士，喜怒笑骂，都是有为而发，并能得到价钱，且能得到官做。细读清朝公私文书，此点甚明，所谓一时代有一时代的风习也。

1974 年 11 月 24 日

海上述林 （上卷）

余在安新县同口镇小学任教时，每月薪给二十元，节衣缩食，购置书籍。同口为镇，有邮政代办所，余每月从上海函购新出版物，其最贵重者，莫如此书。此书出版，国内进步知识分子，莫不向往。以当时而论，其内容固不待言，译者大名，已具极大引力；而编者之用心，尤为青年所感激；至于印刷，空前绝后，国内尚无第二本。余得到手，如捧珍物，秘而藏之，虽好友亦吝于借观也。

一九三七年暑假，携之归里。值抗日烽火起，余投身八路军。家人将书籍藏于草屋夹壁，后为汉奸引敌拆出，书籍散落庭院。其装帧精致者均不见，此书金字绒面，更难幸脱，从此不知落于何人之手。余不相信身为汉奸者，能领略此书之内容，恐遭裂毁矣。其余书籍，有家人用以烧饭者，有换取熟肉、挂面者，土改时遂全部散失。余奔走四方，亦无暇顾念及此。

一九四九年冬季进天津，同事杨君管接收，一日同湘洲①造彼，见书架上插此书两册。我等从解放区来，对此书皆知爱慕而苦于不可得。湘洲笑顾我曰：还不拿走一本！我遂抽出一本较旧者，杨君笑置之。即为此册。

第四辑 书衣文录

---

① 杨君指杨循，湘洲指李湘洲，皆孙犁战友。

后，余书增多，亦不甚注意。且革命不断，批判及于译者，此书已久为人所忘，青年人或已不知此曾赫赫之书名。世事之变化无常，于书亦然乎？

昨晚检出修治，偶见文中有"过时的人物"字样，深有所感。

青年时唯恐不及时努力，谓之曰"要赶上时代"，谓之曰"要推动时代的车轮"。车在前进，有执鞭者，有服役者，有乘客，有坠车伤毙者，有中途下车者，有终达目的地者。遭遇不同，然时代仍奋进不已。

回忆在同口教书时，小镇危楼，夜晚，校内寂无一人。萤萤灯光之下：一板床，床下一柳条箱。余据一破桌，摊书苦读，每至深夜，精神奋发，若有可为。至此已三十九年矣。

今日用皮纸粘连此书前后破裂处，并糊补封套如衲衣，亦不觉夜深。当初购置此书之人，尚在人间乎？

1974 年 12 月 29 日

毛诗注疏 国学基本丛书

商务印书馆对传播中外文化，甚有功绩。所印书讲求质量，不惜小费。此丛书系普通版本，然与其他书店所印相较，则其字清，其行稀，纸张格式，优点显然。盖当时主持者有通人，非专计谋利者比。中华书局当时虽极力抗衡，然以其所出版书对比，缺点自露。其他小书店，更无论矣。三十年代小书店，传播革命文化有功。

书局各有特点：开明颇惜纸张，字总小一号。北新印书除鲁迅作品外，流传甚少，但纸张格式大方。神州国光社形左实右，所存只有古董，水沫毛边好纸，印象颇深。真美善书店，只记得曾氏父子名字。生活书店印品浩瀚，有益当时，然今日在我案头，无一册。所藏仍以商务印本为多也。古籍读本，商务最佳，其影印古书，前无古人，后无来者，更无论矣。

1975 年 1 月 25 日上午装后随记

进城后，对此丛书，未多注意，然所得亦有数十种，颇便阅读保存，颇悔当时未搜罗全套。作为读本，今日再觅，则难如登天矣。

又记

蒲松龄集 上

　　文绝一体，艺专一技。天才孤诣，况凡夫之庸疏乎！蒲氏绝其才力于一书，所遗于人者，已号洋洋矣。而人犹妄求其他，冀有所发见，亦人情之常也。夫参天者多独木，称岳者无双峰。昼夜经营，精极一体，其他诗文，只能看作是成此大功之准备。读其杂著，而有才尽之憾者，其商贩之见乎？

　　花好月圆，流年似水，亦此理也。

1975 年 2 月 3 日睡起记

　　蒲氏困于场屋，而得成《志异》大业，诚中国文学之大幸也。又以身居农村，与群众接近，所为杂著，亦具风采，惜此集未收其家政内外等篇也。

1975 年 2 月 3 日下午，院内小孩，争放炮竹。

　　二月四日下午，余午睡，有人留柬夹门缝而去，亦聊斋之小狐也。

　　是日晚七时三十五分，余读此书年谱，忽门响如有人推摇者，持眼镜出视，乃知为地震。以前未有如此剧烈者。

"今日文化" ①

　　这是和平环境，这是各色人等，自然就有排挤竞争。人事纷纭，毁誉交至。红帽与黑帽齐飞，赞歌与咒骂迭唱。严霜所加，百花凋零；网罗所向，群鸟声噤。避祸尚恐不及，谁肯自投陷阱？遂至文坛荒芜，成了真正无声的中国。他们把持的文艺，已经不是为工农兵服务，是为少数野心家的政治赌博服务。戏剧只有样板，诗歌专会吹牛，绘图人体变形，歌曲胡叫乱喊。书店无书，售货员袖手睡去。青年无书，大好年光虚度。出版的东西，没人愿看。家家架上无自购之书，唯有机关发放之本。转日破烂回收，重新返回纸厂。如此轮回，空劳人力。

1975 年 3 月又记

---

① 作者特意拟的小标题，书于《河海昆仑录》书衣。

铁木前传

　　此四万五千字小书，余既以写至末章，得大病。后十年，又以此书，几至丧生。则此书于余，不祥甚矣。然近年又以此书不存，颇思得之。春节时，见到林呐同志 ①，为致此意。昨日，林以此交人带来，并附函喻之以久别之游子，"当他突然返回家乡时，虽属满面灰尘，周身疮痍，也不会遭遇嫌弃的吧"。呜呼，书耳，无知之物。遭际于彼并无觉怨，而常以非常反响作者，而作者非谓无知也。世代多士，恋恋于此，亦可哀矣。

1975 年 4 月 12 日晚华堂识

文学和生活的路
——孙犁散文随笔书信选（上）

----

① 原百花文艺出版社社长。

国语 国学基本丛书本

此书购自小白楼新华书店。营业员不代顾客取书，只是监视顾客偷书。并以便利顾客为名，遂使书店变为阅览室。所列图书，无不狼藉，虽贵重典籍亦毫不珍惜。顾客招呼代取书，反不耐烦，甚至出语不逊，与菜市肉铺无异。然购书者甚少。书店多设于闹市，行人顺便游览者多。如有小人书年画之类，则顽童打闹，地下滚爬，顾客步行艰难，无法检书，只好退出。此书店风景之大略也。然此系十多年前情景。今日当大不同，闻书店门前，可罗雀矣。

1975 年 5 月 17 日雨后。

此书在该书店小学课本柜中，余拣出购之。

第四辑 书衣文录

曲海总目提要

昨日清理旧存原稿，凡有排样者，一律弃之。过去存这些烂纸，并委托淮舟保存，不知是何想法也。甚可笑。此封套，系淮舟保存稿件所用。

人恒喜他人吹捧，然如每日每时，有人轮流吹捧之，吹捧之词调，越来越高，就会使自己失去良知，会做出可笑甚至危险的事来。败时，吹捧者一笑散去，如小孩吹气球然。炮仗之燃放，亦同此理。

1975 年 6 月 7 日

棠阴比事

　　进城后，狃于旧习，别无所好，有暇即奔跑于南市、北大关等处，逛书摊于冷巷，时有所得。环境幽静，往返走路，于身体亦有益。唯于天祥市场购书，则甚不卫生。市场为藏污纳垢之处。所设书籍，破损尘封，索价无边。购回需曝之日中，刷之擦之，粘之连之，污手染肺，甚有害也。一次余整理旧书，有细物吸入气管，不适数日，当以为戒矣。而乐此不疲，忽忽已老，亦可伤也。

　　此书购于天祥，主人抛置于货柜之最下层，无人过问，已有年矣。余闻此书名，而不得善本，遂购归焉。原藏书人似银行职员，观其钞补遗漏，亦好书者。

1975 年 9 月 30 日

搜神后记 明刊抄配本

　　天津解放之初，旧物充殖（斥），有所谓早市者，尤为可观。间有书籍，然外行人亦难以廉价得善本。此本散置地下，无人过问，余以一角得之，小贩已喜过望。然多年来并未遗失。今晨家人索观明版书，乃取出之，为之易去黑色书线，修补数处，使之继续存在于天壤之间。昨晚之琏来，为余幼年同学。发虽白，身体尚好。今日上午克明来，儿子儿妇及孙子孙女来吃饭一顿。涮过碗筷，即归去。余静惯，愈不堪孩子们的烦闹。

1975 年国庆节后一日

戚序石头记 卷十二 七十回至八十回

　　余幼年初见此书于屠户刘四家，此人后以吸毒落魄死。即庙会出售之石印小字本也，纸色亦如此，字体则如眉批大小。稍长，赴外地求学，所见《红楼》版本多矣，然过去所购存者，为大达书局之一折八扣本。中年以后，以文学为职业，文章讲授均曾涉及此书，残存之本尚有数种，然内容已多忘记，此学荒疏甚矣。

1975 年 10 月 21 日灯下装讫记

广群芳谱

　　此书堆于书肆案下，盖货底也。清光宣间，石印为新法，旧籍为之解放。石印佳者，目前列为珍本。此书固无足论，然印刷清楚，可略见当时石印技法。余所购石印笔记小说，全数送人，扫叶山房所出，书写多有名手，颇可恋惜。亦有贪利书坊，将原书缩印模糊，不便阅读者，在佟楼时一并处理矣。

存华堂记于 1975 年 11 月 8 日灯下

　　余近年用废纸装书，报社同人广为搜罗，过去投于纸篓者，今皆塞我抽屉，每日上班，颇有所获。远近友朋，率知此好。前数日冉淮舟从文化局资料室收得破碎纸一捆送来，选裁用之，可供一月之消闲矣。

9 日晨又记

茶香室丛钞 二

　　昨日清晨,将所养小鸟释放。彼将奋翅飞去,不失方向,觅得同类乎;或将遭遇强暴,冻死中途乎,余不得而知矣。总之,彼已结束此一次网罗之祸、笼牢之怨矣。笼居,虽日有饮食,且免危难,彼固不愿也。同群之思,山林之想,无时不萦于怀。一旦自由,虽死不顾。余知其必能归至旧巢,啾啾而鸣也。

　　保真去农场,路遇一捕鸟者,用五角多买得一山雀。售者谎之曰"美鸟",能"出口",保真请其选一善鸣者,而此鸟殊不能鸣,其声"吱吱",如鼠鸣,性且不驯,抛费食粮,余故释之。

存华堂

1975 年 11 月 22 日

唐拓十七帖

清代无学术，士大夫考据及于金石，于是碑帖盛行，然打印颇难，得一本即视为珍秘。时代之好，后人之难理解也。石印术兴，古籍字帖，得大传播，有正、文明诸书局，所印完备精良。十年前，余陆续购求多种，然对此道，终难及门而入也。此本印刷纸张，均甚精良，值书籍艰难之际，当与黄金等价。余附会风雅，故装而珍藏焉。

1975 年 12 月 25 日灯下

陈老莲水浒叶子

　　此册系亡者[1]伴我，于和平路古籍门市部购得。自我病后，她伴我至公园，至古董店、书店，顺我之素好，期有助我病速愈。当我疗养期间，她只身数度往返小汤山、青岛。她系农村家庭妇女，并不识字，幼年教养，婚后感情，有以致之。我于她有惭德。呜呼！死别已五载，偶有梦中之会，无只字悼亡之言，情思两竭，亡者当谅我乎！

1975 年 12 月 30 日上午

---

① 亡者，指作者老伴。

全唐诗乐府

　　此内府刻本，系纪晓岚家物。土改时，杨朔同志到河间，驻《冀中导报》，将《全唐诗》携至宿舍，书内红铅笔圈，疑即杨阅读时所作。当时战争未止，杨虽有马一匹，此等长物，仍不便携带。彼走后，书堆置地下，余检出乐府部分，共四册。曾存于方纪处；曾被抄走；曾寄往江西，终归手下。今富于纸，为之包装，百感交集。

　　杨朔同志已不在世上，前接其弟杨玉玮来信，谓杨已有正确结论，遍告各地友好。家属对死者结论，重视如此，甚可痛也。余与杨无深交，然自晋察冀边区熟识以来，观其为人，举止言论，一如书生。在河间时，余晚间路过其住处，见其盘腿坐于炕上，小饭桌放一油灯，聚精会神，展览刀布①。盖亦土改时所收故家之物。能于动荡中，安静治学，印象颇深。

1976 年 1 月 7 日

---

① 刀布，古代货币之一。

司马温公尺牍

一九七六年一月十一日灯下。世界舆论：亚洲一盏明灯熄灭了。谓周之逝。强忍热泪听广播。

南通社称：中国无周，不可想象，然已成铁的事实。

另一外人断言：无人能够代替他。

另一外人评述：失去他，世界就和有他时不一样了。

共同社题：北京市民静静地克制悲痛的心情，排队购买讣告①。

1976 年 1 月 11 日灯下

---

① 指刊有讣告的报纸。

释迦如来应化事迹

余不忆当时为何购置此等书，或因鲁迅书账中有此目，然不甚确也。久欲弃之而未果。今又为之包装，则以余之无聊赖，日深一日，四顾茫茫，即西天亦不愿去。困守一室，不啻画地为牢。裁纸装书，亦无异梦中所为。

1976 年 2 月 7 日

诗品注

地大震①，屋未塌，书亦未损，余现亦安，能于灯下修书，可知命立身矣。

1976 年 9 月 11 日

久不事此②，地震后在外露宿近一月，后虽偶进室中而无灯。今电接通，遂又得于晚间静坐包书，然笔墨早已收起，乃用钢笔题识。此书余另有万有文库本。

余生 1976 年 9 月 11 日

---

① 1976 年 7 月 28 日，唐山大地震，波及京津一带。

② 此则发表时，即附之于此，然查"手迹"，亦不知是写于哪本书之书衣上，故仍按日期排列于此。

缶庐近墨第一集

向阳大院，两妇女为盖小屋，争地吵闹不休。余今日挂老缶篆联于室，又包装此旧书。余圄居此院，二十有五年。初进院时，房屋庄严，院中清整，小河石山，花木繁盛，后住户日多，不爱公房公物，室内院中，渐呈破败，然尚未大坏。一九六六年，南市①氓童，成群结队，上屋顶，入地下，凡有铜铁可偷走卖钱者，大事掠劫。屋瓦颓破，顶生茅草，院中花树，攀折刨损，一株不留。然假山小河，以其坚固，尚未动也。今年地震两次，兴造临建，遂移山倒海，断笋石为台阶，碎太湖石填地基，顿时河平山削。各式小屋堆砌连结，掩影曲折，几无行人之路。而原有住房，漏雨透风，无人修理。地虽已不震，而争地盗料，大事扩充，损公肥私，如入魔途，不知其返，向阳大院之委员、主任，表现尤甚。呜呼，名为向阳，其实向阴，此世界之所以永不得安宁欤？

1976 年

文学和生活的路
——孙犁散文随笔书信选（上）

---

① 南市，天津市旧城区一带，今已拆除重建了。

近思录

　　昨日又略检《鲁迅日记》书账，余之线装旧书，见于账者十之七八，版本亦近似。新书多账所未有，因先生逝世后，新出现之本甚多也。因此，余愈爱吾书，当善保存，以证渊源有自，追步先贤，按图索骥，以致汗牛充栋也。

鲁迅全集

一九六六年夏秋之交，每个人都会感到：运动一开始，就带有林彪、"四人帮"那股封建法西斯的邪气。

那时，我每天出去参加学习。家人认为，我存有这些书，不是好事。正好小孩舅父在此，就请他把线装书抱到后面屋子里，前屋装新书的橱子，玻璃门都用白纸罩盖。这真是欲盖弥彰，不过两天，我正在外面开会，机关的"文革会"，就派红卫兵来，把所有的书橱，加上了封条。

我回到家来，内弟以为我平日爱惜这些东西，还特别安慰了我几句。其实，当时我已顾不上这些，因为，国家民族的命运，尚不知如何也。

住在同院的机关领导人，也赶来看望了一下。当然，彼此心照，都没有说什么。运动之始，"文革会"，乃是"御用"，观机关红卫兵队长由总务科长兼任，即可了然。人们根据旧黄历，还以为抛出几个文艺界人物，即可搪塞。殊不知道此次林、四之用心，是要把所有共产党干部"一勺烩"。

秋冬之交，造反派以"压缩"为名，将后面屋隔断。每日似有人在其中捆绑旧书。后又来前屋抄书，当时我的女孩在场，以也是红卫兵的资格问：

"鲁迅的书，我可以留下吗？"

答曰：

"可。"

"高尔基的呢？"

"不行。"

执事者为一水管工人，在当时情况下，其答对，我以为是很有水平的。

因此，"高尔基"被捆载而去，"鲁迅"得以留在家中。

人、事物、事情的发展变化，都是辩证的、无常的。你以为被捆绑去的，就是终身不幸；而留在家中的，就能永远幸福吗？大不然也。

捆绑去的，受到的待遇是"监护"。它们虽然经历了几年的播迁，倒换了几家的仓库，遇见过风吹雨打，虫咬鼠龁，但等到落实政策，又被"光荣的"护送归来，虽略有残缺，但大体无伤。

留在家中的，因为没有了书橱，又屡次被抄家，这些书，就只好屈尊，东堆一下，西放一下。有时与煤炭为伍，有时与垃圾同箱。长期掷于床铺之下，潮湿发霉，遇到升炉缺纸时，则被撕下几页，以为引火之助，化为云烟。

当初这些书，在我手中，珍如拱璧，处以琉璃。物如有知，当深感前后生活之大变，一如晴雯之从怡红院被逐出也。

被迫迁居以来，儿媳掌家，对寒舍惜书传统，略无所知。因屋小无处堆放，乃常借与同学同事，以致大多不知下落。一日竟将此书之封套，与废物同弃于院中。余归而检存之，不无感慨焉。

此书有详注，虽有小疵，究系专家所作，舍此，无以明当时社会及文坛上之许多典故也。

1976 年

五种遗规 *商务印书馆排印本*

古代之有刑罚，使民有所畏惧，岂只为统治阶级利益哉！古人有道德伦常之说，岂只便于奴隶主之统治哉？道德、伦理、教育、法制，经历史证明，乃全民之所需，立国之根本，经济、文化发展不可缺少之因素。

当变革之期，群众揭竿而起，选士用人，不可拘泥细节。大局已定，则应教养生息，以道德法制教化天下。未闻有当天下太平之时，在上者忽然想入非非，迫使人民退入愚昧疯狂状态。号称革命，自革已成之业，使道德沦丧，法制解体，人欲横流，祸患无穷，如"文化大革命"所为者。

道德伦理观念，成就甚难，进化甚缓。但如倒行逆施，则如江河决口，水之就下，退化甚易。十年动乱，可作千古借鉴矣。

1980 年 3 月

新文学史料 第十一期

今日上午为一妄人删改《山地回忆》事，激动生气，手颤几不能书写复信信封，甚无谓也。证明养气功夫甚差，后当克制。方今天下事，不能以常理论之，处处依据旧理，以责相遇之人或事，徒增烦扰而无补于世道之衰也。此妄人为北京商业局，编语文教材，名字已忘之。恶劣处较审改《荷花淀》尤甚，并非删节，而是处处另作。

> 1981 年 5 月 14 日，
>
> 昨日因食不洁物，夜半腹泻

章太炎年谱长编

余购有《章氏丛书》及其续编，然多收学术文字，古奥深僻，不得其解。盖如鲁迅所言：章氏晚年，为跻于大儒经师行列，删削青年时战斗之作，以后所编也。读之不能见章氏全貌。此谱颇收编外文字，其战斗锋利之作，或可略见，因购存之。

余尚有影印《章太炎家书》，已详读矣。（上册）

余购此书，同时又购《民国通俗演义》四册，两种书固不伦不类，然余欲从此得知一些民国史实，其目的则一也（小说颇保存一些原始材料）。文人与时代不能分割，特别是像章太炎这种人的文字，必须印证史实，方得其解。（下册）

1981 年 9 月 20 日记

题李燕生所作篆刻

　　燕生同志，示以所作篆刻，余喜而观之。惜余对此种艺术，缺乏常识，不能作恰当之评论。就艺术一般规律言之：欲有创新，必先师古，必拜名师。然师古而不化，或有名师而不知博采众长，亦必有拘泥之患。燕生能于此道中，博古而通今，兼收而并蓄，其将来之成就，必不可限量也。

1981 年 10 月 10 日

达夫书简

一九八四年二月十五日，小胖赠。

遇人不淑，离散海外。不能遁隐，与敌周旋。终至惨殁异域，其结果可谓不幸之甚矣。而女方归国，反能享其天年。追怀往事，读者亦不胜其悲矣。文人不能见机，取祸于无形。天才不可恃，人誉不可信。千古一辙，而郁氏特显。

摈此不论。单从爱情而言，郁氏可谓善于追逐，而不善于掌握；善于婚姻前之筹划，而不善于婚姻后之维持矣。此盖浪漫主义气质所致也。

唐玄序集王羲之书《金刚经》

去岁，为姜德明书一小幅，文曰"如露亦如电"。余读佛经，只记此一句，晚年书之。姜来信不明出处。余亦记忆不清，查所存几种佛经，均无此语。余对此等学问实无所知也。念前有柳公权书小字《金刚经》，语或出此。然前些年已同其他十余种字帖，赠与他人。皆遵同居者之命，以讨其欢心者。不久即仳离，所赠亦无谓。余之佛书，大半为石刻复制本，购买时，既想读经，又想用以习字也。

昨日偶见上海书籍广告，有此名目，乃托田晓明[1]购买一册。晚间包装浏览，方知《金刚经》共有六译，而此乃删缀之本，非经书全文。又系拓片，装裱时有错裁误接之处，不能用作读本。然翻检至末尾，四句偈语，赫然在焉。失望之后，倍增欣喜。恐再遗忘，谨抄存之：

一切有为法　如梦幻泡影

如露亦如电　应作如是观

余为德明书此五字后，见一图片，鲁迅先生曾为日本僧寮书此五字。余与先生在文字上能有一点同见与同好，实出偶然。然私心亦不免有

---

① 田晓明，《天津日报》工作人员。

所惊异矣。

昨晚修整此书，临近八时，调整收音机，听气象预报。忽闻关于精神文明之决议，正在播出。心情激动，聚神谛听。过去从未如此关心政治，晚年多虑，心情复杂，非一言可尽，慨然良久。

今日看小孩，颇疲乏，字写不好，心情亦不佳。

1986 年 9 月 29 日晚记

菜根谭

此又一版本，是保定河北大学哲学系学生所寄。他很喜欢这本书，购到后读至深夜，次日又买一册赠我，与我并不相识。

不到两月，先后收到两本，有些青年人，大概以为我也很喜欢这本书。

我不喜欢这类书，以为不过是变样的酬世大观。既非禅学，也非理学。两皆不纯，互有沾染，不伦不类。这是读书人，在处世遇到困扰时，自作聪明，写出的劝世良言，即格言之类的东西，用之处世，也不一定行得通。青年人之所以喜欢它，也是因为人际之间，感到困惑，好像找到了法宝，其实是不可靠的法宝。

至于据日本商人见识，以估本国文化，此种心理，更无足置论矣。

1990 年 1 月 10 日下午，

无事，包装之，并记。

知堂书话 上

刘宗武赠。书价昂，拟酬谢之。

知堂晚年，多读乡贤之书，偏僻之书，多读琐碎小书，与青年时志趣迥异。都说他读书多，应加分析。所写读书记，无感情，无冷暖，无是非，无批评。平铺直叙，有首无尾。说是没有烟火气则可，说对人有用处，则不尽然。淡到这种程度，对人生的滋养，就有限了。这也可能是他晚年所追求的境界，所标榜的主张。实际是一种颓废现象，不足为读书之法也。

1987 年 1 月 3 日

聊斋佚文辑注

蒲松龄纪念馆　盛伟　辑注　齐鲁书社

一九九〇年八月五日，山东邓基平赠。青年人送我一些东西，我在文章中提到他们的名字，他们就很高兴，呜呼，此亦人情交流之一途也。

所作碑传公文，不离学究气，蒲氏如无小说，其文集实不足流传。然其生活知识颇丰富，对创作有利。蒲松龄入泮制艺，颇有趣。并非为圣人立言，实际为一小说，且得施愚山好评，可见虽八股文章，题材亦允许多种多样。蒲氏文笔，与以后所写《聊斋》文字，甚相似，可说是《聊斋》的雏形，天才多于幼年时显现，即如鸟兽之胚胎，可异也。艺术趣味亦广泛，其所记石谱为余所见最全者，分观赏、砚材、器用各项。

1990 年 8 月 9 日记

其与诸侄书论作文之法，以为乘间、翻空、逆振，旁搜曲引，可以取胜，反对攻坚撞实、硬铺直写，以为文不能传诸语，此理论家之言，非作家之言也。蒲氏创作，亦断非如此。任何文章，不撞实，何能有佳作？翻空云云，作八股则可，写小说则断不能成功也。

下午又记

太平广记 第十册

郑振铎著文学史，有商人与士子之争一章，当今却有商业诗人，以为文士绝非商人的敌手。特别是在争夺妓女的欢心上。文士不平，乃糟蹋商人。商业小说家等等，可与商人直接抗衡，不必败北矣。梁章钜《楹联丛话》有江淮大盐商大言不惭，贴一门对为：岂有文章惊海内，何劳车马驻江干。以为不伦不类，作为笑料录存。其实，商人的意思是：你们这些作家来我这里，并不是因为我有好文章，使你们慕名而来，是因为其他原因。意思是很直率的。

8 月 11 日晨起无聊记

引谕山河，指诚日月。

文徵明行书《离骚》

　　文字为工具，以易书易认为主。用作装饰，亦应以工整有法，秀丽有致为美。近有作者，以狂以怪为高，以丑为美，所作字倚斜臃肿，如蝌蚪，如乱石，如枯干。更有甚者，以拖布做笔，表演大庭广众之中，此作杂技看则可，作书法看，则令人啼笑皆非。余近习字，专以传统为重，求其有法有依，绝不作狂纵之态也。

　　　　　　　　　　　　　　　1991 年元月 6 日病稍可，

　　　　　　　　　　　　　　　　记于小屋南窗之下。

第四辑　书衣文录

知堂谈吃 卫建民赠

　　文运随国运而变，于是周作人、沈从文等人大受青睐。好像过去的读者，都不知道他们的价值，直到今天才被某些人发现似的。即如周初陷敌之时，以郭沫若之身份，尚思百身赎之，是不知道他的价值？人对之否定，是因为他自己不争气，当了汗（汉）奸？汗（汉）奸可同情乎？前不久有理论家著文，认为我至今不原谅周的这一点，是因为我有局限性。没有人否认周的文章，但文章也要分析，有好有坏，并非凡他写的都是好文章。至于他的翻译，国家也早就重视了。

　　还有沈从文，他自有其地位，近有人谈话称，鲁迅之后，就是沈了。尊师自然可以，也不能不顾事实。过犹不及，且有门户之嫌。还有人想把我与沈挂钩，因实在没有渊源，不便攀附，已去信否认。

1991 年 1 月 15 日　晨记

石涛山水册页

人随世变，情随事迁。

余近日始读石涛材料，知其明末王孙，楚藩后裔，流落为僧，精于绘事。至政局稳定，清朝定鼎之后，此僧北游京师，交结权贵，为彼等服务，得其誉扬资助，虽僧亦俗也。乃知事在抗争之时，泾渭分明，大谈名节。迨局面已成，恩仇两忘，随遇而安，亦人生之不得已也。古今如是，文人徒作多情而已。曹雪芹有见于此，故借袭人，说出一句"名言"。

余少见真迹，此册略见石涛风格。其画法，简洁而淡远，笔墨纯熟如天成。开卷其作风自现，无第二人可比，此谓之创意。

1994 年 6 月 4 日记

宋贤遗翰

一九九二年九月十九日装。

此过去故宫博物院出版物，印刷精良，为当时先进，鲁迅曾称许之。

故园消失，朋友凋零。还乡无日，就墓有期。哀身世之多艰，痛遭逢之匪易。隐身人海，徘徊方丈。凭窗远望，白云悠悠。伊人早逝，谁可告语。

1995 年 1 月 29 日上午抄讫

①一九九四年三月十九日，北京耿见忠持赠，余报以小型石印书《西域水道记》一部四册，彼在研究河道。此君读书甚多，今年卅岁，前途正未可限量也。上午十时，腾云、宋安娜、张金池、沈金梅、郑法清、李华敏、刘宗武集于寒舍，商议召开研究会事。据云筹备甚早，而批下甚迟。余只重申不要拉赞助之旨，余未过问。合影后，彼等移至独单详谈，余休息。

②书法者，知识份（分）子之余事，然亦处世之大节，观此集，可知文字非小道，文人之趋避亦反映其间。康梁，时代之猛士；罗郑，因循之小人。合编一集，乃时代之丑净先后之演出。

③今之青年，并汉奸之不知，甚亦不知租界为何物，且有人缅怀租界，拟议建立博物馆者，不知收藏何物，见诸报章，亦无下文，不知何时建立也。

下午又记

第五辑 远的怀念

回忆沙可夫同志

沙可夫同志逝世，已经很久了。从他逝世那天，我就想写点什么，但是，心情平静不下来，也不知道该从哪里说起。

我对沙可夫同志有两点鲜明印象：第一，他的作风非常和蔼可亲，从来没有对他领导的这些文艺干部疾言厉色；第二，他很了解每个文艺干部的长处，并能从各方面鼓励他发挥这个专长。遇到有人不了解这个同志的优点所在的时候，他就尽心尽力地替这个干部进行解释。

这好像是很简单的事，但沙可夫同志是坚持不懈，并且是非常真诚、非常热心地做去的。

当时，晋察冀边区是一个战斗非常紧张，生活非常艰苦的地区。但就在这里，聚集了不少从各路而来，各自抱负不凡的文艺青年。

在这些诗人、小说家、美术家、音乐家和戏剧家的队伍前面，走着沙可夫同志。他的生活和他的作风一样，非常朴素。他也有一匹马吧，但在我的印象里，他很少乘骑，多半是驮东西。更没有见过，当大家都艰于举步的时刻，他打马飞驰而过的场面。饭菜和大家一样。只记得有一个时期，因为他有胃病，管理员同志缝制了一个小白布口袋，装上些稻米，塞到我们的小米锅里，煮熟了倒出来送给他吃。我所以记得这点，只是因为觉得这种"小灶"太简单，它反映了我们当时的生活，实在困难。

这些琐事，是他到边区文联工作以后，我记得的。文联刚刚成立的时候，他住在华北联大，我那时从晋察冀通讯社调到文联工作，最初和他见面的机会很少。事隔几年之后，有一次在冀中，据一位美术理论家提供材料，说沙可夫同志当时关心我，就像关心一个"贵宾"一样。我想这是不合事实的，因为我从来也没有当"贵宾"的感觉。但我相信，沙可夫同志是关心我的，因为在和他认识以后，给人的这种印象是很深刻的。

当然，沙可夫同志也很关心这位美术理论家。他在那时负责的工作相当重要。

我很明白：领导文艺队伍和从事文艺创作是两回事。从事创作不妨有点洁癖，逐字逐句，进行推敲，但领导文艺工作，就得像大将用兵一样。因此，任用各种各样的人，我从来也不把它看做是沙可夫同志的缺点，这正是他的优点。在当时，人才很缺，有一技之长，就是财宝。而有些青年，在过去或是现在，确实是发挥了很大作用的。

我只是说，当时沙可夫同志领导的这个队伍，真是像俗话所说，"宁带千军万马，不带十样杂要"，是很复杂的，很难带好的，并且是常常发生"原则的分歧"的。什么理论问题，都曾经有过一番争论。在争论的时候，大都是盛气凌人，自命高深的。我记得，有一次是关于民族形式之争。在文联工作的一些同志，倾向于"新酒新瓶"，在另外一处地方，则倾向于"旧瓶新酒"。我是倾向于"新酒新瓶"的，在《晋察冀日报》上，写了一篇短文，其中有一句大意是："有过去的遗产，还有将来的遗产。"这竟引起了当时两位戏剧家的气愤，在开会以前，主张先不要进行讨论，以为"有很多人连文艺名词还没弄清"，坚持"应该先编印一本文艺词典"。事隔二十年，不知道这两位同志编纂出这部词书没有？我当时的意思只是说，艺术形式是逐渐发展的，遗产也是积累起来的。

周围站立着这样多的怒目金刚，沙可夫同志总是像慈悲的菩萨一样坐在那里，很少发言，甚至在面部表情上，也很难看出他究竟左袒哪一方。他叫大家尽量把意见说出来。他明白：现在这些青年，都只是在学习的路上工作，也可以说是在工作的路上学习。谁的意见也不会成为定论，谁的文章也不会成为经典的。但在他做结论的时候，却会使人感到：这次会确实开得有收获，使持各种意见的同志都心平气和下来，走到团结的道路上去，正确执行着党在当时规定的政策。

沙可夫同志在发言的时候，既无锋利惊人之辞，也无叱咤凌厉之态，他只是平平淡淡地讲着，忠实地简直是没有什么发挥地反复说明党的政策。他在文艺问题上，有一套正确的、系统的见解，从不看风使舵。总结工作中的成绩和缺点的时候，实事求是。每次开会，我都有这样一个感觉：他传达着党的文艺方针和政策，就像他从事翻译那样忠实。

是的，沙可夫同志是把他从事翻译的初心，运用到工作里来的。他对文艺干部的领导，是主张多让他们学习。在边区，他组织多次大型的、古典话剧的演出。凡是真正有价值的文学作品，不分古今中外，不管是什么流派，他都帮助大家学习。有些同志，一时爱上了什么，他也不以为怪，他知道这是会慢慢地充实改变的。实际也是这样。例如故去的邵子南同志，当时是以固执欧化著称的，但后来他以同样固执的劲头，又爱上了中国的"三言"。此外，当时对《草叶集》爱不释手的人，后来也许会主张"格律"，喜欢马雅可夫斯基跳动短句的人，也许后来又喜欢了字句的修长和整齐。

在当时那种一切都是从困难中产生的环境里，他珍爱同志们的哪怕是小小的成果。凡有创作，很少在他那里得不到鼓励，更谈不到什么"通不过"了。当然，那时文艺和战争、生产密切结合，好像也很少出现什么有害的作品。当时文联出版一种油印的刊物，叫做《山》，版本的大小和厚薄，就像最早期的《译文》一样，用洋粉连纸印刷。编辑部设在牛栏村东头，一间长不到一丈，宽不到四尺，堆满农具，只有个一尺见方的小窗子的房子里。编辑和校对就是我一个人。沙可夫同志领导这个刊物，真是"放手"，我把稿子送给他看，很少有不同的意见。他不但为这刊物写发刊词，翻译了重要的理论文章，为了鼓励我们创作，他还写了新诗。

我已经忘记这刊物出了多少期，但它确实曾经刊登了一些切实的理论和作品，著名作家梁斌同志的纸贵洛阳的《红旗谱》的前身，就曾经连续在这个刊物上发表。那时冀中平原的战斗，尤其频繁艰苦，同志们得不到休息的机会和学习的机会，有时到山里来开会，沙可夫同志总是很好地招待，给他们学习的时间和写作的时间。他们有些作品，也发表在这个刊物上。

我和沙可夫同志虽然相处有一二年的时间，但接触和谈话并不很多。我只是一个普通的干部，有些会议并不一定要我去参加。加以我的习性孤独，也很少主动到他那里闲谈。最初，我只知道他在"七七"事变以前，翻译过很多文学作品，在当时起了很大的革命和文学的推动作用，至于他学过戏剧，是到山里以后，才知道一些。关于他曾经学过音乐，并从事革命工作那么长久，是他死后从讣文上我才知道。这当然是由于我的孤陋寡闻，但也证明沙可夫同志，不只在仪表上，非常温文儒雅，在内心里也是非常谦虚谨慎。他好像从来也没有对人夸耀：他做过什么，或是学过什么，或是什么比你们知道得多……

是一九四二年吧，文联的机关取消，分配我到晋察冀日报社去工作，当时，我好像不愿去当编辑，愿意下乡。我记得在街上遇到沙可夫同志，我把这个意见提了，那一次他很严肃地只说了三个字："工作么！"我没有再说，就背上背包走了。这时我已入了党。

从此以后，好像就很少见到他。一九四四年，我们先后到了延安，有一天，他来到鲁艺负责同志的窑洞里，把我叫去，把我在敌后的工作情况，向那位负责同志谈了。送出我来，还问我：是不是把家眷接到延安来？这或者是因为他看到在那里工作的同志，差不多都有配偶，觉得我生活得有些寂寞吧。

全国胜利以后，在一次文艺大会上，休息时我到他的座位那里，谈了几句。他问我近几年写了什么东西，又劝我注意身体，这或者是因为他看出我的身体已经不大好了吧。

一九五九年夏天，我养病到北戴河，一天黄昏，我在海边散步，看见他站在一块岩石上钓鱼，我跑了过去。他一边钓着鱼，一边问了问我的病的情形。当时我看他精神很好，身体外表也很好。在他脚下有处水槽，里面浮动着两只海蟹。但他说的话很少，我就告辞走了。这或者是因为他正在集中精神钓鱼，也或者是因为他自己知道自己的病情，不愿意多说话耗费精神吧。

从此，就再没见过面。

关于沙可夫同志，在他生前，既然接近比较少，多少年来我也没有从别人那里打听过他的生平。关于他的工作，事实和成效俱在，也毋庸我在这里称道。关于他的著述，以后自然有地方要编辑出版。我对于他的记述，真是大者不知，小者不详。整理几点印象，就只能写成这样一篇短文。

1962 年 3 月 11 日于北京

1978 年 3 月改

清明随笔

——忆邵子南同志

邵子南同志死去有好几年了。在这几年里，我时常想起他，有时还想写点什么纪念他，这或者是因为我长期为病所困苦的缘故。

实际上，我和邵子南同志之间，既谈不上什么深久的交谊，也谈不上什么多方面的了解。去年冯牧同志来，回忆那年鲁艺文学系，从敌后新来了两位同志，他的描述是："邵子南整天呱啦呱啦，你是整天一句话也不说……"

我和邵子南同志的性格、爱好，当然不能说是完全相反，但确实有很大的距离，说得更具体一些，就是他有些地方，实在为我所不喜欢。

我们差不多是同时到达延安的。最初，我们住在鲁艺东山紧紧相邻的两间小窑洞里。每逢夜晚，我站在窑洞门外眺望远处的景色，有时一转身，望见他那小小的窗户，被油灯照得通明。我知道他是一个人在写文章，如果有客人，他那四川口音，就会声闻户外的。

后来，系里的领导人要合并宿舍，建议我们俩合住到山下面一间窑洞里，那窑洞很大，用作几十人的会场都是可以的，但是我提出了不愿意搬的意见。

这当然是因为我不愿意和邵子南同志去同住，我害怕受不了他那整天的聒噪。领导人没有勉强我，我仍然一个人住在小窑洞里。我记不清邵子南同志搬下去了没有，但我知道，如果领导人先去征求他的意见，他一定表示愿意，至多请领导人问问我……我知道，他是没有这种择人而处的毛病的。并且，他也绝不会因为这些小事，而有丝毫的芥蒂，他也是深知道我的脾气的。

所以，他有些地方，虽然不为我所喜欢，但是我很尊敬他，就是说，他有些地方，很为我所佩服。

印象最深的是他那股子硬劲，那股子热情，那说干就干、干脆爽朗的性格。

我们最初认识是在晋察冀边区。边区虽大，但同志们真是一见如故，来往也是很频繁的。那时我在晋察冀通讯社工作，住在一个叫三将台的小村庄，他在西北战地服务团工作，住在离我们三四里地的一个村庄，村名我忘记了，只记住如果到他们那里去，是沿着河滩沙路，逆着淙淙的溪流往上走。

有一天，是一九四〇年的夏季吧，我正在高山坡上一间小屋里，帮着油印我们的刊物《文艺通讯》。他同田间同志来了，我带着两手油墨和他们握了手，田间同志照例只是笑笑，他却高声地说："久仰——真正的久仰！"

我到边区不久，也并没有什么可仰之处，但在此以前，我已经读过他写的不少诗文。所以当时的感觉，只是：他这样说，是有些居高临下的情绪的。从此我们就熟了，并且相互关心起来。那时都是这样的，特别是做一样工作的同志们，虽然不在一个机关，虽然有时为高山恶水所阻隔。

我有时也到他们那里去，他们在团里是一个文学组。四五个人住在一间房子里，屋里只有一张桌子，放着钢板蜡纸，墙上整齐地挂着各人的书包、手榴弹。炕上除去打得整整齐齐准备随时行动的被包，还放着油印机，堆着刚刚印好还待折叠装订的诗刊。每逢我去了，同志们总是很热情地说："孙犁来了，打饭去！"还要弄一些好吃的菜。他们都是这样热情，非常真挚，这不只对我，对谁也是这样。他们那个文学组，给我留下了非常好的印象。主要是，我看见他们生活和工作得非常紧张，有秩序，活泼团结。他们对团的领导人周巍峙同志很尊重，相互之间很亲切，简直使我看不出一点儿"诗人""小说家"的自由散漫的迹象。并且，使我感到，在他们那里，有些部队上的组织纪律性——在抗日战争期间，我很喜欢这种味道。

我那时确实很喜欢这种军事情调。我记得：一九三七年冬季，冀中区刚刚成立游击队。有一天，我在安国县，同当时在政治部工作的阎、陈两位同志走在大街上。对面过来一位领导人，小阎整整军装，说："主任！我们给他敬个礼。"临近的时候，素日以吊儿郎当著称的小阎，果然郑重地向主任敬了礼。这一下，在我看来，真是给那个县城增加了不少抗日的气氛，事隔多年，还活泼地留在我的印象里。

因此，在以后人们说到邵子南同志脾气很怪的时候，简直引不起我什么联想，说他固执，我倒是有些信服。

那时，他们的文学组编印《诗建设》，每期都有邵子南同志的诗，那用红绿色油光纸印刷的诗传单上，也每期有他写的很多街头诗。此外，他写了大量的歌词，写了大型歌剧《不死的人》。战斗、生产他都积极参加，有时还登台演戏，充当配角，帮助布景卸幕等等。

我可以说，邵子南同志在当时所写的诗，是富于感觉，很有才华的。虽然，他写的那个大型歌剧，我并不很喜欢。但它好像也为后来的一些歌剧留下了不小的影响，例如过高的调门和过多的哭腔。我所以不喜欢它，是觉得这种形式，这些咏叹调，恐怕难为群众所接受，也许我把群众接受的可能性估低和估窄了。

当时，邵子南同志好像是以主张"化大众"，受到了批评，详细情形我不很了解。他当时写的一些诗，确是很欧化的。据我想，他在当时主张"化大众"，恐怕是片面地从文艺还要教育群众这个性能上着想，忽视了群众的斗争和生活，他们的才能和创造，才是文艺的真正源泉这一个主要方面。不久，他下乡去了，在阜平很小的一个村庄，担任小学教师。在和群众一同战斗一同生产的几年，并经过学习党的文艺政策之后，邵子南同志改变了他的看法。我们到了延安以后，他忽然爱好起中国的旧小说，并发表了那些新"三言"似的作品。

据我看来，他有时好像又走上了一个极端，还是那样固执，以致在作品表现上有些摹拟之处。而且，虽然在形式上大众化了，但因为在情节上过分喜好离奇，在题材上多采用传说，从而减弱了作品内容的现实意义。这与以前忽视现实生活的"欧化"，势将异途而同归。如果再过一个时期，我相信他会再突破这一点，在创作上攀登上一个新的境界。

他的为人，表现得很单纯，有时甚至叫人看着有些浅薄而自以为是，这正是他的可爱、可以亲近之处。他的反映性很锐敏很强烈，有时爱好夸夸其谈，不叫他发表意见是很困难的。他对待他认为错误和恶劣的思想和行动，不避免使用难听刺耳的语言，但在我们相处的日子里，他从来也没有对同志或对同志写的文章，运用过虚构情节或绕弯暗示的"文艺"手法。

在延安我们相处的那一段日子里，他很好说这样两句话："你走你的阳关道，我走我的独木桥。"有时谈着谈着，甚至有时是什么也没谈，就忽然出现这么两句。邵子南同志是很少坐下来谈话的，即使是闲谈，他也总是在屋子里来回走动着。这两句话他说得总是那么斩钉截铁，说时的神气也总是那么趾高气扬。说完以后，两片薄薄的缺乏血色的嘴唇紧紧一闭，简直是自信到极点了。

我不知道他为什么好说这样两句话，有时甚至猜不出他又想到什么或指的是什么。作为警辟的文学语言，我也很喜欢这两句话。在一个问题上，独抒己见是好的，在一种事业上，勇于尝试也是好的。但如果要处处标新立异，事事与众不同，那也会成为一种虚无吧。邵子南同志特别喜爱这两句话，大概是因为它十分符合他那一种倔强的性格。

他的身体很不好，就是在我们都很年轻的那些年月，也可以看出他的脸色憔悴，先天的营养不良和长时期神经的过度耗损，但他的精神很焕发。在那年夏天，我们初次见面的时候，他留给我的印象是：挺直的身子，黑黑的头发，明朗的面孔，紧紧闭起的嘴唇。灰军装，绿绑腿，赤脚草鞋，走起路来，矫健而敏捷。这种印象，直到今天，在我眼前，还是栩栩如生。他已经不存在了。

关于邵子南同志，我不了解他的全部历史，我总觉得，他的死是党的文艺队伍的一个损失，他的才华灯盏里的油脂并没枯竭，他死得早了一些。因为我们年岁相当，走过的路大体一致，都是少年贫困流浪，苦恼迷惑，后来喜爱文艺，并由此参加了革命的队伍，共同度过了不算短的那一段艰苦的岁月。在晋察冀的山前山后，村边道沿，不只留有他的足迹，也留有他那些热情的诗篇。村女牧童也许还在传唱着他写的歌词。在这里，我不能准确估量邵子南同志写出的相当丰富的作品对于现实的意义，但我想，就是再过些年，也不见得就人琴两无音响。而他那从事文艺工作和参加革命工作的初心，我自认也是理解一些的。

他在从事创作时，那种勤勉认真的劲头，我始终更是认为可贵，值得我学习的。在这篇短文里，我回忆了他的一些特点，不过是表示希望由此能"以逝者之所长，补存者之不足"的微意而已。

今年春寒，写到这里，夜静更深，窗外的风雪，正在交织吼叫。记得那年，我们到了延安，延安丰衣足食，经常可以吃到肉，按照那里的习惯，一些头蹄杂碎，是抛弃不吃的。有一天，邵子南同志在山沟里拾回一个庞大的牛头，在我们的窑洞门口，架起大块劈柴，安上一口大锅，把牛头原封不动地煮在里面，他说要煮上三天，就可以吃了。

我不记得我和他分享过这顿异想天开的盛餐没有。在那黄昏时分，在那寒风凛冽的山头，在那熊熊的火焰旁边，他那兴高采烈的神情，他那高谈阔论，他那爽朗的笑声，我好像又看到听到了。

1962 年 4 月 1 日于天津

远的怀念

一九三八年春天，我在本县参加抗日工作，认识了人民自卫军政治部的宣传科长林扬。他是"七七"事变后，刚刚从北平监狱里出来，就参加了抗日武装部队的。他很弱，面色很不好，对人很和蔼。他介绍我去找路一，说路正在组织一个编辑室，需要我这样的人。路住在侯町村，初见面，给我的印象太严肃了：他坐在一张太师椅上，冬天的军装外面，套了一件那时乡下人很少见到的风雨衣，腰系皮带，斜佩一把大盒子枪，加上他那黑而峻厉的面孔，颇使我望而生畏。我清楚地记得，第一次和诗人远千里见面，是在他那里，由他介绍的。

远高个子，白净文雅，书生模样，这种人我是很容易接近的，当然印象很好。

第二年，我转移到山地工作。一九四一年秋季，我又跟随路从山地回到冀中。路是很热情爽快的人，我们已经很熟很要好了。

在我县郝村，又见到了远，他那时在梁斌领导的剧社工作，是文学组长，负责几种油印小刊物的编辑工作。我到冀中后，帮助编辑《冀中一日》，当地做文艺工作的同志，很多人住在郝村，在一个食堂吃饭。

这样，和远见面的机会就很多。他每天总是笑容满面的，正在和本剧团一位高个的女同志恋爱。每次我给剧团团员讲课的时候，他也总是坐在地下，使我深受感动并且很不安。

就在这个秋天，冀中军区有一次反"扫荡"。我跟随剧团到南边几个县打游击，后又回到本县。滹沱河发了水，决定暂时疏散，我留本村。远要到赵庄，我给他介绍了一个亲戚做堡垒户，他把当时穿不着的一条绿色毛线裤留给了我。

一九四五年，日本投降后，我从延安回到冀中，在河间又见到了远。他那时拄着双拐，下肢已经麻痹了。精神还是那样好，谈笑风生。我们常到大堤上去散步，知道他这些年的生活变化，如不坚强，是会把他完全压倒的。"五一大扫荡"以后，他在地洞里坚持报纸工作，每天清晨，从地洞里出来，透透风。洞的出口在野外，他站在园田的井台上，贪馋地呼吸着寒冷新鲜的空气。看着阳光照耀的、尖顶上挂着露珠的麦苗，多么留恋大地之上啊！

我只有在地洞过一夜的亲身体验，已经觉得窒息不堪，如同活埋在坟墓里。而他是要每天钻进去工作，在萤火一般的灯光下，刻写抗日宣传品，写街头诗，一年，两年。后来，他转移到白洋淀水乡，长期在船上生活战斗，受潮湿，得了全身性的骨质增生病。最初是整个身子坏了，起不来，他很顽强，和疾病斗争，和敌人斗争，现在居然可以同我散步，虽然借助双拐，他也很高兴了。

他还告诉我：他原来的爱人，在"五一大扫荡"后，秋夜蹚水转移，掉在旷野一眼水井里牺牲了。

我想起远留给我的那条毛线裤，是件女衣，可能是牺牲了的女同志穿的，我过路以前扔在家里。第二年春荒，家里人拿到集上去卖，被一群汉奸女人包围，几乎是讹诈了去。

她的牺牲，使我受了启发，后来写进长篇小说的后部，作为一个人物的归结。

进城以后，远又有了新的爱人。腿也完全好了，又工作又写诗。有一个时期，他是我的上级，我私心庆幸有他这样一个领导。一九五二年，我到安国县下乡，路经保定，他住在旧培德中学的一座小楼上，热情地组织了一个报告会，叫我去讲讲。

我爱人病重，住在省医院的时候，他曾专去看望了她，惠及我的家属。使她临终之前，记下我们之间的友谊。

听到远的死耗，我正在干校的菜窖里整理白菜。这个消息，在我已经麻木的脑子里，沉重地轰击了一声。夜晚回到住处，不能入睡。

后来，我的书籍发还了，所有现代的作品，全部散失，在当作文物保管的古典书籍里，却发现了远的诗集《三唱集》。这部诗集出版前，远曾委托我帮助编选，我当时并没有认真去做。远明知道我写的字很难看，却一定要我写书面，我却兴冲冲写了。现在面对书本，既惭愧有负他的嘱托，又感激他对旧谊的重视。我把书郑重包装好，写上了几句话。

远是很聪明的，办事也很干练，多年在政治部门工作，也该有一定经验。他很乐观。绝不是忧郁病患者。对人对事，有相当的忍耐力。他的记忆力之强，曾使我吃惊，他能够背诵"五四"时代和三十年代的诗，包括李金发那样的诗。远也很爱惜自己的羽毛，但他终于被林彪、"四人帮"迫害致死。

他在童年求学时，后来在党的教育下，便为自己树立人生的理想，处世的准则，待人的道义，艺术的风格等等。循规蹈矩，孜孜不倦，取得了自己的成就。我没有见过远当面骂人，训斥人；在政治上、工作上，也看不出他有什么非分的想法，不良的作风。我不只看见他的当前，也见过他的过去。

他在青年时是一名电工，我想如果他一直爬在高高的电线杆上，也许还在愉快勤奋地操作吧。

现在，不知他魂飞何处，或在丛莽，或在云天，或徘徊冥途，或审视谛听，不会很快就随风流散，无处召唤吧。历史和事实都会证明：这是一个美好的，真诚的，善良的灵魂。他无负于国家民族，也无负于人民大众。

1976 年 12 月 7 日夜记

第五辑　远的怀念

伙伴的回忆

忆侯金镜

一九三九年，我在阜平城南庄工作。在一个初冬的早晨，我到村南胭脂河边盥洗，看见有一支队伍涉水过来。这是一支青年的、欢乐的、男男女女的队伍。是从延安来的华北联大的队伍，侯金镜就在其中。

当时，我并不认识他。我也还不认识走在这个队伍中间的许多戏剧家、歌唱家、美术家。

一九四一年，晋察冀文联成立以后，我认识了侯金镜。他是联大文艺学院文学系的研究人员。他最初给我的印象是：老成稳重，说话洪亮而短促。脸色不很好，黄而有些浮肿。和人谈话时，直直地站在那里，胸膛里的空气总好像不够用，时时在倒吸着一口凉气。

这个人可以说是很严肃的，认识多年，我不记得他说过什么玩笑话，更不用说相互之间开玩笑了。这显然和他的年龄不相当，很快又结了婚，他就更显得老成了。

他绝不是未老先衰，他的精力很是充沛，工作也很热心。在一些会议上发言，认真而有系统。他是研究文艺理论的，但没有当时一些青年理论家常有的、那种飞扬专断的作风，也不好突出显示自己。这些特点，给我留下了好的印象，觉得他是可以亲近的。但接近的机会究竟并不太多，所以终于也不能说是我在晋察冀时期的最熟识的朋友。

然而，友情之难忘，除去童年结交，就莫过于青年时代了。晋察冀幅员并不太广，我经常活动的，也就是几个县，如果没有战事，经常往返的，也就是那几个村庄，那几条山沟。各界人士，我认识得少；因为当时住得靠近，文艺界的人，却几乎没有一个陌生。阜平号称穷山恶水，在这片炮火连天的土地上，汇集和奔流着来自各方的，兄弟般的感情。

以后，因为我病了，有好些年，没有和金镜见过面。一九六〇年夏天，我去北京，他已经在《文艺报》和作家协会工作，他很热情，陪我在八大处休养所住了几天，又到颐和园的休养所住了几天。还记得他和别的同志曾经陪我到香山去玩过。这当然是大家都知道我有病，又轻易不出门，因此牺牲一点儿时间，同我到各处走走看看的。

这样，谈话的机会就多了些，但因为我不善谈而又好静，所以金镜虽有时热情地坐在我的房间，看到我总提不起精神来，也就无可奈何地走开了。只记得有一天黄昏，在山顶，闲谈中，知道他原是天津的中学生，也是因为爱好文艺，参加革命的。他在文学事业上的初步尝试，比我还要早。另外，他好像很受"五四"初期启蒙运动的影响，把文化看得很重。他认为现在有些事，所以做得不够理想，是因为人民还缺乏文化的缘故。当时我对他这些论点，半信半疑，并且觉得是书生之见，近于迂阔。他还对我谈了中央几个文艺刊物的主编副主编，在几年之中，有几人犯了错误。因为他是《文艺报》的副主编，担心犯错误吧，也只是随便谈谈，两个人都一笑完事。我想，金镜为人既如此慎重老练，又在部队做过政治工作，恐怕不会出什么漏子吧。

在那一段时间，他的书包里总装着一本我写的《白洋淀纪事》。他几次对我说："我要再看看。"那意思是，他要写一篇关于这本书的评论，或是把意见和我当面谈谈。他每次这样说，我也总是点头笑笑。他终于也没有写，也没有谈。这是我早就猜想到的。对于朋友的作品，是不好写也不好谈的。过誉则有违公论，责备又恐伤私情。

他确实很关心我，很细致。在颐和园时，我偶然提起北京什么东西好吃，他如果遇到，就买回来送给我。有时天晚了，我送客人，他总陪我把客人送到公园的大门以外。在夜晚，公园不只道路曲折，也很空旷，他有些不放心吧。

此后十几年，就没有和金镜见过面。

最后听说：金镜的干校在湖北。在炎热的夏天，他划着小船在湖里放鸭子，他血压很高，一天晚上，劳动归来，脑溢血死去了。他一直背着"反党"的罪名，因为他曾经指着在"文化大革命"期间报刊上经常出现的林彪形象，说了一句："像个小丑！"金镜死后不久，林彪的问题就暴露了。

我没有到过湖北，没有见过那里的湖光山色，只读过范仲淹描写洞庭湖的文章。我不知道金镜在的地方，是否和洞庭湖一水相通。我现在想到：范仲淹所描写的，合乎那里天人的实际吗？他所倡导的先忧后乐的思想，能对在湖滨放牧家禽的人，起到安慰鼓舞的作用吗？金镜曾信服地接受过他那不以物喜，不以己悲的劝诫吗？

在历史上，不断有明哲的语言出现，成为一些人立身的准则，行动的指针。但又不断有严酷的现实，恰恰与此相反，使这些语言，黯然失色，甚至使提倡者本身头破血流。然而人民仍在觉醒，历史仍在前进，炎炎的大言，仍在不断发光，指引先驱者的征途。我断定，金镜童年，就在纯洁的心灵中点燃的追求真理的火炬，即使不断遇到横加的风雨，也不会微弱，更不会熄灭的。

忆郭小川

一九四八年冬季，我在深县下乡工作。环境熟悉了，同志们也互相了解了，正在起劲，有一天，冀中区党委打来电话，要我回河间，准备进天津。我不想走，但还是骑上车子去了。

我们在胜芳集中，编在《冀中导报》的队伍里。从冀热辽的群众日报社也来了一批人，这两家报纸合起来，筹备进城后的报纸出刊。小川属于《群众日报》，但在胜芳，我好像没有见到他。早在延安，我就知道他的名字，因为我交游很少，也没得认识。

进城后，在伪《民国日报》的旧址，出版了《天津日报》。小川是编辑部的副主任，我是副刊科的副科长。我并不是《冀中导报》的人，在冀中时，却常常在报社住宿吃饭，现在成了它的正式人员，并且得到了一个官衔。

编辑部以下有若干科，小川分工领导副刊科，是我的直接上司。小川给我的印象是：一见如故，平易坦率，热情细心，工作负责，生活整饬。这些特点，在一般文艺工作者身上是很少见的。所以我对小川很是尊重，并在很长时间里，我认为小川不是专门写诗，或者已经改行，是能做行政工作，并且非常老练的一名干部。

在一块工作的时间很短，不久他们这个班子就原封转到湖南去了。小川在《天津日报》期间，没有在副刊上发表过一首诗，我想他不是没有诗，而是谦虚谨慎，觉得在自己领导下的刊物上发表东西，不如把版面让给别人。他给报社同志们留下的印象，是很好的，很多人都不把他当诗人看待，甚至不知道他能写诗。

后来，小川调到中国作家协会工作。在此期间，我病了几年，联系不多。当我从外地养病回来，有一次到北京去，小川和贺敬之同志把我带到前门外一家菜馆，吃了一顿饭。其中有两个菜，直到现在，我还认为，是我有生以来，吃到的最适口的美味珍品。这不只是我短于交际，少见世面，也因为小川和敬之对久病的我，无微不至地关怀照顾，才留下了如此难以忘怀的印象。

我很少去北京，如果去了，总是要和小川见面的，当然和他的职位能给予我种种方便有关。

我时常想，小川是有作为的，有能力的。一个诗人，担任这样一个协会的秘书长，上上下下，里里外外都来得，我认为是很难的。小川却做得很好，很有人望。

我平素疏忽，小川的年龄，是从他逝世后的消息上，才弄清楚的。他参加革命工作的时候，还不到二十岁。他却能跋山涉水，入死出生，艰苦卓绝，身心并用，为党为人民做了这样多的事，实事求是评定起来，是非常有益的工作。他的青春，可以说是没有虚掷，没有浪过。

他的诗，写得平易通俗，深入浅出，毫不勉强，力求自然，也是一代诗风所罕见的。

很多年没有见到小川，大家都自顾不暇。后来，我听说小川发表了文章，不久又听说受了"四人帮"的批评。我当时还怪他，为什么在这个时候，急于发表文章。

前年，有人说在辉县见到了他，情形还不错，我很高兴。我觉得经过这么几年，他能够到外地去做调查，身体和精神一定是很不错的了。能够这样，真是幸事。

去年，粉碎了"四人帮"，大家正在高兴，忽然传来小川不幸的消息。说他在安阳招待所听到好消息，过于兴奋，喝了酒，又抽烟，当夜就出了事。起初，我完全不相信，以为是传闻之误，不久就接到了他的家属的电报，要我去参加为他举行的追悼会。

我没有能够去参加追悼会。自从一个清晨，听到陈毅同志逝世的广播，怎么也控制不住热泪以后，一听到广播哀乐，就悲不自胜。小川是可以原谅我这体质和神经方面的脆弱性的。但我想如果我不写一点儿什么纪念他，就很对不起我们的友情。我已经有十几年没有写作的想法了，现在拿起笔来，是写这样的文字。

我对小川了解不深，对他的工作劳绩，知道得很少，对他的作品，也还没有认真去研究，深怕伤害了他的形象。

一九五一年吧，小川曾同李冰、俞林同志，从北京来看我，在我住的院里，拍了几张照片。这一段胶卷，长期放在一个盒子里。前些年，那么乱，却没人过问，也没有丢失。去年，我托人洗了出来，除了我因为不健康照得不好以外，他们三个人照得都很好，尤其是小川那股英爽秀发之气，现在还跃然纸上。

啊，小川，

你的诗从不会言不由衷，

而是发自你肺腑的心声。

你的肺腑，

像高挂在树上的公社的钟，

它每次响动，

都为的是把社员从梦中唤醒，

催促他们拿起铁铲锄头，

去到田地里上工。

你的诗篇，长的或短的，

像大大小小的星斗，

展布在永恒的夜空，

人们看上去，它们都有一定的光亮，

一定的方位，

就是儿童，

也能指点呼唤它们的可爱的名称。

它们绝不是那转瞬即逝的流星——乡下人叫作贼星，

拖着白色的尾巴，从天空划过，

人们从不知道它的来路，

也不关心它的去踪。

你从不会口出狂言，欺世盗名，

你的诗都用自己的铁锤，

在自己的铁砧上锤炼而成。

雨水从天上落下，

种子用两手深埋在土壤中。

你的诗是高粱玉米，

它比那伪造的琥珀珊瑚贵重。

你的诗是风，

不是转蓬。

泉水呜咽，小河潺潺，大江汹涌！

1977 年 1 月 3 日改讫

悼画家马达

听到马达终于死去了，脑子又像被击中一棒，半夜醒来，再也不能入睡了。青年时代结交的战斗伙伴，相继凋谢，实在使人感怆不已。

只是在今年初，随着党中央不断催促落实政策，流落在西郊一个生产大队的马达，被记忆了起来。报社也三番两次去找他采访，叫他写些受"四人帮"迫害的材料。报社同志回来对我说：

马达住在那个生产大队临大道的尘土飞扬、人声嘈杂、用破席支架起来的防震棚里，另有一间住房，也很残破。客人们去了，他只有一个小板凳，客人照顾他年老有病，让他坐着，客人们随手拾块破砖坐下来。

马达用两只手抱着头，半天不说话。最后，他说：

"我不能说话，我不能激动，让我写写吧。"

在临分别的时候，他问起了我：

"他还在原来的地方住吗？我就是和他谈得来，我到市里要去看他。"

我在延安住的时间很短，也就是一年半的时间。原来是调去学习的，很快日本投降了，就又随着工作队出来。在延安，我在鲁艺做一点儿工作，马达在美术系。虽说住在一个大院落里，我不记得到过他的窑洞，他也没有到过我的窑洞。听说他的窑洞修整得很别致，他利用土方，削成了沙发、茶几、盆架、炉灶等等。可是同在一个小食堂里吃饭，每天要见三次面，有什么话也可以说清楚的。马达沉默寡言，认识这么些年，他没有什么名言谠论、有风趣的话或生动的表情，留在我的印象里。

从延安出发，到张家口的路上，我和马达是一个队。我因为是从敌后来的，被派作了先遣，每天头前赶路。我有一双从晋察冀穿到延安去的山鞋，现在又把它穿上，另外，还拿上我从敌后山上砍伐来的一根六道木棍。

这次行军，非常轻松，除去过同蒲路，并没有什么敌情。后来，我又兼给女同志们赶毛驴，每天跟在一队小毛驴的后面，迎着西北高原的瑟瑟秋风，听着骑在毛驴背上的女歌手们的抒情，可以想见我的心情之舒畅了。

我在延安是单身，自己生产也不行，没有任何积蓄。有些在延安住久的同志，有爱人和小孩，他们还自备了一些旅行菜。我在延安遇到一次洪水暴发，把所有的衣被，都冲到了延河里去，自己如果不是攀住拴马的桩子，也险些冲进去。组织上照顾我，发给我一套单衣。第二天早晨，水撤了，在一辆大车的车脚下，发现了我的衣包，拿到延河边一冲洗，这样我就有了两套单衣。行军途中，我走一程，就卖去一件单衣，补充一些果子和食物。这种情况当然也是一时的权宜之计，不很正规的。

中午到了站头，我们总是蹲在街上吃饭。马达也是单身，但我不记得和他蹲在一起、共进午餐的情景。只有要在一个地方停留几天，要休整了，我才有机会和他见面，留有印象的，也只有一次。

在晋、陕交界，是个上午，我从住宿的地方出来，要经过一个磨棚，我看到马达正站在那里，聚精会神地画速写。有两位青年妇女在推磨，我没有注意她们推磨的姿态，我只是站在马达背后，看他画画。马达用一支软铅笔在图画纸上轻轻地、敏捷地描绘着，只有几笔，就出现了一个柔婉生动，非常美丽的青年妇女形象。这是素描，就像在雨雾里见到的花朵，在晴空里望到的钩月一般。我确实惊叹画家的手艺了。

我很爱好美术，但手很笨，在学校时，美术一课，总是勉强交卷。从这一次，使我对美术家，特别是画家，产生了肃然起敬的感情。

马达最初，是在上海搞木刻的。那一时代的木刻，是革命艺术的一支突出的别动队。我爱好革命文学，也连带爱好了木刻，青年时曾买了不少这方面的作品。我一直认为在《鲁迅全集》里，鲁迅同一群青年木刻家的照相中，排在后面，胸前垂着西服领带，面型朴实厚重的，就是马达。但没有当面问过他。马达那时已是一个革命者，而那时的革命，并不是在保险柜里造反，是很危险的生涯。关于他那一段历史，我也没有和他谈起过。

行军到了张家口，我和一群画家，住在一个大院里。我因为一路赶驴太累了，有时间就躺下来休息。忽然有人在什么地方发现了一堆日本人留下的烂纸，画家们蜂拥而出，去捡可以用来画画的纸片。在延安，纸和颜料的困难，给画家带来了很大的不便。我写文章，也是用一种黄色的草纸。他们只好拿起木刻刀对着梨木板干，木刻艺术就应运而生地得到了长足的发展。他们见到了纸张，这般兴奋，正是表现了他们为了革命工作的热情。

在张家口住了几天，我就和在延安结交的文艺界的朋友们分道扬镳，回到冀中去了。

进天津之初，我常在多伦道一家小饭铺吃饭，在那里有时遇到马达。

后来我的家口来了，他还到我住的地方来访一次，从那时起，我觉得马达，在交际方面，至少比我通达一些。又过了那么一段时间，领导上关心，在马场道一带找了一处房，以为我和马达性格相近，职业相当，要我们搬去住在一起。这一次，因为我犹豫不决，没有去成。不久，在昆明路，又给我们找了一处，叫我住楼上，马达住楼下。这一次，他先搬了进去。我的老伴把厨房厕所都打扫干净了，顺路去看望一个朋友，听到一些不利的话，回来又不想搬了。为了此事，马达曾找我动员两次，结果我还是没搬，他就和别人住在一起了。

我是从农村长大的，安土重迁。主要是我的惰性大，如果不是迫于形势，我会为自己画地为牢，在那里站着死去的。马达是在上海混过的，他对搬家好像很有兴趣。

从这一次，我真切地看到，马达是诚心实意愿意和我结为邻居的。古人说，百金买房，千金买邻，足见择邻睦邻的重要性。但是，马达对我恐怕还是不太了解，住在一起，他或者也会大感失望的。我在一切方面，主张调剂搭配。比如，一个好动的，最好配上一个好静的，住房如此，交朋友也是如此。如果两个人都好静，都孤独，那不是太寂寞了吗？当然这也只是我个人的看法。

他搬进新居，我没有到他那里去过。据老伴说，他那屋里尽是一些奇奇怪怪的东西，他也穿着奇怪的衣服，像老和尚一样。他那年轻的爱人，对我老伴称赞了他的画法。这可能是我老伴从农村来，少见多怪。她大概是走进了他的工作室，那种奇异的服装，我想是他的工作服吧。

在刚刚进城那些年，劝业场楼上还有很多古董铺，我常常遇见马达坐在里面。后来听说他在那里买了不少乌漆八黑的，确实说，是人弃我取，一般人不愿意要的东西。他花大价钱买了来。屋里摆满了这

种什物，加上一个年老沉默的人，在其中工作，的确会给人一种不太
爽朗的感觉。

在艺术风格上，进城以后，他爱上了砖刻。我外行地想，至少在
工作材料上，比起木刻更原始一层。他刻出的一些人物形象，信而好古，
好像并不为当代的广大群众所喜闻乐见。

他很少出来活动。从红尘十丈的长街上，退避到笼子一样的房间
里，这中间，可能有他力不从心的难言之隐吧。对现实生活越来越陌
生，越陌生就越不习惯。以为生活像田园诗似的，人都像维纳斯似的，
笑都像蒙娜丽莎似的，一接触实际，就要碰壁。他结婚以后，青春做伴，
可能改变了生活的气氛。

古往今来，一些伟大的画师，以怪僻的习性，伴随超人的成绩。但是，
所谓独善其身或是洁身自好，只能说是一句空话，是与现实生活矛盾的，
也是不可能的。你脱离现实，现实会去接近你。

一九六六年冬季，有一群人，闯进了他的住宅，翻箱倒柜。马达
俯在他出生不久的儿子身上，安静地对进来的人说：

"你们，什么东西也可以拿去，不要吓着我的小孩！"

他在六十多岁时，才有了这个孩子。

接着就是全家被迫迁往郊区。"四人帮"善于巧立名目，借刀杀人，
加给他的罪名是：资产阶级反动权威。

这十几年，当然我们没有见过面。就是最近，他也没得到我这里
来过，市里的房子迟迟解决不了，他来办点事，还要赶回郊区。我因
为身体不好，也没有能到医院看望他。这都算不得什么，谈不上什么
遗憾的。

我一直相信，马达在郊区，即使生活多么困难和不顺利，他是可
以过得去的。因为，他曾经长时期度过更艰难困苦的生活。听说他在

农村教了几个徒弟，这些徒弟帮他做一些他力所不及的劳动。当然，他遭遇的是精神上的折磨和人格的被侮辱。我也断定，他可以活下来，因为他是能够置心淡定，自贵其生的。他确实活过来了，在农村画了不少画，并见到了"四人帮"及其体系的可耻破灭。

1978 年 4 月 22 日

谈赵树理

山西自古以来，就是多才多艺之乡。在八年抗日战争期间，作为敌后的著名抗日根据地，在炮火烽烟中，绽放了一枝奇异的花，就是赵树理的小说创作。

赵树理的小说，以其故事的通俗性，人物性格的鲜明，特别是语言的地方色彩，引起了各个抗日根据地军民的注意。他的几种作品，不胫而走，油印、石印、铅印，很快传播。

抗日战争刚刚结束，我在冀中区读到了他的小说：《小二黑结婚》《李有才板话》和《李家庄的变迁》。

我当即感到，他的小说，突破了前此一直很难解决的，文学大众化的难关。

在他以前，所有文学作者，无不注意通俗传远的问题。"五四"白话文学的革命，是破天荒地向大众化的一次进军。几经转战，进展好像并不太大，文学作品虽然白话了，仍然局限在少数读者的范围里。理论上的不断探讨，好像并不能完全解决大众化的实践问题。

文学作品能不能通俗传远，作家的主观愿望固然是一种动力。但是其他方面的条件，也很重要。多方面的条件具备了，才能实现大众化，主要是现实生活和现实斗争的需要，政治的需要。在这两项条件之外，作家的思想锻炼，生活经历，艺术修养和写作才能，都是缺一不可的必要条件。

我曾默默地巡视了一下赵树理的学习、生活和创作的道路。因为和他并不那么熟悉，有些只是以一个同时代人的猜测去进行的。

据王中青的一篇回忆记载：一九二六年赵树理"在长治县山西省立第四师范学校念书。他平易近人，说话幽默，是一个很有风趣的人。他勤奋好学，博览群书，向当时上海左翼作家的作品学习，向民间传统艺术学习。他那时就可谓是一位博学多识，多才多艺的青年文艺作者"。

这段回忆出自赵树理的幼年同学，后来的战友，当然是非常可信的。其中提到的许多史实，都对赵树理以后的创作，有直接的关系。但是，即使赵树理当时已具备这些特点，如果没有遇到抗日战争，没有能与这一伟大历史环境相结合，那么他的前途，他的创作，还是很难预料的。

在学校，他还是一个文艺爱好者，毕业以后，按照当时一般的规律，他可以沉没乡塾，也可以老死户牖。即使他才情卓异，能在文学上有所攀登，可以断言，在创作上的收获，也不会达到我们现在所能看到的高度。

创作上的真正通俗化，真正为劳苦大众所喜见乐闻，并不取决于文学形式上。如果只是那样，这一问题，早已解决了。也不单单取决于文学的题材。如果只是写什么的问题，那也很早就解决了。它也不取决于对文学艺术的见解，所学习的资料。在当时有见识，有修养的人才多得很，但并没有出现赵树理型的小说。

这一作家的陡然兴起，是应大时代的需要产生的，是应运而生，时势造英雄。

当赵树理带着一支破笔，几张破纸，走进抗日的雄伟行列时，他并不是一名作家。他同那些刚放下锄头，参加抗日的广大农民一样，并没有觉得自己有任何特异的地方。他觉得自己能为民族解放献出的，除去应该做的工作，就还有这一支笔。

他是大江巨河中的一支细流，大江推动了细流，汹涌前去。

他的思想，他的所恨所爱，他的希望，只能存在于这一巨流之中，没有任何分散或格格不入之处。

他同身边的战士，周围的群众，休戚与共，亲密无间。

他要写的人物，就在他的眼前，他要讲的故事，就在本街本巷。他要宣传、鼓动，就必须用战士和群众的语言，用他们熟悉的形式，用他们的感情和思想。而这些东西，就在赵树理的头脑里，就在他的笔下。

如果不是这样，作家是不会如此得心应手，唱出了时代要求的歌。

正当一位文艺青年需要用武之地的时候，他遇到了最广大的场所，最丰富的营养，最有利的条件。

是的，每个时代都有它自己的歌手。但是，歌手的时代，有时要成为过去。这一条规律，在中国文学史上，特别显著。

随着抗日战争的胜利，土地改革的胜利，解放战争的胜利，随着全国解放的胜利锣鼓，赵树理离开乡村，进了城市。

全国胜利，是天大的喜事。但对于一个作家来说，问题就不这样简单了。

从山西来到北京，对赵树理来说，就是离开了原来培养他的土壤，被移置到了另一处地方，另一种气候、环境和土壤里。对于花木，柳宗元说："其土欲故。"

他的读者群也变了，不再完全是他的战斗伙伴。

这里对他表示了极大的推崇和尊敬，他被展览在这新解放的，急剧变化的，人物复杂的大城市里。

不管赵树理如何恬淡超脱，在这个经常遇到毁誉交于前，荣辱战于心的新的环境里，他有些不适应。就如同从山地和旷野移到城市来的一些花树，它们当年开放的花朵，颜色就有些暗淡了下来。

政治斗争的形势，也有变化。上层建筑领域，进入了多事之秋，不少人跌落下来。作家是脆弱的，也是敏感的。他兢兢业业，唯恐有什么过失，引来大的灾难。

渐渐也有人对赵树理的作品提出异议。这些批评者，不用现实生活去要求、检验作品，只是用几条杆棒去要求、检验作品。他们主观唯心地反对作家写生活中所有，写他们所知，而责令他们写生活中所无或他们所不知。于是故事越来越假，人物越来越空。他们批评赵树理写的多是落后人物或中间人物。吹捧者欲之升天，批评者欲之入地。对赵树理个人来说，升天入地都不可能。他所实践的现实主义传统，只要求作家创造典型的形象，并不要求写出"高大"的形象。他想起了在抗日根据地工作时，那种无忧无虑，轻松愉快的战斗心情。他经常回到山西，去探望那里的人们。

他的创作迟缓了，拘束了，严密了，慎重了。因此，就多少失去了当年的青春泼辣的力量。

很长时期，他专心致志地去弄说唱文学。赵树理从农村长大，他对于民间艺术是非常爱好，也非常精通的。他根据田间的长诗《赶车传》，改编的《石不烂赶车》鼓词，令人看出，他不只对赶车生活知识丰富，对鼓词这一形式，也运用自如。这是赵树理一篇得意的作品。

这一时期，赵树理对于民间文艺形式，热爱到了近于偏执的程度。对于"五四"以后发展起来的各种新的文学形式，他好像有比一比看的想法。这是不必要的。民间形式，只是文学众多形式的一个方面。它是因为长期封建落后，致使我国广大农民，文化不能提高，对城市知识界相对而言的。任何形式都不具有先天的优越性，也不是一成不变，而是要逐步发展，要和其他形式互相吸收、互相推动的。

流传民间的通俗文艺，也型类不一，神形各异。文艺固然应该通俗，但通俗者不一定皆得成为文艺。赵树理中后期的小说，读者一眼看出，渊源于宋人话本及后来的拟话本。作者对形式好像越来越执著，其表现特点为：故事行进缓慢，波澜激动幅度不广，且因过多罗列生活细节，有时近于卖弄生活知识。遂使整个故事铺摊琐碎，有刻而不深的感觉。中国古典小说的白描手法，原非完全如此。

进城不久，是一九五〇年的冬季吧，有一天清晨，赵树理来到了我在天津的狭小的住所。我们是初次见面，谈话的内容，现在完全忘记了，但他留给我的印象是很清楚的。他恂恂如农村老夫子，我认为他是一个典型的农民作家。

因为是同时代，同行业，加上我素来对他很是景仰，他的死亡，使我十分伤感。他是我们这一代的优秀人物。他的作品充满了一个作家对人民的诚实的心。

林彪、"四人帮"当然不会放过他。在林彪、"四人帮"兴妖作怪的那些年月，赵树理在没有理解他们的罪恶阴谋之前，最初一定非常惶惑。在既经理解之后，一定是非常痛恨的。他们不只侮辱了他，也侮辱了他多年来为之歌颂的，我们的党、国家和人民。

天生妖孽，残害生民。在林彪、"四人帮"鼓动起来的腥风血雨之中，人民长期培养和浇灌的这一株花树，凋谢死亡。这是文学艺术的悲剧。

经济、政治、文艺，自古以来，就形成了一种非常固定，非常自然的关系。任何改动其位置，或变乱其关系的企图，对文艺的自然生成，都是一种灾难。

文艺的自然土壤，只能是人民的现实生活和斗争，植根于这种土壤，文艺才能有饱满的生机。使它离开这个土壤，插进多么华贵的瓶子里，对它也只能是伤害。

林彪、"四人帮"这些政治野心家，用实用主义对待文艺。他们一时把文艺捧得太高，过分强调文艺的作用，几乎要和政治，甚至和经济等同起来。历史已经残酷地记载：在他们这样做的时候，常常是为他们在另一个时候，过分贬低文艺，惩罚文艺，甚至屠宰文艺，包藏下祸心。

1978 年 11 月 11 日

夜　思

　　最近为张冠伦同志开追悼会，我只送了一个花圈，没有去。近几年来，凡是为老朋友开追悼会，我都没有参加。知道我的身体、精神情况的死者家属，都能理解原谅，事后，还都带着后生晚辈，来看望我。这种情景，常常使我热泪盈眶。

　　这次也同样。张冠伦同志的家属又来了，他的儿子和孙子，还有他的妻妹。

　　进门，这位白发的老太太就说：

　　"你还记得我吗？"

　　"呵，要是走在街上……"我确实一时想不起来，只好嗫嚅着回答。

　　"常智，你还记得吧？"

　　"这就记起来了，这就记起来了！"我兴奋起来，热情地招扶她坐下。

　　她是常智同志的爱人。一九四三年，我在山地华北联大高中班教书时，常智是数学教员。这一年冬天，我们在繁峙高山上，坚持了整整三个月的反"扫荡"。第二年初，刚刚下得山来，就奉命做去延安的准备。

　　我在出发前一天的晚上，忽然听说常智的媳妇来了，我也赶去看了看。那时她正在青春，又是通过敌占区过来，穿着鲜艳，容貌美丽。

我们当时都惋惜，我们当时所住的，山地农民家的柴草棚子，床上连张席子也没有，怎样来留住这样花朵般的客人。女客人恐怕还没吃晚饭，我们也没有开水，只是从老乡那里买了些红枣，来招待她。

第二天，当我们站队出发时，她居然也换上我们新发的那种月白色土布服装，和女学生们站在一起，跟随我们出发了。一路上，她很能耐劳苦，走得很好。她是冀中平原的地主家庭出身吧，从小娇生惯养，这已经很不容易了。

比翼而飞，对常智来说，老婆赶来，一同赴圣地，这该是很幸福的了。但在当时，同事们并不很羡慕他。当时确实顾不上这些，以为是累赘。

这些同事，按照当时社会风习，都已结婚，但因为家庭、孩子的拖累，是不能都带家眷的，虽然大家并不是不思念家乡的。

这样，我们就一同到了延安，她同常智在那里学自然科学。现在常智同她在武汉工作，也谈了谈这些年来经历的坎坷。

至于张冠伦同志，则是我一九四五年抗日战争结束后，回到冀中认识的。当时，杨循同志是《冀中导报》的秘书长，我常常到他那里食宿，因此也认识了他手下的人马。在他领导下，报社有一个供销社，还有一个造纸厂，张冠伦同志是厂长。

纸厂设在饶阳县张岗。张冠伦同志是一位热情、厚道的人，在外表上又像农民又像商人，又像知识分子，三者优点兼而有之，所以很能和我接近。我那时四下游击，也常到他的纸厂住宿吃饭。管理伙食的是张翔同志。

他的纸厂是一个土纸厂，专供《冀中导报》用。在一家大场院里，设有两盘高大的石碾，用骡拉。收来的烂纸旧书，堆放在场院西南方向的一间大厦子里。

我对破书烂纸最有兴趣，每次到那里，我都要蹲在厦子里，刨拣一番。我记得在那里我曾得到一本石印的《王圣教》和一本石印的《书谱》。

解放战争后期，是在河间吧，张冠伦同志当了冀中邮政局的负责人。他告诉我，土改时各县交上的书，堆放在他们的仓库里面。我高兴地去看了看，书倒不少，只是残缺不全。我只拣了几本亚东印的小说，都是半部。

这次来访的张冠伦的儿子，已经四十多岁了，他说：

"在张岗，我上小学，是孙伯伯带去的。"

这可能是在土改期间。那时，我们的工作组驻在张岗，我和小学的校长、教师都很熟。

土改期间，我因为家庭成分，又因为所谓"客里空"问题，在报纸上受过批判，在工作组并不负重要责任，有点像后来的靠边站。土改会议后，我冒着风雪，到了张岗。我先到理发店，把长头发剪了去，理发店胖胖的女老板很是奇怪，不明白我当时剪去这一团烦恼丝的心情。后来我又在集市上，买了一双大草鞋，向房东老大娘要了两块破毡条垫在里面，穿在脚下。每天蹒跚漫步于冰冻泥泞的张岗大街之上，和那里的农民，建立了非常难能可贵的情谊。

农村风俗淳厚，对我并不歧视。同志之间，更没有像后来的所谓划清界限之说。我在张岗的半年时间里，每逢纸厂请客、过集日吃好的，张冠伦同志，总是把我叫去解馋。

现在想来，那时的同志关系，也不过如此。我觉得这样也就可以了，留下的印象是很深的，值得追念的。进城以后，相互之间的印象，就淡漠了。"文化大革命"期间，我们的命运大致相同。他后来死去了。

看到有这么多好同志死去，不知为何，我忽然感慨起来：在那些年月，我没有贴出一张揭发检举老战友的大字报，这要感谢造反派对我的宽容。他们也明白：我足不出户，从我这里确实挖不出什么新的材料。我也不想使自己舒服一些，去向造反派投递那种卖友求荣的小报告，也不曾向我曾经认识的当时非常煊赫的权威、新贵，请求他们的援助与哀怜。我觉得那都是可耻的，没有用处的。

我忍受自己在劫的种种苦难，只是按部就班地写我自己的检查，写得也很少很慢。现在，有些文艺评论家，赞美我在文字上惜墨如金。在当时却不是这样，因为我每天只交一张字大行稀的交代材料，屡遭管理人的大声责骂，并扯着那一页稿纸，当场示众。后来干脆把我单独隔离，面前放一马蹄表，计时索字。

古人说，一死一生，乃见交情。其实，这是不够的。又说，使生者死，死者复生，大家相见，能无愧于心，能不脸红就好了。朋友之道，此似近之。我对朋友，能做到这一点吗？我相信，我的大多数朋友，对我是这样做了。

我曾告诉我的孩子们：

"你们看见了，我因为身体不好，不能去参加朋友们的追悼会，等我死后，人家不来，你们也不要难过。朋友之交，不在形式。"

新近，和《文艺报》的记者谈了一次话，很快就收到一封青年读者来信，责难我不愿回忆和不愿意写"文化大革命"的事，是一种推诿。文章是难以写得周全的，果真是如此吗？我的身体、精神的条件，这位远地的青年，是不能完全了解的。我也想到，对于事物，认识相同，因为年纪和当时处境的差异，有些感受和想法，也不会完全相似的。很多老年人，受害最深，但很少接触这一重大主题，我是能够理解的。

我也理解，接触这一主题最多的青年同志们的良好用心。

但是，年老者逐渐凋谢，年少者有待成熟，这一历史事件在文学史上的完整而准确的反映，恐怕还需要一段时间吧？

1980 年 1 月 30 日夜有所思，凌晨起床写讫

悼念李季同志

已经是春天了，忽然又飘起雪来。十日下午，我一个人正在后面房间，对存放的柴米油盐，作季节性的调度。外面送来了电报。我老眼昏花，脑子迟钝，看到电报纸上李季同志的名字，一刹那间，还以为是他要到天津来，像往常一样，预先通知我一下。

绝没想到，他竟然逝去了。前不久，冯牧同志到舍下，我特别问起他的身体，冯还说：有时不好，工作一忙，反倒好起来了。我当时听了很高兴。

李季同志死于心脏病。诗人患有心脏病，这就是致命所在。患心脏病的人，不一定都是热情人；而热情人最怕得这种病。特别是诗人。诗人的心，本来就比平常的人跳动得快速、急骤、多变、失调。如果自己再不注意控制，原是很危险的。

一九七八年秋季，李季同志亲自到天津来，邀我到北京去参加一个会。我有感于他的热情，不只答应，而且坚持一个星期，把会开了下来。当我刚到旅馆，还没有进入房间，已经是晚上八点多钟了，就听到李季同志在狭窄嘈杂的旅馆走道里，边走边大声说：

"我把孙犁请了来，不能叫他守空房啊。我来和他做伴！"

他穿着一件又脏又旧的军大衣，右腿好像有了些毛病，但走路很快，谈笑风生。

在会议期间，我听了他一次发言。内容我现在忘了，他讲话的神情，却深深印在我的记忆里。他很激动，好像和人争论什么，忽然，他脸色苍白，要倒下去。他吞服了两片药，还是把话讲完了。

第二天，他就病了。

在会上，他还安排了我的发言。我讲得很短，开头就对他进行规劝。我说，大激动、大悲哀、大兴奋、大欢乐，都是对身体不利的。但不如此，又何以作诗？

在我离京的前一天晚上，他还带病到食堂和我告别，我又以注意身体为赠言。

这竟成最后一别。李季同志是死于工作繁重，易动感情的。

李季同志的诗作《王贵与李香香》，开一代诗风，改编为唱词剧本，家喻户晓，可以说是不朽之作。他开辟的这一条路，不能说后继无人，但没有人能超越他。他后来写的很多诗，虽也影响很大，但究竟不能与这一处女作相比拟。这不足为怪，是有很多原因，也可以说是有很多条件使然的。

《王贵与李香香》，绝不是单纯的陕北民歌的编排，而是李季的创作，在文学史上，这是完全新的东西，是长篇乐府。这也绝不是单凭采风所能形成的，它包括集中了时代精神和深刻的社会面貌。李季幼年参加革命，在根据地，是真正与当地群众，血肉相连，呼吸相通的。是认真地研究了民间文学的内容和形式的。他不是天生之才，而是地造之才，是大地和人民之子。

很多年来，他主要是担任文艺行政工作，而且逐渐提级，越来越繁重。这对工作来说，自然是需要，是不得已；对文艺来说，总是一个损失。当然，各行各业，都要有领导，并且需要精通业务的人去领导。不过，实践也证明，长期以来，把作家放在行政岗位，常常是得不偿失的。当然，这也只是一种估计。李季同志，是能做行政工作，成绩显著，颇孚众望的。在文艺界，号称郭、李。郭就是郭小川同志。

据我看来，无论是小川，还是李季同志，他们的领导行政，究竟还是一种诗人的领导，或者说是天才的领导。他们出任领导，并不一定是想，把自己的"道"或"志"，布行于天下。只是当别人都推托不愿干时，担负起这个任务来。而诗人气质不好改，有时还是容易感情用事。适时应变的才干，究竟有限。

因为文艺行政工作，是很难做好，使得人人满意的。作家、诗人，自己虽无领导才干，也无领导兴趣，却常常苛求于人，评头论足。热心人一旦参加领导行列，又多遇理论是非之争，欲罢不能，愈卷愈脱不出身来，更无法进行创作。当然也有人，拿红铅笔，打电话惯了，尝到了行政的甜头，也就不愿再去从事那种消耗神经，煎熬心血，常常是费力不讨好的创作了。如果一帆风顺，这些人也就正式改行，从文途走上仕途。有时不顺利，也许就又弃官重操旧业。这都是正常现象。

李季做得还算够好的，难能可贵的。他的特点是，心怀比较开朗，少畛域观念，十分热情，能够团结人，在诗这一文艺领域里，有他自己广泛的影响。

自得噩耗，感情抑郁，心区也时时感到压迫和疼痛。为了驱赶这种悲伤，我想回忆一下同李季在青年时期的交往。

可惜，我同他是在五十年代初期，一次集体出国时，才真正熟起来。那时，我已经是中年了。对于出国之行，我既没有兴趣，并感到非常劳累。那种紧张，我曾比之于抗日战争时期的反"扫荡"。特别是一早起，团部传出：服装、礼节等等应注意事项。起床、盥洗、用饭，都很紧迫。我生性疏懒，动作迟缓，越紧张越慌乱。而李季同志，能从容不迫，好整以暇。他能利用蹲马桶时间：刷牙，刮脸，穿袜子，结鞋带。有一天，忽然通知：一律西服，我却不会结领带，早早起来，面对镜子，正在为难之际，李季同志忽然推门进来，衣冠楚楚，笑着说：

"怎么样，我就知道你弄不好这个。"

然后熟练地代我结好了，就像在战争时代，替一个新兵打好被包一样。

人之相知，贵相知心。对于李季同志，我不敢说是相知，更不敢说是知己。但他对于我，有一点最值得感念，就是他深深知道我的缺点和弱点。我一向不怕别人不知道我的长处，因为这是无足轻重的。我最担心的是别人不知道我的短处，因为这就谈不上真正的了解。在国外，有时不外出参观，他会把旅馆的房门一关，向同伴们提议：请孙犁唱一段京戏。在这个代表团里，好像我是唯一能唱京戏的人。

每逢有人要我唱京戏，我就兴奋起来，也随之而激动起来。李季又说：

"不要激动，你把脸对着窗外。"

他如此郑重其事，真是欣赏我的唱腔吗？人要有自知之明，直到现在我也不敢这样相信。他不过是看着我，终日一言不发，落落寡合，找机会叫我高兴一下，大家也跟着欢笑一场而已。

他是完全出于真诚的，正像他前年要我去开会时说的：

"非我来，你是不肯出山的！"

难道他这是访求山野草泽，志在举逸民吗？他不过是要我出去活动活动，与多年不见面的朋友们会会而已。

在会上，他又说：

"你不常参加这种场合，人家不知道你是什么观点，讲一讲吧。"

也是这个道理。

他是了解我的，了解我当时的思想、感情的，他是真正关心我的。

他有一颗坚强的心，他对工作是兢兢业业的，对创作是孜孜不倦的。他有一颗热烈的心，对同志，是视如手足，亲如兄弟的。他所有的，是一颗诗人的赤子之心，天真无邪之心。这是他幼年参加革命时的初心，是他从根据地的烽烟炮火里带来的。因此，我可以说，他的这颗心从来没有变过，也是永远不会停止跳动的。

1980 年 3 月 14 日

大星陨落

——悼念茅盾同志

看到茅盾同志逝世的消息，心情十分沉重，惆怅不已，感触也很多。

我和茅盾同志并不熟识，只听过他的一次报告，但一直读他的书。记得我在上初中的时候，就读到他为商务印书馆学生国学丛书选注的一本《庄子》，署名沈德鸿。随后，读到他主持编辑的《小说月报》。这个文学刊物，在当时最有权威，对中国新文学发展所起的作用，也少有刊物能和它相比。直到今天，人们对它的印象，还是很深的。它所登的，都是当时第一流的作品，选择严格，都是现实主义的作品。每期还有评论文章，以及国内外文坛消息。它的内容和版式，在很长时间，成为中国文学刊物的典型。那两本《俄国文学专号》，过了很多年，人们见到，还非常珍视。

不久，我读到他写的反映北伐战争的三部曲，即《幻灭》《动摇》《追求》，使我见到了中国第一次大革命时期，知识分子的群像。

他的长篇《子夜》出版时，我已经在读高中，这部作品，奠定了中国新的长篇小说的基础。作家视野的宽广，人物性格的鲜明，描写手法的高超，直到今天，也很难说有谁已经超越了它。我曾按照当时流行的阶级分析的方法，写了一篇读后记。

他的短篇《春蚕》《林家铺子》《残冬》，在《文学》上发表时，我就读过了，非常爱好。

他的译作，在《译文》上我经常读到，后来结集为《桃园》，我又买了一本。

他的理论文章，我也很爱读。他有丰富的创作经验，古今中外的知识又渊博，社会实践阅历很深。他对作品的评价分析，都从艺术分析入手，用字不多，能说到关键的地方，能说到要害，能使人心折意服。他对我的作品，也说过几句话。那几句话，不是批评，但有规诫的成分；不是捧场，但有鼓励的成分；使作者乐于接受，读者乐于引用。文艺批评，说大道理是容易的，能说到"点"上，是最难的。

最近一二年，我又读了他发表的回忆录，知道了他参加革命的全部历程。不久以前，我还想：茅盾同志如果少参加一些实际工作，他留给我们的创作成果，会比现在更多吧。这种想法是片面的。正是他长期参加了革命的实际工作，他才能在创作上有这样大的建树。他的创作，都与这些革命实践有关。实际的革命工作，是他从事革命文艺工作的坚实基础。至于过多的行政工作，对他的创作是否有利，当然可以另作别论。

茅盾同志在文学创作、中国古典文学的研究、介绍外国文学作品、编辑刊物、文艺理论这几个方面，都很有成就，很有修养，对我们这一代作家，有极大的影响。他对中国新文学事业，功绩卓著。在先辈开辟的道路上，我们只有加倍努力，奋勇前进。

系以韵语，借抒悲怀：

大星陨落，黄钟敛声。哲人虽逝，犹存典型，遗产丰美，玉振金声。荆榛易布，大木难成，小流作响，大流无声。文坛争竞，志趣不同，风标高下，或败或成。艺途多艰，风雨不停，群星灿灿，或暗或明。文艺之道，忘我无私，人心所系，孜孜求之。丝尽蚕亡，歌尽蝉僵，不死不止，不张不扬。作者恢弘，其艺自高，作者狭隘，其作嚣嚣。少年矫健，逐浪搏风，一旦失据，委身泥中。文贵渊默，最忌轻浮，饰容取悦，如蝇之逐。大树根深，其质乃坚，高山流水，其声乃清。我辈所重，"五四"遗风。

1981 年 4 月 1 日晚

悼念田间

昨天是星期日，心情烦乱，吃罢晚饭，院子里安静些了，开门到台阶上站立。紧邻李夫，从屋里出来，告诉我：

"田间逝世了。"

"你从哪里得来的消息？"我大吃一惊。

李夫回屋，取来一张当天的《今晚报》，他是这家报纸的总编辑。

消息是不会错的，田间确是不在了。我回到屋里，开灯看了这段消息。我一夜辗转不安，我还能为他做些什么呢？前一个月，张学新来，说他害病，我写了一张明信片给葛文，没得到回复，我还以为她忙。

一九四〇年，我在晋察冀通讯社，认识田间，他虽然比我小几岁，已经是很有名的诗人，我很尊重他。他对我们这些文学爱好者，如邓康、康濯、曼晴，也有一种特殊的感情，主动把我们写的东西，介绍到大后方去。我的稿子并没有得到发表，但记得他那认真的，诚挚的情谊。不久，他调到晋察冀文协，把我和邓康带去，作为他的助手。我们一同工作了不算短的时间。一九四二年整风以后，他到盂县下乡，我也调动了工作。

一九四四年春天，我随大队去延安，经过盂县，他在道路旁边等候我作别。是个有霜雪的早晨，天气很冷，我身上披着，原是他坚壁起来的一件日本军用皮大衣，他当记者时的胜利品，羊皮上有一大片血迹。取这件衣服，我并没告诉他，他看见后，也没说什么。这件衣服，我带到延安，被一次山洪冲走了。

在文协工作时，他见我弄不到御寒的衣物，还给过我一件衣服。是他在大后方带来的驼色呢子大衣，我曾穿回冀中，因为颜色和形式，在当时实在不伦不类，妻子给我加了黑粗布面子，做成了一件短夹袄。

那时，吃不上好东西，他用大后方寄来的稿费，请我们在滹沱河畔的一家小饭馆，吃过鱼。又有一次他卖掉一条毛毯，请我们吃了一顿包子。

这些事，我在什么文章里记过了。

田间的足迹，留在晋察冀的艰难的山路上。他行军时的一往无前的姿态，一直留在我的心中。他总是走在我们的前面。他的诗，也留在晋察冀的各个村落和山头上。抗战八年，田间在诗人中，是一个勇敢的，真诚的，日以继夜，战斗不息的战士。近年来，可能有人对他陌生，甚至忘怀。但是，他那遍布山野村庄，像子弹一样呼啸的诗，不会沉寂。

田间是一个诗人，他成名很早，好像还没有领会人情世故，就出名了，他一直像个孩子。在山里，他要去结婚了，棉裤后面那块一尺见方的大补丁，翻了下来，一走一忽闪，像个小门帘。房东大娘把他叫了回来，给他缝上。他也不说什么，只是天真地笑了笑，就走了。

后来，他当了盂县县委宣传部长，后来又当了雁北地委秘书长，我都很奇怪，他能做行政工作吗？但听说都干得不错。

他天真，他对人真诚。解放后，我每次到北京，他总到我住的地方看我。我到他那里去，他总是拉我到街上，吃点什么。那几年，他兴致很好，穿着、住处，都很讲究。

一九五六年以后，因为我闹病，很少见到他。一九七五年，我和别人去逛八达岭，到他家看了看，他披着一件油垢不堪的大棉袄，住在原来是厨房的小屋里。因为人多，说了几句话，我向他要了两盒烟，就出来了。一九七八年，我到北京开了一个星期的会，他虽然有家，却和我在旅馆里同住。除去在山里，这算是我们相处时间最长的一次了。但也没有多少话好说了。

坦诚地说，我并不喜欢他这些年写的那些诗。我觉得他只在重复那些表面光彩的词句或形象。比如花呀，果呀，山呀，海呀，鹰呀，剑呀。我觉得他的诗，已经没有了《给战斗者》那种力量。但我没有和他谈过这些，我觉得那是没有用处的，也没有必要。时代产生自己的诗人，但时代也允许诗人，按照自己的意愿，走完自己的道路。

我不自量，我觉得我是田间的一个战友。抗日战争，敌后文艺工作，不只别人，连我自己，也渐渐淡漠了。但现在，我和田间，是生离死别，不能不想到一些往事。我早晨四点钟起来，写这篇零乱颠倒的文章，眼里饱含泪水。

1985 年 9 月 2 日

关于丁玲

一

三十年代初，我在保定读高中，那里有个秘密印刷厂，专翻印革命书籍，丁玲的早期小说也在内，我读了一些，她是革命作家，又是女作家，这是容易得到年轻人的崇拜的。过了二年，我在北平流浪，有一次在地摊上买了几期《北斗》杂志，这也是丁玲主编的，她的著名小说《水》，就登在上面。这几期杂志很完整，也很干净。我想是哪个穷学生，读过以后忍痛卖了。我甚至想，也许是革命组织，故意以这种方式，使这家刊物，广为流传。我保存了很多年，直到抗日战争或土地改革时，才失掉了。

二

不久，丁玲被捕，《现代》杂志上登了她几张照片，我都剪存了，直到我认识了丁玲，还天真地写信问过她，要不要寄她保存。丁玲没有复信，可能是以为我既然爱好它，就自己保存吧。上海良友图书公司，出版了她的小说《母亲》，我很想买一本，因为经济困难作罢，但借来读过了。同时我读了沈从文写的《记胡也频》和《记丁玲》，后者被删了好多处。

三

一九四四年，我在延安。有一次严文井同志带我和邵子南去听周恩来同志的讲话。屋子不大，人也不多，我第一次见到了丁玲。她坐在一条板凳上，好像感冒了，戴着口罩，陈明同志给她倒了一杯开水。我坐在地上，她那时还不认识我。

一九四八年秋天，她到了冀中，给我写了一封信。那时我正在参加土改，有两篇文章，受了批评。她在信中安慰了我几句，很有感情。

四

一九五〇年，我到北京开会，散会后同魏巍到丁玲家去。她请晋察冀边区的几个青年作家吃饭，饭菜很丰盛，饭后，我第一次吃到了哈密瓜。

也是这年冬季，我住在北京文学研究所，等候出差。丁玲是那里的负责人。星期六下午，同院的人都回家去了。丁玲来了，找谁谁不在。我正在房子里看书，听到传达室的人说：

"孙犁……"

丁玲很快回答说：

"孙犁回天津去了。"

传达室的人不说话了，我也就没有出去。我不好见人，丁玲也可能从接触中，了解到我这一弱点。

五

又过了几年，北京召开批判丁、陈的大会，天津也去了几个人，我在内。大家都很紧张。在小组会上确定谁在大会发言时，有人推我。我想：你对他们更熟悉，更了解，为什么不上？我以有病辞。当时中宣部一位负责人说：

"他身体不好，就算了吧。"

直到现在，我还记得这句为我排忧解难的好话。

我真病了。一九五七年住进北京的红十字会医院，严重神经衰弱。丁玲托人给我带来一封信，还给我介绍了一位湖南医学院的李大夫，进院看病。当年夏季，我转到小汤山疗养，在那里，从广播上听到了丁玲的不幸遭际。

从此，中断信息很多年。前几年，她到天津来了一次，到家来看了我，我也到旅舍去看望了她和陈明同志。不久我见到了中央给她做得很好的结论，我很高兴。

六

丁玲，她在三十年代的出现，她的名望，她的影响，她的吸引力，对当时的文学青年来说，是能使万人空巷的，举国若狂的。这不只因为她写小说，更因为她献身革命。风云兴会，作家离不开时代。后来的丁玲，屡遭颠踬，社会风尚不断变化，虽然创作不少衰，名声不少减，比起三十年代，文坛上下，对她的热情与瞩望，究竟是有些程度上的差异了。

一颗明亮的，曾经子夜高悬，几度隐现云端，多灾多难，与祖国的命运相伴随，而终于不失其光辉的星，陨落了。

　　谨记私人交往过从，以寄哀思。

1986 年 3 月 7 日下午 2 时写讫

黄　叶

又届深秋，黄叶在飘落。我坐在门前有阳光的地方。邻居老李下班回来，望了望我，想说什么，又走过去。但终于转回来，告诉我：一位老朋友，死在马路上了。很久才有人认出来，送到医院，已经没法抢救了。

我听了很难过。这位朋友，是老熟人，老同事。一九四六年，我在河间认识他。

他原是一个乡村教师，爱好文学，在《大公报》文艺版发表过小说。抗战后，先在冀中七分区办油印小报，负责通讯工作。敌人"五一大扫荡"以后，转入地下。白天钻进地道里，点着小油灯，给通讯员写信，夜晚，背上稿件转移。

他长得高大、白净，作风温文，谈吐谨慎。在河间，我们常到野外散步。进城后，在一家报社共事多年。

他喜欢散步。当乡村教师时，黄昏放学以后，他好到田野里散步。抗日期间，夜晚行军，也算是散步吧。现在年老退休，他好到马路上散步，终于跌了一跤，死在马路上。

马路上车水马龙，行人熙熙攘攘，但没有人认识他。不知他来自何方，家在何处？躺了很久，才有一个认识他的人。

那条马路上树木很多，黄叶也在飘落，落在他的身边，落在他的脸上。

他走的路，可以说是很多很长了，他终于死在走路上。这里的路好走呢，还是夜晚行军时的路好走呢？当然是前者。这里既平坦又光明，但他终于跌了一跤。如果他是一个舞场名花，或是时装模特，早就被人认出来了。可惜他只是一个离休老人，普普通通，已经很少有人认识他了。

我很难过。除去悼念他的死，我对他还有一点儿遗憾。

他当过报社的总编，当过市委的宣传部长，但到老来，他愿意出一本小书——文艺作品。老年人，总是愿意留下一本书。一天黄昏，他带着稿子到我家里，从纸袋里取出一封原已写好的，给我的信。然后慢慢地说：

"我看，还是亲自来一趟。"

这是表示郑重。他要我给他的书，写一篇序言。

我拒绝了。这很出乎他的意料，他的脸沉了下来。

我向他解释说：我正在为写序的事苦恼，也可以说是正在生气。前不久，给一位诗人，也是老朋友，写了一篇序。结果，我那篇序，从已经铸版的刊物上，硬挖下来。而这家刊物，远在福州，是我连夜打电报，请人家这样办的。因为那位诗人，无论如何不要这篇序。

其实，我只是说了说，他写的诗过于雕琢。因此，我已经写了文章声明，不再给人写序了。

对面的老朋友，好像并不理解我的话，拿起书稿，告辞走了。并从此没有来过。

而我那篇声明文章，在上海一家报社，放了很长时间，又把小样，转给了南方一家报社，也放了很久。终于要了回来，在自家报纸发表了。

这已经在老朋友告辞之后，所以还是不能挽回这一点点遗憾。

不久，出版那本书的地方，就传出我不近人情，连老朋友的情面都不顾的话。

给人写序，不好。不给人写序，也不好。我心里很别扭。

我终觉是对不起老朋友的。对于他的死，我倍觉难过。

北风很紧，树上的黄叶，已经所剩无几了。太阳转了过去，外面很冷，我掩门回到屋里。

1987 年 10 月 19 日

悼曼晴

最近，使我难过的事，是听到曼晴逝世的消息。

曼晴，在我心中，够得上是一个好人。一个忠厚的人，一个诚实的人，一个负责的人。称之为朋友，称之为战友，称之为同志，都是当之无愧的。

曼晴像一个农民。我同他的交游，已写在《吃粥有感》一文，和为他的诗集写的序言之中。文中记述，一九四〇年冬季反"扫荡"时，我同他结伴，在荒凉、沉寂和恐怖的山沟里活动的情景：一清早上山，拔几个胡萝卜充饥；夜晚，背靠背宿在羊群已经转移的空羊圈里。就在这段时间，我们联名发表了两篇战斗通讯。

这也可以说是战斗。实际上，既没有战斗部队掩护，也没有地方干部带路。我们没有携带任何武器，游而不击，"流窜"在这一带的山头、山谷。但也没有遇到过敌人，或是狼群，只遭到一次疯狂的轰炸。

一想起曼晴，就会想起这段经历。后来，我们还写了充满罗曼蒂克情调的诗和小说。

以上这些情景，随着时间的推移，伴着一代人的消亡，已经逐渐变成遥远的梦境，褪色的传奇，古老的童话，和引不起兴趣的说教。

我很难说清，自己当前的心情。曼晴就不会想这么多，虽然他是诗人。曼晴是一个很实际的人，从不胡思乱想。

抗日战争时期，曼晴编辑《诗建设》（油印），发表过我的诗作。解放战争时期，他编辑《石家庄日报》（小报），发表过我写的小说。"文革"以后，他在石家庄地区文联，编辑土里土气的刊物《滹沱河畔》。我的诗，当时没有地方发表，就给他寄去，他都给刊出了。后来，我请他为我的诗集，写一篇序言。文中他直率地说，他并不喜欢我那些没有韵脚的诗。

我不断把作品寄到他手中，是因为他可以信赖；他不喜欢我的诗，而热情刊登，是重视我们之间的友谊。

曼晴活了八十岁。这可以说是好人长寿，福有应得。他离休时，是地区文联主席，党组书记。官职不能算高，可也是他达到的最高职位了。比起显赫的战友，是显得寒酸了一些。但人们都知道，曼晴是从来不计较这些的。他为之奋斗的是诗，不是官位。

他在诗上，好像也没有走红运。晚年才出版了一本诗集，约了几个老朋友座谈了一下，他已经很是兴奋。不顾大病初愈，又爬山登高，以致旧病复发，影响了健康，直到逝世。

这又可以说，他为诗奋斗了一生，诗也给他带来了不幸。

1989 年 3 月 7 日

论曰：友朋之道，实难言矣。我国自古重视朋友，列为五伦之一。然违反友道之事实，不只充斥于史记载籍，且泛滥于戏曲小说。圣人通达，不悖人情之常，只言友三益。直、谅、多闻之中，直最为重要。直即不曲，实事求是之义。历史上固有赵氏孤儿，刎颈之交等故事，然皆为传奇，非常人所能。士大夫只求知音而已。至于《打渔杀家》，倪荣赠了些银两，萧恩慨叹说：这才是我的好朋友啊，也只是江湖义气，不足为重。古人所说：一贵一贱，交情乃见；一死一生，乃见交情。以及：使生者死，死者复生，见面无愧于心等等，都是因世态而设想，发明警语，叹人情之冷暖多变也。旧日北京，官场有俗语：太太死了客满堂，老爷死了好凄凉，也是这个意思，虽然有轻视妇女的味道。然而，法尚且不责众，况人情乎？以"文革"为例：涉及朋友，保持沉默，已属难得；如责以何不为朋友辩解，则属不通。谈一些朋友的缺点，也在理应之例，施者受者，事后均无须介意。但如无中生有，胡言乱语，就有点不够朋友了。至于见利忘义，栽赃陷害，卖友求荣，则虽旁观路人，妇人孺子，亦深鄙之，以为不可交矣：人重患难之交，自亦有理。然古来又多可共患难，不可共安乐之人。此等人，多出自政治要求，权力之事，可不多赘。

余之交友，向如萍水相逢，自然相结，从不强求。对显贵者，有意稍逊避之；对失意者，亦不轻易加惠于人。遵淡如水之义，以求两无伤损。余与曼晴，性格相同，地位近似，一样水平，一路角色，故能长期保持友谊，终其生无大遗憾也。

8 日晨又记

记邹明

我和邹明，是一九四九年进城以后认识的。《天津日报》，由冀中和冀东两家报纸组成。邹明是冀东来的，他原来给首长当过一段秘书，到报社，分配到副刊科。我从冀中来，是副刊科的副科长。这是我参加革命十多年后，履历表上的第一个官衔。

在旧社会，很重视履历。我记得青年时，在北平市政府工务局，弄到一个书记的职位，消息传到岳父家，曾在外面混过事的岳叔说："唉！虽然也是个职位，可写在履历上，以后就很难长进了。"

我的妻子，把这句话，原原本本地向我转述了。当时她既不知道，什么叫做履历，我也不通世故宦情，根本没往心里去想。

及至晚年，才知道履历的重要。曾有传说，有人对我的级别，发生了疑问，差一点儿没有定为处级。此时，我的儿子，也已经该是处级了。

我虽然当了副刊科的副科长，心里也根本没有把它当成一个什么官儿。在旧社会，我见过科长，那是很威风的。科长穿的是西装，他下面有两位股长，穿的是绸子长衫。科长到各室视察，谁要是不规矩，比如我对面一位姓方的小职员，正在打瞌睡，科长就可以用皮鞋踢他的桌子。但那是旧衙门，是旧北平市政府的工务局，同时，那里也没有副科长。科长，我也只见过那一次。

既是官职，必有等级。我的上面有：科长、编辑部正副主任，正副总编、正副社长。这还只是在报社，如连上市里，则又有宣传部的处长、部长、文教书记等等。这就像过去北京厂甸卖的大串山里红，即使你也算是这串上的一个吧，也是最下面，最小最干瘪的那一个了。但我当时并未在意。

我这副科长，分管文艺周刊，手下还有一个兵，这就是邹明。他是我的第一个下级，我对他的特殊感情，就可想而知了。

但是除去工作，我很少和他闲谈。他很拘谨，我那时也很忙。我印象里，他是福建人，他父亲晚年得子，从小也很娇惯。后来爱好文学，写一些评论文字，参加了革命。这道路，和我大致是相同的。

他的文章，写得也很拘谨，不开展，出手很慢，后来也就很少写了。他写的东西，我都仔细给他修改。

进城时，他已经有爱人孩子。我记得，我的家眷初来，还是住的他住过的房子。

那是一间楼下临街的，大而无当的房子，好像是一家商店的门脸。我们搬进去时，厕所内粪便堆积，我用了很大力气淘洗，才弄干净。我的老伴见我勇于干这种脏活儿，曾大为惊异。我当时确是为一大家子人，能有个栖身之处，奋力操劳。"文化大革命"时，一些势利小人，编造无耻谰言，以为我一进报社，就享受什么特殊的待遇，是别有用心的。当时我的职位和待遇，比任何一个同类干部都低。对于这一点，我从来不会特别去感激谁，当然也不会去抱怨谁。

关于在一起工作时的一些细节，我都忘记了。可能相互之间，也有过一些不愉快。但邹明一直对我很尊重。在我病了以后，帮过我一些忙。我们家里，也不把他当做外人。当我在外养病三年，回家以后，老伴曾向我说过：她有一次到报社去找邹明，看见他拿着刨子，从木工室出来，她差一点儿没有哭了。又说：我女儿的朝鲜同学，送了很多鱿鱼，她不会做，都送给邹明了。

等到"文化大革命"开始，她在公共汽车上，碰到邹明，流着泪向他诉说家里的遭遇，邹明却大笑起来，她回来向我表示不解。

我向她解释说：你这是古时所谓妇人之恩，浅薄之见。你在汽车上，和他谈论这些事，他不笑，还能跟着你哭吗？我也有这个经验。一九五三年，我去安国下乡，看望了胡家干娘。她向我诉说了土改以后的生活，我当时也是大笑。后来觉得在老人面前，这样笑不好，可当时也没有别的方式来表示。我想，胡家干娘也会不高兴的。

从我病了以后，邹明的工作，他受"反右"的牵连，他的调离报社，我都不大清楚。"文化大革命"后期，有一次我从干校回来，在报社附近等汽车，邹明看见我，跑过来说了几句话。后来，我搬回多伦道，他还在山西路住，又遇见过几次，我约他到家来，他也总没来过。

"四人帮"倒台以后，报社筹备出文艺双月刊，人手不够。我对当时的总编辑石坚同志说，邹明在师范学院，因为口音，长期不能开课，把他调回来吧！很快他就调来了，实际是刊物的主编。

我有时办事莽撞，有一次回答丁玲的信，写了一句：我们小小的编辑部，于是外人以为我是文艺双月刊的主编。这可能使邹明很为难，每期还送稿子，征求我的意见，我又认为不必要，是负担。等到我明白过来，才在一篇文章中声明：我不是任何刊物的主编，也不是编委。这已经是几年以后了。

在我当选市作协主席后，我还推荐他去当副秘书长。后来，我不愿干了，不久，他也就被免掉了。

"文革"以后，有那么几年，每逢春季，我想到郊区农村转转，邹明他们总是要一辆车，陪我去。有人说我是去观赏桃花，那太风雅了。

去了以后，我发现总是惊动区、村干部，又乱照相，也玩不好，大失本意，后来就不愿去了。最后一次，是到邹明下放过的农村去。到那里，村干部大摆宴席，喝起酒来，我不喝酒，也陪坐在炕上，很不自在。临行时，村干部装了三包大米，连司机，送我们每人一包。我严肃地对邹明说，这样不行。结果退了回去，当然弄得大家都不高兴，回来的路上，谁也没有说话。以后就再没有一同出过门。

邹明好看秘籍禁书，进城不久，他就借来了《金瓶梅》。他买的宋人评话八种，包括金主亮荒淫那一篇。他还有这方面的运气，我从街头买了一部《今古奇观》，因是旧书，没有细看就送给他了。他后来对我说，这部书你可错出手了，其中好些篇，是按古本三言二拍排印的，没有删节，非一般版本可比。说时非常得意。前些日子，山东一位青年，寄我一本五角丛书本的中外禁书目录，我也托人带给他了。在我大量买书那些年，有了重本，我总是送他的。

曾有一次，邹明当面快快地说我不帮助人。当时，我不明白他指的什么方面，就没有说话。他说的是事实，在一些大问题上，我没有能帮助他。但我也并不因此自责。我的一生，不只不能在大事件上帮助朋友，同样也不能帮助我的儿女，甚至不能自助。因为我一直没有这种能力，并不是因为我没有这种感情。

这些年，我写了东西，自己拿不准，总是请他给看一看。

"老邹，你看行吗？有什么问题吗？"我对他的看文字的能力，是完全信赖的。

他总是说好，没有提过反对的意见。其实，我知道，他对文、对事、对人，意见并不和我完全相同。他所以不提反对意见，是在他的印象里，我可能是个听不进批评的人。这怨自己道德修养不够，不能怪他。有一次，有一篇比较麻烦的作品，我请他看过，又像上面那样问他，他只是沉了沉脸说："好，这是总结性的！"

我终于不明白，他是赞成，还是反对，最后还是把那篇文章发表了。

另有一次，我几次托他打电话，给北京的一个朋友，要回一篇稿子。我说得很坚决，但就是要不回来，终于使我和那位朋友之间，发生了不愉快。我后来想，他在打电话时，可能变通了我的语气。因为他和那位同志，也是要好的朋友。

邹明喜欢洋玩意儿，他劝我买过一支派克水笔，在"文革"时，我专门为此挨了一次批斗。我老伴病了，他又给买了一部袖珍收音机，使病人卧床收听。他有机会就兴致勃勃地给我介绍新兴的商品，后来，弄得我总是笑而不答。

邹明除去上班，还要回家做饭，每逢临近做饭时间，他就告辞，我也总是说一句："又该回去做饭了？"

他就不再言语，红着脸走了，很不好意思似的。以后，我就不再说这句话了。

有一家出版社委托他编一本我谈编辑工作的书。在书后，他愿附上他早年写的经过我修改的一篇文章。我劝他留着，以后编到他自己的书里。我总是劝他多写一些文章，他就是不愿动笔，偶尔写一点儿，文风改进也不大。

他的资历、影响，他对作家的感情和尊重，他在编辑工作上的认真正直，在文艺界得到了承认。大批中青年作家，都是他的朋友。丁玲、舒群、康濯、魏巍对他都很尊重，评上了高级职称，还得到了全国老编辑荣誉奖，奖品是一个花岗岩大花瓶，足有五公斤重。评委诸公不知如何设计的，既可作为装饰，又可运动手臂，还能显示老年人的沉稳持重。难为市作协的李中，从北京运回三个来，我和万力，各得其一。

邹明病了以后，正值他主编的刊物创刊十周年。他要我写一点儿意见，我写了。他愿意寄到《人民日报》先登一下，我也同意了。我愿意他病中高兴一下。

自从他病了以后，我长时间心情抑郁，若有所失。回顾四十年交往，虽说不上深交，也算是互相了解的了。他是我最接近的朋友，最亲近的同事。我们之间，初交以淡，后来也没有大起大落的波折变异。他不顺利时，我不在家。"文革"期间，他已不在报社。没有机会面对面地相互进行批判。也没有发现他在别的地方，用别的方式对我进行侮辱攻击。这就是很不容易，值得纪念的了。

我老了，记忆力差，对人对事，也不愿再多用感情。以上所记，杂乱无章，与其说是记朋友，不如说是记我本人。是哀邹明，也是哀我自己。我们的一生，这样短暂，却充满了风雨、冰雹、雷电，经历了哀伤、凄楚、挣扎，看到了那么多的卑鄙、无耻和丑恶，这是一场无可奈何的人生大梦，它的觉醒，常常在瞑目临终之时。

我和邹明，都不是强者，而是弱者；不是成功者，而是失败者。我们从哪一方面，都谈不上功成名遂，心满意足。但也不必自叹弗如，怨天尤人。有很多事情，是本身条件和错误所造成。我常对邹明说：我们还是相信命运吧！这样可以减少很多苦恼。邹明不一定同意我的人生观，但他也不反驳我。

我发现，邹明有时确是想匡正我的一些过失；我有时也确是把他当做一位老朋友，知心人，想听听他对我的总的印象和评价。但总是错过这种机会，得不到实现。原因主要在我不能使他免除顾虑。如果邹明从此不能再说话，就成了我终生的一大遗憾。此时此刻，朋友之间，像他这样了解我的人，实在不太多了。

邹明一生，官运也不亨通。我在小汤山养病时，有报社一位老服务员跟随我，他曾对我老伴说：报社很多人，都不喜欢邹明，就是孙犁喜欢他。他的官运不通，可能和他的性格有关，他脾气不好。在报社，第一阶段，混到了文艺部副主任，和我那副科长，差不多。第二阶段，编一本默默无闻，只能销几千份的刊物，直到今年十月一期上，才正式标明他是主编，随后他就病倒了。人不信命，可乎！

邹明好喝酒，饮浓茶，抽劣质烟。到我那里，我给他较好的烟，他总是说：那个没劲儿。显然，烟酒对他的病也都不利。

二三十年代，有那么多的青年，因为爱好文艺，从而走上了革命征途。这是当时社会大潮中的一种壮观景象。为此，不少人曾付出各式各样的代价，有些人也因此在不同程度上误了自身。幸运者少，悲剧者多。我现在想，如果邹明一直给首长当秘书，从那时就弃文从政、从军，虽不一定就位至显要，在精神和物质生活方面，总会比现在更功德圆满一些吧。我之想起这些，是因为也曾有一位首长，要我去给他当秘书，别人先替我回绝了，失去了做官的一次机会，为此常常耿耿于怀的缘故。

现在有的人，就聪明多了。即使已经进入文艺圈的人，也多已弃文从商，或文商结合；或以文沽名，而后从政；或政余弄文，以邀名声。因而文场芜杂，士林斑驳。干预生活，是干预政治的先声；摆脱政治，是醉心政治的烟幕。文艺便日渐商贾化、政客化、青皮化。

邹明比我可能好一些，但也不是一个聪明人。在一些问题上，在生活行动上，有些旧观念。他不会投政治之机，渔时代之利，因此也不会得风气之先。他一直不能成为一个时代的宠儿，耀眼的明星。他常常有点畸零之感，有些消极的想法。然又不甘把时间浪费，总想做些力所能及的事情。考核他几十年所作所为，我以为还都是于国家于人民有益的。但像这种工作方式，特别在目前局势来说，是吃不开的，不受重视的。除去业务，他没有其他野心；自幼家境富裕，也不把金钱看得那么重。他既不能攀援权要以自显，也不屑借重明星以自高。因此，他将永远是默默无闻的，再过些年，也许会被人忘记的。

很多外人，把邹明说成是我的"嫡系"，这当然有些过分。但长期以来，我确把他看作是自己的一个帮手。进入晚年，我还常想，他能够帮助我的孩子们，处理我的后事。现在他的情况如此，我的心情，是不用诉说的。

写于 1989 年 12 月 11 日

时代记忆
文　丛

文学和生活的路

孙犁散文随笔书信选（下）

孙犁　著　刘宗武　选编

青海人民出版社

下 册

目录

第六辑 文学和生活的路

接受遗产问题（提要） ………………………………… 3

文字生涯 …………………………………………………… 7

左批评右创作论 ………………………………………… 13

文学和生活的路
——同《文艺报》记者谈话 …………………… 16

答吴泰昌问 ……………………………………………… 33

序的教训 ………………………………………………… 41

谈修辞 …………………………………………………… 44

谈评论 …………………………………………………… 46

谈镜花水月 ……………………………………………… 48

我的位置和价值 ………………………………………… 51

『病句』的纠缠 ………………………………………… 54

我观文学奖 ……………………………………………… 57

第七辑 芸斋梦余

青春余梦 ………………………………………………… 63

芸斋梦余 ………………………………………………… 66

画的梦 …………………………………………………… 70

戏的梦 …………………………………………………… 74

故园的消失 ……………………………………………… 83

1

目录

书　信　　　　　　　　　　　　　86

晚秋植物记　　　　　　　　　　89

菜　花　　　　　　　　　　　　93

吃菜根　　　　　　　　　　　　95

告　别

　　——新年试笔

新居琐记　　　　　　　　　　　97

楼居随笔　　　　　　　　　　　102

秋凉偶记（三则）　　　　　　　107

鞋的故事　　　　　　　　　　　112

庸庐闲话　　　　　　　　　　　117

风烛庵杂记　　　　　　　　　　121

第八辑　耕堂读书记　　　　128

《庄　子》

《韩非子》

慷慨悲歌　　　　　　　　　　　135

读《史记》记（上）　　　　　　138

读《史记》记（中）　　　　　　140

读《史记》记（下）　　　　　　143

读《史记》记（跋）　　　　　　150
　　　　　　　　　　　　　　　157
　　　　　　　　　　　　　　　163

2

目录

读《后汉书》小引 165

读《后汉书卷二十四·马援传》
（一篇好传记） 168

读《后汉书卷二十八·桓谭传》
（一个音乐家的悲剧） 171

读《后汉书卷二十八·冯衍传》
（一个文过其实的人） 174

读《后汉书卷三十六·贾逵传》
（关于经术） 177

读《后汉书卷四十·班固传》
（一个为政治服务的文人） 180

读《后汉书卷四十三·朱穆传》
（关于交友） 184

《三国志·关羽传》 187

《三国志·诸葛亮传》 192

曹丕《典论·论文》 195

陆机《文赋》 197

《颜氏家训》 199

买《魏书》《北齐书》记 202

读《唐人传奇》记 208

3

目录

读《东坡先生年谱》 215

《船山全书》 219

读《清代文字狱档》记 222

《清代文献》（二）记 226

《能静居士日记》 232

买《王国维遗书》记 234

全面的进修
——纪念鲁迅先生逝世十七周年 244

欧阳修的散文 248

《红楼梦》杂说 252

《金瓶梅》杂说 255

关于《聊斋志异》 263

《胡适的日记》 269

《高长虹传略》 271

读画论记 274

第九辑　序与跋

《孙犁文集》自序 289

《善闇室纪年》序 291

题文集珍藏本 296

为外文版《风云初记》写的序言 298

目录

《孙犁散文选》序 ······ 300

幸存的信件序 ······ 302

《青春遗响》序 ······ 304

近作散文的后记 ······ 308

《秀露集》后记 ······ 311

《陌巷集》后记 ······ 314

《田流散文特写集》序 ······ 316

玛金诗选序 ······ 319

《刘绍棠小说选》序 ······ 322

《从维熙小说选》序 ······ 325

贾平凹散文集序 ······ 329

第十辑　芸斋书简

二月通信（并后记）
——寄给一个没有到会的参议员 ······ 335

致田间 ······ 339

致康濯（三封） ······ 341

致王林（二封） ······ 347

致冉淮舟 ······ 350

致阎纲 ······ 353

致韩映山（三封） ······ 356

5

目录

关于《铁木前传》的通信   360

致铁凝（二封）   364

致丁玲   367

再论流派
——给冯健男的信   369

散文的感发与含蓄   371

和青年作家李贯通的通信
——给谢大光同志的信   373

和谌容的通信   378

致一位中学生   381

致贾平凹   382

致卫建民   384

致肖复兴   385

6

第六辑　文学和生活的路

接受遗产问题（提要）

一

接受遗产问题不是利用旧形式问题，也不是从民间艺术中找"中心源泉"问题。但它是和建立民族形式有密切关系的问题，是建立民族形式工作中的重要部分（但非主要部分）。

二

接受遗产不只是接受中国遗产，也要接受外国文学遗产。不只是接受昨天的遗产，也要接受明天的遗产。不只要接受"文学遗产"，也要接受中国、外国整个历史生活的遗产。

三

接受中国遗产，要接受代表中国历史发展的，战斗的，充分表现当时大众生活和愿望的文学，那就是《诗经》，就是唐人的好诗，就是宋人的好词，就是元人的好戏曲，就是明清的好小说，就是"五四"以后的好的新文艺（鲁迅、茅盾的等等）；不是末流、乔装打扮的东西。

四

接受外国文学遗产，在取舍上有如上述。

五

越是近代的则被接受的可能越多，对那些作品更应当注意。如中国的《水浒传》《儒林外史》《红楼梦》《西游记》；如外国的绥拉菲莫维奇、巴比塞、肖洛霍夫。因为他们更接近中国现代人的生活要求。

六

建立民族形式的目的，是要达到高度的现实主义，能高度真实地反映我们民族今天的生活和明天的路程。因此，接受遗产问题应依附民族今天的生活。

七

民族形式的建立，是在文学上肯定民族的新生活，否定民族的旧生活，发展民族的更新的生活。因此，接受遗产问题，应依附这个要求。

八

今天中华民族的生活和民族过去的历史有关，和国际上别的民族有关。为了表现今天的民族生活，接受遗产是不可或缺的工作。

九

接受，不是化装，不是披外套（最糟糕的是笨拙的模仿），因为我们是从生活走向表现生活的文学形式。因此，学习施耐庵、曹雪芹，一定要在工作过程中去学习，学习他们小说中特别能感动中国群众的"秘诀"（那从生活上了解其所以然的原因）。

十

中华民族自己的政治、经济、文化在向前发展，但也受着外国民族生活的影响。因此，接受外国的遗产（翻译、研究等），一方面是输入新内容，同时也输入了新的表现形式。这可以帮助中国新的民族形式的文学的建立。

十一

中国的旧文学，连旧的白话小说在内，其形式的本质——语言，已经大半是死的了，因此在民族形式的建立上，接受国内外文学遗产，对完成中国的语言、语法、拉丁化工作，都有其作用和意义。要使新的字眼，新的语法，新的表现法得到真实的生命，也一定要从现实生活出发。

十二

建立民族形式的过程，也就是彻底大众化的过程。

十三

中国人民在反帝反封建的任务上，生活不再像过去那样简单，已经是复杂的，而且正经历着绝对的转变。因此，文学的民族形式自有其革命的而非改良的特点。

十四

接受的方法——接受者要先准备自己的创造能力，要确认民族形式是新的东西。对遗产是吸收消化，作为创造的营养，要能取精用宏，大胆扬弃。

十五

创造民族形式，我以为主要是写人（从生活写人）、民族精神和风貌。倒不一定是只对中国旧文学作品形式的搜索。

1941 年 2 月

文字生涯

二十年代中期，我在保定上中学。学校有一个月刊，文艺栏刊登学生的习作。

我的国文老师谢先生是海音社的诗人，他出版的诗集，只有现在的袖珍月历那样大小，诗集的名字已经忘记了。

这证明他是"五四"以后，从事新文学运动的人物，但他教课，却喜欢讲一些中国古代的东西。另有一个特别的地方，是他从预备室走出来，除去眼睛总是望着天空，就是挟着一大堆参考书。到了课室，把参考书放在教桌上，也很少看他检阅，下课时又照样搬走，直到现在，我也没想通他这是所为何来。

每次发作文卷子的时候，如果谁的作文簿中间，夹着几张那种特大的稿纸，就是说明谁的作业要被他推荐给月刊发表了，同学们都特别重视这一点。

那种稿纸足足有现在的《参考消息》那样大，我想是因为当时的排字技术低，稿纸的行格，必须符合刊物实际的格式。

在初中几年间，我有幸在这种大稿纸上抄写过自己的作文，然后使它变为铅字印成的东西。高中时反而不能，大概是因为换了老师的缘故吧。

学校毕业以后，我也曾有靠投稿维持生活的雄心壮志，但不久就证明是一种痴心妄想，只好去当小学教师。这样一日三餐，还有些现实可能性，虽然也很不保险。

生活在青年人的面前，总是要展开新的局面的。伟大的抗日战争爆发了，写作竟出乎意料地成为我后半生的主要职业。

抗日战争，在中国共产党领导之下，是有枪出枪，有力出力。我的家乡有些子弟就是跟着枪出来抗日的。至于我们，则是带着一支笔去抗日。没有朱砂，红土为贵。穷乡僻壤，没有知名的作家，我们就不自量力地在烽火遍野的平原上驰骋起来。

油印也好，石印也好，破本草纸也好，黑板土墙也好，都是我们发表作品的场所。也不经过审查，也不组织评论，也不争名次前后，大家有作品就拿出来。群众认为：你既不能打枪，又不能放炮，写写稿件是你的职责；领导认为：你既是文艺干部，写得越多越快越好。

现在回想起来，那时的写作，真正是一种尽情纵意，得心应手，既没有干涉，也没有限制，更没有私心杂念的，非常愉快的工作。这是初生之犊，又遇到了好的时候：大敌当前，事业方兴，人尽其才，物尽其用。

全国解放以后，则是另外一种情形。思想领域的斗争被强调了，文艺作品的倾向，常常和政治斗争联系起来，作家在犯错误后，就一蹶不振。在写作上，大家开始执笔踌躇，小心翼翼起来。

但在解放初，战争时期的余风尤烈，进城以后，我还是写了不少东西。一九五六年大病之后，就几乎没有写。加上一九六六年以后的十年，我在写作上的空白阶段，竟达二十年之久。

人被"解放"以后，仍住在被迫迁居的一间小屋里。没有书看，从一个朋友的孩子那里借来一册大学用的文学教材，内有历代重要作品及其作者的介绍，每天抄录一篇来诵读。

患难余生，痛定思痛。我居然发哲人的幽思，想到一个奇怪的问题：在历史上，这些作者的遭遇，为什么都如此不幸呢？难道他们都是糊涂虫？假如有些聪明，为什么又都像飞蛾一样，情不自禁地投火自焚？我掩卷思考。思考了很长时间，得出这样一个答案：这是由文学事业的特性决定的。是现实主义促使他们这样干，是浪漫主义感召他们这样干。说得冠冕一些，他们是为正义斗争，是为人生斗争。文学是最忌讳说谎话的。文学要反映的是社会现实。文学是要有理想的，表现这种理想需要一种近于狂放的热情。有些作家遇到的不幸，有时是因为说了天真的实话，有时是因为过于表现了热情。

按作品来说，天才莫过于司马迁。这样一个能把三皇五帝以来的，错综复杂的历史，勒成他一家之言，并评论其得失，成为天下定论的人，竟因一语之不投机，下于蚕室，身受腐刑。他描绘了那么多的人物，难道没有从历史上吸取任何一点儿可以用之于自身的经验教训吗？

班固完成了可与《史记》媲美的《汉书》，他特别评论了他的先驱者司马迁，保存了那篇珍贵的材料——《报任少卿书》，使司马迁的不幸遭遇留传后世。班固的评论，是何等高超，多么有见识，但是，他竟因为投身于一个武人的幕下，最后瘐死狱中。对于自己，又何其缺乏先见之明啊！

历史经验，历史教训，即使是前人真正用血写下的，也并不是一定就能接受下来。历史情况，名义和手法在不断变化。例如，在二十世纪之末，世界文明高度发展之时，竟会出现林彪、“四人帮”，梦想在社会主义的中国，建立封建王朝。在“文化革命”的旗帜之下，企图灭绝几千年的民族文化。遂使艺苑凋残，文士横死，人民受辱，国家遭殃。这一切，确非头脑单纯，感情用事的作家们所能预见得到的。

鲁迅说过，读中国旧书，每每使人意志消沉，在经历一番患难之后，尤其容易如此。我有时也想：恐怕还是东方朔说得对吧，人之一生，一龙一蛇。或者准声而歌，投迹而行，会减少一些危险吧？

这些想法都是很不健康，近于伤感的。一个作家，不能够这样，也不应该这样。如上所述，作家永远是现实生活的真美善的卫道士。他的职责就是向邪恶虚伪的势力进行战斗。既是战斗，就可能遇到各色敌人，也可能遇到各种的牺牲。

在"四人帮"还没被揭露之前，有人几次对我说：写点东西吧，亮亮相吧。我说，不想写了，至于相，不是早已亮过了吗？在运动期间，我们不只身受凌辱，而且画影图形，传檄各地。老实讲，在这一时期，我不仅没有和那些帮派文人一较短长的想法，甚至耻于和他们共同使用那些铅字，在同一个版面上出现。

这时，我从劳动的地方回来，被允许到文艺组上班了。经过几年风雨，大楼的里里外外，变得破烂、凌乱、拥挤。但人们的精神面貌好像已经渐渐地从前几年的狂乱、疑忌、歇斯底里状态中恢复过来。一位调离这里的老同志留给我一张破桌子。据说好的办公桌都叫进来占领新闻阵地的人占领了。我自己搬来一张椅子，在组里坐下来。组长向全组宣布了我的工作：登记来稿，复信；并郑重地说：不要把好稿退走了。说良心话，组长对我还过得去。他不过是担心我受封资修的毒深而且重，不能鉴赏帮八股的奥秘，而把他们珍视的好稿遗漏。

我是内行人，我知道我现在担任的是文书或见习编辑的工作。我开始拆开那些来稿，进行登记，然后阅读。据我看，来稿从质量看，较之前些年，大大降低了。作者们大多数极不严肃，文字潦草，内容雷同。语言都是从报上抄来。遵照组长的意旨，我把退稿信写好后，连同稿件推给旁边一位同事，请他复审。

这样工作了一个时期，倒也相安无事。我只是感到，每逢我无事，坐在窗前一张破旧肮脏的沙发上休息的时候，主任进来了，就向我怒目而视，并加以睥睨。这也没什么，这些年我已经锻炼得对一切外界境遇，麻木不仁。我仍旧坐在那里。可以说既无戚容，亦无喜色。

同组有一位女同志，是熟人，出于好心，她把我叫到她的位置那里，对我进行帮助。她和蔼地说：

"你很长时间在乡下劳动，对于当前的文艺精神、文艺动态，不太了解吧？这会给工作带来很大困难。"

"晤。"我回答。

她桌子上放着一个小木匣，里面整整齐齐装着厚厚的一沓卡片。她谈着谈着，就拿出一张卡片念给我听，都是林彪和江青的语录。

现在，林彪和江青关于文艺的胡说八道，被当做金科玉律来宣讲。显然，他们比马克思和恩格斯还具有权威性，还受到尊重。他们的聪明才智，也似乎超过了古代哲人亚里士多德。我不知这位原来很天真的女同志，心里是怎样想的，她的表情非常严肃认真。

等她把所有的卡片，都讲解完了，我回到我的座位上去。我默默地想：古代的邪教，是怎样传播开的呢？是靠教义，还是靠刀剑？世界第二次大战之初，为什么有那么多的人，跟着希特勒这样的流氓狂叫狂跑？除去一些不逞之徒，唯恐天下不乱之外，其余大多数人是真正地信服他，还是为了暂时求得活命？

中午，在食堂吃过饭，我摆好几张椅子，枕着一捆报纸，在办公室睡觉，这对几年来，过着非常生活的我，可以说是一种暂时的享受。天气渐渐冷了，我身上盖着一件破旧的抗日战争时期的战利品，日本军官的黄呢斗篷。触景伤情地想：在那样残酷的年代，在野蛮的日本军国主义面前，我们的文艺队伍，我们的兄弟，也没有这几年在林彪、江青等人的毒害下，如此惨重的伤亡和损失。而灭绝人性的林彪竟说，这个损失，最小最小最小，比不上一次战役，比不上一次瘟疫。

1978 年 12 月 11 日

左批评右创作论

譬之古人左图右书的读书方式，我建议人们在阅读文艺作品的时候，采取左批评右创作的做法，就是把批评文章和它所批评的那篇（部）创作放在一起，进行一番独立思考的比较、分析、判断。

我想，这对于创作和批评都会是有益的，都可以得到提高。对于欣赏和学习，也可以收到一种实证化验的乐趣。

因为，直到现在，还有人在怀疑，究竟在这几年里，批评是否粗暴了？以及这种批评是否对创作发生了种种不良的影响——就是所谓障碍？

批评是否可以起障碍的作用？我想是可以的。就其职责来说，简直是不可避免的。如果在创作界流行着一种不正确的创作方法，或是在某一作家的创作里，确实已透露着一种不良的倾向，难道能够听其发展，看着它泛滥，而不允许批评家挺身而出，对它加以干涉指责，甚至当头棒喝吗？在泛滥为灾的水流前面，筑起一道障碍，甚至坚壁高垒，这都是应该的。别林斯基对于果戈理的错误倾向，就是这样做的，也没有听到当时以及后来的创作界对他发表过什么怨言，更没有人说过他粗暴。

但是，为什么现在有些作者竟然说起批评者粗暴来了呢？我想这并不是因为当代的作者，都害怕批评，忽然都变得脆弱，都成了胆小鬼。因为这确是一个实际存在的问题，这个问题在局外人看得不很清楚，而从事创作的人，却有种种切身的体会。

什么叫切身的体会呢？对于批评家，历史上的大作家们，例如托尔斯泰、高尔基、鲁迅都发表过一些感想，这些感想，大家都是熟悉的，不必引证。这些大作家也没有一个不衷心地尊崇与他同时代的伟大的批评家，例如鲁迅之于瞿秋白，这也是大家熟悉的。然而，为了说明什么叫作切身的感受，我们还是不妨引证契诃夫对批评家——这当然指的是不好的批评家的一个看法，他说有些批评家对于作家的工作来说，就像正在耕作的马的肚皮上飞拢的虻蝇。

这个比方当然是不够客气的，但是，它确实是契诃夫的亲身的体会，也正如耕作的马，确实有它本身的苦恼一样。

这就是我为什么提倡左批评右创作的理由。有些批评是发表了的，有些批评是直接寄到作者手里的，也有些是由报刊或出版社的编辑部转来的。这中间当然有很多对作者颇有教益的文章，批评者的诚恳热情也是应该长久铭记在心的。但是，在前一二年（这一年来减少了），正当你铺纸濡笔，培养起情绪，准备写作的时候，忽然有一封批评稿件放到了你的桌上，对你的批评是：

"我建议出版机关把这本恶劣到家的书，停止出版！"

"这个作者太无耻了！"

这些话都是来得这么突然，而出版社又限期让你答复这封"读者来信"。冷静些吧，你至少今天不能创作了；再有勇气些吧，意思就是叫你承认自己确实犯有这些错误。

在很长的一段时间里，批评界流行着这样一种风气：从创作里摘取一句一段，再加以主观的逻辑，就给作者定下了这个那个的罪名。

有些并不从事创作的同志，都会好心地说，那有什么关系呢，读者来信么！有则改之，无则加勉吧！

它常常并不是群众的意见，而是从来也不理解作品的生活实际，只会板"正确"面孔的个人的武断。在作者这方面，就有了马的苦恼。

现在，有人又在害怕，是不是会又一棍子打死了批评者？

我想创作本身永远不会一棒子打死批评者，因为从各方面考察，创作的武器作用，并不在这一方面。

从事创作的同志，可以提出自己遭遇的事实。在广大的读者方面呢，就是要提倡把批评和创作对照起来看。一经对照，谁是谁非，是否粗暴，就会弄清楚了。如果创作和批评的篇幅都不很长，可以放在一起发表。过去，鲁迅就是采取这个办法的。

这样做，就可以使创作和批评站在平等的地位，而免除多年来的批评好像是在审判，创作好像是在受审的感觉。

这样做，就可以使读者看到耕地的深浅，看到马匹的勤惰，也可以看到批评是在认真地鞭策，还是在肚皮下嘀嘀！

1956 年 8 月 13 日

作者附记：

此系旧稿，写于一九五六年，未能发表。运动期间，家中文字荡然，此稿因为一青年友人取去，幸未遗失。运动过后，彼知我爱惜羽毛，将此连同其他一些稿件，送还我手，完整无损。深感保存此等物件之不易，现略加订正，表而出之。目前，文艺界之民主及实事求是作风，提倡甚力，已有成效。此文议论，作为历史经验教训观之可也。

1979 年 1 月底

文学和生活的路

——同《文艺报》记者谈话

《文艺报》编辑部希望我谈谈如何艺术地反映生活，谈谈有关艺术规律方面的一些问题。我没有资格谈这个问题。我在创作上成就很小，写的东西很少。这些年，在理论问题上，思考的也很少。但是，《文艺报》编辑部的热情难却。另外，我想到，不管怎么样，我从十几岁就学习文学，还可以说一直没有间断，现在已经快七十岁了，总还有些经验。这些经验也有成功的，也有失败的，失败的比较多，对青年同志们可能有些用处。所以我还是不自量力地来谈谈这个问题。

我感觉《文艺报》这个题目："如何艺术地反映生活"，是指文学作品的艺术性。一部作品，艺术的成就，不是一个技巧问题。假如是一个技巧问题，开传习所，就可以解决了。根据历史上的情况，艺术这个东西，父不能传其子，夫不能传其妻，甚至师不能传其徒。当然，也不是很绝对的，也有父子相承的，也有兄弟都是作家的。这里面不一定是个传授问题，可能有个共同环境的问题。文学和表演艺术不同，表演艺术究竟有个程式，程式是可以模拟的。文学这个东西不能模拟，模拟程式，那就是抄袭，不能成为创作。我的想法，艺术性问题，至少包括三个方面：第一是生活的阅历和积累，生活的经历是最主要的；

第二是思想修养；第三是文艺修养。我下面就这三个问题漫谈，没有什么系统，谈到哪儿算哪儿。

生活的阅历和积累，不是专凭主观愿望可以有的。人的遭遇不是他自身可以决定的。拿我个人来说，我就没有想到我一生的经历，会是这个样子。在青年的时候，我的想法和现在不一样。所以过去有人说：青年的时候是信书的，到老年信命。我有时就信命运。命运可以说是客观的规律，不是什么唯心的东西。我们生活在这个世界上，是受这个客观世界，受时代推动的。学生时代我想考邮政局，结果愿望没达到，我就去教书。后来赶上抗日战争，我才从事文学工作，一直到现在。就是说生活经历不是凭个人愿望，我要什么经历就有什么经历，不是那样的。从事文学，也不完全是写你自己的生活。生活不足，可以去调查研究，可以去体验。

说到思想修养，这对创作、对艺术性来说，就很重要。什么叫艺术性？既然不是技巧问题，那就有个思想问题。你作品中的思想，究竟达到什么高度，究竟达到什么境界，是不是高的境界，这都可以去比较，什么东西一比较就可以看出来。文学艺术，需要比较崇高的思想，比较崇高的境界，没有这个，谈艺术很困难。很多伟大的作家、作品，它的思想境界都是很高的。它的思想，就包含在它所表现的那个生活境界里面。思想不是架空的，不是说你想亮一个什么思想，你想在作品里表现一个什么思想，它是通过艺术、通过生活表现出来的，那才是真正的作品的思想高度和思想境界。

第三是文艺修养。我感觉到现在有一些青年人，在艺术修养这方面，功夫还是比较差，有的可以说差得很多。我曾经这样想过，"五四"以来，中国的大作家，他们读书的情况，是我们不能比的。我们这一代，比起鲁迅、郭沫若、茅盾、巴金、郁达夫，比起他们读书，非常惭愧。他们在幼年就读过好多书，而且精通外国文，不止一种。后来又一直读书，古今中外，无所不通，渊博得很。他们这种读书的习惯，可以说启自童年，迄于白发。我们可以看看《鲁迅日记》。我逐字逐句地看过两遍。我觉得是很有兴趣的一部书。我曾经按着日记后面的书账，自己也买了些书。他读书非常多。《鲁迅日记》所记的这些书，是鲁迅在北京做官时买的。他幼年读书的情况，见于周作人的日记，那也是非常渊博的。又如郁达夫，在日本时读了一千多种小说，这是我们不可想象的。现在我们读书都非常少，读书很少，要求自己作品艺术性高，相当困难。借鉴的东西非常少，眼界非常不开阔，没有见过很好的东西，不能取法乎上。只是读一些报纸、刊物上的作品，本来那个就不高，就等而下之。最近各个地方办了读书班，我觉得是非常好、非常及时的一种措施。把一些能写东西的青年集中起来让他们读书。我们现在经验还不足，还要慢慢积累一些经验。前几天石家庄办了个读书班，里面有个学生，来信问我读书的方法。我告诉她，你是不是利用这个时间，多读一些外国作品，外国作品里面的古典作品。你发现你对哪一个作家有兴趣，哪个作家合你的脾胃，和你气质相当，可以大量地、全部地读他的作品。大作家，多大的作家也是一样，他不能网罗所有的读者，不能使所有的读者，都拜倒在他的名下。有的人就是不喜欢他。比如短篇小说：莫泊桑、都德，我也知道他们的短篇小说好，我也读过一些，特别是莫泊桑，他那短篇小说，是最规格的短篇小说，无懈可击的。但是我不那么爱好莫泊桑的短篇小说，我喜欢普希金、契诃夫、梅里美、高尔基的短篇小说。我感觉到普希金的短篇小说和契诃夫的短篇小说，合乎我的气质，合乎我的脾胃。在这些小说里面，可以看到更多的热烈的感情、境界。屠格涅夫的长篇小说，我都读过，我非常喜爱。他的长篇小说，是真正的长篇小说，规格的，无懈可击。它的写法，它的开头和结尾，故事的进行，我非常爱好。但我不大喜欢他的短篇小说《猎人笔记》，虽然那么有名。这不是说，你不喜欢它就不好。每个读者，他的气质，他的爱好，不是每个人都一样。你喜欢的，你就多读一些；不喜欢的，就少读一点儿。中国的当然也应该读。中国短篇小说很多，但是我想，中国旧的短篇小说，好好读一本《唐宋传奇》，好好读一本《今古奇观》，读一本《宋人平话》，一本《聊斋志异》就可以了。平话有好几部：有《五代史平话》《三藏取经诗话》《宋人平话》《三国志平话》。我觉得《宋人平话》最好。我劝青年同志多读一点儿外国作品，我们不能闭关自守。"五四"新文学所以能发展得那么快，声势那么大，就是因为那时候，介绍进来的外国作品多。不然就不会有"五四"运动，不会有新的文学。我们现在也是这样。我主张多读一些外国古典东西。我觉得书（中国书也是这样），越古的越有价值，这倒不是信而好古，泥古不化。一部作品，经过几百年、几千年考验，能够流传到现在，当然是好作品。现在的作品，还没有经过时间的考验和淘汰，好坏很难以说。所以我主张多读外国的古典作品，当然近代好的也要读。

我们在青年的时候，学习文艺，主张文艺是为人生的，鲁迅当时也是这样主张的。在青年，甚至在幼年的时候，我就感到文艺这个东西，应该是为人生的，应该使生活美好、进步、幸福的。为了达到这个目的，你的作品要为人生服务，必须作艺术方面的努力。那时有一个对立的口号：为艺术而艺术。大家当时反对为艺术而艺术。但是，为人生的艺术，不能完全排斥为艺术而艺术。你不为艺术而艺术，也就没有艺术，达不到为人生的目的。你想要为人生，你那个作品，就必须有艺术，你同时也得为艺术而努力。

现在，大家都在谈文艺和政治的关系。我在读高中的时候，读了

《政治经济学批判序言》，也读过《唯物论与经验批判论》和《费尔巴哈论纲》。华汉著的《社会科学概论》，是作为一门正式课程，在课堂上讲的。我们的老师好列表。为了帮助学生们理解，关于辩证法他是这样画的：正—反—合。合，就是否定的否定。经济基础，一条直线上去，是政治、法律，又一条直线上去，是文学艺术，也叫意识形态。直到现在还是这个印象。文艺和政治不是拉在一条平行线上的。鲁迅一九二六——九二七年在广州看到了当时的政治和文艺情况，他写了好几篇谈文艺与政治的文章，我觉得应该好好读。他在文章里谈到，"政治先行，文艺后变"。意思是说，政治可以决定文艺，不是说文艺可以决定政治。我有个通俗的想法。什么是文艺和政治的关系？我这么想，既然是政治，国家的大法和功令，它必然作用于人民的现实生活，非常广泛、深远。文艺不是要反映现实生活吗？自然也就要反映政治在现实生活里面的作用、所收到的效果。这样，文艺就反映了政治。政治已经在生活中起了作用，使生活发生了变化，你去反映现实生活，自然就反映出政治。政治已经到生活里面去了，你才能有艺术的表现。不是说那个政治还在文件上，甚至还在会议上，你那里已经出来作品了，你已经反映政治了。你反映的那是什么政治？我同韩映山他们讲，我写作品离政治远一点儿，也是这个意思，不是说脱离政治。政治作为一个概念的时候，你不能做艺术上的表现，等它渗入到群众的生活，再根据这个生活写出作品。当然作家的思想立场，也反映在作品里，这个就是它的政治倾向。一部作品有了艺术性，才有思想性，思想融化在艺术的感染力量之中。那种所谓紧跟政治，赶浪头的写法，是写不出好作品的。

写"大跃进"的时候，你写那么大的红薯，稻谷那么大的产量，钢铁那么大的数目，登在报上。很快就饿死了人，你就不写了，你的作品就是谎言。文艺和政治的关系，表现在哪里？

中国古代好多学者，他们的坚毅的精神，求实的精神，对人民、对时代、对后代负责的精神，很值得我们学习。这里我想谈一些学术家们的情况。司马迁、班固、王充，他们的工作条件都是很困难的，当时的处境也不是很好的，但都写出了这样富有科学性的、对人民负责的作品。还有一个叫刘知几，他有一部《史通》。我很爱读这部书，文字非常锋利。他不怕权威。多么大的权威，他都可以批判，司马迁、班固，他都可以指责。他不是无理取闹。他对史学很有修养，他不能成为国家正式的修史人员，他把自己的学术，作为一家之言来写。文字非常漂亮，说理透彻。司马光的《资治通鉴》，是非常令人佩服的，当时没有读者，给谁看，谁都不爱看。他把这么长的历史事实，用干支联系起来。多么大的科学！李时珍的《本草纲目》，就不用说这部著作大的方面的学术价值，我举两个小例子，就可以说明这个人非常实事求是，非常尊重科学。对于人参的功能，历代说法不一，李时珍把两种说法并列在这一条目之下，使人对人参，有全面的知识。又如灵芝，这是一种了不起的药，一种非常名贵的药。但李时珍贬低这种药，说它一钱不值，长在粪土之上，怎么能医治疾病？我不懂医学，他经过多年观察，多年实践，觉得灵芝不像人们所吹嘘的那样，我就非常佩服他。王夫之写了那么多著作，如《读通鉴论》，从秦一直写到宋，每个皇帝都写了好多，那么多道理，那么多事实，事实和道理结合起来，写得那么透彻，发人深省。他的工作条件更坏，住在深山里，怕有人捉他。他写了《船山遗书》。我们的文学想搞一点儿名堂出来，在古人面前，我们是非常惭愧的。我们没有这种坚毅不拔的精神，我们缺乏这种科学的态度，我们缺乏对人民对后代负责的精神。中国的文学艺术和中国的历史著作是分不开的。历史著作，给中国文学开辟了道路。

《左传》《史记》《汉书》，它们不完全是历史，还为文学开辟了道路。司马迁的《史记》在人物的刻画上，有性格，有语言，有情节。他写了刘邦、项羽，那样大的人物，里面没有一句空洞的话，没有把他们作为神来描写，完全当作一个平凡的人，从他们起事到当皇帝，实事求是。这对中国的文学创作有很大的影响，究竟一个人物怎么写，司马迁的方法，是科学的方法。我主张青年同志，多读一些历史书，不要光读文学书。

我最近给《散文》月刊写《耕堂读书记》，下面一个题目本来想写《汉书·苏武传》。《苏武传》写得非常好，他写苏武，写李陵，都非常入情入理。李陵对苏武的谈话，苏武的回答，经过很高的艺术提炼。李陵对苏武说的，都是最能打动苏武的话，但是苏武不为他的话所诱惑，这已经是写得非常好了。现在我们讲解这篇作品，讲完了以后，总得说班固写这个《苏武传》，或者苏武对李陵的态度，是受时代的局限，要我们批判地去看。我觉得这都是多余的话。每一个人都受时代的局限，我们现在也有时代的局限性，这样讲就是一种时代的局限性。假如班固不按他那个"局限性"，而按我们的"局限性"去写《苏武传》，我敢说，《苏武传》就一点儿价值也没有了，也不会流传到现在。我们不要这样去要求古人，我们的读者，难道不知那是汉朝的故事？

我们应该总结我们在文学创作上的反面经验。这比正面的经验，恐怕起的作用还要大些。多年以来，在创作上，有很多反面的经验教训。我们总结反面经验教训，是为了什么？就是教我们青年人，更忠实于现实，求得我们的艺术有生命力，不要投机取巧，不要赶浪头，要下一番苦工夫。蒲松龄说，"书痴"的文章必"工"，"艺痴"的工艺必"良"。这是经验之谈。蒲松龄为写《聊斋》，做了很多的准备工作。《蒲松龄文集》可以说是写《聊斋》的准备，下了多大的苦功！我们要养成认真思考，认真读书，认真修改稿件的习惯。我觉得我别的长处没有，在修改稿件上，可以说是下苦功的。一篇短稿改来改去，我是能够背过的。哪个地方改了个标点，改了个字，我是能记得的。长篇小说每一章，当时我是能背下来的。在发表以前，我是看若干遍的；在发表之后，我还要看，这也许有点孤芳自赏的味道。搞文字工作，不这样不行。我曾经把这个意思，给一些青年同志讲过，有的青年有兴趣，有的没有兴趣。

我们的生活，所谓人生，很复杂，充满了矛盾和斗争。现在我们经常说真美善和假的、邪恶的东西的斗争。我们搞创作，应该从生活里面看到这种斗争，体会到这种斗争。我现在已经快七十岁，我经历了我们国家民族的重大变革，经历了战争、乱离、灾难、忧患。善良的东西、美好的东西，能达到一种极致。在一定的时代，在一定的环境，可以达到顶点。我经历了美好的极致，那就是抗日战争。我看到农民，他们的爱国热情，参战的英勇，深深地感动了我。我的文学创作，就是从这个时候开始的。我的作品，表现了这种善良的东西和美好的东西。我也遇到邪恶的极致，这就是最近的动乱的十年。我觉得这是我的不幸。在那个动乱的时期，我一出门，就看见街上敲锣打鼓，前面走着一些妇女，嘴里叼着破鞋；还有戴白帽子的，穿白袍的，戴锁钱的。我看了心里非常难过，觉得那种做法是一种变态心理。

看到真美善的极致，我写了一些作品。看到邪恶的极致，我不愿意写。这些东西，我体验很深，可以说是镂心刻骨的。可是我不愿意去写这些东西，我也不愿意回忆它。

我们幼年学习文学，爱好真的东西，追求美的东西，追求善的东西。那时上海有家书店叫真美善书店，是曾孟朴、曾虚白父子俩开的，出了不少的好书。幼年时，我们认为文学是追求真美善的，宣扬真美善的。我们参加革命，不是也为的这些东西吗？我们愿意看到令人充满希望的东西，春天的花朵，春天的鸟叫；不愿意去接近悲惨的东西。刚解放时有个电影，里面有句歌："但愿人间有欢笑，不愿人间有哭声。"我很欣赏那两句歌。但这是不可能的。我们的生活里面，总是有喜剧，也有悲剧吧。我们看过了人间的"天女散花"，也看过了"目莲救母"。但是我始终坚信，我们所追求的文学，它是给我们人民以前途、以希望的，它是要使我们的民族繁荣兴旺的，充满光明的。我们民族是很伟大的。这一点，在这几十年的斗争生活中看到了。

凡是伟大的作家，都是伟大的人道主义者，毫无例外的，他们是富于人情的，富于理想的。他们的作品，反映了他们对于现实生活的这种态度。把人道主义从文学中拉出去，那文学就没有什么东西了。我们的作家，要忠诚于我们的时代，忠诚于我们的人民，这样求得作品的艺术性，反过来作用于时代。

作家不能同时是很有成就的政治家。我看有很多作家，在历史上，有时候也想去当政治家，结果当不成，还是回来搞文学。因为作家只能是纸上谈兵，他对于现实的看法可以影响人，但是不能够去解决人民生活的实际问题，一个时代的政治，可以决定一个时代作家的命运。

我认为，要想使我们的作品有艺术性，就是说真正想成为一个艺术家，必须保持一种单纯的心，所谓"赤子之心"。有这种心就是诗人，把这种心丢了，就是妄人，说谎话的人。保持这种心地，可以听到天籁地籁的声音。《红楼梦》上说人的心像明镜一样。文章是寂寞之道，你既然搞这个，你就得甘于寂寞，你要感觉名利老是在那里诱惑你，就写不出艺术品。所以说，文坛最好不要变成官场。现在我们有的编辑部，甚至于协会，都有官场的现象，这是很不好的。

一定的政治措施可以促进文艺的繁荣，也可以限制文艺的发展，总起来说政治是决定性的。文学的职责是反映现实，主要是反映现实中真的美的善的，古今中外的文学作品，都是这样。它也暴露黑暗面。写阴暗面，是为了更突出光明面。我们有很多年，实际上是不准写阴暗面，没有暗的一面，光明面也就没有力量，给人感觉是虚伪的。文学作品，凡是忠实于现实的，忠实于人民的，它就有生命力。公式化、概念化和艺术性是对立的。但是，对公式化、概念化我们也要做具体分析。不是说一切公式化、概念化的东西，都不起作用。公式化、概念化，古已有之。不是说从"左联"以后，从革命文学才有。蒋光慈、殷夫的作品，不能不说有些是公式化、概念化的。但是他们的作品，当时起到一定的政治宣传作用，推动了革命。"大跃进"时有很多公式化、概念化的作品。假如作者是发自真情，发自真正的革命热情，是可以起到一些作用的；假如是投机，在那里说谎话，那就任何作用也不起，就像"四人帮"后来搞的公式化、概念化。

这些年来，我读外国作品很少，我是想读一些中国的旧书。去年我从《儿童文学》上又看了一遍《丑小鸭》，我有好几天被它感动，这才是艺术品，很高的艺术品。在童话里面，充满了人生哲理，安徒生把他的思想感情，灌输进作品，充满七情六欲。安徒生很多作品用旁敲侧击的写法，有很多弦外之音，这是很高的艺术。有弦外之音的作品不是很多的。前几天我读了《诗刊》上重新发表的《茨冈》，我见到好几个青年同志，叫他们好好读读，这也就是小说，或者说是剧本，不只是诗。你读一遍这个作品，你才知道什么是现实主义，什么是浪漫主义。这才是真正的样本。

在理论方面，我们应该学点美学。多年我们不注意这个问题了，这方面的基础很差。不能只学一家的美学，古典美学，托尔斯泰的、普列汉诺夫的、卢那察尔斯基的，甚至日本那个厨川白村，还有弗洛伊德的都可以学习。弗洛伊德完全没有道理？不见得。都要参考，还有中国的钟嵘、刘勰。

现在还有很多青年羡慕文学这一行，我想经过前些年的动乱，可能有些青年不愿干这行了，现在看起来还有很多青年羡慕这一行。但对于这一行，认识不是那么清楚。不知道这一行的苦处，也看不见先人的努力。一个青年建筑工人，他给我写信，说他不能把一生的精力、青春，浪费在一砖一瓦的体力劳动上，想写剧本、写小说。这样想法不好。你不能一砖一瓦地在那里劳动，你能够一句一字地从事文学工作吗？你很好地当瓦工，积累了很多瓦工的生活、体验，你就可以从事业余的文学创作。各行各业的青年人，在本职的工作以外，业余学一点儿文学创作，反映他们的生活，我们的文学题材，不是就很广泛了吗？不是很大的收获吗？我希望青年同志们，不急忙搞这个东西，先去积累本身职业的生活。文学题材是互相沟通的。前些年，文学题材很狭窄。很多人，他不光想知道本阶层的生活，也想知道别阶层的生活，历史上古代人的生活，他见不到听不到的生活。这在文学上有很多例子。专于一种职业，然后从事文学，使我们文学题材的天地，广大起来。

我在上小学的时候，就很喜欢文学。我最早接触的，是民间的形式：河北梆子、各种地方戏、大鼓书。然后我才读了一些文学作品，先读的是《封神演义》，后来在村里又借了一部《红楼梦》，从小学（那时候分初级小学、高级小学），我一直爱好文学作品，在高级小学，我读了一些新的作品：文学研究会的作品，商务印书馆出的一些杂志。我上的是个私立中学，缴很多学费，它对学生采取填鸭式，叫你读书。我十九岁的时候，升入本校的高中，那时叫普通科第一部，近似文科。除去主要的课程，还有一些参考课程，包括一大本日本人著的，汤尔和翻译的《生物学精义》，有杨东莼著的《中国文化史》，有严复翻译的《名学纲要》，还有日本人著的《中国伦理学史》，冯友兰的《中国哲学史》。还叫我们学《科学概论》和《社会科学概论》。还有一些古书。在英文方面，叫我们读一本《林肯传》，美国原版的，读《泰西五十轶事》《伊索寓言》《英文短篇小说选》和《莎氏乐府本事》。在这两年的时间里，有这么些书叫你读。在中学里，我们就应该打下各方面的知识基础。当然这些知识还不是很深的，但是从事文学创作，需要这些东西。你不知道一些中国哲学，很难写好小说。中国的小说里面，有很多是哲学。你不知道中国的伦理学，你也很难写好小说，因为小说里面，要表现伦理。读书，我有这种感觉，一代不如一代。我们比起上一代，已经读书很少，现在的青年人，经过十年动乱，他们读的书就更少。在中学，我读了一些外国文学作品，那时主要读一些十月革命以后苏联的文学作品。除去《铁流》《毁灭》以外，我也读一些小作家的作品，如赛甫琳娜的，聂维洛夫的，拉甫列涅夫的，我都很喜欢。也读法国纪德的《田园交响乐》。这些作家，他们的名字至今我还记得很清楚，这说明青年时期读书很有好处。

抗日战争，我才正式地从事创作，我所达到的尺度很低。我写的那些东西，也不是一帆风顺的。有一些年轻的同志，对我很热情，他们还写了一些关于我的作品的分析，很多都是溢美之词。我没有那么高。自己对自己的作品，体会是比较深的。在过去若干年里，强调政治，我的作品就不行了，也可能就有人批评了；有时强调第二标准，情况就好一点儿。我的作品也受到过批判，在地方报纸上，整版地批判过，在全国性的报纸上，也整版地批判过。最近山东师范学院编一本关于我的专集，他们搜集了全部评论文章。他们问我，有些文章行吗？编进去吗？我说，当然要编进去，怎么能不编进去呢。作为附录好吗？我说不行，应该一样待遇。对于作品，各人都可以有各人的看法，一个时期也可以有一个时期的看法。我不把自己的作品看得那么高，我觉得我的作品是微不足道的。我们可以说个笑话，我估计我的作品的寿命，可能是五十年。当然不包括动乱的十年，它们处于冬眠状态。在文学史上，很少很少的作品才能够永远被别人记忆，大部分的作品，会被后人忘记。五十年并不算短寿，可以说是中寿。我写东西，是谨小慎微的，我的胆子不是那么大。我写文章是兢兢业业的，怕犯错误。在四十年代初期，我见到、听到有些人，因为写文章或者说话受到批判，搞得很惨。其中有的是我的熟人。从那个时期起，我就警惕自己，不要在写文章上犯错误。我在文字上是很敏感的，推敲自己的作品，不要它犯错误。最近在《新港》上重发的我的一篇《琴和箫》，现在看起来，它的感情是很热烈的，有一种生气，感染着我。可是当时我把它放弃了，没有编到集子里去。只是因为有人说这篇文章有些伤感。还有一篇关于婚姻问题的报告，最近别人给我复制出来。当时发表那个报告以后，有个读者写了一篇批评，我也跟着写了一篇检讨。现在看起来，并没有多大的问题。

我存在着很多缺点，除去一般文人的缺点，我还有个人的缺点。有时候名利二字，在我的头脑里，也不是那么干净的。"利"好像差一点儿；"名"就不一定能抹掉。好为人师，也是一患。

我觉得写文章，应该谨慎。前些日子我给从维熙写了一篇序言，其中有那么一段："在那个时期，我也要被迫去和那些流氓、青皮、无赖、不逞之徒、两面人、卖友求荣者、汉奸、国民党分子打交道，并且成为这等人的革命对象了。"写完之后，我觉得这段不妥当，就把它剪了下来。我们的道路总算走得很长了吧，是坎坷不平的，也是饱经风雨的，终于走到现在。古人说七十可以从心所欲。现在我们国家的政治很清明，文路广开。但是写文章就是到了七十，也不能随心所欲地写，仍然是兢兢业业的事业。前不久，有人还在威胁，要来二次、三次"文化革命"。我没有担心，我觉得那样的革命，发动不起来了。林彪、"四人帮"在这一场所谓革命中，基于他们的个人私心，几乎把我们的国家、我们的民族毁掉，全国人民都看得很清楚。

我有幸见到我们国家现在这样好的形势，这样好的前途。有些人见不到了，比如远千里、侯金镜。"文化大革命"刚刚结束，有人传说我看破了红尘，并且传到北京去。有一次文艺界的领导同志到天津来，问我：你看破红尘了吗？我说，没有。我红尘观念很重，尘心很重。我从来也没有想到西天去，我觉得那里也不见得是乐土。你看小说，唐僧奔那儿去的时候，多么苦恼，他手下那两个干部，人事关系多么紧张。北京团城，有座玉佛，很美丽，我曾为她写过三首诗。但我并不羡慕她那种处境，虽然那地方，还算幽静。我没有看破红尘，我还要写东西。

历史证明：文坛上的尺寸之地，文学史上两三行记载，都不是容易争来的。

凡是写文章的人，都希望自己的作品能够传世。能否传世，现在姑且不谈。如果我们能够，在七十年代，把自己六十年代写的东西，再看一看，或是隔上几年，就把自己过去写的东西，拿出来再看。看看是否有愧于天理良心，是否有愧于时间岁月，是否有愧于亲友乡里，能不能向山河发誓，山河能不能报以肯定赞许的回应。

自己的作品，究竟如何，这是不好和别人争论的。有些读者，也不一定是认真读书，或是对你所写当时当地的环境，有所了解。过去，对《秋千》意见最大，说是我划错了那个女孩子的家庭成分，同情地主。这种批评，在强调阶级斗争的时候，是很厉害的，很有些"诛心"的味道。出版社两次建议我抽掉，我没有答应。我认为既是有人正在批评，你抽掉了它，不是就没有放矢之"的"了吗？前二年，出版社又再版这

29

第六辑 文学和生活的路

本书，不再提这篇文章，却建议把《钟》《一别十年同口镇》《懒马的故事》三篇抽去。理由是《钟》的男主人公有些自私，《一别十年同口镇》没有写出土改的轰轰烈烈、贫农翻身的场面，《懒马的故事》写了一个落后人物，和全书的风格不协调。我想，经过"文化大革命"，这本书有幸得以再版，编辑部的意思，恐怕是要它面貌一新吧。我同意了，只是在后记中写道，是遵照编辑部的建议。

现在所以没有人再提《秋千》，是因为我并没有给她划错成分，同情那个女孩子，也没有站错立场。至于《钟》的男主人公，我并不觉得他有什么自私，在那种情况下，我们能要求他怎样做呢？《一别十年同口镇》写的是一九四七年春季的情况。老区的土改经过三个阶段，即土改、平分、复查。我写的是第一次土改，那时的政策是很缓和的。在我写的时候，我已经知道要进行平分，所以我也发了一些议论。这些情况，哪里是现在的同志们所能知道的呢。它当年所以受到《冀中导报》的批判，也是因为它产生在两次政策变动之间的缘故。

至于《懒马的故事》之落后，我想现在人们也会不以为意了。

《钟》仍然保存在《村歌》一书中，其余两篇如有机会，我也想仍把它们收入集内。

过去强调写运动，既然是运动，就难免有主观、有夸张、有虚假。作者如果没有客观冷静的头脑，不做实际观察的努力，是很难写得真实，因此也就更谈不上什么艺术。

文章写法，其道则一。心地光明，便有灵感，入情入理，就成艺术。

要想使文学艺术提高，应该经常有一些关于艺术问题的自由讨论。百花齐放这个口号，从来没有人反对过，问题是实际的做法，与此背道而驰，是为丛驱雀的办法。过去的文学评论，都是以若干条政治概念为准则，以此去套文艺作品，欲加之罪，先颁恶名——毒草，哪里还顾得上艺术。而且有不少作品，正是因为艺术，甚至只是一些描写，招来了政治打击。作家在这种情况下，是不能争鸣的，那将越来越糟。有些是读者不了解当时当地的现实而引起，作者也不便辩解。总之，作者是常常处于下风的。

新中国成立初，我曾和几个师范学校的学生，通信讨论了一次《荷花淀》。《文艺报》为了活泼一下学术风气，刊登了。据负责人后来告诉我：此信发出后，收到无数詈骂信件，说什么的都有。好在还没惹出什么大祸，我后来就不敢再这样心浮气盛了。

有竞争，有讨论，才能促使艺术提高。

清末缪荃荪辑了一部丛书，叫《藕香零拾》，都是零星小书。其中有一部《敬斋泛说》，是五代人作的。有一段话，我觉得很好，曾请曾秀苍同志书为小幅张贴座右。其文曰：

吾闻文章有不当为者五：苟作一也，徇物二也，欺心三也，蛊俗四也，不可以示子孙五也。今之作者，异乎吾所闻矣，不以所不当者为患，惟无是五者之为患。

所以我不主张空谈艺术。技法更是次要的。应该告诉青年们为文之道。

一九七六年秋季，我还经历了大地震。恐怖啊！我曾想写一篇题名《地震》的小说，没有构思好。那天晚上，老家来了人，睡得晚了一些，三点多钟，我正在抓起表看时间，就震了起来。我从里间跑到外间，钻在写字台下。等不震了，听见外面在下雨，我摸黑穿上雨衣、雨鞋，戴好草帽，才开门出去。门口和台阶上都堆满了从房顶震塌下来的砖瓦，我要往外跑，一定砸死了。全院的人，都在外面。我是最后出来的一个人。

地震在史书上，称作灾异，说是上天示儆。不是搞迷信吗？我甚至想，这是林彪、"四人帮"之流伤天害理，倒行逆施，达到了神人共愤，天怒人怨的程度，才引起的。我这个人遇见小事慌乱，遇见大灾大难，就麻木不仁，我在院里小山上搭了一个塑料薄膜小窝棚，连日大雨，不久，就又偷偷到屋里来睡了。我想，震死在屋里，也还算是"寿终正寝"吧。

所谓文学上的人道主义，当然不是庸俗的普度众生，也不是惩恶劝善。它指的是作家深刻、广泛地观察了现实，思考了人类生活的现存状态，比如社会关系、社会意识，希望有所扬弃。作家在作品中，通过对社会生活的刻画，对典型人物的创造，表达他这种理想。他想提高或纯净的，包括人类道德、理想、情操，各种认识和各种观念。但因为这种人道主义，创自作家，也常常存在缺点、弱点，会终于行不通，成为乌托邦。人道主义的作品，也不是千篇一律的。陀思妥耶夫斯基是伟大的现实主义作家，他的人道主义表现为一种不健康的形式。我只读过他一本《穷人》，别的作品，我读不下去。作家因为遭遇不幸，他的神经发生了病态。

只有真正的现实主义作家，才能成为真正的人道主义者。而一旦成为伟大的人道主义者，他的作品就成为伟大的观念形态，这种观念形态，对于人类固有的天良之心，是无往而不通的。这里我想举出两篇短作品，就是上面提到的安徒生的《丑小鸭》和普希金的《茨冈》。这两篇作品都暴露了人类现存观念的弱点，并有所批判，暗示出一种有宏大节奏的向上力量。能理解这一点，就是知道了文学三昧。

1980 年 3 月 27 日

答吴泰昌问

问：请谈谈生养您的环境和经历，是否有效地促使您成为一名作家，并在您的创作上留下怎样的印记？

答：你从我写的自传和一些回忆散文中，可以知道，我的家庭，我的少年经历，都是很平凡的。有一段时间，虽也有志于文学，但所得实在有限，不足以糊口，所以知难而退，到乡村教书去了。但是，从一九三七年的抗日开始，我经历了我们国家不同寻常的时代，这可以说是一个伟大的时代，我有幸当一名不太出色的战士和作家。这一时代，在我微薄的作品收获中，占了非常突出的地位。

问："当我写第一篇小说的时候"——这个题目您有兴趣谈谈吗？

答：我写的第一篇小说，发表在保定育德中学的校刊《育德月刊》上，时间大概是一九二九年。那确实是一篇小说，因为这个月刊的文艺编辑是我的国文老师谢采江先生，他对文体要求很严，记得一次他奖许我另一篇作文，我问他是否可以发表，他说月刊上只登短篇小说，这一篇是散文，不好用。但是那篇小说的题目我忘记了，内容记得是写一家盲人的不幸。我的作品，从同情和怜悯开始，这是值得自己纪念的。第二篇发表的是写一个女戏子的小说，也是写她的不幸的。

问：您在《文学和生活的路》一文中说，伟大的作家都是伟大的人道主义者，如果把人道主义从文学中抽掉，那文学就没有什么东西了。请您更详细具体地说说文学与人道主义的关系，您理解的人道主义包含哪些具体内容，您是否认为有一种普遍的属于人类本性的人道主义？

答：所谓人性、人道，对于人类来说，应当是泛指的，是一种共性。人道主义，是一种广泛的道德观念，它是人类生活，人类文明，进化到一定阶段的产物。人类，由于共同生活的必需，产生和发展它的道德、伦理观念。这种观念在现实生活中的长久实施，以及牢固地存在于人类头脑之中，似乎可以形成一种有遗传能力的"染色体"。即使是幼小的孩童，从他们对善恶的判断和反应之中，可以看出这种观念的先天性。人道观念和其他道德观念一样，可以因后天的环境、教育、外界影响，得到丰富、加强、发扬光大；反之，也可以遭到破坏、减损，甚至消失。中国古代哲学家，从人类的进化和完善着眼，一贯把性善作为人的本性，肯定地提出。

事实是，决定人类道德观念的，是人类的社会组织、经济生活、政治宗教、法制教育。经济生活占其中主导地位。经济生活的破产，常常使道德沦丧。此外，异族统治、社会动乱、反动政治，也可以使道德低落。经济生活的富裕，文化教育的提高，则可以提高人类的道德。当然，这只是就其大体而言。道德之演进，如大江之行，回旋起伏，变化万端，激浊扬清，终归于进步。如异族统治，固使一部分人道德下降，但也激励另一部分人，使之上升。

文学艺术，除去给人美的感受外，它们都是人类社会的一种教育手段，即为了加强和发展人类的道德观念而存在。文学作品不只反映现实，而是要改善人类的道德观念，发扬一种理想，所以说，凡是伟大的作家，都是伟大的人道主义者，例如《红楼梦》，就是一部伟大的人道主义作品。它的主题，就是批判人性、解放人性，发扬人性之美。

详见我写的《〈红楼梦〉杂说》。

问：文学与自传的关系历来看法不一，很想听听您的意见？

答：当然，有很多文学作品，含有作者自传的性质，但不能说，一切作品都是作家的自传。作家创作方法的不同，也能区别自传成分的多寡。

我的作品单薄，自传的成分多。

问：孙犁派（或叫荷花淀派）是公认的我国当代文学园地里一个有影响、有成就的文学流派，河北、天津一带许多作者的创作受您的影响，有意学习甚至模仿您的风格，但成功的似乎不多，这是为什么？请您顺此谈谈风格流派形成的要素与学习、创新等问题。

答：记者同志，你知道，我不会狂妄到，以我那么浅薄的作品，这么一点点成就，就大言不惭地承认有了一个什么派。我一贯是反对"派性"的，当然这是学术。一些热情的同行们，愿意活跃一下学术空气，愿意爱好相同的同志们聚在一起热闹热闹。确实，我们冷清了很多年，也应该热闹热闹了。

同志们提出这样一个问题的心情，我是理解的。在"文化大革命"以前，有人提出这个问题时，我则极力制止过。现在情况不同了，我不愿给同志们泼冷水。但是，依我看，这个所谓流派，至少是目前还没有形成。将来能不能形成？我看希望也不会很大的。

在中国的文学史上，以某一个人形成一个流派的史实很少。即使像李白、杜甫那样名垂千古的大作家，在当时也没有流派之说。唐诗无流派，而名家辈出，风格多样，诗坛繁荣。散文方面，唐宋八家，也是各自为战，未立门墙。"五四"以后，鲁迅先生及其他几位大作家，在文坛上，都是星斗悬天，风靡一代，也没听说哪一个曾有流派产生。虽也有时集会结社，但多为期不长，即行分化。在文学史上，当然有以地区命名的江西诗派，公安、竟陵以及桐城，这些流派，是以文学上的共同主张，文字上的共同习尚相标榜。它们的出现，对于当时文学发展，是向前推进呢，还是阻碍其前进？起扩张作用，还是起局限作用？如果只是形成一种类似的文体、文风，则其价值就有限了。唐无流派，而诗的成就那样大；明清多流派，而文章越来越猥琐卑弱。看来，中国人，不习惯流派，我们封建观念重，一有流派，即易被认为门户，而门户对内是局限，对外是隔阂。

至于说学习、影响，那是另一回事，与流派无关，任何事业年轻的一代，总是要受前人的影响，或因为爱好，向某一位老的同行学习。文学究竟不同于演剧、绘画，即使是演剧、绘画，也要在同一流派之中，不断推陈出新，才能发展进步。在文学上，以一人之藩篱，囿自己之身手，虽中人不取，况作家乎？

风格的形成，包括两大要素，即时代的特征和作家的特征。时代特征的细节是：时代的思想主潮，时代的生活样式，时代的观念形态。作家特征的细节是：个人的生活经历，个人性格的特征，个人的艺术师承爱好。以上种种，都不是能强求一致，每个人都会有所不同的。所以说风格是不能模仿的。如只求其貌似，那只能对创作起束缚的作用。

文学的模仿，也是不可避免的，这只能说是学习阶段。应该很快从这种幼稚状态摆脱出来，发挥自己的特点，形成自己的风格。因此，我对一些初期好像学习我后来离开我，另辟宽广途径的同志，总是抱鼓励的态度，并衷心感到高兴。任何事情，不能死心眼，抱住一个人或一种作品不放，我总是鼓励一些青年同志从我这里跳得更高一点儿，走得更远一点儿，这样才能使他们自己的作品，获得更多的生命的活力。

如果说流派，是只能从上面的原则，才能形成。因此，我对流派，也不抱虚无的态度。如果在我菲薄的才能之后，出现大才；如果在小溪之前，出现大流，而此大流，不忘涓涓之细，我就更感到高兴了。

我以为文人宜散不宜聚，一集中，一结为团体，就必然分去很多精力，影响写作。散兵作战，深山野处，反倒容易出成果，这是历史充分证明过的。

问：您最喜爱自己的哪几篇作品？为什么？

答：现在想来，我最喜欢一篇题名《光荣》的小说。在这篇作品中，充满我童年时代的欢乐和幻想。对于我，如果说也有幸福的年代，那就是在农村度过的童年岁月。

问：您最初接触的是哪个作家的作品？喜欢阅读中外哪些作家的作品？它们对您艺术风格有无影响？

答：我第一次读到的，"五四"以后的新的文学作品，是一本灰色封面，题名《隔膜》的短篇小说集。这是文学研究会的文学丛书之一，由商务印书馆出版，但是，我忘记了它是叶绍钧一人的专集呢，还是几位作家的合集。这一本书，使我知道了中国新的短篇小说的样式。

中外作家之中，我喜爱的太多了。举其对我的作品有明显影响者。短篇小说：普希金、契诃夫、鲁迅。长篇小说：曹雪芹、果戈理、屠格涅夫。

问：您的长篇小说《风云初记》、中篇小说《铁木前传》普遍受到称赞，可惜都是未完成之作，为什么会造成这种情况？当初写《初记》《前传》时，是否准备续写《后记》《后传》？人们关心您是否打算续写《铁木后传》？

答：已经忘记，在写这两本书之前，是否有雄心壮志，要写几部几部。但确实因为没有全部完成，所以只好标题为《初记》和《前传》。实事求是地说，《风云初记》没有写完，是因为我才情有限，生活不足。你看这部作品的后面，不是越写越散了吗？我也缺乏驾驭长篇的经验。《铁木前传》则是因为当我写到第十九节时跌了一跤，随即得了一场大病，住疗养院二三年。在病中只补写了简短的第二十节，草草结束了事。

在"文化大革命"期间，我家前后被抄六次，其中至少有三次，是借口查抄《铁木后传》的。造反派如此器重这部莫须有的文稿，使我一家人，百口莫辩。直到现在，我的书柜的抽屉还存在被铁器撬开的裂痕。这些人是为了判决我的罪名来找这部文稿的。在当时，一本《前传》，已经迫使我几乎丧生，全家惶惶。我想，如果我真的写出了《后传》，完成了它，得到了创作的满足，虽死无怨，早已经双手献出，何劳兴师动众呢？

现在大家关心这部《后传》，情况当然不同。但还是没有。对于热心的读者，很可能要成为我终身的憾事了。

问：您现在为什么不能把它写出来呢？

答：我的想法是：在中国，写小说常常是青年时代的事。人在青年，对待生活，充满热情、憧憬、幻想，他们所苦苦追求的，是没有实现的事物。就像男女初恋时一样，是执著的，是如胶似漆的，赴汤蹈火的。待到晚年，艰辛历尽，风尘压身，回头一望，则常常对自己有云散雪消、花残月落之感。我说得可能消极低沉了一些，缺乏热情，缺乏献身的追求精神，就写不成小说。

与其写不好，就不如不写。所以，《铁木后传》一书，是写不出来了。

我现在经常写一些散文、杂文。我认为这是一种老年人的文体，不需要过多情感，靠理智就可以写成。青年人爱好文学，老年人爱好哲学。

问：平日写作之外，您做何消遣？

答："文革"期间，我听过无数次对我的批判，都是不实或隔靴搔痒之词，很少能令人心服。唯有后期的一次会上，机关的革委会主任王君说："这么多年，你生活上，花鸟虫鱼；作品里面，风花雪月。"

我当时听了，确实为之一惊。这算触及灵魂了吧？王君虽"主任"这一新闻机关的革命大权，但他是部队出身，为人直爽，能用十六个字，概括我的罪行，我想他不一定有这般能力，恐怕是他手下人替他总结出来的。

这是有踪影的判词。进城以后，街上繁华、混乱、嘈杂，我很少出门，就养些花儿草儿。病了以后，我的老伴，又陪我到鸟市，买了一个鸟笼，两只玉鸟。蝈蝈也养过，鱼也养过，也钓过。但所养的花，"文革"一开始，就都被别人搬走，鸟也不知去向，虫死鱼亡，几与主人共命。

我养什么也没有常性，也不钻研养法，也不吸取别人经验，又舍不得花很多钱，到终了什么也弄不出名堂来。

其实，写作本身，对我来说，就是最大的最有效的消遣。我常常在感到寂寞、痛苦、空虚的时刻进行创作。我的很多作品，是在春节、假日、深夜写出来的。新写出来的文字，对我是一种安慰、同情和补偿。每当我诵读一篇稿件时，常常流出感激之情的热泪。确实是这样，在创作中，我倾诉了心中的郁积，倾注了真诚的感情，说出了真心的话。在过去的漫长岁月中，烽火遍地，严寒酷暑，缺吃少穿，跋涉攀登之时，创作都曾给我以帮助、鼓励、信心和动力。只有动乱的十年，我才彻底失去了这一消遣的可能，所以我多次轻生欲死。

修补旧书，擦摩小玩意儿，也是我平日的一种消遣方法。

我不会养生之道，也不相信，单凭养而可以长生，按照我的身体素质，我已经活得够长了。我现在不大愿意回顾我年轻时代写的作品，偶然阅读一些，我常常感到害羞。在年轻时代，我说了多少过分热情的，过分坦率的，不易为人了解的，有些近于痴想梦呓的话语啊！

问：现在有人提出，文学（尤其是小说）的首要任务不是写人物，塑造典型性格，而是要着重表现人的感受、情绪，您怎样看这个问题？

问：现在一些作家，如王蒙等，在运用西方"意识流"等表现手法，对这种探索议论不一，您认为应该怎样看待这种文学现象？

答：因为我有些想法，已经散见于我近日写的其他文章中，此处从略。

1980 年 9 月 16 日答讫

序的教训

多言多败，文章写多了，是非也必多。近有老友，多年未通音问、忽先来二信，联络情谊，然后寄来诗稿，要求作序。我向重感情、尤其是老年战友，凡以此事相求者，无不立即应承。诗稿未能通读，无可多谈者，乃就旧日共同经历朋友交情，说了几句话。对诗作虽无过多表扬，然亦无过多贬抑。稿末照例附言：如不能用，切勿勉强。随即寄回，请他定夺。序文不久又为一期刊拿去，亦曾写信通知。不意此老友在外云游两个月，方才回到家中，见到序文，先拍来一加急电报：万勿发表。随后来一封长信，略谓：如将此序用在书上，或在任何期刊发表，将使他处于"难堪的境地"。我除即刻致信刊物，追回稿件外，仍以老友资格，去信向他作了一些解释和安慰。他接信后，再次发来加急电报：一定把序文撤下，以免影响诗集出版云云。看来如果稿子追不回来，还要有更多的纠缠和麻烦。

这真是当头棒喝，冷水浇头，我的热意全消了。电报在我手里拿了很久，若有所悟，亦有所感：

序文不合意，不用在书上就是了。而且稿件俱在，全是一片好意，其中并无不情不义之词，何至影响诗集出版呢？

当然，我们有过一个传统的观念：一部作品，或题名于奖榜之上，或列目于报告之中，或由专家题字，或得权威写评，都可以身价顿增、龙门得跃。但我是一个平凡的人，没有那样大的法力。说好，出版者未必就赏以青睐；说不好，出版者未必就待以冷遇。况文章诗词，究非商品，即是商品，亦如欧阳修所说，市有定价，不以人言口舌定贵贱。出版社收稿，当以稿件质量为标准，读者买书，当以书籍水平为权衡，岂能单凭别人的话，以定取舍？

序者，引也。评论作品，多说好话，固是一路；然此亦甚难，如胡乱吹捧，虽讨好于作者，对广大读者实为欺骗。我所作序，多避实就虚，或谈些感想，或忆些旧事，于作品内容缺少介绍，对作者，读者，虽亦助兴导游之一途，然究非序之正体。正体之序，应提举纲要，论列篇章。鼓吹之于序文，自不可少，然当实事求是，求序者不应把作序者视为乐佣。

我为人愚执，好直感实言，虽吃过好多苦头，十年动乱中，且因此几至于死，然终不知悔。老朋友如于我衰迈之年，寄希望于我的谀媚虚假之词，那就很谈不上是相互了解了。

当然，这是就我这一方面说。再一转念，老朋友晚年出一本诗集问世，我确也应该多说一些捧场的话。如觉得无话可说，也可以婉言谢绝。我答应了，而没有从多方面考虑，把序写好，致失求者之望，又伤自己之心，可算是一次经验教训吧。在该序文的最后，我曾写道：

> 我苟延残喘，其亡也晚。故旧友朋，不弃衰朽，常常以序引之命责成。缅怀往日战斗情谊，我也常常自不量力，率意直陈。好在我说错了，老朋友是可以谅解的。因为他们也知道我的秉性，不易改变，是要带到土里去的了。

今天看来，我这些话说得有些太自信了，是主观的一厢情愿的想法。回想过去写了那么多序，别人也可能有意见，不过海量宽些，隐忍未发罢了。

因此，现在声明一下：从今而后，不再为别人作序。别人也不要再以此事相求。愿远近友好，诗人作家，一体垂鉴。

1982 年 6 月 16 日上午

谈修辞

我在中学时，谈过一本章锡琛的《修辞学概论》，也买过一本陈望道的《修辞学发凡》。后来觉得，修辞学只是一种学问，不能直接运用到写作上。

语言来自生活，文字来自书本。书读多了，群众语言听得熟了，自然就会写文章。脑子里老是记着修辞学上的许多格式，那是只有吃苦，写不成文章的。

古书上有一句话：修辞立其诚。这句话，我倒老是记在心里。把修辞和诚意联系起来，我觉得这是古人深思熟虑，得出来的独到见解。

通常，一谈到修辞，就是合乎语法，语言简洁，漂亮，多变化等等，其实不得要领。修辞的目的，是为了立诚；立诚然后辞修。这是语言文字的辩证法。

语言，在日常生活中，以及表现在文字上，如果是真诚感情的流露，不用修辞，就能有感人的力量。

"情见乎辞"，这就是言词已经传达了真诚的感情。

"振振有词"，"念念有词"，这就很难说了。其中不真诚的成分可能不少，听者也就不一定会受感动。

所以说，有词不一定有诚，而只有真诚，才能使辞感动听者，达到修辞的目的。

苏秦、张仪，可谓善辩矣，但古人说：好辩而无诚，所谓利口覆邦国之人也。因此只能说是辞令家，不能说是文学家。作家的语言，也可以像苏秦、张仪那样的善辩，但必须出自创作的真诚，才能成为感人的文学语言。

就是苏秦，除了外交辞令，有时也说真诚的话，也能感动人。

《战国策》载，苏秦不得志时、家人对他很冷淡，及至得志归里，家人态度大变。苏秦曰："嗟乎！贫穷则父母不子，富贵则亲戚畏惧。人生世上，势位富贵，岂可忽乎哉！"这就叫情见乎辞。比他游说诸侯时说的话，真诚多了。也就近似文学语言了。

从事文学工作，欲求语言文字感人，必先从诚意做起。有的人为人不诚实，善观风色，察气候，施权术，耍两面，不适于文学写作，可以在别的方面，求得发展。

凡是这种人写的文章，不只他们的小说，到处给人虚伪造作、投机取巧的感觉，就是一篇千把字的散文，看不上几句，也会使人有这种感觉。文学如明镜、清泉，不能掩饰虚伪。

1983 年 9 月 8 日下午，雨仍在下着。

谈评论

评论文章，并不是那么容易，就能写好的。评论一个人难，评论一篇文章同样难。评论一个人，要能知人论世，设身处地。就是要把一个人，同他所处的时代、环境联系起来，才能客观，有可信性。评论一部作品，如果对作家的时代、环境，毫无所知，就作品评作品，其肤浅就可想而知了。

近年评论《红楼梦》的学者们，对于曹雪芹所处的时代环境，研究得可以说是广泛而周到了。但有些研究，简直与作品风马牛不相及，牵强附会，甚至虚假不可信。用这种资料，去研究作者以及作品，那也将是徒劳无益、甚至有害的。评论作品要靠对作家的了解，但如果了解得不准确，而自以为是，写出来的评论，就会更糟。

几十年来，在这个文艺圈子里，我们看到过或经受过各样的文艺评论。有些是声讨式的一篇大文，赫然出现在大报上，情况严重，声势浩大，立刻使所有执笔为文者，及其家属亲朋，都感到战栗。有些是吹捧式的，一部作品，经权威者发见，推崇备至，封为一流，遂使万人空巷，钟鼓齐鸣。这是两个极端，时间已证明多为荒谬，可以不必再去谈它。

党的三中全会以后，实事求是的文艺批评，重新为人们所提倡。但因为积重难返，真正做到这一点，还是很不容易的。鉴于过去棒喝主义的恶果太惨重，声讨式的评论文章，近来确是不常见了。吹捧式的评论，其数量虽不见减少，其程度——即吹捧的调门，却有渐渐降低的趋势。一般说来，目前的文艺批评，总的缺点，还是忽视艺术分析。具体说来，有如下几个方面：

一、架子太大，识见平常。很多文艺评论，文章很长，间架很大。好像不如此，不足以称为文学评论似的。这是一种传统习惯，而表现在文艺评论家那里，尤其显著。文章的规模，他们取法于古典批评家，而细观其学识和见解，又多不相称。

二、人云亦云，角度一样。读关于某一作家的评论，常感到这一点。当然谈的是一个人的作品，会有相同内容。但是在艺术分析方面，甚至所用词句方面，雷同之处甚多，读起来就缺乏兴味了。着眼的角度，也大体一致。不能另开途径，探讨新的领域，以丰富对这一作家的研究。

三、争执不下，没有准绳。现在，对于过去说是"有问题的作品"，叫作"有争议的作品"。在讨论时，总是有两种完全对立的意见：甲说很坏；乙说很好。争执一通，无结果而散。这就叫作争鸣吗？任何事物，总有一个衡量标准，定其质量。现在评论文章，不大提政治标准了。其实历代文艺批评，并非完全不顾政治。艺术标准，也不是抽象的，不会是各执一词，就可以罢休的。不能把文艺上的什么主义，或什么流派的主张，各有所好，随便拿来，作为衡量人间一切文艺的尺度。对于艺术，古今中外，总是把现实生活、民族传统、社会效果，作为评价取舍的标准的。

如果一个民族，能以其不断向上的正义的力量，维护着一个人心所向的道德标准；同样，这个民族，也就能维护着一个人民共同认识的艺术标准。

1983 年 9 月 9 日晨

谈镜花水月

　　凡是文艺，都要取材。环境有依据，人物也有依据。但一进入作品，即是已经加工过的，不再是原来的环境和人物了。这就像镜花和水月一样，多么逼真，也不是原来的花月了。有些读者，不明此义，常常按图索骥，已近于庸俗社会学。而有些人却听信传言，在文艺作品中，去寻找自己，这不只有悖常识，也常常流于庸人自扰的混乱之境。

　　文学作品，当以公心讽世为目的。以暴露人家的隐私为目的的作品，被称为黑幕小说，作品、作者，都不足道。明白人更不必去过多注意它的内容，从中探索自己的影子。

　　曾孟朴的《孽海花》，人物多有依据。书中有实可指者，近二十人。显宦包括张之洞，名流包括李莼客。但在当时以及后来，没有听说有谁，或是谁的后代，出来抗议，说书中某某人，写的就是他，或是他的祖先。因为谁都知道，人物一进入小说，便是虚构，打破镜子摘采花朵，跳进水中捞取月亮，只有傻瓜才肯那样去干。

　　当然也有例外，那就是赛金花。她不只承认写的就是自己，而且把作家夸大的部分，虚构的部分，都包了下来。因为，这对她来说，都没有坏处，倒有好处。

　　老实说，近些年，确有一些熟人、朋友的个别事迹，写入了我的文章，但也只是摘取一枝一叶，并不影响我对他们的全部评价。朋友仍然是朋友，熟人照旧是熟人。当然也有的从此就得罪了，疏远了，我是没有办法挽回的。

过去，当政治风雨突然袭击时，有些人对同志，对朋友，无中生有，造谣污蔑，不只使当事者蒙不白之冤，也使他的家属，有血泪之痛。这称之为乘人之危，投井下石，毫不为过。但这种做法，人们习以为常，他本人也会轻易地忘记。

而在太平盛世，天晴气朗之时，别人偶然描绘了一下类似他的嘴脸，伤不了他的半根毫毛，好官自为之，名人自当之，却忍受不了，以为别人不够朋友，刻薄无情，从此要绝交，要打句号。这可以说是我们的社会生活中，多年来形成的一种奇异现象。

其实，目前的环境，周围的关系，绝不会因为他的某一特点，被某一作者采撷了去，会对他产生什么不利的影响。例如，我曾写入杂文《谈迁》中的那个人物，在后来整党的时候，就竟然当上了领导小组的成员。当时在场的人，都还活着，不以为怪。

我有洁癖，真正的恶人、坏人、小人，我还不愿写进我的作品。鲁迅说，从来没有人愿意去写毛毛虫、痰和字纸篓。一些人进入我的作品，虽然我批评或是讽刺了他的一些方面，我对他们仍然是有感情的，有时还是很依恋的，其中也包括我的亲友、家属和我自己。

我是一个很平庸的人，有很多弱点。一生之中，长期漂流在外，对家庭没有负起应尽的责任。自己的不幸遭遇，以及做过的错事、鲁莽事、傻事，都曾使亲人焦虑、感伤。到了晚年，时常自责并无掩饰地写出来，作为临终前的忏悔。

对于别人，交往也好，得罪也好，我已没有什么希求。我从来不愿得罪人，甚至不愿得罪院里的猫和狗，但我不能不写东西。

我过去所写的小说中，也有坏人吧？现在看起来，都很概念。晚年对世事体会深了，偶一触及，便有入木凿石之感，但确实也不愿再写多少了。

一生之中，我得到过的东西很多，有些过分。当然失去的也不少。现在，我已经进入了无欲望状态，不想再得到什么，也没有什么可以害怕失去的了。有人说，老的一代，必都有种失落感，那恐怕是一些人的推测之词。

1988 年春

我的位置和价值

现在有些青年人，常常谈发现自己，发现自己的价值和位置。我听了感觉很新鲜，也很羡慕。我活了这么多年，过去竟没有发现过自己，也不知道自己的价值如何，位置在哪里。

现在用回忆的方法，重新发现一次。

我在小学读书，在中学读书，共十二年寒窗，都是为了创造自身以后的价值和位置。当我高中毕业以后，第一次找到的职业，是在一个市政机关当雇员。价值是每月二十元，位置是坐在一条破板凳上。第二次找到的职业，是在一个小学校当庶务。价值是每月十八元，位置是在一个并不明亮的小窗户下面。第三次找到的职业，是在一个镇上当小学教师。位置提高到楼上，价值是二十五元。

虽然如此，在以上三个阶段，我仍然穿着长衫，戴着礼帽，那些衙役、校役，对我都点头称先生。走在街上，那些农民，如果有子弟在学校，对我都毕恭毕敬。

参加抗战以后，价值是每天三钱油三钱盐。位置从固定，变为游动，常常走在路上，爬在山上，很难说是一份什么位置了。

土地改革时期，曾被当作石头，从一条众多人围坐的炕上，搬到一个人独坐的炕上，算是变换了一下位置。其实也没有受什么惩罚，受什么罪。

进城以后，我的价值是每月六百五十斤棒子面。可以养家糊口，我的家属，第一次发现了我的价值。而且还有了稿费，用一个朋友的当时的话说，是"日进斗金"。这是社会发现了我的位置——作家。但不久就病了，有些人很为我的价值的即将消失伤心。终于又好了，伤心的不再伤心，又来了"文化大革命"。

一切价值都谈不上了，一切位置都没有了。我到食堂去劳动。有一天帮着师傅们磨豆腐，推磨棍的一端，应该有一块重东西——一块石头或几块砖头坠着。有一位师傅提议，叫我去填补这个位置。

这位师傅和我很熟，并且知道我有病。过去我偶尔到食堂用饭，他总是微笑着把我请到上座，也就是最好的位置，品尝品尝他做的饭菜。我吃完以后，赞美他的厨艺时，他照例地说：

"首长吃好了，身体健康，就是我们的幸福！"

现在，他叫我坐到磨棍上去，是想和我开个玩笑，或者希望我从上面跌下来，形成一个大笑话。

有一天，我被派到招待所去砸煤。砸煤本来应该是在地上，监视我的人，却叫我到煤堆顶上去砸，这就不知是出于什么用心了，但总和位置有关。过去，在他们心里，我的位置太高了。

我原是这家报社的一名编委。"文化大革命"，有案可查的，就是我多年不上班。有人说，十年没有露面。推而演之，定为：白吃饭的人，五个工人才能养活我。

糊里糊涂，"四人帮"垮了，三中全会开了，前不久还说我不劳而食的人们，又都说我贡献最大，是报社的光荣，建议我当名誉社长。虽然没有成为事实，还是给了个顾问的头衔。

我还没有死，以后变化如何，且听下文分解。

论曰：

价值与位置，是辩证的统一，其基础为经济与政治。通俗言之，即金钱与时运。一般人，不能自我发现，皆由社会或旁人发现。

西汉之末，有刘盆子，旁人发现他是皇帝。盆子执意放牛，不做皇帝。能这样发现自己的价值和位置的，千古一人而已。

至于写几首诗，发表几篇小说，便吹牛说，发现了什么什么，其不自量，无自知之明，是非碰壁不可的。

1988 年 8 月 3 日改讫

"病句"的纠缠

中国文学史上，有很多例证，同行朋友间，互相指责、攻错，成为佳话。叶圣陶先生在刊物上还办过"文章病院"，专挑有毛病的字句。但在今天，则行不通。偶尔举个不通的句子，便会招来无止无休的攻击。

进城初期，语言学家（忘记了是吕叔湘还是王力），就指出过一些青年作家（包括我）的病句，并标出姓名和篇名。看过以后，认为人家说得对，记住以后不再犯也就是了，哪里能想到去挖空心思，攻击人家？过去和现在，有了差别，并不是文学规律发生了变化，而是作家素质和观念，发生了变异。所以，我虽有所照顾，既不提作者姓名，也不标病句出处，也未能得到宽容。

理由是：老年人不能批评青年人，对青年人不"宽容"，不"忠厚"，是"嬉笑怒骂"……我写给贾平凹的那封短信，已在三种期刊登载，请大家找来看看；然后请再看看该作家影射攻击我的几篇文章，就可以清楚地看出他们的"宽容"和"忠厚"是什么货色。并且可以领略：新潮的棍子，是怎样的打法。

加给我的罪名，有"九斤老太"。这还情有可原，我并不认为九斤就比八斤差。又说我是"嫉妒"。这就难以理解：你有什么可以值得我嫉妒的？你把句子弄错了，我给你指出来，我嫉妒你的哪一点？

又说："你的风光已经过去了，不服气不行。"风光二字，我最初不知所指，后来明白，就是"好时候"。我没有好风光，谈不上过去不过去。我的文学之路，是战争的路，是饥寒交迫，风雨交加，枪林弹雨的路。不是出入大酒店，上下领奖台的短促的路。后来才明白，他的本意是说："我们正在风光着，你不要嫉妒。"请放心吧，我不会嫉妒你们，甚至也不会羡慕你们。保持风光的唯一途径，就是不要粗制滥造。

虽然有些过于自我膨胀的文士，常常自诩为生而知之，前无古人，后无来者，开一代新的文艺复兴之先河。但究竟是像你所说要"有个成长过程"的。但阁下自谦"晚生后辈""小学生""小青年"之类的话，实不敢当。你我虽未谋面，瞻仰玉照，再"成长"不也就成为你所嘲笑的"廉颇老将"和"岁寒三友"了吗？

其实，你那个错句，我说是"修辞不讲究"，是客气。你说是"经不起推敲"是看轻了。"推""敲"是修辞，而把应该说成"是"的说成"否"，这已不属于修辞的范围，而是逻辑错乱。我批改小学生作文多年，从没遇到过这样的语法差错。老百姓说话，也绝不会发生这样的错误。因为他们有话直说，不去绕那么多的圈子。唯有"名家"，才有可能发生这种错误。

至于说，错句一经我指出，便会留下"话柄"。这是你的多虑，也是你迁怒于我的主要原因。但是，如果我不给你指出，你又不能自觉修改，那"话柄"不是就会存在的时间更长了吗？

我一生遇到过各种大批判，挨过各式各样的棍子，但还没有遇见过这样不讲明事情原委，就胡乱加人种种罪名，有时使人看不懂他到底说的什么，指的什么的文章。当我看到第一次攻击我的文章时，以为究竟是个作家，好面子，发泄一下，也是应该的，我就没有说话。

并没想到竟喋喋不休，一再逞强，并且把文章送到天津发表。至今，已经持续了整整三年，看来是永远不会罢休的了。

人不能只听"好话"，不听"坏话"。白纸黑字的错误，有目共睹，这才叫"不服气不行"。其实，正像你说的，这也不是什么"了不起"的事，现在也没有多少人去注意这些。但错句必须改正。以后稿子写好以后，多看几遍，就可以避免这种闲是闲非了，你我两便。

至于仅仅因为我指出你的一个病句，你便勒令我"闭嘴""回家"，你不觉得这样做，有些专制吗？这一点，等你做了皇帝再说，目前只能是一句废话。另外，你这样说，不和你们平日所谈的"民主"，主张的"宽容"，大相径庭吗？

"关在公馆里"也是加给我的罪名之一。不出门，与真假清高无关。主要原因是当前社会环境太乱，出去，怕遇见本地的江湖骗子，外来的流氓打手，老年人招架不住。最近，敝"公馆"并将另加防盗门一套，以备他们打上门来。

1994 年 8 月 15 日改讫

我观文学奖

自古文学无奖，而历代有传世之作，有不朽的作家群体。中国自"五四"新文学运动以来，作家如林，也没有办过文学奖。因为，稍微有识之士，都会明白：文学非奖即金钱所能诱导而出；相反，常常产生于贫苦困厄之中。在我记忆中，三十年代，《大公报》始举办一次文学奖，奖励了三位作家。但这一举措，在社会上反响并不太大，效颦者后来也少有。同时，过去对世界大奖，如诺贝尔文学奖，中国人亦不太重视，每届获奖作品，有一种译本，已经算是不错了。中国作家，也很少有人谈论这种奖，只是有一次，刘半农他们谈及鲁迅，鲁迅冷淡地对待了一下，从此，就再无人提起。

解放以后，我国也没有举办过文学奖。直至茅盾先生去世，遗嘱以奖励后代为怀，才设立了一种大奖。

任何奖金，都有它的政治或人事上的目的，有目的即有偏差，有偶然，有机会。所以，任何奖都难得那么公平、准确，名副其实。以诺贝尔文学奖而论，每届所奖作者，都有偶然性，大部分都不是当代有口皆碑，与人民息息相关的伟大作家。而常常与此相反，真正的伟大作家却被排斥在外。它的政治目的，越来越明显，这是每一个作家都清楚的。

在中国，忽然兴起了奖金热。到现在，几乎无时无地不在举办文学奖。人得一次奖，就有一次成功的记录，可以升级，可以获得职称，可以有房子……因此，这种奖几乎成了一种股市，趋之若狂，越来越不可收拾，而其实质，已不可问矣！

这些年，确实有不少人，从文学奖中，得到不少好处，其中包括作家、评论家、主办的单位、评审的人员。但文学本身，是否得到了什么提高，则从来没有人去过问。奖啊，奖啊，究竟奖出了多少有价值的东西？也没有人去统计。

据说，在不少中国当代作家心中，还形成一股诺贝尔情结。作为一个作家，情结不在国家、民族，情结不在人民群众，而在外国的一笔钱财上，这岂不是有些缘木求鱼吗？听说，凡是得到此种奖金的作家，在宣布他是得主时，都出乎意料之外，而我们的作家，却时时刻刻，在意念之中，这岂不又有些可笑吗？

以本国奖金而论，在每届发奖的当年，文艺界热闹一阵，过不了多久，群众不只对获奖的书名，即获奖的作者，也就淡忘了。文学作品，以时代和读者，为筛选之具。如果连书名都不能印在读者心中，这种文学奖还有什么意义？

但每届还得评下去，以备有真正好的作品出世，如果没有，就继续从矮子中拔将军，择其适于当代政治、人事需求的，定那么几种。

所以，虽然获得过大奖的人，也不要以为从此就定了性，成了永久性的优秀作家，别人连碰都不能碰一下。最好是时常到书店里转转，看看架子上还有没有自己的书。

读者买文学书，都是希望能从生活上，多得到一些知识；从人生旅途上，多得到一些经验。既是文学，就又想从文字中得到一些享受和教益。如果你的作品，在这三方面，都没有什么可取，甚至连朴素的爱国之情、民族自尊都没有，人家花钱买你的书，又作何用？

至于你的书，因为文格低下，在国内没有销路，有识者嗤之以鼻，不屑一顾，在国外却有人欢迎，这其中的情况就复杂得多，也难说得多了。总之，用文艺作品，贬低丑化自己的民族，宣扬本土的落后，以取得某些洋人的欢心，求得他们的赞赏，以此为光荣，夸耀乡里。这种作者，在鸦片战争之前，八国联军之后，已经不是什么新鲜事，对他们的作品，国民早有定评。

至于在当今文坛之上，还有人缅怀租界，歌颂汉奸，并以为这些都与"改革开放"有关，则不过是中国人重复日本武士道的话，这就更应当另作别论了。

外国人介绍中国文学作品，有的是对中国友好，有的是对中国敌对，有的是出于鉴赏，有的是为了获得信息。这需要做具体分析，非一时起哄所能判定。

1994 年 9 月 4 日下午抄

第七辑　芸斋梦余

青春余梦

我住的大杂院里，有一棵大杨树，树龄至少有七十年了。它有两围粗，枝叶茂密。经过动乱、地震，院里的花草树木，都破坏了，唯独它仍然矗立着。这样高大的树木，在这个繁华的大城市，确实少见了。

我幼年时，我们家的北边，也有一棵这样大的杨树。我的童年，有很多时光是在它的下面、它的周围度过的。我不只在秋风起后，在那里捡过杨叶，用长长的柳枝穿起来，像一条条的大蜈蚣；在春天度荒年的时候，我还吃过杨树飘落的花，那可以说是最苦最难以下咽的野菜了。

现在我已经老了，蛰居在这个大院里，不能再向远的地方走去，高的地方飞去。每年冬季，我要生火炉，劈柴是宝贵的，这棵大杨树帮了我不少忙。霜冻以后，它要脱落很多干枝，这种干枝，稍稍晒干，就可以生火，很有油性，很容易点着。每听到风声，我就到它下面去捡拾这种干枝，堆在门外，然后把它们折断晒干。

在这些干枝的表皮上，还留有绿的颜色，在表皮下面，还有水分。我想：它也是有过青春的呀！正像我也有过青春一样。然而它现在干枯了，脱落了，它不是还可以帮助别人生起火炉取暖吗？

是为序。

我的青春的最早阶段，是在保定育德中学度过的。保定是一座古老的城市，荒凉的城市，但也是很便于读书的城市。在这个城市，我待了六年时间。在课堂上，我念英语，演算术。在课外，我在学校的图书馆，领了一个小木牌，把要借的书名写在上面，交给在小窗口等待的管理员，就可以拿到要看的书。图书管理员都是博学之士。星期天，我到天华市场去看书，那里有一家卖文具的小铺子，代卖各种新书。我可以站在那里翻看整整半天，主人不会干涉我。我在他那里看过很多种新书，只买过一本。这本书，我现在还保存着。我不大到商务印书馆去，它的门半掩着，柜台很高，望不见它摆的书籍。

　　读书的兴趣是多变的，忽然想看古书了；又忽然想看外国文学了；又忽然想研究社会科学了，这都没有关系。尽量去看吧，每一种学科，都多读几本吧。

　　后来，我又流浪到北平去了。除了买书看书，我还好看电影，好听京戏，迷恋着一些电影明星，一些科班名角。我住在东单牌楼，晚上，一个人走着到西单牌楼去看电影，到鲜鱼口去听京戏。那时长安大街多么荒凉、多么安静啊！一路上，很少遇到行人。

　　各种艺术都要去接触。饥饿了，就掏出剩下的几个铜板，坐在露天的小饭摊上，吃碗适口的杂菜烩饼吧。

　　有一阵子，我还好歌曲，因为民族的苦难太深重了，我们要呼喊。

　　无论保定和北平，都曾使我失望过，痛苦过。但也都给过我安慰和鼓舞，留下的印象是深刻的。我在那里得到过朋友们的帮助，也爱过人，同情过人。写过诗，写过小说，都没有成功。我又回到农村来了，又听到杨树叶子，哗哗地响着。

　　后来，我参加了抗日战争，关于这，我写得已经很多了。战争，充实了我的青春，也结束了我的青春。

我的青春，价值如何？是欢乐多，还是痛苦多？是安逸享受多，还是颠沛流离多？是虚度，还是有所作为，都不必去总结了。时代有总的结论，总的评价。个人是一滴水，如果滴落在江河，流向大海，大海是不会涸竭的。正像杨树虽有脱落的枝叶，它的本身是长存的。我祝愿它长存！

是为本文。

1982 年 12 月 6 日清晨

芸斋梦余

关于花

青年时的我，对花是没有什么感情的，心里只有衣食二字。童年的印象里没有花。十四岁上了中学，学校里有一座很小的校园，一个老园丁。校园紧靠图书馆，有点时间，我宁肯进图书馆，很少到校园。在上植物学课时，张老师（河南人）带领我们去看含羞草啊，无花果啊，也觉得实在没有意思。校园里有一棵昙花，视为稀罕之物，每逢开花，即使已经下了晚自习，张老师还要把我们集合起来，排队去观赏，心里更认为他是多此一举，小题大做。

毕业后，为衣食奔走，我很少想到花，即使逛花园，心里也是沉重的。后来，参加了抗日战争，大部分时间是在山里打游击。山里有很多花，村头，河边，山顶都有花。杏花，桃花，梨花，还有很多野花，我很少观赏。不但不观赏，行军时践踏它们，休息时把它们当坐垫，无情地、无意识地拔起身边的野花，连嗅一嗅的兴趣都没有，抛到远处去，然后爬起来赶路。

我，青春时代，对花是无情的，可以说是辜负了所有遇到的花。

写作时，我也没有用花形容过女人。这不只是因为有先哲的名言，也是因为那时的我，认为用花来形容什么，是小资产阶级意识的表现。

及至现在，我老了，白发疏稀，感觉迟钝，我很喜爱花了。我花钱去买花，用瓷的花盆去栽种。然而花不开，它们干黄、枯萎，甚至不活。而在十年动乱时，造反派看中我的花盆，把花全部端走了。我对花的感情最浓厚，最丰盛，投放的精力也最大。然而花对我很冷漠，它们几乎是背转脸去，毫无笑模样，再也不理我。

这不能说是花对我无情，也不能怨它恨它，是它对我的理所当然的报复。

关于果

战争时期，我经常吃不饱。霜降以后我常到山沟里去，捡食残落的红枣、黑枣、梨子和核桃。树下没有了，我仰头望着树上，还有打不净的。稍低的用手去摘，再高的，用石块去投。常常望见在树的顶梢，有一个最大的、最红的，最引诱人的果子。这是主人的竿子也够不着，打不下来，才不得不留下来，恨恨地走去的。我向它瞄准，投了十下，不中。投了一百下，还是不中。我环绕着树身走着，望着，计划着。最后，我的脖颈僵了，筋疲力尽了，还是投不下来。我望着天空，面对四方，我希望刮起一股劲风，把它吹下来。但终于天气晴和，一丝风也没有。红果在天空摇曳着，讪笑着，诱惑着。

天晚了，我只好回去，我的肚子更饿了，这叫做得不偿失，无效劳动。我一步一回头，望着那颗距离我越来越远的红色果子。

夜里，我又梦见了它。第二天黎明，集合行军了，每人发了半个冷窝窝头。要爬上前面一座高山，我把窝窝头吃光了。还没爬到山顶，我饿得晕倒在山路上。忽然我的手被刺伤了，我醒来一看，是一棵酸枣树。我饥不择食，一把捋去，把果子、叶子、树枝和刺针，都塞到嘴里。

年老了，不再愿吃酸味的水果，但酸枣救活了我，我感念酸枣。每逢见到了酸枣树，我总是向它表示敬意。

关于河

听说，我家乡的滹沱河，已经干涸很多年了，夏天也没有一点儿水。我在一部小说里，对它做过详细的描述，现在要拍摄这些场面，是没有办法了。听说家乡房屋街道的形式，也大变了。

建筑是艺术的一种，它必然随着政治的变动，改变其形式。它的形式，是受经济基础决定的。

关于河流，就很难说了。历史的发展，可以引起地理环境的变动吗？大概是肯定的。

这条河，在我的童年，每年要发水，泛滥所及，冲倒庄稼，有时还冲倒房子。它带来黄沙，也带来肥土，第二年就可以吃到一季好麦。它给人们带来很多不便，夏天要花钱过惊险的摆渡，冬天要花钱过摇摇欲坠的草桥。走在桥上，仄仄闪闪的，吱吱呀呀的，下面是围着桥桩堆积起来的坚冰。

童年，我在这里，看到了雁群，看到了鹭鸶。看到了对艚大船上的船夫船妇，看到了纤夫，看到了白帆。他们远来远去，东来西往，给这一带的农民，带来了新鲜奇异的生活感受，彼此共同的辛酸苦辣的生活感受。

对于这条河流，祖祖辈辈，我没有听见人们议论过它的功过。是喜欢它，还是厌恶它，是有它好，还是没有它好。人们只是觉得，它是大自然的一部分。而大自然总是对人们既有利又有害,既有恩也有怨,无可奈何。

　　河，现在干涸了，将永远不存在了。

1982 年 12 月 19 日

画的梦

在绘画一事上，我想，没有比我更笨拙的了。和纸墨打了一辈子交道，也常常在纸上涂抹，直到晚年，所画的小兔、老鼠等等小动物，还是不成样子，更不用说人体了。这是我屡屡思考，不能得到解答的一个谜。

我从小就喜欢画。在农村，多么贫苦的人家，在屋里也总有一点点美术。人天生就是喜欢美的。你走遍多少人家，便可以欣赏到多少形式不同的、零零碎碎、甚至残缺不全的画。那或者是窗户上的一片红纸花，或者是墙壁上的几张连续的故事画，或者是贴在柜上的香烟盒纸片，或者是人已经老了，在青年结婚时，亲朋们所送的麒麟送子"中堂"。

这里没有画廊，没有陈列馆，没有画展。要得到这种大规模的、能饱眼福的欣赏机会，就只有年集。年集就是新年之前的集市。赶年集和赶庙会，是童年时代最令人兴奋的事。在年集上，买完了鞭炮，就可以去看画了。那些小贩，把他们的画张挂在人家的闲院里，或是停放大车的门洞里。看画的人多，买画的人少，他并不见怪，小孩们他也不撵，很有点开展览会的风度。他同时卖神像，例如"天地""老爷""灶马"之类。神画销路最大，因为这是每家每户都要悬挂供奉的。

我在童年时，所见的画，还都是木板水印，有单张的，有联四的。稍大时，则有了石印画，多是戏剧，把梅兰芳印上去，还有娃娃京戏，精彩多了。等我离开家乡，到了城市，见到的多是所谓月份牌画，印刷技术就更先进了，都是时装大美人儿。

在年集上，一位年岁大的同学，曾经告诉我：你如果去捅一下卖画人的屁股，他就会给你拿出一种叫做"手卷"的秘画，也叫"山西灶马"，好看极了。

我听来，他这些说法，有些不经，也就没有去尝试。

我没有机会欣赏更多的、更高级的美术作品，我所接触的，只能说是民间的、低级的。但是，千家万户的年画，给了我很多知识，使我知道了很多故事，特别是戏曲方面的故事。

后来，我学习文学，从书上，从杂志上，看到一些美术作品。就在我生活最不安定，最困难的时候，我的书箱里，我的案头，我的住室墙壁上，也总有一些画片。它们大多是我从杂志上裁下的。

对于我钦佩的人物，比如托尔斯泰、契诃夫、高尔基，比如鲁迅，比如丁玲同志，比如阮玲玉，我都保存了他们的很多照片或是画像。

进城以后，本来有机会去欣赏一些名画，甚至可以收集一些名人的画了。但是，因为我外行，有些吝啬，又怕和那些古董商人打交道，所以没有做到。有时花很少的钱，在早市买一两张并非名人的画，回家挂两天，厌烦了，就卖给收破烂的，于是这些画就又回到了早市去。

一九六一年，黄胄同志送给我一张画，我托人拿去裱好了，挂在房间里，上面是一个维吾尔族少女牵着一匹毛驴，下面还有一头大些的驴，和一头驴驹。一九六二年，我又转请吴作人同志给我画了三头骆驼,一头是近景,两头是远景,题曰《大漠》。也托人裱好,珍藏起来。

一九六六年,运动一开始,黄胄同志就受到"批判"。因为他的作品,家喻户晓,他的"罪名",也就妇孺皆知。家里人把画摘下来了。一天,我出去参加学习,机关的造反人员来抄家,一见黄胄的毛驴不在墙上了,就大怒,到处搜索。搜到一张画,展开不到半截,就摔在地下,喊:"黑画有了!"其实,那不是毛驴,而是骆驼,真是驴唇不对马嘴。就这样把吴作人同志画的三头骆驼牵走了,三匹小毛驴仍留在家中。

运动渐渐平息了。我想念过去的一些友人。我写信给好多年不通音讯的彦涵同志,问候他的起居,并请他寄给我一张画。老朋友富于感情,他很快就寄给我那幅有名的木刻《老羊倌》,并题字用章。

我求人为这幅木刻做了一个镜框,悬挂在我的住房的正墙当中。

不久,"四人帮"在北京举办了别有用心的"黑画展览",这是他们继小靳庄之后发动的全国性展览。

机关的一些领导人,要去参观,也通知我去看看,说有车,当天可以回来。

我有十二年没有到北京去了,很长时间也看不到美术作品,就答应了。

在路上停车休息时,同去的我的组长,轻声对我说:"听说彦涵的画展出的不少哩!"我没有答话。他这是知道我房间里挂有彦涵的木刻,对我提出的善意警告。

到了北京美术馆门前,真是和当年的小靳庄一样,车水马龙,人山人海。"四人帮"别无能为,但善于巧立名目,用"示众"的方式蛊惑人心。人们像一窝蜂一样往里面拥挤。这种场合,这种气氛,我都不能适应。我进去了五分钟,只是看了看彦涵同志那些作品,就声称头痛，钻到车里去休息了。

夜晚，我们从北京赶回来，车外一片黑暗。我默默地想：彦涵同志以其天赋之才，在政治上受压抑多年，这次是应国家需要，出来画些画。他这样努力、认真、精心地工作，是为了对人民有所贡献，有所表现。"四人帮"如此对待艺术家的良心，就是直接侮辱了人民之心。回到家来，我面对着那幅木刻，更觉得它可珍贵了。上面刻的是陕北一带的牧羊老人，他手里抱着一只羊羔，身边站立着一只老山羊。牧羊人的呼吸，与塞外高原的风云相通。

这幅木刻，一直悬挂着，并没有摘下。这也是接受了多年的经验教训：过去，我们太怯弱了，太驯服了，这样就助长了那些政治骗子的野心，他们以为人民都是阿斗，可以玩弄于他们的股掌之上。几乎把艺术整个毁灭，也几乎把我们全部葬送。

我是好做梦的，好梦很少，经常是噩梦。有一天夜晚，我梦见我把自己画的一幅画，交给中学时代的美术老师，老师称赞了我，并说要留作成绩，准备展览。

那是一幅很简单的水墨画：秋风败柳，寒蝉附枝。

我很高兴，叹道：我的美术，一直不及格，现在，我也有希望当个画家了。随后又有些害怕，就醒来了。

其实，按照弗洛伊德学说，这不过是一连串零碎意识、印象的偶然的组合，就像万花筒里出现的景象一样。

1979 年 5 月

戏的梦

　　大概是一九七二年春天吧，我"解放"已经很久了，但处境还很困难，心情也十分抑郁。于是决心向领导打一报告，要求回故乡"体验生活，准备写作"。幸蒙允准。一担行囊，回到久别的故乡，寄食在一个堂侄家里。乡亲们庆幸我经过这么大的"运动"，安然生还，亲戚间也携篮提壶来问。最初一些日子，心里得到不少安慰。

　　这次回老家，实际上是像鲁迅说的，有一种动物，受了伤，并不号叫，挣扎着回到林子里，倒下来，慢慢自己去舔那伤口，求得痊愈和平复。

　　老家并没有什么亲人，只有叔父，也八十多岁了。又因为青年时就远离乡土，村子里四十岁以下的人，对我都视若陌生。

　　这个小村庄，以林木著称，四周大道两旁，都是钻天杨，已长成材。此外是大片大片柳秆子地，以经营农具和编织副业。靠近村边，还有一些果木园。

　　侄子喂着两只山羊，需要青草。烧柴也缺。我每天背上一个柳条大筐，在道旁砍些青草，或是捡些柴棒。有时到滹沱河的大堤上去望望，有时到附近村庄的亲戚家走走。

　　又听到了那些小鸟叫；又听到了那些草虫叫；又在柳林里捡到了鸡腿蘑菇；又看到了那些黄色紫色的野花。

一天中午，我从野外回来，侄子告诉我，镇上传来天津电话，要我赶紧回去，电话听不清，说是为了什么剧本的事。

侄子很紧张，他不知大伯又出了什么事。我一听是剧本的事，心里就安定下来，对他说：

"安心吃饭吧，不会有什么变故。剧本，我又没发表过剧本，不会再受批判的。"

"打个电话去问问吗？"侄子问。

"不必了。"我说。

隔了一天，我正送亲戚出来，街上开来一辆吉普车，迎面停住了。车上跳下一个人，是我的组长。他说，来接我回天津，参加创作一个京剧剧本。各地都有"样板戏"了，天津领导也很着急。京剧团原有一个写抗日时期白洋淀的剧本，上不去。因我写过白洋淀，有人推荐了我。

组长在谈话的时候，流露着一种神色，好像是为我庆幸：领导终于想起你来了。老实讲，我没有注意去听这些。剧本上不去找我，我能叫它上去？我能叫它成了样板戏？

但这是命令，按目前形势，它带有半强制的性质。第二天我们就回天津了。

回到机关，当天政工组就通知我，下午市里有首长要来，你不要出门。这一通知，不到半天，向我传达三次。我只好在办公室呆呆坐着。首长没有来。

第二天，工作人员普遍检查身体。内、外科，脑系科，耳鼻喉科，楼上楼下，很费时间。我正在检查内科的时候，组里来人说：市文教组负责同志来了，在办公室等你。我去检查外科，又来说一次，我说还没检查牙。他说快点吧，不能叫负责同志久等。我说，快慢在医生那里，我不能不排队呀。

医生对我的牙齿很夸奖了一番，虽然有一颗已经叫虫子吃断了。医生向旁边几个等着检查的人说：

"你看，这么大的年岁，牙齿还这样整齐，卫生工作一定做得好。运动期间，受冲击也不太大吧？"

"唔。"我不知道牙齿整齐不整齐，和受冲击大小，有何关联，难道都要打落两颗门牙，才称得上脱胎换骨吗？我正惦着楼上有负责同志，另外，嘴在张着，也说不清楚。

回到办公室，组长已经很着急了。我一看，来人有四五位。其中有一个熟人老王，向一位正在翻阅报纸的年轻人那里努努嘴。暗示那就是负责同志。

他们来，也是告诉我参加剧本创作的事。我说，知道了。

过了两天，市里的女文教书记，真的要找我谈话了，只是改了地点，叫我到市委机关去。这当然是隆重大典，我们的主任不放心，亲自陪我去。

在一间不大不小的会议室里，我坐了下来。先进来一位穿军装的，不久女书记进来了。我和她在延安做过邻居，过去很熟，现在地位如此悬殊，我既不便放肆，也不便巴结。她好像也有点矛盾。架子拿得太大，固然不好意思，如果一点儿架子也不拿，则对于旁观者，起码有失威信。

总之，谈话很简单，希望我帮忙搞搞这个剧本。我说，我没有写过剧本。

"那些样板戏，都看了吗？"她问。

"唔。"我回答。其实，罪该万死，虽然在这些年，样板戏以独霸中夏的势焰，充斥在文、音、美、剧各个方面，直到目前，我还没有正式看过一出、一次。因为我已经有十几年不到剧场去了，我有一个收音机，也常常不开。这些年，我特别节电。

一天晚上，去看那个剧本的试演。见到几位老熟人，也没有谈什么，就进了剧场。剧场灯光暗淡，有人扶持了我。

这是一本写白洋淀抗日斗争的京剧。过去，我是很爱好京剧的，在北京当小职员时，经常节衣缩食，去听富连成小班。有些年，也很喜欢唱。

今晚的印象是：两个多小时，在舞台上，我既没有能见到白洋淀当年抗日的情景，也没有听到我所熟悉的京戏。

这是"京剧革命"的产物。它追求的，好像不是真实地再现历史，也不是忠实地继承京剧的传统，包括唱腔和音乐。它所追求的，是要和样板戏"形似"，即模仿"样板"。它的表现特点为：追求电影场面，采取电影手法，追求大的、五光十色的、大轰大闹、大哭大叫的群众场面。它变单纯的音乐为交响乐队，瓦釜雷鸣。它的唱腔，高亢而凄厉，冗长而无味，缺乏真正的感情。演员完全变成了政治口号的传声筒，因此，主角完全是被动的，矫揉造作的，是非常吃力，也非常痛苦的。繁重的唱段，连续的武打，使主角声嘶力竭，假如不是青年，她会不终曲而当场晕倒。

戏剧演完，我记不住整个故事的情节，因为它的情节非常支离；也唤不起我有关抗日战争的回忆，因为它所写的抗日战争，完全不是那么回事，甚至可以说是不着边际。整个戏锣鼓喧天，枪炮齐鸣，人出人进，乱乱哄哄。不知其何以开始，也不知其何以告终。

第二天，在中国大戏院休息室，开座谈会，我准备了一个发言提纲。

参加会的人很不少，除去原有创作组，主要演员，剧团负责人，还有文化局负责人，文化口军管负责人。《天津日报》还派去了一位记者。

我坐在那里，斟酌我的发言提纲。忽然，坐在我旁边的文化局负责人，推了我一下。我抬头一看，女书记进来了，全场的人都站了起来，我也跟着站了起来。女书记在我身边坐下，会议开始。

在会上，我谈了对这个戏的印象，说得很缓和，也很真诚。并谈了对修改的意见，详细说明当时冀中区和白洋淀一带，抗日战争的形势，人民斗争的特点，以及敌人对这一地区残酷"扫荡"的情况。

大概是因为我讲的时间长了一些，别的人没有再讲什么，女书记作了一些指示，就散会了。

后来我才知道，昨天没有人讲话，并不是同意了我的意见。在以后只有创作组人员参加的讨论会上，旧有成员，开始提出了反对意见，并使我感到，这些反对意见，并不纯粹属于创作方面，而是暗示：一、他们为这个剧本，已经付出了很长的时间和很大的精力，如果按照我的主张，他们的剧本就要从根本上推翻。二、不要夺取他们创作样板戏可能得到的功劳。三、我是刚刚受过批判的人物，能算老几。

我从事文艺工作，已经有几十年。所谓名誉，所谓出风头，也算够了。这些年，所遭凌辱，正好与它们抵消。至于把我拉来写唱本，我也认为是修废利旧，并不感到委屈。因此，我对这些富于暗示性的意见，并不感到伤心，也不感到气愤。它使我明白了文艺创作的现状。使我奇怪的是，这个创作组，曾不止一次到白洋淀一带，体验生活，进行访问，并从那里弄来一位当年的游击队长，长期参与他们的创作活动。为什么如此无视抗日战争的历史和现实呢？这位游击队长，战斗英雄，为什么也尸位素餐，不把当年的历史情况和自己的亲身经历，告诉他们呢？

后来我才明白，一些年轻人，一些"文艺革命"战士，只是一心要"革命"，一心创造样板，已经迷了心窍，是任何意见也听不进去的。

不知为了什么，军管人员在会上支持我的工作，因此，剧本讨论仍在进行。

这就是目前大为风行的集体创作：每天大家坐在一处开会，今天你提一个方案，明天他提一个方案，互相抵消，一事无成。积年累月，写不出什么东西，就不足为怪了。

夏季的时候，我们到白洋淀去。整个剧团也去，演出现在的剧本。

我们先到新安，后到王家寨，这是淀边上一个比较大的村庄。我住在村南头（也许不准确，因为我到了白洋淀，总是转向，过去就发生过方向错误）一间新盖的、随时可以放眼水淀的、非常干净的小房里。

房东是个老实的庄稼人。他的爱人，比他年轻好多，非常精明。他家有几个女儿，都长得秀丽，又都是编席快手，一家人生活很好。但是，大姑娘已经年近三十，还没有订婚，原因是母亲不愿失去她这一双织席赚钱的巧手。大姑娘终日默默不语。她的处境，我想会慢慢影响下面那几个逐年长大的妹妹。母亲固然精明，这个决策，未免残酷了一点儿。

在这个村庄，我还认识了一位姓魏的干部。他是专门被派来招呼剧团的，在这一带是有名的"瞎架"。起先，我不知道这个词儿，后来才体会到，就是好摊事管事的人。凡是大些的村庄，要见世面，总离不开这种人。因为村子里的猪只到处跑，苍蝇到处飞，我很快就拉起痢来，他对我照顾得很周到。

住了一程子，我们又到了郭里口。这是淀里边的一个村庄，当时在生产上，好像很有点名气，经常有人参观。

在大队部，村干部为我们举行了招待会，主持会的是村支部宣传委员刘双库。这个小伙子，听说在新华书店工作过几年，很有口才，还有些派头。

当介绍到我，我说要向他学习时，他大声说："我们现在写的白洋淀，都是从你的书上抄来的。"使我大吃一惊。后来一想，他的话恐怕有所指吧。

当天下午，我们坐船去参观了他们的"围堤造田"。现在，白洋淀的水，已经很浅了，湖面越来越小。芦苇的面积，也有很大缩减，荷花淀的规模，也大不如从前了。正是荷花开放的季节，我们的船从荷丛中穿过去。淀里的水，不像过去那样清澈，水草依然在水里浮荡，水禽不多，鱼也很少了。

确是用大堤围起了一片农场。据说，原是同口陈调元家的苇荡。

实际上是苇荡遭到了破坏。粮食的收成，不一定抵得上苇的收成，围堤造田，不过是个新鲜名词。所费劳力很大，肯定是得不偿失的。

随后，又组织了访问。因为剧本是女主角，所以访问了抗日战争时期的几位妇救会员，其中一位名叫曹真。她已经四十多岁了。她的穿着打扮，还是三十年代式：白夏布短衫，长发用一只卡子束拢，搭在背后。抗日时，她是一位十八九岁的姑娘，在芦苇淀中的救护船上，她曾多次用嘴哺养那些伤员。她的相貌，现在看来，也可以说是冀中平原的漂亮人物，当年可想而知。

她在二十岁时，和一个区干部订婚，家里常常掩护抗日人员。就在这年冬季，敌人抓住了她的丈夫，在冰封的白洋淀上，砍去了他的头颅。她，哭喊着跑去，收回丈夫的尸首掩埋了。她还是做抗日工作。

全国胜利以后，她进入中年，才和这村的一个人结了婚。她和我谈过往事，又说：胜利以后，村里的宗派斗争，一直很厉害，前些年，有二十六名老党员，被开除党籍，包括她在内。现在，她最关心的，是什么时候才能解决她们的组织问题。她知道，我是无能为力的，她是知道这些年来老干部的处境的。但是，她愿意和我谈谈，因为她知道我曾经是抗日战士，并写过这一带的抗日妇女。

在她面前，我深感惭愧。自从我写过几篇关于白洋淀的文章，各地读者都以为我是白洋淀人，其实不是，我的家离这里还很远。

另外，很多读者，都希望我再写一些那样的小说。读者同志们，我向你们抱歉，我实在写不出那样的小说来了。这是为什么？我自己也说不出。我只能说句良心话，我没有了当年写作那些小说时的感情，我不愿用虚假的感情，去欺骗读者。那样，我就对不起坐在对面的曹真同志。她和她的亲人，在抗日战争时期，是流过真正的血和泪的。

这些年来，我见到和听到的，亲身体验到的，甚至刻骨镂心的，是另一种现实，另一种生活。它与抗日战争时期的现实生活，大不一样，甚至相反。抗日战争，是中国共产党领导的一种神圣的战争。人民做出了重大的牺牲。他们的思想、行动升到无比崇高的境界。生活中极其细致的部分，也充满了可歌可泣的高尚情操。

这些年来，林彪等人，这些政治骗子，把我们的党，我们的国家，我们的干部和人民，践踏成了什么样子！他们的所作所为，反映到我脑子里，是虚伪和罪恶。这种东西太多了，它们排挤、压抑，直至销毁我头脑中固有的，真善美的思想和感情。这就像风沙摧毁了花树，粪便污染了河流，鹰枭吞噬了飞鸟。善良的人们，不要再责怪花儿不开、鸟儿不叫吧！它受的伤太重了，它要休养生息，它要重新思考，它要观察气候，它要审视周围。

我重游白洋淀，当然想到了抗日战争。但是这一战争，在我心里好像是很久很久以前的事了。它好像是在前一生经历的，也好像是在昨夜梦中经历的。许多兄弟，在战争中死去了，他们或者要渐渐被人遗忘。另有一部分兄弟，是在前几年含恨死去的，他们临死之前，一定也想到过抗日战争。

世事的变化，常常是出于人们意料之外的。每个时代，有每个时代的血和泪。

坐在我面前的女战士，她的鬓发已经白了，她的脸上，有很深的皱纹，她的心灵之上，有很重的创伤。

假如我把这些感受写成小说，那将是另一种面貌，另一种风格。我不愿意改变我原来的风格，因此，我暂时决定不写小说。

但是现在，我身不由主，我不得不参加这个京剧脚本的讨论。我们回到天津，又讨论了很久，还是没有结果。我想出一个金蝉脱壳之计：自己写一个简单脚本，交上去，声明此外已无能为力。

我对京剧是外行，又从不礼拜甚至从不理睬那企图支配整个民族文化的"样板戏"，剧团当然一字一句也没有采用我的剧本。

1979 年 5 月 25 日

故园的消失

　　土改后，老家剩下三间带耳房的北屋。举家来津后，先是生产大队放置农具，原来母亲放在屋里的一些木料和杂物，当家本院的，都拿去用了，连两条木炕沿也拆走了。但每年雨季，他们见房子坍塌漏雨，也给修理修理。后来房顶茅草丛生，房基歪斜，生产队也没有了，就没有人再愿意管它。

　　村支部书记曾给我来过一封信，说明这种情况，问我如何处理。那时外面事情很多，我心里乱糟糟，实在顾不上这些事，就写了一封回信，大意是：也不拆，也不卖，听其自然，倒了再说。

　　后来知道，这座老屋，除去有倒塌的危险，还妨碍着村里新的街道规划。"文化大革命"后不久，当捐献集资之风刮起的时候，村里来了三个人：老支书、新支书和一个老贫农团员。我先安排他们找了个旅舍住下，并说明我这里没有人做饭，给了他们三十元钱，到附近饭馆用餐。第二天上午，才开始谈话。

　　他们说村里想新建一所小学校，县里又不给拨款，所以出来找找在外地工作的同志。

　　我开门见山地说，建小学，每个人都有责任。从我在村里上小学时，就没有一个正规的校舍，都是借用人家的闲房闲院。可是，你们不能对我抱过高的希望。村里传说我有多少钱，那都是猜想。我没有写出很红的书，销数都不大。过去倒是存了一些稿费，"文化大革命"时，大部分都上缴了。现在老了，也写不了多少东西，稿费也很低。我说着，从书柜里拿出新出版的一本散文集，对他们说：

"这样一本书，要写一年多，人家才给八百元。你们考虑过那几间破房吗？"

"倒是考虑过。"老支书说。

我说："有两个方案：一个是我给你们两千元。一个是你们回去把旧房拆了卖了，我再给一千元。"

他们显然有些失望，同意了第二个方案。并把我给他们的饭费还给了我，说这是因公出差，回去可以报销，就告辞了。

又过了些日子，听说有报纸报道了我捐资兴学的消息，县里也来信表扬，我都认为是小题大做。后来，本乡的乡长又来了，说是想把新盖的小学，以我的名字命名。我说："别开玩笑。我拿两千块钱，就可以命名一所小学；如果拿两万，岂不是可以命名一所大学了吗？我的奉献是很微薄的，我们那里如果有个港商就好了。"

"你给题个校名吧！"乡长说。

我说："我的字写不好，也不想写。回去找个写字好的给写一下吧。"

我送给他一本《风云初记》和一本《芸斋小说》。

这件事就结束了。至此，老家已经是空白，不再留一草一木，一砖一瓦。这标志着：父母一辈人的生活经历，生活方式，生活志趣，生活意向的结束。也是一个从无到有，又从有到无的自然过程。

但老屋也留下了一张照片，这是儿子那年出差路经我村时拍摄的。可以看到，下沉的房基，油漆剥尽的屋门，空荡透风的窗棂，房前的杂草树枝，墙边的一只觅食的母鸡。儿子并说：他拍照时，并没有碰见一个村里的人。

芸斋主人曰：余少小离家，壮年军伍。虽亦眷恋故土，实少见屋顶炊烟。中间并有有家不得归者三次，时间相加十余年。回味一生，亲人团聚之情少，生离死别之痛多。漂萍随水，转蓬随风，及至老年，萍滞蓬摧，故亦少故园之梦矣。唯祝家乡兴旺，人才辈出而已。

1991 年 5 月 30 日

书　信

　　自古以来书信作为一种文体，常常编入作家们的文集之中。书与信字相连，可知这一文体的严肃性。它的主要特点，是传达一种真实的信息。

　　古代的历史著作，也常常把一个人物的重要信件，编入他的传记之内。

　　古代，书信的名号很多，有上书，有启，有笺，有书……各有讲究。《昭明文选》用了几卷的篇幅收录了这些文章。历代文学总集，也无不如此。

　　如此说来，书信一体，实在是不可玩忽的一种文学读物了。过去书市中也有供人学习应酬文字的尺牍大观，那当然不在此列。

　　在中学读书时，我读过一本高语罕编的《白话书信》，内容已经记不清。还读过一本《八贤手札》，则是清朝咸、同时期，镇压太平天国的那些大人物的往来信札，内容也记不清了。只记得那些信的称呼，很复杂也很难懂。

　　书信这一文体，我可以说是幼而习之的。在外面读书做事，总是要给家中写信的。所用的文字当然是解放了的白话。这些家信无非是报告平安，没有什么特殊的内容。经过几次变乱，可以说是只字不存了。

　　在保定读书时，我认识了本城一个女孩子，她家住在白衣庵一个大杂院里。我每星期总要给她写一封信，用的都是时兴的粉色布纹纸信封。我的信写得都很长，不知道从哪里来的那么多热情的话。她家生活很困难，我有时还在信里给她附一些寄回信的邮票。但她常常接不到我寄给她的信，却常常听到邮递员对她说的一些不三不四的话。我并不了解她的家庭，我曾几次在那个大杂院的门口徘徊，终于没有进去。我也曾到邮政局的无法投递的信柜里去寻找，也见不到失落的信件。我估计一定是邮递员搞的鬼。我忘记我给她写了多少封信，信里尽倾诉了什么感情。她也不会保存这些信。至于她的命运，她的生存，已经过去五十年，就更难推测了。

在晋察冀边区工作，我曾给通讯员和文学爱好者，写过不少信，文字很长，数量很大，但现在一封也找不到了。

一九四四年秋天，我在延安窑洞里，用从笔记本撕下的一片纸，写了一封万金家书。我离家已经六七年了，听人说父亲健康情况不好，长子不幸夭折，我心里很沉重。家乡还被敌人占据着，寄信很危险。但我实在控制不住对家庭的思念，我在这片白纸的正面，给父亲写了一封短信；在背面，给妻子写了几句话。她不认识字，父亲会念给她听。

这封信我先寄给在晋察冀工作的周小舟同志，烦他转交我的家中。一九四六年，我回到家里，妻子告诉我，收到了这封信。在一家人正要吃午饭的时候收到的这封信，父亲站在屋门口念了，一家人都哭了。我很感谢我们的交通站和周小舟同志，我不知道千里迢迢，关山阻隔，敌人封锁得那么紧，他们怎样把这封信送到了我的家。

这封信的内容，我是记得的，它的每句话都是有用的，有千斤重量的，也没保存下来。

一九七〇年十月起，至一九七二年四月，经人介绍，我与远在江西的一位女同志通信。发信频繁，一天一封，或两天一封或一天两封。

查记录：一九七一年八月，我寄出去的信，已达一百一十二封。信，本来保存得很好，并由我装订成册，共为五册。后因变故，我都用来生火炉了。

这些信件，真实地记录了我那几年动荡不安的生活，无法倾诉的悲愤，以及只能向尚未见面的近似虚无缥缈的异性表露的内心。一旦毁弃了是很可惜的，但当时也只有这样付之一炬，心里才觉得干净。潮水一样的感情，几乎是无目的地倾泻而去，现在已经无法解释了。

自从"文化大革命"开始，断绝了写作的机会，从与她通讯，才又开始了我的文字生活，这是可以纪念的。这些信，训练了我久已放下了的笔，使我后来能够写文章时，手和脑并没有完全生疏、迟钝。这也可以说是失之东隅，收之桑榆吧。至于解放前后，我写给朋友们的信件，经过"文化大革命"，已所剩无几。这很难怪，我向来也不大保存朋友们的来信，但在"文化大革命"以前，曾在书柜里保存康濯同志的来信，有两大捆，约二百余封。"文化大革命"期间，接连不断地抄家，小女儿竟把这些信件烧毁了。太平以后，我很觉得对不起康濯同志，把详情告诉了他。而我写给他的信，被抄走，又送了回来，虽略有损失，听说还有一百多封。这可以说是迄今保存的我的书信的大宗了。他怎样处理这些信件，因为上述原因，我一直不好意思去过问。

先哲有言，信件较文章更能传达人的真实感情，更能表现本来面目。看来，信件的能否保存，远不及文章可靠。文章如能发表，即使是油印、石印，也是此失彼存，有希望找到的。而信件寄出，保存与否，已非作者所能处置。遇有变故，最易遭灾，求其幸存，已经不易。况时过境迁，交游萍水，难以求其究竟乎！

1983 年 10 月 16 日

晚秋植物记

白腊树

庭院平台下，有五株白腊树，五十年代街道搞绿化所植，已有碗口粗。每值晚秋，黄叶飘落，日扫数次不断。余门前一株为雌性，结实如豆荚，因此消耗精力多，其叶黄最早，飘落亦最早，每日早起，几可没足。清扫落叶，为一定之晨课，已三十余年。幼年时，农村练武术者，所持之棍棒，称作白腊杆。即用此树枝干做成，然眼前树枝颇不直，想用火烤制过。如此，则此树又与历史兵器有关。揭竿而起，殆即此物。

石　榴

前数年买石榴一株，植于瓦盆中。树渐大而盆不易，头重脚轻，每遇风，常常倾倒，盆已有裂纹数处，然尚未碎也。今年左右系以绳索，使之不倾斜。所结果实为酸性，年老不能食，故亦不甚重之。去年结果多，今年休息，只结一小果，南向，得阳光独厚。其色如琥珀珊瑚，晶莹可爱，昨日剪下，置于橱上，以为观赏之资。

丝 瓜

我好秋声，每年买蝈蝈一只，挂于纱窗之上，以其鸣叫，能引乡思。每日清晨，赴后院陆家采丝瓜花数枚，以为饲料。今年心绪不宁，未购养。一日步至后院，见陆家丝瓜花，甚为繁茂，地下萎花亦甚多。主人问何以今年未见来采，我心有所凄凄。陆，女同志，与余同从冀中区进城，亦同时住进此院，今皆衰老，而有旧日感情。

瓜 蒌

原为一家一户之庭院，解放后，分给众家众户。这是革命之必然结果。原有之花木山石，破坏糟蹋完毕，乃各占地盘，经营自己之小房屋、小菜园、小花圃，使院中建筑地貌，犬牙交错，形象大变。化整为零，化公为私，盖非一处如此，到处皆然也。工人也好，干部也好，多来自农村，其生活方式，经营思想，无不带有农民习惯，所重者为土地与砖瓦，观庭院中之竞争可知。

我体弱，无力与争。房屋周围之隙地，逐渐为有劳力、有心计者所侵占。唯窗下留有尺寸之地。不甘寂寞，从街头购瓜蒌籽数枚，植之。围以树枝，引以绳索，当年即发蔓结果矣。

幼年时，在乡村小药铺，初见此物。延于墙壁之上，果实垂垂，甚可爱，故首先想到它。当时是独家经营的新品种，同院好花卉者，也竞相种植。

东邻李家，同院中之广种薄收者也。好施肥，每日清晨从厕所中掏出大粪，倾于苗圃，不以为脏。从医院要回瓜蒌秧，长势颇壮，绿化了一个方面。他种的瓜蒌，迟迟不结果，其花为白绒状，其叶亦稍不同，众人嘲笑。李家坚信不移，请看来年，而来年如故。一王姓客人过而笑曰：此非瓜蒌，乃天花粉也，药材在根部。此客号称无所不知。

我所植，果实逐年增多，李家仍一个不结。我甚得意，遂去破绳败枝，购置新竹竿搭成高大漂亮架子，使之向空中发展，炫耀于众。出乎意外，今年亦变为李家形状，一个果也没有结出。

幸有一部《本草纲目》，找出查看。好容易才查到瓜蒌条，然亦未得要领，不知其何以有变。是肥料跟不上，还是日光照射不足？是种植几年，就要改种，还是有什么剪枝技术？书上都没有记载。只是长了一些知识：瓜蒌也叫天花粉，并非两种。王客所言，也是只知其一，不知其二。

然我之推理，亦未必全中。阳光如旧并无新的遮蔽。肥料固然施得不多，证之李家，亦未必因此。如非修剪无术，则必是本身退化，需要再播种一次新的种子了。

种植几年，它对我不再是新鲜物，我对它也有些腻烦。现在既不结果，明年想拔去，利用原架，改种葡萄。但书上说拔除甚不易，其根直入地下，有五六尺之深。这又不是我力所能及的了。

灰　菜

庭院假山，山石被人拉去，乃变为一座垃圾山。我每日照例登临，有所凭吊。今年，因此院成为脏乱死角，街道不断督促，所属机关，才拨款一千元，雇推土机及汽车，把垃圾运走。光滑几天，不久就又砖头瓦块满地，机关原想在空地种些花木，花钱从郊区买了一车肥料，卸在大门口。除院中有心人运些到自己葡萄架下外，当晚一场大雨，全漂到马路上去了。

有一户用碎砖围了一小片地，扬上一些肥料。不知为什么没有继续经营。雨后野草丛生，其中有名灰菜者，现在长到一人多高，远望如灌木。家乡称此菜为"落绿"，煮熟可做菜，余幼年所常食。其灰可浣衣，胜于其他草木灰，故又名灰菜。生命力特强，在此院房顶上，可以长到几尺高。

1985 年 10 月 8 日

菜　花

　　每年春天，去年冬季贮存下来的大白菜，都近于干枯了，做饭时，常常只用上面的一些嫩叶，根部一大块就放置在那里。一过清明节，有些菜头就会鼓胀起来，俗话叫做菜怀胎。慢慢把菜帮剥掉，里面就露出一株连在菜根上的嫩黄菜花，顶上已经布满像一堆小米粒的花蕊。把根部铲平，放在水盆里，安置在书案上，是我书房中的一种开春景观。

　　菜花，亭亭玉立，明丽自然，淡雅清净。它没有香味，因此也就没有什么异味。色彩单调，因此也就没有斑驳。平常得很，就是这种黄色。但普天之下，除去菜花，再也见不到这种黄色了。

　　今年春天，因为忙于搬家，整理书籍，没有闲情栽种一株白菜花。去年冬季，小外孙给我抱来了一个大旱萝卜，家乡叫做灯笼红。鲜红可爱，本来想把它雕刻成花篮，撒上小麦种，贮水倒挂，像童年时常做的那样。也因为杂事缠身，胡乱把它埋在一个花盆里了。一开春，它竟一枝独秀，拔出很高的茎子，开了很多的花，还招来不少蜜蜂儿。

　　这也是一种菜花。它的花，白中略带一点儿紫色，给人一种清冷的感觉。它的根茎俱在，营养不缺，适于放在院中。正当花开得繁盛之时，被邻家的小孩，揪得七零八落。花的神韵，人的欣赏之情，差不多完全丧失了。

　　今年春天风大，清明前后，接连几天，刮得天昏地暗，厨房里的光线，尤其不好。有一天，天晴朗了，我发现桌案下面，堆放着蔬菜的地方，有一株白菜花。它不是从菜心那里长出，而是从横放的菜根部长出，像一根老木头长出的直立的新枝。有些花蕾已经开放，耀眼地光明。我高兴极了，把菜帮菜根修了修，放在水盂里。

我的案头，又有一株菜花了。这是天赐之物。

家乡有句歌谣：十里菜花香。在童年，我见到的菜花，不是一株两株，也不是一亩二亩，是一望无边的。春阳照拂，春风吹动，蜂群轰鸣，一片金黄。那不是白菜花，是油菜花。花色同白菜花是一样的。

一九四六年春天，我从延安回到家乡。经过八年抗日战争，父亲已经很见衰老。见我回来了，他当然很高兴，但也很少和我交谈。有一天，他从地里回来，忽然给我说了一句待对的联语：丁香花，百头，千头，万头。他说完了，也没有叫我去对，只是笑了笑。父亲做了一辈子生意，晚年退休在家，战事期间，照顾一家大小，艰险备尝。对于自己一生挣来的家产，爱护备至，一点儿也不愿意耗损。那天，是看见地里的油菜长得好，心里高兴，才对我讲起对联的。我没有想到这些，对这副对联，如何对法，也没有兴趣，就只是听着，没有说什么。当时是应该趁老人高兴，和他多谈几句的。没等油菜结籽，父亲就因为劳动后受寒，得病逝世了。临终，告诉我，把一处闲宅院卖给叔父家，好办理丧事。

现在，我已衰暮，久居城市，故园如梦。面对一株菜花，忽然想起很多往事。往事又像菜花的色味，淡远虚无，不可捉摸，只能引起惆怅。

人的一生，无疑是个大题目。有不少人，竭尽全力，想把它撰写成一篇宏伟的文章。我只能把它写成一篇小文章，一篇像案头菜花一样的散文。菜花也是生命，凡是生命，都可以成为文章的题目。

1988 年 5 月 2 日灯下写讫

吃菜根

人在幼年，吃惯了什么东西，到老年，还是喜欢吃。这也是一种习性。

我在幼年，是吃五谷杂粮长大的，是吃蔬菜和野菜长大的。如果说，到了现在，身居高楼，地处繁华，还不忘糠皮野菜，那有些近于矫揉造作；但有些故乡的食物，还是常常想念的，其中包括"甜疙瘩"。

甜疙瘩是油菜的根部，黄白色，比手指粗一些，肉质松软，切断，放在粥里煮，有甜味，也有一些苦味，北方农民喜食之。

蔓菁的根部，家乡也叫"甜疙瘩"。两种容易相混，其食用价值是一样的。

母亲很喜欢吃甜疙瘩，我自幼吃的机会就多了，实际上，农民是把它当做粮食看待，并非佐食材料。妻子也喜欢吃，我们到了天津，她还在菜市买过蔓菁疙瘩。

我不知道，当今的菜市，是否还有这种食物，但新的一代青年，以及他们的孩子，肯定不知其为何物，也不喜欢吃它的。所以我偶然得到一点儿，总是留着自己享用，绝不叫他们尝尝的。

古人常用嚼菜根，教育后代，以为菜根不只是根本，而且也是一种学问。甜味中略带一种清苦味，其妙无穷，可以著作一本"味根录"。其作用，有些近似忆苦思甜，但又不完全一样。

事实是：有的人后来做了大官，从前曾经吃过苦菜。但更多的人，吃了更多的苦菜，还是终身受苦。叫吃巧克力奶粉长大的子弟"味根"，子弟也不一定能领悟其道；能领悟其道的，也不一定就能终身吃巧克力和奶粉。

我的家乡，有一种地方戏叫"老调"，也叫"丝弦"。其中有一出折子戏叫"教学"。演的是一个教私塾的老先生，天寒失业，沿街叫卖，不停地吆喝："教书！""教书！"最后，抵挡不住饥肠辘辘，跑到野地里去偷挖人家的蔓菁。

这可能是得意的文人，写剧本奚落失意的文人。在作者看来，这真是斯文扫地了，必然是一种"失落"。因为在集市上，人们只听见过卖包子，卖馒头的吆喝声，从来没有听见过卖"教书"的吆喝声。

其实，这也是一种没有更新的观念，拿到商业机制中观察，就会成为宏观的走向。

今年冬季，饶阳李君，送了我一包油菜甜疙瘩，用山西卫君所赠棒子面煮之，真是余味无穷。这两种食品，用传统方法种植，都没有使用化肥，味道纯正，实是难得的。

1989 年 1 月 9 日试笔

告 别

——新年试笔

书 籍

我同书籍，即将分离。我虽非英雄，颇有垓下之感，即无可奈何。

这些书，都是在全国解放以后，来到我家的。最初零零碎碎，中间成套成批。有的来自京沪，有的来自苏杭。最初，我囊中羞涩，也曾交臂相失。中间也曾一掷百金，稍有豪气。总之，时历三十余年，我同它们，可称故旧。

十年浩劫，我自顾不暇，无心也无力顾及它们。但它们辗转多处，经受折磨、潮湿、践踏、撞破，终于还是回来了。失去了一些，我有些惋惜，但也不愿再去寻觅它们，因为我失去的东西，比起它们，更多也更重要。

它们回到寒舍以后，我对它们的情感如故。书无分大小、贵贱、古今、新旧，只要是我想保存的，因之也同我共过患难的，一视同仁。洗尘，安置，抚慰，唏嘘，它们大概是已经体味到了。

近几年，又为它们添加了一些新伙伴。当这些新书，进入我的书架，我不再打印章，写名字，只是给它们包裹一层新装，记下到此的岁月。

这是因为，我意识到，我不久就会同它们告别了。我的命运是注定了的。但它们各自的命运，我是不能预知，也不能担保的。

字　画

我有几张字画，无非是吴、齐、陈的作品，也即近代世俗之所爱，说不上什么稀世的珍品。这些画，是六十年代初，我心血来潮，托陈乔同志在北京代购的，那时他任中国历史博物馆副馆长，据说是带了几位专家到画店选购的，当然是不错的了。去年陈乔来家，还问起这几张画来。我告诉他"文化大革命"时，抄是抄去了，但人家给保存得很好，值得感谢。这些年一直放在柜子里，也不知潮湿了没有，因为我对这些东西，早已经一点儿兴趣也没有了。陈说：不要糟蹋了，一幅画现在要上千上万啊！我笑了笑。什么东西，一到奇货可居，万人争购之时，我对它的兴趣就索然了。我不大看洛阳纸贵之书，不赴争相参观之地，不信喧嚣一时之论。

当代画家，黄胄同志，送给过我两张毛驴，吴作人同志给我画过一张骆驼，老朋友彦涵给我画了一张朱顶红，是因为我请他向画家们求画，他说，自从批"黑画展"以后，画家们都搁笔不画了，我给你画一张吧。近些年，因为画价昂贵，我也不敢再求人作画，和彦涵的联系也少了。

值得感谢的，是许麟庐同志，他先送我一张芭蕉，"四人帮"倒台以后，又主动给我画了一张螃蟹、酒壶、白菜和菊花。不过那四只螃蟹，形象实在丑恶，肢体分解，八只大腿，画得像一群小雏鸡。上书：孙犁同志，见之大笑。

天津画家刘止庸，给我写了一副对联，虽然词儿高了一些，有些过奖，我还是装裱好了，张挂室内，以答谢他的厚意。

我向字画告别，也就意味着，向这些书画家告别。

瓶　罐

进城后，我在早市和商场，买了不少旧瓷器，其中有一些是日本瓷器。可能有些假古董，真古董肯定是没有的。因为经过抄家，经过专家看过，每个瓶底上，都贴有鉴定标签，没有一件是古瓷。

不过，有一个青花松竹的瓷罐，原是老伴外婆家物，祖辈相传，搬家来天津时，已为叔父家拿去，后来听说我好这些东西，又给我送来了。抄家时，它装着糖，放在橱架上，未被拿走。经我鉴定，虽然无款，至少是一件明瓷。可惜盖子早就丢失了。

这些瓶瓶罐罐，除去孩子们糟蹋的以外，尚有两筐，堆放在闲屋里。

字　帖

原拓只有三希堂。丙寅岁拓，并非最佳之本。然装潢华贵，花梨护板，樟木书箱，似是达官或银行家物。尚有写好的洒金题签，只贴好一张，其余放在箱内。我买来也没来得及贴好，抄家时丢失了。此外原拓，只有张猛龙碑、龙门二十品等数种，其余都是珂罗版。

汉碑、魏碑。我是按照《艺舟双楫》和《广艺舟双楫》介绍购置的，大体齐备。此外有淳化阁帖半套及晋唐小楷若干种。唐隶唐楷及唐人写经若干种。

罗振玉印的书，我很喜欢，当做字帖购买的有：祝京兆法书，水拓鹤铭，世说新书，智永千文，六朝墓志菁华等。以他的六朝墓志，校其他六朝帖，就会发现，因墓志字小形微，造假者多有。

我本来不会写字，近年也为人写了不少，现在很后悔。愿今后一笔一画，规规矩矩，写些楷字，再有人要，就给他这个，以示真相。他们拿去，会以为是小学生习字，不屑一顾，也就不再来找我了。人本非书家，强写狂乱古怪字体，以邀书家之名；本来写不好文章，强写得稀奇荒诞，以邀作家之名；本来没有什么新见解，故作高深惊人之词，以邀理论家之名，皆不足取。时运一过，随即消亡。一个时代，如果艺术，也允许作假冒充，社会情态，尚可问乎。

印　章

还有印章数枚，且有名家作品。一名章，阳文，钱君匋刻，葛文同志代求，石为青田，白色，马纽。一名章，阴文，金禹民作，陈肇同志代求，石为寿山；一藏书章，大卣作，陈乔同志代求，石为青田，酱色。

近几年，一些青年篆刻爱好者，也为我刻了一些图章。

其实，我除了写字，偶尔打个印，壮壮门面外，在书籍上，是很少盖印了，前面已经提到。古人达观者，用"曾在某斋"等印，其实还有恋恋之意，以为身后，还是会有些影响，这同好在书上用印者，只有五十步之差。不过，也有一点儿经验。在"文化大革命"时，我有一部《金瓶梅》被抄去，很多人觊觎它，终于是归还了，就是因为每本封面上，都盖有我的名章。印之为物，可小觑乎？

镇　纸

我还有几件镇纸。其中，张志民送我一副人造大理石的，色彩形制很好。柳溪送我一只大理出的，很淡雅。最近杨润身又送我一只，是他的家乡平山做的，很朴厚。

我自己有一副旧玉镇纸，是用六角钱从南市小摊上得到的。每只上刻四个篆字，我认不好。陈乔同志描下来，带回北京，请人辨认。说是："不惜寸阴，而惜尺璧"八个字。陈说，不要用了。

其实，我也很少用这些玩意儿，都是放在柜子里。写字时，随便用块木头，压住纸角也就行了。我之珍惜东西，向有乡下佬吝啬之誉。凡所收藏，皆完整如新，如未触手。后人得之，可证我言。所以有眷恋之情，意亦在此。

以上所记，说明我是玩物丧志吗？不好回答。我就是喜爱这些东西，它们陪伴我几十年。一切适情怡性之物，非必在大而华贵也。要在主客默契，时机相当。心情恶劣，虽名山胜水，不能增一分之快，有时反更添愁闷之情。心情寂寞，虽一草一木也可破闷解忧，如获佳侣。我之于以上长物，关系正是如此。现在分别了，不是小别，而是大别，我无动于衷吗？也不好回答。"文化大革命"时，这些东西，被视为"四旧"，扫荡无余。近年，又有废除一切旧传统之论，倡言者，追随者，被认为新派人物。后果如何，临别之际，也就顾不得那么许多了。

1987 年 1 月 7 日记

新居琐记

锁 门

过去，我几乎没有锁门的习惯。年幼时在家里，总是母亲锁门，放学回来，见门锁着进不去，在门外多玩一会儿就是了，也不会着急。以后在外求学，用不着锁门；住公寓，自有人代锁。再后，游击山水之间，行踪无定，抬屁股一走了事，从来也没有想过，哪里是自己的家门，当然更不会想到上锁。

进城以后，我也很少锁门，顶多在晚上把门插上就是了。

去年搬入单元房，锁门成了热话题。朋友们都说：

"千万不能大意呀，要买保险锁，进出都要碰上呀！"

劝告不能不听，但习惯一下改不掉。有一次，送客人，把门碰上了，钥匙却忘在屋里。这还不要紧，厨房里正在蒸着米饭，已有二十分钟之久，再过二十分就有饭糊、锅漏，并引起火灾的危险，但无孔可入。门外彷徨，束手无策，越想越怕，一身大汗。

后来，一下想起儿子那里还有一副钥匙，求人骑车去要了来。万幸，儿子没有外出，不然，必会有一场大难。

"把钥匙装在口袋里！"朋友们又告诫说。

好，装在裤子口袋里。有一天起床，钥匙滑出来，落在床上，没有看见，就碰上门出去了。回来一摸口袋，才又傻了眼。好在这回，屋里没有点着火，不像上次那么着急，再求人去找找儿子就是了。

"用绳子把钥匙系在腰带上！"朋友们又说。

从此，我的腰带上，就系上了一串钥匙，像传说中的齐白石一样。

每一看到我腰里拖下来的这条绳子，我就哭笑不得。我为此，着了两次大急，现在又弄成这般状态，究竟是为了什么。是因为我有了一所房子，有了自己的家门。我的家里，到底有什么宝贵的东西，值得如此戒备森严呢？不就是那些破旧衣服，破旧家具，破旧书画吗？这些东西，也并不是新近置买，不是多年就有了吗？"环境不同了，时代不同了。"朋友们说。我觉得是自己和过去不同了，心理上有些变化了。

我已经停止了云游的生活，我已经失去了四大皆空的皈依，我已经返回人间世俗。总之，一把锁把我的心紧紧锁起，使它同以往的大自然，大自由，大自在，都断绝了关系。

我曾经打断身上的桎梏，现在又给自己系上了绳索。

我曾经从这里出走，现在又回到这里来了。

1990 年 2 月 5 日，昨日立春

民 工

搬到新住宅里，常常遇到所谓民工。他们成群结队，或是三三两两，在我住的楼下走过。其中有不少乡音，他们多是来自河北省。他们有的是建筑业，盖高楼大厦；也有的做临时小工。在旧社会，农民是很少进城市的，他们不是不想进城，是进城找不到活儿干。只能死守在家里，而家里又没有地种。因此，酿成种种悲剧。这是我在农村时，经常见到的。

现在城市，各行各业，都愿意用民工：听话，态度好，昼夜苦干。听说，每年挣钱不少，不少人在家里，盖了新房，娶了媳妇。

农民的活路有了，多了，我心里很高兴。

但我很少和他们交谈。因为我老了。另外，现在的农民，也不会听到乡音，就停下来，和你打招呼，表示亲近，他们已经见过大世面了。

我不常下楼，在楼上见到的，多是那些做临时活儿的民工。

他们在楼下栽了很多树，铺了大片草地，又搭了一个藤萝架，竖了山石。树，都是名贵树种，山石也很讲究，这都要花很多钱。

正在炎夏，民工们浇水很用心，很长的胶皮水管，扯来扯去。

其中有一个民工，还带着家眷。民工，四十来岁，黑红脸膛，长得粗壮，看见生人，还有些羞怯。他爱人，长得也很结实，却大方自然，什么也不在乎的样子。小男孩有六七岁了。

最初，只是民工一个人干活儿，老婆不是守在他的身边，就是在附近捡些破烂，例如铁丝、塑料、废纸等物。收买这些废品的小贩，也是川流不息的，她捡到一些，随手就可以换钱，给孩子买冰棍吃。那小孩却有时帮他父亲浇浇花。

我有些旧想法，原以为这个农民，可能在村里出了什么事，待不住才携家带口，来到城市的。有一天清晨，我在马路上遇到他们，男的扛着一把铁锨走在前面，母子两人，紧跟在后，说说笑笑，上工去了。

他们睡在哪里，我不知道，夏天在这里随便就可以找到栖身之地的。中午，妇女找一片破席子，铺在马路边新栽的垂柳下面，买来几个面包，两瓶汽水，一家人吃喝休息，也是表现得很快活的。面对如流的豪华车辆，各路的人物精英，无动于衷，甚至是不屑一顾。他们是真正的自食其力者。

我想，这也是家庭，这也是天伦之乐，也不一定就比这些高楼里的住户，更多一些烦恼愁苦。

过了些日子，农妇也上班了，是拔草，提着一个破筐，把草地里的杂草拔掉，放在里面，半天也装不满一筐，这活儿是够轻松的了。

但秋天来了，我就见不到他们了，可能回家去了，也可能到别的地方干活儿去了。

1990 年 2 月 7 日下午

装　修

早起，黄昏，我在楼群散步时，就常常联想起，当年走在深山峡谷的情景。那时中间是流水，周围是鸟语花香，一片寂静。现在是如流的汽车，排放着废气，此起彼落，是电焊电钻的噪声。不禁喟然叹道：毕竟是现代化了啊！

过去住大杂院，所谓干扰，不过是邻居盖小房，做家具，小孩哭闹，都属于传统性质，是习惯了的。

我不怕自然界的声响，我认为：无论雷电轰鸣，狂风怒吼，洪水暴发，山崩地裂，都是一种天籁，一种自然景观。我唯怕恶人恶声，每听到见到，必掩耳而走，退避三舍。这次搬家，有一个原因，就在于此。现在电焊电钻的声音，还有凿洋灰地的声音，一户动工，万家震动，也令人不安。

然而这是没法躲避的。人们都在装修自己的住宅。里里外外，都要装修。家家户户，都要装修。其范围甚广，其时间不一，其爱好不同。然要现代化，如装太阳能、热水器、排风扇、电话、闭路电视，则无一项不需要焊、钻。且住户是陆续搬来，人手和材料的配备有先后，有人预计：全楼群安装妥帖，定在两年以后了。

我于是大恐。春节，有一位现代化友人来访，曾与他就此事交谈，兹录其要：

主：这房不是很好吗，这不都是公产吗，为什么还要这样折腾？

客：为的住着舒适阔气啊。现在分什么公私，公也是私，私也是公。

主：过去，有很多同志，放弃瓦舍千间，奔走革命，露宿荒野，住的是泥房、草屋、山洞、地洞。现在年近就木，又何必在这低矮狭窄的小天地里，费如此大的心思呢？

客：人各有志，志有多变。不能强求。且系新潮，势难阻挡。

主：为什么在盖房时，不预先把这些东西安装好？

客：这是国情。即使都安装好，他还是要鼓捣。现代化是不断更新，无止无休的呀！

主：这里住的不都是老年人吗？如果有人患心脏病，这种声音，他受得了吗？

客：老年人在这里，究竟还是少数，子女们多。至于患病的，那就更是个别的了。不会有人去注意。

我们的谈话，实际是不得要领。但客人说的"新潮"二字，最有启发性。新潮的到来，绝不是空谷穴风，总是有它到来的道理的。潮，总是以相反的形式，互相替代的。

明白人总是顺应新潮。弄潮儿之可贵，就在于此。苏子曰：夫时有可否，物有废兴。方其所安，虽暴君不能废；及其既厌，虽圣人不能复。故风俗之变，法制随之。譬如江河之徙移，强而复之，则难为力。

反复斯言，我当有所醒悟了。

1990 年 2 月 5 日下午

楼居随笔

观垂柳

农谚："七九、八九，隔河观柳。"身居大城市，年老不能远行，是享受不到这种情景了。但我住的楼后面，小马路两旁，栽种的却是垂柳。

这是去年春季，由农村来的民工经手栽的。他们比城里人用心、负责，隔几天就浇一次水。所以，虽说这一带土质不好，其他花卉，死了不少。这些小柳树，经过一个冬季，经过儿童们的攀折，汽车的碰撞，骡马的啃噬，还算是成活了不少。两场春雨过后，都已经发芽，充满绿意了。

我自幼就喜欢小树。童年的春天，在野地玩，见到一棵小杏树，小桃树，甚至小槐树、小榆树，都要小心翼翼地移到自家的庭院去。但不记得有多少株成活、成材。

柳树是不用特意去寻觅的。我的家乡，多是沙土地，又好发水，柳树都是自己长出来的，只要不妨碍农活儿，人们就把它留了下来，它也很快就长得高大了。每个村子的周围，都有高大的柳树，这是平原的一大奇观。走在路上，四周观望，看不见村庄房舍，看到的，都是黑压压、雾沉沉的柳树。平原大地，就是柳树的天下。

柳树是一种梦幻的树。它的枝条叶子和飞絮，都是轻浮的，柔软的，缭绕、挑逗着人的情怀。

这种景象，在我的头脑中，就要像梦境一样消失了。楼下的小垂柳，只能引起我短暂的回忆。

1990 年 4 月 5 日晨

观藤萝

楼前的小庭院里，精心设计了一个走廊形的藤萝架。去年夏天，五六个民工，费了很多时日，才算架起来了。然后运来了树苗，在两旁各栽种一排。树苗很细，只有筷子那样粗，用塑料绳系在架上，及时浇灌，多数成活了。

冬天，民工不见了，藤萝苗又都散落到地上，任人践踏。幸好，前天来了一群园林处的妇女，带着一捆别的爬蔓的树苗，和藤萝埋在一起，也和藤萝一块儿又系到架上去了。

系上就走了，也没有浇水。

进城初期，很多讲究的庭院，都有藤萝架。我住过的大院里，就有两架，一架方形，一架圆形，都是钢筋水泥做的，和现在观看到的一样，藤身有碗口粗，每年春天，都开很多花，然后结很多果。因为大院，不久就变成了大杂院，没人管理，又没有规章制度，藤萝很快就被作践死了，架也被人拆去，地方也被当作别用。

当时建造、种植它的人，是几多经营，藤身长到碗口粗细，也确非一日之功。一旦根断花销，也确给人以沧海桑田之感。

一件东西的成长，是很不容易的，要用很多人工、财力。一件东西的破坏，只要一个不逞之徒的私心一动，就可完事了。他们对于"化公为私"，是处心积虑的，无所不为的，办法和手段，也是很多的。

近些年，有人轻易地破坏了很多已经长成的东西。现在又不得不种植新的、小的。我们失去的，是一颗道德之心。再培养这颗心，是更艰难的。

新种的藤萝，也不一定乐观。因为我看见：养苗的不管移栽，移栽的又不管死活，即使活了，又没有人认真地管理。公家之物，还是没有主儿的东西。

1990 年 4 月 5 日晨

听乡音

乡音，就是水土之音。

我自幼离乡背井，稍长奔走四方，后居大城市，与五方之人杂处，所以，对于谁是什么口音，从来不大注意。自己的口音，变了多少，也不知道。只是对于来自乡下，却强学城市口音的人，听来觉得不舒服而已。

这个城市的土著口音，说不上好听，但我也习惯了。只是当"文革"期间，我们迁移到另一个居民区时，老伴忽然对我说：

"为什么这里的人，说话这样难听？"

我想她是情绪不好，加上别人对她不客气所致，因此未加可否。

现在搬到新居，周围有很多老干部，散步时，常常听到乡音。但是大家相忘江湖，已经很久了，就很少上前招呼的热情了。

我每天晚上，八点钟就要上床，其实并睡不着，有时就把收音机放在床头。有一次调整收音机，河北电台，忽然传出说西河大鼓的声音，就听了一段，说的是《呼家将》。

我幼年时，曾在本村听过半部《呼延庆打擂》，没有打擂，说书的就回家过年去了。现在说的是打擂以后的事，最热闹的场面，是命定听不到了。西河大鼓，是我们那里流行的一种说书，它那鼓、板、三弦的配合音响，一听就使人入迷，这也算是一种乡音。说书的是一位女艺人。

最难得的，是书说完了，有一段广告，由一位女同志广播，她的声音，突然唤醒我对家乡的迷恋和热爱。虽然她的口音，已经标准化，广告词也每天相同。她的广告，还是成为我一个冬季的保留欣赏节目，每晚必听，一直到《呼家将》全书完毕。

这证明，我还是依恋故土的，思念家乡的，渴望听到乡音的。

1990 年 4 月 5 日下午

听风声

楼居怕风，这在过去，是没有体会的。过去住老旧的平房，是怕下雨。一下雨，就担心漏房。雨还是每年下，房还是每年漏。就那么夜不安眠地，过了好些年。

现在住的是新楼，而且是墙壁甫干，街道未平，就搬进来住了。又住中层，确是不会有漏房之忧了，高枕安眠吧。谁知又不然，夜里听到了极可怕的风声。

春季，尤其厉害。我们的楼房，处在五条小马路的交叉点，风无论往哪个方向来，它总要迎战两个或三个风口的风力。加上楼房又高，距离又近，类似高山峡谷，大大增加了风的威力。其吼鸣之声，如惊涛骇浪，实在可怕，尤其是在夜晚。

可怕，不出去也就是了，闭上眼睡觉吧！问题在于，如果有哪一个门窗，没有上好，就有被刮开的危险。而一处洞开，则全部窗门乱动，披衣去关，已经来不及，摔碎玻璃事小，极容易伤风感冒。

所以，每逢入睡之前，我必须检查全部门窗。

我老了，听着这种风声，是难以入睡的。

其实，这种风，如果放到平原大地上去，也不过是春风吹拂而已。我幼年时，并不怕风，春天在野地里砍草，遇到顶天立地的大旋风过来，我敢迎着上，钻了进去。

后来，我就越来越怕风了。这不是指风的实质，而是指风的象征。

在风雨飘摇中，我度过了半个世纪。风吹草动，草木皆兵。这种体验，不只在抗日，防御残暴的敌人时有，在"文革"，担心小人的暗算时也有。

我很少有安眠的夜晚，幸福的夜晚。

1990 年 4 月 7 日晨

秋凉偶记（三则）

扁　豆

　　北方农村，中产以下人家，多以高粱秸秆，编为篱笆，围护宅院。篱笆下则种扁豆，到秋季开花结豆，罩在篱笆顶上，别有一番风情。

　　扁豆分白紫两种，花色亦然，相间种植，花分两色，豆各有形，引来蜂蝶，飞鸣其间，又添景色不少。

　　白扁豆细而长，紫扁豆宽而厚，收获以后者为多。

　　我自幼喜食扁豆，或炒或煎。煎时先把扁豆蒸一下，裹上面粉，谓之扁豆鱼。

　　吃饭是一种习性，年幼时好吃什么，到老年还是好吃什么。现在农贸市场，也有扁豆上市。

　　每逢吃扁豆，我就给家人讲下面一个故事：

　　一九三九年秋季，我在阜平县打游击，住在神仙山顶上。这座山很高很陡，全是黑色岩石，几乎没有人行路，只有牧羊人能上去。

　　山顶的背面，却有一户人家。他家依山盖成，门前有一小片土地，种了烟草和扁豆。

　　他种的扁豆，长得肥大出奇，我过去没有见过，后来也没有见过。

扁豆耐寒，越冷越长得多。扁豆有一种膻味，用羊油炒，加红辣椒，最是好吃。我在他家吃到的，正是这样做的扁豆。

他的家，其实就是他一个人。他已经四十开外，还是独身。身材高大，皮肤的颜色，和他身边的岩石，一般无二。

他也是一个游击队员。

每天天晚，我从山下归来，就坐在他的已经烧热的小炕上，吃他做的玉米面饼子和炒扁豆。

灶上还烤好了一片绿色烟叶，他在手心里揉碎了，我们俩吸烟闲话，听着外面呼啸的山风。

1992 年 8 月 13 日清晨

芸斋曰：此时同志，利害相关，生死与共，不问过去，不计将来，可谓一心一德矣。甚至不问乡里，不记姓名，可谓相见以诚矣。而自始至终，能相信不疑，白发之时，能记忆不忘，又可谓真交矣。后之所谓同志，多有相违者矣。

同日又记

再观藤萝

楼下小花园，修建了一座藤萝架。走廊形，钢筋水泥，涂以白漆。下面还有供游人小憩的座位。但藤萝种了四五年，总爬不到架上去。原因是人与花争位，藤萝一爬到座位那里，妨碍了人，人就把它扒拉到地上去，再爬上来，就把它的尖子揪断。所以直到现在，藤条已经长到拇指那样粗，还是东一条，西一条，胡乱爬在地上。

藤萝这种花也怪，不上架不开花，一上架就开了。去年冬天，有一个老年人，好到这里休息晒太阳，他闲着没事，随手捡了一条塑料绳子，把头起的一枝藤条系到架上去，今年开春，它就开了一簇花，虽然一枝独秀，却非常鲜艳。

正当藤萝花开的时候，有几位年轻母亲，带孩子来这里坐。有一个女青年，听口音，看穿衣打扮，好像是谁家的保姆，也带着一个小孩，来架下玩耍。这位小保姆，个儿比较高，长得又健康俊俏，她站在架下，藤萝花正开在她的头上，在早晨的阳光照耀下，就好像谁给她插上去的。

自从改革开放以来，妇女服饰大变，心态也大变。只要穿上一件新潮衣裙，理上一个新潮发型，就是东施嫫母，也自我感觉良好，忽然变成了天仙。她们听着脚下高跟的响声，闻着脸上粉脂的香味，飘飘然地找到了自己的位置和价值。

这位农村来的女青年，站在这些人中间，显得超凡出众。她的美，是一种自然美，包括大自然的水土，也包括大自然的陶冶。她的美，是天生的，不是人为的，更没有描眉画眼的做假。她好像自觉到了这一点，所以她站在这些大城市时髦妇女中间，丝毫没有"不如人家"的感觉。她谈笑从容，对答如流，使得这些青年主妇们，也不能轻视她的聪明美丽。她成了谈话的中心，鹤立鸡群。

藤萝架旁边，每天还有一些老年妇女练功。教她们的，是一位带有江湖气味的中年人。这是一位热心公益的人，见到藤条散落地下，在他的学生们到来之前，他就找些绳索，把它们一一系到架上去。估计明年春季，藤萝架上，真的要繁花似锦了。

1992 年 8 月 16 日清晨

后富的人

这是一处高级住宅区。早晨八点以后，下午五时左右，接送厂长、经理、处长、局长的汽车，川流不息，不过时间不会太长，一会儿就过去了。下午的汽车，一到门口，尾巴就翘了起来。于是主人、司机以及家里人，把带回的大小纸袋子，大小纸箱子，搬到楼上去。

带回的东西，吃过用过以后，包装没处存放，就往垃圾道里丢。因此，第二天天还不亮，就有川流不息的捡破烂的人，来到楼群，逐楼寻找，垃圾间的铁门，响声不断。

过去，干这种营生的都是本市人，现在都是外地人。他们男男女女，老老少少，破衣烂袋，囚首垢面。背着一个大塑料口袋，手里拿一个铁钩子，急急忙忙地走着，因为就是早晨东西好捡。但时间也不会长，等到接人的汽车来时，他们就都消失了。

帮我做饭的妇人，熟于此道。我曾问她：

"前边一个刚从垃圾间出来，后面一个紧跟着就进去，哪里有那么多东西？"

她说："一幢楼上，住这么多人家，倒垃圾的习惯也不一样，你知道他什么时候往下倒？也许他刚走，上面就掉下个大纸盒子来，你不是就可以捡到了吗？"

她并且告诉我，干这个，只要手脚勤快，一天的收入，是很可观的。就是刚从外地来，一无所有，衣食住行，都可以从中解决：例如破衣服、破鞋帽，干面包，烂水果，可以吃穿；破席子，可以铺用；甚至有药片，可以服。如果胆大些，边旁的破车子，可以骑上；过些日子，再换一个三轮……

关于住，她没有讲。我清晨散步的时候，的确遇到过一个外地来的小姑娘，手里提着一个破布包，满身满脸是黑灰。她问我，什么地方可以洗洗脸？我问她为什么弄得这样，她没有说。但我看见她是从一幢楼房的垃圾间出来。

国家已经有不少人，先富了起来。这些从农村来城市觅生活的，可以说是后富起来的人吧。

1992 年 8 月 16 日清晨

鞋的故事

我幼小时穿的鞋，是母亲做。上小学时，是叔母做，叔母的针线活儿好，做的鞋我爱穿。结婚以后，当然是爱人做，她的针线也是很好的。自从我到大城市读书，觉得"家做鞋"土气，就开始买鞋穿了。时间也不长，从抗日战争起，我就又穿农村妇女们做的"军鞋"了。

现在老了，买的鞋总觉得穿着别扭。想弄一双家做鞋，住在这个大城市，离老家又远，没有办法。

在我这里帮忙做饭的柳嫂，是会做针线的，但她里里外外很忙，不好求她。有一年，她的小妹妹从老家来了。听说是要结婚，到这里置办陪送。连买带做，在姐姐家很住了一程子。有时闲下来，柳嫂和我说了不少这个小妹妹的故事。她家很穷苦。她这个妹妹叫小书绫，因为她最小。在家时，姐姐带小妹妹去浇地，一浇浇到天黑。地里有一座坟，坟头上有很大的狐狸洞，棺木的一端露在外面，白天看着都害怕。天一黑，小书绫就紧抓着姐姐的后衣襟，姐姐走一步，她就跟一步，闹着回家。弄得姐姐没法干活儿。

现在大了，小书绫却很有心计。婆家是自己找的，订婚以前她还亲自到婆家私访一次。订婚以后，她除拼命织席以外，还到山沟里去教人家织席。吃带沙子的饭，一个月也不过挣二十元。

我听了以后，很受感动。我有大半辈子在农村度过，对农村女孩子的勤快劳动、质朴聪明，有很深的印象，对她们有一种特殊的感情。可惜进城以后，失去了和她们接触的机会。城市姑娘，虽然漂亮，我对她们终是格格不入。

柳嫂在我这里帮忙，时间很长了。用人就要做人情。我说："你妹妹结婚，我想送她一些礼物。请你把这点钱带给她，看她还缺什么，叫她自己去买吧！"

柳嫂客气了几句，接受了我的馈赠。过了一个月，妹妹的嫁妆操办好了，在回去的前一天，柳嫂把她带了来。

这女孩子身材长得很匀称，像农村的多数女孩子一样，她的额头上，过早地有了几条不太明显的皱纹。她脸面清秀，嘴唇稍厚一些，嘴角上总是带有一点儿微笑。她看人时，好斜视，却使人感到有一种深情。

我对她表示欢迎，并叫柳嫂去买一些菜，招待她吃饭，柳嫂又客气了几句，把稀饭煮上以后，还是提起篮子出去了。

小书绫坐在炉子旁边，平日她姐姐坐的那个位置上，看着煮稀饭的锅。我坐在旁边的椅子上。

"你给了我那么多钱。"她安定下来以后，慢慢地说，"我又帮不了你什么忙。"

"怎么帮不了？"我笑着说，"以后我走到那里，你能不给我做顿饭吃？"

"我给你做什么吃呀？"女孩子斜视了我一眼。

"你可以给我做一碗面条。"我说。

我看出，女孩子已经把她的一部分嫁妆穿在身上。她低头撩了撩衣襟说：

"我把你给的钱，买了一件这样的衣服。我也不会说，我怎么谢承你呢？"

我没有看准她究竟买了一件什么衣服，因为那是一件内衣。我忽然想起鞋的事，就半开玩笑地说："你能不能给我做一双便鞋呢？"

这时她姐姐买菜回来了。她没有说行，也没有说不行，只是很注意地看了看我伸出的脚。

我又把求她做鞋的话，对她姐姐说了一遍。柳嫂也半开玩笑地说："我说哩，你的钱可不能白花呀！"

告别的时候，她的姐姐帮她穿好大衣，箍好围巾，理好鬓发。在灯光之下，这女孩子显得非常漂亮，完全像一个新娘，给我留下了容光照人、不可逼视的印象。

这时女孩子突然问她姐姐："我能向他要一张照片吗？"我高兴地找了一张放大的近照送给她。

过春节时，柳嫂回了一趟老家，带回来妹妹给我做的鞋。

她一边打开包，一边说：

"活儿做得精致极了，下了工夫哩。你快穿穿试试。"

我喜出望外，可惜鞋做得太小了。我懊悔地说：

"我短了一句话，告诉她往大里做就好了。我当时有一搭没一搭，没想她真给做了。"

"我拿到街上，叫人家给拍打拍打，也许可以穿。"柳嫂说。

拍打以后，勉强能穿了。谁知穿了不到两天，一个大脚趾就淤了血。我还不死心，又当拖鞋穿了一夏天。

我很珍重这双鞋。我知道，自古以来，女孩子做一双鞋送人，是很重的情意。

我还是没有合适的鞋穿。这二年柳嫂不断听到小书绫的消息：她结了婚，生了一个孩子，还是拼命织席，准备盖新房。柳嫂说：

"要不，就再叫小书绫给你做一双，这次告诉她做大些就是了。"

我说："人家有孩子，很忙，不要再去麻烦了。"

柳嫂为人慷慨，好大喜功，终于买了鞋面，写了信，寄去了。

现在又到了冬天，我的屋里又生起了炉子。柳嫂的母亲从老家来，带来了小书绫给我做的第二双鞋，穿着很松快，我很满意。柳嫂有些不满地说："这活儿做得太粗了，远不如上一次。"我想：小书绫上次给我做鞋，是感激之情。这次是情面之情。做了来就很不容易了。我默默地把鞋收好，放到柜子里，和第一双放在一起。

柳嫂又说："小书绫过日子心胜，她男人整天出去贩卖东西。听我母亲说，这双鞋还是她站在院子里，一边看着孩子，一针一线给你做成的哩。眼前，就是农村，也没有人再穿家做鞋了，材料、针线都不好找了。"

她说的都是真情。我们这一代人死了以后，这种鞋就不存在了，长期走过的那条饥饿贫穷、艰难险阻、山穷水尽的道路，也就消失了。农民的生活变得富裕起来，小书绫未来的日子，一定是甜蜜美满的。

那里的大自然风光，女孩子们的淳朴美丽的素质，也许是永存的吧。

1984 年 12 月 16 日

庸庐闲话

我的起步

我初学写作时,在农家小院。耳旁是母亲的纺车声和妻子的机杼声,是在一种自食其力的劳动节奏中写作的。在这种环境里写作,当然我就想到了衣食,想到了人生。想到了求生不易,想到了养家糊口。

所以,我的文学的开始,是为人生的,也是为生活的。想有一技之长,帮助家用。并不像现代人,把创作看得那么神圣,那么清高。因此,也写不出尘超凡,无人间烟火气味的文字。

大的环境是:帝国主义侵略,国家危亡,政府腐败,生民疾苦。所以,我的创作生活一开始,就带有浓重的苦闷情绪和忧患意识,以及强烈的革命渴望和新生追求。

我的戒条

写小说,不能不运用现实材料。为了真实,又多运用亲眼所见的材料。不可避免,就常常涉及到熟人或是朋友,需要特别注意。

不要涉及人事方面的重大问题,或犯忌讳的事。此等事,耳闻固不可写，即亲见亦不可写。

不写伟人。伟人近于神，圣人不语。不写小人。小人心态，圣人已尽言之。如舞台小丑，演来演去，无非是那个样儿。且文章为赏心悦目之事，尽写恶人，于作者，是污笔墨；于读者，是添堵心。写小人，如写得过于真实，尤易结怨。"宁得罪君子，不得罪小人。"在生活中，对待小人的最好办法，是不与计较，而远避之。写文章，亦应如此。

我的自我宣传

按道理说，什么事，都应该雪中送炭，不应该锦上添花。但雪中送炭，鲜为人知，是寂寞事。而锦上添花，则是热闹场中事，易为人知，便于宣传。

我是小学教师出身，一切事情，欲从根底培养。后从事文艺工作，此心一直未断，写了不少辅导、入门一类的文字，当时初建根据地，一切人才，皆需开发，文艺亦在初创之列。

我做的这方面的工作，鲜为文艺界所知。一位领导同志，直到有人送了他一部我的文集，才对我说："你过去写了那么多辅导文章，我不知道。"

我在延安时，只发表小说，领导同志就以为我只会写点儿小说。"文化大革命"以后，他来我家，问我在写什么，我说在写"理论"文章，他听了，表情颇为惊异。还有些不以为然的样子，大概是认为我不务正业吧。

到了晚年，遇有机会，我就自我宣传一下，我在这方面，曾经做过的工作。理论文章的字数，实际上，和我创作的字数差不了多少。

"西安事变"时，我有一位朋友，写了一个剧本，演出以后，自己又用化名写了长篇通讯，在上海刊物上发表，对剧本和演出大加吹捧。抗战时，我们闲谈，有人问他：你怎么自吹自擂呢？他很自然地回答：因为没有别人给宣传！

我最佩服的人

要问我现在最佩服哪一个，我最佩服的是一位老作家。此公为人老实，文章平易，从不得罪人。记忆又好，能背写《金瓶梅补遗》。一生平平安安，老来有些名望，住在高层，儿孙满堂，同老伴享受清福。还不断写些歌颂城市建设的散文。环顾文坛，回首往事，能弄成像他这样光景的，能有几人？

听说他在"文化大革命"时，给机关的两个造反派卖小报。左右手分拿，一家十份，不偏不倚。后来，他又把自己默写的"补遗"，分送给"核心"成员。这些成员，如获至宝，昼夜讽诵，竟忘记了红宝书语录。这一举，可谓大胆。如果当时有人揭发，他的罪名岂止"瓦解斗志，破坏革命"？这样老实人，敢这样做，是他心里有数。他看准这些"核心"，都是外强中干、表里不一的卑琐之徒，是不堪糖衣炮弹一击的。从这里也看出，此公外表憨厚，内心是极度聪明的。

1992 年 1 月 7 日

我与官场

我自幼腼腆，怕见官长。参加革命工作后，见了官长，总是躲着。如果是在会场里，就离得远些，散会就赶紧走开。一次，在冀中区党委开会，宣传部长主持。他是我中学时同学，又是抗战学院同事。他一说散会，我就往外走。他忽然大声叫我，我只好遵命站住。

因为很少见到别的官，所以见宣传部的官，就成了我的苦事。很长时间，人们传说我最怕宣传部。有一次朋友给我打电话，怕我不接，就冒充宣传部。结果我真的去接了，他一笑。我恼羞成怒，他说是请我去陪客吃饭，我也没去。

我也不愿见名人。凡首长请文艺界名人吃饭，叫我去，我都不去。后来也就没人再叫我了，因此也没有吃好东西的机会。

有一次，什么市的作协，来了一个副主席。本市作协的秘书长来请我去陪客。因为和那个副主席熟识，我就去了。后来，秘书长告诉我：叫我去，是对口，因为我是本市作协的副主席。我一想，这太无聊了，从此就再也不去对口。

文艺界变为官场，实在是一大悲剧。我虽官运不佳，也挂过几次职称。比如一家文艺刊物的编委。今天是一批，明天又换一批，使人莫名其妙。编委成了"五日京兆"，不由自主地浮沉着。我是在和什么人，争这个编委吗？仔细一想，真有点受到侮辱的感觉。以后，再有人约我，说什么也不干了。当然，也不会再有这种运气。

文艺受政治牵连，已经是个规律。进城后，我在一家报社工作。社长后来当了市委书记，科长当了宣传部长。我依然如故，什么也不是。"文化大革命"，我却成了他们的"死党"。这显然是被熟人朋友出卖了（被出卖这一感觉，近年才有）。要说"死党"，这些出卖人的，才货真价实。后来，为书记平反、祭墓，一些熟人朋友，争先恐后地去了。我没有去。他生前，我也没有给他贴过一张大字报。

文人与官员交好，有利有弊。交往之机，多在文人稍有名气之时。

文人能力差，生活清苦，结交一位官员，可得到一些照顾。且官员也多是文人的领导，工作上也方便一些。这是文人一方的想法。至于官员一方，有的只是慕名，附会风雅，愿意交个文化界的朋友；有的则可得到重视知识分子的美名。在平常日子里，也确能给予文人一些照顾，文人有些小的毛病，经官员一说话，别人对他的误会，也可随之打消。但遇到像"文化大革命"这样的运动，则对两方都没有好处。官员倒霉，则文人倒霉更大。文人受批，又常常殃及与他"过从甚密"的官员。结果一齐落水，谁也顾不了谁。然在政治风浪中，官员较善游，终于能活，而文人则多溺死了。

至于所交官员，为风派人物，遇有风吹草动，便迫不及待地把"文友"抛出去，这只能说是不够朋友了。

总之，文人与官员交，凶多吉少。已为历史所证明。至于下流文人，巴结权要，以求显达，那又是另外一回事了。

1992 年 1 月 10 日

我的仗义

三年前，搬到新居，住在三层。每逢有挂号信件到来，投递员在楼下高声呼叫，我就心惊肉跳，腿也不好用，下楼十分艰难。投递员见我这样，有时就把信给我送上来，我当然表示感谢，说几句客气话。

过了一些时候，投递员对邻居抱怨说"这位大爷，太不仗义了。"邻居转告我，我一时明白不过来。邻居说："送他点东西吧，上楼送信，是分外劳动。"过年时，我就送了他一份年历，小伙子高兴了，我也仗义了。

其实，我青年时很热情，对朋友也是一片赤诚，是后来逐渐消磨，才变成现在这样不"仗义"。

我曾两次为朋友仗义执言。一次是"胡风事件"时，为诗人鲁君，好像已经谈过，不再详记。另一次是为作家秦君，当时他不在场，事后我也没有和他谈过。

一九四六年，我回到我的家乡工作。有一次区党委召集会议，很是隆重，军区司令员、区党委组织部长，都参加了。在会上，一个管戏剧的小头头，忘记了他姓什么，只记得脸上有些麻子，忽然提出："秦某反对演京剧，和王实味一样！"

我刚从延安来，王实味是什么"问题"，心里还有余悸。一听这话，马上激动起来，往前走了两步，扶着司令员的椅背，大声说：

"怎么能说反对唱京戏，就是王实味呢，能这样联系吗？"

我的出人意外的举动，激昂的语气，使得司令员回头望了望，他并不认识我。组织部长和我有一面之交，替我圆了圆场，没有当场出事，但后来在土地会议时，还是发生了。

仗义，仗义，有仗才有义。如果说第一次仗义，是因为我自觉与胡风素不相识，毫无往来，这第二次，则自觉是本地人，不会被见外。

现在，我可以说，当时有些本地人是排外的。秦是外来人。他到冀中，我那时住在报社，也算客人。秦来了，要吃要住，找到我，我去找报社领导，结果碰了钉子。

在秦以前，戏剧家崔君，派来当剧团团长，和本地人处得不好。结果，在一次夜间演出时，被群化了装的警卫人员，哄打一顿，又回了原单位。

文艺界，也有山头，也怕别人抢他的官座。这是我后来慢慢悟出的道理。

秦后来帮我编《平原杂志》，他也会画。有一期封面，他画的是一个扎白头巾的农民，在田间地头，用铁铲戳住一条蛇。当时，我并没有看出他有什么寓意。很多年以后，我才悟出，这是他对地头蛇的痛恨。好在当时地方上，也没有人注意到这一点。不然，那还了得。

自秦以后，我处境越来越不好，也就再也不能仗义了。

1992 年 3 月 24 日

排外的又一例是：写小说的孔君，夫妻俩来这里下乡、写作。土地会议时，三言两语，还没说清楚罪名，组长就宣布：开除孔的党籍。我坐在同一条炕上，没有说一句话。前几天，我已经被"搬了石头"。

其实，外地人到这里来，如果能和这里的同行，特别是宣传干部，处得好，说得来，就不会出这种事。无奈这些文艺工作者，都不善于交际，便被说成自高自大。随后又散布流言，传给领导。遇到时机，就逃不脱。因为领导对这些外来者，并不了解，只听当地人汇报。

4 月 3 日晨补记

风烛庵杂记

一

五十年代末，一位姓王的文教书记，几次对我说："你身体不好，不要写了，休息休息吧！"我当时还不能完全领会他的好意，以为只是关心我的身体。按照他的职务，他本应号召、鼓励我们多写，但他却这样说，当然是在私下。我后来才体会到，在那一时期，这是对我真正的关心和爱护。

这位书记，已经在"文化大革命"中惨死。他自然也不是完人，也给我留下过不太好的印象。但总起来说，他是个好人。古人称这样的人为君子，君子爱人以德。

二

有那么很多年，谁登台发言，或著文登报，"批判"了什么人，就会升官晋爵。批判的对象越大越重要，升的官位就越高。这种先例一开，那些急功好利之徒，谁不眼红心热？流风所及，斯文扫地。

一九四八年，我当记者时，因为所谓的"客里空"错误，受到一次批判。我的分量太轻,批判者得到的好处,也不大,但还是高升了一步。

冤家路窄,进城以后,我当记者,到南郊区白塘口一带采访时又遇到了这位同志。他在那里搞"四清",是工作组的成员。他特别注意我的采访,好像是要看看,经过他的批判,我在工作上有没有进步。有一次,我到食堂去喝水,正和人们闲聊,他严肃地对我说:

"到北屋去,那里正在汇报!"

我没有去。因为我写的文章,需要的是观察体验,并不只是汇报材料。

"文化大革命"期间,这位同志,和我同住一间牛棚。一同推粪拉土,遭受斥责辱骂,共尝一勺烩的滋味,往事已不堪回首矣。

三

凡能厚着脸皮批判别人的人,他在接受别人对他的批判时,脸皮也很厚。"文化大革命"初期,我和一位同志同受批判,台上发言者嗷嗷,台下群众滔滔,他不动声色地坐在那里,光着的两只脚,互相摩擦着,表现得非常悠闲自然。后来"造反派"不断对他进行武斗,又把他关了起来,他才表示屈服。

四

"文革"那几年,编报也真难。每天有领袖像,而且越来尺寸越大。不只前后左右,要注意有无不好的字眼,就是像的背面,也要留心。只要有人指出,有什么坏字坏词,挨上了相片,那就不得了。那时报纸上,咒骂和下流的话语又很多,防不胜防。每日报样印出,必经多人审查，并映日光而照视。虽然"造反派"掌握了新闻大权，也是终日战战兢兢，不知什么时候，成为现行反革命。

五

"文革"时，我们这些"走资派"搞卫生，照例是把纸篓里的脏纸，倒进院里的大铁桶，以备拉走。有一次，不知是谁那么眼尖，看到了从报纸上撕下的一片领袖像。那时，每天的报上，都有大幅领袖像，恐怕是谁一时不留心用了，随手倒进去也就算了。他却捡出来，报告了造反总部。一经报告，又有物证，必须查处。一阵人慌马乱，还终于查出来了。据说是传达室值夜班的一位女同志。这位年纪轻轻的女同志，从此患了神经病，两年以后，投河自尽。

六

现在，我想，人是有君子、小人之别的。古代的哲人，很早就发现了这种区别，并描绘了他们的基本特征。有关小人特征的古语是：见利忘义。势利小人。近之则不逊，远之则怨。小人得势，不可一世，等等。

人，成为君子，或成为小人，有先天的，即遗传的因素，也有后天的，即环境的因素。文化教养，也有影响。古代和近代，都曾有人主张经过教育，可使人成为君子，失去教育的机会，乃成为小人。实际上，一般文化教育，起不到这样的作用。法律和法制，却可以起到这种作用。所以，历代都重视"律"。

抗日战争是一种神圣的民族解放战争，在当时，舍身卫国，志士仁人，到处都可以遇到，人人思义，人人忘利，人人都有可能成为好人。"文化大革命"期间，及其以后若干年，为何随时随地都可以遇到不折不扣的小人之行呢？显然不单单是教育或文化的问题，而是当时的环境，政治土壤，培育了君子之心，或是助长了小人之志的结果。古语说："小人唯恐天下不乱。""文化大革命"取消了作为国家命脉的法制，使那些小人真的变得"无法无天"了。

1986 年 4 月 17 日剪贴旧作

第八辑　耕堂读书记

《庄　子》

在初中读《庄子》，是谢老师教课。谢老师讲书，是用清朝注释家的办法。讲一篇课文，他总是抱来一大堆参考书，详详细细把注解写在黑板上，叫我抄录在讲义的顶端。在学校，我读了《逍遥游》《养生主》《马蹄》《胠箧》等篇。

老实说，对于这部书，我直到现在也没有真正读懂。有一时期，很喜欢它的文字。《庄子》一书，被列入中国哲学的经典著作，当然是很深奥的。我不能探其深处，只能探其浅处。

我以为，庄生在写作时，他也是希望人能容易看懂容易接受的。它讲的道理，可能玄妙一些，但还不是韩非子所称的那种"微妙之言"。微妙之言常常是一种似是而非、可东可西的"大言"，大言常常是企图欺骗"愚昧"之人的。

像《庄子》这样的书，我以为也是现实主义的。司马迁说它通篇都是寓言。庄子的寓言，现实意义很强烈。当然，它善于夸张，比如写大鸟一飞九万里。但紧接着就写一种小鸟，这种小鸟，"腾跃而上，不过数仞而下"，"翱翔蓬蒿之间"，描写得更加具体，更加生动活泼。因为它有现实生活的依据。因此我们看出，庄子之所以夸张，正是为了表现现实生活中的具体细节。在书中这种例子是很多的。他常常用人们习见的事物，来说明他的哲学思想。这种传统，从庄子到柳宗元，我以为是中国散文的非常重要的传统。

前些日子和一位客人谈话，涉及这方面的问题，简记如下：

客：我看你近来写文章，只谈现实主义，很少谈浪漫主义。

主：是的，我近来不大喜欢谈浪漫主义了。

客：什么原因呢？

主：我以为在文学创作上，我们当前的急务，是恢复几乎失去了的现实主义传统。现实主义是古今中外文学创作的主流，它可以说是浪漫主义的基础。失去了现实主义，还谈什么浪漫主义？前些年，对现实主义有误解，对浪漫主义的误解则尤甚，已经近于歪曲。浪漫主义被当成是说大话，说绝话，说谎话。被当成是上天入地，刀山火海，装疯卖傻。以为这种虚妄的东西越多，就越能构成浪漫主义。因此，发誓赌咒，撒泼骂街也成了浪漫主义不可缺少的东西。

我认为浪漫主义虽是文艺思潮史上的一种流派，作为创作方法，浪漫主义必须以现实主义为根基。浪漫主义是从现实主义的基础上升华出来，没有凭空设想的浪漫主义。海市蜃楼的景象，也得有特定的物质基础，才能出现。

客：我注意到，你在现实主义之上也不加限制词。这是什么道理？

主：我以为没有什么必要，认真去做，效果会是一样的。

我们读书，即使像《庄子》这样的书，也应该首先注意它的现实主义成分，这对从事创作的人，是很有好处的。从事哲学研究的人，着眼点可以不同，但也要注意它们反映的历史生活的真实细节，这才是真正的哲学基础所在。

我现在用的是王先谦的集解本，这是很好的读本。他在序中说：

余治此有年，领其要，得二语焉。曰：喜怒哀乐，不入于胸次。
窃尝持此，以为卫生之经，而果有益也。

对于这种话，我是不大相信的，至少，很难做到吧！如果庄子本人
能够做到这一点，他就不可能写出这样充满喜怒哀乐的文章了。凡是
愤世嫉俗之作，都是因为作者对现实感情过深产生的。这一点，与"卫
生"是背道而驰的。

这位谢老师，原是新诗闯将，自执教以来，乃沉湎于古籍，对文
坛形势现状，非常茫然，多垂询于我辈后生。我当时甚以为怪，现在
才悟出一些道理来。

1980 年 1 月

《韩非子》

在读高中一年级的时候，国文老师叫我们每人买了一部扫叶山房石印的王先谦的《韩非子集解》。四册一布套，粉连纸，读起来很醒目，很方便。

老师是清朝的一名举人，在衙门里当了多年幕客。据说，他写的公文很有点名堂。他油印了不少呈文、电稿，给我们作讲义，也有少数他作的诗词。

这位老师教国文，实际很少讲解。在课堂上，他主要是领导着我们阅读。他一边念着，一边说："点！"念过几句，他又说："圈！"我们拿着毛笔，跟着他的嘴忙活着。等到圈、点完了，这一篇就算完事。他还要我们背过，期终考试，他总是叫我们默写，这一点非常令人厌恶。我曾有两次拒考，因为期考和每次作文分数平均，我还是可以及格的。但给他留下了不良印象，认为我不可教。后来我在北平流浪时，曾请他介绍职业，他还悻悻然地提起此事，好像我所以失业，是因为当时没有默写的缘故。

其实，他这种教学法，并不高明。我背诵了好久，对于这部《韩非子》，除去记得一些篇名以外，就只记得两句话：其一是："儒以文乱法，而侠以武犯禁。"其二是："色衰爱弛。"

说也奇怪，这两句记得非常牢，假如我明天死去，那就整整记了五十年。

我很喜欢我那一部《韩非子》，不知在哪一次浩劫中丢失了，直到目前，我的藏书中，也没有那么一部读起来方便又便于保存的书。

老师的公文作品，一点印象也没有了，不知他从《韩非子》得到了什么启示。当时《大公报》的社论，例如《明耻教战》《十年生聚，十年教训》等篇，那种文笔，都很带有韩非子的风格。老师也常常选印这种社论，给我们作教材，那时正值"九一八"事变之后。

老师叫我们圈点完了一篇文章，如果还有些时间，他就从讲坛上走下来，在我们课桌的行间，来回踱步。忽然，他两手用力把绸子长衫往后面一搂，突出大肚子，喊道："山围故国——周遭在啊，潮打空城——寂寞回啊"，声色俱厉，屋瓦为之动摇。如果是现在，一定会引起学生的哄笑，那时师道尊严，我们只是默默地听着。有时也感到悲凉，因为国家正处在危险的境地。

以后，我就没有再读《韩非子》，我喜爱的是完全新的革命的文学作品。

直到前些年，我孤处一室，一本书也没有了，才从一个大学毕业生那里，借来两本国文教材。从中，我抄录了韩非子的《五蠹》全篇和《外储说》片断。

韩非子的散文，时时采用譬喻寓言，助其文势。现实生活的材料，历史地理的材料，随手运用，锋利明快，说理透彻。实在是中国古代散文的奇观，民族文化的宝藏。

我目前手下的《韩非子》，是光绪元年，浙江书局据吴氏影宋乾道本校刻，后附顾广圻《韩非子识误》一册。

1980 年 1 月

慷慨悲歌

司马迁写荆轲列传，在开始，轻描。荆轲的性格，就像一个影子，突然出现在读者面前，渐渐显真。直到："荆轲既至燕，爱燕之狗屠及善击筑者高渐离。荆轲嗜酒，日与狗屠及高渐离饮于燕市，酒酣以往，高渐离击筑，荆轲和而歌于市中，相乐也，已而相泣，旁若无人者。"形象才具现。以后，"荆轲怒，叱太子曰：'……请辞决矣！'遂发。""太子及宾客知其事者，皆白衣冠以送之。至易水之上，既祖，取道，高渐离击筑，荆轲和而歌，为变徵之声，士皆垂泪涕泣。又前而为歌曰：'风萧萧兮易水寒，壮士一去兮不复还！'复为羽声慷慨，士皆瞋目，发尽上指冠。于是荆轲就车而去，终已不顾。"以后，"秦王闻之，大喜，乃朝服，设九宾，见燕使者咸阳宫。荆轲奉樊於期头函，而秦舞阳奉地图柙，以次进。至陛，秦舞阳色变振恐，群臣怪之。荆轲顾笑舞阳，前谢曰：'北蕃蛮夷之鄙人，未尝见天子，故振慴。愿大王少假借之，使得毕使于前。'秦王谓轲曰：'取舞阳所持地图。'轲既取图奏之，秦王发图，图穷而匕首见。因左手把秦王之袖，而右手持匕首揕之。……"以后，"秦王复击轲，轲被八创。轲自知事不就，倚柱而笑，箕踞以骂曰：'事所以不成者，以欲生劫之，必得约契以报太子也。'"就使荆轲慷慨悲歌，跃然纸上，经百世不能消敛了。

文学和生活的路
——孙犁散文随笔书信选（下）

有人说，像这样好的英雄事迹的描写，会成为后人行动的号召和模范，文章使后来的英雄们更果敢机智，胜任愉快地去进行了他们的事业。这是不假的。英雄读过前代英雄的故事，新的行动证明古人的血泪的代价的高贵。

而在荆轲的时代，像荆轲这样的人还是很少的。英雄带有群众的性质，只有我们这个时代。像是一种志向，和必要完成这种志向，死不反顾，从容不迫，却是壮烈的千古一致的内容。

荆轲一个人带着一尺多长的匕首，深入秦廷，后来一些评论家，在武器上着眼，以为荆轲筹备几年的工夫所以失败，而秦王仓促间所以幸存的原因，是匕首的效果不如剑的缘故，都是事外的看法。荆轲很看重他的责任和使命，为了把事情进行得好，甚至说服一个同志自刎了首级。而在这以前还有一个老吏为了证明自己保守这件事的秘密，鼓励荆轲有志这个行动也是自刎了的。因为责任过于重大，荆轲所以采取了上面的动作。

当然这个动作引起了失败。而这一失败以致使燕亡国，但这个失败只能引起对荆轲的怀念，里面不会有所责备了。而司马迁正是在这种心情下面写成这个传记，使荆轲的勇敢、沉着、机智在文章上飘动、招手，不断找寻继承者。而在那个时候，个人的冒险的刺杀，对燕国解除秦国的压迫确是一种釜底抽薪的办法。

然而失败了，读者有深深的遗憾和怒愤。这才是英雄的传记。事业留下缺陷，后来的人填补上了。能激起这种填补的热情就是司马迁文章的效用！

司马迁和荆轲不同时，事件也不过从史书采取。但他把被历史简单化了的荆轲的面貌，补充起来，使他再生。这个再生法，就是司马迁用自己的感情把他喂养起来的。荆轲辞别燕太子和朋友，易水一条河而已，英雄的慷慨悲歌，才使易水永远呜咽怒愤。被压迫的景仰争解放的勇士，和饥饿的人爱好饮食一样，而迫切的程度高于饮食。荆轲入秦这不过是历史上的一个故事，荆轲也不过是战国的刺客里面的一个，但能遇到司马迁就永远传流了。

而即使是传奇，司马迁也不过当作人间事来写，即使是英雄的行径，也有无数波折和困难。司马迁的感情，直到文章结束还没结束，文章的结束只是作者感情的高潮点，积累的感情就永远像一个瀑布，灌注到各个时代。用高渐离击筑，刺秦王结束了这个英雄的事业，几乎成为一种集体的复仇斗争！这个前仆后继的共同的复仇的要求，形成文章的伟大风格。使那碎了的筑的声音永远颤抖，使那条易水永远呜咽。

1942 年 12 月

读《史记》记（上）

一

裴骃《史记集解·序》：

班固有言曰："司马迁据左氏、国语，采世本、战国策，述楚汉春秋，接其后事，讫于天汉。其言秦汉详矣，至于采经摭传，分散数家之事，甚多疏略，或有抵捂。亦其所涉猎者广博，贯穿经传，驰骋古今上下数千载间，斯已勤矣。又其是非颇谬于圣人，论大道则先黄老而后六经，序游侠（耕堂按：索隐以刺客为游侠，非也）则退处士而进奸雄，述货殖则崇势利而羞贫贱：此其所蔽也。然自刘向、扬雄博极群书，皆称迁有良史之才，服其善序事理，辩而不华，质而不俚，其文直，其事核，不虚美，不隐恶，故谓之实录。"骃以为固之所言，世称其当。

耕堂曰：以上，裴骃（裴松之之子）具引班固论司马迁之言，并肯定之。读《史记》前，不可不熟读此段文字，并深味之也。班之所论，不只对司马迁，得其大体，且于文章大旨，可为千古定论矣。短短二百字，说明了以下几个问题：（一）《史记》所依据之古书；（二）《史记》叙事起讫；（三）《史记》详于秦汉，而略于远古；（四）班固所见《史记》缺处；（五）班固总结自刘、扬以来，对《史记》之评价，并发挥己见，即所谓实录之言，为以后史学批评、文学批评，立下了不能改易的准则。

事理本不可分。有什么理，就会叙出什么事；叙什么事，就是为的说明什么理。作家与文章，主观与客观，本是统一体，即无所谓主体、客体。过于强调主体，必使客体失色；同样，过于强调客体，亦必使主体失色。

辩而不华，质而不俚，也是很难做到的，要有多方面的（包括观察、理解、文辞）深厚的修养。因为既辩，就容易流于诡；质，就容易流于俗。辩，是一种感情冲动，易失去理智；文章只求通"俗"哗众，就必然流于俚了。

至于文直、事核、不虚美、不隐恶，就更非一般文人所能做到。因为这常常涉及到许多现实问题：作家的荣辱、贫富、显晦，甚至生死大事。所以这样的文章、著述，在历史上就一定成为凤毛麟角，百年或千年不遇的东西了。

奉劝有志于此的同道们，把班固这三十个字，写成座右铭。

希望当代文士们，以这三十个字为尺度，衡量一下自己写的文字：有多少是直的，是可以核实的，是没有虚美的，是没有隐恶的。

然而，这又都是呆话。不直，可立致青紫；不实，可为名人；虚美，可得好处；隐恶，可保平安。反之，则常常不堪设想。班固和司马迁，本身的命运，就证实了这一点。

无论班固之评价司马迁，或裴骃之论述班固，究竟都是后人议论前人，不一定完全切当，前人已无法反驳。班固指出的司马迁的几点"是非"，因为时代不同，经验不同，就不一定正确。这就是裴骃所说的："人心不同，传闻异辞。"

二

班固谓：论大道，则先黄老而后六经。《史记正义》曰：

大道者，皆禀乎自然，不可称道也。道在天地之前，先天地生，不知其名，字之曰道。黄帝老子，遵崇斯道。故太史公论大道，须先黄老而后六经。

耕堂曰：以上，余初不知其所指也。后检夏曾佑《中国古代史》，有《文帝黄老之治》一节，所言不过慈俭宽厚。又有《黄老之疑义》一节，读后乃稍明白。兹引录该节要点如下：

一、汉时与儒术为敌者，莫如黄老。

二、黄老之名，始见《史记》。曾出现多次。

三、《史记》以前，未闻此名。

四、实与黄帝无涉，与老子亦无大关系。

五、司马迁的父亲司马谈，曾学道论于黄生，黄学贵无而又信命，故曰黄老。

六、汉时民间盛行壬禽占验之术，谓之黄帝书。是民间日用之书。黄老学者，即以此等书而合之老子书，别为一种因循诡随之言。

七、汉高、文、景诸帝，皆好黄老术，不喜儒术。以窦太后（景帝之母）为甚，当她听到儒生说黄老之学，不过是"家人言"（即僮隶之言）时，就大怒骂人："安得司空城旦书乎！"并命令该人下圈刺猪。那时的猪，是可以伤人的。那人得到景帝的暗助，才得没有丧命。

延安整风时，曾传说，知识分子无能为，绑猪猪会跑，杀猪猪会叫。

"文革"时各地干校，多叫文弱书生养猪，闹了不少笑话。

看来，自古以来，儒生与猪，就结下了不良因缘。然从另一角度，亦反映食肉者鄙一说之可信。本是讨论学术，当权者可否可决，何至如此恶作剧！

<h1 style="text-align:center">三</h1>

夏曾佑还指出：司马迁在自序中引其先人所述六家指要，归本道家，此老学也。

在这段著名的文字中，司马谈以为：阴阳家多忌讳，使人拘而多所畏；儒者博而寡要，劳而少功；墨者俭而难遵；法家严而少恩；名家使人俭而善失真。

而道家能使人精神专一，动合无形，赡足万物。其为术也，因阴阳之大顺，采儒墨之善，撮名法之要，与时迁移，应物变化，立俗施事，无所不宜，指约而易操，事少而功多。

司马迁遵循了以上见解，形成他的主要思想和人生观，这是没有疑义的。他这种黄老思想，当然已经有别于那种民间的占卜书，也有别于窦太后的那种僵化和固执。是思想家的黄老思想，作家的黄老思想。这种思想，必然融化在他的写作之中。

黄老思想，很长时期，贯穿在中国文学创作长河之中。这种思想，较之儒家思想，更为灵活开放一些，也与文学家的生活、遭遇，容易吻合。更容易为作家接受。

耕堂曰：作家必有一种思想，思想之形成，有时为继承传统，有时因生活际遇。际遇形成思想，思想又作用于生活，形成创作。此即所谓天人之际。

人心不同，即思想各异，文人、文章遂有各式各样。然具备自身的思想，为创作的起码条件，具备自身的生活经历，则为另一个基本条件。两相融合、激发，才能成为作品。

然文场之上，亦常出现，既无本身思想，亦无本身生活的人。从历史上看，此等文人，约分数型：有的，呼啸跳跃，实际是喽啰角色。或为大亨助威，或为明星摇旗；有的，以文场为赌场，以文字为赌注，不断在政治宝案上押宝。有时红，有时黑，有时输，有时赢，总的说来，还算有利可图，一般处境不错。但有时，情急眼热，按捺不住，赤膊上阵，把身子也赌上去，就有些冒险了；有的，江湖流氓习气太盛，编故事，造语言，卖假药，戴着纸糊的桂冠，在街头闹市招摇；有的，身处仕途，利用职权之便，拉几位明星作陪，写些顺水推舟，随波逐流，不痛不痒的文章发表，一脚踏在文艺船上，一脚踏在政治船上，并准备着随时左右跳跃的姿态。此种人，常常一举两得，事半功倍。然都是凑热闹，戏一散，观众也就散了。

四

历代研究《史记》的学者，对班固的论点，也并不是完全同意的。裴骃说："班氏所谓'疏略抵捂'者，依违不悉辩也。"比较含蓄。张守节的《史记正义》，则对班氏进行尖锐反批评，并带有人身攻击的气味。他认为："作史之体，务涉多时；有国之规，备陈臧否；天人地理，咸使该通。"他认为这是司马迁的著述精神。

"班固诋之，裴骃引序，亦通人之蔽也。而固作《汉书》，与《史记》同者，五十余卷。谨写《史记》，少加异者，不弱即劣。何更非薄《史记》？乃是后士妄非前贤！又《史记》五十二万六千五百言，叙二千四百一十三年事。《汉书》八十一万言，叙二百二十五年事。司马迁引父致意；班固父修而蔽之，优劣可知矣！"此即有名的"班马优劣论"，多为后人好事者所称引，其实是没有道理的。班固指出的缺点，并非诋毁；多少年写多少字，是因为今古不同、时间有远近，材料有多少造成，并非文章繁简所致。称引先人与否，不能决定作品的优劣。张守节因治《史记》，即大力攻击《汉书》，殆不如裴骃之客观公正矣。

《正义》并时有矛盾。在后面谈到班固指出的这三条缺点时，他又说："此三者，是司马迁不达理也。"使人莫名其妙。

先黄老，上面已经谈过。序游侠，羞贱贫，前人多以为，司马迁所以着意于此，多用感情，是与其身世有关。如遭到不幸，无人相助，家贫不能自赎等等。这都是有道理的，通人情的。但我以为，并非完全是这么回事。司马迁以续《春秋》自任，六艺之中，特重史学。史学之要，存实而已，发微而已。时代所有者，不能忽略；世人不注意，当先有所见，并看出问题。他对游侠、货殖，都看做是社会问题，时代症结。游侠在当时已形成能影响政治的一种势力，从缓解大政治犯季布的案子，即可明显看出。在货殖方面，司马迁详细记录了当时农、工、商各界的生产流通情况，他们之间的关系，以及对政治的影响。都是做了深入调查，经过细心研究，才写出的。两篇列传，都是极其宝贵的历史文献。

耕堂曰：以上所述，可以看出，班固指摘《史记》三点错误，实不足为《史记》病，反彰然表明，实为《史记》之一大特色，一大创造。

各行各业，均有竞争，竞争必有忌妒。学者为了显露自己，不能不评讥前人。如以正道出之，犹不失为学术。如出自不正之心，则与江湖艺人无异矣。

近人为学者，诋毁前人之例甚多，否定前人之风甚炽。并非近人更为沉落不堪，实因外界有多种因素，以诱导之，使之急于求成，急于出名，急于超越。如文化界之分为种种等级，即其一端。特别是作家，也分为一、二、三等，实古今中外所从未闻也。有等级，即有物质待遇、精神待遇之不同，此必助长势利之欲。其竞争手段，亦多为前所未有。结宗派，拉兄弟；推首领，张旗帜；花公家钱，办刊物，出<u>丛</u>书，培养私人势力，以及乱评奖等等。

以上，均于学术无益，甚至与学术无关。亦不能出真正人才。但往往能得到现实好处，为浅见者所热衷。

读《史记》记（中）

一

《太史公自序》：

迁生龙门，耕牧河山之阳。年十岁则诵古文。（耕堂按：包括古文《尚书》《左传》《国语》《系本》等书。）二十而南游江、淮，上会稽，探禹穴，窥九疑，浮于沅、湘；北涉汶、泗，讲业齐、鲁之都，观孔子之遗风，乡射邹、峄；戹困鄱、薛、彭城，过梁、楚以归。于是迁仕为郎中，奉使西征巴、蜀以南，南略邛、笮、昆明，还报命。

以上是司马迁自叙幼年生活、读书，以及两次旅行所至地方。这些，都是《史记》一书，创作前的准备，即学识与见闻的准备。自司马迁创读书与旅行相结合，地理与历史相印证，所到一处，考察民风，收集口碑遗简，这一治学之道，学者一直奉为准则，直至清初顾炎武，都是如此去做。

后面接着叙述，他如何受父命、下决心，完成这一历史著作：

小子不敏，请悉论先人所次旧闻，弗敢阙。

辛三岁而迁为太史令，䌷史记（耕堂按：抽彻旧书故事而次述之、缀集之）石室金匮之书。

这还是材料准备阶段，共用五年时间。《史记》正式写作，于武帝太初元年。又七年以后，司马迁遭李陵之祸，写作受到很大打击。在反复思考以后，终于继续写下去，完成了这部空前绝后的著作。

当时的汉朝，并不重视学术文化，他这部呕心沥血的著作，也没有人过问。《史记》的第一个读者，是著名的滑稽人物东方朔。东方朔确是一个饱学之士，文辞敏捷。但皇帝也只是倡优畜之，正在过着"隐于朝廷""隐于金马门"的无聊生活。志同道合，司马迁引他为知己，把著作先拿给他看。东方朔的信条是："崛然独立，块然独处；与义相扶，寡偶少徒。"司马迁的信条是："不趋势利，不流世俗。"两个人所以能说到一处。东方朔在司马迁的书上，署上"太史公"三个字。后人遂以《史记》为太史公书。

班固说：迁既死，其书稍出。宣帝时，迁外孙平通侯杨恽祖述其书，遂宣布焉。

据司马贞《史记索隐·序》，司马迁的《史记》，因为"比于班书，微为古质，故汉晋名贤未知见重"。它的流传，以及研究注释，远远不及班固的《汉书》热闹。很长时间，是不为人知，处境寂寞的。

二

关于司马迁及其《史记》,原始材料很少,研究者只能根据他的自序。班固所为列传,只多《报任安书》一文,其余亦皆袭自序。

耕堂曰:后之论者,以为《史记》一书,乃司马迁发愤之作。然发愤二字,只能用于李陵之祸以后;以前,钦念先人之提命,承继先人之遗业,志立不移,只能说是一种坚持,一种毅力,一种精神。这种精神,遇到意外的打击、挫折,不动摇,不改变,反而加强,这才叫做发愤。发愤著书,这种人生意境,很难说得清楚,唯有近代"苦闷的象征"一词,可略得其仿佛。

凡是一种伟大事业,都必有立志与发愤阶段。立志以后,还要有准备。司马迁的准备,前面已经说过了。

人们都知道,志大才疏,不能完成伟大的事业。但才能二字,并非完全是天地生成,要靠个人努力,和适当的环境。努力和环境,可以发展才能,加强才能。

所谓才能,常常是在一个人完成了一种不平凡的工作之后,别人加给他的评语,而不是在什么也没有做出之时,自己给自己作的预言。自认有才,或自称有才,稍为自重的人,也多是在经过长期努力,在一种事业上,做出一定成绩的时候,才能如此说。

在历史上,才和不幸,和祸,常常联在一起。在文学上,尤其如此。所谓不幸、祸,并非指一般疾病,夭折,甚至也不指天灾;常常是指人祸。即意想所不及,本人及其亲友,均无能为力,不能挽救的一种突然事变,突然遭际。司马迁所遭的李陵之祸,他在《报任安书》中,叙述、描绘的,事前事后的情状、心理、抉择、痛苦,可以说是一个有才之士,在此当头,所能做的,最为典型、最为生动的说明了。

这种不幸，或祸，常常与政治有密切的联系，甚至是政治的直接后果。姑不论司马迁在书信前面，列举的西伯以下八个王侯将相，他们之遭祸，完全是政治原因，他们本身就是政治。即后面他所引述的文王以下，七个留有著作的人，其遭祸，也无不直接与政治有关。

司马迁把遭祸与为文，联结成一个从人生到创作的过程，称之为：

> 此人皆意有所郁结，不得通其道，故述往事，思来者。……以舒其愤，思垂空文以自见。

这是一个极端不幸，极端痛苦的过程，是一个极端令人伤感的结论。更不幸的是，这个结论为历史所接受，所承认，所延演，一无止境。

三

《秦始皇本纪》：

> 丞相李斯曰："五帝不相复，三代不相袭，各以治，非其相反，时变异也。今陛下创大业，建万世之功，固非愚儒所知。且越（耕堂按：博士齐人淳于越）言乃三代之事，何足法也？异时诸侯并争，厚招游学。今天下已定，法令出一，百姓当家则力农工，士则学习法令辟禁。今诸生不师今而学古，以非当世，惑乱黔首。丞相臣斯昧死言：古者天下散乱，莫之能一，是以诸侯并作，语皆道古以害今，饰虚言以乱实，人善其所私学，以非上之所建立。今皇帝并有天下，别黑白而定一尊。私学而相与非法教，人闻令下，则各以其学议之。入则心非，出则巷议，夸主以为名，异取以为高，率群下以造谤。如此弗禁，则主势降乎上，

党与成乎下。禁之便。臣请史官非秦记皆烧之。非博士官所职，天下敢有藏诗、书、百家语者，悉诣守、尉杂烧之。有敢偶语诗书者弃市。以古非今者族。吏见知不举者与同罪。令下三十日不烧，黥为城旦。所不去者，医药卜筮种树之书。若欲有学法令，以吏为师。"制曰："可。"

耕堂曰：以上为秦始皇时，李斯著名之建言，焚书坑儒之原始文件。余详录之，以便诵习，加深对这一历史事件的准确印象。李斯说这段话之前，是一位武官称颂始皇的功德，始皇高兴；接着是一位博士，要始皇法效先王，始皇叫李斯发表意见。

这一事件的要害处，为"以古非今"。这事件的发生，是在秦始皇三十四年，即他的晚年，功业大著，志满骄盈之时。他现在所想的，一是巩固他的统治，一是求长生。巩固统治，李斯的主张，往往见效。长生之术，则只有方士，才能帮忙。看来，此次打击的对象是儒，重点是诗书（诗书，也不是全烧掉，博士所职，还可以保存）。但这时的儒生和方士并分不清楚，实际是搅在一起。始皇发怒，以致坑儒，是因为给他求仙药的人（侯生和卢生）逃走了，那入坑的四百六十余人，有多少是真正的儒生，也很难说了。

儒家的言必称尧舜，在孔子本身就处处碰壁，在政治上行不通。但儒家的参政思想很浓，非要试试不可。上述故事，是儒家在政治生活中，和别的"家"（表面看是和法家）的一次冲突较量，一次彻底的大失败。既然并立朝廷，两方发言，机会均等，即为政治斗争。后人引申为知识与政治的矛盾，或学术与政治的矛盾，那就有些夸大了。但这次事件是一个开端，以后的党锢、文字狱、廷杖等等士人的不幸遭遇，都是沿着这条路走下来的。这也算是古有明训吧！

四

政治需要知识和学术，但要求为它服务。历史上从未有过不受政治影响的学术。政治要求行得通见效快的学术。即切合当前利益的学术。也可以说它需要的是有办法的术士，而不是只能空谈的儒生。所以法家、纵横家，容易受到重任。

儒家虽热衷政治，然其言论，多不合时宜，步入这一领域，实在经历了艰难的途径。最初与方士糅杂，后通过外戚，甚至宦竖，才能接近朝廷。其主旨信仰，宣扬仍旧，其进取方式，则不断因时势而变易。既如此，就得随时吸收其他各家的长处，孔孟之道，究竟还留有多少，也就很难说了。所以司马迁论述儒家时，也只承认它的定尊卑、分等级了。

在儒学史上，真正的岩穴之士，是很少见的。有了一些知识，便求它的用途，这是很自然的。儒生在求进上，既然遇到阻力，甚至危险，聪明一些的人，就选择了其他的途径。《史记》写到的有两种人：一是像东方朔那样，身处庙堂，心为处士，虽有学识，绝不冒进，领到一份俸禄，过着平安的日子，别人的挖苦嘲笑，都当耳旁风。另一种则是像叔孙通这样的人。

《叔孙通列传》：

> 于是叔孙通使征鲁诸生三十余人。鲁有两生不肯行。曰："公所事者且十主，皆面谀以得亲贵。今天下初定，死者未葬，伤者未起，又欲起礼乐。礼乐所由起，积德百年而后可兴也。吾不忍为公所为。公所为不合古，吾不行。公往矣，无污我。"叔孙通笑曰："若真鄙儒也，不知时变！"

当叔孙通替刘邦定好朝仪以后：

于是高帝曰："吾乃今日知为皇帝之贵也。"乃拜叔孙通为太常，赐金五百斤。叔孙通因进曰："诸弟子儒生随臣久矣，与臣共为仪，愿陛下官之。"高帝悉以为郎。叔孙通出，皆以五百斤赐诸生。诸生乃皆喜曰："叔孙生诚圣人也，知当世之要务！"

司马迁虽然用了极其讽刺的笔法，写了这位儒士诸多不堪的言词和形象，但他对叔孙通总的评价，还是：

希世度务制礼，进退与时变化，卒为汉家儒宗。"大直若诎，道固委蛇"，盖谓是乎？

这是司马迁，作为伟大历史家的通情达理之言。因为他明白：一个书生，如果要求得生存，有所建树，得到社会的承认，在现实条件下，也只能如此了。他着重点出的，是"与时变化"这四个字。这当然也是他极度感伤的言语。

汉武帝时，听信董仲舒的话，独尊儒术，罢黜百家，并不是儒家学说的胜利，是因为这些儒生，逐渐适应了政治的需要。就是都知道了"当世之要务"。

1990 年 3 月 6 日

读《史记》记（下）

一

司马迁在写作一篇本纪，或一篇列传时，常常在文后，叙述一下自己对这个地方，或这个人物的亲身见闻。即自己的考察、感受、体验心得，以便和写到的人和事，相互印证，互相发挥，增加正文的感染力量，增加读者的人文、文史方面的知识、兴趣。兹抄录一些如下：

余尝西至空桐，北过涿鹿，东渐于海，南浮江淮矣。至长老皆各往往称黄帝、尧、舜之处，风教固殊焉。（《五帝本纪》）

太史公曰：诗有之：高山仰止，景行行止。虽不能至，心向往之。余读孔子书，想见其为人。适鲁，观仲尼庙堂、车服、礼器，诸生以时习礼其家，余祇回留之不能去云。（《孔子世家》）

吾尝过薛，其俗闾里率多暴桀子弟，与邹、鲁殊。问其故，曰："孟尝君招致天下任侠，奸人入薛中盖六万余家矣。"世之传孟尝君好客自喜，名不虚矣。（《孟尝君列传》）

太史公曰：吾适北边，自直道归，行观蒙恬所为秦筑长城亭障，堑山堙谷，通直道，固轻百姓力矣。（《蒙恬列传》）

有时是记一些异闻，如：

太史公曰：世言荆轲，其称太子丹之命，"天雨粟，马生角"也，太过。又言荆轲伤秦王，皆非也。始公孙季功、董生与夏无且游，具知其事，为余道之如是。（《刺客列传》）

他否定了一些关于燕太子丹和荆轲的传说。而他得到的材料，则是出自曾与夏无且交游过的人。夏无且，大家都知道，就是荆轲刺秦王，殿廷大乱的时候，用药囊投掷荆轲的那位侍医。这样，他的材料，自然就具有很大的权威性。

有时是见景生情，发一些感慨：

太史公曰：余读《离骚》《天问》《招魂》《哀郢》，悲其志。适长沙，观屈原所自沉渊，未尝不垂涕，想见其为人。（《屈原贾生列传》）

太史公曰：吾适丰沛，问其遗老，观故萧、曹、樊哙、滕公之家，及其素，异哉所闻！方其鼓刀屠狗卖缯之时，岂自知附骥之尾，垂名汉廷，德流子孙哉？（《樊郦滕灌列传》）

二

对历史事件，司马迁有自己的见解；对历史人物，司马迁常常流露他对这一人物的感情。这种感情的流露，常常在文章结尾处，使读者回肠荡气。这是历史家的评判。但又绝不是以主观好恶，代替客观真实。最明显的例子，是对于刘、项。在《项羽本纪》之末，司马迁流露了对项羽的极深厚的同情，甚至把项羽推崇为舜的后裔。对他的失败，表现了极大的惋惜。但项羽的失败，是历史事实。司马迁又多次写到：项羽虽然尊重读书人，但吝惜官爵；刘邦虽多次污辱读书人，对封赏很大方，"无耻者亦多归之"，终于胜利。历史著作，除占有材料，实地考察，无疑也是很重要的。司马迁所到之处，都进行探寻访问，这种精神，使他的《史记》，不同凡响。后人修史，就只是坐在屋里整理文字材料了，也就不会再有《史记》这样的文字。

司马迁虽有黄老思想，但在一些伦理、道德问题的判断上，还是儒家的传统。他很尊重孔子，写了《孔子世家》，又写了弟子们的传记。记下了不少孔子的逸事和名言。他也记下了老子、庄子。对韩非子的学说，他心有余痛，详细介绍了《说难》一篇。其中所谓："宽则宠名誉之人，急则用介胄之士。所养非所用，所用非所养。"今日读之，仍觉十分警策。在学术上，他是兼收并蓄的，没有成见的。析六家之长短，综六艺之精华，《史记》的思想内涵，是博大精深的。

耕堂曰：余尝怪：古时文人，为何多同情弱者、不幸者及失败者？盖彼时文人自己，亦处失意不幸之时。如已得意，则必早已腰满肠肥，终日忙于赴宴及向豪门权贵献殷勤去矣！又何暇为文章？即有文章，也必是歌功颂德，应景应时之作了。

三

耕堂曰：《史记》出，而后人称司马迁有史才。然史才，甚难言矣。班固"实录"之论，当然正确，亦是书成后，就书立论，并未就史才形成之基础，作全面叙述。

文才不难得，代代有之。史才则甚难得。自班马以后，所谓正史，已有廿余种，越来部头越大，而其史学价值，则越来越低。这些著述多据朝廷实录，实录非可全信，所需者为笔削之才。自异代修史，成为通例以来，诸史之领衔者，官高爵显；修撰者，济济多士，然能称为史才者，则甚寥寥。因多层编制，多人负责，实已无人负责。褒贬一出于皇命，哪里还谈得上史德、史才！

我以为史才之基础为史德，即史学之良心。良心一词甚抽象，然正如艺术家的良心一词之于艺术，只有它，才能表示出那种认真负责的精神。

司马谈在临死时，告诉儿子：

"今汉兴，海内一统。明主贤君忠臣死义之士，余为太史而弗论载，废天下之史文，余甚惧焉，汝其念哉！"迁俯首流涕曰："小子不敏……"

这就是父子两代，史学良心的发现和表露。

用现在的名词说，就是史学的职业道德。这种道德，近年来不知有所淡化否，如有，我们应该把它呼唤回来。

史学道德的第一条，就是求实。第二就是忘我。

写历史，是为了后人，也是为了前人，前人和后人，需要的都是真实两个字。前人，不只好人愿意留下真实的记载和形象；坏人，也希望留下真实的记载和形象。夸大或缩小，都是对历史人物的污蔑，都是作者本身的耻辱。慎哉，不可不察也。

史才的表现，非同文才的表现。它第一要求内容的真实；第二要求文字的简练。史学著作，能否吸引人，是否能传世，高低之分全在这两点。司马贞在《史记索隐·后序》中，称赞司马迁："其人好奇而词省，故事核而文微。"事核就是真实；词省、文微，就是简练。

添油加醋，添枝加叶，把一分材料，写成十分，乱加描写，延长叙述，投其所好，取悦当世，把干菜泡成水菜等等办法，只能减少作品的真正分量，降低作者的著述声誉。

至于有意歪曲，着眼势利，那就更是史笔的下流了。

今有所谓纪实文学一说。纪实则为历史；文学即为创作。过去有演义小说，然所据为历史著作，非现实材料。现在把历史与创作混在一起，责其不实，则诡称文学；责其不文，则托言纪实。实顾此失彼，自相矛盾，两不可能也。

所谓忘我，就是忘记名利，忘记利害，忘记好恶，忘记私情。客观表现历史，对人对己，都采取"死后是非乃定"的态度。

当代人写当代事，牵扯太多，实在困难。不完全跳出圈外，就难以写好。沈约《宋书·自序》说：

……事属当时，多非实录……进由时旨，退傍世情，垂之方来，难以取信。

班固能撰《汉书》，是史学大家。据说他写的"当代史料"，几不可读。这就是刘知几说的："拘于时"的著作，不易写好。

能撰写好前代史传，而撰写不好当代的事，这叫"拘于时"。而司马迁从黄帝写到汉武帝，从古到今，片言只字，人皆以为信史。班固的《汉书》，有半部是抄录《史记》。就不用说，历代史学界对他的仰慕了。这源于他萌发了史学的良心。

四

我有暇读了一些当代人所写的史料。其写作动机，为存史实者少，为个人名利者多。道听途说，互相抄袭，以讹传讹，并扩张之。强写伟人、名人，炫耀自己；拉长文章，多换稿费。有的胡编乱造，实是玷污名人。而名人多已年老，或已死去，没有精力，也没有机会，去阅读那些大小报刊、无聊文字，即使看到，也不便或不屑去更正辩驳。如此，这些人就更无忌惮。这还事小，如果以后，真的有人，不明真伪，采作史料，贻害后人，那就造孽太大了。

这是我的杞忧。其实，各行各业，都有见要人就巴结，见名人就吹捧的角色。各行各业，都有靠山吃山，靠水吃水的人。有时是帮忙，多数是帮闲，有时是吹喇叭，有时是敲边鼓。你得意时，他给你脸上搽粉；你失意时，他给你脸上抹黑。

但历史如江河，其浪滔滔，必将扫除一切污秽，淘尽一切泥沙；剥去一切伪装，削去一切芜词。黑者自黑，白者自白；伟者自伟，卑者自卑。各行各业，都有玩闹者，也不乏严肃工作的人。历史，将依靠他们的筛选、澄清，显露出各个事件，各个人物，本来的面目。

1990 年 3 月 9 日写讫

读《史记》记^{（跋）}

　　清人有关《史记》之著述甚多，多为读书笔记。最有名者，为王念孙、王引之父子之《读书杂志》。我有金陵书局刻本。此书，我在中学读书时，谢老师即为介绍，极为推崇。然中学生《史记》原书，尚未读懂，更未全读。此师以己之所好，推及于学生，实无的放矢也。今日读之，兴趣亦寡。序言，略有情致，其他皆个别文字之考证，甚干燥无味。我尚购有王鸣盛、钱大昕、赵翼之著作，皆为中华书局近年排印本。其治学方法与王氏同，亦皆未细读。近人整理的郭嵩焘之《史记札记》，考据之外，还有些新意。一个时代，有一个时代的治学方法，治学爱好，终生孜孜，流连忘返。这种意趣，后人是难以想象的。此后，鲁迅先生于《史记》研究，颇有新的见解，惜《汉文学史纲要》一书中，论及司马迁者，文字不多。

　　其实，《史记》有集解、索隐、正义，再加上乾隆四年校刊时之考证，对于读这部书，文义上的理解，文字上的辨认，也就可以了。再多，只能添乱，于读原书，并无多大好处。所以，我读古书，总是采取硬读、反复读的笨法子，以求通解。

　　我有两种《史记》：一为涵芬楼民国五年影印武英殿本。一为中华书局四部备要本，此本也是据武英殿本排印的，余虑其有误植，故参照影印本。这两种本子，拿放都很轻便，字大清楚，便于老人阅读。

我没有购买中华书局近年标点的本子。我用的本子，都没有断句，更没有标点。此次引文，标点都是我试加的，容有错误。发表前，请张金池同志，逐条参照中华标点本，以求改正。这是很麻烦的事，应当感谢。

我以为：读书应首先得其大旨，即作者之经历及用心。然后，就其文字内容，考察其实学，以及由此而产生之作家风格。我这种主张，不只自用于文学作品，亦自用于史学著作。至于个别字句之考释，乃读书之末节。

黄卷青灯，心参默诵，是我的读书习惯。此次读《史记》，仍旧用这种办法。然而究竟是老了，昨夜读到哪里，今夜已不省记。读时有些心得，稍纵即又忘记。欲再寻觅，必需检书重读，事倍而功半。

但还是读下去，每晚躺在床上，读一卷，或仅读数页。本纪、世家、列传，及卷首卷尾部分，总算粗读一过。其他，实仍未读也。回忆自初中时，买一部《史记菁华录》，初识此书。时至今日，用功仅仅如此，时间之长，与收获之少，可使人惭愧。读书，读书，一个人的一生，究竟能真正读多少好书，只能自己心中有数了。

至于行文之时，每每涉及当前实况，则为鄙人故习，明知其不可，而不易改变者也。

1990 年 3 月 11 日晨记

读《后汉书》小引

任何事情，都难以预料。比如历史吧，前汉的刘邦，不事生产，后来做了皇帝；后汉的刘秀，一心事田业，后来也做了皇帝。于是历史学家就说，光武皇帝本来胸无大志，为人平平，他之所以成功，完全是机遇。比起汉高祖，他太渺小了。

这也许是事实。我读《后汉书·光武本纪》，就遇不到像《史记·高祖本纪》中那些惊心动魄的故事，总提不起精神来。

这部中华书局聚珍版的《后汉书》，原是进城初期买的，想不到竟成了我老年的伙伴。它是线装大字本，把持省力，舒卷方便。走着、坐着、躺着，都能看。我很喜爱它，并私心庆幸购存了这么一部书。

但近几年来，拿拿放放，总读不下去。去年打开了，结果只写了一篇关于著者范晔的读书笔记，又放下了。今年夏天又打开，有了些进展，本纪算读完了，没有什么收获。后纪也读了，知道一些女人专政的故事。接着是"志"。志分：律历、礼仪、祭祀、天文、五行、郡国、百官、舆服。这都是专门的学问，也读不懂，几乎是翻过去了。

下面才是列传。这是史书的中坚部分，应该细读。

列传，前边都是大人物。我发现后汉开端时的人物，光武那些功臣，和汉高祖时不同。他们多是一些宦家子弟，都读过一些书，甚至做过小官，有些政治经验，像马武那样的草莽之人很少。

这是经过西汉很长时期的休养生息、文化教育的结果。

例如邓禹，"年十三能诵诗"。寇恂，"初为郡功曹"。冯异，"好读书，通左氏春秋，孙子兵法"。岑彭，"王莽时守本县长"。贾复，"少好学，习尚书"。吴汉，"家贫，给事县为亭长"。盖延，"历郡列掾，州从事"。陈俊，"少为郡吏"。……

光武也读书，"乃之长安，受尚书，略通大义"。这样一个领导集团，驱使或对付那些乌合之众，自有它的优胜之处。

但在这些功臣传记里，我还是读不出个所以然来。读到列传第十三《窦融传》，才渐入佳境。写得最好的，是它后面的《马援传》。

我们知道，范氏的《后汉书》，是根据好多种后汉书写成的。《马援传》的原始材料，可能就写得好。马援是东汉的一个名人，事迹当然不少，但人以文传，还得有人给他写好才行。

耕堂曰：我读二十四史，常常有一史不如一史，每况愈下之感。这虽然不能说就是九斤观点，至少也违反进化论。每代都是先有史实，然后有史才，加以撰述。有时有重大史实，而无相当史才，加以发挥；有时虽有史才，而无重大史实，可供撰述。此遇与不遇，万事皆然，非独创作。班马之作，已成千古绝唱，再想有类似作品，实已困难。艺术一事，实在是有千古一人的规律，中外皆然，不可勉强。

平心论史，各史皆有其长。即如后汉一书，范晔之才，亦难得矣。他的语言简洁，记事周详，有班固之风，论赞折中，而无偏激之失，亦班氏家法。时有弦外之音，虽不能与司马迁相比，亦非后史所多见。范氏在自序中，对自己的论赞，颇为得意，不是没有根据的。这部书，一直列为史学经典，也不是没有原因的。

惜我年老精衰，读书已无计划。加以记忆模糊，边读边忘。旷日持久，所得无多，甚感愧对此书耳。

现将读书时零碎心得，粗记如下，供同好者参考。

1991 年 12 月 21 日

读《后汉书卷二十四·马援传》

（一篇好传记）

在小引中，我说《马援传》，写得最好，其理由有三：

一、这篇传记，写了马援的一生，包括他的言行，他的政治活动，他的文事武功。写出了这个人的为人风格和一些精彩的言论。以上写得都很具体、生动，给人留下了鲜明的印象。最后写了他奉命征五溪，师老无功，且遭马武等人的谗毁，以致死后都不能"丧还旧茔"，给这个人物，增加了悲剧色彩，使读者回味无穷。

二、马援与光武、隗嚣、公孙述，都有交往。这是当时互相抗衡的三种势力。传记通过写马援，同时也写了三个人的为人，行事，政治和军事上的见识和能力。传记用对比的手法：

> 援素与述同里闬，相善，以为既至当握手欢如平生。而述盛陈陛卫，以延援入，交拜礼毕，使出就馆。更为援制都布单衣，交让冠，会百官于宗庙中，立旧交之位。述鸾旗旄骑，警跸就车，磬折而入，礼飨官属甚盛……

下面紧接着，写光武如何接见马援：

援至，引见于宣德殿。世祖迎笑谓援曰："卿遨游二帝间，今见卿，使人大惭。"援顿首辞谢，因曰："当今之世，非独君择臣也，臣亦择君矣。臣与公孙述同县，少相善。臣前至蜀，述陛戟而后进臣。臣今远来，陛下何知非刺客奸人，而简易若是？"帝复笑曰："卿非刺客，顾说客耳。"

后面，又紧接着，写马援与隗嚣的一段话，使隗嚣的形象，跃然纸上。

三段文字，写得自然紧凑，而当时的政治形势，胜败前景，已大体分明，这是很高明的剪裁手法。写人物，单独刻画，不如把人物放在人际关系之中，写来收效更大。

三、记录马援的日常谈话，来表现这一人物的性格、志向、见识。

封援为新息侯，食邑三千户。援乃击牛酾酒，劳飨军士。从容谓官属曰："吾从弟少游，常哀吾慷慨多大志，曰：'士生一世，但取衣食裁足，乘下泽车，御款段马，为郡掾史，守坟墓，乡里称善人，斯可矣。致求盈余，但自苦耳。'当吾在浪泊、西里间，虏未灭之时，下潦上雾，毒气熏蒸，仰视飞鸢跕跕堕水中，卧念少游平生时语，何可得也！……"

马援确是一个"说客"，他说话非常漂亮，有哲理。"闲于进对，尤善述前世行事。""闻者莫不属耳忘倦。"他的《诫侄书》尤有名，几乎家传户晓。像"穷当益坚，老当益壮"，这些成语，都是他留下来的。他言行一致，年六十岁，还上马给皇帝看看哩！

但据我看，光武对他一直不太信任，就因为他原是隗嚣的人。过来后，光武并没有重用他，直至来歙举荐，才封他为陇西太守。晚年之所以谗毁易人，也是因为他原非光武嫡系。

他兴趣很广泛，能经营田牧，还善相马。他留下的"铜马相法"，是很科学的一篇马经。

但好的传记，末尾还需要有一段好的论赞，才能使文气充足。范晔论马援："然其戒人之祸，智矣，而不能自免于谗隙。岂功名之际，理固然乎？"

耕堂曰：马援口辩，有纵横家之才，齐家修身，仍为儒家之道。好大喜功，又备兵家无前之勇。其才智为人，在光武诸将中，实为佼佼者。然仍不免晚年悲剧。范晔所言，是矣。功名之际，如处江河漩涡之中：即远居边缘，无志竞逐者，尚难免被波及，不能自主沉浮。况处于中心，声誉日隆，易招疑忌者乎？虽智者不能免矣。

至于范氏说的：

"夫利不在身，以之谋事则智；虑不私己，以之断义必厉。诚能回观物之智，而为反身之察；若施之于人，则能恕；自鉴其情，亦明矣。"

这种话，虽然说得很精辟，对人，却有点求全责备的意思了。

1991 年 12 月 24 日

读《后汉书卷二十八·桓谭传》

（一个音乐家的悲剧）

桓谭的父亲，西汉成帝时为太乐令，是个管音乐的官。谭因此也好音乐，善鼓琴，嗜倡乐。他还遍习五经，能文章，常和刘歆、扬雄等人辨析疑异。他为人简易，不修威仪，好非毁俗儒，因此多被排挤。哀、平间，他的官位，不过是个"郎"。

他也有些见识，他认识傅皇后的父亲傅晏。当时傅皇后失宠，傅晏处境很不好。桓谭给他作了两项建议：一是请傅晏背地告诉女儿，千万不要因为嫉妒，"驱使医巫，外求方技"。二是傅晏本人，要"谢遣门徒，务执谦悫"。傅晏照办，终于保住了一家人的平安。

另外，在王莽掌权时，"天下之士，莫不竞褒称德美，作符命，以求容媚。谭独自守，默然无言"。这在当时，就很不容易了。

光武皇帝即位，他曾"上书言事，失旨不用"。后来大司空宋弘荐他为"议郎给事中"，他又"上书陈时政"。其中有一段是反对"图谶"，另一段是说皇帝用兵不当。触犯了大忌，皇帝非常不高兴。

谁都知道，光武帝是靠图谶起家的。而这个图谶是光武在长安时一个"同舍生"捏造的。其词为："刘秀发兵捕不道，四夷云集龙斗野，四七之际火为主。"不只言词粗鄙，而且作伪显然。但当时群臣都说：

"受命之符，人应为大。万里合信，不议同情。周之白鱼，曷足比焉！"（《后汉书卷一·光武帝纪上》）现在皇帝已经坐稳了，而桓谭竟说图谶不可信，这真是书呆子的头脑发昏了。

于是悲剧开始：

其后有诏会议灵台所处。帝谓谭曰：吾欲（以）谶决之，何如？谭默然良久曰：臣不读谶。帝问其故，谭复极言谶之非经。帝大怒曰：桓谭非圣无法，将下斩之！谭叩头流血，良久乃得解。出为六安郡丞，意忽忽不乐，道病卒，时年七十余。

耕堂曰：皇帝召集的这次会议，如果说是一种预谋，是"引蛇出洞"，恐怕也不是瞎猜。他心里先有了一个"不悦"，然后指名问桓谭："如何？"如果桓谭聪明些，对答一个："臣以为很好"，这悲剧也许就无从发生。桓谭还是犹豫了一下的，这一犹豫，即是"默然良久"，本来是他的一个生命转机。但皇帝又接着来了一个"问其故"。桓谭沉不住气，又犯了老病，"复极言"起来，就中了皇帝的圈套，自己走上了死亡之途。他中五经之毒太深，以为皇帝总不会不相信五经。这是他的一个大错误！不错，皇帝有时信五经，但在当前，他更信图谶！桓谭得罪后，"忽忽不乐"，是对自己这一次失言的，无可挽回的痛惜！更使人惋惜的是，他本来是一个音乐家，他本来可以伴音乐而始终，平安度日。他做的官，是给事中，是皇帝身边的一个小官，皇帝喜欢他弹琴，关系处得并不错。如果就这样干下去说不定还会得到皇帝的宠爱，享受荣华富贵哩。

可惜的是，他那位荐举人宋弘，也是一个古板守旧的人。他见桓谭常常给皇帝弹琴，皇帝又喜爱"繁声"，他就非常不高兴。他召见桓谭，非常严厉地教训了他一顿。说荐他来是"辅国家以道德"的，不是叫他演奏流行歌曲。要治他的罪。这样，当桓谭再为皇帝弹琴时，一看见宋弘，就神色大变，很不自然，以致皇帝后来就不再叫他弹琴了。

桓谭自此以为应"忠正导主"，就屡屡上书言事。皇帝一想，你不过是个"倡优"，也敢如此，就恨上他了。这也是桓谭无自知之明，忘记了自己的身份和在皇帝眼中的地位。

同朝中，有一个叫郑兴的，就比桓谭聪明些：

> 帝尝问兴郊祀事，曰：吾欲以谶断之，何如？兴对曰：臣不为谶。帝怒曰：卿之不为谶，非之邪？兴惶恐曰：臣于书，有所未学，而无所非也。帝意乃解。（卷三十六《郑兴传》）

和皇帝对答，可不是小事，郑兴如果不说这样滑头的话，就会有桓谭同样的下场。

桓谭还著有《新论》一书，共二十九篇，多言"当世行事"，大部都不存。《书目答问补正》说有说郛本，我有张宗祥抄本《说郛》，但多次查阅，都没有找到。

1991 年 12 月 10 日

173

读《后汉书卷二十八·冯衍传》

（一个文过其实的人）

传称："衍幼有奇才，年九岁，能诵诗。至二十而博通群书。"他原来忠于更始，很晚才归顺光武。光武对他没有兴趣，又有人谗毁他，得不到重用。

冯衍自己有个想法。他说古代有个故事：有人挑逗两个女子，长者骂他，幼者顺从。他选了长者为妻。他以为皇帝用人，也应该这样，不要摒弃反对过自己的人。这个想法太浪漫了。他屡次上疏陈情，光武终以"前过不用"，"显宗即位，又多短衍，以文过其实，遂废于家"。

耕堂曰："文过其实"，是什么意思呢？不过是指冯衍的为人，并不像他写的文章那样好。这是可能的。很多文人，都不能用他的行实，同他的文字相比照。文章是做出来的，是代圣人立言，当然是正确的。一个人的行为，就很难说。它是一个人，一生之中的多种表现，是充满变化和矛盾的，要受社会现实、时代风尚的影响。"名不副实"，或"文过其实"，是历史的，自然普遍的现象。

另外，"文过其实"，文章还是被肯定的。本传保存下来的冯衍的几篇文章，从文字、见识、学问来看，就不是一般人所能做得出来的。

历史上，又常常有这样一种现象：本来，这个人的文章无可观，行为不足称，却不知为了什么，为当时权贵所重视，为小人所吹嘘。过不了几年，又证实：这个人，这个人的文章，这种重视，这些吹嘘，不过是一个连锁性的骗局。这当然不能叫做"实过其文"，只能说是文实两空。在人民道德、文化素质普遍下降的时期，这种"人文"现象，是屡见不鲜的。

冯衍的为人，确是言行不一，文实相违。他一方面，在言志时，反复申述："游精神于大宅兮，抗玄妙之常操；处清静以养志兮，实吾心之所乐。"一方面，又不安于贫贱，向皇帝求情不得，又频频给权贵上书，请求支援，帮他找个官位。言词卑微，和文章大相径庭。

既无治国的机会，也没有"齐家"的办法。他两次离婚，名誉受损。第一次，只是因为他的夫人，不让他纳妾。他非常气愤，在给妇弟的信中，竟胡言乱语地说："不去此妇，则家不宁；不去此妇，则家不清；不去此妇，则福不生；不去此妇，则事不成。"好像他的失败，都由于妇人。

休妻后，又娶了一个，这个更厉害，差一点没有把前妻留下的儿子毒死。结果又散了。只好自叹："贫而不衰，贱而不恨。年虽疲曳，犹庶几名贤之风，修道德于幽冥之路。"

他的命运，也只能说是不逢时，并不完全是自身的过错，还是值得同情的，应该原谅的。

耕堂曰：古之所谓少年奇才，因专心读书，遂丧失生活技能。即俗话所说：肩不能担担，手不能提篮。既不能耕，又不能牧。只剩"学而优则仕"一窄途。仕有遇，有不遇；有达，有不达。要看社会环境，要分时代治乱。所以说，士人的命运和前途，是很不乐观的。

"惟吾志之所庶兮，固与俗其不同；既侧徨而高引兮，愿观其从容。"这样说说，或是写写，都是容易做到的。如果遇到衣食不继，或子女号寒，甚至老婆闹着要离婚的时候，那就得另谋出路了。

即使还没有闹到这种地步，念了若干年书，又被人称做"奇才"，也是不甘清苦的。他会看到比他得志的人，吃的什么，穿的什么，住的什么，坐的什么；为什么他能这样，我就不能呢？他是怎样得到的呢？我不会学习着来试试吗？于是冯衍之所为，就无需责怪了。

1991 年 12 月 16 日

读《后汉书卷三十六·贾逵传》

（关于经术）

两汉经学大盛。但春秋左传一经，并得不到共识。从西汉末年，就为是否为《左传》立博士，争论不休。所谓"立博士"，就是得到皇帝的承认，成为国家的一种学科。东汉初年，博士范升对《左传》持否定态度，他在光武帝亲自主持的讨论会上说：

左氏不祖孔子，而出于丘明。师徒相传，又无其人，且非先帝所存，无因得立。（同卷《范升传》）

他条奏"左氏之失，凡十四事"。和他辩论的人说：太史公多引左氏。他又"上太史公违戾五经，谬孔子言，及左氏春秋不可录，三十一事"。

学者陈元，则主张《左传》，应立博士。他说范升的言论，不过是"断截小文，媒嬲微词"，"所谓小辩破言，小言破道者也"。

皇帝又叫他和范升辩论，他占了上风。"帝卒立左氏学，太常选博士四人。"但诸儒"论议讙哗"，不久，"左氏复废"。

贾逵的父亲贾徽，从"刘歆受左氏春秋"，"逵悉传父业，尤明左氏传、国语，为之解诂五十一篇。永平中，上疏献之。显宗重其书，写藏秘馆"。

后来，他又给皇帝作了一篇《神鸟颂》。

肃宗时，他"摘出左氏三十事，尤著明者。斯皆君臣之正义，父子之纪纲"，给皇帝看。然后又说"左氏与图谶合"。更重要的一点论据是："五经家皆无以证图谶，明刘氏为尧后者，而左氏独有明文。"

这就一矢中的：

> 书奏，帝嘉之。赐布五百匹，衣一袭。令逵自选公羊严颜诸生高才者二十人，教以左氏。

从此，春秋左传一经的地位，就牢固地确立了。贾逵实为左氏功臣。

耕堂曰：学术受政治制约。此余幼年所学，至今不容变异。以上史实凿凿，亦非晚近新潮所能打破。学术受政治制约，首先表现为学者受政治约束。郑玄一代大儒，八方仰慕。当病重时，袁绍一命，逼玄随军，他就不得不载病而行，死于路途。学者不能离政治而自由，而能产生自由的学术，这就是梦话。

且一经之立，非只关系一经，能广泛流传。精熟此经者，可得立为博士。博士也是一种官位，可得诸多好处。我们不能把贾逵的这种做法，单纯看做是迎合、投机。因为皇帝选用人才、学术，主要是看能否为当前政治服务。贾逵所谈，多为"安上理民"之策，与皇帝的希望正相合，就容易被接受。左氏的整个著作，也沾了光，随之大行于世。这和一些儒家主张为人要委蛇行事，以求通显，道理是一样的，无可厚非。

但范晔并不这样看，他说：

> 郑贾之学，行乎数百年中，遂为诸儒宗，亦徒有以焉尔！桓谭以不

善讥流亡,郑兴以逊辞仅免,贾逵能附会文致,最差贵显。世主以此论学,悲矣哉!

好像我以上的看法,太庸俗了。范晔是一个理想主义者。

理想终归是理想,在历史上,从来没有实现过。

另外,学术也不等于政治。有些大儒,固然因学术而显达,在政治上顺利。有的却不是做大官的材料。郑玄虽然那样用功,学术成就那样大,但看来他性情有些孤僻,不愿做官。也可能是感到,自己做不来。他说:"别人都去做了大官,吾自忖度,无任于此。但念述先圣之元意,思整百家之不齐,亦庶几以竭吾才。"他是有自知之明的,也是有识见的,因为当时天下已大乱。

范升争论得那样凶,后来为"出妻所告,坐系。得出,还乡里。永平中,为聊城令,坐事免,卒于家"。官做得很小,时间又很短。

贾逵,"然不修小节,当世以此颇讥焉,故不至大官"。

耕堂曰:凡以知识学术干政者,贾逵可为师法矣。回忆"四人帮"时期,思想、文化界,此种人不少。率皆从经典中,寻章摘句,牵强附会,以合时势。迹其用心,盖下贾逵一等。其中,自然有人系迫不得已。但主动逢迎者,为多数。文艺创作亦如此。其作品,太露骨者,固已不为人齿,然亦有人,由此步入作家行列,几经翻滚,终于成为"名家"。此亦如范晔所言:"徒有以焉尔!"这个词儿很新鲜,也很俏皮。意思是说:也不过就是那么回子事罢了!

1991 年 12 月 29 日

读《后汉书卷四十·班固传》

(一个为政治服务的文人)

传末，范晔论曰：

司马迁、班固父子，其言史官载籍之作，大义粲然著矣。议者咸称，二子有良史之才。迁文直而事核；固文赡而事详。若固之序事，不激诡，不抑抗，赡而不秽，详而有体，使读之者亹亹而不厌，信哉其能成名也。

耕堂曰：范蔚宗之论班固，已成定论。其所谓"不激诡，不抑抗"，就是对人、对事，不做主观的扬或毁，退或进，客观地记述其本来。这在史学上，是一个准则。

古来论述班马异同者甚众，然多皮毛之见，又多出于个人爱好。范氏对两人的两句评语，实在明确恰当。

传载：

（班固）年九岁，能属文诵诗赋，及长，遂博贯载籍，九流百家之言，无不穷究。所学无常师，不为章句，举大义而已。性宽和容众，不以才能高人，诸儒以此慕之。

他的《汉书》：

固自永平中始受诏，潜精积思二十余年，至建初中乃成。当世甚
重其书，学者莫不讽诵焉。

传中保存了他写的几篇文章。其中《两都赋》的主题是："盛称洛
邑制度之美，以折西宾淫侈之论。"《典引篇》的主题是："述叙汉德。"
此外《窦宪传》里还保存了一篇《燕然山铭》。

班固的一生，他的全部著作，包括《汉书》，都是为政治服务的，
是为一朝一姓服务的。

古代没有"为政治服务"这个口号，也没有人提出过这样的要求，
但在中国古代文献中，存在大量为政治服务的作品。不是间接服务，
而是直接服务。也没有人讳言或轻视为政治服务，文人都是自觉自愿
的。这说明，文学可以为政治服务，文学和政治的这种关系，自古以来，
就是很自然的。

自从有了这个要求，有了这个口号，问题就来了，议论也就多了。
近的不说，稍远的有三十年代，成仿吾与鲁迅，钱杏邨与茅盾，左联与"第
三种人"，越到后来，越是争论不休。前几年，把这个口号变通了一下，
还是有争论。这就叫：有口号，就有争论。

世界上，当然有不为政治服务的艺术。但近代历史，也在不断证明：
一些大声疾呼"艺术圣洁"的人，常常又是另一种政治的热烈追求者。
差不多在他们反对文艺为政治服务的同时，他们的作品，已经成为他
们在政治生活中的进身之阶。不只为"政治"服了务，也为经济服了务，
使他们能够大发其财！

只要作家本人，不能完全与政治无关，那么文艺作品，就不能完全与政治无关。文艺为政治服务，并不一定就粗糙，就没有价值；不为政治服务，也不一定就高尚，就值钱。这要视作家而定。班固的作品，不是在永远流传吗？

关于班固和司马迁的比较，我也有些浅见。我以为，其不同之处有：

一、家学、经历、气质之不同。司马谈和班彪留给儿子的思想遗产，并不相同。司马迁的任务是要继承《春秋》的事业；班固的任务，是整齐西汉一代之书。在为本朝服务这一点上，班固的思想比司马迁明确得多。司马迁在遭到不幸之后，生理和心理，都造成很大伤害。这不能不影响他的思想、感情，甚至精神、意识。文学是精神的产物，我们很难估计，这一不幸，在司马迁文学事业上的作用和影响。班固固然也遇到过不幸，但他在第一次入狱时，却因祸得福，著作得以上达朝廷，自己也弄了个兰台令史的官儿，有了个很好的写作学习的环境。

二、两个人的哲学思想不同。哲学思想是一切著作的基础，史学、文学均同。司马迁的哲学思想，很大成分是黄老，而班固则是儒家，并且是经过汉代大儒发掘、整理过的，训诂、章句过的儒家思想。司马迁作《史记》，几乎没有政治目的，没有想到要为谁服务。他写秦、项和写刘邦，态度是一样的。而班固作《汉书》，政治目的很明确，就是为了表彰汉德。

其相同之处为结局悲惨。然此中亦有分别。司马迁的悲惨在成书之前，而班固的悲惨，在成书以后。

这两位文人之不幸，在于只熟悉历史，而不了解现实。深信圣人之言，而泥古不化。处官场而不谙宦情。因此，其伤亡也，皆在国家政治动荡，权贵剧烈倾轧之际。文人不知修检，偶以言语及生活细故，遂罹大难，为可伤矣！

范晔论曰："固伤迁博物洽闻，不能以智免极刑；然亦身陷大戮，智及之而不能守之。呜呼，古人所以致论于目睫也！"范氏之言是矣，然彼亦终未能自全，言不旋踵，而身验之，此又何故欤！

1991 年 12 月 19 日

读《后汉书卷四十三·朱穆传》

(关于交友)

古代主张绝交的人，大都性情孤僻。或处境不佳，遭遇悲惨。心情极度不好时，才这样做。

例如东汉的朱穆，就写过一篇《矫时》的绝交论。其中有："绝存问，不见客，亦不答也。"这样不通人情的句子。

后来，著名学者蔡邕，以为朱穆这种见解是"贞而孤"。就是狭窄，偏激，不开明。"又作正交以广其志。"蔡邕论交的主旨为：

> 盖朋友之道，有义则合，无义则离。善则久要不忘平生之言；恶则忠告善诲之，否则止，无自辱焉。故君子不为可弃之行，不患人之遗己也。信有可归之德，不病人之远己也。

《后汉书》的作者范晔，在《朱穆传》的后面，就交友问题，发了很长的议论，他引证了古来交友，正、反两方面的史实和教训。重申了孔子、老子两位圣哲对友道的主张，列举了当时一些善于交友的人物。

我以为，蔡氏和范氏的论述，很全面，也很正确，实在无懈可击。也正因为这样，他们的话，等于没有说。交朋友，是一种社会现象。

文学和生活的路
——孙犁散文随笔书信选（下）

人既不能脱离社会而生存，就像必须娶妻生子一样，交结朋友。但每个人的生活方式，每个人的生活能力，并不相同。所处时代、环境，也不一样。要求每人对待友道，持相同观点，是不可能的。

关于交友，孔子都说过了。"泛爱众而亲仁""以文会友，以友辅仁""益者三友"，是其要点，是千古不刊之论。

为什么在圣人门徒中间，又有很多人主张绝交呢？就是因为我前面所说的那些复杂情况。有些人生活能力差，应付能力小。想离群索居，又怕没有粥喝。想得到一时一刻的心境平衡，于是想到了绝交。朱穆所为，正是如此。他在梁冀这种人手下工作，劝说又不听。环境恶劣，前景茫茫，只能如此了。

他这个人，还有天生的病态：

及壮耽学，锐意讲诵，或时思至，不自知忘失衣冠，颠队坑岸。其父常以为专愚，几不知数马足。

这样的人，你叫他广交朋友，应付自如，岂不是打鸭子上架吗？他终于"愤懑发疽"而亡。

但有人，生理、心理都正常，通达世情，并热心公益，乐于帮助他人。对交友，也持消极态度。这就值得注意了。

《后汉书卷二十七·王丹传》：

丹子有同门生丧亲，家在中山，白丹欲往奔慰。结侣将行，丹怒而挞之，令寄缣以祠焉。或问其故，丹曰：交道之难，未易言也。世称管鲍，次则王贡。张陈凶其终，萧朱隙其末，故知全之者鲜矣。

范晔对他的评论是："王丹难于交执之道，斯知交矣。"因为王丹这样做，不只是由于识见，也是根据经验，不能不令人信服。他的主张是：交友要慎重；朋友之间的来往，要清淡，不要过热。

耕堂曰：交友，是一种生活手段。幼时，在庙会上，见卖艺人开场，必言：在家靠父母，出门靠朋友。朋友与父母并论，可见其与吃饭穿衣有关。这种交友之道，可称做开放型，或进攻型。出门卖艺尚且如此，如果是出国卖艺，那交友一事，就更为重要了。相反，动不动就要与人绝交的人，可称封闭型，或保守型。要之，交友之道，从战术上说，要广交；从战略上说，要慎交。但凡关人事，变化莫测，不能自主。不是你要如何，便能如何的。

关于交友，我在《悼曼晴》一文的附论中，曾经胡扯过一通，这里就不再多说了。

1991 年 12 月 31 日下午

《三国志·关羽传》

    自《春秋》立法，中国历史著作，要求真实和简练。史家为了史实而牺牲生命，传为美谈。微言大义的写法，也一直被沿用。但是，读者是不厌其详的，愿意多知道一些。于是《春秋》之外，有三家之传，而以左氏为胜。司马迁参考《国语》《战国策》等书，并加实地考察，成为一家之言的《史记》，对于人物和环境的描写，更详尽更广阔了。它适应了读者的需要，而使历史与文学，异途同归，树立了史学的典型，并开辟了文学的现实主义道路。

    历史强调真实，但很难真实。几十年之间的历史，便常常出现矛盾，众说纷纭，更何况几百年之前，几千年之前？历史但存其大要，存其大体而已。

    我国的历史，在过去多为官书，成书多在异代。这种做法，利弊参半，一直相沿，至于《清史稿》。

    《三国志》在史、汉的经验基础上完成，号为良史，裴松之的注，实际起了很大作用。但历代研究者，仍以志为主据，注为参考。后来，历史演变为文学作品，则多采用裴注，因为这些材料，对塑造人物、编演故事，提供了比较具体生动的材料。

    史书一变而为演义，当然不只《三国演义》一书。此外还有《封神演义》，以及虽不用演义标题，实际上也是演义的作品。

演者延也，即引申演变之意。但所演变也必须是义之所含，即情理之所容。完全出乎情理之外，则虽是文学创作，亦不可取。就是说，演义小说，当不背于历史环境，也不背于人物的基本性格。

当然，这一点有时很难做到。文学的特点之一是夸张，而夸张有时是漫天过海，无止无休的。文学作品的读者，也是喜欢夸张的，常常是爱者欲其永生，憎者恨其不死。在这种形势的推动下，一部演义小说，能适当掌握尺寸，就很困难了。

《三国演义》一书，是逐渐形成的，它以前有《三国志平话》；还有多种戏曲。这部书的故事几乎是家喻户晓的，流传之广，也是首屈一指的。过去，在农村的一家小药铺，在城市的一家大钱庄，案首都有这一部《圣叹外书》。

在旧社会，这部书的社会影响甚巨，仁者见仁，智者见智。谋士以其为智囊，将帅视之为战策。据说，满清未入关之前，就是先把这部书翻译过去，遍赐王公大臣，使他们作为必读之书来学习的，其重要性显然在四书五经之上。

在陈寿的《三国志·蜀志》中，《关羽传》是很简要的：

关于他的为人，在道义方面，写到他原是亡命奔涿郡，与刘、张恩若兄弟，"随先主周旋，不避艰险"，终不负先主。

关于他的战绩，写到在"建安五年，曹公东征，先主奔袁绍，曹公禽羽以归，拜为偏将军"。写到他诛颜良，水淹于禁七军。

关于他的性格，写到诸葛亮来信说马超"犹未及髯之绝伦逸群也"。羽大悦，以示宾客。

关于他与同僚的关系，写到他与糜芳、傅士仁不和，困难时，众叛亲离。

关于他对女人的态度，本传无文字，裴注却引《蜀记》说：

曹公与刘备围吕布于下邳，关羽启公，布使秦宜禄行求救，乞娶其妻，公许之。临破，又屡启于公。公疑其有异色，先遣迎看，因自留之，羽心不自安。

关于他的应变能力，写到他因为激怒孙权，遂使腹背受敌，终于大败。他这一败，关系大局，迅速动摇了鼎足的平衡，使蜀汉一蹶不振，诸葛亮叹为"关羽毁败，秭归蹉跌"者也。

陈寿写的是历史，他是把关羽作为一个具体的人来写的。这样写来，使我们见到的是一个既有缺点，又有长处；既有成功，又有失败的活生生的人。我们看到的是真正的关羽，而不是其他的人，他同别的人，明显地分别开来了。我们既然准确认识了这样一个人，就能从他那里得到启发，吸取经验，对他发生真正的感情：有几分爱敬，有几分恶感。

《三国志平话》，关羽个人的回目有六。《三国演义》，关羽个人的回目有十，其中二十五回至二十七回，七十三回至七十七回，回目相连，故事趋于完整。

鲁迅先生在《中国小说史略》里谈及此书时，说："至于写人，亦颇有失，以致欲显刘备之长厚而似伪，状诸葛之多智而近妖；惟于关羽，特多好语，义勇之概，时时如见矣。"

中国旧的传统道德，包含忠孝节义；在历史观念上，是尊重正统。《三国演义》的作者，以人心思汉和忠义双全这两个概念，来塑造关羽这个英雄人物，使他在这一部小说中，占有特别突出的地位。

于是，在文学和民俗学上，就产生了一个奇特现象：关羽从一个平常的人，变为一个理想化的人，进而变为一尊神。

这一尊神还是非同小可的，是家家供奉的。旧时民间，一般人家，年前要请三幅神像：一幅是灶王，是贴在锅台旁边的，整天烟熏火燎；一幅就是关老爷，他的神龛在房正中的北墙上，地势很好；一幅是全神，是供在庭院中的。这幅全神像，包括天地三界的神，有释、道、俗各家，神像分数行，各如塔状。排在中间和各行下面的神像品位最高，而这位关羽，则身居中间最下，守护着那刻着一行大字的神牌，神态倨傲，显然是首席。

在各县县城，都有文庙和武庙。文庙是孔子，那里冷冷清清，很少有群众进去，因为那里没有什么可观赏的，只有一个孤零零的至圣先师的牌位。武庙就是关羽，这里香火很盛，游人很多，因为又有塑像，又有连环壁画，大事宣扬关公的神威。

关羽庙遍及京城、大镇、名山、险要，各庙都有牌匾楹联，成为历代文士卖弄才华的场所。清朝梁章钜所辑《楹联丛话》中，关庙对联，数量最多，有些对联竟到了头昏脑热，胡说八道的田地。

当然，有人说，关羽之所以成为神，是因为清朝的政治需要。这可能是对的。神虽然都是人造出来的，但不经政治措施的推动，也是行之不远的。

幸好，我现在查阅的《三国志》，是中华书局的四部备要本，这个本子是据武英殿本校刊，所以《蜀志》的开卷，就有乾隆皇帝的一道上谕，现原文抄录：

乾隆四十一年七月二十六日内阁奉

上谕：关帝在当时，力扶炎汉，志节凛然。乃史书所谥，并非嘉名。陈寿于蜀汉有嫌，所撰《三国志》，多存私见，遂不为之论定，岂得谓公？

从前曾奉

世祖章皇帝

谕旨，封为忠义神武大帝，以褒扬圣烈。朕复于乾隆三十二年，降旨加灵佑二字，用示尊崇。夫以神之义烈忠诚，海内咸知敬祀，而正史犹存旧谥，隐寓讥评，非所以传信万世也。今当抄录四库全书，不可相沿陋习，所有志内关帝之谥，应改为忠义。第本传相沿日久，民间所行必广，难于更易。著交武英殿，将此旨刊载传末，用垂久远。其官版及内府陈设书籍，并著改刊此旨，一体增入。钦此！

这就不仅是胡说八道，而是用行政方式强加于人了。

至于在戏剧上的表现，关羽也是很特殊的。他有专用的服装、道具；他出场之前，要放焰火；出场后，他那种庄严的神态，都使这一个角色神秘化了。

但这都是文学以外的事了。它是一种转化现象，小说起了一定作用。老实说，《三国演义》一书，虽如此煊赫，如单从文学价值来说，它是不及《水浒》，甚至也不及《西游记》的。《水浒》《西游记》虽也有所本，但基本上是文学创作，是真正文学的人物形象。而《三国演义》，则是前人所讥评的"太实则近腐"，"七实三虚惑乱观者"的一部小说。

把真人真事，变为文学作品，是很困难的。我主张，真人真事，最好用历史的手法来写。真真假假，真假参半，都是不好的。真人真事，如认真考察探索，自有很多材料，可写得生动。有些作者，既缺少识见，又不肯用功，常常借助描写，加上很多想当然，而美其名曰报告文学。这其实是避重就轻，图省力气的一种写法，不足为训。

1980 年 2 月

《三国志·诸葛亮传》

本传与小说，出入较大的，还有诸葛亮。小说和戏剧上的诸葛亮，几百年来在群众中，形成了一个固定的形象，即所谓摇羽毛扇的人物。还影响了其他历史小说，几乎各朝各代，在争战交替之时，都有这样一个军师：《封神演义》的姜子牙，《水浒传》的吴用，瓦岗寨起义的徐茂功，明朝开国的刘伯温等等。

诸葛亮在本传里，是一个非常求实的人，是一个实干家。陈寿奉晋朝之命修《三国志》，蜀汉为晋之敌，但他对诸葛亮的评价，我以为还是很客观，实事求是的。他说：

> 然亮才于治戎为长，奇谋为短。理民之干，优于将略。

综览陈寿所记，诸葛亮的一生，功劳固然很大，失败和无能为力之处也不少。最后的失败主要是客观条件所致。诸葛亮的隆中对策，说孙权，前后出师表，高瞻远瞩，文词质朴，情真意诚，叮咛周至，感动百代，成为名文。他死以后，人民哀其处境艰难，大功未竟，敬仰他鞠躬尽瘁的精神。追思怀念，千古不衰。人民愿意看到他在文学艺术上的形象。但《三国演义》和一些戏剧，把这一人物歪曲了。

最失败的是把诸葛亮写成了一个非凡的人。把他写成了一个未卜先知，甚至能呼风唤雨，嘴里不断念念有词的老道，即鲁迅所说近于妖了。

诸葛亮在《后出师表》中，曾对后主反复说明，世事难以逆料，举出当时很多事例，完全是科学态度。

出现如此大的差距，原因是作者有意识把这样一个人物，塑造得更高大，不知不觉走到反面去了。作者对这一人物性格，并没有认真调查研究，作者的学识见解，都不足以创造这样一个人物形象。正如在《水浒传》里，他写在郓城县当一名书吏的宋江，写得很真实生动，到写当了水浒首领的宋江，他就无能为力了。因为他熟悉一个书吏，着实没有体验过一个水泊首领的生活，甚至见都没有见过。于是只能以主观想象出之。宋江和刘备，如出一辙。和他相反，《西游记》的作者写了猴、猪等怪，完全以写人的笔法出之，因此，猴、猪都具备了完整的性格。写唐僧亦如此，所以唐僧颇具人性。《聊斋志异》写狐鬼，成功之道亦在此点。凡是小说，起步于人生，遂成典型；起步于天上，人物反如纸扎泥塑，生气全无。

群众是喜爱英雄的，群众可以按照自己的形象，创造出一个神，但这个神对他来说，只能起到安慰的作用。群众有高级的心理、情操，也可能有低级的心理、趣味。人可以有作为人的本能，也可以有来自动物的本能。文学艺术，应该发扬其高级，摈弃其低级，文以载道，给人以高尚的熏陶。创造英雄人物，扬励高尚情操，是文学艺术的理所当然的职责。

其基础是现实的人和生活。

再现历史英雄人物，不是轻而易举的。作者除去学的修养，还要有识的修养，学识浅薄，如何创造英雄人物？在创作准备上，识力不高，则应辅之以学。如研究历史，考察地理民俗，采集口碑遗迹，像司马迁所做的那样。司马迁写了刘、项那样的英雄人物，全从周密的调查研究入手，然后以白描手法，自然出之。

如果不这样做，那么，创造英雄人物，反倒成了很容易的事。今天，在文学艺术中，假诸葛亮的形象，还是不少的。虽不羽扇纶巾，坐四轮车，但也多是口中念念有词，不断发誓赌咒，一言而天下定的。

一个作者，有几分见识，有多少阅历，就去写同等的生活，同类的人物，虽不成功，离题还不会太远。自己识见很低，又不肯用功学习，努力体验，而热衷于创造出一个为万世师、为天下法的英雄豪杰，就很可能成为俗话说的"画虎不成，反类其犬"。

1980 年 2 月

曹丕《典论·论文》

除去诗，曹丕的散文，写得也很好。他的《典论》，虽然只留下一些断片，但读起来非常真实生动。例如他记郄俭等事，说：

颍川郄俭能辟谷，饵伏苓。甘陵甘始亦善行气，老有少容。庐江左慈知补导之术。并为军吏。初，俭之至，市伏苓价暴数倍。议郎安平李覃学其辟谷，餐伏苓，饮寒水，中泄痢，殆至殒命。后始来，众人无不鸱视狼顾，呼吸吐纳。军谋祭酒弘农董芬为之过差，气闭不通，良久乃苏。左慈到，又竞受其补导之术，至寺人严峻，往从问受。阉竖真无事于斯术也。人之逐声，乃至于是。

"逐声"就是庄子说的"吷声"，就是"以耳代目"，这种人有时被称为"耳食之徒"。他们是不进行观察，也不进行独立思考的。在我国，类似这种历史记载是很多见的。

这种社会现象，有时可形成一种起哄的局面，有时会形成一种持续很久的社会浪潮。当它正哄动的时刻，少数用脑子的人，是不能指出它的虚妄的，那样就会担很大的风险。因此，每逢这种现象出现，诈骗者会越来越不可一世，其"功业"几乎可以与刘、项相当。但总归要破灭。事后，人们回想当时狂热情景，就像是中了什么邪一样，简直不值一笑了。

考其原因：在上是封建专制，在下是愚昧无知。这两者又是有关联的。

他所记情状，不是也可以再见于一千多年以后的社会吗？历史长河，滔滔不绝。它的音响，为什么总在重复，如此缺少变化呢？还有他遗令薄葬的文章，《典论》中记述青年时和别人比较武艺的文章，也都写得很好。

曹丕幼年即随魏武征讨，武攻文治，都有经验，阅历既多，所论多切实之言。这些方面，都非公子曹植所能及，被确定为世子，乃是理所当然的事。

他的《典论·论文》，是一篇非常完整，非常透辟，切合文章规律的文论。在这篇论文里，他提出了"文人相轻"这个道理，论列了当代作家，谈到各种文章体裁，提出了"文以气为主"的见解，成为不朽的名论。

创作者触景生情，评论家设身处地，才能相得益彰。曹丕先为五官中郎将，后为皇帝。他把同时代的作家，看作朋友，写起评论来，都以平起平坐的态度出之。所评中肯切实，功过得当。富于感情，低回绵远，若不胜任。《典论·论文》及《与吴质书》等篇，因此传流千古。及至后人，略有官职，便耀威权，所作评论，乃无价值。文人虽有时求助于权威，而权威实无补于文艺。

1980 年 1 月

陆机《文赋》

在中学时期，有两种古代文学形式，没有学好。一是楚辞；一是汉赋。一直到现在，总是对它们不太感兴趣，也不能得其要领。抗日时期，有一位姓梁的女孩子，从北平出来到解放区，就学于我教课的地方。她热情地送给我一本《楚辞》，是商务印的选本，我和女孩子同行，千里迢迢，把这本书带到延安，一次水灾，把书冲到了延河里，与其作者同命运。

司马相如、扬雄的赋，近年念了一些，总是深入不进去。才知道，一门功课，如果在幼年打不下基础，是只能老大徒伤悲的。

在读晋赋的时候，忽然发现陆机的作品，和我很投缘，特别是他的《吊曹孟德文》和《文赋》两篇。

《吊曹孟德文》，我记得鲁迅先生曾两次在文章中引用，可见也是很爱好的。

此文是陆机因为工作之便，得睹魏武的遗令遗物，深有感触而后作。事迹未远而忌讳已无，故能畅所欲言，得为杰作。但这究竟是就事实有所抒发，不足为奇；《文赋》一篇，乃是就一种意识形态而言，并以韵文出之，这就很困难。

中国古代文论，真正涉及到创作规律的，除去零篇断简，成本的书就是《文心雕龙》。《文赋》一篇，完全可以与之抗衡。又因为陆机是作家，所以在透彻切实方面，有些地方超过了刘勰。

这篇赋写到了为文之道和为文之法，这包括：作者的立志立意；为文前多方面的修养；对生活的体会感受；对结构的安排和文字的运用；写作时的甘与苦，即顺畅与凝滞，成功与失败。

自古以来，论文之作，或存有私心，所论多成偏见；或从来没有创作，识见又甚卑下，所论多隔靴搔痒之谈；又或本身虽亦创作，并称作家，论文反不能从实际出发，故弄玄虚，如江湖卖药者所为。徒有其名，而无其实。致使后来者得不到正确途径，望洋兴叹，视为畏途。像《文赋》这样切实，从亲身体验得来的文论是很少见的。这种文字，才不是欺人之谈。

前几年，我借人家的书，把这篇赋抄录一过。并把开头一段，请老友陈肇同志书为条幅。后因没有好的裱工，未得张挂。

1980 年 1 月

《颜氏家训》

一九六六年的春夏之交，犹能于南窗之下，摘抄《颜氏家训》，未及想到腥风血雨之袭来也。

我国自古以来的先哲，提到文章，都是要人谨慎从事。他们认为文章是"经国之大业，不朽之盛事"，是"轨物范世"的手段，作者应当"慎言检迹"而后行之。

在旧时代，文人都是先背诵这些教导，还有其他一些为人处世的教导，然后才去做文章的。然而许多文人，还是"鲜能以名节自立"，不断出乱子，或困顿终生，或身首异处。这是什么道理呢？难道文章一事，带有先天性的病毒，像癌症那样能致人死命吗？

南北朝的颜之推，在他的《家训》里，先说"自古文人，多陷轻薄：屈原露才扬己，显暴君过；宋玉体貌容冶，见遇俳优"；接下去列举了历代每个著名文人的过失、错误、缺点、遭遇。连同以上二人，共三十四人。还批评了五个好写文章的皇帝，说他们"非懿德之君"。他告诫子弟：

每尝思之，原其所积，文章之体，标举兴会，发引性灵，使人矜伐。故忽于持操，果于进取。今世文士，此患弥切。一事惬当，一句清巧，神厉九霄，志凌千载，自吟自赏，不觉更有旁人。加以砂砾所伤，惨于矛戟，讽刺之祸，速乎风尘。深宜防虑，以保元吉。

我当时读了，以为他说得很对。文字也朴实可爱，就抄录了下来，以自警并以警别人。

不久，"文化大革命"起，笔记本被抄走。我想：造反派看到这一段，见我如此谨小慎微、谦虚警惕，一定不会怪罪。又想：这岂不也是四旧、牛鬼蛇神之言，"元吉"恐怕保不住了。但是，这场"运动"的着眼点，及其终极目的，根本不在你写过什么或是抄过什么。这个笔记本，并未生出是非，后来退还给我了。

林彪说："损失极小极小，比不上一次瘟疫。"建安时代，曾有一次瘟疫，七子中的"徐、陈、应、刘，一时俱逝"，这见于魏文帝《与元城令吴质书》。他说，"昔年疾疫，亲故多离其灾"，这里的"离"，并不是脱离，而是被网罗上了。

我们遇到的这场瘟疫，当然要大得多，仅按四次文代大会公布的被迫害致死的名单，单是著名诗人、作家、批评家和翻译家，就有四十位！比七子中死去四子，多出十倍，可见人祸有时是要大于天灾了。

这些作家都是国家和人民多年所培养，一代精华，一旦竟无辜死于小人女子唇齿之间，览之无比伤痛。老实说，在这次文代大会山积的文件中，我独对此件感触最深。

魏文帝说："何图数年之间，零落略尽……既痛逝者，行自念也。……所怀万端，时有所虑，乃至通夕不瞑。"

我们能够从这种残忍的事实中，真正得出教训吗？

窃尝思之：社会上各界人士，都会犯错误，都有缺点，人们为什么对"文人无行"，如此津津乐道呢？归结起来：

一、文人常常是韩非子所谓的名誉之人，处于上游之地。司马迁说："上游多谤议。"

二、文人相轻，喜好互相攻讦。

三、文字传播，扩散力强，并能传远。

四、造些文人的谣，其受到报复的危险性，较之其他各界人士，会小得多。

《颜氏家训》以为文人的不幸遭遇，是他们的行为不检的结果，是不可信的。例如他说："阮籍无礼败俗"，"嵇康凌物凶终"，这都是传闻之词，检查一下历史记载，并非如是。《三国志》记载："籍口不论人过"；同书引《魏氏春秋》："康寓居河内之山阳县，与之游者，未尝见其喜愠之色。"两个人几乎都是谨小慎微的。

但终于得到惨祸，这也是事实。揽古思今，对证林、四之所为，一些文人之陷网罗、堕深渊，除去少数躁进投机者，大多数都不是因为他们的修身有什么问题，而是死于客观的原因，即政治的迫害。

我们的四十位殉难者，难道是他们的道德方面，有什么可以非议之处吗？

"四人帮"未倒之前，苦难之余，也曾默默仿效《颜氏家训》，拟了几条，当然今天看起来，有些不合时宜了：

一、最好不要干这一行。

二、如无他技谋生，则勿求名大利多。

三、生活勿特殊，民食一升，则己食一升；民衣五尺，则己衣五尺。勿启他人嫉妒之心。

总之：直到今日，我以为前面所引《颜氏家训》一段话，还是应该注意的。

1980 年 1 月

买《魏书》《北齐书》记

一

一九八〇年五月七日,沈金梅同志,从北京代购中华书局标点本《魏书》一部,计八册;《北齐书》一部,计二册。我的二十四史为"百衲本",但非商务印书馆影印的百衲本,而是晚清以来,各书局各种版本的杂烩。善本甚少,阅读、贮存均不便。所缺数种,拟以标点本充之。今见此书,卷帙亦甚繁重,且有污损。今日修整,甚感劳顿。年已老,日后仍以少买书为佳也。

国家组织人力,整理标点二十四史及《资治通鉴》等书,传播文化,嘉惠后学,可以说是一种千古盛事。经过整理的二十四史,从方便阅读方面说,比以前各书局所出的石印本、铅印本要好得多。

但每部书前面的出版说明,却写得很是八股,盛气凌人。单纯以阶级斗争为纲,评价一部古书,不只有诬古人,也违反历史唯物、辩证唯物之义。标点本《魏书》,出版于一九七四年,出版说明,加入了批判"兴灭国,继绝世,举逸民"的内容。引用"语录",也未免牵强附会。既然重印,批判一通之后,又不得不承认其多种价值,立论也就自相矛盾。当然,这种写法,自有其时代历史背景,作者的"局限性",

也可能为后世读者所谅解吧。

二

《魏书》号称"秽史"，初不知其秽在何处。是内容芜杂呢？还是所记多猥亵之事？读了一些篇章，发见《魏书》文字典雅，记事明断，虽不能说是史书中的上乘，但也很够一代文献资格，实在谈不上一个秽字。

《魏书》为魏收所总纂，他的传记，载在《北齐书》。

魏收，字伯起，巨鹿人。他生于宦家，十五岁学习作文。读书很用功，"夏月，坐板床，随树荫讽诵，积年，板床为之锐减"。他文思敏捷，"下笔便就，不立稿草"，但为人轻佻，绰号"惊蛱蝶"。奉使梁朝，竟然买吴婢入馆，遍行奸秽。因此，人称其才，而卑其行。

修魏史时，所引史官，都是依附他的人，有的并非史才，有的"全不堪编辑"。参加修史的人，自行方便，"祖宗姻戚，多被书录，饰以美言"，魏收是总编辑，并吹出大话："何物小子，敢共魏收作色？举之则使上天，按之当使入地。"这就太不像话了。

当时言论，都说魏收著史不公平，皇帝"诏收于尚书省与诸家子孙共加论讨"。这场辩论，皇帝亲临，空气非常紧张。显然表面上，魏收占了上风，告状的人，被定为"谤史"，"鞭配甲坊，或因以致死"。魏收也受到皇帝的责难，战栗不止。《魏书》也举命"且勿施行，令群官博议"。于是"众口喧然，号为'秽史'"。

后来，魏收又奉诏，对史书更加研审，颇有改正。但"既缘史笔，多憾于人，齐亡之岁，收冢被发，弃其骨于外"，这种结果，在历代史官中恐怕是最不幸的了。

三

　　其实，魏收虽然监修《魏书》，大的关节，他是做不了主张，要看皇帝的意图的。但在一些不显著、不甚重要的地方，他还是可以施展才华，上下其手，或加美言，或加恶语的。这些地方，皇帝不一定留意去看，但所记的那些人，或那些人的子孙，是一定要看的，特别关心的。另外，给谁立传，或是不给谁立传；给谁立正传，或是给谁立附传；谁的文字长，谁的文字短，这都是是非所在，恩怨所系，编撰者和监修者，应当慎重从事，公平对待的。而像魏收这样的人，却是意气用事，很难趋于公平的。虽然史书要求秉笔直书，但因政治的要求，史官的爱恶，即使是良史，恐也难于达到真正的直。求其大体存实而已。特别是像《魏书》这部著作，修书与时代相近，魏、齐两朝相连，一些当事人的后代，都在朝中做官，就更注意其中的褒贬，因为这不只是祖先的名誉问题，也是现实的政治问题了。

　　魏收自视甚高，性又褊急，他的著述生涯，他的官运，也不是那么顺利的。他受过箠楚，皇帝在宴会时，还让大臣们，当面开他的玩笑，揭他的短处。有时皇帝高兴了，也当面夸奖他几句，说他有文才，说他比那些武将还有用处。甚至说："我后世身名在卿手，勿谓我不知。"我们知道，魏、齐的那些皇帝，都是什么人物。在这种环境下，魏收能把这部著作，终于完成，也可以说是够坚韧的了。他所处的境地，皇帝给他的待遇，也不外是司马迁所叹息的"倡优畜之"而已。

　　这部《魏书》，虽被有恶名，然终不能废，也没有别人的著作，能把它代替。列于诸史之林，堂而皇之，不稍逊色。这是因为事过境迁，朝代更替，利害的关系，感情的作用，越来越淡漠了。谁好谁坏，都已经成为历史，甚至古代史，与读者任何人，都没有关联了。时间越久，

204
文学和生活的路
——孙犁散文随笔书信选（下）

史事无证，越没有别的书能代替它，它就越被读者重视，因为它究竟还是当时的人撰述的最可靠的材料。古书的神秘神圣之处，也就在这里。

四

魏收是很有文才的，他当时所作文、檄、诏、诰，为皇家起过很大的作用。齐文襄曾称赞他："在朝今有魏收，便是国之光彩，雅俗文墨，通达纵横。我亦使子才、子升时有所作，至于词气，非不及之。"

温子升、邢邵，是魏收同时代的文士。他们各有朋党，互相拆台：

收每议陋邢邵文。邵又云："江南任昉，文体本疏，魏收非直模拟，亦大偷窃。"魏收乃曰："伊常于沈约集中作赋，何意道我偷任昉。"任、沈俱有重名，邢、魏各有所好。武平中，黄门郎颜之推以二公意问仆射祖珽，珽答曰："见邢、魏之臧否，即是任、沈之优劣。"收以温子升全不作赋，邢虽有一两首，又非所长，常云："会须作赋，始成大才士。唯以表章碑志自许，此外更同儿戏。"

祖珽话的意思是：看一个作家的高下，先要看他的师承。魏收的话，如果拿今天的情况来解释，就是：只能写些短小文章的人，算不得大作家，必须有几部长篇，才能压众。文人相轻，自古而然。如果生于同时，在一处工作，则相轻尤甚。因为这涉及是否被天子重用，官品职位。想起来，这也很可悲，心理状态，几同于婢妾之流。

《北齐书》魏收传中，只保存了他的一篇赋，题为《枕中篇》。这篇文章，以管子的话"任之重者莫如身，途之畏者莫如口，期之远者莫如年。以重任行畏途，至远期，惟君子为能及矣"作为引子，说明"知几虑微，斯亡则稀。既察且慎，福禄攸归"的道理。文章虽然有些啰嗦，但文辞很漂亮。证明他的文才，是名不虚传的。但这篇赋，不常见于文学选本，可能是因为作者的名声不大好的缘故。传中说他硕学大才，但不能达命体道，"见当途贵游，每以颜色相悦"。这与他这篇文字所表达的思想，是很矛盾的。但又说他："然提奖后辈，以名行为先，浮华轻险之徒，虽有才能，弗重也。"这就证明魏收这个人，性格言行，都是很复杂，很不一致的了。

<h1 style="text-align:center">五</h1>

文人处世，有个人的特征，有时代的样式。历代生活环境不同，政治情况各异，他们的作品，他们的作风，他们对生活的态度，他们理想的发生，都不会一样，都有时代的烙印。先秦两汉、盛唐北宋，号称太平盛世，文士众多，文章丰富。而南北朝、五代、南宋、明末之时，文人的生活处境及政治处境，就特别困扰艰辛。反映在他们处世态度和作品之中的，就很难为太平盛世的人民所理解。南北朝时期，是个动乱的时期，北朝文人很少，他们的生活，尤其动荡不安，流传下来的作品不多，但都深刻地反映了这种动乱。

我们今天谈论魏收，也不过就一篇简短的传记，零散的材料，勉作知人论世的试探，究竟有多少科学性，就很难说了。检藏书，李慈铭《越缦堂日记》，王鸣盛《十七史商榷》，钱大昕《二十二史考异》，对魏收的《魏书》，均有评述。李氏认为像北齐的帝王，还知道重视文人的工作，重视历史的修撰，足见文章为经国之大业，即武夫出身者，亦不能淡然视之。这种感慨，是李氏的夫子自道，宦情的急迫表现。王氏所述，议论平和，他以为《魏书》之所以受人攻难，是因为后来几次有人想重修这部史书，既然想重修，就要宣扬原作的种种缺失。他并且说，魏收的著作，列之正史，并无愧色，可谓先得我心矣。钱氏在列举《魏史》的不公之处以后，又列举该书中的惊人直笔，这足见抹杀这部著作，把它笼统地称为"秽史"，是不应该的了。这部书，受这样不公正的待遇，不是著作本身的原因，而是当时及稍后的政治的原因。

魏收在《枕中篇》中说：

闻诸君子，雅道之士，游邀经术，厌饫文史。笔有奇峰，谈有胜理。孝悌之至，神明通矣。审道而行，量路而止。自我及物，先人后己。情无系于荣悴，心靡滞于愠喜。不养望于丘壑，不待价于城市。言行相顾，慎终犹始。

这些文字，可以说是闻道之言矣。然而魏收终于没有做到，或者说，他没有能完全做到。他的言行是不一的，他的希求是没有止境的。他的一些行为，是有违先哲的教导的。但究其原因，并非像标点本的前言，说得那样简单。有些事，是他应该做到的，这要由他负责任；有些事是当时政治不允许的，他不能去做；有些事是环境影响他，他顺应地去做了。然收究非完人，在文士中也非敦立名节的人物，受到的一些责罚坎坷，可以说咎由自取。因此摘记其言行之显著者，使知其是非矛盾之处，以为借鉴焉。

1984 年 1 月 22 日

读《唐人传奇》记

一

鲁迅论唐传奇：

（一）小说亦如诗，至唐代而一变。源出于志怪。（二）虽尚不离于搜奇记逸，然叙述婉转，文辞华艳。与六朝之粗陈梗概者较，演进之迹甚明。（三）而尤显者，乃在是时则始有意为小说。（《唐宋传奇集·序例》，首引胡应麟说："凡变异之谈，盛于六朝，然多是传录舛讹，未必尽幻设语。至唐人，乃作意好奇，假小说以寄笔端。"先生称：其言盖近是矣。）（四）餍于诗赋，旁求新途，藻思横流，小说斯灿。文人往往有作，投谒时或用之为行卷。（五）实唐代特绝之作也。而大归究在文采与意想。（六）然而后来流派，实亦不昌。宋好劝惩，摭实而泥，飞动之致，眇不可期，传奇命脉，至斯以绝。

以上综录先生论及传奇之言，稍加穿插，共得六则。余以为对唐传奇之研究，可谓发其端而尽其意矣。

二

鲁迅说唐人"始有意为小说"。胡应麟说"作意""幻设"，都是有意识的创造之意。

唐人的小说，已经超越单纯的记录，进入复杂的创作活动。小说的境界，已经不只是客观世界的描绘，而涌进了作家主观的想象。

主观包括两方面："文采与意想"。文采与意想，是文学创作的精魂。但这两点，在唐人传奇上，表现得非常突出。这不只使它明显地区别于过去的小说，也使它明显地区别于以后的传奇。在中国文学史上，独放异彩。

任何现象，都有其由来，有其基础。唐代文人的文化素质，实不一般。表现在诗歌创作上，已经有目共睹。这些文士，多是从幼年就用功于此，有些人，甚至是几代相传。他们重读书，重旅行，重交友，重唱和。互相鼓励，互相帮助，共同提高。文化素质的提高，必然引发道德、道义的提高。必然引发丰盛的想象力，引发出高尚的意象。高尚的人品，才能有高尚的想象；卑劣者，只能有卑劣的想象。其文章内容、风格、理想，自不相同。

唐代文人，在一种较高的文化素质根基上，创作小说，自有可观。又因为在诗歌领域的想象力，已经非常发达旺盛，表现在小说创作上，亦必不同一般。

三

这可以从比较上说明。此前不论矣。宋代传奇，胡应麟的话是："宋人所记，乃多有近实者，而文采无足观。"鲁迅的话，已见上文，谓其主要缺点，是失去了"飞动之致"。

"飞动"二字，自幼即深印我心，以为是文学之命脉所在。然究竟什么是飞动，如何才能做到飞动，则一直不甚了了。壮年以后，从事此业，见闻稍多，反复思考，所谓飞动即日常所谓神来之笔，得意文章。然此尚为玄虚之谈，未能得其要领。

后来读李白谢朓楼诗："蓬莱文章建安骨，中间小谢又清发。俱怀逸兴壮思飞，欲上青天揽明月。"才有所领悟。所谓飞动，就是"逸兴"和"壮思"的出现。就是在事实之上，出现的创造。或是在描述现实时，突然出现的奇思妙想。这些奇思妙想的连续，就形成了作品的"飞动之致"。只有富于想象，诗作最飞动的李白，才能这样透彻地帮助我把问题解释清楚。凡是伟大的艺术品，都必具备"飞动之致"。雕塑、绘画如此，音乐、诗歌亦如此。文学名著《阿Q正传》《红楼梦》《水浒传》，都因富于此"致"，而得为小说上乘。

四

历来对宋人传奇的评价，意见也不完全一致。胡应麟把"近实"看作是宋传奇的优长之处，所以鲁迅说他的那一段话，只能是"几近是"。

近人吕思勉说："惟小说究以理致为主。唐人所为，好用辞藻，故其品实不逮宋人。"并说，"……小说也，皆唐人启其端，至宋而后臻于大成，唐中叶后新开之文化，固与宋当画为一期者也。"（《隋唐五代史》第二十一章）这只能说是历史家的一种见解，不必深辩矣。因为文学的飞动，不只靠奇思妙想，而且还要靠足能传达这种奇思妙想的辞藻。这一点，较之唐，宋传奇就大大失色了。

辞藻——语言的作用，绝不可忽视。此文人之法宝，久炼而成；小说之精华，非此莫属。

宋人并非不追求辞藻，有时还常常在文中点缀诗词。不过总的说来，它的文辞呆滞，不传神韵。失去魅力，失去读者。读者不能无精神食粮，平话小说乃乘运而兴。

五

唐人传奇之漂亮词句，幼年初读时，即拍案叫绝，至今仍能背诵。如《虬髯客传》之"张氏发长委地，立梳床前。""不衫不履，裼裘而来，神气扬扬，貌与常异。"《柳毅传》："娥脸不舒，巾袖无光，凝听翔立，若有所伺。"《霍小玉传》："引谕山河，指诚日月。句句恳切，闻之动人。""时春物尚余，夏景初丽，酒阑宾散，离思萦怀。"都非强作美词，炫人眼目。而是逐景生情，发自作者心中，所以能感人，并呈飞动之致。

唐人做诗做惯了，善于推敲，造词造句，变化神奇，有如魔术。这自然影响到小说的修辞上。

六

唐人传奇的形式，多种多样，有长有短。其内容，也包罗万象。就其主要作品来看，已从记述怪异逐渐进入现实人生。即如写梦幻，实亦为写人间。彰彰者如《南柯太守传》与《枕中记》，写的就是官场的沉浮，人生的荣辱。鲁迅说，唐代文人，"歆羡功名"。所以写这种题材多。名为警世，实亦渲染。

有的是写政治。《虬髯客传》，目的在于政治，即天命不可违，神器不可夺，为李唐着笔，虽有男女间的相遇相慕，只是陪衬，最终是为政治服务的。《东城老父传》《开元升平源》两篇，更是直言不讳地写政治，写国家的治乱兴衰。而《庐江冯媪传》，实际上是一篇现实性很强的农村小景。

完全进入现实生活，目的在于描绘世态的，是《李娃传》。这是唐人传奇中的一篇杰作。白行简不愧为大作家。它的优长之处，在于布局的完整、舒展，行文的自然、大方。对比之下，沈亚之等人的作品，则有些局促。鲁迅所说的"施之藻绘，扩其波澜"，它兼而有之。《霍小玉传》，虽亦缠绵，而波澜不敌。《无双传》，虽有波澜，而不自然，结尾处，为报一己之私情，草菅人命，伤害多人，以增传奇之意，虽步司马迁游侠遗意，然过于残酷，有失人道，不可取也。

《莺莺传》，作自名家，后人锦上添花，声名最显赫，然鲁迅谓"文章尚非上乘，篇末文过饰非，遂堕恶趣"。有贬义。但在唐传奇中，仍为佼佼。至于后来施之弹唱，演为戏曲，则文章之遭遇，亦如人生，有幸有不幸矣。

这篇小说，故事本极平淡，人物除红娘外，性格亦各平平。然千百年来，家传户诵，其理即在于爱情二字。悲欢离合之情，固通于千家万户，通于群众之心。以平淡之造诣，获传奇之硕果，元稹之文字工力，究不可没也。

唐人之创作传奇，态度严肃，每有所作，必于篇前篇后，记录自己以及友朋姓名，写作缘起，以及事件发生年月，虽为小说，亦取信于人之意。

七

然记有人名、地址者，不一定皆为传奇，有的则是寓言。

余幼年时，不明这种区分，曾把韩愈的《圬者王承福传》和柳宗元的《种树郭橐驼传》，也视为唐人传奇。鲁迅则说，这种文字，"无涉于传奇"，因为它是"以寓言为本，文词为末"的。

这也很难分。从道理上说：作者宣传一种思想，一种见解，借用一个人物的事迹，或通过他的语言，把一种思想和见解宣扬出来，这就是寓言。传奇当然有时也是为了宣扬一种思想，但采取的方式，不是直接说教，而是用具体形象。

我看，寓言和传奇，就是在文学史上，也很难分得清楚。读者会把它们，一样看作是小说。

跋

我在中学读书时，在保定"马号"一家兼营文具的小书铺，买了一本"毛边"的《中国小说史略》（一九三二年七月第八版，版权页有鲁迅印章），现在还在我的身边。这真可以说是一个奇迹。抗战前所有书籍，都已化为灰烬。这本书是我在土改时，从家中带到饶阳大官亭，在贫农团办公的大院里，拣了一小块办丧事用的黄绫子，把书脊糊裱了一下，又带进天津来了。

一九五二年二月，人文出版了《唐宋传奇集》，三月，我就买了一本。此后，我还买过一本，旧日中华书局为中学生选的《唐宋传奇》，还买过一本神州国光社的《唐人传奇》。前者，"文革"后回故乡时，带着路上看，被同村的一位教书先生拿走了。此人已逝去，书不知流落何方。后者，则忘记送给谁了。

以上两件事，说明我对中国小说及其历史，很早就发生了兴趣，并从鲁迅的著作，得到一些知识。但自己并没有什么研究成果。直到今天，写这篇稿子，还是以先生这两本书，为主要依据，自己也没有什么发明与增补。这同时说明，先生的论述，非常精确，是历久不刊之论。因为他是从作家的角度，研究古代小说的。

不过，因为眼下我的藏书多了一些，为文时，又按照先生的指引，参阅了：

一、《太平广记》一九六二年中华书局排印本。

三、《顾氏文房小说》上海涵芬楼影印本。

三、《资治通鉴考异》同上。

四、《文苑英华》近年中华书局影印本。

五、《说郛》涵芬楼排印张宗祥抄本。

实际也未细读，翻翻而已。

呜呼，晚年无聊，侧身人海。未解超脱，沉迷旧籍。虽古人称，优于博弈，实亦如鲁迅所云："顾旧乡而不行，弄飞光于有尽，此亦岂所以善吾生？"有可悲者矣！

1990 年 8 月 29 日记

文学和生活的路
——孙犁散文随笔书信选（下）

读《东坡先生年谱》

王宗稷编，在"东坡七集"卷前。

一

此年谱字数不多，非常简要。记述精当，绝不旁枝。年月之下，记东坡居何官，在何地曾作何诗文，以相印证。东坡诗文，多记本人经历见闻，取材甚便。诗文有不足以明，则引他人诗文旁证之。余以为可作文人年谱之楷模。

二

据年谱：苏东坡二十一岁举进士；二十五岁授河南府福昌县主簿；二十六岁授大理评事、凤翔府签判；三十岁判登闻鼓院，直史馆；三十四岁监官告院；三十六岁，因与王安石不和，通判杭州；四十岁，通判密州；四十二岁，知徐州；四十四岁移湖州。

此间出事，年谱云：是岁言事者，以先生湖州到任谢表以为谤。七月二十八日中使皇甫遵到湖追摄。按子立墓志云：予得罪于吴兴，亲戚故人皆惊散，独两王子不去，送予出郊曰：死生祸福天也，公其如天何？返取予家，致之南都。又按先生上文潞公书云：某始就逮赴狱，有一子稍长，徒步相随，其余守舍皆妇女幼稚。至宿州，御史符下，就家取书，州郡望风，遭吏发卒，围舡搜取，长幼几怖死。既去，妇女恚骂曰：是好著书，书成何所得，而怖我如此，悉取焚之。

耕堂曰：余读至此，废卷而叹。古今文字之祸，如出一辙，而无辜受惊之家庭妇女，所言所行，亦相同也，余曾多次体验之。

然宋时抄家，犹是通过行政手段：有皇帝意旨，官吏承办，尚有法制味道。自有人提倡和尚打伞以来，抄家变成群众行动，遭难者受害尤烈矣。司马相如死后，汉武帝令人至其家取书，（是求书不是抄家。）卓文君言：相如无书也，有书亦为人取去。所答甚得体，有见识，不愧为文君也。朱买臣之妻尤有先见之明，力阻其夫读书，不听，则与之离婚，盖深明读书无益，而为文易取祸也。此两位妇女，余甚佩服，故曾为两篇短文称颂之。

四十五岁责授黄州团练副使。五十一岁哲宗元祐元年，入侍延和，迁翰林学士，知制诰。——这是苏东坡一生中最得意的几年，曾蒙太皇太后及哲宗皇帝召见，命坐赐茶，并撤御前金莲灯送归值所。

耕堂按：这在旧日官场看来，是一种殊荣。但令不喜官场的人看来，这不过是妇人呴呴之恩，买好行善而已。

五十四岁，出知杭州。五十七岁在颍州。五十八岁再入朝，任端明、侍读二学士。五十九岁，即绍圣元年，又不利，出知定州、英州，再贬宁远军节度副使，惠州安置。过虔州，又责授琼州别驾，昌化军安置。即过海矣。六十三岁在儋州。六十六岁，放还，死于常州。

耕堂按："安置"即管制。后之"随意居住"，即解除管制矣。

三

纵观东坡一生为官，实如旅行，很少安居一处。所止多为驿站、逆旅、僧舍，或暂住朋友处，亦可谓疲于奔命矣。其官运虽不谓佳，然其居官兴趣未稍减。东坡幼谈东汉书，慕范滂之为人，为母所喜，苏辙作墓志，及宋史本传均称引之。可知其志在庙堂，初未在文章。古人从不讳言：学而优则仕，因士子于此外，别无选择。如言：学而优则商，在那时则不像话。既居官矣，则如骑虎，欲下不能，故虽屡遭贬逐，仍不忘朝廷。

东坡历仁、英、神、哲、徽五朝，时国土日蹙，财政困难，朝政纷更多变，虽善为政者，亦多束手，况东坡本非公卿之材乎。既不能与人共事，且又恃才傲物，率意发言，自以为是。苏辙作墓志，极力罗列其兄政绩，然细思杭州之兴修水利，徐州之防护水灾，定州之整顿军纪，亦皆为守土者分内之事，平平而已，谈不上大节大能。此外，东坡两度在朝，处清要之地，亦未见其有何重大建树。文章空言，不足据以评价政绩也。

远古不论，中国历史上，在政治上失意而在文学上有成者：唐有柳宗元，宋有苏东坡。柳体弱多病，性情忧郁，一贬至永州，即绝意仕途，有所彻悟。故其文字，寓意幽深，多隐讳。苏东坡性情开放，乐观，体质亦佳，能经波折，不忘转机，故其文字浅近通达，极明朗。东坡论文，主张行所当行，止所当止，并以为文止而意不尽，乃是文章极致。然读其文章，时有激越之词，旁敲之意，反复连贯，有贾谊之风，与柳文大异。然在宋朝，欧公之外，仍当首选。其父与弟，以及王安石、曾巩，皆非其匹。以上数人，在处理政事上，皆较东坡有办法，有能力，因此也就不能多分心于文学。人各有禀赋、遭际，成就当亦不同。

苏东坡生活能力很强，对政治沉浮也看得开，善于应付突然事变，也能很快适应恶劣环境。在狱中，他能吃得饱，睡得熟；在流放中，他能走路，能吃粗饭。能开荒种地，打井盖屋。他能广交朋友，所以也有人帮助。他不像屈原那种人，一旦失势，就只会行吟泽畔；也不像柳宗元，一遇逆境，便一筹莫展。他随时开导娱乐自己，可以作画，可以写字，可以为文作诗，访僧参禅，自得其乐，还到处培养青年作家，繁荣文艺。然其命运，终与柳宗元无大异，亦可悲矣！

四

《宋史》本传，全袭苏辙所作基志铭，无多新意，唯末尾论曰：

呜呼！轼不得相，又岂非幸欤？或谓轼稍自韬戢，虽不获柄用，亦当免祸。虽然，假令轼以是而易其所为，尚得为轼哉！

还是有些见解的。

1991 年 8 月 11 日

《船山全书》

　　这是岳麓书社近年正在进行的一件大工程，实际负责编校者为杨坚同志。每出一册，必蒙惠赠。书既贵重，又系我喜读之书，深情厚谊，使我感念不已。我每次复信，均望他坚持下去，期于底成，因为这是千秋大业，对读书人有很大功德。

　　过去，寒斋藏书中，有金陵书局，曾氏木刻本《读通鉴论》，上等毛边纸印，字大行稀，天地宽广，虽字体有些笨拙（就是后来常见的金陵刻经处所刻佛经那种字体），然仍不失为佳本。

　　书有棕色大漆木板夹，全书有一尺多厚，搬动起来，很不方便，然分册甚薄，把持方便，甚便于老年人阅读，故为珍藏之一种。

　　此外，我还买过世界书局出版的《读通鉴论》，洋装厚本。因素不喜世界书局所印书籍的字形和版式，后送给邹明。今邹明逝世，彼家恐无人问津此类读物矣。

　　又在天津古籍书店，见过太平洋书店所印之《船山遗书》，平装，大字，分册多，阅读亦方便，当时尚不知重视王氏著作，疏忽未收，价钱不会太贵的，至今很是后悔。

　　我还藏有四部备要本《宋论》。

　　近年，我还陆续购买了中华书局印行的王氏零星小书，如《楚辞通释》《黄书》《噩梦》等。

现在，岳麓所印全书，我已经收到六册，王氏的主要著作，已包括在内。他们是在前人的工作基础上，再进行精细的工作，并用新发现的珍贵抄本作依据，重新进行编校。其优越之处，是不言自明的。

我对王氏发生敬仰之情，是在读《读通鉴论》开始。那是六十年代之初，我正在狂热地购求古籍。我认为像这样的文章，就事论事，是很难写好的。而他竟写得这样有气势，有感情，有文采，而且贯彻古今，直到《宋论》，就是这种耐心，这种魄力，也非常人所能有的。他的文章能写成这样，至少是因为：

一、他有自己的政治思想，政治经验；二、他有丰富的人生阅历，了解民情；三、他有表达自己思想感情的文字能力；四、他有一个极其淡泊的平静心态，甘于寂寞，一意著述；五、这很可能是时代和环境造成的，无可奈何的人生选择。

等到我阅读了他另外一些著作后，我对他的评价是：

一、他是明代遗民，但有明一代，没有能与他相比的学者；二、他的著述，在清初开始传布，虽并没有得到应有的重视，但有清一代，虽考据之学大兴，名家如林，也没有一个人，能与他相比；三、清初，大家都尊称顾炎武，但我读他的《日知录》，实在读不出个所以然来。他的其他著作，也未能广泛流传。人们都称赞他的气节，他的治学方法，固然不完全是吹捧，但也与他虽不仕清廷，却有一些当朝的亲友、学生，作为背景有关。自他以下的学者，虽各有专长，也难望王氏项背。因为就博大精深四字而言，他们缺乏王夫之的那种思想，那种态度，那种毅力。

他是把自己藏在深山荒野，在冷风凄雨、昏暗灯光之下，写出真正达天人之理、通古今之变的书的人。

他为经书作的疏解，也联系他的思想实际，文字多带感情，这是前人所未有的。即以楚辞而论，我有多种注释本，最终还是选中他的《楚辞通释》一书为读本。

1991 年 5 月 10 日

读《清代文字狱档》记

前　言

《清代文字狱档》，民国二十年五月，北平故宫博物院文献馆编印第一辑，六月出版第二辑。第三辑改题为北平故宫博物院·国立北平研究院出版。至第九辑，又改为国立北平故宫博物院文献馆出版。此盖官场建制之变易，实际工作人员，并未改动。

我购到九辑原印本，张继题署，线装，粉连纸，有行格，四号字精印。近闻上海古籍书店有重印本，未见。

据凡例，其材料来源为：一、军机处档；二、宫中所存缴回朱批奏折；三、实录。其内容为上谕、奏折、咨文、供状等。前八辑皆为乾隆朝案件，第九辑曾静一案，则上连雍正一朝。

此书购于"文革"之前，我好像粗略读过。今春无事，乃逐辑细读，记各案大略，并加分析，略有评记，随读随记，不知能否卒业也。

1995 年 2 月 21 日记

谢济世著书案

（乾隆六年九月起，七年正月止）

皇帝不喜欢做官的人著书立说，谢济世做官又注经书，有人告发。皇帝著湖广总督孙嘉淦查办。上谕说：

朕闻谢济世将伊所注经书刊刻传播，多系自逞臆见，肆诋程朱，甚属狂妄。从来读书学道之人，贵乎躬行实践，不在语言文字之间，辨别异同。况古人著述既多，岂无一二可以指摘之处？以后人而议论前人，无论所见未必即当，即云当矣，试问于己之身心，有何益哉！况我圣祖，将朱子升配十哲之列，最为尊崇，天下士子，莫不奉为准绳。而谢济世辈倡为异说，互相标榜，恐无知之人，为其所惑，殊非一道同风之义，且足为人心学术之害。朕从不以语言文字罪人，但此事甚有关系，亦不可置之不问也。

此谕来势很猛。孙嘉淦随即从严办理，可能有些过头。皇帝又谕：

谢济世著书，识见迂左则有之，至其居官，朕可保其无他也。

这样一来，孙嘉淦就明白，皇帝是保谢济世的，他不便再投井下石，就也转口说：

谢济世为人朴直，颇知自爱，其居官操守甚好，奉职亦勤诚，如圣谕，可保无他。

只将书籍、版片销毁完事。皇帝最后朱批:所办甚妥,止可如此而已。

耕堂按:这是皇帝对谢济世怀恨不深,只是听了一些人讲他的坏话。大概后来看到,说他坏话的人,也有私心偏见,于是就如此结案了。这是一次有惊无险的文字狱,皇帝转弯之快,也是很少见的。

王肇基献诗案

(乾隆十六年八月起,本年九月止)

山西巡抚兼管提督事务,臣阿思哈跪奏:为奏闻事,窃照乾隆十六年八月初九日,据汾州府知府李果禀称:有流寓介休县居住之直隶人王肇基,忽赴同知图桑阿衙门,呈献恭颂万寿诗联,后载语句,错杂无伦,且有毁谤圣贤,狂妄悖逆之处。佯作似癫非癫之状。现在押发介休县收禁,跟追来历,严究确实,另行呈报等语。臣查借名献颂,妄肆狂言,大干法纪。未便以其佯作疯癫,少为轻纵。臣恐该府县不知重轻,办理不善,臣随密嘱按察使唐绥祖,饬令该府,将王肇基押解赴省,并将所献诗联,封送查阅,以便臣与藩臬两司,亲加研审,务必追究来历,查其如何狂悖,有无党羽,讯得确情,恭折具奏,另行妥办。一面密谕介休县亲赴王肇基家中,逐细搜查,有无收藏别样字迹及违禁器物,并查其同居,有无父母伯叔兄弟妻子,及平日交结何人,祖籍直隶何县,逐一跟追,悉心穷究,不许该府县稍有讳饰。

我连篇累牍地抄录奏折,是想向读者说明,清朝定鼎以后,经历顺治、康熙、雍正三朝,大规模的文字之狱,已经有过多次。一些封疆大吏和一些老练的幕僚师爷,都从中吸取了不少的经验教训。最主要的有这样几点:

一、遇到有关文字的案件，当地大员要亲自抓，且要一抓到底。

二、处理案件的尺度，要宁严勿宽，用今天的话说，就是要宁左勿右。法网要撒得远、撒得密，就是要广泛株连，不使一人脱漏。

三、要立刻派人去犯人家抄查，财产入册上报。

我们现在看到的这篇奏折，可以说是写得颇为得体，无懈可击，一定是出自老练的师爷之手，当然也和这位巡抚的做官经验有关。

上折奏事，可不是一件简单的事，弄不好，轻则申饬，重则交部议处，可以把官帽丢掉。

所以，奏事时第一要弄清朝廷的基本政策，或者说是"精神"。第二要了解皇帝当时的心理状态，或者说是"感情"。不然，你严了，他会说你不识大体，甚至说你不懂人事；宽了，他会说你"瞻顾"，甚至说你"徇私"。这些词儿，在皇帝的"朱批"中，是经常遇见的。

人人都愿做官，人人都愿做大官。其实做官有做官的难处，大官更有大官的难处。像这里说的这位山西巡抚，大概也是皇帝派下来的心腹。这些人自称是"满洲世仆""奴才"，为皇帝所"豢养"，办事可谓忠心，但还是常常因处理案情不当，受到责骂。

明白了以上道理，然后再去读读这篇奏折，你就可以知道巡抚措施之得当，以及奏折措辞之得体了。

《清代文献》（二）

　　鲁迅先生在《买小学大全记》那篇文章中，称赞了过去故宫博物院出版的《清代文字狱档》。由于他的启发，我也买到了一部，共九册。六十年代初，我在北京参观了一次关于曹雪芹的展览，会上也陈列了这部书以表明当时文禁之严。但是，我仔细观察，它所陈列的，只是第九册，虽然也叠放了九本。因此想到，这部书已经不容易得到了，所以视为珍秘。在十年动乱中，此书也被抄去，我当时想，这个书名，恐怕有些犯禁吧，是否要追问：你为什么买这种书？其实，这是我神经过敏，想得太多了，它终于没有丢失。

　　它这次回到家来，因为我也有了一番亲身经历，就不太重视它，过去大部都读过了。回想一下，其中虽也有几件大案，够得上"文字之狱"，但大多数却是小题大做。作文字的人，虽也充军杀头，妻子为奴，但那些文字，实在谈不上是什么著作。有的人，原来还是一番好意，想讨皇帝喜欢，得到一些名利的。他兴兴冲冲把文字呈上去以后，不知触犯了皇帝的哪条神经，龙心没有大悦，反而大怒。因此就把脑袋掉了，实在是"无意中得之的"。并且，也总是连累很多人，拖很长时间，案牍往返，天下不宁。如果当时这位作者，明达冷静一些，不财迷心窍，天下原可以平安无事的。

例如雍正初年的汪景祺《西征随笔》案，当时皇帝看得很重，此书抄获以后，御笔在书的首页批注：

悖谬犯乱，至于此极！惜见此之晚，留以待他日，弗使此种得漏网也。

汪景祺的结局是：

立斩枭示。其妻子发遣黑龙江，给与穷披甲之人为奴。期服之亲兄弟亲侄，俱著革职，发遣宁古塔。其五服以内之族人，见任及候选候补者，俱著查出，一一革职，令伊本籍地方官约束，不许出境。

《西征随笔》这本书，故宫博物院先在《掌故丛编》连载，页码独自起讫，以备读者将来折出自订成书，还附有许宝蘅写的一篇前言，不过是告诫后人："君子其亦知所鉴乎！"后来又出了单行本。我在旧书店得到一本，不知出自谁家，好像长期掷放在厨房里，烟熏火燎，灰尘藏于书内，我在修整时，为细尘所染，不适者数日，曾书于书皮志戒。

看过以后，是一本很无聊的小书。作者并非文人，只是一个破落子弟，性情狂放，行为卑劣，自己扬扬得意，形之文字，实际上有很多不通的地方。此人被皇帝定为大逆，是说他讥讪圣祖。实际上他只是道听途说，而且也谈不上是什么严重的讥讪。如果当时他只是写来自己看看，放在书包里，是不会出什么乱子的。糟糕的是他把这本书，送给了大将军年羹尧，是从年的家中查抄出来，其中有大拍年羹尧马屁的信、文章、诗词。

皇帝正要定年羹尧的罪，得到了这样一本书，就成为一个突破口，成了年羹尧"大逆五罪"的一条，叫作"见知不举"。

送给别人一本书，人家大概也没有看，促成了大案，死亡两家，对人对己，都可以说是大不方便吧！

年羹尧原是雍邸旧人，是清世宗的心腹、走狗。在雍正初年，皇帝忙于兄弟间的斗争，西南一带也不平稳，年羹尧的官职，急遽上升，一直到"抚远大将军、太保、一等公、川陕总督"。

在这一期间，红极一时的年羹尧，确如汪景祺所颂扬的："阁下以翼为明听之才，当心膂股肱之任，君臣遇合，一德一心。"《掌故丛编》后来改名为《文献丛编》，在第一辑，刊有《年羹尧奏折》一束，第一折为奏谢貂皮褂等物，折后附有雍正皇帝朱谕：

实尚未酬尔之心劳历忠四字也！我君臣分中，不必言此些小。朕不为出色的皇帝，不能酬赏尔之待朕；尔不为超群之大臣，不能答应朕之知遇。惟将互相……勉，在念做千古榜样人物也。

在这一束奏折里，主要是答谢皇帝的"宠颁"。其中有鹿尾、袍褂、茶叶、西洋规矩、东珠、珐琅双眼翎、鸟枪、平安丸、天王补心丹、自鸣表等贵重物品，可见君臣之间，不只推心置腹，雍正皇帝对年羹尧的关怀，真是无微不至了。

及至几个兄弟先后被迫害致死，西南一带也稳定下来，他对年羹尧的态度，就来了一个一百八十度。

据萧奭《永宪录》，最后是：议政大臣等，胪列年羹尧九十二大罪，请诛大逆，以正国法。

这九十二大罪，又分别归纳为：大逆之罪；欺罔之罪；僭越之罪；狂悖之罪；专擅之罪；贪黩之罪；侵蚀之罪；忌刻之罪。实际上有很多罪名，是强拉硬扯，随便上纲的。此案牵连的人很多，汪景祺并非知名人士，只是因为他这本书，才引起人们注意。

《文献丛编》还刊载了允禩、允禟案。此案为清世宗剪除政治对手，颇为严重。允禩、允禟，均系世宗兄弟。这一辑有牵连人犯穆景远（西洋人）、秦道然（礼科给事中）、何图（允禟亲信）、张瞎子等人的口供单。

第二辑刊有雍正四年四月上谕："允禟交与都统楚仲、侍卫胡什里，驰驿从西安一路来京。"五月又命侍卫纳苏图至保定，传谕直抚李绂，令将允禟留住保定。李绂接此任务后，先后奏折九件，皆关允禟在保之事。

李绂身为封疆重臣，他接受的是一种非常严重，并非常不好掌握、不好处理的任务。如果不明皇帝内心本意，措置失当，或轻或重，均可招来杀身灭门之祸。好在李绂老奸巨猾，又深知雍正用心，没有大错，但也可从奏折中看出，他已经战战兢兢，神经紧张到几乎要失常之态。第一折奏报：

> 臣随飞檄密饬由陕至京沿途直隶州县各官，如遇允禟入境，即差员役密送至保，仍先行报臣等因去后。现在于臣衙门前，预备小房三间，四面加砌墙垣，前门坚固。至允禟至日，立即送入居住，前门加封。另设转桶，传进饮食。四面另有小房，派同知二员、守备二员，各带兵役，轮班密守。再允禟系有大罪之人，一切饮食日用，俱照罪人之例，给与养赡。

纳苏图回到雍正那里，说李绂有"便宜行事"的意思，李绂声称：

至于便宜行事，臣并无此语。原谓饮食日用，待以罪人之例，俱出臣等执法，非由上意耳。非敢谓别有揣摩，臣复折内，亦并无此意也。

读者注意："便宜行事"四字，关系甚大。所以李绂赶紧声明。允禩至保定后，李绂对他的四名家人，采取了一些"想当然"的措施，稍为严了一些，雍正在他的第四件奏折后批道：

此必是楚宗（仲？）的疯主意，李绂尔乃大儒封疆重臣，岂可听彼乱为，不自立主见，此事大错了。

第五折，李绂奏报允禩晕死后苏，这已经到了关键时刻，雍正皇帝在折上做了很多批注：

今日仍是此旨，便宜行事，则朕假手于大臣，如何使得？

又恐李绂失于右倾，乃批：

正为此恐非过则不及也！

又批：

即此朕意尚未定，尔乃大臣，何必悬揣？

又批：

凡有形迹、有意之举，万万使不得。但严待听其自为，朕自有道理，至嘱至嘱！

奉到如此明确的谕旨后，李绂自然心领神会。谕旨的妙处在于：不留形迹，严待听其自为。不久，允禩就拉起痢来，不再进小屋，只是在门口躺卧。也不再到转桶那里去取饭食，很快就"病故"了。李绂上报，奉朱批：

好好殡殓，移于体统些房舍。

像李绂这样的大官，所用幕宾，都是高手。密议后所拟奏折，处处小心试探，自己留有余地，得到朱批根据后，再采取相应行动。所以如此敏感性的事件，他居然做得称旨，后来得到好处。据《永宪录》，那位都统楚仲，过了几年竟得罪咎。雍正说，叫他去"带领"允禩，他竟"用三条链锁拿允禩"，并错传李绂要"便宜行事"。其实，楚仲何尝不也是一番用心，想得到皇帝欢心，但他究竟是一个粗人，做事留有痕迹。终于下场不佳。

以上这些出版物，所载虽系零碎档案材料，但究系确凿有据的历史。读中国历史，有时是令人心情沉重，很不愉快的。倒不如读圣贤的经书，虽都是一些空洞的话，有时却是开人心胸，引导向上的。古人有此经验，所以劝人读史读经，两相结合。这是很有道理的。

《能静居士日记》

《能静居士日记》原著赵烈文，载中华书局出版的《太平天国史料丛编简辑》第三册，系节录。

赵烈文为曾氏兄弟幕宾，攻破南京时在场，所记甚为详细真实，是日记中的佳品。

如记曾国荃督战破城后，归来时的狼狈形象，以及随之而来的骄盈。正在关键之时，不听赵的进言，竟进房大睡其觉，致使李秀成率队，穿上清军服装，混出城去。如非农民告发，后事殊难定局。记城破之前，所有清军人员，不分文武，都预备筐笼箱篓，准备大发其财。报功封爵，多有假冒。记忠王被俘之初，曾国荃向之刀剜锥刺，以胜军之主将，对待败军之俘虏，竟如青皮流氓，报复私仇。并记在这种情况下，忠王的言词表现。又记，当一帮幕客去看被俘忠王，忠王竟向这些人谈起夜观星象等语。赵烈文等答以只要朝廷政治清明，动乱自然平息等语。读之，均不胜感慨。天朝以互相猜忌，自相残杀，遂使大业倾于将成，金田起义时灿烂众星，纷纷陨落。千百万农民战士，顿时风流云散，十四年争战经营，一旦土崩瓦解。狂澜既止，龙虎无踞。忠王末路，哀言求生。此千古大悲剧，志士仁人，扼腕痛心，无可奈何者也。将革命大义，幻为私利者，当负此责乎？自我得之，自我失之矣。曾氏兄弟，侥幸成功，真如前人所谓：世无英雄，遂使竖子成名。

又如记曾国荃笼络士兵，为其效死。士兵负伤后，令其口嚼人参，然后将渣滓，敷于伤口。声言如此可以起死回生。以致湖南人参，被购一空，参价百倍高于人价。又记曾国荃得势后，如何搜刮财物，兼并乡里，大置田产，均系曾国藩亲口对赵烈文所谈。

看来，小人物的日记，比起大人物的日记，可看的东西就多了。这是因为小人物忌讳较少，也想存些史实，传名后世。

买《王国维遗书》记

一

一九八三年十月二十四日，金梅同志代购《王国维遗书》一部，共十六册，价二十六元。此书系上海古籍书店据商务印书馆原印本影印。

我在中学读书时，曾买商务排印本《宋元戏曲史》一本，系读王氏著作之始。稍后买《人间词话》，朴社所印。这些书都已于战乱中遗失。

进城后，为弥补此缺，先买《王国维戏曲论文集》一册，包括王氏戏曲研究著作八种，只缺《曲录》，中国戏剧出版社，一九五七年出版。后在北京东安市场旧书摊，见线装《王忠悫公遗书》十数册，因不知全否，且虑价昂，未敢问津而止。一九五九年，中华书局影印《观堂集林》出版，购买一部，共四册，也是根据商务所印全集本，但删去诗词杂文二卷，另加别集中考证文字二卷，以为"王氏所作关于古代史料、古器物及文字学、音韵学等重要论文，大体已包括在内"。

今查所删诗词杂文二卷篇目，不只诗词，有关王氏生平身世，思想见解，颇为重要，且与所作研究，所成学术，有密切关系，可以互相参稽；即杂文中，有很多篇，就是有关以上几方面的重要文章。我以为中华本《观堂集林》所以要删除这些文字，是在当时的极"左"

思潮影响下，见到其中有些涉及逊清"帝室"的文字，认为是封建糟粕，不得不删。其实，研究王国维的东西，避开这些是不应该的，是不可能的。

另外，中华本的《观堂集林》，还删去了罗振玉和蒋汝藻的两篇序文，理由恐与上述同。但一部大书，缺少了序，一开卷便是光秃秃的正文，读起来是不方便的，也会减少兴味的。蒋序没有什么学术价值，罗序还是可以一读的。此外，中华本有断句，但水平不高，我能读断的，断者亦断；我不能读断的，断者亦阙如。如此，实可不断也。

此后，在我大买旧书的期间，又买到一本线装的《观堂外集》。薄薄一册，首列所译斯坦因《流沙访古记》，主要记斯氏攫取敦煌石室宝物经过。次为"丙午以前诗"，再次为"人间词"。系罗福成辑印于天津者。

因为早已购置了以上的书，这次再买遗书之前，曾有踌躇。以为所缺者，当系考古研究方面的专门著作，对自己用处不大，但窥全之念又甚切，终于买了。

二

我的藏书中，有一本罗振玉撰写的《丁戊稿》。其中有关王国维的文章共有四篇：《王忠悫公遗书序》《海宁王忠悫公传》《王忠悫公别传》《祭王忠悫公文》。

《序》为罗氏所刊王氏《遗书》的序言，中记王国维佚事二则，以证明"唯公有过人之识，故其为学亦理解洞明"者。

《传》记王国维幼年聪明，"读书通敏……年未冠文名噪于乡里"，"再应乡举不中，乃效力于古诗文"。中日战役后，汪康年创办《时务报》于上海，王国维为了生活，给他司书记。后罗振玉创东文学社，王往就读。后又由罗资助留学日本。因病归国，于南通师范学校主讲哲学、心理、伦理诸学科。成名后，在清学部总务司行走，历充图书馆编译，名词馆协修。辛亥革命，又东渡日本。在日本，初仍治东西洋学术，复从藤田博士治欧文及西洋哲学、文学、美术，尤喜韩图（王氏译音为汗德）、叔本华、尼采诸家之说。此时罗振玉认为尼采诸家学说，流弊滋多，劝他放弃所学，"反经信古"。王"闻而悚然自怼：以前所学未醇，取行箧《静安文集》百余册，咸摧烧之。"

我谈到这里，有两种感想：一是罗振玉的复古思想，改变了王国维的学习进程。如果不是他这种倒退主张，王国维的学术道路，还可能向更新更进步的方向走去。应该说明，这时王国维是"携家相从"，在生活和别的方面，可能要仰仗罗振玉，所以他这样听从罗的话，并表现得这样坚决。二是，从这件事，我初步看出王国维的性格，有些病态，即所谓"狂易"，这对他后来的结束，是一脉相连的。

罗振玉接着叙述："公居海东，既尽弃所学，乃寝馈于往岁予所赠诸家书，予又尽出大云书库藏书三十万卷，古器物铭识拓本数千通，古彝器及他古器物千余品，恣公搜讨，复与海外学者移书论学。"

后来王国维归国，给退位而仍僭居皇宫的溥仪，"供奉南书房"。"食五品俸，赐紫禁城骑马，命检昭阳殿书籍"。后来"值宫门之变，公援主辱臣死之义，欲自沉神武门御河者再，皆不果及"。

这又说明，在王国维自沉颐和园昆明湖以前，他已经有过这种表现了。然罗文述王之死因，有"今年夏南势北渐，危且益甚"语。"今年"，即一九二七年。则王之恐怖革命，促其自尽之说，亦为有因矣。

《别传》只有一个内容，就是介绍王国维的《论政学疏草》。这篇疏草表现了王国维对世界形势，中西政治文化及其效果的见解，看来非常重要。他认为"西人之说，大率过偏而失其中，执一而忘其余。与民休息之术，莫尚于黄老，而长治久安之道，莫备于周孔"。因而排斥新说，主张传统。但此疏是由罗振玉转述，意义恐还有些出入。

我想：这是给"皇帝"上言，王国维也得选择一些投合口味的话。又因为他的职务所在，他的立论，也必须设法维护皇家和自己的地位和利益。这些见解，不一定都是王国维当时心里的，其中恐怕有很多矛盾，有很多他自己不能解脱的困难，这些都会加深他的痛苦，促进其死亡。

最有趣也最无味的，是最后一篇《祭王忠悫公文》。开头说："海宁王忠悫公，既完大节，事闻，天子哀悼，群伦震动。其友罗振玉为位以哭，复至都门经纪其丧。"紧接着说，当年王国维如何"暗然无闻于当世"，罗如何"知为伟器，为谋月廪"。以后王"蔚然成硕儒"，两人一同"供奉南斋"，"十月之变"，如何"约同死"。罗振玉说：他自己"自甲子以来，盖犯三死而未死"。每次都有不死之由。这次老友故去，本应也决心死去了，又念："公死，恩遇之隆，振古未有。予若继公死，悠悠之口，或且谓予希恩泽。"就是说，怕别人议论他，也想得到王国维死后的好处，所以又不死了。王国维得到什么好处呢？不过是流亡皇帝的"予谥忠悫，派贝子致奠，给陀罗经被，并赏银二千元治丧"而已。这真是不值一顾的"末世之荣"了。

对于罗氏，所知甚少，其于古籍文物，似亦颇有搜罗传播之劳绩。然读此文后，深感此公之无聊，扭捏作态，自忘其丑，虚伪已极，恬不知耻矣。

三

其实像罗振玉这样的人，无论如何，是不会自杀身死的。当时围绕着退位皇帝，分得一些好处的所有遗老遗少，都不会为了皇帝蒙尘而死去。但像王国维这样的书呆子却自杀了。在闹剧般的，重温旧梦的肮脏一群中，增加了一点悲剧性质，直到现在还为一些崇拜王氏学术的人们所萦念。所念者自非仅是王氏的学术，也是他的天才横死的不幸了。

王国维的学问，在当时一辈人中，可以称得鸿博浩瀚。在阅历方面，他曾到日本留学，也能以英文译书报。对于国内外重大政治动向，也不是不关心，不了解，并非很闭塞的人。在当时，尤其是张勋复辟失败之后，就是一些粗野的军阀，无知的政客，都知道在中国再实现帝制为不可能。像王国维这样的知识分子，能以自己的生命，去殉烟消火灭的"清室"？王国维的死因很复杂，有时代环境的因素，但主要是他个人悲剧性的因素，即心理与病理的因素。

他的处境，充满矛盾。他的声名，毁誉交加。中国理学性命之说，西洋哲学唯心之论，深刻地，矛盾交织地，影响着他的人生观，使他产生了厌世思想，以死求得解脱的病态心理。

如果罗振玉所记述的都属实，那么罗振玉对王国维的识拔、资助、教诲，使他成为一个名副其实的"国学家"。但在政治上，却把他推到了一个死角，带到了一个绝境。平心而论，不能把过错，都推到罗氏的身上，王国维也有自己选择的余地，所以只能说是王氏个人的悲剧。

学识，学识。然有学者未必有识，有识者未必有学。这样的例子，是很多的。钻进一个小天地，研究一种学科，名声很大，自己就以为既有过人之学，就有过人之识，这是会害了自己的。说王国维很有学问，斯可矣，但如罗振玉所言："唯公有过人之识，故其为学，亦理解洞明。世人徒惊公之学，而不知公之达识，固未足以知公。即原公节行，而不知公乃智仁兼尽，亦知公未尽也。"这就不是我所能相信的了。

人无学，仍可以操斧而作，荷耒而耕，阳光雨露，得其自然。有学而无识，则易矛盾百出，进退失据，心身交瘁。即如孔融与曹操论盛孝章书中所说的："若使忧能伤人，此子不得永年矣！"王国维的悲剧，就在于他学问过深，识见太浅了。

王氏在学术成就上的特点，是深邃精密。其得力之处，从他个人来说，为旧学根底很深，所见古代器物甚广；从他所处的时代说，则外来的一些科学知识、治学方法，也促进了他的成就；至于他在文艺评论方面的许多新的创见，除去外来影响，因为他本身是一位诗词作者，所以能谈出一些他人不能道出的新鲜道理来。

遗书洋洋大观，但为求全求大而辑入者亦不少，此乃历来编辑遗书的通病。我有兴趣也能读得懂的，不过还是早已购买的那些文艺方面的著作。过去想读而没有，存于遗书之中的是《静安文集》和《续集》。他的散文，明达而畅晓，不尚文采，而取准确翔实。这些作品，虽只占遗书的一小部分，但能读到，就算没有白买这部大著作了。

四

罗振玉在传中所记王氏之生平学历，与王氏所作"自叙"，无大出入。因知罗氏虽于文中掺杂一些自己对王的恩惠知遇，实系多年老友，知之甚深，所记材料，究比他人言者，为可信也。

王氏弃新学，专注旧学以后，认为"中国新发见之学问"有五项：（一）殷墟甲骨文字；（二）敦煌塞上及西域各地之简牍；（三）敦煌千佛洞之六朝唐人所书卷轴；（四）内阁大库之书籍档案；（五）中国境内之古外族遗文。其中除内阁大库文书，鲁迅曾著文证明并无多少稀奇之物；古外族遗文，王氏知识不敷，两项并未做出多少成绩外，其他三方面，他都做出了出色的研究。过去，我曾慕名，用一百元高价，买了一部《流沙坠简》，序文、考释部分，系王氏手笔。我虽外行，也能看出王氏考证之严密，参稽之精确，叹为治学之道，无以复加，学问之通博充实，后难有继。

王氏对古代地理历史，特别是古代西北边陲的地理历史的研究，收获甚丰，为人推重，实际也受益于西洋历史科学。但他在后期，对西洋的自然科学，持菲薄态度。他说："夫科学之所能驭者，空间也，时间也，物质也。人类与动植物之躯体也。然其结构愈复杂，则科学之律令，愈不确实。至于人心之灵，及人类所构成之社会国家，则有民族之特性，数千年之历史，与其周围之一切环境，万不能以科学之法治之。"对西方的历史科学，承认其进步，但贬低其效果。他说，"至西洋近百年中，自然科学与历史科学之进步，诚为深邃精密，然不过少数学问家，用以研究物理，考证事实，琢磨心思，消遣岁月斯可矣……亦犹富人之华服，大家之古玩，可以饰观瞻，而不足以养口体。是以欧战以后，彼土有识之士，乃转而崇拜东方之学术。"（以上引文均见《论政学疏草》）

王国维把自己用苦功研究的东西，看成是无补实际，脱离人民的东西，说明他不只对生活现实，失去信心；对他致力的学术，也失去信心了。而西人崇拜东方之论，也不过是当时守旧派的陈词滥调。"因为外国人也喜欢这个，所以我们就死抱住这个。"好像不是为了中国人而研究学术，反是为了外国人而研究学术了。

事实是，当清末民初，我国处在弱肉强食的悲惨时代，无论日本、英、美、法各国，都在一方面用军事力量侵略我们，又一方面掠夺、搜求、研究、赞美我们的"东方文化"。当时有识之士，洞察了帝国主义的阴谋，反其道而行之；吸收外国进步的，于我有用的东西，批判自己固有的，腐朽落后的东西，因而逐步摆脱了我们民族的困难处境。帝国主义的学者们，乃与当时的清朝遗老们一唱一和，这也是有其历史的必然性的。

五

王有一篇《文学小言》，凡十七条，说明其文学见解。他以为：文学起源于剩余精力，与儿童之游戏同。因此，文学无功利，文学无名利。景与情为文学二元素，文学作品为主客观之交代。他认为天才难产，天才多痛苦。"天才者，天之所靳，人之不幸也。"天才又须人格高尚，"济之以学问，帅之以德性"，才能产生真正的大文学家。文学家必须"感自己之感，言自己之言"，"感情真者，观物亦真"。

这些主张，有些来源于西洋唯心主义的文艺理论，有些是归纳出来的文学规律，有些则带有主观片面性。例如第十七条，王氏反对"以文学为职业"。以为"职业的文学家，以文学得生活；而专门之文学家，为文学而生活"。认为"以文学为职业，餔啜的文学也"。这真是本末倒置，闭着眼睛说话了。不先得生活，何以有文学？只是"为文学而生活"，生活得下去吗？人不餔啜，何以生存，莫非王氏主张文学只能是业余的吗？然其他职业，也都是为了餔啜。王氏写这篇文章时，职业作家尚少，不然会群起而攻之了。

王氏这些主张，亦运用在他的《人间词话》一书中，因脍炙人口，不论。他这些观点，来源于他当时正在热衷的叔本华、尼采等的唯心哲学。以为哲学、文学，都可以脱离社会、政治，而独立存在。是"不能以利禄劝"的，甚至可以与社会兴味"准刺谬"。这些主张，与王国维所处的现实生活，发生很大矛盾，造成他的很大痛苦。愈感到痛苦，他愈信奉这种学说，把叔本华等视若神明。王氏在很多文字中，谈到人生必然带来的种种痛苦，主张文学是解脱痛苦的一种方法，因而把文学的作用，降低到"消遣"两个字上。

这些见解，在当时的中国，不失为新鲜之物。加上王氏的文学知识、创作体会，相互生发，又运用到文艺评论上，他这些观点，很为人们乐于称道。

"五四"新文化运动以后，知识界渐渐对这些理论淡漠了。国内外现实主义的文学创作的大量涌现，辩证唯物主义的哲学思想的冲击，人们对他这种理论，就疑信参半了。

历来的唯心主义文学家，都强调文学家的主观的、意志的力量，都梦想把文学超驾于国家、社会、政治、法律之上，成为凌空天上的东西。结果只能造成文学和作家本身的悲剧。道理是很简单的：作家既不能脱离社会而存在，作品也只能在社会中生存。作家厌恶世俗，而作品必须从世俗中产生。世界上可能有人间天上的作品，但不会有人间天上的作家。

王国维理论上的这些主张，在他本身的创作实践中，就不能兑现。他当时的社会处境，使他不得不歌挽"太后"，不得不颂扬"相国"，不得不代别人捉刀，不得不为衣食屈膝。社会、政治，都要在他的作品中得到反映，打下历史的印记。

六

王国维在青年时期，接触了西洋哲学、文艺这一新天地，他表现了极大的学习热情。他研究哲学、美学、伦理学、遗传学。他发表对大学教育课程的意见，强调哲学、美学的重要。他一度醉心西洋的戏剧和史诗，认为中国不能与之伦比。并想有所尝试。这些文章，都有文采锋芒，充满热情和希冀。但因为生活道路的曲折变化，他后来竟把这些文章看成"不醇",付之一炬。现在的《静安文集》及其续集,乃是其门人后来收集起来的。这使我们想起鲁迅记述章太炎对待早年作品的态度。这种心理,后人是很难理解的。清末民初,一些知识分子,最初对西洋文化,如饥如渴,如醉如狂,但过了不久,原来解放了思想的人,又退回到家门以内去了。又去抱残守缺,研究"国学"。有的虽成绩很大,但他们的名字,渐渐为青年人所遗忘。他们青年时期的奋发自强,热烈的追求和探索,也被他们自己抹杀了。写到这里,不禁叹息!历史前进的途径,有曲折反复,因而使人之思想行为,有曲折反复乎?抑或人的思想行为的反复,乃使历史的前行,迂回缓慢乎?驽钝如余,不得而知矣!

1983 年 12 月 17 日下午 4 时改讫

全面的进修

——纪念鲁迅先生逝世十七周年

研究鲁迅的作品，包括两个主要的方面：在现实主义上的成就，和它对革命的重大意义。当然，这两方面是应该统一起来研究的，因为它是互为因果的。鲁迅的创作的道路，他对生活的严肃的态度，在思想方面的批判提高，和对于革命事业的热情的不断高涨，都发源自他那赤诚的拯救祖国和解放人民的心愿。这个高尚的目的，和坚韧的努力，形成了鲁迅和他的作品的伟大的品格。

关于鲁迅的读书，鲁迅的日记里，每年终记下了他所收购的书目，叫作书账。这可以说是关于他的学习和注意的方面的一种记载。但是，这书账，只是他在那一年读过的书目的一部分，而且是前后综错，不能截然划分的。比如关于研究中国小说，那就是从幼年就开始，讲授时更集中努力，以后又持续了很多年，但书账中关于中国小说的收存，记载是很少的。鲁迅在幼年和青年时代，读过一些什么书籍，鲁迅自己在《朝花夕拾》里有记载；他的老友许寿裳的两本书：《亡友鲁迅印象记》和《我所认识的鲁迅》；他的家人周遐寿的《鲁迅的故家》，记载的也很多。当然因为是多年以后的追忆，前者的记载，有些零碎，后者有些烦琐。两本书着重在日本留学和北京绍兴会馆的鲁迅生活，但记载都很真实。在私塾读书的时候，鲁迅就尽可能地寻找一些有生活趣味的书读，对于那些日常的课业，他虽然背诵得很好，但是并不注意。鲁迅的记忆力很强，读书的趣味也很广泛。因此，无论生理学和自然科学的研究，抄录古碑和收藏石像，介绍西洋美术作品和研究中国小说，对于他以后的创作，都有直接间接的帮助。到南京进入水师学堂以后，他才读到了严复翻译的书籍和梁启超的报纸，他读得非常热心，有很多篇能背得一字不差。严译群书和梁在报纸上的评论文字，在晚清都是进步的新的食粮。那时很多人在寻求拯救中国的道路。鲁迅也是抱着这个目的渡海赴日求学的。

在日本，他学习了德文和日文，除去学医，读了很多科学书籍，读了很多外国的文学作品。他很喜欢东欧和北欧的作品，这些产生自当时的弱小民族的作品，都是争取民族解放和人民幸福的，他自己也翻译了几篇，收集在《域外小说集》里，并著文介绍了一些著名作家如普希金和裴多菲的精神和思想，登在《浙江潮》和《河南》等杂志上。在这个时期，他也读了林纾翻译的一些小说，但是并不满意。因为其中缺乏有力量的作品。

这样，我们可以知道，鲁迅在读书方面，一开始就采取了一种有重大目的的进取的战斗的态度，在他的心里，时时刻刻沸腾着一种急切拯救祖国的热望。一开始注意文学，他就摈弃了那些无足轻重的为艺术而艺术的作家和作品，确定了自己的为人生的艺术的观念。以后，主编刊物，采择文章，和他自己的创作，都以这个为标准。严格说，中国新的文学创作是从鲁迅开始的，他是中国新文学园地的拓荒者、播种者、介绍先进经验的人。他的翻译，是为了扶植这块园地里的秧树新苗。他所翻译的卢、蒲两氏的《艺术论》，以及收在《壁下译丛》和别的文集里的短小明显的论文，也都是针对当时的创作情况，提供的借鉴和食粮。他吸收得广泛，哺育得众多。他最知道中国的创作处在幼稚时期，但因为紧连中国的历史变革，它的前途非常远大。关于青年的作品，虽有缺点，只要有一些成就，他就热心介绍，比如叶紫的《丰收》，他写了序，并提出具体可行的意见，叫他修改。对于李守章的小说集《跋涉的人们》，也做了鼓励。

当时有些论客，对于旧的陈腐的委曲求全，对于新生的幼稚的求全责备。他们并不了解中国创作的情况，更不为这情况着想。他们读了一本外国名著，甚至是听说过一本了不起的著作，便以为抓到了高不可攀的尺度，拿来衡量一切。他们对于幼稚的然而是企图反映中国现实的作品，不是培植爱护，而是拔出来，采取一种吹的姿势。"吹毛求疵"，对病症还有些清除的好处，但如果只是站在干岸上，或是停在脚手架下边，非议纤夫和泥瓦匠的泥腿泥脚，从不想到建筑的困难和船载的重量，那就成了契诃夫对一些不懂事的批评者的描写。

读别人的记载或是读鲁迅日记和他的书简，我们可以看出鲁迅在待人接物上，也是从革命和进取心出发的。在日本他向章太炎学习，章太炎死后，独有鲁迅突出地写了他的革命的品质。对秋瑾烈士很推崇尊敬，秋瑾牺牲，鲁迅追怀，把她写进了小说。对那些饱食终日的留学生很厌恶。他自己学习很刻苦，读书一直到深夜。对待当时发生的一些事件，都采取了正确的革命的态度。

从鲁迅日记里，我们可以很系统很清楚地看到在各个时期，他所接近的人物。这些人来人往，他虽然记得很简单，也少正面地品评，但这无疑是研究鲁迅思想进程的很重要的资料，而且反映着中国这一时代历史的进程。在"五四"前后，他常接近的是《新青年》阵营里的人，对于李大钊同志，鲁迅特别推重他心怀的磊落，李氏文集出版时，鲁迅写了序言。他也接近了当时一些进步的青年，这些青年有的勇于任事，有的后来为革命牺牲，鲁迅都有文章，真实地记下了自己的反应。

关于纪念刘和珍和柔石、白莽等，大家都知道那是千古不能磨灭的充满鲁迅的血泪的文字。

在上海，在革命的环境很困难残酷的时候，鲁迅和许多党员同志建立了崇高的友谊。有的同志牺牲，鲁迅的沉痛和反抗，是可以从他为纪念这些同志的用力用心看出来的。在东北沦亡以后，除去自己写了很多沉痛有力的文字，他特别注意帮助那些流亡的作家，介绍他们的作品。在"一·二八"时，他为葛琴的小说做了序言。这说明鲁迅对人对事的态度，都是和他对革命的热情相关联的。至于他对辛亥革命的见解和在作品中的反映，对于"三·一八"的抗议，对于苏维埃区域的同情支援，对于国民党反动统治的攻击，都见于他的文集，这一切更是集中地表现着一个作家的性格。

当然，从日记里可以看到鲁迅所接触的人，是在变化着，这是因为鲁迅不断突飞猛进的缘故。大水之行，排山倒海，它汇集前进的力量，沉没落后的力量。但鲁迅对人和对于作品一样，首先看到那主要的倾向。从不用一个规模看待建筑，一种调门听取音乐，一样颜色批评图画。

能理解鲁迅这些思想方面和行动方面的进修和表现，我们才能充分理解他的作品中现实主义的力量。即便是他的《两地书》和书简，也是深刻的人生教科书和当时社会的真实的反映。在他的短篇小说里，关于故乡部分，经研究很多是取材于真人真事的，甚至一些景物，也都是绍兴的实景。所以能有这样大量的永久的艺术力量，是因为他的现实主义的修养。对生活的观察取舍，夸张和抒情，能否有力量，都取决于作家的思想高度。在艺术作品里，作家的生活，他的思想和行为都是统一地表现着。想在艺术上有些成就，必须全面地进修。

1953 年 10 月 19 日

欧阳修的散文

世称唐宋八家，实以韩柳欧苏为最，其他四位，应说是政治家，而非文学家。欧阳修的文风接近柳宗元，他是严格的现实主义者。苏轼宗韩，为文多浮夸嚣张之气，常常是胸中先有一篇大道理，然后归纳成一句警语，在文章开始就亮出来。

欧阳修的文章，常常是从平易近人处出发，从入情入理的具体事物出发，从极平凡的道理出发。及至写到中间，或写到最后，其文章所含蓄的道理，也是惊人不凡的。而留下的印象，比大声喧唱者，尤为深刻。

欧阳修虽也自负，但他并不是天才的作家。他是认真观察，反复思考，融合于心，然后执笔，写成文章，又不厌其烦地推敲修改。他的文章实以力得来，非以才得来。

在文章的最关键处，他常常变换语法，使他的文章和道理给人留下新鲜深刻的印象。例如《泷冈阡表》里的："夫养不必丰，要于孝。利虽不得博于物，要其心之厚于仁。"

在外集卷十三，另有一篇《先君墓表》，据说是《泷冈阡表》的初稿，文字很有不同，这一段的原稿文字是：

"夫士有用舍，志之得施与否，不在己。而为仁与孝，不取于人也。"

显然，经过删润的文字，更深刻新颖，更与内容主题合拍。

原稿最后，是一大段四字句韵文，后来删去，改为散文而富于节奏：

"呜呼，为善无不报，而迟速有时，此理之常也，惟我祖考，积善成德，宜享其隆。且不克有于其躬，而赐爵受封，显荣褒大，实有三朝之锡命。"

结尾，列自己爵全衔，以尊荣其父母。从此可见，欧阳修修改文章，是剪去蔓弱使主题思想更突出。此文只记父母的身教言教，表彰先人遗德，丝毫不及他事。《泷冈阡表》共一千五百字，是欧阳修重点文章，用心之作。

《相州昼锦堂记》是记韩琦的。欧阳与韩，政治见解相同，韩为前辈，当时是宰相。但文章内无溢美之词，立论宏远正大，并突出最能代表相业的如下一节："至于临大事，决大议，垂绅正笏，不动声色，而措天下于泰山之安，可谓社稷之臣矣。"

这篇被时人称为"天下文章，莫大于是"的作品，共七百五十个字。

我们都喜欢读《醉翁亭记》，并惊叹欧阳修用了那么多的也字。问题当然不在这些也字，这些也字，不过像楚辞里的那些兮字，去掉一些，丝毫不减此文的价值。文章的真正功力，在于写实；写实的独到之处，在于层次明晰，合理展开；在于情景交融，人地相当；在于处处自然，不伤造作。

韩文多怪僻。欧阳修幼时，最初读的是韩文，韩应是他的启蒙老师。为什么我说他宗柳呢？一经比较，我们就会看出欧、韩的不同处，这是文章本质的不同。这和作家经历、见识、气质有关。韩愈一生想做大官，而终于做不成；欧阳修的官，可以说是做大了，但他遭受的坎坷，内心的痛苦，也非韩愈所能梦想。因此，欧文多从实际出发、富有人生根据，并对事物有准确看法，这一点，他是和柳宗元更为接近的。

欧阳修的其他杂著，《集古录跋尾》，是这种著作的继往开来之作。

因为他的精细的考订和具有卓识的鉴赏，一直被后人重视。他的笔记《归田录》，不只在宋人笔记中首屈一指，即在后来笔记小说的海洋里，也一直是规范之作。他撰述的《新五代史》，我在一年夏天，逐字逐句读了一遍。一种史书，能使人手不释卷，全部读下去，是很不容易的。即如《史记》《汉书》，有些篇章，也是干燥无味的。为什么他写的《新五代史》，能这样吸引人，简直像一部很好的文学著作呢？这是因为，欧阳修在《旧五代史》的基础上，删繁就简，着重记载人物事迹，史实连贯，人物性格突出完整。所见者大，所记者实，所论者正中要害，确是一部很好的史书。这是他一贯的求实作风，在史学上的表现。

据韩琦撰墓志铭，欧阳修"嘉祐三年夏，兼龙图阁学士，权知开封府事。前尹孝肃包公，以威严得名，都下震恐。而公动必循理，不求赫赫之誉。或以少风采为言，公曰，人才性各有短长，吾之长止于此，恶可勉其所短以徇人邪！既而京师亦治。"从此处，可以看出他的为人处世的作风，这种实事求是的工作态度，必然也反映到他的为文上。

他居官并不顺利，曾两次因朝廷宗派之争，受到诬陷，事连帷簿、暧昧难明。欧阳修能坚持斗争，终于使真相大白于天下，恶人受到惩罚。但他自己也遭到坎坷，屡次下放州郡，不到四十岁，须发尽白，皇帝见到，都觉得可怜。

据吴充所为行状："嘉祐初，公知贡举，时举者为文，以新奇相尚，文体大坏。公深革其弊。前以怪僻在高第者，黜之几尽。务求平澹典要。士人初怨怒骂讥，中稍信服。已而文格遂变而复正者，公之力也。"

韩琦称赞他的文章："得之自然，非学所至。超然独骛，众莫能及。譬夫天地之妙，造化万物，动者植者，无细与大，不见痕迹，自极其工。于是文风一变，时人竞为模范。"

道德文章的统一，为人与为文的风格统一，才能成为一代文章的模范。欧阳修为人忠诚厚重，在朝如此，对朋友如此，观察事物，评论得失，无不如此。自然、朴实，加上艺术上的不断探索，精益求精，使得他的文章，如此见重于当时，推仰于后世。

古代散文，并非文章的一体，而是许多文体的总称。包括：论、记、序、传、书、祭文、墓志等。这些文体，在写作时，都有具体的对象，有具体的内容。古代散文，很少是悬空设想，随意出之的。当然，在某一文章中，作者可因事立志，发挥自己的见解，但究竟有所依据，不尚空谈。因此，古代散文，多是有内容的，有时代形象和时代感觉的。文章也都很短小。

近来我们的散文，多变成了"散文诗"，或"散文小说"。内容脱离社会实际，多作者主观幻想之言。古代散文以及任何文体，文字虽讲求艺术，题目都力求朴素无华，字少而富有含蓄。今日文章题目，多如农村酒招，华丽而破旧，一语道破整篇内容。散文如无具体约束，无真情实感，就会枝蔓无边。近来的散文，篇幅都在数千字以上，甚至有过万者，古代实少有之。

散文乃是对韵文而言，现在有一种误解，好像散文就是松散的文章，随便的文体。其实，中国散文的特点，是组织要求严密，形体要求短小，思想要求集中。我们从以上所举欧阳修的三篇散文，就可以领略。至于那种称作随笔的，是另外一种文体，是执笔则可为之的，外国叫作Essay，和散文并非一回事。

现在还有人鼓吹，要加强散文的"诗意"。中国古代散文，其取胜之处，从不在于诗，而在于理。它从具体事物写起，然后引申出一种见解，一种道理。这种见解和道理，因为是从实际出发的，就为人们所承认、信服，如此形成这篇散文的生命。

1980 年 5 月

《红楼梦》杂说

　　清兵的入关，使中国封建社会的阶级关系，发生新的畸形的变化。民族压迫和阶级压迫交织在一起，相互促进，广大农民所受的剥削和压榨，更加深重了。汉人变成了旗人的奴隶，原来的地主阶级，把所受旗人的剥夺，转嫁给他们的奴隶——农民。随龙入关的，数以百万计的控弦之士，连同他们为数众多的家属，不劳而食，拥有庄园、商业、作坊。

　　统一全国后，上层统治者中间的矛盾斗争，愈演愈烈，父子兄弟之间，倾陷残杀。因此，就愈严等级之分，上下之别，层层统制，互相监视。政治方面的这种风气，由宫廷而官场，由官场而散布于社会，形成观念和风习。

　　《郎潜纪闻》一书中记载：在这一时期，每年只京城一地，旗人的奴仆，因不堪虐待，自杀身死，申报到刑部的，就数以千计。其隐瞒不报，或贫病而死的，还不知有多少。这一广大的奴隶群，身价之低贱，命运之悲惨，走投之无路，已经可见一斑。

　　旗人除强占土地、房屋、财产以外，还将大量的奴隶，收入他们的府内。其中包括大量的男女小孩，多数是京畿一带农民的子女。

　　这些奴隶，也把他们的社会关系、生活习惯、民间语言、民间传说，带进宫廷、官府，如此就大大丰富了像曹雪芹这些人的生活知识和语言仓库。

清代统治者，原来也设想，就保持他们的无文化或低文化状态，并在汉民中也推行这种愚民政策，以弓马的优势，统治中国。但这是不可能的。文化对于人民，如同菽粟，高级的进步的文化，必然要影响低级落后的文化，而促使其进步，必然要像水向低处流，填补其空白区。

雍、乾时期，旗人的文化生活，逐渐丰富起来。皇帝三令五申，也阻止不住它的飞速发展。皇帝愿意他的旗下奴隶，继续练习弓马，准备为朝廷效力。（就像贾珍教训子弟那样。）限制他们与汉人文士交接往来，养成舞文弄墨的恶劣习惯。但他们却非要吟诗作赋，写字画画不可。他们不事生产，养尊处优，在中国文化的美丽奇幻的长江大河之中，畅游不息，充军杀头，也控制不住这种趋势。于是在很短的时间里，就出现了那么多的八旗名士。

这一部分人，对于他们面临的现实生活、政治设施、社会现象，有较深的观察能力和理解能力，也具备了一定的表现能力。而曹雪芹无疑是这些人中间的佼佼者。

当然，曹雪芹感受最深的，是他本阶级的飘摇以及他的家庭的突然中落。大家知道，在雍、乾两朝，像曹家这种遭遇，并不是个别少见，而是接踵而来，司空见惯的。雍正皇帝，以抄臣民的家，作为他主要的统治手段，并且直言不讳，得意洋洋，认为是一种杰作。他刻薄寡恩，利用奸民家奴，侦察倾陷大臣，用朱批谕旨，牵制封疆，用圣谕广训，禁锢人民思想，使朝野上下，日处于惊惶恐怖之中。曹家的亲友，就不断发生类似的飞灾横祸。

曹雪芹面对这种现实，他思考、探讨，并企图得到答案：什么是人生？人生为何如此？

他从现实生活中，归结出一个普遍的规律：生活在时刻变化，变化无常，并不断向相反的方面转化。决定人生命运的，不是自己，而是外界的一种力量。这种力量，有时可知，有时不可知。他痛感身不由主，"好""了"相寻，谋求解脱，而又处于无可奈何之中。

在命运的轮转推移中，遭逢不幸，并不限于底下层，也包括那些最上层——高官命妇，公子小姐。曹雪芹的思想是入世的，是热爱人生的，是赞美人生的。他认为世界上有如此众多的可爱的人物和性格，他为他们的不幸，流下了热泪，以至泪尽而逝。

是的，只有完全体验了人生的各种滋味，即经历了生离死别、悲欢离合、兴衰成败、贫富荣辱，才能了解全部人生。否则，只能说是知道人生的一半。曹雪芹是知道全部人生的，这就是红书上所谓"过来人"。

历史上"过来人"是那样多，可以说是恒河沙数，为什么历史上的伟大作品，却寥若晨星，很不相称呢？这是因为"过来人"经过一番浩劫之后，容易产生消极思想，心有余悸，不敢正视现实。或逃于庄，或遁于禅，自南北朝以后，尤其如此。而曹雪芹虽亦有些这方面的影子，总的说来，振奋多了，所以极为可贵。

因此，《红楼梦》绝不是出世的书，也不是劝诫的书，也不是暴露的书，也不是作者的自传。它是经历了人生全过程之后，在丰富的生活基础上，产生了现实主义，而严肃的现实主义，产生了完全创新的艺术。

我们可以用陈旧的话说：《红楼梦》是为人生的艺术，它的主题思想，是热望解放人生，解放个性。

1979 年 2 月 4 日重写

《金瓶梅》杂说

从青年时起,《金瓶梅》这部小说,也浏览过几次了,但每次都没有正经读下去。老实说,我青年时,对这部小说,有一种矛盾心理:又想看又不愿意看。常常是匆匆忙忙翻一阵,就放下了。稍后,从事文学工作,我发现,从文字爱好上说,这部书并不是首选,首选是《红楼梦》。我还常常比较这两部书,定论:此书风格远不及《红楼梦》。

今年夏季,人民文学出版社印行了《金瓶梅》的删节本。说它是删节本,就是区别于过去所谓的"洁本"。我过去读到的洁本,是郑振铎主编的《世界文库》上连载的,虽未读完,但记得是删得很干净的。人文此本,删得不干净,个别字句不删,事前事后感情酝酿及余波也不删。这样就保存了较多的文字,对研究者有利,但研究者还是需要读全文。究竟哪一种删法好,不在这篇文章研究之列,不多谈。

想说的是,我已是老年,高价买了这部书,文字清楚,校对也比较精细,又有标点,很想按部就班,认真地读一遍。这倒不是出于老有少心,追求什么性感上的刺激;相反,是想在历尽沧桑之后,红尘意远之时,能够比较冷静地、客观地看一看:这部书究竟是怎样写的,写的是怎样的时代。如何的人生?到底表现了多少,表现得如何?作出一个供自己参考的、实事求是的判断。

我从来不把小说，看作是出世的书，或冷漠的书。我认为抱有出世思想的人，是不会写小说的，也不会写出好的小说。对人生抱绝对冷漠态度的人，也不能写小说，更不能写好小说。"红"如此，"金"亦如此。作家标榜出世思想，最后引导主人公去出家，得到僧道点化，都是小说家的罩眼法。实际上，他是热爱人生的，追求恩爱的。在这两点上，他可能有不满足，有缺陷，抱遗憾，有怨恨，但绝不是对人生的割弃和绝望。

自从唐代，小说这种文体，逐渐完善起来，就成为对人生进行劝惩的一种途径。在故事结构上，就常常表现一种因果。释道两家也都谈因果，在世俗中形成一种观念。但是，文学上的因果报应说，实际上是人民群众，特别是弱小者，不幸者的一种愿望。在实际生活中，往往并不如此。因为善恶的观念，有时并不稳定，有时是游离的，有时是颠倒的。这种观念受时代的影响，特别是经济、政治的影响，这种影响，随形势变化而变化。

我并不反对，有些小说标榜因果报应。因果，就是现实发展、变化的规律。事物都有它的起因和结果。起因有时似偶然，然其结果则是必然。其间迂回、曲折，或出人不意，或绝处逢生，种种变化，都是事物发展的过程。作家能真实动人地反映这一过程，使读者有同感，能信服，得警悟，这就是成功之作。起于青萍之末也好，见首不见尾也好；红极一时，灯火下楼台也好；烟消火灭，树倒猢狲散也好，虽是小说家点缀，要之不悖于真实。兴衰成败，生死荣枯，冷热趋避，人生有之，文字随之，这是毫不足奇的。小说家常常以两个极端，作为小说结构的大局布，庸俗者可成为俗套，大手笔究竟能掌握世事人生的根本规律。在写因果报应的小说中，《金瓶梅》是最杰出的、最精彩的一部。它不是简单的图解和说教，它是用现实生活的生动描绘，来完成这一主题。

历来谈《金瓶梅》者，每谓西门庆这一人物，实有所指，就是说有个真实的人作模特儿，这是可以相信的。很多著名小说中的人物，都有所依据。前人说"蔡京父子则指分宜（严嵩）"，也并非妄言。

最古老的小说，主角多是神魔，稍后是帝王、将相。唐代传奇，降而描述人生，然主人多非平民，而是奇逸之士。《金瓶梅》始转向现实，直面人生，真正的白描手法，亦自它开始。

《金瓶梅》选择了西门庆这样一个人，这样一个家族。用这个人和这个家族，联系当时社会的各个方面：朝廷、官场、市井，各行各业，各种人物。这种多方面的，复杂的人物和场景，是小说创作的一种新局面，也是这一书开创起来的。

《金瓶梅》运用了写实的手法，或者说是自然主义的手法，描写不避繁琐。采用日常用语，民间谚语，甚至地方土话，来表现人物的性格，色彩和气氛，也是它的创造。

这部小说保留的民间谚语，比任何小说都多，都精彩，它有时还用词曲韵语，直接代替人物的对话，或对事物的描写。

作者选择一个暴发户，作为小说的主人，是和时代有关的。通过这样的人物，表显明代中季社会的面貌和内涵，最为方便。外国小说，有只写一个普通农民，普通工人的，并不要求人物社会地位的显赫。中国小说的传统，则重视主要人物的社会地位及其联系面。用广泛的接触，突出时代的特性。《红楼梦》写的是八旗贵族，这是清初的时代特征。《金瓶梅》写的是山东清河县内，一个暴发户的生活史。每个封建王朝，都会产生一大批暴发户。元朝蒙古入侵，明朝朱元璋定统，都产生了自己的暴发户。暴发户不只与当时经济制度有关，而更重要的，是必须投当代政治之机，与政治制度有关。它用市井生活作背景，这是明中叶社会生活的缩影。

曹雪芹是八旗子弟。《金瓶梅》的作者，则属于下层。然其文化修养、艺术素质、观察能力、表现手段，都不同凡响，虽尚未考证出作者确实姓氏，但他一定是个大手笔。他是混迹于市井生活的人，不是什么显贵。对当时政治的黑暗，看得很清楚。他对这一社会，充满憎恶之情，但写来不露声色，非常从容。他也受当时社会风气的影响，所以写了那么多露骨的淫亵文字。他力图全面表现这一社会，其目的当然不会是单纯的泄愤或报复。他是锐意创新的，他想用这种白描式的社会人情小说，一新读者的耳目，并引导读者面对人生现实。他的功绩不只在于他创造了这部空前形态的小说，而在于他的作品孕育了一部更伟大的《红楼梦》。

不仔细阅读《金瓶梅》，不会知道《红楼梦》受它影响之深。说《红楼梦》脱胎于它，甚至说，没有《金瓶梅》，就不会有《红楼梦》，一点也不为过分。任何文学现象，都是在前人的基础上产生的，任何天才的作家，都必须对历史有所借鉴。善于吸收者，得到发展，止于剽掠者，沦为文盗。

《金瓶梅》所写的生活场景，例如家庭矛盾，婚丧势派，妇女口舌，宴会游艺，园亭观赏，诗词歌曲，无不明显地在《红楼梦》中找到影子。当然《红楼梦》作者的创作立意、艺术修养境界更高，所写，有其独特的色彩；表现，有其独特的个性，在多方面，都凌驾于《金瓶梅》之上，但并不能掩盖它的光辉。

任何艺术，比较其异同，是困难的，也是蹩脚的。在艺术上，不会有相同的东西，这是艺术的创造性所确定的。但是，我在读"金"的过程中，常常想到"红"，企图作一些比较，简列如下：

一、"金"的写法，更接近于宋元话本，它基本是用的讲述形式，其语言是诉诸"听"的，它那样多地引用了唱词曲本，书也标明词话，也从这里出发。

二、"红"的写法，虽也沿用宋以来白话小说的传统，特别是"金"的语言的传统，但它基本上是写给人看的，是诉诸视觉的。它的语言，不再那样详细繁琐，注意了含蓄，给人以想象和回味。

三、"红"语言的这种特点，是源于作者的创作立场和主观情感。"红"的作者，写作的目的，是感伤自己的身世，追忆过去的荣华。在写作中，他的心时时刻刻是跳动的，是热的，无论是痛哭，或是欢乐。

而"金"的作者，所写的是社会，是世态，是客观。"金"的作者对于他所描绘的世态也好，人情也好，都持一种冷眼观世的态度。这些描述，在他的笔下虽是那样详细无遗，毛发毕现，总给人一种极端冷静的感觉，嘲讽的味道。这一特点，当然也表现在它的语言上。

四、"金"的写法，更接近于自然主义，作者主观的感情色彩，较之"红"，是少得多了。对于世态人情，它企图一览无余地，倾倒给读者："你们看看，世界就是这个样子！"那些猥亵场面，也是在作者这样心情下，扔出来的。而"红"的作者对他所描写的东西，都精心筛选过，在艺术要求上，做过严格的衡量。即使写到男女私情，也作了高明的艺术处理，虽自称为"意淫"，然较之"金"，就上乘得多了。

我不知道自己是不是有道学家的思想。最近看了一本马叙伦的《石屋余沈》，他在谈到淫秽小说《绿野仙踪》时说："即中年人亦岂可阅！不知作者何心。"他是教育家，他的话是可以相信的。这些淫秽文字，在"金"的身上无疑也是赘瘤。

五、因此，虽都是现实主义的艺术珍品，就其艺术境界来说，"红"落脚处较高，名列于上，是当之无愧的。

西门庆是个暴发户，他的信条，也是一切暴发户的生财之道："要得富，险上做。"他除去谋求官职，结交权贵（太使、巡按、御史、状元），也结交各类帮闲、流氓打手，作为爪牙。他还有专用的秀才，为他歌功颂德，树碑立传。他开设当铺、绸缎铺、生药铺，这都是当时最能获利的生意。他放官债，卖官盐，官私勾结，牟取暴利。他夺取别人家的妻妾，同时也是为了夺取人家的财货。娶李瓶儿得了一大笔财产，娶孟玉楼，又得了一大批财产。这是一个路子很广、手眼很大、图财害命、心毒手狠的大恶棍、大流氓，是那个时代的产物。这无疑是当时社会上，最惹人注意的形象，因此，也就是时代的典型形象。

书中说："火到猪头烂，钱到公事办。"西门庆，贪得无厌，贪赃枉法，一旦败露，他会上通东京太师府，用行贿的办法，去求人情。他行贿是很舍得花钱的，因此收效也很大。行贿的办法是，先买通其家人，结交其子弟。本书四十七、四十八两回，写西门庆行贿消祸，手法之高，收效之速，真使人惊心动魄。

这种人依仗权势、财物、心计、阴谋，横行天下。受害的，当然还是老百姓。活生生的人口，也作为他们的货物，随意出纳，有专门的媒婆，经纪其事。一个丫头的身价，只有几两银子或十几两银子。社会风气，也随之败坏，他们虐辱妇女：用马鞭子抽打，剪头发，烧身子。书中所记淫器，即有六七种之多。《金瓶梅》是研究中国妇女生活史的重要资料库。

说媒的，算卜的，开设妓院的，傍虎吃食的，各色人物，作者都有精细周到的描述。对下层社会的熟悉和对各行各业的知识，以及深刻透彻的描写，很多地方，非《红楼梦》作者所能措手。

《金瓶梅》的结构是完整的，小说的进行，虽时有缓滞繁琐，但总的节奏是协调的。故事情节，前后有起伏，有照应，有交待。作者用心很细，艺术功力很深。曹雪芹没有完成自己的著作，不能使人了解其完整的构思。《金瓶梅》的作者，写完了自己的小说，使人了然于他的设想。他写了这一暴发户从兴起到灭亡的急骤过程。

作者深刻地写出了，这种暴发户，财产和势派，来之易，去之亦易；来之不义，去之亦无情的种种场面。写得很自然，如水落石出，是历来小说中很少见到的。他用二十回的篇幅，写了这一户人家衰败以后的景象。这一景象，比起《红楼梦》的后四十回，触目惊心得多，是这部小说的最精彩、最有功力的部分。

鲁迅的小说史和郑振铎的文学史，都很推崇这部小说，郑并且说它超过了《水浒》《西游》。鲁迅称赞之词为：

作者之于世情，盖诚极洞达，凡所形容，或条畅，或曲折，或刻露而尽相，或幽伏而含讥，或一时并写两面，使之相形，变幻之情，随在显见，同时说部，无以上之……

此为定论，万世不刊也。文学工作者，应多从此处着眼，领略其妙处，方能在学习上受益。如果只注意那些色情地方，就有负于这次出版的美意了。印删节本，是一大功德。此书历代列为禁书，并非都是出于道学思想。那些文字，确不利于读者，是道地的伐性之斧，而且不限于青年人。很多人喊叫，争取看全文，是出于好奇心理。

此书最后，虽以《普静师荐拔群冤》收场，然作者对于僧道一行，深恶痛绝，书中多处对他们进行淋漓尽致的揭露，抒发了对这些只会念经，不事生产的特种流氓、蛀虫的痛恨和嘲笑。甚至发出这样的感叹："何人留下禅空话，留取尼僧化稻粮。"又说，"若使此辈成佛道，西天依旧黑漫漫！"几百年后，诵读之下，仍为之一快。

中国自古神道设教，以补政治之不足，日久流为形式，即愚氓亦知其虚幻。然苦于现实之残酷，仍跪拜之，以为精神寄托。所以，凡是以佛法结尾的小说，并非其真正主题，乃是作者对历史的无情，所作的无可奈何的哀叹。

《金瓶梅》的真正主题是什么呢？鲁迅说：

故就文辞与意象以观《金瓶梅》，则不外描写世情，尽其情伪，又缘衰世，万事不纲，爰发苦言，每极峻急，然亦时涉隐曲，猥黩者多。

这是一部末世的书，一部绝望的书，一部哀叹的书，一部暴露的书。

1985 年 8 月 26 日

昨夜雨，晨四时起作此文，下午二时草讫。

关于《聊斋志异》

我读书很慢，遇到好书好文章，总是细细咀嚼品味，生怕一下读完。所以遇到一部长篇，比如说二十万字的书，学习所需的时日，说起来别人总会非常奇怪。我对于那些一个晚上能看完几十万字小说的人，也是叹为神速的。

《聊斋志异》这部小说，我不是一口气读完，断断续续读了若干年。那时，我在冀中平原做农村工作，农村书籍很缺，加上日本帝国主义的烧掠，成本成套的书是不容易见到的。不知为了什么，我总有不少机会能在老乡家的桌面上、窗台上，看到一两本《聊斋》，当然很不完整，也只是限于石印本。

即使是石印本的《聊斋》吧，在农村能经常遇到，这也并不简单。农村很少藏书之家，能买得起一部《聊斋》，这也并非容易的事。这总是因为老一辈人在外做些事情，或者在村里经营一种商业，才有可能储存这样一部书。

石印本一般是八本十六卷。这家存有前几本，过些日子，我又在别的村庄读到后几本，也许遇到的又是前几本，当然也不肯放过，就再读一遍。这样，综错回环，经过若干年月，我读完了《聊斋》，其中若干篇，读了当然不止一次。

最初，我是喜欢比较长的那些篇，比如《阿绣》《小翠》《胭脂》《白秋练》《陈云栖》等。因为这些篇故事较长，情意缠绵，适合青年人的口味。

书必通俗方传远。像《聊斋》这部书，以"文言"描写人事景物，在很大程度上，限制了它的读者面。但是，自从它出世以来，流传竟这样广，甚至偏僻乡村也不断有它的踪迹。这就证明：文学作品通俗不通俗，并不仅仅限于文字，即形式，而主要是看内容，即它所表现的，是否与广大人民心心相印，情感相通，而为他们所喜闻乐见。

《聊斋志异》，是一部现实主义的书。它的内容和它的表现形式，在创作中，已经铸为一体。因此，即使经过怎样好的"白话翻译"，也必然不能与原作比拟，改编为剧曲，效果也是如此。可以说，"文言"这一形式，并没有限制或损害《聊斋》的艺术价值，而它的艺术成就，恰好是善于运用这种古老的文字形式。

过去有人谈过：《聊斋》作者，学什么像什么，学《史记》像《史记》，学《战国策》像《战国策》，学《檀弓》像《檀弓》。这些话，是贬低了《聊斋》作者。他并不是模拟古人古书，他是在进行创作。他在适当的地方，即故事情节不得不然的场所，吸取古人修辞方法的精华，使叙事行文，或人物对话，呈现光彩夺目的姿态或惊心动魄的力量。这是水到渠成，大势所趋，是艺术的胜利突破，是蒲松龄的创造性成果。

行文和对话的漂亮修辞，在《聊斋》一书中是屡见不鲜的。可以说，非同凡响的修辞，是《聊斋》成功的重大因素之一。

接受前人的遗产，蒲松龄的努力是广泛深远的。作为《聊斋》一书的创作借鉴来说，他主要取法于唐人和唐人以前的小说。宋元明以来，对他来说，是不足挂齿的。他的文字生动跳跃，传情状物能力之强，无以复加的简洁精炼，形成了《聊斋》一书的精神主体。

在哲学意义上说，内容决定形式，形式对内容又起很大的反作用，即是内容和形式的辩证统一。这一般非只就一部作品完成了它的创作形态以后而说的，是指创作的全部过程。一种内容可以有各种形式，有成功或失败的形式。决定艺术作品成功与失败的，是作家对这一内容的思想、体验、选择和取舍，即艺术的全部手段。

汉代是一历史内容。它有《史记》和《汉书》两种不同的形式，各有千秋。另外还有许多不能完整流传下来的汉书，不能流传，自然是一种失败。

同样，《聊斋》所写，很多内容，是古已有之的。神怪小说，在中国文学史上，是汗牛充栋的。但是蒲松龄在这一领域，几乎是一人称霸。

什么原因？我在陆续阅读这部小说的时候，不能不想到这个问题。

鬼神志怪书，晋及六朝已盛行。真正成为文学创作，则是唐开元天宝以后的事。著名的作家有沈亚之、陈鸿、白行简、元稹、李公佐等。这些作家的作品，都明显地影响了《聊斋》。

唐人小说，包括大作家韩愈和柳宗元的作品在内，在创作上形成一个新的起点，继往开来，为中国短篇小说开扩出一种全新的境界。

唐人小说的特点：

一、很多作品，写的是真人真事，为各个阶层、各种职业的平凡人物作传。在这些传记性的作品里，都有鲜明的典型环境和人物性格，表明深湛的哲学道理，生活的不可抗拒的规律。它不再侈谈神怪，也不空谈因果。

二、他们不再把"小说"当作奇怪见闻、游戏文章，轻率地处理。而是郑重其事，严肃周密地去进行创作。他们的作品都含有人生和社会的重大命题。他们的故事生动曲折，主题鲜明突出，人物活泼可爱。

他们从简单重复的神奇怪异的小圈子里走出来，到现实社会生活中去。这一时代的小说，现实主义的内含，特别突出显著。

三、唐代小说作者，也都是诗人，他们非常重视语言的艺术效果。在他们的散文作品里，叙事对话，简洁漂亮，哲理与形象交织，光彩照人。

这些特点，在宋元的同类作品中，逐渐减弱。一些作者，在小说中，有意卖弄才情，塞进大量无聊诗词，破坏小说的组织，使小说充满酸气。到了明末，好的传统可以说是消磨殆尽了。

《聊斋》一书，追溯唐人的现实主义源头。它把一束束春雨后的鲜花，抛向读者。

《聊斋志异》的现实主义成就，必然和作者的生活经历有关。据有关材料，蒲松龄的主要生活历程为：

一、明崇祯十三年，生于山东淄川县满井庄。

二、少有文才，但屡困场屋。

三、曾短期到江南宝应县任幕宾。

四、长期馆于同邑名人家。

蒲松龄在宝应县，只有一年多时间。他活了七十六岁，可以说，他整个一生是在故乡度过的。

农村是广阔的天地，人物众多，是文学创作取之不尽的最大最深的源泉，是民族历史文化的无尽宝藏，是国家经济政治最大的体现场所。所谓民间传说、民间故事、民间语言，对创作《聊斋》来说，都是宏伟的基础。蒲松龄这个生活根据地，可以说是长期而牢固的了。古今中外，凡是伟大的作家，没有不从农村大地吸取乳汁的。

在名人家坐馆，教授几个生徒，是很轻松的工作。他有充分的时间，从事采访、思考、观察和写作。鲁迅说：有闲不一定能创作，但要创作，则必须有一定的余闲。过于穷困，则要忙于衣食；过于富贵，则容易流于安逸。蒲松龄过的是清寒士子的生活，他兼理家务，可得温饱，因此，他可以专心著书。

到江淮旅行一次，对他创作也是有利的。往返途程，增加不少实际见闻，体验了各处风土人情，交了不少新的朋友，并收集到很多奇闻异事，作为他以后创作的素材。我们在《聊斋》中，常常见到一些江淮情景，就是此行的收获。

《聊斋》的题材，故乡的材料，占很大比重，包括历史传闻和亲身经历，他也从古代记事中取材，但为数不多。

蒲松龄在文学修养方面，取精用宏。中国的志异小说，有《太平广记》等专集，供他欣赏参考。但绝不限于此，他对于经史子集中的记事，无不精心研讨，推陈出新，汇百流为大海。

在技巧准备方面，他作了多方面的努力。据现有的材料，他曾写了文集十三卷；诗集五卷，又有续录；词集不分卷；杂著五册；戏三出；通俗俚曲十四种。

这些著作的总字数，大大超过了《聊斋》的字数，但总观一过，虽然都有独具风格的才情和内容，其成就皆不及《聊斋》文绝一体，天才孤诣；参天者多独木，称岳者无双峰。蒲松龄倾其才力于一书，所遗留人间的，已号洋洋，我们还能向他多求吗？这些著作，对蒲松龄创作小说，都可以说是准备。

《聊斋》很多篇写了狐鬼，现实主义力量，使这些怪异，成了美人的面纱，铜像的遮布，伟大戏剧的前幕，无损于艺术的本身。蒲松龄所处的时代和社会，是很动乱和黑暗的，时代迫使作家采取了这种写法。作家在创作上，实际突破了时代和环境的樊篱。有很多作品，具备深刻的时代意义和社会意义，无情地对社会作了揭露和批判。他写的狐鬼，多数是可爱可亲近的。他把一些动物，比如狐、獐、猫、鼠；飞禽如鸽、鹌鹑、秦吉了；水族如鱼、蛙；虫类如蟋蟀、蝇、蝶，都赋予人的性格，而带有它们本身的生活特征。他对于植物，如菊、牡丹、耐冬的描述，尤其动人。他对于各种植物的生态，有很细致的研究。大如时代社会，天灾人祸；小如花鸟虫鱼，蒲松龄都经过深刻的观察体验，然后纳入他的故事，创作出别开生面、富有生机、饶有风趣的艺术品。在这部小说里，蒲松龄刻画了众多的聪明、善良、可爱的妇女形象，这是另一境界的大观园。

这是一部奇书，我是百看不厌的。而蒋瑞藻作《小说考证》，斥之为千篇一律，不愿再读。他所指盖为所写男女间的爱情以及女子之可喜可爱处。如此两端，在人世间实大同小异，有关小说，虽千奇百态，究竟仍归千篇一律，况《聊斋》所写，远不止此。蒋氏作考证，用力甚勤，而于文学创作，识见如此之偏窄，不知何故。

随着年龄和阅历的增长，我越来越喜爱那些更短的篇，例如《镜听》。同时，我也喜爱"异史氏曰"这种文字，我以为是直接承继了司马迁的真传。

蒲松龄也是发愤著书，终其生，他也没得见到他自己的辛勤著作印刷出版。

粗略地谈过这部名著，我们从作品和作家那里，能获得哪些有益的经验教训呢？

1978 年 7 月 23 日

《胡适的日记》

　　因为长期不入市，所以见不到新书。过去的书店，总印有新书目录送人，现在的出版社，是忙着给别人登广告，自己的出版物，也很少印在书的封三、封底上。过去商务、中华都是利用这些地方，分门别类地介绍自己的出版物。对人对己，都很有利。这一传统，不知道为什么，不被当代出版家留意。

　　《胡适的日记》也是宗武送来的。上次他送我一部《知堂书话》，我在书皮上写道：书价昂，当酬谢之。后来也没有实现。这次送书来，我当即拉抽屉找钱。宗武又说：书很便宜，不必，不必。我一看定价，确实不贵，就又把抽屉关上了，实在马虎得很！后来在书皮上写道：书价不昂，又未付款。可笑，可笑。

　　这书是中华书局前些年印的，但我一直不知道。我现在不能看长书，所以见到此书，非常高兴。当晚，就把别的功课停了，开始读它。

　　《胡适文存》和他写的《中国哲学史》（半部）、《白话文学史》（半部），在初中时，就认真读过了。现在已经没有多少记忆。因为，很快思想界就发生了变化，胡适的著作，不大为当时青年所注意了。

　　文化，总是随政治不断变化。"五四"文化一兴起，梁启超的著作，就被冷落下来；无产阶级文化一兴起，胡适的文化名人地位，就动摇了。

就像他当时动摇梁启超一样。这是谁也没有办法的，无可奈何的。

这只是就大的趋势而言。如果单从文化本身着眼，则虽冷落，梁启超在文化史上的地位，胡适在文化史上的地位，仍是存在的，谁也抹不掉的。

我以为胡的最大功绩，还是提倡了白话文，和考证了《红楼梦》。近来听说他晚年专治《水经注》，因为我孤陋寡闻，没有见到书，未敢随便说。但专就一部旧书，即使收集多少版本，研究多么精到，其功绩之量，恐怕还是不能和以上两项相比。

提倡白话，考证《红楼》，都是一种开创之功。后来人不应忘记，也不能忘记。提倡白话，又是一种革命行动。考证《红楼》，则是提供了一种新的方法。

不过，什么事，也不能失去自然。例如，《胡适的日记》，这个"的"字，加上好，还是不加上好，是可以讨论的。文字是工具，怎样用着方便，就怎样用。不一定强求统一，违反习惯也不好，会显得造作。

我还以为，近年的红学，热闹是热闹了，究竟从胡适那里走出了多少，指的是对红楼研究，实际有用的东西，也是可以讨论的。

文学和生活的路
——孙犁散文随笔书信选（下）

1990年11月30日下午，大风竟日未停。

昨夜不适，夜半曾穿衣起床，在室内踱步。

《高长虹传略》

文载《新文学史料》一九九〇年第四期。作者言行。

我认为这是一篇很好的传记。关于高长虹，过去人们所知甚少，现在，差不多都忘记了。他的同乡人士，近年出版了他的文集，我尚未见到，读了这篇传记，却有些感触。过去，人们乡里观念重，常有一些有心人，把地方文献征集出版，不埋没人才，原是一件好事。现在山西一些同志，也注意到这方面的工作，引起我的兴趣。

我开始留心文坛事迹之时，狂飙运动，已经过去了。我倾心的是当时正在炽热的左翼文学运动。狂飙运动，这一名词虽然响亮得很，鲜明得很，但在社会上，甚至在文艺界，似乎并没有留下多少使人记忆的事迹和影响。我知道高长虹这个人名，不是从他的著作、文章，而是从鲁迅和别人的文章。有一次，我在北平的冷摊上，遇到一本《狂飙》周刊的合订本，也没引起购买的想法。这说明，热闹一时的狂飙，已被当时的文学青年所冷落。

任何运动的兴起，都必有时代思潮做基础，狂飙运动，不过是五四运动的一个余波。它体现的还是爱国精神和民主科学两个口号，但时代思潮，继续向前发展，狂飙的主将，没有这方面的准备，也没有这方面的热情，很快就被"时代的狂飙"，吹到了旁边，做了落伍者。

因此，他们的运动，也就成了尾声。

高长虹书读得是多的，文笔是锋利的，也有股子干劲，也具备一种野心。但据我看，他是个个人主义者，也有些英雄色彩。但不与时代同步，不与群众结合，终于还是落到无用武之地的寂寞小天地里去了。

他的一生，追求探索，无书不读。只身一人，一囊一杖，游历数国，也不知他是如何生活的。他好像没有固定的信仰，也不做任何实践，甚至也不愿系统地研究一种学问。一生悒悒惶惶，不禁使人发问：夫子何为？

最后，终于感到，这样大的天地，这样多的人民，竟没有一个安身立命的落脚之地。这不是时代的悲剧，只能说是一个人的、一个性格的悲剧。

耕堂曰：一九四四年至一九四五年，我在延安，住桥儿沟东山。每值下山打饭，常望见西山远处，有一老人，踽踽而行，知为高长虹。时距离远，我亦无交游习惯，未能相识。另，我长期在晋察冀边区工作，山西之盂县，曾多次路过。以当时不知为高氏故乡，故亦未加采访。今读此传，甚为高夫人行为所感动。以她的坚贞死守之心，高唯一的一张青年时照片，得以留存，使后人得睹风采。高紧闭双唇，可观其自信矣！

1990 年 12 月 27 日

传略引高氏文章：军阀是些被动的东西，他们被历史、制度、潮流夹攻着而辨不出方向，他们没有自觉，没有时代，他们互相碰冲而无所谓爱憎，他们所想占据的东西是实际上并没有的东西，他们冲锋陷阵在他们的梦想里,他们全部的历史便是,短期的纷扰与长期的灭亡。

　　读着这段文章,我不知为什么,会想到文艺界的一些英雄豪杰身上去。

次日又记

读画论记

一　引

六十年代中期，我买了一些美术方面的书。其中包括《画论丛刊》上下两册，《历代名画记》《图画见闻志》《宣和画谱》《石涛画语录》《画鉴》等。以上，都是人民美术出版社整理出版的，有的还加了译注。

另外，我从外地邮购一部余绍宋编的《画法要录》，系中华书局解放前聚珍版，线装两函，书印得很大方。上函讲山水，下函讲人物及其他。

大病之后，身体虚弱，找出一些论画的书来读，既不费脑筋，又像鉴赏字画一样，怡乐心神，我以为是最合适不过的了。

二　《画法要录》

最先读的是余绍宋的《画法要录》。第一函，共四册，居然逐字逐句地读完了。他是辑录前人论画的言论，依次叙列，上函所引书目，近八十种，多切实可信之说。余氏自撰序例三十四则，冠于书首，非常精辟，说明其撰述宗旨。

余绍宋不是空头理论家，他参加过陈师曾等人组织的画社。他还著有《书画书录解题》一书，对中国美术遗产，研究颇深。

此人不尚新奇，不务空谈。如其序例第六所言：

吾国画学，固以不落迹象为高，然必先从规矩入手，而循至于不落迹象，乃为可贵。王安节云：有法之极，归于无法，斯言得之。

艺术规律相通，绘画如此，文学亦如此。未有文字不讲规矩，而可能成为"作家"，甚至成为"名家"者。世界上如有这等人出现，一定是自欺欺人之辈。

书前有林志钧序，写得也不错，是余氏的友人。写序时，正值国家多难垂危之期，尤可感慨。

书上旧有蕉鹿轩藏书印，不知系何人藏书。书为粉连纸印，颇新，当时定价仅四元。此书，民国十九年二月初版，二十年八月再版，亦可谓畅销之书矣。

余见真迹甚少，尤不习绘事，然读此书，津津有味者，以其所论，多与文学创作有关。张彦远《法书要录》，历代以为切实可信。余对此书，亦如此观。

艺术不能不创新，亦不能不借鉴新。不然墨守成规，谈何创造。但创新非务新奇，以新奇为招徕，为冠冕。

清方薰《山静居画论》称：东坡常谓好奇务新，乃诗之病，画岂不然。

东坡的诗，难道没有创新？何以又反对新奇？原因在于，这是有成就的大家，在多方借鉴，勤苦实践之余，对一些避难就易，哗众取宠之徒的一种婉言劝告。而新潮戏弄者，反以此，反击老一辈为顽固，为嫉妒，则对先辈之谆谆善意，大为误解。

此书序例十一曰：

画学衰微，至今日而极矣。以狂怪狞恶为有气魄，以涂脂抹粉为美观。市井喜之，上海派提倡之，日本之浅识者附和之。动开画会，自标声价，耳食者震之，辄为所惑。于是后生小子，美其易致富裕而博浮名也，竞趋而师事之。习俗如斯，谁复肯细研画理之精微？谁复肯推究古人之绪论？甚且以为历来巨迹亦不足师，就易舍难，急于自表，而画道遂不可问矣！

真是开卷有益。今日报刊之热题：文学为何走入低谷？作家为何不值一文？阅读这段六十年前的精彩之词，细而思之，所有困惑，不是都迎刃而解，拨开云雾，得见一片蓝天了吗？

人要自趋下流，别人是挽救不了的。艺术家亦然。有些人是"作法自毙"，也值不得同情。

三　《画论丛刊》

余绍宋的书，还没有读完，就想起了于安澜所辑《画论丛刊》。于是，把人民美术出版社出版的几本书找出来，好在它们都捆在一起。

于先生这部书，分为上下两集。前有余绍宋和郑午昌手书制版的序。

这部书，据例略所言，专收画法画理之作；不收叙述源流，品第鉴别之著。所收又分为总论及专论二类。编前冠以作者事略，并辑录有关资料，如《四库全书总目提要》及《书画书录解题》等。

此书于解放前，曾由中华书局印行一次。一九五八年，由作者重校再印。此丛书，选书精当，眉目清楚，校印审慎，颇便阅读，余甚喜之。

夫画论一题，甚难言矣。余绍宋称：

昔人论画，每不屑作明显之语，最喜高谈神妙。不曰艺进于道，即曰妙入化机，甚且有涉于禅理及太极阴阳者，几使读者忘其为论画之书。非唯不适于实用，亦与画家萧散之旨有违。

又多偏重文章，往往有极浅显之理，数语即可了澈者，因重词华，反成艰涩。

论画很少平实讲解，因之亦少发明。此不必远求，即如本书郑午昌先生序，所谈法理一段，就很像佛经一样，即便"静参"，也难明了。理论家之这一习惯，不分绘画、文学，根深蒂固，没有大智大勇，很难逃出这个圈子。

近年文论，只有两途：一为吹捧，肉麻不以为耻；一为制造文词，制造主义，牵强附会，不知究竟。余一生读书，颇受此等文字之苦，故晚年宁听村妇村夫之直言，不愿读文艺理论家之呓语。

玄奥无稽之谈，多出自著录题跋者之手，至于画家本身文字，则较为切实。因其从实践经验出发，不会有以上凭空设想之病。丛刊所收，多画家自述。

例如意在笔先一语，这本是画家经验之谈，无关玄理，且为一切艺术实践之普遍规律，可施之于文学、音乐、舞蹈、戏剧。然一经理论家玄化，则使人不易理解。

再例如远山无皴，远水无波，远人无目之说，也是画家经验的积累，很可宝贵，而有些人以其言语通俗，好懂好记，贬之为工匠口诀。其实古代名家，多出自工匠。他们为使人易记易解，常把文字口诀化。

其实，有些真正的画家，对一些玄禅之谈，颇有微词。清恽寿平说：

宋人谓能到古人不用心处；又曰写意画，两语最微，而又最能误人。

不知如何用心，方到古人不用心处？不知如何用意，乃为写意？

又说：

今之号为画者夥矣，营营焉，攘攘焉，屑屑焉，如蚕岷贸丝，视以前古法物，目眩五色，挢舌而不能下矣。矧可与知古人称心所在也耶！

此亦可为当前投机下海者写照矣。

《画论丛刊》，共收书五十余种，长短不一，玄浅各异，作家以逝去者为限。

于安澜先生，博学多艺，中华书局早年即为其出版《韵谱》一书。后在北平，七七事变，南返原籍。其家似在河南，抗战期间，乡居杜门者六载。当时，日寇铁蹄所至，知识分子生存甚难，如在河北，则并乡居杜门，亦不可能。

书为一九六二年八月版，时国家困难已过，纸质较好，印刷装订均佳，校对亦细，于先生对此书出版，颇为负责，后附校勘记，甚精审。

四　《画鉴》

解放以后，人美刊印古籍，名目繁多：除《画论丛刊》，尚印行过《中国画论类编》，惜我未见。我手头有的，如《历代名画记》与《图画见闻志》，则称《中国美术论著丛刊》，有点校而无注，书前有简介，点校者亦为名家。《宣和画谱》《画鉴》《石涛画语录》，则称《中国画论丛书》，标点之外，尚有注译。其实美术古籍内容，很难分得清楚，名目多，反而易混。

古籍今译，今日大行。然细考之，有利有弊：太艰深者，难以译准；稍浅近者，又可不译。如《中国画论丛书》，既已加注，即可不译。《画鉴》有一则：

道士牛戬，信笔作寒鹊野雉，甚佳。

译为：

道士牛戬，信笔作寒鸦野雉等禽鸟，都是画得极好。

译与不译，差不了多少。如稍不注意，还会走失原文精神。这是为求统一，名家也只好硬着头皮去译。目前，白话译古文，成为风气，而译者学识多不逮，这就更成问题。古籍能不译，最好不译；欲读古书者，最好硬着头皮去读原文，不借助当前白话译本。

《画鉴》，元汤垕撰，书很短小，薄薄一本。讲历代的画，从吴（三国）到金。叙述简洁，颇有韵味，读一则，就像读一篇小品文。并且绘声绘色，读介绍文字，就如同见到了那张画一样，实在传神。

近日习字，我就把喜爱的段子，写在条幅上，算作读书笔记，很是有趣。

书写途中，又发现有的译文和原文只差一字：

金人杨祕监，画山水图，专师李成。（原文）
金人杨祕监画山水，专师李成。（译文）

又如：

金人任询,字君谟,草书入能品,画山水亦佳,在王子端之下者。(原文)

任询金人,字君谟,草书入能品,画山水亦佳,在王子端之下。(译文)

怎样也想不通,为什么这样做,这不是多此一举吗?再一想,这不能怪译者,只能怪领导。他只能这样译。这也是一种形式主义,费力不讨好。

我读书,有违传统的"不求甚解"之义,遇到问题,常常耿耿于怀,说三道四。不久以前,还有人责怪我"横挑鼻子竖挑眼",现在又犯了老毛病,不觉哑然失笑。

此书后附画论,《画论丛刊》摘收。

五 《宣和画谱》

《宣和画谱》叙目载:各门画家人数及内府所藏卷轴数。其中,道释门四十九人,一千一百七十九轴;人物门三十三人,五百五轴;山水门四十一人,一千一百八轴。

此数字,从一种角度,反映宋代及其以前,绘画的内容,及各门从业画家的多少,即当时这一意识形态的趋势。

我们读《洛阳伽蓝记》等书,知道南北朝时期,佛教大行于南北,寺庙的修建,极其奢侈,其中的壁画,无比辉煌。

这些壁画,多以佛教故事为主题,然神仙之形象,不过是人间形象的扩大;神仙的生活背景,也不过是人间生活的翻版。

因此,《宣和画谱》中的道释门,其实还是人物画。它又另列人物门,所画当系历史人物。我们知道,从汉到唐,朝廷尊奉功臣,多肖像于台阁,我们看画家阎立本的故事，即可知道，当时画家，主要是从现实生活取材，为政治服务。

宗教画和政治画，逐渐发展，因此也就有了官家或私人的卷轴收藏。宗教画的发展，使更多方面的人间现实生活进入画面。因此，庙宇里的绘画，就已经不只是佛教之义的宣传，也加入了山水、楼台、禽兽、花鸟的描绘。这些描绘，各自培养了自己的画家，单列出来，就有了专长于一种形式的画家。

可以说，中国绘画，从人物画开始。这种优势，一直持续到五代。宗教和政治，是它发展的基础。从事人物画的画家，从政治和宗教中，可以得到更大的好处。他们的画作，影响也大。例如顾恺之为寺院画一新的佛像，开放以后，三天之内，寺院从如潮涌的信徒的施舍中，竟能得到一百万的收入。如此可观的经济效益，使画家身价倍增。

群众蜂拥而来，一来是为了瞻仰佛像，出于宗教感情；二来也是一种美术享受。壁画这种艺术，一直到我记事时，民间还有，艺人被称作"画庙的"。幼年进庙观光，也多徘徊于粉壁之下，是一次欣赏美术的机会。

五代以后，随着宗教的式微和政治的动乱，工作条件大为降低，艺人也逐渐减少。绘画从粉壁，转到绢素上。山水画上升到主位，人物画却逐渐成为小小的陪衬。所以明朝的唐志契在《绘事微言》中说：佛道人物，今不如古；山水林木花石，古不如今。画家趋赴之不同，引起绘画题材的变化，进一步，又改变了人们的欣赏爱好。

自宋以后，"画尊山水"。唐志契曰：画中推山水最高。

《画论丛刊》，所收论著，绝大多数，谈的是山水画。作者大都是宋元以后的人，明清为多。

山水画走上主导地位，原因很多，其中主要的一个，是画家由职业性变为副业性，由工匠变为文人。

文人画的兴起，适应了官宦、商贾、知识阶层的趣味和爱好，山林高致的思想，成了他们室内装饰的主题。

这些人身在庙堂，向往林野；身在繁华，想慕山水；智者、仁者，各有所爱；显贵者以此自高；没落者以此自况。凡是能画的，能收藏的，都把山水看成是一个永久的主题，普遍性的艺术。

最后，西画东来，中国固有的人物及其他写生之术，都有时相形见绌。唯有山水，与中国的纸、墨、笔，结为一体，相得益彰，效果突出，并变化无穷，使西洋技术，几乎无隙可乘，故能长久不衰，前途无量。

六 《画史》

我购书滥，美术书籍，除画谱画册外，还买了一些文字书：《佩文斋书画谱》，内府刻本，共六十四册，实系工具书，平日阅读不便。张丑《清河书画舫》，有竹人家刻本，共十二册，实系书画著录，理论较少。此外，如《庚子消夏记》，亦为真迹鉴定。至于《桐荫清话》《国朝画识》等书，以其记述简略空泛，读之无味，多已送给搞美术的朋友。只留《国朝书画家笔录》一部八册，系铜活字印本，抄家时被定为"珍贵二等"。

我有一本米芾的《画史》，系湖北先正遗书本，书很薄，没有几页。我读后，印象很深，以为这才是有血有肉之作。因此悟出，无论什么著作，凡是有实践经验的人写的，如果他是一个诚挚的人，不存自欺欺人之心，这书一定有价值，可借鉴，能流传。反之，那就很难说了，大抵是空泛的多，枯燥的多。

这次，我读画论，更印证了我这个想法。凡是鉴赏家、收藏家的话，都不及画家本身的活动听感人。但人世间，实践者留下的话少，理论家的话多，这真是令人无可奈何。

例如《画论丛刊》，开卷所收：画学秘诀，画山水赋，笔法记，山水诀等篇，都是古代画人，集一生的经验，甚至是众人的经验，形成文字记录，还得伪托王维、荆浩等人的名字，才得流传下来，并被视为伪书，斥为粗俗，不知"文格"。画家何必知文格？

七 《文人画之价值》

因读鲁迅书，得知陈师曾。余心慕其人，曾购其画作三幅：一山水，二梧桐及老来少，三小幅月季。并得其遗诗一册，为其女弟子手写石印本。印谱二册，已赠韩大星。他这篇《文人画之价值》，美术书多引之，今始拜读，收在《画论丛刊》下册。

此文甚简要，其主旨为阐明文人画之特点。然所谓文人，系一笼统名词；正如所谓工匠，亦笼统名词也。陈氏谓：

何谓文人画？即画中带有文人之性质，含有文人之趣味。

这又是笼统话。文人的性质与趣味，能统一吗？能一致吗？亦如人心之不同，各如其面。陈氏谓："而文人又其个性优美，感想高尚者也。"这也难说。因为有了"文人高人一等"这个前提，所以通篇文章，就常常发生矛盾。"任意涂抹，以丑怪为能"，既是文人画的一种通病，又说这是"阳春白雪，曲高和寡"。既说"文人画首重精神，不贵形式"，又说苏东坡的诗，"论画贵形似，见与儿童邻，乃玄妙之谈"。把工匠与文人对立起来立论，必有偏失。中国美术遗产，无论壁画、石画，皆系古代工匠所留，形成宝库。而历代文人画，则以各种原因，损失殆尽。贵文人而轻工匠，于美术史难以圆通。

然其有些见解，的确不凡。其所发挥，真有些像王国维之于文学，盖西学对他们的影响是相同的。当时从西方吹来的文艺清风，确使中华艺坛，耳目一新。

例如他说的：

人心之思想，无不求进。进于实质，而无可回旋，无宁求于空虚，以提揭乎实质之为愈也。

这对于理解现实与艺术的关系，可以说是很新颖很精辟的。

至于他说的，文人画之四要素：人品、学问、才情、思想，现在听起来是老生常谈。但在当时，能把思想与才情并列，证明陈先生还是进步的，是先驱。

从此，文人画在中国画界，成为主导，原为工匠者，也努力进入文人行列。同时，写意画多于工笔，人人标榜个性，然"能感人而能自感"者，并不多见。

陈先生英年早逝，遗著寥寥。此文虽短，精辟之论尚多。如论工笔与写意之关系：

人意之求工，亦自然之趋势。而求工之一转，则必有草草数笔而摄全神者。

他生前，是一个典型的文人画家，并不以画谋生，作品流传亦少，且在商店，被列在吴、齐之下。四十八岁即逝去。人云，画家多长寿，殆不尽然矣；或长寿者，必专业之画家欤？

八 《石涛画语录》

中国古代画论的基础,是画理和画法。画理就是:画者,"以通天地之德,以类万物之情"。画者,"成教化,助人伦,穷神变,测幽微,与六籍同功,四时并运。发于天然,非由述作"。以上均见于韩拙《山水纯全集序》。所谈非常玄妙。画法,就是六法。第一法是"气韵生动"。但董其昌劈头就说:"气韵不可学,此生而知之,自然天授",见《画旨》。实际上等于无法可依,白说一句。

所以历代画家,都谈实践,谈作品,很少有人在这两个玄虚问题上纠缠。甚至有人对六法持讥讽态度:"名师高谈最迂拙,先讲雅俗费口舌。又以书卷气为说,又将气韵为要诀。"见戴以恒《醉苏斋画诀》。

虽然如此,但要进一步谈中国美术,还是不能离开这两条经典。前面提到过郑午昌先生为《画论丛刊》写的序言,其中谈到画理画法,原文为:

盖画有法无法,有理无理。无法而有法,是为至法;无理而有理,是为至理。至法似无法,而法在有法之外;至理似无理,而理在有理之奥。

以上,虽不易理解,然究竟是研究者理论的升华,可以说是客观的,静止状态的理法论。石涛的一首题画诗,则是进入创作状态的,即主观的能动的理法论了。

石涛说:

书画非小道,世人形似耳。出笔混沌开,入拙聪明死。理尽法无尽,法尽理生矣。理法本无传,古人不得已。吾写此纸时,心入春江水。江花随我开，江水随我起。把卷望江楼，高呼曰子美。一笑水云低，开图幻神髓。

这一首诗，说明一个创作过程。画家深受理法的熏陶，并对理法深有领悟和体会，面对眼前的景物，他的创作欲望，非常强烈。他进入自然景象之中，并有推动和支配这些景物的愿望。他终于与自然景物结为一体，成为大自然的一个组成部分。人景合一，天人合一。他创作的画，活了起来，也成为自然的一部分，并影响着自然，赋予眼前景物新的光彩，增加了大自然的美的内涵，美的力量。

这样，石涛的画，就有了气韵，就完成了六法，也表现了个性。

每一次创作，都是画家一次神游的过程。他能把体验到的，虚无缥缈的东西，捕捉到绢素上来。

石涛的这首题画诗，是他的一次创作体验。我想，只有石涛式的创作论，才能阐释中国传统的，玄妙的，难以理解的画法画理。

1994 年 3 月 13 日（阴历二月初二）。

外面大风，窗前阳光甚暖。至此，本文结束。

盖自旧历年后，余开始读书、为文，已近一月矣。

第九辑　序与跋

《善闇室纪年》序

在天津这个城市，住了二十五年。常常想离开，直到目前还不能走；住的这个宿舍，常常想换换，直到目前还不能搬家。中间虽然被迫迁移一次，出去三年，终于又回来了。我不知道要在这个地方，住到什么时候。

街上太乱太脏，我很少出门。近年来也很少有人来我这里。说门可罗雀是夸张的，闭门却轨却是不必要的。虽然好弄书，但很少能安心看书。有些人不愿去接近，有些语言不愿去听。我并不感到寂寞、苦闷，有时却也觉得时间空过得可惜，无可奈何。

我很久、很久不写东西了。对于未来，我缺乏先见之明，不能展示其图景。对于现实，我故步自封，见闻寡陋，无法描述。对于过去，虽也懒于回忆，但究竟便于寻绎。因此想起了写个自传什么的，再向后退一步，就想订个年谱什么的，又觉得这个名称太堂皇，就改用了纪年的形式。这是轻车熟路，向回走的路，但愿顺利一些。

我自幼年，体弱多病。表现在性格方面，优柔寡断。多年从事文字生活，对现实环境，对人事关系，既缺乏应有的知识，更没有应付的能力。在各方面都是失败多，成绩少。声音将与形体同时消失，没有什么可以遗留于后人或后世的。

一生平平，确实无可取鉴。一生行止，都是被时代所推移，顺潮流而动作。在群众面前，从来不能发表独特的见解，表现超人的才略；在行动方面，更没有起过先锋的作用，建树较大的功劳。那么，这一年谱，就只能是记录：一己的履历，时代的流波，同行者的影子与声音，群众的帮助与爱护。

其中，有个人的兴起振奋，也有自己的悲欢离合。有崎岖，也有坦途。由于愚闇，有时也曾蹈不测的深渊；由于憨诚，也常常为朋友们所谅宥。认真记录下去，也可能有超出个人范围的一个时代的步伐，一个队伍的感情吧。

总之，在过去的几十年中，跟在队伍的后面，还幸而没有落荒。虽然缺少扬厉的姿态，所迈的步子，现在听起来，还是坚定有力的。对于伙伴，虽少临险舍身之勇，也无落井下石之咎。循迹反顾，无愧于心。

1975 年 6 月 1 日，善闇记。

昨晚暴风雨，花未受损。今晨五时起床，为玉树换盆，并剪海棠一枝，插于小盆，验其活否。

《孙犁文集》自序

当我把这几卷文集呈献在亲爱、尊敬的读者面前时，我已经进入七十岁。

当我为别人的书写序时，我的感情是专一的，话也很快涌到笔端上来。这次为自己的书写序，却感到有些迷惘、惆怅。彷徨回顾，不知所云。这可能是近几年来，关于我的创作、我的经历，谈得太多了，这些文字，就都编在书里，此外已经没有什么新鲜意思了。另外，计算一下，我从事文字工作，已经四十多年，及至白发苍颜，举动迟缓，思想呆滞之期，回头一看，成绩竟是如此单薄贫弱，并且已无补救之力，内心的苦涩滋味，富于同情心的读者，可想而知。

限于习惯和体例，我还是写几句吧。

一、每个历史时期，都有它的种种特点。因此，每个历史时期所产生的作家群，也都有他们特殊的时代标志。读历代大作家的文集，我常常首先注意及此，但因为年代久远，古今差异很大，很难仿佛其大概。

我们这一代作家，经历的也是一个特殊的历史阶段。青年读者，对这一代作家，并不是那么了解的，如果不了解他们的生平，就很难了解他们的作品。老一代人的历史，也常常难以引起青年一代的兴味。

我简略叙述一下，只能算是给自己的作品，下个注脚。

二、我的创作，从抗日战争开始，是我个人对这一伟大时代、神圣战争，所作的真实记录。其中也反映了我的思想，我的感情，我的前进脚步，我的悲欢离合。反映这一时代人民精神风貌的作品，在我的创作中，占绝大部分。其次是反映解放战争和土地改革的作品，还有根据地生产运动的作品。

三、再加上我在文学事业上的师承，可以说，我所走的文学道路，是现实主义的。有些评论家，在过去说我是小资产阶级的，现在又说我是浪漫主义的。他们的说法，不符合实际。有些评论，因为颠倒了是非，常常说不到点上。比如他们曾经称许的现实主义的杰出之作，经过时间的无情冲击和考验，常常表现出这样一种过程：虚张声势，腾空而起，遨游太空，炫人眼目，三年五载，忽焉陨落——这样一种好景不长的近似人造卫星的过程；而他们所用力抨击，使之沉没的作品，过了几年，又像春草夏荷一样，破土而出或升浮水面，生机不衰。

四、我认为中国的新文学，应该一直沿着"五四"时期鲁迅和他的同志们开辟和指明的现实主义的道路前进。应该大量介绍外国伟大的现实主义作家的作品，给文学青年做精神食粮。我们要提倡为人生进步、幸福、健康、美好的文学艺术，要批判那些末流的诲淫诲盗败坏人伦道德的黄色文学。

五、我们的文艺批评，要实事求是，是好就说好，是坏就说坏。不要做人情。要提高文艺评论的艺术价值。要介绍多种的艺术论，提高文艺评论家的艺术修养。要消除文艺评论中的结伙壮胆的行帮现象，群起而哄凑热闹的帮闲作风，以及看官衔不看文章的势利观点。

六、文艺虽是小道，一旦出版发行，就也是接受天视民视，天听民听的对象，应该严肃地从事这一工作，绝不能掉以轻心，或取快一时，以游戏的态度出之。

七、我是信奉政治决定文艺这一科学说法的。即以此文集为证：因为我有机会参加了抗日战争和土地改革，我才能写出一些反映这两个时期人民生活和斗争的作品。十年动乱，我本人和这些作品同被禁锢，几乎人琴两亡。绝望之余，得遇政治上的拨乱反正，文集才能收拾丛残，编排出版。文艺本身，哪能有这种回天之力。韩非多才善辩，李斯一言，就"过法诛之"。司马迁自陷不幸，然后叹息地说："余独悲韩子为'说难'，而不能自脱。"有些作家，自托空大之言，以为文艺可以决定政治。如果不是企图以文艺为饵禄之具，历史上并没有这样的例证。我是不相信的。

八、我出生在河北省农村，我最熟悉、最喜爱的是故乡的农民和后来接触的山区农民。我写农民的作品最多，包括农民出身的战士、手工业者、知识分子。我不习惯大城市生活，但命里注定在这里生活了几十年，恐怕要一直到我灭亡。在嘈杂骚乱无秩序的环境里，我时时刻刻处在一种厌烦和不安的心情中，很想离开这个地方，但又无家可归。在这个城市，我害病十年，遇到动乱十年，创作很少。城市郊区的农民，我感到和我们那里的农民，也不一样。关于郊区的农民，我写了一些散文。

九、我的语言，像吸吮乳汁一样，最早得自母亲。母亲的语言，对我的文学创作，影响最大。母亲的故去，我的语言的乳汁，几乎断绝。其次是我童年结发的妻子，她的语言，是我的第二个语言源泉。在母亲和妻子生前，我没有谈过这件事，她们不识字，没有读过我写的小说。生前不及言，而死后言之，只能增加我的伤痛。

十、我最喜爱我写的抗日小说，因为它们是时代、个人的完美真实的结合，我的这一组作品，是对时代和故乡人民的赞歌。我喜欢写欢乐的东西。我以为女人比男人更乐观，而人生的悲欢离合，总是与她们有关，所以常常以崇拜的心情写到她们。我回避我没有参加过的事情，例如实地作战。我写到的都是我见到的东西，但是经过思考，经过选择。在生活中，在一种运动和工作中，我也看到错误的倾向，虽然不能揭露出来，求得纠正，但从来没有违背良心，制造虚伪的作品，对这种错误，推波助澜。

十一、我对作品，在写作期间，反复推敲修改，在发表之后，就很少改动。只有少数例外。现在证明，不管经过多少风雨，多少关山，这些作品，以原有的姿容，以完整的队列，顺利地通过了几十年历史的严峻检阅。我不轻视早期的作品。我常常以为，早年的作品，青春的力量火炽，晚年是写不出来的。

十二、古代哲人，著书立说，志在立言；唐宋以来，作家结集，意在传世。有人轻易为之，有人用心良苦。然传世与否，实在难说。司马迁忍发汗沾衣之辱，成一家百代之言，其所传之人，可谓众多。然其自身，赖班固以传。《报任安书》，是司马迁的亲笔，并非别人的想当然之词。文章与作者，自有客观的尺寸与分量，别人的吹捧或贬抑，不能增减其分毫。

十三、我幼年尪怯，中年值民族危难，别无他技，从事文学之业，以献微薄。近似雕虫，不足称道。今幸遇清明之世，国家不弃樗材，念及老朽，得使文章结集出版，心情十分感激。

十四、很长一个时期，编辑作风粗率，任意删改别人文章。此次编印文集，所收各篇，尽可能根据较早版本，以求接近作品的原始状态。少数删改之作，皆复其原貌。但做起来是困难的，十年动乱，书籍遭焚毁之厄，散失残缺，搜求甚难。幸赖冉淮舟同志奔波各地，复制原始资料多篇，使文集稍为完善充实。淮舟并制有著作年表，附列于后，以便检览。

十五、文集共分七卷。计其篇数：短篇小说三十八，中篇小说二，长篇小说一，散文七十九，诗歌十二，理论一部又一〇四，杂著二部又五十七。都一百六十万言。

文集的出版，倡议者为天津市出版局孙五川等同志，百花文艺出版社社长林呐同志主持其事。出版社负责编辑为李克明、曾秀苍、张雪杉、顾传菁等同志。在讨论篇目、校勘文字时，又特别邀请邹明、冉淮舟、阿凤、沈金梅、郑法清等同志参加。正值溽暑，同志们热心讨论，集思广益，在此一并致谢。

1981 年 8 月 5 日写讫

题文集珍藏本

一九九二年十二月四日，我刚吃完早饭，走出独单，百花文艺出版社的社长，还有一位女编辑，抱着一个纸盒子，从楼下走上来，他们把《孙犁文集》这一部书，放在我的书桌上，神情非常严肃，连那位平日好说好笑的女编辑，也一言不发，坐在沙发上。

这是一部印刷精美绝伦的书，装饰富丽堂皇的书。我非常兴奋，称赞出版社，为我办了一件大事，一件实事。女编辑郑重地说："你今天用了'很好''太满意了'这些你从来很少用的词儿。"

我告诉她：我走上战场，腰带上系着一个墨水瓶。我的作品，曾用白灰写在岩石上，用土纸抄写，贴在墙壁上，油印、石印和土法铅印，已经感到光荣和不易。我第一次见到印得这样华贵的书。

有好几天，我站在书柜前，观看这一部书。

我的文学的路，是风雨、饥寒，泥泞、坎坷的路。是漫长的路，是曙光在前、希望的路。

这是一部争战的书，号召的书，呼唤的书。也是一部血泪的书，忧伤的书。

争战中也含有血泪，呼唤中也含有忧伤，这并不奇怪，使人难过的是：后半部的血泪中，已经失去了进取，忧伤中已经听不见呼唤。

渐渐，我的兴奋过去了。忽然有一种满足感也是一种幻灭感。我甚至想到，那位女编辑抱书上楼的肃穆情景：她怀中抱的那不是一部书，而是我的骨灰盒。

我所有的，我的一生，都在这个不大的盒子里。

1993 年 11 月 1 日

第九辑　序与跋

为外文版《风云初记》写的序言

一九三七年秋季，日本帝国主义者，侵入中国的华北地区。那时我正在家里，亲眼见到冀中人民在中国共产党的领导下，掀起的巨大的抗日战争的怒潮。

人民的抗日情绪，是一呼百应的，奋不顾身的，排山倒海的。

这一年的秋季到冬季，可以说是人民抗日战争的动员、组织时期。在这一过程里，村庄的局面，开始是动荡不安的，经过党领导的一系列的宣传、组织、教育工作，使人民的抗日的意志和力量统一起来，更高地发扬起来，集中而有力地抗击侵略者。

大家知道，中国共产党从它诞生以来，在华北地区就有很大的政治影响，以后在农村更有了深厚的工作基础。日本帝国主义发动侵略战争前后，党很有远见地加强了这一地区的地下工作。

当我的家乡，遭遇到外敌侵略的时刻，我更清楚地看到了中华民族的高贵品质。在八年的抗日战争里，我更深刻地了解到中国农民勤劳、勇敢的性格。他们是献身给神圣的抗日战争的，他们是机智、乐观的。就是在最困难的时候，在最危险的时候，他们也没有低下头来。他们是充满胜利的信心的。这种信心，在战争岁月里，可以说是与日俱增的。

伟大的抗日战争，不只是民族的觉醒和奋起，而且是广泛、深刻地传播了新的思想，建立了新的文化。

在这个历程里，我更加热爱着我的家乡，这里的人民，这里的新的伦理道德，风俗习惯，甚至一草一木。所有这一切都在艰苦的战争里，经受了考验，而毫无愧色地表现了它们是不可战胜的。

所有这一切，都深刻地留在我的印象里，和我的思想、情感融合起来，成为一体。

所以，当一九五〇年，我在天津一家报社工作，因为环境比较安定，我想写一部比较长的小说的时候，我只是起了一个朦胧的念头，任何计划，任何情节的安排也没有做，就一边写，一边在报纸发表，而那一时期的情景，就像泉水一样在我的笔下流开来了。

大家开卷可以看到，小说的前二十章的情节可以说是自然形成的，它们完全是生活的再现，是关于那一时期我的家乡的人民的生活和情绪的真实记录。

我没有做任何夸张，它很少虚构的成分，生活的印象，交流、组织，构成了小说的情节。

我重复地说，再没有比战争时期，我更爱我的家乡，更爱家乡的人民，以及他们进行的工作和他们所表现的高尚品质。

我特别喜爱他们那种随时随地表现出来的高度的乐观主义精神。这可以被称作革命的乐观主义精神。

我的作品自然反映了这种精神。它在我的心灵里印证最深，它是鼓动我创作的最大的动力。

因为我所经历的生活有限，我的艺术经验不足，加以写作时没有全盘的计划，小说的结构力量，在有些地方是薄弱的，所表现的生活是不够广阔的，以及其他种种缺点。

我希望热心的读者予以批评，赐以教益。

1963 年 9 月

《孙犁散文选》序

这本集子，是谢大光同志受人民文学出版社的委托，编选而成。我看过了目录。以为：作为选家，大光是很有眼光的，他对编辑方法的见解，也很新颖，详见他所写的后记。

自从我决定不再为别人的书写序以来，为自己的书写序的兴趣，也大大淡薄了。各地委托别人代选的（有的广告上说是我自选，不确）出版的我的别集，我都没有写序。这次，大光和出版社，一定要我写一点，屡辞不获。实在没有新意，就说几句闲话吧。

我一向认为，作文和做人的道理，是一样的：

一、要质胜于文。质就是内容和思想。譬如木材，如本质佳，油漆固可助其光泽；如质本不佳，则油漆无助于其坚实，即华丽，亦粉饰耳。

二、要有真情，要写真相。

三、文字、文章要自然。

三者之反面，则为虚伪矫饰。

以做人为譬：有的人，在那非常不光彩的年代里，他所贴的大字报，所写的大批判，所负责的刊物，所写的小说，目前仍在书店仓库里堆放着，废品站里收购着，造纸厂里还魂着，总之是还没有处理完毕，他已经忘记得干干净净了。坐而论道：大言不惭，神气十足，俨然君子。

当然，以上种种，也算不得什么大事，忘记了也不影响国计民生。但对写作来说，却并不这样简单。因为，这不仅是一种文风，也是一种心术，如不痛下决心改正，要他写出有真情真相的作品，我以为十分困难。

另外，传说有一农民，在本土无以为生，乃远走他乡，在庙会集市上，操术士业以糊口。一日，他正在大庭广众之下，作态说法，忽见人群中，有他的一个本村老乡，他丢下摊子，就大惭逃走了。平心而论，这种人如果改行，从事写作，倒还是可以写点散文之类的东西的。因为，他虽一时失去真相，内心仍在保留着真情。

1982 年 12 月 25 日

幸存的信件序

下面是我在一九五九年以后几年间，因为工作关系，写给冉淮舟同志的信件。那时，我正在养病，又要出版几种书，淮舟帮助我做了许多抄录、编排、校对工作。其中主要是对于《风云初记》的结尾，《白洋淀之曲》的编辑，《文学短论》的选择，《文艺学习》的补充，等等方面的协助。

在这些工作进行中写了这些信件。淮舟写给我的信，在一九六六年以前，我就全部退还给他保存了。并不是我预见到要有什么大的灾难，是我当时感到：我身体很坏，恐怕活不长久了。

我写给他的这些信，在一九六六年以后，我连想也没有想过。按照一般情况，它们早已丢失或被销毁了。

现在，淮舟把它们抄录成册，作为一种礼物，给我送来，使我大吃一惊。

这些信件和我送给他的书籍，都存放在保定他的爱人那里。在武斗期间，他的爱人不顾家中其他财物，背负着这些书籍信件逃反，过度劳累，以致流产。

我想：如果淮舟在一九六六年以前，也把这些信件退还给我，那一定是只字不存了。那时他曾把他搜集到的我的旧作一束，交我保存，其结果就是如此。

我的家被抄若干次，其中一次是由南开大学红卫兵执行，尤其严重，文字稿件都失去了。当然也剩下一些，他们走后，家里人又自抄一次，这样文字就真正在我的住所绝迹了。

那时，正值严冬，住室的暖气被拆毁，一天黎明，我的重病老伴，把一些本子、信件，甚至朋友的照片，投进了火炉。她并不认识字，但她好像明白：在目前，就是一个无关紧要的字纸片，比如之乎者也，也会引起意想不到的大灾祸。于是按照旧社会"敬惜字纸"的办法，把它们化为灰烬。

在这种非常年月，文人的生命，不如一只蝼蚁，更谈不上鱼雁的友情。烧毁朋友的函件，是理所当然，情有可原，谁也不会以为非礼的。

经过了这场动乱之后，我给朋友写信，一律改用明信片。我也不再保留朋友的来信。信，凡是看过，先放进纸篓，过一个时期，捆绑起来，和劈柴放到一块去，准备冬天生火之用。远近知好，敬希谅察。

所以，当我见到淮舟和他的爱人，能在那些年月，保留下我的信件，就非常感动，对这些信件，也就异乎寻常的珍重。

这些信，涉及我过去的写作生活，我原始的文艺观点。也涉及抗日战争时期，我在冀中区和晋察冀边区参与的文艺工作。现将有关我的创作者，略加订正，发表出来，供读者参考。

1979 年 9 月 10 日

《青春遗响》序

这里的青春，指的是我的青春；其遗响，自然也是我的遗响。

每一个时代，它的知识分子群，总是有它的特定的温床和苗圃，以及它成长以后，供它驰骋的天地。"五四"时代，知识分子的温床，是没落的腐败透顶的清王朝，以及乘虚而入的各帝国主义者。在这种温床上，知识分子先天接受的是反封建统治和反帝国主义侵略的使命。这个使命，包括对人民群众的启蒙运动，即开阔他们的思想，扩大他们的知识，提高他们的文化。"五四"时代的知识分子，奋勇地、出色地完成了他们那一代的使命。但使命并没有终结，它延续到了下一代，即我们这一代。

抗日战争，实际是这一使命的继续。全国的进步知识分子，如醉如狂地参加了斗争的行列。他们无愧于时代，也出色地完成了它赋予的使命。

我，并非先知先觉。是在民族大义的感召之下，以病弱之躯，参加在这一伟大行列之中。我们做的工作，除去抗击侵略者，就其基本性质而言，仍不外是反封建的启蒙运动。

近几年来，常常有热心的青年同志，从抗日战争或解放战争时期的报刊上，给我抄录一些旧作寄来。这本集子的首次两篇，是北京师范大学一分校中文系傅桂禄抄录的。第三、第四两篇，是北京部队刘绳抄录的。其余各篇，是对我的旧作一贯热心收集的冉淮舟抄录的。《〈鲁迅、鲁迅的故事〉后记》一篇，是过去存下的。这本小册子，是一九四一年在晋察冀边区印刷的，字迹漫漶已甚，我几次想整理修改，都知难而退，因之不能再版。现存录此篇，是为的说明当时所做的这件事，也是启蒙之一种。

和《冬天，战斗的外围》同时抄来的，还有一篇题为《活跃在火线上的民兵》的通讯。这两篇通讯，接连在《晋察冀日报》上发表，都署着我和曼晴同志的名字。经我辨认，前一篇是我写的，没有疑问。而后一篇，则像是曼晴所作。我当时的文字、文风，很不规则，措辞也多欧化生硬；而曼晴同志的文笔文法，则整饬得多。当时我们两人，共同活动，又羡慕"集体创作"这个名儿，所以这样发表的。现在编辑成集，不能滥入他人之作，我把后一篇寄曼晴同志保存了。为了纪念我们过去的战斗友谊，还是要在这里提一下。

关于晋察冀边区乡村文艺的两篇，是调查报告。当时好像是组织了一个调查团，有边区几个大的文艺团体负责人参加，我是跟随沙可夫同志去的。我随见随记，"抢先"把它发表了，当时还引起一些人的非议。但此行以后，并无正式的调查报告。现在保存下来这点材料，对了解战争时期边区的文艺活动，还是有些用处的。

关于《平原杂志》上的文章，因为我过去提到过，这里就不多说了。

启蒙工作，在中国历史上，可以说是代代有先驱，有众多的仁人志士，成绩都载于史册。这一工作，也是断断续续的，甚至可以说是不绝如缕的。因为真正的启蒙，只有依靠政治之力，单凭知识分子，是做不出多大的事业来的。而政治则是多变的、反复的。在历史上，新兴的政治势力，都重视群众的启蒙工作；一旦得到政权，则又常常变启蒙主义为蒙蔽主义，以致群众长期处于愚昧状态。"四人帮"之所为，可以说是历史上最突出的一次。

我当时所做的，当然是微不足道的，甚至是不值一提的。如果不是有人把这些文字抄来，我也把它们忘记了，别人也不会想起它。因为重读了一遍，才引起一些感想。

那时从事这些工作，生活和工作条件，是非常艰苦的。在战争时期，我一直在文化团体工作。众所周知，那时最苦的是文化团体。有的人，在经常活动的地区，找个富裕的农家，认个干娘，生活上就会有些接济。如果再有一个干妹妹，精神上还会有些寄托。我是一个在生活上没有办法的人，一直处在吃不饱穿不暖的状态中。一九四六年冬季，我在饶阳县一个农村编《平原杂志》。有一天，我的叔父有事找我去，见我一个人正蹲在炕沿下，烤秫秸火取暖，活像一个叫花子，就饱含着眼泪转身走了。

在战争的十几年里，我一直是步行。我很好单身步行。特别是在山地，一个人唱唱呵呵地走着，要走就走，要停就停，有山果便吃，有泉水便喝，有溪流便洗澡，是可以自得其乐的。列队行军，就没有那么自由自在了。那次调查乡村文艺，我和一位剧团团长同行，他是从平原来的，山地道路不熟，叫我引路。我们沿着沙滩，整整走了一天，天已经晚了，都有些疲乏，急于要找到宿营地。他骑在马上打瞌睡，我背着被包，聚精会神地走在马头前面看路，不巧，钻错了一个山沟，又退回来，他竟对我发起脾气。那里的山沟，像树的枝杈，东一道西一道，是很不好辨认的。田间同志，就是以常常钻错山沟出名的。我也遇到过通情达理的骑马人。有一个从延安下来的记者，我们在冀中一同工作时，他有一匹马。每次行军，他不只叫我把被包放在马上，还和我轮流乘骑。他知道同行人的清苦。

直到一九四七年，冀中文协成立，公家才给我从一个小贩那里，买了一辆自行车。虽然是一辆光屁股破车，我视如珍宝，爱护有加，骑了二三年，进城以后才上交。

皇天后土，我们那时不是为了追求衣食，也不是为了追求荣华富贵才工作的。

对这些文章，现在没有加任何修改。它使我回顾了一下我的青春。那是艰难困苦的青春，风雨跋涉的青春，但也是曾经有所作为，激励奋发的青春。这些文章，就是它的遗响。

1982 年 12 月 4 日清晨

近作散文的后记

　　散文若干篇，是近一二年所写。很多年没有写文章，各方面都很生疏，一旦兴奋起来要写了，先从回忆方面练习，这是轻车熟路，容易把思想情绪理清楚。

　　这样所写的就都是旧事、往事、琐事。所回忆的几位同志，也都是死去了的。原来，拟名之曰"川上"，意思就是"逝者如斯"。

　　关于自己生活的回忆，写起来比较简单。因为并没有轰轰烈烈、曲折动人的生活或战斗经历，所作所为，不过是教书写作，按实际说明就是了。

　　关于别人的回忆，就麻烦一些。初稿内容还多些，修改几次，就所剩无几了。这是因为：或碍于时间，或妨于人事；既要考虑过去，也要顾虑将来。对死者倒还简单，对生者就要周到。在写过几篇以后，我才深深领会，鲁迅在三十年代所感慨的：古人悼念朋友的文章，为什么都是那么短，而结尾又都那么紧迫！同时也才明白，为什么那些名家所作的碑文墓志都那么空浮飘虚。

　　"四人帮"当道之时，在这些同志身上，丛集了无数无稽的污蔑之辞。当这些同志，一旦得到了昭雪，有人马上转过脸来，要求写出他们的"高大形象"。

我所写的，只是战友留给我的简单印象。我用自己的诚实的感情和想法，来纪念他们。我的文章，不是追悼会上的悼词，也不是组织部给他们做的结论，甚至也不是一时舆论的归结或摘要。

我所写的是我们共同战斗经历的一些断片。我坚决相信，我的伙伴们只是平凡的人，普通的战士，并不是什么高大的形象、绝对化了的人。这些年来，我积累的生活经验之一，就是不语怪力乱神。

我所尊重的同志，都是淳朴和诚实的人。他们的心，对我来说，都是敞开的大门，清澈的潭水。我是可以随便走进去，也轻易就可以看清楚的。我谈到他们的一些优点，也提到他们的一些缺点，我觉得，不管生前死后，朋友同志之间，都应该如此。

他们一生的经历，自然也有并不平凡之处。他们都把青春献给了祖国的艰难时代，他们都为人民刻苦地习练了一技之长。他们最后的遭际，有的是非常不幸的，史无前例的，普通人难以忍受，甚至善良人难以想象的。他们虽然死了，意识形态消失了，但并不是弱者。他们蔑视林彪和"四人帮"，他们没有卖身投靠，卖友求荣。他们都是有党性原则的，有时把这一原则，看得比生命还重要。

在青年时代，在艰苦岁月，在战斗中建立起来的感情，就如同板上钉钉。钉虽拔去，板有裂痕。每当我想起他们的时候，心里是充满无限伤痛的。

在三十年代，每读鲁迅先生的《为了忘却的记念》，就感动得流下热泪。那时我还很幼稚，很单纯，并不知征途的坎坷，人生的艰险。鲁迅先生对死者的深沉的情感，高尚的道义，教育着我。惭愧的是，鲁迅先生的思想、感情、文字，看来我这一生一世，只能是望尘莫及、望洋兴叹，学习不来了。

但是，古代哲人在川上的感叹，向来被解释为：源远流长，昼夜不停，继往开来，自强不息。因此，我的学习和努力，也不应该一刻停止的。

1978 年 6 月 26 日

文学和生活的路
——孙犁散文随笔书信选（下）

《秀露集》后记

本集所收，主要为近一二年所作散文。其中也有几篇旧作，篇后系有写作年月，读者一看便可明了。旧作经过战争、动乱，失者不可复得，保存下来的，也实在不容易。每当搜集到手时，常有题记。例如《琴和箫》一篇，即原附有如下文字：

这一篇原名《爹娘留下琴和箫》，发表在一九四三年《晋察冀日报》的文艺副刊《鼓》上。在我现存的创作里，它是写作较早的一篇。但是，在后来我编的集子里，都没有这一篇，一九五七年，我病了以后，由康濯同志给我编辑的《白洋淀纪事》里，也没有收进去。

这一篇文章，我并没有忘记它，好像是有意把它放弃了。原因是：从它发表以后，有些同志说它过于"伤感"。有很长一个时期，我是很不愿意作品给人以"伤感"的印象的，因此，就没有保存它。后来，在延安写作的《芦花荡》和《白洋淀边一次小斗争》里，好像都采用了这篇作品里提到的一些场景，当然是改变得"健康"了，这三篇文章，如果读者有兴趣，可以参照来看。

现在淮舟同志又把它抄了来，我重读了一遍，觉得并没有什么严重的伤感问题，同时觉得它里面所流露的情调很是单纯，它所包含的激情，也比后来的一些作品丰盛。这当然是事过境迁和久病以后的近于保守的感觉。它存在的弱点是：这种激情，虽然基于作者当时迫切的抗日要求，但还没有多方面和广大群众的伟大的复杂的抗日生活融会贯通。在战争年代，同志们觉得它有些伤感，也是有道理的。

因此，我竟想到了创作上的一些问题。真正的激情，就是在反映现实生活时所流露的激情，恐怕是构成现实主义文学作品的重要因素。在历史著作里，在政治经济学著作里，成就大小的分别，道理也是一样。应该发扬这一点，并向现实生活突进。但理论问题是很复杂的，非目前脑力所能及。现在，只是把这篇作品的来历，简述如上。

1962 年 8 月 7 日晚大雨过后记

此篇，前抄件已失，淮舟念念不忘，今岁，先后到天津人民图书馆、北京图书馆、北京大学图书馆，检阅所存《晋察冀日报》残卷，均未得见。终于《人民日报》资料室得之，高兴抄来。淮舟于此文，可谓情厚而功高矣。今重印于此，使青春之旅，次于晚途；朝露之花，见于秋圃。文事逸趣，亦读者之喜闻乐见乎！

1979 年 11 月 28 日晨又记

再如《烈士陵园》一文，写出较早，发表在《人民日报》；还有一篇，写出较晚，交给《天津日报》，刚刚排出清样，就赶上了"文化革命"。于是悬挂楼间，任人批判；批判之余，烟消火灭，它就无影无踪了。文章的命运，历史证明，大体与人生相似。金匮之藏，不必永存；流落村野，不必永失。金汤之固不可恃，破篱残垣不可轻。所以虽为姊妹篇，一篇可以赫然列目于本集，一篇则连内容、题目我也忘记，就是想替它恢复名誉也无从为之了。

其他几篇旧作，也都是路旁的遗粒，沉沙之折戟。虽系残余，可备磨洗。因为，用旧日文字，寻绎征途，不只可以印证既往，并且希望有助于将来。

至于这些新作，也都是短小浅陋的。近年来，文章越写越短，以前写到十页稿纸，就自然结束；近来则渐渐不足十页，即辞完意断。这是才力枯竭的象征，并非锤炼精粹的结果。然于写作一途，还是不愿停步，几乎是终日矻矻，不遑他顾，夜以继日，绕以梦魂。成就如此单薄，乃自然所限，非战之过也。

"秀露"一词，亦别无含义。在农村生活时，日出之后，步至田野，小麦初生，直立如针，顶上露水如珍珠，一望无垠，耀人眼目，生气蒸蒸，叹为奇丽。今取以名集，只是希望略汰迟暮之感，增加一些新生朝气。

1981 年 2 月 1 日记

第九辑　序与跋

《陋巷集》后记

　　以上，是我一九八四年三月至一九八六年五月，所写文章的汇集。两年的时间，仅得这样一本小书，较之前些年，确实是步履蹒跚了。

　　其内容，仍与前几册相同。过去的事，居十之五；眼前的事，居十之五。关于未来和明天的，几乎没有。这证明，在我的身上，浪漫主义的色彩，越来越淡了。

　　当然，这并不是我对将来和明天，失去了信念和希望。相反，这种信念和希望，像我前几年写过的一首诗里提到的，将牢固地伴随我的终生。

　　我只是觉得，我老了，应该说些切实的话，有内容的话，通俗易懂的话。在选题时，要言之有物；在行文时，要直话直说，或者简短截说。

　　我看到当代作家的一些文字或言论。有些人总想把话说得与众不同；把话说得充满哲理，以便别人看出：这不是一般人能够说出的，只有天才的作家，才会说出这样的语言。

　　我不知道别的读者怎样，每逢我看到拐弯抹角，装模作样的语言时，总感到很不舒服。这像江湖卖药的广告。明明是狐臭药水，却起了个刁钻的名儿：贵妃腋下香露。不只出售者想入非非，而且将使购用者进入魔道。

古今中外，凡是真正的哲人，凡是伟大的文学家，他们的语言，都是质朴的、简短的。道理都是日常的、浅近的。

陌巷二字，虽不雅训，却出自圣人经典，也就是那些质朴简短的文字之中。我七岁时，入乡村小学，学校门口虽然悬挂着两面虎头牌，却原是一家农舍，处在一条陌巷之底。

我在这里读书识字，受到教育。并从此有了念书人的经历，有了自己的一生。

及至老年，我相信，过去的事迹，由此而产生的回忆，自责或自负，欢乐与悲哀，是最真实的，最可靠的，最不自欺也不会欺人的。

仍然是陌巷里发出的弦歌。

1986 年 6 月 25 日下午作

《田流散文特写集》序

　　太久远的事，非我所知。就亲身经历过的而言，我们的党，是非常重视新闻报道工作的。抗日战争开始不久，在各个根据地办起了报纸，同时成立了通讯社。例如，在晋察冀边区，就于一九三八年冬季，成立了晋察冀通讯社，各分区成立分社，各县、区委宣传部，都设有通讯干事。我那时在晋察冀通讯社通讯指导科工作，每天与各地通讯员联系，写信可达数十封，我还编写了一本小册子，题为《论通讯员及通讯写作诸问题》，铅印出版，可惜此书再也找不到一本存书了。

　　在战争年代，所谓文字工作，主要是通讯报道。大家都给报纸写稿，大家都做抗日宣传。在长期的战斗生活里，我们培养出大量的优秀的通讯员、记者，也牺牲了很多年华正茂、奋发有为的同志。在通讯员中间，并出现了不少诗人、作家，出现了不少新闻工作的骨干。

　　在抗日战争和解放战争期间，我们的通讯报道，都是与群众的战斗和生产、生活和感情，息息相关的，都是很真实诚挚的，都是为战争服务的。在这一时期，四方多难，大业始创，我们的党，在制定每一项政策时，都是非常谨慎的。政策是很鲜明实际的，与群众的意愿是完全一致的。每一名记者，都时时刻刻生活在群众之间，为群众工作；群众也时时刻刻关心他，帮助他，保护他，向他倾诉心曲。因此，在这一时期，新闻也好，通讯也好，特写也好，都不存在什么虚构的问题，其中更没有谎言。

战争年代的通讯，可以说是马上打天下的通讯。是战斗的，真实的，朴素的，可以取信当世，并可传之子孙的。

但是，自从我们取得了全国性的胜利，下马来治理天下的时候，通讯报道工作，就遇到了不少新的难题。特别是一九五八年以后，我们的政策偏左，主观的成分多了。而这些政策，又多是涉及农村工作的。有时，广大农民并不很理解这些政策，但慑于政治的风暴，当记者去采访时，本来质朴的农民，也学会了顺风走，顺竿爬，看颜色行事，要什么给什么，因此，就得不到什么真实的情况了。更何况，有些记者，在下乡之前，自己先有满腹的疑虑和杂念。在这种主客观的交织下，所写出的通讯，内容的真实性，就可想而知了。这种情况，到十年动乱，已经登峰造极。只有在党的三中全会拨乱反正以后，才又逐步回到实事求是的路途上来。这方面的经验教训，非我所能详知，留待新闻工作者去总结吧。

关于通讯、特写，现在我想到的，却还是一个真实问题。我以为通讯、特写，从根本上讲，是属于新闻范畴，不属于文学创作的范畴。现在有一种所谓"报告文学"，把两者的性质混淆起来，造成了不少混乱。通讯、特写都是新闻，是直接为宣传工作服务的。说得冠冕一些，是制定政策或修订政策的基础。其真实性、可靠性是第一义的，是不允许想当然的。现在有些报告文学，名义上写的是真人真事，而对人物只是一知半解，各取所需；对历史情况，又非常生疏无知。强加一些感情抒发，捏造一些生动的场面，采取一些电影手法，以此吸引读者，其结果，因为与事实相违，就容易成为虚无缥缈的东西了。

当然，通讯、特写，其优秀者，也必然会成为文学作品、文学读物。有人把通讯、特写，看成是外来的样式，新兴的东西。其实在中国古典散文中，是常见的，占很大的比重。例如在古文选本上常见的，王禹偁的《唐河店妪传》，就可以称为"战地通讯"，至于柳宗元的《捕蛇者说》等篇，就更可以说是"人物特写"了。有些记者，醉心于外国式的报道方式，不去研读中国的散文写法，也是使一些新闻通讯，现实主义不强，缺乏中国气派的原因之一吧。

必也正名乎！我觉得通讯、特写要和当前有些报告文学划清界限，规规矩矩地纳入新闻报道的轨道。

田流同志的散文特写集，就要出版了，这是一部有真实内容并有中国散文传统的特写集。他来信叫我写几句话，我感到非常荣幸。田流同志是我们党在抗日战争期间，更准确地说，是在解放战争期间，培养起来的青年记者。经过长期的努力和修养，他后来终于成为名记者，新闻工作的领导骨干。他很有才华，如果我记忆不错，他在青年时，还时常写诗、写歌词。老区土地改革期间，在饶阳一带，我们曾有一些日子，在冀中导报社的大院里，一块蹲着吃小米干饭。后来虽然一直没有机会见面，他那年轻有为又非常谦虚质朴的精神，长期以来在我的印象里，是很深刻、很清楚的，很值得怀念的。

1982 年 3 月 29 日上午

玛金诗选序

抗日战争期间，在晋察冀边区，有那么一批文学工作者。大部分是青年学生，都在二十岁上下。有的在部队宣传部门工作，有的在地方的报社、通讯社、文工团工作。有人保存了一张一九四〇年边区文学工作者成立大会的合影，计算一下，也不过三十几个人。这些人虽然也写小说、剧本、通讯，但经常写的是诗，几乎每一个人都写诗，是诗的工作者。

原因很简单：一、战争年代，文学就是宣传。而诗这一形式，最为简便、迅速，被称为宣传队伍中的轻骑，文艺武器中的匕首。二、纸张短缺，印刷困难，而诗可以写在十字街头，写在残墙断壁上，写在脱皮的老树身上，写在道路转弯的大石头上。油印、抄写也方便，登在报刊上，所占地方也很小。三、大家正在年轻，感情丰盛，热血沸腾，诗歌便于抒发。行军、休息，睡之前、醒之后，都可以写。

那时候，可以说，诗占据着统治地位，文学界是诗歌的天下。出色的诗人很多，好诗很多，现在读起来，都能唤起回忆，使人又身临其境。那时的诗，都是为了抗战，为了国家民族的生存的。不存在什么自我陶醉，自我扩张。每有一点儿个人私念，诗人都是赶快自己批判，自己检讨，认为是微不足道的，不光彩的，不应该表露的。集中一切精力去进行战斗。

这种感情克制，都是自觉的，发自内心的，并非外界压力所造成。因此，它也许不容易为生活在和平世界里的人们所理解。

那一时代，的确是一个不同平常的时代，过去的很遥远了，很遥远了。当时的伙伴们，经过战争、动乱、饥寒、疾病，也越来越少了，越来越少了。我想，过不了多久，这一代诗人的名字以及他们的作品，就只能记载在一些书本上，供人凭吊了。

玛金同志，就是当时诗人中的一个，如果我记忆不错，他还是很活跃的一个呢！全国革命胜利以后，我们很少见面，但很怀念他。近日，他从安徽写信来，要我为他的诗集写篇文字，并把诗集的复制件寄来了。可惜我近来身体很不好，眼睛也不行，复制件又很模糊，我只是着重地读了他在抗日战争年代写的诗。而这一时期的诗，被选录的很少。解放战争时期的诗，又几乎没有。不知道是什么原因，是遗失了吗？我对抗日的诗，最感兴致，这实在是一种不能改变的偏爱了。

在我的记忆中，玛金同志在为人和创作上，是个非常认真细致的人。对于每篇作品，他是不断思考和修改的。例如在《风暴，我灵魂的音乐！》这首诗里，有这样的句子：

往日，我也曾
在炮声暂时隐没的时候
忆起过明丽的南方

他这次校对，把"过"字又划掉了。这也许是出于文法、文义方面修辞的需要，但一般读者，是并不注意这个细节的，多一个"过"字，也不影响诗的音响节奏，是完全可以不改的。

我总以为，玛金同志在创作上，过于严肃。吟咏得太多，推敲得太多。这有时反倒会影响了创作的生机和生气，也影响作品的产量。

尤其是诗，它是诉诸直感的，贵冲动，贵喷薄而出，贵浑朴自然。就像石雕和木雕一样，过于雕琢，不断砍削，那作为艺术基础和艺术生命的一部分的原材料，就所剩无几了。

但过于细微，好像又是玛金同志的秉性习惯，恐怕也不容易改变了。

我苟延残喘，其亡也晚。故旧友朋，不弃衰朽，常常以序引之命责成。缅怀往日战斗情谊，我也常常自不量力，率意直陈。好在我说错了，老朋友是可以谅解的。因为他们也知道我的秉性，不易改变，是要带到土里去的了。

1982 年 4 月 14 日下午 4 时

《刘绍棠小说选》序

今天中午，收到绍棠同志从北京来信：

"现将出版社给我的公函随信附上，请您在百忙中为我写一篇序，然后将序和公函寄给我。

"由于发稿时间紧迫，不得不请您赶作，很是不安。"

于是，我匆匆吃过午饭，就伏在桌子上来了。

绍棠同志和我的文字之交，见于他在黑龙江一次会议上热情洋溢的发言，还见于他的自传，我这里就从略了。

去年冬初，在北京虎坊桥一家旅社，夜晚，他同从维熙同志来看我。我不能见到他们，已经有二十多年了。见到他们，我很激动，同他们说了很多话。其中对绍棠说了：一、不要再骄傲；二、不要赶浪头；三、要保持自己的风格——等等率直的话。

他们走后，我是很难入睡的。我反复地想念：这二十年，对他们来说，可以说是天寒地冻、风雨飘摇的二十年。是无情的风雨，袭击着多情善感的青年作家。承受风雨的结果，在他们身上和在我身上，或许有所不同吧？现在，他们站在我的面前，挺拔而俊秀，沉着而深思，似乎并不带有风雨袭击的痕迹。风雨对于他们，只能成为磨砺，锤炼，助长和完成，促使他们成为一代有用之才。

对于我来说，因为我已近衰残，风雨之后，其形态，是不能和他们青年人相比的。

这一个夜晚，我是非常高兴的，很多年没有如此高兴过了。

前些日子，我写信给绍棠同志，说：

"我并不希望你们（指从维熙和其他同志），老是在这个地方刊物（指《天津日报·文艺周刊》）上发表作品。它只是一个苗圃。当它见到你们成为参天成材的大树，在全国各地矗立出现时，它应该是高兴的。我的心情，也是如此。"

文坛正如舞台，老一辈到时必然要退下去，新的一代要及时上演，要各扮角色，载歌载舞。

看来，绍棠同志没有忘记我，也还没有厌弃我的因循守旧。当他的自选集出版的时候，我还有什么话，要同他商讨呢？

我想到：中国的现实主义文学传统，是来之不易的。是应该一代代传下去，并加以发扬的。"五四"前后，中国的现实主义，由鲁迅先生和其他文学先驱奠定了基础。这基础是很巩固、很深厚的。现实主义的旗帜，是与中国革命的旗帜同时并举的，它有无比宏大的感召力量。中国的现实主义，伴随中国革命而胜利前进，历经了几次国内革命战争和八年抗日战争。这一旗帜，因为无数先烈的肝脑涂地，它的色彩和战斗力量，越来越加强了。

中国的现实主义，首先是与中国革命相结合的。同时，它也结合了中国文学的历史和世界文学的历史。毫无疑义，十八、十九世纪的西欧文学和俄国文学，东北欧弱小民族的文学，十月革命的苏联文学，日本和美国的文学，对我国的现实主义，也起了丰富和借鉴的作用。介绍这些文学作品的翻译家，我们应当给予高度评价。

我们的现实主义，是同形形色色的文学上的反动潮流、颓废现象不断斗争，才得以壮大和巩固的。它战胜民族主义文学、第三种人文学，以及影响很大的鸳鸯蝴蝶派。历次战斗，都不是轻而易举，也绝不是侥幸成功的。现实主义将是永生的。就是像林彪、"四人帮"这些手执屠刀的魔鬼，也不能把它毁灭。

但是，需要我们来维护。我们珍视现实主义文学的战斗传统，绍棠同志的作品，具备这一传统。

1979 年 12 月 19 日下午 2 时

《从维熙小说选》序

如果我的记忆力还可靠，就是一九六四年的秋天，我收到一封没有发信地址的长信，是从维熙同志写给我的。

信的开头说，在一九五七年，当我患了重病，在北京住院时，他和刘绍棠、房树民，买了一束鲜花，要到医院去看望我，结果没得进去。

不久，他便被错划为"右派"，在劳改农场、矿山做过各种苦工，终日与流氓、小偷，甚至杀人犯在一起。

信的最后说，只有组织才能改变他的处境，写信只是愿意叫我知道一下，也不必回信了。

那时我正在家里养病，看过信后，我心里很乱。夜晚，我对也已经患了重病的老伴说：

"你还记得从维熙这个名字吗？"

"记得，不是一个青年作家吗？"老伴回答。

我把信念了一遍，说：

"他人很老实，我看还有点儿腼腆。现在竟落到了这步田地！"

"你们这一行，怎么这样不成全人？"老伴叹息地说，"和你年纪相当的，东一个西一个倒了，从维熙不是一个小孩子吗？"

老伴是一个文盲，她之所以能"青年作家"云云，不过是因为与我朝夕相处，耳闻目染的结果。

二年之后，她就更为迷惑：她的童年结发、饱经忧患、手无缚鸡之力、终年闭门思过、与世从来无争的丈夫，也终于逃不过文人的浩劫。

作家的生活，受到残酷的干预。我也没法向老伴解释。如果我对她说，这是特殊历史条件下的特殊国情，她能够理解吗？

她不能理解。不久，她带着一连串问号，安息了。

我也不知道，为什么我没有安息，这一点颇使远近了解我性格的人们，出乎意外。既然没有安息，就又要有人事来往，就又要有喜怒哀乐，就不得不回忆过去，展望前景。前几年，又接到了维熙的信，说他已经从那个环境里调出来，现在山西临汾搞创作。我复信说：

"过去十余年，有失也有得。如果能单纯从文学事业来说，所得是很大的。"

同信，我劝他不要搞电影，集中精力写小说。

不久，他在《人民文学》上发表了短篇小说《洁白的睡莲花》，来信叫我看，并说他想从中尝试一下浪漫主义。

我看过小说，给他写信，说小说写得很好，还是现实主义的。并劝他先不要追求什么浪漫主义，只有把现实主义的基础打好了，才能产生真正的浪漫主义。

再以后，就是我和他关于《大墙下的红玉兰》的通信。

写到这里，本来可以结束了，但因为前些日子，为刘绍棠同志写序文时，过于紧迫，意犹未尽，颇觉遗憾。现在就把那未了的文字，移在这里，转赠维熙，并补绍棠。

在为绍棠写的序文中，我喊叫：要维护现实主义传统。究竟什么是现实主义传统呢？一个现实主义作家，需要何种努力？一部现实主义的作品，要具备什么样的条件呢？我曾写了一个简单的提纲，在绍棠的来信之上：

我以为，现实主义的任务，首先是反映现实生活。在深刻卓异的反映中，创造出典型。不可能凭作家主观愿望，妄想去解决当前生活中的什么具体问题，使他的人物成为时代生活的主宰。现实主义的作品，对于生活，对于人物，不能是浮光掠影的。作家在创作这样一部作品时，其动机也绝不是为了新鲜应时，投其所好，以希取宠的。

现实主义的作家，要有多方面的修养准备，其中包括在艺术方面的各种探求。经过长时期的认真不懈的努力，才能换来发掘和表现现实生活的能力。因此，凡是现实主义的作家或作品，都不会是循迹准声之作，都是有独创性的。

另外，现实主义的作家或作品，都具备一种艺术效果上的高尚情操，表现了作为人的可宝贵的良知良能，表现了对现实生活和历史事实的严肃态度。

写到这里，真的完了。但还有一点尾声。直至今日，我和维熙，见面也不过两三次。最初，他给《天津日报·文艺周刊》投稿，有一次到报社来了，我和他们在报社的会议室见了一面。我编刊物，从来不喜欢把作者叫到自己家里来。我以为我们这一行，只应该有文字之交。现在，我已届风烛残年，却对维熙他们这一代正在意气风发的作家，怀有一种热烈的感情和希望。希望他们不断写出好作品。有一次，我写信对他说：

"我成就很小，悔之不及。我是低栏，我高兴地告诉你：我清楚地看到，你从我这里跳过去了。"

我有时还想到一些往事。我想，一九五七年春天，他们几位，怎么没有能进到我的病房呢？如果我能见到他们那一束花，我不是会很高兴吗？一生寂寞，我从来也没有得到过别人送给我的一束花。

现在可以得到了。这就是经过他们的努力，不断出现在我面前的，视野广阔，富有活力，独具风格，如花似锦的作品。

1980 年 1 月 27 日上午，

收见维熙来信，下午 2 时写成。

贾平凹散文集序

我同贾平凹同志，并不认识。我读过他写的几篇散文，因为喜爱，我发表了一些意见。现在，百花文艺出版社要出版他的散文集了，贾平凹来了两封信，要我为这本集子写篇序言。我原想把我发表过的文章，作为代序的，看来出版社和他本人，都愿意我再写一篇新的。那就写一篇新的吧。

其实，也没有什么新鲜意思了。从文章上看（对于一个作家，主要是从文章上看），这位青年作家，是一位诚笃的人，是一位勤勤恳恳的人。他的产量很高，简直使我惊异。我认为，他是把全部精力，全部身心，都用到文学事业上来了。他已经有了成绩，有了公认的生产成果。但我在他的发言中或者通信中，并没有听到过他自我满足的话，更没有听到过他诽谤他人的话。他没有否定过前人，也没有轻视过同辈。他没有对中国文学的传统，特别是"五四"以来的现实主义传统，发表过似是而非的或不自量力的评论。他没有在放洋十天半月之后，就侈谈英国文学如何、法国文学又如何，或者东洋人怎样说，西洋人又怎样说。在他的身旁，好像也没有一帮人或一伙人，互相吹捧，轮流坐轿。他像是在一块不大的园田里，在炎炎烈日之下，或细雨蒙蒙之中，头戴斗笠，只身一人，弯腰操作，耕耘不已的青年农民。

贾平凹是有根据地，有生活基础的。是有恒产，也有恒心的。他不靠改编中国的文章，也不靠改编外国的文章。他是一边学习、借鉴，一边进行尝试创作的。他的播种，有时仅仅是一种试验，可望丰收，也可遭歉收。可以金黄一片，也可以良莠不齐。但是，他在自己的耕地上，广取博采，仍然是勤勤恳恳、毫无怨言，不失信心地耕作着。在自己开辟的道路上，稳步前进。

我是喜欢这样的文章和这样的作家的。所谓文坛，是建筑在社会之上的，社会有多么复杂，文坛也会有多么复杂。有各色人等，有各种文章。作家被人称作才子并不难，难的是在才子之后，不要附加任何听起来使人不快的名词。

中国的散文作家，我所喜欢的，先秦有庄子、韩非子，汉有司马迁，晋有嵇康，唐有柳宗元，宋有欧阳修。这些作家，文章所以好，我以为不只在文字上，而且在情操上。对于文章，作家的情操，决定其高下。悲愤的也好，抑郁的也好，超脱的也好，闲适的也好。凡是好的散文，都会给人以高尚情操的陶冶。王羲之的《兰亭集序》，表面看来是超脱的，但细读起来，是深沉的，博大的，可以开扩，也可以感奋的。

闲适的散文，也有真假高下之分。"五四"以后，周作人的散文，号称闲适，其实是不尽然的。他这种闲适，已经与魏晋南北朝的闲适不同。很难想象，一个能写闲适文章的人，在实际行动上，又能一心情愿地去和入侵的敌人合作，甚至与敌人的特务们周旋。他的闲适超脱，是虚伪的。因此，在他晚期的散文里，就出现了那些无聊的、烦絮的，甚至猥亵抄袭的东西。他的这些散文，就情操来说，既不能追踪张岱，也不能望背沈复。甚至比袁枚、李渔还要差一些吧。

情操就是对时代献身的感情，是对个人意识的克制，是对国家民族的责任感，是一种净化的向上的力量。它不是天生的心理状态，是人生实践，道德修养的结果。

浅薄轻佻、见利而动、见势而趋的人，是谈不上什么情操的。他们写的散文，无论怎样修饰，如何装点，也终归是没有价值的。

我不敢说阅人多矣，更不敢说阅文多矣。就仅有的一点经验来说，文艺之途正如人生之途，过早的金榜、骏马、高官、高楼，过多的花红热闹，鼓噪喧腾，并不一定是好事。人之一生，或是作家一生，要能经受得清苦和寂寞，经受得污蔑和凌辱。要之，在这条道路上，冷也能安得，热也能处得，风里也来得，雨里也去得。在历史上，到头来退却的，或者说是销声敛迹的，常常不是坚定的战士，而是那些跳梁的小丑。

1982 年 6 月 5 日晨起改讫

第十辑　芸斋书简

二月通信（并后记）

—— 寄给一个没有到会的参议员

××同志：

几次我想写信给你，信寄到你工作的那里，是这样困难。但是，这一次非写不可了，我希望你能辗转地知道我写给你的这些话。

去年我们在冀中区平坦的大道上见面，你就问我，边区参议会什么时候才能开，我们都在等待这个大会。因为这个场面，对你我虽然还只是三十岁的人，也可说是空前的，在生命史上值得辉煌称赞的经历了。你是一个参议员，我是晋察冀的一个公民，我的家乡选出了你。我们走在正月的温暖的风光里，到了长汝村，大远你就指给我看一首写在墙壁上的宣传诗，那是拥护你当参议员的诗。

而在今年正月，我在这里参加了这个大会，当作一个记者参加了。你没有来，别人说你像孙悟空一样跳到妖魔的肚子里去了，你的工作是扭断敌人的肚肠，所以，就不能放手来了。也好，来了你的女朋友，在讨论"双十纲领"时，她发了言，那样干脆而漂亮的发言，使一些老年人也为之鼓舞了。她能够代表冀中平原青年妇女们的那种可宝贵的活泼，又有些矜持的可亲爱的精神。我用从小在平原上长大的经历来评判，她的发言，使我的故乡的邻居姐妹们，在这个大会上扬眉吐气了。

在这次大会上，就像我们原先预望的一样，长了不少见识。大会在我的心里、感情上栽种上甜甜的、神圣的、生命力的种子。从大会以后，在我心里，就有一种急剧的激动，那就是要求一种工作上的建树，一种对人生的新的义务。我被胜利后的新中国的种种预见激动了。

对于我们，一个写文章的人，你没有亲身来参加，我为你惋惜，因此，我有责任向你报告一二。在会场上，我坐在前面的一角。对了，我得向你说明，你无论如何也猜不出这个参议会的大礼堂，有多么富丽庄严，这是边区的创造。

我坐在记者席上，聂司令员是大会主席团之一，我注视着他。那时会上正在讨论统一累进税税则，我看见我们的将军，对每一个农村来的参议员的发言，十分注意。你知道这个税则上，尽是些数目字和百分比。他回过身去，和一个白胡子的老人商量着，研究着，凝神考虑，突然爽朗地笑了。我从他的举动上、精神上，想起许多事。在我的印象里，聂司令员和中国一些可歌颂的名将的风度，凝结成一个形象。这个形象，我是无比重视的。

一天晚上，又演《日出》，聂司令员和肖副司令员坐在我的前边。肖好像对上海的生活不很熟悉，聂时而向他解释几句。他感动地说："看完这个戏，可以得到多少知识啊。"肖常到展览室去浏览我们文学部的展览品，你的《平原上》也在那里陈列，还有别人的几个长篇。肖很为这些作品不能印出惋惜，他每天要花一些时间去读，你知道他也在写一部长篇小说。肖在我的印象里，是一个最漂亮的中学生的风度，而风度里的内涵，是一个天才的军事家。

最感动我的是这些军事家，对民主政治的热情，对人民福利的关心。这几天情况很紧，敌人出动几千兵力，蚕食行唐口头一带，飞机从山顶上轧轧飞过，聂每天还是静静地坐在主席台上，听着每一个参议员的发言，考虑着每一条决议。一个深夜，一团子弟兵从五台山的雪峰上赶来，分驻在会场的周围，在会餐席上，我见到了那个青年的团参谋长。他也是冀中人，他说子弟兵担任保卫大会的任务，是最光荣的一次任务。

大会第二天，聂司令员代表中共中央北方分局作了讲演。第三天，大会通过了"双十纲领"为晋察冀边区施政纲领。在这一天，刘奠基先生主持了这个讨论，边区国民党部负责人郭飞天先生第一个发言。他说，对这个提案感到很大的兴奋和愉快。从冀东、平北来的参议员们说，在那些地区，人民对"双十纲领"，感到了领导的爱抚的幸福。一个士绅参议员说，从"双十纲领"公布的第一天起，他就深深感到了中国共产党关心各个阶层的大公无私的精神。

同志，我们几年来，为"双十纲领"在边区的彻底实现尽了不少努力。在这一次会议上，我再看见"双十纲领"在过去几年间的成就的光彩，和今后将放射的更大的光彩。战后新中国的形象，如同我最爱的作品的人物的形象一样，在我心里站出来，为我的一切思想感情所拥抱。

我对大会的总的感觉，是正义战争和民主政治的交流，所培养起来的历史上无比光辉的果实。这果实将哺养我们这一代，到完全的幸福和自由的日子。我生活在大会的十几天，是非常可纪念的。我好像走入一个新天地，我的内心不断激发着热情和向往。

别人也一样，男的和女的一样，青年和老年一样。再没有自觉到自己所处的天地，这样稳定而光彩，生动而富有希望更快乐的了，政府宋主任报告了五年来的政府工作，第一部分是"从战斗中壮大的晋察冀边区"。那一晚，我沉醉在我们在抗战第一个年头的努力和见闻里，对眼前的一切，更感到难能可贵的亲切。

大会选出的议长是成仿吾先生和于力先生，除去为全民庆祝，我们为我们的文学工作庆祝吧。成先生虽然在风沙里奔波了这么多年，据许多人说，他比在上海时年轻了。近来他少写文章，把精神用在边区民主政治的发扬，他致了大会的闭幕词，用灌注着较创造社开创时更大的热情的果敢的词句。于力先生是平津的大学教授。

在这次大会上，我们的文学工作，并不逊色。冀中火线剧社演出的《把眼光放远一点》，我很满意，因为冀中风味很浓厚。我们的老朋友史立德先生，也串演了一次花脸哩。

我想起了在冀中工作的同志们，想起家乡，我这封信要用多么大的篇幅，才能结束？大会给我的印象，我把它同家乡，和工作在家乡的同志们给我的印象，联结起来。对于你们，我应该把大会分开日子，详细报告。但因为现在我不能直接写信给你，要宝贵我们的《鼓》的篇幅，就只好停止了。

祝你工作胜利！聂司令员给大会的题词上有一句："旌旗指向长白山！"

1943 年 2 月 13 日平山

后 记

这一篇发表于一九四三年《晋察冀日报》的文艺副刊《鼓》上面。这是写给王林同志的一封公开信，当时考虑到他在游击区工作，所以把名字隐去了，文艺界同志多能知之。

致田间

田间兄：

九月由方冰同志带来信收到，好音千里，倍增欣慰。方冰、陈陇均入党校学习，沙可夫同志亦在党校。我随高中班来延，一路很是顺利，简直没遇到什么困难，游游荡荡而来，我也没闹病，从没掉过队，谢谢你关心我的身体。

高中班到此，即散并于延大各院。我在鲁艺研究室，邵子南也在这里，但不久我或转党校整风。此间艺术活动，音乐戏剧为秧歌戏，美术为年画剪纸、玩具。文艺似尚在尝试新方向，邵子南来了发表了一篇《李勇大摆地雷阵》为章回性质。

文艺界经过去年大整风。从前方来，我也想藉此机会在政治上提高一步，并有意相机改行，学政治工作；来后，深感具体生活斗争经验见闻很差，单有写作环境，亦难产生好作。只写章回小说《五柳庄对敌斗争话本》十回，《中国小说传统》一篇，报告三篇，尚未卜能发表否。你留在敌后，兴奋工作，实在是好道路，老兄，从根本做起罢，今后文艺工作，没有大生活资本，不能发售！

胡风七月诗丛出兄《给战斗者》诗集一，计收武汉所写及敌后所写，小叙事诗，街头诗，各为一部分在内。胡有后记，像按兄深入斗争的进展反映在诗作下论断。后方批评，已有转变，闻一多教授在联大讲演称兄为"敲鼓的诗人"，他为"听鼓的"，推崇备至，盖重庆以国民党高压政策、反动政策，使人民呼吸困难，兄诗之风格，很有助于呐喊奋斗也。他刊物有评《给战斗者》谓长诗好，街头诗不好，仍是老调，例举一篇日本俘虏上吊为佳作，《援助这大山沟》为坏作。胡明树写一篇《忆田间》，但此文我未见。总之，在大后方，兄之诗，已转掾一般无聊者之猖猖矣。

延安，诗很少，盖已与秧歌运动结合。以后诗的方向，尚待研究。我很愉快，身体如常，这里熟人也很多，党校一些做实际工作的同志很愿意和我合作，以后可以写些东西。

初来时，夜间曾遇一次山洪暴涨、大水没顶，赤身逃出，千里背来的兄之大衣，也不知漂到哪里去了。幸抱住一木桩，得不委身鱼腹。此也来延后一段趣闻也。

延安红火热闹，车马辐辏，飞机每天都来，我们的局面大大开展，已有许多同志去华中前方开辟工作，邓德兹来后，稍事休息，即去家乡一带工作了。初来时，在延干部，非常拥挤，现正往外倾注。李肖白同志也要走了。

此信，并致陈肇、张帆诸兄。并请陈肇，有便人给我家中捎一信，谓我在延安学习一个时期，即回冀中工作，以免老父之悬念也。切盼。

敬礼，葛文好。

弟　孙犁

（1943 年）（张占杰老师考证，此信作于 1944 年）11 月 15 日

致康濯（三封）

康濯、肖白同志：

你们的远道来信我收到了。孤处一村，见到老朋友的笔迹，知道朋友们的消息，甚高兴，慰藉之情，可想而知。

我一直在蠡县刘村住了三个月，几乎成了这村庄的一个公民，人熟地熟，有些不愿意离开。因为梁斌同志的照顾，我的写作环境很好，自己过起近于一个富农生活的日子，近于一个村长的工作，近于一个理想的写作生活。但春天到了，冰消雁来，白洋淀诱惑力更大，且许多同志鼓励《白洋淀纪事》，本月中旬，我就往沙河坐小船到白洋淀去了。

我写了几篇东西，整理出来的有《钟》（一万多字）、《碑》（六七千字）。本来我想赶紧寄给你们，先睹为快。但是这里有个副刊《平原》，也很缺稿，恐怕要先在这里印一下。呜呼，冀中这个地方，竟还要我们这些空洞文章，以应读物的饥荒，可惭愧也矣。

这里许多干部对文艺非常爱好，他们几年间出生入死，体验丰富，但都以为自己不会写而使文艺田地荒废，事实上只有他们才能写好的，有希望的是他们，肖白说是我，错到天边去了。

但也刺激了我，正在努力深入生活和努力写作，我也不应该叫你们太失望的。

这里很可以印些东西，肖白如有可能，能往《解放日报》《新华日报》《晋察冀日报》，代我搜集到《丈夫》、《村落战》、《爹娘留下琴和箫》、《白洋淀一次小斗争》（新华）、《游击区一星期》（新华），就好了。我想弄个小集印印，这里文艺读物太缺乏。

过去我对保存作品太不注意，也是抽烟纸缺，都抽了烟了，后悔无及。

我祝你们身体、工作好。

并问候诸同志。

孙犁

（1946 年）3 月 30 日

康濯兄：

这两天我在旧存的《解放日报》上剪读了你的《灾难的明天》和陈辛的批评。这篇稿子寄到延安时，我正束装待发，没来得及看。

我以为陈辛的批评是不错的。

我觉得小说的好处表现在作者对生活的深入调查研究，用心的观察体会，因此它不与主题思想两家皮。我觉得一个南方人，对这里的人民生活和情绪体会到这样非常不容易。

从这篇小说唤起了我山地生活的印象，不瞒老兄说，我因为老是有个冀中作目标，忽略了在那里生活时对人民生活的关心，现在我差不多忘记了那里的山水树木。读过后，我觉得那里的人民是这样的简单可爱，例如老太婆，虽是常常要个心眼，但是她也叫我同情，心眼也简单可爱呀！现在我才进一步想到人民斗争成绩的丰富和辉煌。在这样的地方，人民生活在极困苦的条件下，创造了这样美的动人的故事。

我和别人谈过，你老兄是谨严的小说作风，从这一篇我学习了不少东西，正好医治我这乱弹现象。我写就发展不了这么多情节过场，及至后来，你竟是低回往复地唱起歌来了。

另外，我觉得这篇凡是有关心理的描写都很好，好在它不是告诉人说：这是人物的心理呀！而是那么自然而深刻地与行动结合着，甚至引得我反复读，奇怪你为什么能弄得这么没有痕迹。例如婆媳在纺线上的纠缠便是。

我自然也同意陈辛说的那故事进行有些滞碍。例如中间那一段"就从退租说吧……"我觉得就有碍人前进阅读的不妥地方。

关于老太婆年轻生活的插写一段，就好些。这自然也许是我爱好的偏见。

关于用语，邓康说有些南腔北调，我只觉得在语言上还不完全精练，你不爱雕词琢句，也是你的好处，不过像：

"老把式到底可强哩！"

就不如说成

"还是老把式！"

我想编一套农村生活小说丛刊，供给农村阅读，我想这篇算一册，我写篇"怎样读和怎样写"附在后面。

后面谈谈我的现状，现状没有分别，八中走了，少了兼课，轻闲一些，写了一篇《冰床上的叮咛》，寄上。身体如常，工作顺利，一切勿念。

沙可夫同志来信，备极关心，甚至要我去张家口，我想是传说我的生活困难，有些过于夸大的缘故，事实上，没有什么。我已经给他去信，我要在这里留一个时期，再说。

昨天读到了《晋察冀日报》副刊上一位白桦同志对《碑》的批评。我觉得他提出的意见是对的，但有些过于严重，老兄知道，咱就怕严重，例如什么"读者不禁要问：这是真实的吗？"我不是读者，我是作者，但是我可以说是真实的，因为事情就发生在离我家五里路的地方。

批评者或许对冀中当时环境不甚了了。文章内交代得明白，战士是黄夜到村里，秘密过河行动，别的村人并不知道，他们迫进河流，已抵绝路，因此起初只有一家人那么沉重。

及至小姑娘给一些人说明，他们"感到绝望的悲哀"也不能说是"太寂寞了"，有什么寂寞的，那不是看戏，一群战士迫于绝路，又不能救助，低下头来，感到悲哀，并不是小资情绪。要怎样描写？拍手叫好？还是大声号哭？

并且，他们观战也不是"冷静的"，"没有同情"，"没有敌忾"，没有这个，没有那个。

文章写得明白，起初是长期对战争的渴望，他们来观战，这在平原上是常有的事。及至大雾消沉，看出形势不利于我们，他们才悲哀绝望。

我那一段描写，是太冷静了吗？怎样写才算热烈？

他还谈到老太太的"转变"，我那老太太并没有什么转变。什么她的转变不是基于对敌人的仇恨，批评者如何知道？难道一定要写一段转变的基本动机吗？

而那基本的东西是写过了的。

这个批评我觉得不够实事求是。

以上不过是说着玩玩，助兴而已，我不打算来个什么反批评。有时间多写一段创作也好。

冀中没什么新鲜事可告。听说不久成立文联，自然没有什么新鲜。河间有个大戏院，每天唱旧戏，观众拥挤。《平原》增刊上来了一次佯攻，他们很不高兴。

崔嵬要成立科班。王林改小说和准备结婚。秦兆阳也在八年编委会。

敬礼

孙犁

（1946年）7月31日

康濯兄：

昨天发出稿子及信，想已收到。今天收到信及钱。

其实，我这些日子并不穷，"少年鲁迅"、《互助组》及香港来的钱，一时使我竟像一个花子拾金一样。老婆孩子来了，这出戏也算唱过了，过了端阳节，就把他们送回去。主要是独身惯了，偶尔来同居几天，长了就麻烦得很。一是楼房，不适合小孩玩耍，上街去，就要担心。二来，他们来了，我连午睡都没法，哪能写文章。文章是不能不写的，无论如何要写的。三是家里还有老母，无人侍奉等等。

关于工作的事，我也会说不会做，如果单是从经验和认识讲，我希望你不要去做什么全国文协吧。我觉得离开文艺文化的圈子，才真正是文艺的天下，做实际工作，反能写文章，反有兴趣写，这已经是经验证明了的。有稿子交出去，比什么也好，何必站在文坛之上，陪侍鞠躬行礼如仪？

如果按你的经验说，虽是做编辑也能写，但不如集中精力，我们是已经到了应该集中精力的年纪了。

目前的情形，好像有两种办法：一是做文化工作，打起杂来，没有作品；一是决心改行，在行政上熬上去，心安理得。但在你，恐怕要不甘心这样的，做做实际工作，集中力量写写，再做工作，这不是你老早告诉过我的吗？

关于工作，我自己也在不安心，我在这里，倒不是没有时间写东西，但就是因为做着编辑，左支右绌，不得从容。

关于王林的《腹地》，他已经接到你的信，他很感动，今天给我写了一封信，很兴奋。我想，是应该这样的。

专此

敬礼

兆阳不另。

孙犁

（1949 年）5 月 26 日

"房东"即再寄上两册

致王林（二封）

王林同志：

　　稿收到，当即看过，肯定是可以用的，写得不错。但因年前要登剧本，恐怕要在年后刊登。因此，你是否可以把打仗那一段压缩一下，因读来，虽写得火炽，但颇沉闷无内容也。你脑筋不好，我也可以代你删节，但不知是否同意，请决定后电知邹明即可。

　　昨日《人民文艺》刊一九二五年俄共决议一件，前有按语，似乎我们的文艺政策要有新的决定了，不知看过没有。二十五年以前的经验，正好指导我们的理论，我看后很满意。我家中尚有一册陈雪帆一本《苏俄文学理论》，有便人当捎来，以便查考有利条款，与理论家们一争一己之长短也，呜呼，岂有此必要哉！

　　《风云初记》自信并非过眼云烟，热闹一时者，我恐不得好评，因不合已经如风云叱咤之空气状态。我有一个女弟子看了我的小说，说不如某某的，可见空气已经造成，而不按空气看事的读者甚为寥寥。

　　我当奋发完成此书，且计划不小。盖亦文人之通弊，希历史有所取择耳。

　　家母只是老病，来信已愈。家庭事甚为麻烦，近日颇有乾脆之意。承问，甚感。

即复

敬礼

孙犁

（1950 年）12 月 29 日晨

王林同志：

信收到，我也要给你写信的，就是请你写一篇纪念"七一"的短文，关于抗日战争的生动故事就行。

康濯好久没来信，田间回来了，然慰问团还有很多工作要做，没有替班，他一时也许不能成行。

文坛除武训问题外，我认为重要者，一即魏巍（红杨树）归国后发表的惊天动地的通讯：《谁是最可爱的人》，这真是能推动现实的文学作品，他的文章有普遍的共鸣性，其所以能写得出，除去一些别的条件外，在于他长期做部队工作，对我们的战士的心理和形象是有积累的感觉和感情的。

其次是萧也牧的倾向问题，陈涌的文章，想你已经看见了。

《初记》之停，一因我有此心情，二因我闹了一场病，症候像发疟疾，医生也按着疟疾治的，但发热持续近廿小时，病后我又不慎重调养，两个星期没得恢复，现在才能写文章了。当时本可以续登的，因为手头还有稿，但一想，就坡下驴也是中国人的好办法，就停了两期，现在又接着写了，不登也有好处，就是怕我这个人有时浮躁，有时又不能坚持，一放无踪影之可能，也是有的。当然要克服。

其他一切如常。范瑾同志调宣传部工作了，又少了一个鼓励我的人。

我母亲还好，老人心气儿很高，老愿意玩，我又是一个不爱活动的人，所以有时她也想家。小平去承印所折了两天半书页，一共挣了三千五百元薪资，又嫌累不去了。我说先叫她学习点儿文化吧。内人腹中有盲肠炎的（慢性）性质，她很信西医，每天往返于总医院四医院之间，也许要动手术。总之，负责到底吧。

敬礼

孙犁

（1951 年）6 月 16 日

致冉淮舟

淮舟同志：

收到你写来的信和抄来的稿，面对着你那抄写得规规矩矩、整整齐齐的字体，我感激得无话可说。这些短稿，本来弃之无甚可惜，我竟同意累你去抄写它，只是因为一个人病了之后，常常有无能为力之感，也就顾不得你的烦劳了。

你们正在年轻有为，但常常要付出精力去做这些意义不大的工作，有时还要说是"一种学习"，这就是我在感激之余，无话可说的原因。

我说的"无能为力"，指的是：这些文章本来无足轻重，在我年轻气盛的时候，把它们抛弃不管，它们明显是我那时的小小的"雄心"的牺牲品。现在病了几年，只字未写，想起它们来了，珍惜起它们来了，很有些像一个破落户对待残留的财产，也很有些像浪荡子情场失意之后对待家里的"糟糠"的心情一般。

既然是珍惜，也就偏重看见了它们身上带着的优点。写作它们的时候，是富于激情的，对待生活里的新的、美的之点，是精心雕刻，全力歌唱的。——这些优点，是我今天想到的。在当时发表的时候，反映并不完全如此。我在农村采访的时候，有一位从事"材料"整理的同志，就当面指出它们的浮光掠影，批评过我的工作不深入，劝告我到北屋去开会，那时北屋里的会议是昼夜不息的。当然，我并没有完全执行他的建议，没有整天去做会议记录，因为我知道如果要求一个作者整天在会议上，他是连光影也收获不到的。

《津沽路上有感》一篇，尤其如此。发表以后，有一位青年有为的领导文艺工作的同志，对我说，很使他失望。当时我在惭愧万分之余，只好热诚地希望他的已经宣称要动手的踏踏实实的作品问世，但是这几年我病了，很多伟大的作品，都没有机会拜读——例如那劝我去听开会的同志，很早就在计划着创作，不知已经完成没有？——真是没有办法的事。

以上所谈，只是想说明，即使是一纸短文，在批评指责的时候，也应该采取一个比较全面的态度，指路给人，也要事先问明他要到哪里去。

这些短文，它的写作目的只是在于：在新的生活激剧变革之时，以作者全部的热情精力，作及时的一唱！任务当然完成的有大有小，有好有坏，这是才力和识力的问题。蝴蝶和蜜蜂，同时翩舞，但蜜蜂的工作，不只表现在钻入花芯，进行吸掠的短暂之时，也表现在蜂房里繁重的长期的但外人看不见的劳动之中。

事到如今，我也只能面对这些短小得简直是微不足道的文章，发些近于呻吟的感慨了，当然这是有病的呻吟。

而你竟还那样郑重，甚至一个字的改正，还要提出商榷，这完全是不必要的。在今后处理我那些稿子的时候，请即随手改正，即便改得不当，我不是还可以划回来吗。

《访苏纪要》，先不忙于整理，因为我对那里的知识很有限，写得很浅薄。《在苏联文学艺术的园林里》一篇，以后可以作为创作集的附录。你看其中有关文学的，如有比较完整，内容没有错误的，记出来，以后编入《文学短论》之中。

至于那些短论，务请你严格地选一下，空洞的、无什新意的、好为人师的，都不要，有些好的记下来，以后编入《文学短论》。

你要的书，等我找一找，《风云初记》合订本，恐怕没有，一本也没有了。《文学短论》可能有，找出即寄上。

深深地感谢你的热情的帮助。信的前半有些像作文章，这是我想在《小集》出版时，摘录一部分，作为后记，有一举两得之意。

春节，我哪里也没去，因为谈话多，初三支持不了，睡了一下午。身体不好，所以事先我也没请你们来我这里过节。

敬礼

孙犁

（1962 年）2 月 8 日下午

致阎纲

阎纲同志：

九月四日函敬悉。

你这样客气，询问我对于你所作的评论文章的意见，那些文章，我还没有机会全部拜读，现仅就读书问题，谈一些我个人的领会，供你参考。

我在高中时，因读社会科学书籍，也涉及文艺理论书籍，后来，对这门学科就发生了兴趣，一直持续了若干年。但我所学习写作的文章，都是很零碎的，谈不上什么评论。

我最初读了鲁迅翻译的几本书，即现在收入《鲁迅译文集》第六集中的那四本书。我以为蒲和卢的著作是很有价值的。我不太了解你的读书情况，恐怕早已经读过了吧。

那时，我还读了柯根教授的《伟大的十年间文学》，借以帮助阅读十月革命以后的文学作品。我以为他的文章是写得很明快的，读起来很有兴趣。此外，我读了沈起予翻译的《欧洲文学发展史》和陈望道辑译的《苏俄文学理论》。这都是很早以前的事了，书名可能记得有误。

鲁迅译的厨川白村的两部书，即《出了象牙之塔》和《苦闷的象征》。我以为现在读读还是有好处的，日本人的文章写得轻松活泼，有些道理，也并非全是错误的。

作家的文论，在某一个方面，有时是比较切实可信的，契诃夫的一些见解，是很深刻的。高尔基、鲁迅的评论文章，直到目前，也很难说有人能够超越。

我读俄国十九世纪那三位天才的批评家的文章，比较靠后。

中国古典文论，我以为唐宋以前的较好，《诗经》的序和《文选》的序，都是阐明文章大义，而唐宋以后的文论，则日趋于支离。成本的书，自以《文心雕龙》为最好，它全面地深刻地说明了文章的构成和规律，作家的气质和特点。这是一部哲学性的文艺理论，除非和尚的长年潜修，是不能写出来的。《诗品》和陆机的《文赋》，也很好。

古代作家的文论，我以为柳宗元的最好，全包括在他写给友人的书信中，他的文论切实。韩愈则有些夸张，苏东坡则有些勉强。

读书，确是要有所选择，生当现代，的确没有过多的精力和时间去泛泛涉猎。鲁迅反对读选集，这要看情况而定。像我们，也只能选择一些大作家的作品和选集来读读。每个时代，读其重要作家，每个作家读其重要作品。像断代总集，如《唐文粹》《宋文鉴》之类，浏览一下即可。

评论家多读作品，较之多读评论，尤为重要。

金圣叹是很有才气的，他的评论是自成一家的，当时影响很大。中国的评选工作，还没有人作一总结，我以为金评《西厢记》，有时是思路很广的。王国维的著作，也应该学习，他的评论是很有根基的。

浅谈如上。你是不弃下愚，使我深受感动。但是，我的学业，是不足一谈的。青年时期，确实读了一些书，也很刻苦。但十几年战争，读书就很困难，加以进城后，十年荒于疾病，十年废于遭逢。近年环境好了，即急起直追，成就恐怕也不会大了。每念及此，不胜惶惭。

别的问题以后再谈。错误之处，希指正。

孙犁

1978 年 9 月 7 日下午 3 时

致韩映山（三封）

映山同志：

收到刊物和来信，前信也收到的。我看了你写的《灯光》，以为很好。

我近来忙了一些，房子已收拾完，连续写了《关于速写》《关于中篇》《关于长篇》和《白洋淀纪事》后记。写这样短小文章，我都感到很吃力。这些文章，大都找到了发表地方，刊出后，有些问题，你或有兴趣。

至于艺术生命问题，则不好谈，不想写成文章。我以为这是个复杂问题。在中国，这样的作家（即文章能传世）每一个朝代，也不过几个人，而自元朝以后，虽也有传世之作，但颇为寥寥，这问题就很难说。我以为能传世是很困难的，但如果认真做去，即追求真、美、善，包括感情之真，记事之确，文字的加工，思想的合于实际，并代表进步思潮，虽不能传世，也可以为后人参考。能做到这样，已十分不容易。"五四"以后，只有鲁迅一个人可以说是永久的。

　　祝

好

孙犁

1978 年 10 月 21 日

映山同志：

十二月十六日来信收到。我近来所写的文章，你不知道的，计有：

《谈作品记（二）》（谈刘心武作品）将在《新港》一月号发表。

《谈作品记（三）》（谈林斤澜作品）将在近期《文艺周刊》发表。

《燕雀篇》（诗）已寄曼晴同志，如你能见到他，问问他收到没有？我无底稿。

《耕堂杂录》后记，已寄李屏锦同志。

为《旅行家》写一短文。

你在"增刊"上的、在《海河潮》上的短论文，我都看过，写得很好。今日文坛，甚难言矣，有些像清末民初之时，可谓无奇不有矣。至于色情，又其末焉者也。理论家以此等现象为解放之征。于是一些青年乃引张资平、张恨水为艺术大师，向之膜拜，未上推至张竞生，亦国家民族之大幸矣，其实，这些东西，古已有之。三十年代，有一粉色作家，名章衣萍，其名著如《情书一束》，内警句为：

　　无聊的春天啊

　　连女人的屁股也不愿摸了。

然当时均斥责之，未见封之为解放思想也。贩卖旧货，以为新奇，实今日文坛之特点。今天一个突破，明天又一个突破，突破来突破去，还是那些老调重弹，今天一个里程碑，明天一个划时代，后天一个文起八代之衰呀，大后天又一个英雄时代的典型呀。到头来，叫喊者自己，也忘了他究竟喊叫的是什么货色了。

又成帮结伙，自己壮胆，这是因为这些作品及其作者甚为虚弱之故。

丁玲是有所感的，但她说得很委婉，这些人，是不好碰的。我写文章，也不愿正面去谈，只能顺便表表态而已。呜呼，难矣。

入冬以来，我身体不太好，明年想少写一些,《散文》及《新港》的稿子，都想停止。

曾秀苍送我这种纸，今天给你写信，试用之，还是很不习惯。

祝

学安

犁

（1980 年）12 月 18 日晚

映山同志：

接到来信。我近来还在读书，读的是明末野史，这类书,新版、旧版，我有数十种，过去没有系统看过。这次看得比较详细的是张献忠和李自成的故事。他们杀人很多，妇女尤其遭殃。他们攻城时，叫妇女们裸体围城，向城上守兵大骂，这样，城上的大炮就会点不着，响不了，甚至炮身会崩裂。有人说:张、李杀人多，但明太祖起事时，也是这样。果然，我昨天读《明史纪事本末》一书，就读到了同类的故事：元兵包围明太祖的城，他叫兵士们进屋掩藏，叫妇女们"倚门，戟手大骂，元兵错愕不敢逼"。元兵为什么这样老实？因为是少数民族？也不一定。反正明太祖的战法起了作用，张、李用妇女帮忙进攻，他用妇女帮忙守卫罢了。历史如此反复循环，所以很多人就信佛经和易经了。

明末清初，中国大动乱，时间之长，情况之惨，人民真难活下去。张、李之起，主要是因为天灾饥荒，政治腐败。再加上异族入侵、镇压掠夺，知识分子，尤其不容易过关，非死即降。

我的身体，逐渐恢复正常，不读新书，只好读旧书，好在我存书很多。

即祝

春节全家快乐！

孙犁

（1994 年）2 月 7 日

关于《铁木前传》的通信

阎纲同志：

昨天收到《鸭绿江》评论组转来的你写给我的关于《铁木前传》的信。说是等我的复信写好了，一同在刊物上发表。

这当然是叫我做文章。但是，我首先问候你的病体，祝你早日康复！

近两三年来，在我写的短小文章里，谈到我自己的地方太多了，我自己已觉得可笑，这样急迫地表现自我，是一种行将就木的征象吧！

其实，作家表现自己，这是不足为奇的，贤者也不免的。真诚的作者，并不讳言这一点。而作品之能具有一些生命力，恐怕还离不开这一点。

你以为小说里就没有作家自己吗？那是古今中外，都无例外，有。

《铁木前传》里，也有我自己，以下详谈。这几年我谈了自己的不少作品，但就是没有谈这本书，在写给一个地方的自传里，我几乎把这本书遗漏了。因为，这本书对我说来，似乎是不祥之物，其详情，请你参看拙著《耕堂书衣文录》此书条下。

初看到你的来信，我还是无意及此。但是我很为你的热心和盛情所感动。今天早晨起来，才有了一些想法。

这本书，从表面看，是我一九五三年下乡的产物。其实不然，它是我有关童年的回忆，也是我当时思想感情的体现。

我下乡的地方，村庄叫作长仕。这个村庄属安国县，距离我的家乡有五十里路。这个村庄有一座有名的庙宇，在旧社会香火很盛。在我童年时，我的母亲，还有其他信佛的妇女，每逢这个庙会，头一天晚上，煮好一包鸡蛋，徒步走到那里，在寺院听一整夜佛号，她们也跟着念。

但我一直没有到过这个村庄。这次我选择了这个村庄，其实不只没有了庙会，寺院也拆除了，尼姑们早已相继还俗；其中最漂亮最年轻的一个，成了村支部书记的媳妇。

在这个村庄，我住了半年之久，写了几篇散文，那你是可以在《白洋淀纪事》中找到的。

其中有两篇，和《铁木前传》有关。但是，我应该声明，小说里所写的，绝不是真人真事，所以无论褒贬，都希望那里的老乡们，不要认真见怪。

创作是作家体验过的生活的综合再现。即使一个短篇，也很难说就是写的一时一地。这里面也不会有个人的恩怨的，它是通过创作，表现了对作为社会现象的人与事的爱憎。

读者可以看到，《铁木前传》所写的，绝不局限在这个村庄。许多人物，许多场景，是在我的家乡那里。在这个村庄，我也没有遇到木匠和铁匠，当我来到这个村庄之前，我还在安国城北的一个村庄住过一个时期，在那里，我住在一位木匠家里。

我的写作习惯，写作之前，常常是只有一个朦胧的念头。这个念头，可能是人物，也可能是故事，有时也可能是思想。写短篇是如此，写长篇也是如此。事先是没有什么计划和安排的。

《铁木前传》的写作也是如此，它的起因，好像是由于一种思想，这种思想，是我进城以后产生的，过去是从来没有的。这就是：进城以后，人和人的关系，因为地位，或因为别的，发生了在艰难环境中意想不到的变化。我很为这种变化所苦恼。

确实是这样，因为这种思想，使我想到了朋友，因为朋友，使我想到了铁匠和木匠，因为二匠使我回忆了童年，这就是《铁木前传》的开始。

阎纲同志：在我这里，确实没有"情节结构的特点，以及这种形式独特奥妙之处"。你把这本小书估价太高。

需要申述的是，所谓朦胧的念头，就是创作的萌芽状态，它必须一步步成长、成熟，也像黎明，它必然逐步走到天亮。

小说进一步明确了主题，它要接触并着重表现的，是当前的合作化运动。

一种思想，特别是经过亲身体验，有内心感受的思想，可以引起创作的冲动。但是必须有丰富的现实生活，作为它的血肉。

如果这种思想只是抽象的概念，没有足够的生活基础，只能放弃这个思想。为了表达这种思想，我选择了我最熟悉的生活，选择了最了解的人物，并赋予全部感情。如此，在故事发展中，它具备了真实的场景和真诚的激情。

我国文学艺术的现实主义传统，是非常丰富，非常值得学习、值得珍贵的。这个传统的特点之一，就是真诚，就是文格与人格的统一和相互提高。

投机取巧，虚伪造作，是现实主义之大敌。不幸的是，这样的作品，常常能以其哗众取宠之卑态，轰动一时。但文学艺术的规律无情，其结果，当然是昙花一现。

我们目前应该特别强调真正的现实主义，至于技法云云，是其次的。批评家们应该着重分析作品的现实意义及其力量，教给初学者为文之法的同时，教给他们为文之道。

所答恐非所问。

　　祝

好

孙犁

1979 年 10 月 1 日

致铁凝（二封）

铁凝同志：

昨天下午收到你的稿件，因当时忙于别的事情，今天上午才开始拜读，下午二时全部看完了。

你的文章是写得很好的，我看过以后，非常高兴。

其中，如果比较，自然是《丧事》一篇最见功夫。你对生活，是很认真的，在浓重之中，能作淡远之想，这在小说创作上，是非常重要的。不能胶滞于生活。你的思路很好，有方向而能作曲折。

创作的命脉，在于真实。这指的是生活的真实，和作者思想意态的真实。这是现实主义的起码之点。

现在和过去，在创作上都有假的现实主义。这，你听来或者有点奇怪。那些作品，自己标榜是现实的，有些评论家，也许之以现实主义。他们以为这种作品，反映了当前时代之急务，以功利主义代替现实主义。这就是我所说的假现实主义。这种作品所反映的现实情况，是禁不起推敲的，作者的思想意态，是虚伪的。

作品是反映时代的，但不能投时代之机。凡是投机的作品，都不能存在长久。

《夜路》一篇，只是写出一个女孩的性格，对于她的生活环境，写得少了一些。

《排戏》一篇，好像是一篇散文，但我很喜爱它的单纯情调。

有些话，上次见面时谈过了。

专此

祝好

稿件另寄

孙犁

（1979 年）10 月 9 日下午 4 时

铁凝同志：

上午收到你二十一日来信和刊物，吃罢午饭，读完你的童话，休息了一会儿，就起来给你回信。我近来不知犯了什么毛病，别人叫我做的事，我是非赶紧做完，心里是安定不下来的。

上一封信，我也收到了。

我很喜欢你写的童话，这并不一定因为你"刚从儿童脱胎出来"。我认为儿童文学也同其他文学一样，是越有人生经历越能写得好。当然也不一定，有的人头发白了，还是写不好童话。有的人年纪轻轻，却写得很好。像你就是的。

这篇文章，我简直挑不出什么毛病，虽然我读的时候，是想吹毛求疵，指出一些缺点的。它很完整，感情一直激荡，能与读者交融，结尾也很好。

如果一定要说一点儿缺欠，就是那一句："要不她刚调来一说盖新粮囤，人们是那么积极。""要不"二字，可以删掉。口语可以如此，但形成文字，这样就不合文法了。

但是，你的整篇语言，都是很好的，无懈可击的。

还回到前面：怎样才能把童话写好？去年夏天，我从《儿童文学》读了安徒生的《丑小鸭》，几天都受它感动，以为这才是艺术。它写的只是一只小鸭，但几乎包括了宇宙间的真理，充满人生的七情六欲，多弦外之音，能旁敲侧击。尽了艺术家的能事，成为不朽的杰作。何以至此呢？不外真诚善意，明识远见，良知良能，天籁之音！

这一切都是一个艺术家应该具备的。童话如此，一切艺术无不如此。这是艺术唯一无二的灵魂，也是跻于艺术宫殿的不二法门。

你年纪很小。我每逢想到这些，我的眼睛都要潮湿。我并不愿同你们多谈此中的甘苦。

上次你抄来的信，我放了很久，前些日子寄给了《山东文艺》，他们很高兴，来信并称赞了你，现在附上，请你看完，就不必寄回来了。此信有些地方似触一些人之忌，如果引起什么麻烦，和你无关的。刊物你还要吗？望来信。

　　祝

好

孙犁

（1979 年）12 月 23 日

致丁玲

丁玲同志：

刚刚邹明同志带来了您的信，我读了以后，热泪盈眶。这些日子，我和我的同事们，焦急地等待您的信，邹明同志几乎每天到我这里问：

"你看丁玲同志的信，不会出问题吧？"

我总是满有信心地安慰他：

"不会的。丁玲同志既然答应了我们，一定会给我们寄来的。不过她已经那么大年纪，约稿的又那么多，过两天一定会给我们寄来的。丁玲同志是重感情的，绝不会使我们失望的。"

信，今天果然收到了。我们小小的编辑部，可以说是举国若狂，奔走相告。您的信又写得这样富有感情，有很好的见解。您的想法，我是完全赞同的，我们这些年龄相仿的人，都会响应您的号召的。

我自信，您是很关心我们这一代作家的，也很了解我们的。不只了解我们的一些优长之处，主要是了解我们的缺短之处。我们这一代人，现在虽然也渐渐老了，但在三十年代，我们还是年轻人的时候，都受过您在文学方面的强烈的影响。我那时崇拜您到了狂热的程度，我曾通过报刊杂志，注视你的生活和遭遇、作品的出版，还保存了杂志上登载的您的照片、手迹。在照片中，印象最深的，是登在《现代》上的，您去纱厂工作前，对镜梳妆，打扮成一个青年女工模样的那一张，明眸皓腕，庄严肃穆，至今清晰如在目前。这些材料，可惜都在抗日战争和土地改革时期丢失了。

我有很多缺点，不够勤奋，在文学事业上成就很小。又因为多年患病，使我在写作大部书的方面，遇到不少的困难。我还有容易消沉的毛病，这也是您很了解的，并时常规诫我。但是，这些年来，我的遭际虽然也够得上是残酷的了，可我并没有完全灰心丧志。文学事业不断鼓励我，使我做了力所能及的工作。最近两年，我每年可以写一本散文集，今年将要出版的，名叫《秀露集》，出版后一定寄呈，请您指教。

成绩虽然小，但在说实话、做实事方面，我觉得是可以问心无愧，也不辜负您对我们的教导的。对于创作，我是坚信生活是主宰，作家的品质决定作品的风格的。在我写的一些短小评论中，都贯彻着我这些信念。

丁玲同志，我近来很忙，又时常晕眩，今天收到您的信又非常激动，请容许我先写这么一封信，以后再详细谈吧！

　　祝您

健康长寿！

　　祝

陈明同志身体健康！

孙犁

（1980年）11月2日

上午12时天津

再论流派

——给冯健男的信

冯健男同志：

　　大作《荷派作品集》序文，今天下午收到，当即开封拜读。序文于历史背景叙述，言简意赅，具笔削之工；于作品选择，取精用宏，得剪裁之当。第一部分，尤其精彩。第二部分，举例虽稍多，然并不泛泛，且涉及序文体例，亦不可少。第三部分，总揽全程，加以申述，识见醇正，掩卷仍有余味。兄之评论文章，弟向所钦仰，此作印象尤佳。

　　关于流派之说，弟去岁曾有专题论及。荷派云云，社会显有此议论，弟实愧不敢当。自顾不暇，何言领带？回顾则成就甚微，瞻前则补救无力。名不副实，必增罪行。每念及此，未尝不惭怍交加，徒叹奈何也。

　　鲁迅所言，文学团体非豆荚之说，乃至理名言。即使为豆荚，能总体一时，豆熟则荚裂，命运亦各不同。本身充实，得天独厚者，坠入土壤，则生发无穷，另生新荚。其不得水土者，或至腐朽湮灭。况于荚内之时，即志趣不同，有所变异，甚或其豆相煎者乎。

　　此因流派一词，即含有不固定及易变化之义。有为之士，所关心者，为本身之利益及创作之前程，非必关心流派之发展与前途也。于己有利时，则同派而同流；于己无益时，则异派而自流矣。

故流派之说，虽为近人所乐于称道，然甚难言矣。固执者视而有之，达观者疏而略之。必拘泥之，而定形命名，甚无谓也。

弟亦俗人，未敢多违众议。故于兄之编选劳作，虽疑信参半，然于兄之文章及好心，仍感激而击节称善也。

即请

大安！

孙犁

1982 年 1 月 12 日

散文的感发与含蓄

——给谢大光同志的信

送来的六篇散文，都拜读过了。我以为都写得很好，已经形成你自己的散文风格。文字清丽委婉，能再现当时情景。以下，我谈些读后的感想，这些感想，是因为读过你的散文引起的，但不一定都与你的作品有直接关系。

文无定法。这是说，文章，包括散文，每个人有每个人的写法，没法强求一致，也不应该用自己的爱好，去衡量他人的作品。任何艺术都如此，文字之作尤甚。戏剧有程式，绘画有用笔用墨之法，为师者可当场表演，为徒者可从旁观摩，唯文字却不能。但其中也有规律可循。

我以为中国散文之规律有二：

一曰感发。所谓感发，即作者心中有所郁结，无可告语，遇有景物，触而发之，形成文字。韩柳欧苏之散文名作，无不如此。然人之遭遇不同，性格各异，对事物的看法不同，因之虽都是感发，其方面，其深浅，其情调，自不能相同，因之才有各式各样的风格。

二曰含蓄。人有所欲言，然碍于环境，多不能畅所欲言；或能畅所欲言，作者愿所谈有哲理，能启发。故历来散文，多尚含蓄，不能一语道破，一揭到底。

　　散文如果描写过细，表露无余，虽便于读者的领会，能畅作者之欲言，但一览之后，没有回味的余地，这在任何艺术，都不是善法。

　　读过你的散文，感到你对事物，有探索的热情，有天真直爽的感慨，文字运用，有充分表现的能力，但感发有时浅近，表现有时过露，这自然是与年岁经历有关，不足为怪。以上所谈，只供你思考，并和你讨论。

1984 年 6 月 23 日晨

和青年作家李贯通的通信

贯通同志：

前后寄来的信和刊物，都收到了。《萌芽》我这里有，《上海文学》也有的。看到刊物上有你的新作，我都是感到高兴。看到你的作品被重视，发在显著地位，我尤其从心里喜欢。所以说，我虽然常常没有及时把你的作品看完，对你的创作还不能说是不关心的。

我的身体和精力，一年比一年差，衰退得很快。一天的工夫，也不知怎样就白白过去了。坐下来看书的时间很少，只是在晚上关门以后，才能安静地看一会儿书。这些年我好看古书，根底又差，有些书读起来很吃力，这些书又没有标点，有时为了几句话，在那里默默读若干遍。

不只你是，还有不少别的同志，寄来的刊物、书籍、文稿，我都没有及时看，压在那里，很觉辜负同志们的一片热心，心里很惭愧。

写作也少了。前几年，我写些短文章，发表在报纸副刊上。今年发见，寄一篇稿件到广州，要二十多天或一个多月，编辑部再压一压，登出来，距离写作之日，常常是两三个月了。改寄期刊，那时间就更要长。出一本散文集，要一年半。因此，写作的兴趣，大大降低了。

自己不愿意写，对别人的文章，看着也就没有热心了。对文坛上的现象，也就不大关心，很少去思索了。

近来，刊物、小报不断增加，都在谋求生财之道。文学艺术，当然不可避免地会导致赚钱，但以赚钱为目的的文学艺术，就常常出现廉价招徕等等流弊。现在有些作者，把我们这个古老民族，压在箱底多年的，人们早已忘记的种种怪事奇谈，都翻腾出来了。重加粉饰编排，向新的一代青年抛售出去。其中包括皇帝、宦官、大盗、女特务、怪胎、尼姑、和尚等等。其内容，正像旧社会电影广告上大书特书的：惊险、火炽、曲折、肉感。其理论为：以小养大，以通俗养正统；先赚钱后办正事等等。

　　对于这些现象，我是有些迷惑不解的。正形成一股风，不可阻挡，而且常常和"改革"这两个严肃的字眼，连在一起，有识之士，是谁也不愿多说话的。

　　事实是，经过十年动乱，青年一代文化修养的正常进程，遭到了阻碍和破坏，对文学艺术的鉴别能力、欣赏水平，都有很大程度的降低，需要认真地补课。灵魂的创伤，需要正常、健康的滋补。应该给他们一些货真价实的，能引导他们前进向上的，现实主义的文艺作品。不应该向他们推销野狐禅，或陈腐的食物。

　　这种现象，可以解释为：是对过去管得过严，限制太窄，只许写工人农民，只提倡写英雄人物，高大形象，重大题材的一种反动。也因为以上原因，在通俗文学的理论研究、材料积累方面，在培养这类作家方面，并没有做过充分的准备。淤塞过久，一旦开放，泥沙俱下，百货杂陈，必然出现芜杂的局面。

　　前几年，青年人步入文坛，欲获"名"，必写爆炸性作品。有的爆炸不当，反倒伤了本身。近二年，欲获"利"，必写"通俗"作品，如标准太低，也会卖倒行市的。

　　你从县里调到地区编刊物，当然是好事，编刊物可以认识好多人，发表作品也方便容易些。但这些有利条件，不是创作事业的根本。有很多人进了编辑部，反倒写不出像样的东西来了。你现在又因为照顾母亲，回到县里去，我以为对你的创作前途，是大有好处的。说来说去，创作一途，生活积累总是根本，其次是读书。回到县里，从这两方面说，都比你整天埋在稿堆里，或是交际应酬好得多。

从事创作，只能问耕耘，不能预计收获。皇天总不会负有心人就是了。也不必去做"诗外功夫"。我青年时从事此业，虽谈不上成绩，也谈不上经验，但我记得很清楚，从来也没有想过，给权威人物写信求助。因为权威人物是不肯轻易发言的，只待有利时机，方启金口。有时说上一句两句，钝根者也不易领会其要领。即使各种条件成熟，你的姓名，被列入洋洋数万言的工作报告之中，并因此一捧，使你的作品得奖，生活待遇提高，得到一连串的好处，对你的前途，也不见得就是定论。历史曾经屡次证明这一点。

还是那句老话，只问自己用力勤不勤，用心正不正，迈的步子稳不稳。至于作品的得失荣枯，先不要去多想。

给我写信，是另一回事，与上述无干。因为我说你写得好或是不好，都是秀才人情，无关实利。我们是以文会友，不是以文会权，或以文会利。

幼年读古文，见到唐宋大作家，为了文名，上书宰相权贵，毕恭毕敬，诚惶诚恐，总觉得替他们害羞似的。年稍长才知道，他们实在有难以克服的苦处难处，什么都谅解了。无论各行各业，无论什么时代，总有那么一种力量，像寺院碑碣上记载的：一法开无量之门；一音警无边之众。令人叹服！

我年轻时，也很好名。现在老了，历尽沧桑，知道了各种事物的真正滋味，自信对于名利二字，是有些淡漠了。但不要求青年人，也作如是想。因为对名利的追求，有时也是一种进取心的表现。

还有的青年作者，不了解情况，寄稿件来，希望我介绍发表。现在，我既不是任何刊物的主编，也不是任何刊物的编委。稿子即使我看着可以，介绍给本地的刊物，人家不用，我还是无能为力。只好陪伴作者，共同唉声叹气。

最近，我已经申请离休，辞去了所有的职衔，做到了真正的无官一身轻。虽然失去了一些方面，但内心是逍遥自在的。这样就可以集中剩余的一点精力，读一点书，写一点文章了。

前两天，天津下了一场大雪，这是一场很好的雪。我从小就喜欢下雪，雪，不只使环境洁净，也能使人的心灵洁净。昨天晚上，我守着火炉，站在灯下，读完了你发表在《萌芽》上的小说《第二十一个深夜》。在我读小说的前半部分时，我非常喜欢，对你的艺术表现的欣赏，几乎达到了击节赞叹的程度。但自从甜妮母亲突然死亡的情节出现以后，我的情绪起了变化。这一人物，由于你在小说前半部的艺术处理，给我留下了非常美好的印象，我很喜爱这个女人。她的自尽，使我感到非常意外，非常不自然。我认为这是作家的"惊人之笔"，不惜牺牲好容易塑造出的一个动人的形象。她的死，没有充分的外界和内心的来龙去脉，大祸几乎是天外飞来。这是作家为了技巧的施展，安置的一处"悬念"。这一技巧装置，招致的是得不偿失的后果。

是这样。因为这一关键性的情节的失当，使你后来的故事，几乎全部失去了作为艺术灵魂的，自然和真实的统一体系。后面的故事乱了套，失去了节奏，跳动起来，摇摆不定。

当然，这也可能是你追求的一种现代手法。不必讳言，我是不欣赏这种手法的。在小说的后半部，奶奶和甜妮的性格都变了，或者说"复杂化"了，和你前面为她们打好的形象基础，发生了矛盾和破裂。你所写的甜妮擦澡和嘲笑诗人的情节，我认为都是不必要的，是败笔，是当前流行的庸俗趣味，在你笔下的流露。

小说，以甜妮母亲的死亡为分界线，艺术反映是极不协调的。如果前半部的处理，是现实主义的，是典型的；那么后半部的处理，则与此背道而驰。如果有人认为后半部所写，也是真实的，也是典型的，那么小说的前半部，就要作出别的解释和判断。

我认为，在今天，即使在偏僻的角落，甜妮母亲的自尽，也不是典型的。而死后，撒在她坟墓上的洁白的荷花云云，就更近于文人的渲染了。

"悬念"这个词儿，过去我不大留意，近来读一些作家谈创作的文章，才时常遇到它。过去，我认为小说的悬念，不过是"欲知后事如何，且听下回分解"，章回小说的卖关子。现在才知道它是处理小说情节的一种流行的技巧。我没有这方面的实践，很难对它的功能作出什么评价。不过我认为，任何艺术，都以表现真实、顺应自然为主导。任何技巧，如果游离于艺术的自然行进之外，只是作为吸引读者的一种手段，其价值就很有限了。

贯通同志：鉴于你的真诚，我按照习惯，质直地说了以上的话。可能说得太多了，也可能有些地方说得过火了，希望你原谅。你的小说，是有自己的特色的，语言也简练洁净。我希望你发扬自己的优长，加强艺术上的现实主义修养，不和别人争一日之短长，不受流行庸俗之风的影响。你的创作是很有前途的。这不是我的凭空设想，你已经脚踏实地做出很多成绩来了。

　　祝

好！

孙犁

1984 年 11 月 20 日

和谌容的通信

谌容同志：

五月二十九日惠函敬悉。以后赐信，还是寄到我家里或是报社，由作协转信，有时很慢。

有些事，是越传越邪乎的。这几年，在我的方桌角上，倒是压着一张小纸条，不过是说，年老多病，亲友体谅，谈话时间，不宜过长。后来就传说，限在十五分钟，进而又说只限十分钟，其实不是那么回事。我不大轻信传言，即使别人的访问、回忆等等文字记述，有关我自己的，也常发现驴唇不对马嘴，有时颠倒事实。我看过常常叹气，认为载记之难，人言、历史之不可尽信，是有根据的。

你来时，我正写的文章，题目叫《耕堂读书记——读沈下贤集》。读书记，是我近年常写的一个题目。它不是创作，所以也谈不上打断，此文已经发表，现在寄上剪报一纸，是没有什么意思的。

因为自己已很久不写小说，近年来也很少看小说。你的小说，那样有名，我也没有认真去读过，这是很不应该的。当代作家的作品，总是有个机缘，我才偶尔读一些。

当收到你惠寄的大著《太子村的秘密》的时候，正赶上《收获》也来了，一看上面有你的作品，不知为什么就要急于读这一篇。

我用了三个晚上，读完了你的中篇小说《散淡的人》。我读书的习惯是，不读则已，读起来就很认真，一个标点也不放过，你的作品，也是这样读完的，而且是选择安静、精神好、心平气和的时间读的。

名下无虚士，你的小说，写得真好。它能吸引人，我是手不释卷地读完的。

你用现实和历史交替的写法，完成这篇故事。杨子丰这个人物，写得饱满、完整，血肉充盈，神采飞扬。这并不是一个悲剧人物，当然也很难说，是个喜剧的人物。他的言语机锋，有很多名言谠论。这也是时代的产儿，幸而他没有夭折，完成了伟大的动荡时代的一个方面的证词。小说结尾之处，有余韵，有没有说完的，不易解答的问题，使我掩卷沉思。

谌容同志，原谅我，关于你这篇小说，我就谈这一些。这是我真实的读后感，或者说是读书记。我不是理论家，我厌烦烦琐的言词，也不会写头头是道，五彩缤纷的文章。

但是，就这个机会，我还想和你谈一些题外的话。我读作品显然很少，但也能发见，当代中、青年作家中，确不乏有才有志之士。他们严肃地从事创作，认真地思考问题。对时代，也可以说是对我们的民族，有一种赤诚，有一种信念。这种赤诚和信念，都饱含在他们的文字语言中间。创作方法，也可以说是创作风格，不会一样。一种是表象的写法，一种是内心的写法。前者是通过场景表现人物，包括服饰、饮食、起居方面的细微描写。故事紧凑，人物活跃，通篇有声有色，无懈可击。这种小说，我通常称之为规格的小说，来源于莫泊桑。这是精心细致做出来的小说。写这种小说的人，不断采撷，不断写作，每隔一段时间，就完成一篇作品，很有规律，成为职业作家。

另一种小说，即第二种，是作者内心郁结，不吐不快，感情冲动，闻鸡起舞。这种写作，形式有时不完整，人物有时也有缺陷，但作者的真情实意，是不可遏止的。作品中有他的哲学，有他的血泪，有他的梦幻，读起来，谁也不能心平气和，不为之掬一把同情之泪。这种小说的根源，外国可找契诃夫，中国则是《红楼梦》。这种创作，常常是偶然的，难以后继的，是天籁，电光一闪。这不是做出来的小说，是个人情感和所遇现实碰击出来的火花。

当然，两种小说，也很难断然划开。先是写第二种，后来变为第一种，也是有的。而先写第一种的，却很少转为第二种。这两者并无高下之分，由作家的气质、师承和爱好而定，前者倒可以说是小说的嫡传。在中国，茅盾的小说似前者，而鲁迅的小说，似后者，不知你以为然否？等我慢慢再读一些你的作品，我们再详细讨论吧。

读完你的《散淡的人》，脑际萦绕，有不能已于言者，今晨三时起床，胡诌了以上几点。外面则雷电交作，大雨倾盆，这种氛围，最利于写作了。

祝

好

孙犁

1985 年 6 月 19 月

致一位中学生

寒青同学：

　　收到你二月十四日来信，我非常高兴。这并不是因为你在信中赞扬了我，是因为我看到了你对生活，你对父母，你对文学写作的一片赤诚，和你对我的一片天真之心。你的文字，也使我高兴。你才十五岁，有这样通顺、鲜明，能很好地表达情意的文字，证明你是很用功的、很懂事的一位小姑娘。

　　只有严肃淳朴地对待生活，才能严肃淳朴地对待文学艺术。那些把文学艺术看作是荒诞玩闹的化身的人，最终必然导致荒诞玩闹地对待生活。每年都可以看到，不久以前还在玩弄魔术、哗众取宠的人，在文艺舞台上销声匿迹了。

　　我生活得很好，春节过得也很愉快，请你不要挂念我，好好学习，继续努力。

　　问
你父亲好！

孙犁

（1988 年）2 月 22 日

致贾平凹

平凹同志：

很久没有联系，忽然奉到您的信，我的高兴，可想而知。

联系少，也是因为我近年身体大不如前，再加上各种因素，心情时常不佳，很少高兴的时候。给朋友们写信很少。

知道您要办一个散文刊物，名叫《美文》，我很赞成，美术、美声、美文都是很好的名称。当然要看实际。现在，散文的行情，好像不错，各地报刊争办随笔一类副刊，也标榜美文，但细读之，名副其实者少。

我仍以为，所谓美，在于朴素自然。以文章而论，则当重视真情实感，修辞语法。有些"美文"实际是刻意修饰造作，成为时装模特。另有名家，不注意行文规范，以新潮自居，文字已大不通，遑谈美文！例如这样的句子："未必不会不长得青枝绿叶"，他本意是肯定，但连用三个否定词，就把人绕糊涂了。这也是名家之笔，一篇千字文，有几处如此不讲求的修辞，还能谈到美文？

另有名家，本来一句话，一个词就可说清的意思，他一定连用许多同类的词，像串糖葫芦一样，以证明词汇丰富，不同凡人，这样的美文，也是不足称的。近年"五四"散文，大受欢迎，盖读者已发现新潮散文，既无内容，文字又不通，上当之余，一种自然取向耳。

来信所谈，作家、作品与政治的关系，是实情。现虽不再谈为政治服务，然断然把文学与政治分离，恐怕亦不可能。服务与否，原可不论。官总得有人做，谁做也一样。只是有些作家，只能得意，不能失意，只能上，不能下，则有愧于古人。韩柳欧苏，并非如此。

毋庸讳言，当代一些所谓新潮作家，他的处女成名作，也是适应了当时的政治需要，而得以走红。这本来无可厚非，继续努力，自然可以成名家。然每当跻身官场（文艺团体也是官场），便得意忘形、无知妄作。政治多变，稍遇挫折，便怨天尤人，甚至撒泼耍赖。这不只有失政治风度，也有损作家风采。

文坛现状，使我气短，也很想离得远些了。写东西已很少，也写不好了。但如有像样的东西，我一定寄您请教。

我现在主要是心脏不好。

祝您

身体健康！

孙犁

（1992 年）4 月 25 日

致卫建民

建民同志：

收到来信。如您所知，我青年时读书，局限性很大，一心只读革命书。每天啃哲学和政治经济学。布哈林的书，河上肇的书，中国陈豹隐的书，都很厚。文学方面，非左翼不读，这样就限制了自己的眼界。例如张恨水、包天笑、严独鹤、周瘦鹃这些人，只闻其名，不读其书，一律斥之为"鸳鸯蝴蝶""礼拜六"，其实"礼拜六"，不就是今天的"周末版"？所以除了读过一本《啼笑因缘》外，这些人有什么著作，我也说不上来。周瘦鹃后来善做盆景，我倒听说过。现在老了，也不想补这一课了。

近日读书，还是拉曼式：因《续古文观止》，又找出《顾亭林年谱》（清张穆）；因年谱，又找出《归庄集》，也只是翻翻而已，都未细读。顾、归的文章，确是大家，而黄梨洲的文章，好像就不擅长。我有他的全集，前些日子，整理了一遍，看了看首尾，又放起来了。《续古文观止》，只选了他一篇，就很难读。

　　祝

冬安！

孙犁

（1994 年）1 月 11 日

文学和生活的路
——孙犁散文随笔书信选（下）

致肖复兴

复兴同志：

顷收到六月三日大函，所询问题：

一、宋元以前读书记，除该二书外，专书未见，然于一些笔记或文集中，亦多有关于书籍之记载。至于现代，则涉猎甚少。我看这方面的书，截止到鲁迅、郑振铎。

二、有效途径，我以为最好买一部《四库全书总目提要》，或简明目录，甚为实用。另，可将鲁迅日记书账通读一遍，藉知一个作家治学之方。

三、您正在青年，读书当以中西兼顾为主，中国古籍择要读之即可。

四、四五两月，我情绪低落，几乎白白过去。仍读一些书法和画法的书，近日找出一些字帖画册观赏，都是过去"商务"、"中华"、"文明"、有正书局印的珂罗版。

读书烦了，就读字帖；字帖厌了，就看画册，这是中国文人的消闲传统，奔波一生，晚年得静，能有此享受，可云幸福！

即祝

大安！

孙犁

（1994 年）6 月 6 日